충직한 검이
되려 했는데

충직한 검이 되려 했는데 5권

• 이 책은 2부 없이 1부 3권에 이어 4권과 5권으로 출판되었습니다.

초판 1쇄 발행 2023년 12월 15일
지은이 시이온

발행인 이재진 **단행본사업본부장** 신동해
기획총괄 석혜원 **책임편집** 강주연
제작 정석훈 **마케터** 박성훈
디자인 이호 디자인

브랜드 사막여우
주소 경기도 파주시 회동길 20
문의전화 02-6744-0056(편집) 02-6744-0036(마케팅)
블로그 blog.naver.com/wj_fennecfox
트위터 @wjt_fennecfox

발행처 ㈜웅진씽크빅
출판신고 1980년 3월 29일 제406-2007-000046호

ISBN 978-89-01-27724-0(5권), 978-89-01-27725-7(세트)

충직한 검이 되려 했는데

시이온 로맨스 판타지 소설

I was going to be a loyal sword

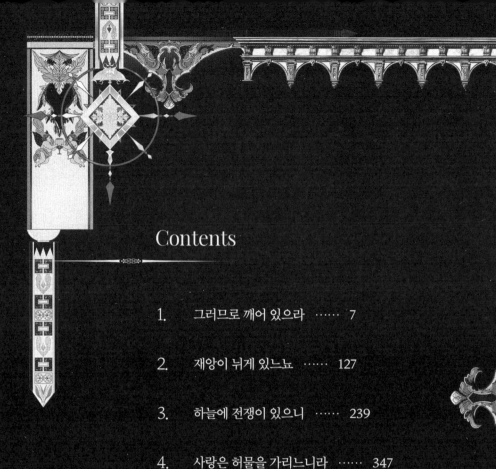

Contents

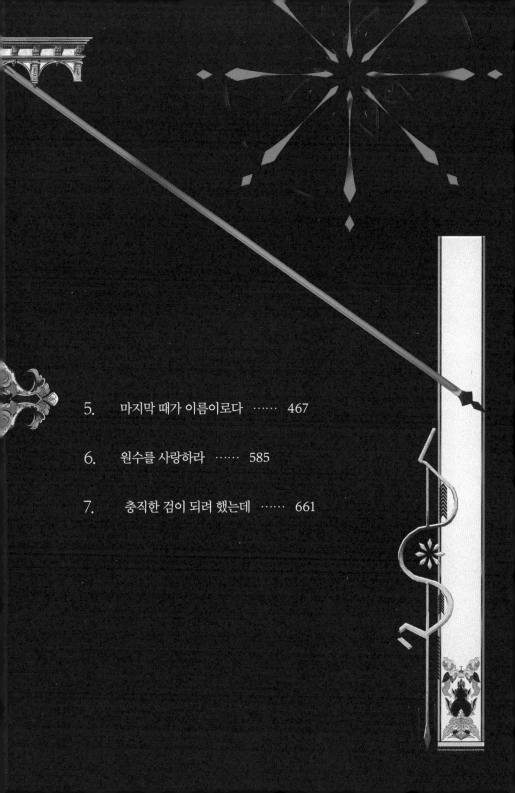

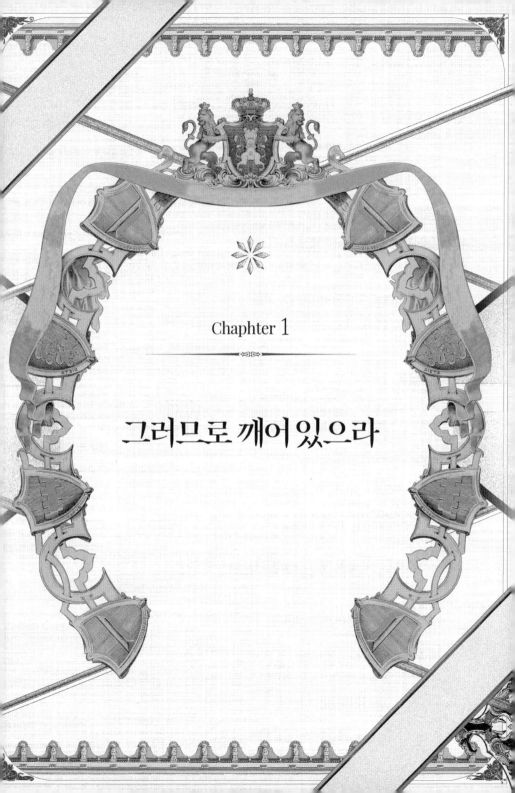

Chaphter 1

그러므로 깨어 있으라

쉬익!

아리아 크리시스가 나이프를 휘둘렀다.

숙련자라고 보기엔 뭔가 아쉬운 움직임이었지만, 열흘 만에 보인 성과라고 생각하면 박수 쳐 줄 만했다.

"어깨 제대로 펴!"

하지만 요정족의 장로이자 접근전의 불세출 천재 샤마임의 눈에는 한없이 부족해 보일 뿐이었다.

그녀의 호통에 이를 악문 아리아가 몸을 뒤튼 상태에서 억지로 자세를 교정했다.

"윽!"

휘청.

과도한 욕심은 역시 탈을 불렀다. 땀방울이 후드득 흩날림과 동시에 그녀의 몸이 중심을 잃고 비틀거렸다.

'넘어진다.'

아리아가 아찔함을 느끼며 두 눈을 질끈 감을 때였다.

둥실.

"애 잡겠네. 적당히 해라, 샤마임."

불쑥 등장한 제라가 손가락을 튕겨 아리아를 허공으로 떠올렸다.

요정족의 장로이자 대현자로 불리며 모르는 학문과 마법이 없는 제라에게 있어 이 정도는 일도 아니었다.

"속 편한 소리. 아리아 크리시스가 얼마나 오래 있는다고 여유를 부리는 거냐? 너나 건들거리지 말고 가르치는 일에 매진해라."

"예예. 샤마임 님 말이 다 맞습니다. 샤마임 님은 다섯 살에 드래곤을 잡고 여섯 살에 세계를 정복하셨겠지요."

샤마임이 연갈색 눈을 뾰족하게 뜨며 제라를 꾸짖었다. 귀 닳도록 들어온 잔소리가 지겨워 귀를 후비적거린 제라가 약 올리듯 짓궂게 빈정거렸다.

이곳은 요정 숲에서 백여 미터쯤 떨어진 오두막.

인간 세계의 시간을 따르는 이곳에서 아리아는 열흘째 머물며 많은 것을 배우고 있었다.

아리아가 요정 숲에 남은 이유는 다름 아닌 치유력 때문이었다.

후계자니 뭐니 부가적인 것들도 있긴 했지만, 그건 나중에 생각할 일. 지금 당장은 하루라도 빨리 치유력을 자유자재로 이용하고 싶다는 생각에 칼과 카슈미르를 보내면서까지 이곳에 남았다.

'치유력 선생으로는…… 그래도 같은 나이 또래인 누아가 편하겠지? 아니, 오히려 또래라서 자존심 상하려나. 나이 든 장로가 낫겠나? 누구든 말만 하면…….'

테세우스는 여전히 아리아를 어색해하면서도 뭐 마려운 강아지처럼 주위를 빙글빙글 맴돌고 어떻게든 그녀의 편의를 봐주려 쩔쩔맸다.

그는 우선적으로 그녀에게 치유력 스승부터 붙여 주었다.

'됐어요. 아무나 상관없으니까. 누아가 저 도토리 껍데기 뒤집어쓴 것 같은 꼬맹이 맞죠?'

'누가 꼬맹이야!'

누아에게 열흘 동안 치유력 운용을 배우는 것 그게 아리아의 목표였다.

'테세우스 은하. 치유력을 가르치는 것만으로는 안 됩니다. 지금은 전시 아닙니까. 후계자가 자신의 몸을 지킬 수 있도록 전투를 가르쳐야 합니다.'

'에…… 이왕 남게 된 김에 제 수업도 받게 하죠? 저도 몇 가지 전수해 주고 싶

은 게 있거든요. 몇 마디 나눠 보니 학구열도 있고 똘똘한 듯하여.'

샤마임과 제라까지 아리아를 가르치겠다고 나선 탓에 어영부영 스승이 셋으로 늘어 버리고 말았지만, 샤마임은 인간을 극도로 혐오하는 모습을 보였고, 제라는 본인 연구 외 세상사에 관심 없는 성향으로 보였기에 그들이 나선 것은 대단히 의외였다.

'뭐, 해 보죠.'

그러나 아리아는 배울 수 있는 건 뭐든 배워 놓는 게 좋다고 생각했다. 가르쳐 주겠다는데 거부할 이유가 없었다.

'열흘이라는 시간은 짧아 보이지만, 네가 어떻게 쓰냐에 따라 아주 긴 시간이 될 수도 있다. 이 열흘 안에 접근전의 신은 못 되더라도 신동쯤은 될 수 있게 만들어 주지.'

'후계자 같은 거 양성할 생각은 없었는데 말이야. 내가 평생을 바친 연구들이 내가 죽으면 사장된다고 생각하니까 좀 억울하더라고. 그런데 이 요정 숲엔 내 말을 알아들을 만한 두뇌의 사람이 없었단 말이지. 원통하던 그때, 똘똘한 네가 딱 나타난 거야. 이게 바로 운명 아니겠어? 좋든 싫든 네가 내 연구를 물려받아 줘야겠다.'

'……은하의 딸이라곤 하지만 내 제자지. 말은 놓는다. 자, 네 손바닥을 칼로 벨 테니 자가 치료해 봐.'

셋 모두 괴짜였지만, 동시에 천재였기에 좋은 선생님들이었고, 열정도 있었다.

'정말 놀라울 정도로 허접한 동작이군. 탄식을 참을 수가 없다. 벌써 지쳐? 허…….'

'헤에…… 우리 아가씨, 머리는 좋은데 창의력이 썩 별로구나? 외운다고 다 되는 게 아닌데.'

'이걸…… 못한다고? 왜 못하지? 사르르한 느낌으로 반짝하고 훅 하면 간단한데 대체 어느 부분에서 막힌 거야?'

다만 열정이 너무 좋은 나머지 단체로 열심히 달리는 아리아의 등짝에 채찍질을 가하고 있었다. 아리아는 천재들이 얼마나 재수 없는지 몸소 경험하게 되었다. 본인이 그 천재였던 탓에 여태껏 알지 못했던 사실이었다. 열흘 동안 하루 세 시간도 못 자고 몰아치고 있지만, 그 어느 때보다 보람차긴 했다.

'좀 더 이곳에 있고 싶어.'

원래 오늘이 돌아가기로 한 날이지만 이곳에 더 있겠노라 연락을 보낼 작정이었다.

"쯧. 오늘은 여기까지."

악착스럽게 버티고 서 있지만 아리아의 다리가 후들후들 떨리는 것을 확인한 샤마임이 혀를 차며 고개를 까닥였다. 아리아는 그제야 나무 바닥에 널브러졌다.

"후…… 수고하셨어요."

입으로는 스승에 대한 예우를 갖추고 있지만, 솔직히 욕이 튀어나오기 직전이었다.

샤마임에게 나이프 파이팅을 배우기 시작한 지도 열흘째, 이제 점점 쉬워질 법도 한데 여전히 힘들어 죽을 것 같았다. 실력이 늘수록 더 강행군으로 몰아치니 당연하긴 했다.

"물 마시면서 하세요."

수업하는 그들 옆에서 책을 읽던 누아가 준비해 둔 물병을 샤마임과 아리아에게 건넸다.

"……크흠."

그는 세심한 친절을 베풀면서도 아리아와 비스듬히 눈을 마주쳤을 땐 불에 데기라도 것처럼 다급하게 시선을 피했다.

'자기가 먼저 나서서 물 줘 놓고는 왜 저런담.'

아리아는 고개를 절레절레 저으며 물을 들이켰다. 열흘째 지켜본 결과, 누아는 죽도록 낯을 가렸다. 아직도 아리아가 어색한 것이 분명했다. 외향적인 아리아로서는 잘 이해할 수 없는 부류에 속했다.

"요 며칠간 영 실력이 늘지 않는군. 주어진 시간이 길지 않은데 함부로 허비할 셈인가?"

바짝 깎은 분홍색 머리칼을 획 쓸어 넘긴 샤마임이 엄한 눈으로 아리아를 응시했다. 아리아는 조금 어이가 없어졌다. 샤마임은 기준이 지나치게 자기중심적이었다. 아리아는 그녀같이 전투 계열 천재가 아닌데 열흘 만에 일취월장을 기대하면 어쩌자는 건가.

"죄송합니다."

하지만 아리아는 순순히 고개를 숙였다.

열심히 하지 않은 것은 아니지만, 집중하지 못한 것은 사실이었기 때문이다.

"내 수업 때도 집중 못 하더니. 뭐, 이유야 뻔하지."

샤마임의 물병을 홱 빼앗은 제라가 물을 벌컥벌컥 들이켰다.

"네 거나 처마시란 말이다! 망아지 같은 놈!"

샤마임이 인상을 구기며 버럭 성질을 냈다.

앙숙처럼 보여도 오랜 친구라더니. 제라는 샤마임이 입을 댄 것에 자신의 입을 대는 데에 거리낌 없어 보였고, 샤마임 또한 뺏는 행위는 질책해도 그 부분에선 자각이 없는 것 같았다.

'갑자기 외로워지네.'

아리아는 새삼 제국에 두고 온 인연들을 떠올렸다.

캬, 하며 입가에 묻은 물기를 닦아 낸 제라가 칙칙한 남색 눈으로 아리아를 응시했다.

"북부에 갔다는 네 언니가 걱정돼서 그러지?"

그러자 아리아의 얼굴이 굳어졌다.

"뭐, 뻔하지. 네 언니에게 연락받은 후 근심 걱정이 얼굴에 덕지덕지 붙었잖아."

빙글빙글.

제라가 메스를 펜 돌리듯 돌렸다.

이상한 게 너덜너덜해진 흰 가운과 겹쳐져 얼핏 보기에 제라는 돌팔이 의사 같았지만, 아리아는 열흘 동안 저 작은 메스가 얼마나 위협적인지 똑똑히 배웠다.

'샤마임과 합공해 날 몰아붙일 땐 저 메스를 부러뜨리고 싶었지.'

샤마임과 제라는 각자가 가르치는 과목을 제외하고서도 아리아의 마법 전투 실력을 향상시켜 준다는 명목으로 하루에도 몇 번씩 아리아를 공격했다. 처음에야 고마웠지만, 열흘간 시달리다 보니 자신이 요정왕의 임시 후계자가 된 게 마음에 안 들어서 괴롭히는 거 아닌가 싶을 정도로 힘들었다.

'이런 정직한 공격도 못 받아 내서 어쩌자는 거냐!'

'옆구리가 비잖아, 아가씨. 옆구리에 구멍 뚫리고 싶은 거야? 고통을 즐기는 편?'

샤마임은 접근전에 뛰어난 무투가로서 묵직하게 돌격하고, 제라는 한 발 떨어진 곳에서 방어가 비는 곳을 귀신처럼 잡아내며 메스를 던져 댔다.

두 사람 다 혼자로도 뛰어난 전사건만, 극과 극인 두 사람의 전투 방식은 상호 보완적으로서 서로의 부족함을 완벽하게 감싸 주었다. 게다가 합은 또 얼마나 잘 맞는지. 아리아는 저 둘에게 지금 당장 결혼식장으로 꺼지라고 소리를 지르고 싶었다.

'쯧. 오늘도 넝마가 됐군. 아니, 그래도 어제보단 나으니 걸레짝이라고 해 주어야 하나?'

'닥쳐……'

바닥에 들러붙은 껌처럼 눅진하게 녹아내린 아리아를 치료해 주는 건 누아의 몫이었다.

몸으로 배운 것은 흉터로 남아야 마땅하다는 샤마임의 주장하에 딱 내일 움직일 수 있을 만큼만 치료해 주는 것이 얼마나 약 오르는지 이루 말할 수 없었다.

'……뭐. 그래도 수고했군.'

누아는 그 나이대 소년답게 또래인 아리아를 어려워했지만, 그래도 전처럼 적의를 보이진 않았다. 같은 요정 혼혈인 아리아에게 동질감을 느끼고 있기도 했다.

'치유력을 독학했다더니, 독학은 독불장군처럼 멋대로 학습함의 준말인가?'

그의 매를 버는 주둥아리 때문에 아리아는 호감이 생기려야 생길 수 없었지만 말이다.

제국으로 돌아가기 전 누아의 얼굴에 주먹 한 방 꽂는 것이 아리아의 목표였다.

"걱정할 사람이 없어서 그 여자를 걱정하나? 그건 사서 걱정하는 것을 넘어서 미련한 거다."

쯧, 혀를 찬 샤마임이 아리아를 꾸짖었다.

성년이 된 해의 한 달을 인간 세계에서 보내는 것이 외부 활동의 전부인 평범한 요정들과 달리, 샤마임은 꽤 오랜 시간을 외부에서 보내며 여러 인간을 만났다. 누아의 아버지 되는 인간을 만나 누아를 임신한 뒤엔 인간 세계에서 눌러살 생각까지 했다. 그 쓰레기 새끼가 이미 결혼까지 한 유부남이라는 걸 알기 전까지는.

'노아 아인하르트도 그 여자애 같은 위압감은 없었다.'

샤마임은 우연한 기회로 아인하르트 후작을 스치듯 본 적이 있었다.

제국 최고이자 최연장 소드 마스터인 그는 분명 어마어마한 강자였지만, 카슈미르 크리시스는 그조차도 가지지 못한 압도적인 기운을 가지고 있었다. 밑바닥을 굴러 본 이들에겐 숨길 수 없는 악취가 있다지만, 그 여자는 정도가 심했다. 빛 한 점 없는 검은 오러는 절망의 집약체 같았다. 타인에게 관심 없는 샤마임조차 도대체 어쩌다 그런 오러를 얻은 건지 궁금해질 정도였다.

'마수 토벌을 주업으로 삼는 용병이었다더니, 마수들과 닮아 버린 건가.'

괴물과 싸우는 사람은 자신도 괴물이 되지 않도록 조심해야 한다. 어디서 들었는지 모를 경구가 떠올랐다.

"그 여자는 숫제 괴물이야. 네가 걱정할 만한 존재가 아니란 말이다."

카슈미르가 풍기는 기운은 이미 인간의 영역을 벗어났다. 그녀와 마주할 때

한 명의 인간이 아니라 여태껏 본 적 없고 이후로도 없을 흉악한 대재앙 한 마리를 앞에 둔 느낌이었다. 카슈미르 크리시스가 아리아 크리시스를 진심으로 사랑하지 않았다면, 샤마임은 카슈미르가 제안한 동맹에 결코 동의하지 않았을 것이다.

"……스승님."

아리아가 샤마임을 돌아보았다. 눈꼬리가 날카롭게 올라가고, 눈빛은 누구 하나 죽일 듯 차갑게 가라앉은 채였다.

샤마임이 헛웃음을 지었다.

"버릇없는 것. 어떤 제자가 스승을 그렇게 보느냐?"

"언젠가 당신이 섬겨야 할지도 모르는 요정왕의 임시 후계자이기도 하죠."

맑은 아침 하늘 같은 연하늘색 눈동자가 빙하의 가장 차가운 부분처럼 번들거렸다. 역린을 건드린 것이 분명한 반응에, 샤마임은 순순히 두 손을 들었다.

"알겠다, 알겠어. 네 언니에 대해 함부로 말한 것은 사과하지."

아리아는 그제야 눈빛을 누그러뜨렸다. 곧이어 한숨을 푹 쉰 그녀는 땀에 젖어 달라붙은 앞머리를 쓸어 넘겼다.

사실 아리아는 스승을 섬길 생각이 없었다. 유치하긴 해도 누군가에게 가르침을 받는다는 것이 영 자존심 상했으니까. 무엇보다 요정족 내에서 특별한 인연을 만들고 싶지 않았다.

테세우스에게 사정이 있는 것을 이해했고, 실낱같은 애정까지 느껴 버렸지만. 그뿐이었다. 그 애정을 키우고 싶은 마음은 추호도 없었고, 진짜 요정왕이 되고 싶은 마음은 더더욱 없었다. 테세우스와 임시 후계자라는 지위는 언제든 쓰기 좋은 패, 쓸 만한 체스 말 정도로 충분했다.

아리아 크리시스는 마음의 바운더리가 굉장히 좁은 사람이었기에, 자신의 사람이라 불릴 만한 이들의 수를 의식적으로 조절했다. 원래는 카슈미르뿐이었고, 이후 크리시스 부자까지만 포함하려 했는데, 2황자와 대신관의 무단 침입으로 생각보다 많아지긴 했지만 말이다.

'스승은 필요 없으니 독학할 수 있는 서적 확보랑 중간 점검만 도와 달라고 해야지.'

그렇게 생각하고 있던 아리아의 마음을 돌린 건 다름 아닌 카슈미르였다.

"아리아. 잠깐 대화 좀 할 수 있을까?"

요정 숲을 떠나기 전, 카슈미르는 조심스럽게 대화를 청했다. 털레털레 뒤따라온 칼 크리시스가 거슬리긴 했지만 아리아는 기꺼이 고개를 끄덕였다.

"쯧. 여기가 앞으로 네가 지내게 될 방이라고? 내 방 화장실보다 좁군."

칼이 짜증 가득한 눈으로 아리아의 방을 훑어보았다. 그는 아리아가 이곳에 남는 것에 마지못해 동의하긴 했지만 여전히 불만이 많았다.

"넌 그냥 나가라, 좀."

아리아가 손을 휘저으며 얼굴을 구기는 그때 카슈미르가 입을 열었다.

"있지. 사실 언니에게도 스승이 있었어."

티격태격하던 칼과 아리아가 동시에 그녀를 돌아보았다.

그 순간 카슈미르의 입가에 피어난 미소는 한여름 밤의 꿈을 회상하듯 아릿했고, 진한 초콜릿을 머금은 듯 달콤쌉싸름했다.

"카라쇼, 그 사람 맞지?"

사실 어느 정도는 알고 있었다. 카슈미르는 아리아를 아무것도 모르는 어린 동생이라고 생각하곤 했지만, 아리아는 병들어 죽어 갈 때조차 카슈미르에 대해선 꿰고 있었다. 아픈 몸으로 정보 길드를 찾아가거나 카슈미르를 추적하는 건 무리였지만, 한정된 정보 내에서 알아낼 수 있는 건 속속들이 알아냈다.

"맞아. 카라쇼. 따뜻한 동쪽 나라에서 온 상냥한 분이셨지."

카슈미르는 아리아의 말에 조금 놀란 표정을 짓다가 이내 피식 웃으며 고개를 끄덕였다.

그녀는 아리아가 크리시스가의 공녀로 자리를 굳건히 하자마자 한 것이 미르의 과거를 수집하는 일이었다는 건 평생 모를 것이다.

카슈미르는 너무 빠르지도, 너무 느리지도 않은 속도로 자신의 과거를 털어놓기 시작했다. 아리아가 이미 알고 있지만 그녀가 직접 말해 주길 바라 모른 척했던 부분들도 있었고, 생전 처음 안 부분들도 있었다.

"북부의 수장이…… 네 옛 친구였다고? 아버지도 미친놈이라고 혀를 내두른 그놈?"

그중에서 가장 경악스러웠던 건 지그문트 하이드, 그자에 대한 이야기였다. 칼조차 기겁했으니 말이다. 칼과 아리아는 그를 만나 본 적 없지만, 북부와의 회담 후 그를 만나고 온 카이사르를 통해 그에 대해 들은 적 있었다. 그는 질린 얼굴로 지그문트가 황제와 교황, 공작까지 모인 자리에서 탁자를 부수고 가 버린 겁대가리 상실한 또라이라고 털어놓았다.

'또 다른 한 명이 그 남자였다니.'

카슈미르의 옛 동료가 카라쇼를 포함해 두 명이라는 것은 알고 있었지만, 그게 현 북부의 수장일 거라곤 상상도 못 했다. 미르의 과거를 철저하게 조사했는데도 나오지 않았던 사실이었다.

"너는 왜 주위에 비범하게 미친놈들만 꼬이는 거냐? 제국에 돌아가면 액운 제거하는 의식 좀 치러 보자."

비범한 미친놈들 중 하나가 말했다. 조금 떫은 표정으로 칼을 위아래로 훑어보던 카슈미르는 그의 헛소리를 가볍게 넘기고 말을 이었다.

그녀의 과거 이야기는 여러 위기를 거쳐 절정에 다다랐다.

스승과 함께 데베라에 둘러싸인 얘기를 할 때, 카슈미르의 목소리는 느리고 또 느려져 늘어진 카세트테이프 같았다. 그러나 칼과 아리아 중 누구도 재촉하지 않았다.

"정말 많은 밤을 그날의 악몽으로 지새웠어. 이렇게 아파야만 한다면 결국 만나지 않는 편이 낫지 않았을까, 세상을 향한 원망만 가득하던 망나니 시절이 더 낫지 않았나 생각하기도 했지."

아리아는 똑똑히 기억했다. 자신의 무릎에 얼굴을 묻고 이젠 정말 자신밖에 없다고 흐느끼던 카슈미르를. 죽어 버린 진분홍색 눈과 수척해진 얼굴을 기억하고 있었다.

그래. 이별의 아픔을 겪으니 처음부터 만나지 않는 편이 낫다. 헤어지더라도, 배신을 당해도, 불시에 사라져도 이윽고 '괜찮아'라고 할 수 있는 정도가 좋은데…….

"하지만 결국엔 카라쇼를 만나서 정말 다행이다, 그 생각으로 귀결되더라고."

"……"

"정말 좋아하고, 존경하고, 감사하니까 이별까지도 사랑스러운 거야. 잔인하기 짝이 없는 마지막 가르침도, 나를 죽지 못하게 만든 무거운 책임감도…… 그래. 그녀는 자신의 죽음으로 나를 완성시켰어. 나는 그녀의 유작인 거지. 원망스럽지만 도무지 사랑하지 않을 수 없는 사람이야."

아리아는 자신의 최후조차 제자를 위해 사용했을 여자의 얼굴을 가만히 떠올려 보았다. 한 번도 본 적 없지만, 어제 본 사람처럼 쉽게 그려졌다. 완성된 얼굴은 카슈미르와 아주 닮아 있었다.

"나는 네게도 그런 스승이 있으면 좋겠어."

카슈미르의 따스한 두 눈이 아리아를 담았다.

"꼭 무언가를 배우지 않더라도, 뛰어난 성장이 없더라도, 네가 의지할 수 있는 어른이 한 명쯤은 더 생기면 좋겠어."

"……"

"너는 아직 어리잖아. 내 눈에는 아직도 너무 작고 사랑스럽거든."

그 순간 참을 새도 없이 눈물이 났다. 아리아가 아무리 스스로를 징그럽다고, 괴물이라고 평해도, 카슈미르의 눈엔 여전히 사랑스럽다는 사실이 벅차게 다가왔다.

"이곳은 네 세상이야. 마음껏 누리다가 너무 늦지만 않게 돌아와. 보고 싶을 거야."

카슈미르의 품에 빈틈없이 안기며, 아리아는 생각했다. 카슈미르는 늘 옳지만 마지막 말에선 틀린 부분이 있다고.

아리아의 세상은 이곳이 아니었다. 이 요정 숲은 요정 혼혈로서 인간 세계에선 늘 반쯤 막혀 있던 아리아의 숨통을 탁 트이게 해 주었지만, 그럼에도 결코 아리아의 세상이 될 수 없었다.

아리아의 세상은 카슈미르다. 그것은 영원불멸한 진리였다.

* ❦ *

"너와 네 언니의 우애가 대단한 건 알겠는데, 얼굴 좀 펴지 그래. 무서울 지경이라고."

자신의 미간을 꾹꾹 누르는 제라의 손길로 인해 아리아는 정신을 차렸다. 고개를 들어 보니 요정족 세 사람 모두 아리아의 기색을 살피고 있었다.

눈치를 살핀다기보단 걱정하는 표정들이라 괜히 기분이 이상해졌다.

"……화난 거 아니에요. 별로 걱정 안 해요. 언니라면 어련히 잘하겠죠. 그냥……."

아리아가 억지로나마 표정을 풀 때였다.

탁탁탁!

창문 밖에서 누군가 달려오는 소리가 들렸다.

순간 네 사람의 시선이 달려오고 있는 한 요정족 청년에게로 쏠렸다.

"후계자님! 외부에서 편지가……!"

와장창!

거기까지 듣자마자, 아리아는 오두막 2층 대련실 창문을 몸으로 깨고 아래로 뛰어내렸다.

"……."

"……."

"……."

휘이잉-

방에 남은 세 사람은 깨진 창문 사이로 들어오는 찬 바람을 받으며 어이없는 표정을 지었다.

"걱정 안 한다며……?"

제라가 맥없이 중얼거렸다.

"……미르!"

정신이 아득했다. 시끄러운 목소리도 물속에서 울리는 소리처럼 먹먹하게 들려왔다. 분명히 몸은 투명한 상태에서 벗어나 원래의 형태를 되찾았건만, 영혼은 아직 그곳에서 돌아오지 못한 것 같았다.

"카슈미르 크리시스!"

쫘악.

우레 같은 목소리와 함께 누군가 내 어깨를 강하게 쥐었다. 나는 그제야 퍼뜩 고개를 들었다.

"지원군은 불렀어요. 여기서 조금만 기다리면 돼요."

그곳엔 침착한 낯의 율리안이 나를 바라보고 있었다. 그의 등 뒤에서는 티나가 나를 걱정스럽게 살피고 있었다.

'어떻게 된 일인지, 왜 나 혼자 왔는지 말해 줘야 하는데…….'

입술에 접착제라도 바른 듯 도무지 말이 나오지 않았다. 라이너의 뒷모습을 떠올리는 순간 울컥 감정이 치솟았다.

이런 게 구원당하는 이의 기분일까? 그렇다면 나는 무슨 짓을 해 온 걸까?

나는 늘 최후의 1인, 마지막 장벽 역할이었다. 누군가를 두고 도망친 건 처음이었다. 이렇게나 끔찍할 줄 알았다면, 누군가에게 날 두고 도망치라고 할 수 없었을 거다. 감히 나를 던지면서 누군가를 구할 수 없었을 거다.

그를 그곳에 혼자 두고 오느니, 차라리 그곳에서 함께 죽는 게 나았다. 그 생각뿐이었다.

"라, 라이너가, 윽……."

"그만."

탁.

억지로 연 입에서 짐승의 울음소리처럼 덩어리진 신음만 흘러나올 때, 말허리를 뚝 끊은 율리안이 한 손으로 내 두 눈을 가렸다.

그의 손은 굴곡졌고, 생각보다 컸으며, 또 따뜻했다.

"몸에 상처가 많아요. 특히 복부 쪽이 심각해요. 치료해 드릴게요."

율리안이 나를 이끌어 주변 바위에 앉혔다.

그는 아무것도 묻지 않았다. 나만 넋을 잃고 돌아온 상황에서 이미 사태를 파악한 것 같았다.

"제, 제가……."

"'제가 좀 더 강했다면 라이너를 구했을까요', '저 때문에 라이너가 위험해졌어요' 같은 말은 금지예요. 그럼 싸움은 하나도 못 돕고 짐만 되다가 도망쳐 버린 저는 타지도 녹지도 않는 쓰레기라 지금 당장 짓이겨져야 하나요?"

텁.

뭐라도 말해야 한다는 사명감에 사로잡혀 입을 열자 율리안이 다른 손으로 내 입까지 틀어막았다. 겉으로 보기엔 퍽 우스운 광경이겠지만, 나는 기이하게도 그 답답함에서 안정을 얻었다.

"지금부터 지원군이 올 때까지 푹 쉬는 거예요. 알았죠?"

화악.

그의 손에서부터 시작된 신성력의 광휘가 온몸을 타고 흘렀다. 곤두선 신경을 누그러뜨리는 안정제 같았다. 그의 신성력에 수면을 유도하는 기운이 있다는 걸 알았지만, 도저히 거부할 수 없었다.

끄덕.

힘없이 고개를 끄덕인 나는 율리안의 손에 기댄 채 퓨즈가 나가듯 정신을 잃었다.

◦•◦❖◦•◦

시간이 얼마나 지났을까.

"허억!"

악몽을 꾼 것도 아니건만, 누군가 찬물을 들이부은 듯 벌떡 깨어났다. 잠든 것만큼이나 다급한 기상이었다.

드득, 득.

나는 무언가에 썬 듯 복부를 찢어 낼 기세로 긁었다. 살갗에 깊게 새겨진 지독한 주문을 긁어 내야만 할 것 같았다.

주르륵.

신성력으로도 아물지 않고 피만 간신히 굳은 상처에서 다시 피가 흐르기 시작했다.

"젠장, 슈슈! 그러지 마!"

휙!

누군가 내 손을 낚아챘다. 나는 그제야 내가 누워 있던 침대 옆에 누군가 앉아 있다는 사실을 깨달았다.

"진정해. 이제 다 괜찮으니까."

디에고가 무겁게 가라앉은 눈으로 나를 바라보고 있었다.

"율리안 대신관도, 황후 폐하도 무사해. 마법사들의 마나가 회복되는 대로 황궁으로 돌아갈 거니까 조금 더 쉬고 있어."

율리안의 말대로 지원군이 온 모양이었다. 디에고까지 올 거라곤 상상도 못했지만 말이다. 티나를 구하러 갈 땐 북부와 내통한 키프로스의 귀에 들어가지 않아야 했기에 은밀하고 또 은밀하게 움직였지만, 티나를 구한 이상 숨길 필요가 없었다. 여기까지가 계획의 일환이었다. 그럼에도 비이성적인 원망이 치밀어 올랐다.

"조금만 더……."

조금만 더 일찍 오지. 차마 다 뱉지 못한 말이 쓰게 입안을 메웠다.

그냥 처음부터 군대가 움직였다면, 그래서 북부를 곧바로 쳤다면 라이너를 그곳에 혼자 남겨 두고 오는 일은 없지 않았을까. 전쟁이라는 게 그렇게 하는 것이 아니라는 걸 알면서도, 지친 몸과 맞물려 도무지 제정신을 붙잡기 힘들었다.

"……응. 조금 더 일찍 올 것을. 내가 미안해. 아무리 그대가 강하다고 해도 이런 마음의 짐까지 질 필요는 없는데……."

디에고는 그 뒷말까지도 읽은 듯 나를 부드럽게 감싸 안았다. 어르는 목소리도, 그의 품도 지나치게 따뜻했다. 나는 그의 옷자락을 그러쥐고 얼굴을 묻었다. 눈물샘이 고장 난 것처럼 얼굴이 물기로 젖었다.

"디디……."

"응."

"라이너를 구해 주세요……."

멈칫.

디에고가 크게 흠칫했다.

"제발요…… 라이너가 죽지 않게 해 주세요……."

나는 해소할 수 없는 죄악감과 자책감을 붙잡고 그에게 애원했다.

숨을 멈췄던 그가 한숨처럼 길게 숨을 뱉었다.

"……그래."

스윽.

굳은살이라곤 펜 잡는 곳뿐인 예쁜 손이 짓무른 내 눈가를 쓸었다.

"그렇게 할게. 반드시 그대 앞에 살아 있는 라이너 아인하르트를 대령해 줄게."

눈물을 겨우 삼킨 내가 시선을 들었을 때, 디에고는 웃고 있었다. 전혀 웃을 기분이 아닌 눈으로.

"그러니 울지 마. 그대가 다른 이 때문에 울면…… 어떻게 해야 할지 모르겠어."

늘 단단하던 그의 목소리가 흐릿하게 떨렸다.

"모두 그대의 뜻대로 해 줄게. 내 모든 걸 동원해서."

그럼에도 내 등을 두드려 주는 손길은 규칙적이고 따스했다. 그의 품은 어떤 감정이라도 받아 주겠다는 듯 드넓었다.

나는 그에게 안긴 채로 한참을 울었다.

· ❧ ·

마법사들이 마나를 회복한 직후, 우리는 황궁으로 순간이동을 감행했다.

율리안은 나 대신 상황을 설명하러 다니느라 바빴고, 티나는 납치와 관련한 문제로 심문을 받으러 갔다.

"……자네는 바로 귀가하도록. 보고는 대신관을 통해 듣도록 하지. 수고 많았고…… 정말 미안하네."

우리가 복귀했다는 소식에 황급히 출두한 헬리오스는 나를 보고 한참 동안 말이 없더니 곧바로 나를 집에 돌려보냈다.

나는 내가 어떤 몰골인지 궁금하지 않았다.

"슈슈!"

"젠장, 왜 이렇게 늦은 거냐?"

황궁을 나와 얼마나 걸었을까, 두 인영이 나를 향해 돌진해 왔다.

카이사르와 칼이었다.

탁.

시종들까지 뒤로한 채 전속력으로 달려오던 그들은 나와 부딪치기 직전에 가까스로 멈춰 섰다.

그리고 동시에 무섭게 표정을 일그러뜨렸다.

"이…… 황제 개자식이!"

화악!

카이사르에게서 폭발적인 살기가 터져 나왔다. 보통 사람이라면 노출되는 것만으로도 장기가 다 뒤집어질 만큼 폭렬했다.

꾹.

나는 내게 임무를 준 헬리오스를 찢어 버리러 가는 기세로 성큼성큼 발걸음을 옮기는 카이사르의 옷자락을 붙잡았다.

"가지 마세요."

"……슈슈."

나는 흐릿한 눈으로 그를 올려다보았다.

천지를 가르는 소드 마스터면 뭐 하겠는가. 중요한 순간 중요한 사람을 지킬 수 없었고, 지금 이 순간 혼자 있는 것마저도 두려운데.

"저랑 있어 주세요."

나는 숨소리처럼 가느다란 목소리로 속삭였다. 그 순간, 카이사르가 억장이 무너진 얼굴로 나를 멍하니 바라보았다.

"네가…… 어리광을 부렸으면 했는데……."

"……."

"그렇다고 해서 너 혼자서는 버틸 수 없는 고통을 겪기를 바랐던 건 아니다."

와락.

그가 나를 으스러져라 끌어안았다.

"가자, 집으로."

"……."

"제발 돌아가자……. 다시는 너를 바깥에 내놓고 싶지 않다."

분명히 티나를 구출했음에도, 내가 느끼는 건 슬픔과 괴로움뿐이었다.

· — ·❖· — ·

그 후 약 일주일을 집에 틀어박혀 살았다. 주위에서 연락이 물밀듯 쏟아졌지만 모두 확인하지 않았다.

헬리오스가 표창장을 주겠다며 조심스럽게 황궁으로 호출하고, 신전에서도 날 호출해 왔지만, 이 또한 처분을 카이사르에게 맡기고 나는 가지 않았다.

"내가 어떻게 해 줄까, 응? 검은 용 기사단을 이끌고 가서 그 새끼를 구출해 줄까? 그럼 그만 울래?"

칼은 기력을 잃은 나를 도무지 혼자 두지 못했다. 시녀들도 물린 채 짓무른 내 눈가를 손수 닦아 주며 안절부절못했다.

"칼은……."

"그래. 제발 뭐든 좋으니 말해 봐."

"내가 여태껏 살아 온 방식이, 아주 틀렸다는 생각이 든 적 있습니까?"

그의 손길이 멈췄다.

"……글쎄. 너를 만난 뒤 다른 삶을 살고 있지만 이전의 삶이 틀렸다고 생각해 본 적은 없어."

"……."

"너도 알잖아. 나는 돼먹지 못한 놈이라는 거. 나는 내가 틀렸다는 생각을 한 번도 해 본 적 없어."

설핏 웃음이 나왔다. 너무 칼다운 대답이라서.

굳은 얼굴로 계속 내 눈치를 살피던 칼은 그제야 조금 표정을 풀었다.

"그런 칼을 닮고 싶습니다, 저는."

"돌려 까는 거 아니지?"

"그럴 리가요. 진심입니다."

나는 한데 모은 무릎에 얼굴을 묻었다.

"집안 분위기를 망쳐서 죄송합니다."

"그런 말 하지 마라. 네가 억지로 괜찮은 척했다면…… 그땐 정말 아버지가 황제의 머리에서 왕관을 강탈했을지도 모른다."

요즘 카이사르의 기세를 보면 과장이 아니었다. 카이사르는 방에 틀어박힌 나를 아침에 한 번, 점심에 한 번, 저녁에 세 번 보러 왔다. 그때마다 본인은 기운을 누른다고 누른 것 같지만, 나는 그가 지나치게 예민한 상태라는 것을 생생히 느낄 수 있었다.

조만간 길 가다가 행인과 어깨가 부딪치면 제국민에게 제대로 된 걸음걸이를 가르치지 않았다는 이유로 황궁을 지탄할 것 같았다.

'언젠가 아버지께서 홍역처럼 반드시 앓고 넘어가야 하는 것들도 있다고 하셨죠?'

'……그래.'

'제겐 지금이 그때일 뿐입니다. 조금만 기다려 주세요.'

며칠 전, 나는 분노를 누르지 못하는 카이사르에게 진지하게 일렀다.

카이사르는 그제야 검 손잡이를 쥐고 있던 손을 내렸다.

'언제까지고 기다릴 것이다.'

그 말을 손을 덜덜 떨며 한 것이 영 마음에 걸렸지만, 카이사르는 자신이 한 말을 지키는 사람이었다. 그는 지금까지도 잘 참고 있었다.

"다른 거 하지 말고 그냥 옆에 있어 주세요. 그거면 돼요."

나는 그의 무릎에 누운 채 길게 숨을 뱉었다.

입술을 짓씹은 칼이 고개를 끄덕였다.

"……언제까지고 그리할 거다."

누가 부자 아니랄까 봐 이런 대답까지 카이사르를 닮았다. 두 사람은 들으면 기겁하겠지만.

희미한 미소를 띤 채 눈을 감았을까.

똑똑.

누군가 내 방문을 두드렸다.

'아리아의 연락인가?'

아리아의 연락을 제외하고는 모든 연락을 카이사르 알아서 처리하라고 일렀기에 나를 부를 이유는 그뿐이었다.

"저, 아, 아가씨를 찾아온 모든 손님께 축객령을 내리라고 하셨지만 이번 손님만큼은 언질드려야 할 것 같아서요."

불만 가득한 칼의 얼굴을 보고 움찔한 시종이 깊게 허리를 숙였다.

"무슨 일이지?"

나는 느릿하게 눈을 깜빡였다. 침을 꿀꺽 삼킨 시종이 또렷하게 뜬 눈으로 나를 바라보았다.

"지금 노아 아인하르트 후작님께서 저택에 방문하셨습니다. 잠시만이라도 좋으니 아가씨와 대화를 나누고 싶다고 하십니다."

나는 숨을 멈췄다. 이번만큼은 정말 거절할 수 없는 인물이었다.

북부의 중심지, 요새 한복판.

새하얀 설원이 붉은색으로 물들었다. 땅이 온통 피로 질척한 가운데, 사방에 쓰러진 병사들의 숫자는 셀 수조차 없었다.

사박사박.

그 중심으로 검은 구둣발이 다가갔다.

"내 평생 질투라는 감정을 느낄 일은 없다고 생각했건만."

낮고 시린 목소리가 허공을 갈랐다.

"내가 결코 가질 수 없는 그놈의 옆자리를 가지고, 결코 닿을 수 없는 경지까지 다다른 꼴을 보자니…… 배알이 꼴리긴 하는 건가."

죽어 버린 보랏빛 눈동자가 도무지 성한 곳을 찾을 수 없을 만큼 망가진 한 남자를 내려다보았다.

턱.

지그문트 하이드가 구두의 앞코로 거칠게 남자의 턱을 들어 올렸다.

역겹도록 성결하고 고귀한 금빛 오러가 남자의 주위를 은은히 감쌌다. 아직 제대로 조절하진 못하지만 이건 분명 수준 이상의 살기였다.

지그문트가 일그러진 얼굴로 선언했다.

"너, 소드 마스터군."

라이너 아인하르트가 엉망이 된 얼굴로 웃었다.

"그녀에게 가장 먼저 인정받고 싶었는데…… 처음이 당신이라니 유감스럽습니다."

퉤.

그가 목구멍에서 치밀어 온 새빨간 피를 지그문트의 바짓단에 뱉었다.

"실례했습니다."

더럽혀진 자신의 바짓단을 내려다본 지그문트가 미미하게 미간을 좁혔다.

"미친놈."

"과분한 칭찬입니다."

황금빛 눈동자가 화사하게 휘어들었다.

"개자식아."

털썩.

황금의 기사는 자신과 퍽 어울리지 않는 욕지거리를 끝으로 정신을 잃었다.

제국의 네 번째 소드 마스터가 탄생한 순간이었다.

"누가 찾아왔다고?"

벌컥!

칼과 함께 방을 나섰을까―반드시 노아 아인하르트 후작을 만나야겠다면 가는 길만이라도 같이 가자고 칼이 매달려서 별수 없었다―, 멀지 않은 곳에서 다른 방 문이 불쑥 열렸다. 검을 쥔 카이사르가 무서운 얼굴로 걸어 나오고 있었다.

"공작님. 검, 검은 놓고 가시지요. 후작님의 성정 아시잖습니까. 절대…… 카슈 미르 아가씨?"

공작가의 총괄집사 테일러가 그답지 않게 당혹스러운 얼굴로 카이사르의 뒤 를 쫓다가 나와 눈이 마주치고 멈칫했다.

"……슈슈."

무언가에 사로잡힌 듯 돌진하던 카이사르는 그제야 나를 돌아보고 눈의 크기 를 미미하게 키웠다.

터벅터벅.

그리고 내게로 다가왔다.

"가지 마라."

꽉.

그가 내 어깨를 붙잡았다. 노아의 부름을 재고할 필요도 없다는 듯 단언하는 것과 달리 붉은 눈은 희미하게 흔들렸다. 카이사르는 안 그래도 좋지 않은 내 상태가 라이너의 아버지인 노아를 보고 더 나빠질까 염려하는 것이 분명했다.

"그래. 꼭 지금 만나야 할까? 조금 더 쉬고 나서 만나는 편이 나을 거다."

칼이 기다렸다는 듯 카이사르의 말을 거들었다.

나는 뭐 마려운 개처럼 안절부절못하며 내 곁을 맴도는 크리시스 부자를 보다가 낮은 소리로 웃어 버렸다.

'정말 주책이다.'

세상 어느 누가 소드 마스터를 저렇게 걱정하겠는가. 신체의 강함과 정신의 건강은 다른 차원이라지만 말이다.

그들의 초조함 속에서 되레 조금은 여유로워진 나는 천천히 고개를 저었다.

"아뇨. 지금 만나야 해요."

"……."

"괜찮아요. 설마 아인하르트 후작님께서 내 아들을 적진 한복판에 버리고 온 망할 여자라고 소리를 지르기라도 하시겠어요? 설령 그렇다고 해도 제가 감당해야 할……."

"어, 어떻게 그런 말을……!"

텁.

너스레를 떨어 분위기를 풀어 보려 했건만, 칼은 별생각 없이 던진 자학적인 비유에 자기가 더 상처받은 표정으로 내 입을 틀어막았다. 진짜 충격받은 얼굴이었다.

"노아 아인하르트…… 내 딸에게 그런 말을 하다니……."

이상한 건 카이사르도 매한가지였다. 나는 황당한 얼굴로 그를 바라보았다.

"아니, 후작님이 언제 그런 말을 했습니까? 그냥 예시잖아요? 그런 말을 할 분이 아니라는 뜻……."

"결코 가만두지 않겠다. 오늘 제국의 최강이 누구인지 확인하게 될 것이다!"

카이사르는 코앞에서 그런 얘기를 들은 사람처럼 분노한 낯으로 역정을 냈다.

'어이가 없네……'

터벅터벅.

나는 진한 과몰입으로 고장이 난 두 사람을 한 번 힐끗 보다가 혼자 계단을 내려갔다.

"잠깐, 슈슈!"

"같이 가야 한다!"

우당탕!

급하게 뒤따라오는 발걸음 소리가 등 뒤에서 울려 퍼졌다.

"후……."

나는 응접실 앞에 서서 작게 심호흡했다.

노아 아인하르트. 당연히 한 번은 만나야 하는 인물이다.

그 생각으로 망설이지 않고 나섰지만, 막상 방문 앞에 다다르니 발이 끈적한 무언가에 붙잡힌 듯 움직이지 않았다.

'노아는…… 라이너와 참 닮았지.'

그 얼굴을 볼 자신이 있는 건지, 나도 알 수가 없었다.

"내가 대신 나가 주랴?"

기어코 문 앞까지 졸졸 따라온 칼이 걱정스럽게 내 안색을 살폈다. 나는 피식 웃었다.

"대신 나가서 어떻게 하실 겁니까?"

"가발 쓰고 너인 척이라도 해 볼까?"

"잘도 속아 주시겠습니다. 칼 크리시스 공자에게 이상한 취미가 있다는 소문이나 돌지 않으면 다행이죠."

칼이 의도한 건지는 모르겠으나, 그와의 대화는 확실히 내 긴장을 풀어 주었다. 긴장을 넘어 맥까지 풀어 버려서 문제이지만.

"방까지 따라 들어가겠다고 하면 네가 곤란해하겠지? 넌 이런 걸 혼자 해결하고 싶어 하니까."

눈빛으로 방문을 녹일 듯 노려보던 카이사르가 가라앉은 낯으로 나를 돌아보았다.

나는 고개를 도리도리 저었다.

"가족을 믿지 못해서가 아닙니다. 이건……."

"그래. 이겨 내기 위해선 너 혼자 마주해야 하니까. 그런 차원의 문제가 아니라는 건 알고 있다."

언젠가, 지금의 카이사르 같은 얼굴을 본 적 있다. 둥지 밖으로 날아가는 아리아가 장하면서도 걱정되어서 미칠 것 같던 나 자신에게서 말이다.

카이사르 또한 그 복잡한 간극 위에 서 있었다.

"그래도 도무지 버틸 수 없을 것 같다면 박차고 나와라. 알았느냐?"

"네."

"너는 지금까지 너무 빠르게 성장했다. 혼자 도망쳐 버렸다는 자책감을 가질 필요도, 너를 위해 희생한 이의 가족까지 책임질 필요도 없단 말이다."

'그런가?'

물가에 내놓은 아이를 바라보는 듯한 카이사르의 시선 앞에서 천천히 눈을 감았다. 현생의 나이만 셈하면 내 나이는 고작 20살이었다. 나는 어젯밤까지도 잠이 들기 전 무릎 부근에 아릿한 통증을 겪었다. 아직 성장통에서조차 채 졸업하지 못했다는 뜻이다.

'정말 내가 너무 급하게 가고 있는 건가? 전생의 세월까지 셈하면 오히려 너무 느린 거 아닌가?'

전생의 기억이 있었기에 지금이 있다는 것을 알면서도, 가끔은 없는 게 나았을지도 모른다는 생각이 들었다. 실제 경험해 보지도 못한 세월 때문에 스스로를 채찍질하는 것에 지쳐서 말이다.

"그럼……."

목울대를 울렁인 나는 카이사르와 칼을 번갈아 보았다.

"들어가는 것만 함께해 주실 수 있겠습니까?"

도무지 떨어지지 않는 발걸음을 함께 옮기는 것 정도는 괜찮지 않을까.

화악.

그 한마디에 그들의 얼굴이 비 온 뒤 갠 하늘처럼 환해졌다.

"함께 들어가는 것뿐이랴? 후작과 맞서 싸워 줄 수도 있다."

탕탕.

칼이 자신감 넘치는 얼굴로 자신의 가슴을 쳤다. 그의 입꼬리는 마구 요동치고 있었다.

'노아의 청각이라면 이 말도 다 들릴 텐데…….'

나는 괜스레 면구스러워져 얼굴을 손에 묻었다.

"응당 그래야지."

스륵.

카이사르가 내 어깨를 부드럽게 뒤로 젖히며 나를 앞서 나갔다.

"어린 것이 강하다는 이유만으로 늘 선봉에 서서야 되겠느냐."

"……."

"이번엔 내 뒤에 서라. 아직은 내가 너보다 강하니까."

달칵.

그는 내가 열지 못했던 응접실 문을 망설임 없이 열어젖혔다.

그 순간 카이사르의 등은 태산보다 더 커 보였다.

끼이익.

문소리가 작게 나면서 방 안의 모습이 드러났다. 따뜻한 색깔의 응접실에는 아치형으로 난 창을 통해 어스름히 햇빛이 들어왔다.

꾸벅.

"공작 각하를 뵙습니다. 크리시스 경과 공자도 오랜만이군요."

그 중심에 서 있던 백발의 노장, 노아 아인하르트가 사람 좋은 미소로 우리를 맞이했다.

"……후."

흐트러지려는 호흡을 간신히 붙잡았다.

나는 예상보다 담담했으나, 완전히 괜찮진 않았다.

'라이너……'

라이너와 도장으로 찍은 것처럼 닮은 고귀한 금안은 마주하는 것만으로도 고역이었다.

나는 이성을 붙잡으며 침착하게 노아를 살펴보았다.

자애와 엄격함이 한데 뒤섞인 고즈넉한 낯은 변함이 없으나, 자세히 보면 전보다 더 야위었다. 턱뼈가 불거졌고, 눈 밑이 살짝 파여 있었다. 영원불변의 고목 같던 노아도 라이너의 부재로 힘들어하고 있었다.

'당연하겠지. 자신의 아들이니까.'

일주일을 폐인처럼 보낸 나조차도 감히 노아보다 힘든 시간을 보내고 있다고 말할 수는 없었다. 나는 노아 앞에서 도무지 고개를 들 수가 없었다.

카이사르는 고개를 떨군 나를 힐끗 보더니 마음에 들지 않는 듯 입매를 삐뚜름히 했다.

"……그래. 반갑군, 아인하르트 후작. 언질 없이 온 건 자네이니 대접이 소홀한 것은 양해하게."

"물론이지요. 사실 길게 있을 시간도 없어서 말입니다. 공작님도 아시잖습니까? 기사단 일이 얼마나 바쁘게 돌아가는지."

카이사르의 차가운 눈빛 앞에서도 노아는 여유로웠다.

싸아아-

소드 마스터 셋이 한자리에 모인 이곳은 물이 가득 든 물풍선처럼 팽팽한 기운이 감돌았다.

"내 딸에겐 무슨 용건으로 찾아왔나?"

"황명을 전하고자 왔습니다."

"뭐?"

얼굴을 구긴 카이사르가 헛웃음을 지었다.

"설마, 황궁의 호출에 응하지 않았다고 자네를 보낸 건가?"

그럼 정말 약은 것이긴 했다. 모든 손님을 거부하고 있는 나에게 노아라는 거절할 수 없는 사신을 보낸 거니까.

카이사르가 '그 망할 늙은 여우가……'라고 중얼거리는 순간, 노아가 단호하게 고개를 저었다.

"그렇지 않습니다. 오히려 황제 폐하께서는 크리시스 경이 직접 황궁에 올 때까지 이야기를 미루고자 하셨죠."

"……."

"하지만 제가 일부러 온 겁니다. 개인적으로 하고 싶은 이야기도 할 겸 말입니다."

노아가 나를 가만히 바라보았다. 황금빛 안광은 햇살처럼 따스했다.

"꼭 한번 보고 싶었네. 잠깐 대화를 나눌 수 있겠나?"

나는 감았던 눈을 천천히 떴다.

"먼저 찾아뵙지 못해 죄송할 따름입니다."

충직한 검이 되려 했는데 5

털썩.

쏟아지는 세 쌍의 시선 아래, 나는 소파에 앉았다.

"나누시죠, 대화. 단둘이."

문제를 해결하기 위해선 시간이 필요할 때도 있다. 그러나 정작 내가 일주일
동안 휴식하며 느낀 건, 피한다고 되는 것이 아무것도 없다는 사실이었다.

역시 이런 정면 돌파가 내 성향에 맞았다.

"……슈슈."

"잠시 자리 좀 비켜 주시겠습니까?"

카이사르와 칼의 얼굴엔 걱정 근심이 가득했지만, 둘 모두 결국 별말 없이 물
러섰다.

"후작."

방을 나서기 직전, 카이사르가 노아를 돌아보았다.

"자네 아들은 반드시 구할 거다."

"……."

"자네 때문이 아니라 내 딸을 위해서도."

나는 그 무뚝뚝한 한마디가 카이사르의 최선을 다한 위로라는 것을 알 수 있
었다.

"……당연한 소리를 하십니다."

노아 또한 이를 알아차렸는지, 주름진 눈매를 늘어뜨리며 희미하게 웃었다.

탁.

"……."

"……."

문이 닫히고, 노아와 나, 단둘이 남은 공간에 침묵이 감돌았다.

"잘 다녀왔느냐, 잘 지냈느냐 하는 진부한 인사는 하지 않겠네."

"……."

"둘 중 어느 쪽에도 해당되지 않을 것은 분명해 보이니."

먼저 침묵을 깬 것은 노아의 중후한 목소리였다. 나는 그제야 푹 숙이고 있던 고개를 천천히 들었다.

"수고했네. 자네는 임무에 성공했어."

그의 말투는 자신의 아들이 적진 한복판에서 죽었을지도 모른다고 여기는 사람치고는 지나치게 덤덤했다.

"후작님께서는……."

괜찮으십니까?

그 말은 도무지 입 밖에 나오지 않았다.

괜찮지 않을 테니까. 괜찮을 리가 없으니까.

이 상황에서 정신을 붙잡고 황궁의 기사단장으로서의 사명을 다하고 있는 그를 도무지 따라갈 자신이 없었다.

"그런 표정 짓지 말게. 자네가 잘못한 건 하나도 없으니."

말도 다 끝맺지 못하고 쩔쩔매고 있는 나를 보며 한숨 쉬듯 웃은 노아가 소파 등받이에 깊게 몸을 기대었다.

"전쟁이 잔인한 이유가 바로 이걸세. 사람 목숨에 값어치를 매겨야 한다는 것."

"……아."

"황궁 제2기사단장 라이너 아인하르트의 목숨은 제국 황후의 목숨보다 중요하지 않네. 그러니 이 임무는 성공한 거야."

그 말은 무겁고, 또 너무나 무거웠다.

"자네가 혼자 살겠다고 도망칠 사람도 아니고, 내 아들이 자네를 사지에 가만 내버려 둘 놈도 아니지. 그놈이 선택한 거야. 안 그런가? 자네의 얼굴을 보니 아예 강제로 보내 버린 것 같은데."

"……끄덕.

나는 간신히 고개를 주억거렸다. 고개가 천근만근처럼 느껴져 작게 움직이는 것만으로도 무척 힘이 들었다.

"제 꿈을 이룬 게지. 그렇게 지키고 싶어 했으니 말이야."

노아가 끌끌 웃었다.

조금 씁쓸하게 옅어지던 그의 안광이 이내 나를 향해 선명해졌다. 굳은 노아의 얼굴은 꼭 나를 꾸짖는 듯했다.

"부디 내 아들의 의지를 무시하지 말아 주었으면 하네."

아무리 단물을 먹여도 말이 일어나지 못하면 채찍을 사용해야 하는 법이다.

"일어나게, 카슈미르 크리시스 경. 일주일이면 충분히 쉬었어."

노아는 지금 내게 필요한 게 뭔지 아주 잘 알았다.

그는 모진 사람이 되더라도 나를 일으키려 했다. 홍역에 걸렸다고 누워만 있을 게 아니라, 직접 방법을 찾아 이겨 내길 유도하고 있었다.

"암브로시오에서 지원을 요청했네. 황궁의 병력 대부분이 출정할 예정인데, 지금 제2기사단은 기사단장을 잃어 대단히 혼란스러운 상황일세. 책임져 줄 사람이 필요해."

"……."

"그리고 내 아들은 자신이 적진에서 고난을 이겨 내는 동안 자신의 기사단을 맡아 줄 적임자를 우리에게 보내 준 것 같군."

노아는 라이너가 죽었다고는 생각도 하지 않는 얼굴이었다. 그의 주름진 얼굴에선 라이너를 향한 굳은 믿음이 엿보였다. 라이너를 누구보다 더 신뢰한다고 자부하던 나 스스로가 부끄러워지는 순간이었다.

"카슈미르 크리시스 경."

"네, 제1기사단장님."

'그래. 이러고 있으면 안 된다.'

척.

드디어 마음을 다잡은 나는 노아 앞에서 한쪽 무릎을 꿇었다.

자리에서 일어나 내 앞에 선 노아가 선포했다.

"황제 폐하께서 자네를 임시 제2기사단장으로 세우셨네."

내가 감히 그 대신 돌아왔으니, 적어도 그의 빈자리는 내가 채워야 했다.

"명을 받듭니다."

나는 근 일주일간 처음으로, 무기력과 자책감에서 벗어나 확고하게 눈을 빛냈다.

"라이너 아인하르트……."

구깃.

아리아가 편지를 움켜쥐며 이를 갈았다. 은쟁반을 구르는 옥구슬처럼 청아하다는 평을 받던 목소리가 지금만큼은 마귀할멈처럼 음습하게 흘러나왔다.

"적당히 좀 불러라. 누군진 몰라도 귀 간지럽겠군."

쓱.

누아가 혀를 차며 그녀에게 따뜻한 허브티가 담긴 머그잔을 건넸다.

아리아는 편지를 읽은 후 무언가에 씐 사람처럼 그 이름만 반복해서 중얼거렸고, 그 꼴은 퍽 무심한 성정의 누아가 보기에도 심각했다.

"라이너 아인하르트……!"

벌컥벌컥벌컥.

천추의 원수를 부르듯 한 맺힌 노성을 지르며, 아리아는 잔을 수직으로 꺾었다.

"야, 그거 방금 끓인 건데……."

누아는 김이 펄펄 나는 허브티를 단숨에 비워 버린 그녀를 경악 어린 눈으로 바라보았다.

"망할……. 처음부터 북부행을 막았어야 했어!"

좌악, 좌악!

누아가 그러거나 말거나, 아리아는 이를 아득바득 갈며 편지를 거칠게 찢었다.

카슈미르가 북부에 간다고 했을 때부터 초조했다. 적진 한복판에 제 발로 들어가겠다는데 어찌 걱정되지 않겠는가. 막는다고 막을 수 있을 것 같지 않아 울며 겨자 먹기로 보내 주었건만, 결국 이 사달이 났다.

"그래도 내용을 보니 네 언니는 무사한 것 같더만."

"몸이 무사하면 뭐 해? 마음이 상처를 입었는데! 우리 언니가 방에서 안 나온다잖아!"

누아가 위로차 형식적으로 던진 말에 스위치가 눌린 아리아는 길길이 날뛰었다.

'말이 통하는 상태가 아니군.'

함께하는 며칠 새에 아리아의 지랄맞은 성격에 익숙해진 누아는 그냥 입 닥치고 있기로 마음먹었다.

'젠장! 화를 내야 하는 거야, 아니면 고마워해야 하는 거야?'

쾅!

아리아는 분한 얼굴로 책상을 내리쳤다.

카슈미르에게 마음의 상처를 입힌 라이너를 용서할 수 없었지만, 그녀의 머릿속에서 치밀하게 굴러가는 '최고의 신랑감 계산기'에선 라이너의 주가가 수직 상승하고 있었다. 카슈미르를 탈출시키고 혼자 남았다는 라이너 아인하르트는 인정하기 싫지만 너무 멋있었다.

"분풀이 끝나면 등 드러내라."

아리아의 맞은편에 빼딱하게 앉아 두꺼운 고서를 읽던 제라가 손가락을 까닥였다. 그는 며칠 동안 아리아의 비이성적인 상태에 완전히 적응한 상태였다. 그 후 몇 마디 더 욕을 내뱉던 아리아는 심호흡하며 간신히 이성을 되찾았다.

"후…… 시작하죠."

스르륵.

그리고 품이 넉넉한 긴 로브 형식의 겉옷을 어깨에서부터 늘어뜨렸다.

"쿨럭! 젠장, 그거 할 땐 말을 하라고!"

차를 마시다 말고 아리아의 맨살을 본 누아는 사레들린 듯 밭은기침을 뱉으며 급하게 고개를 돌렸다.

날개가 있는 요정족은 언제든 날개를 펼칠 수 있도록 어깨와 등이 드러난 홀터넥을 주로 입었고, 아리아는 그들의 옷을 빌려 입고 있으므로 어깨와 등의 맨살이 훤히 보였다.

"이야. 과민 반응이네. 누가 사춘기 소년 아니랄까 봐."

휘익.

제라가 짓궂은 얼굴로 휘파람을 불고, 웃음이 많지 않은 샤마임까지 서툴게 구는 제 아들을 보며 피식 웃었다. 카슈미르의 일을 제외하곤 건조하기 짝이 없는 아리아나 나이 먹은 두 사람이 지나치게 태평한 가운데, 누아만 퍽 생동적으로 움직였다.

"……놀리지 마요, 제라."

"놀리기는. 부러워서 그렇지. 풋풋한 감정도 청춘의 특권이다, 자식아."

벅벅.

개구쟁이 같은 웃음을 만개한 제라가, 얼굴을 붉힌 채 연갈색 눈을 세모꼴로 뜬 누아의 머리칼을 마구 헤집어 놓았다.

'둘이 정말 친하단 말이지?'

아리아는 그 모습을 보며 턱을 괴었다.

누아의 어머니인 샤마임이 제라와 앙숙인 만큼 누아와 제라도 서먹할 것이라 예상했건만, 그 반대로 삼촌과 조카, 더 나아가 아버지와 아들 사이로까지 보였다.

'샤마임은 누아가 제라에게 물드는 게 마음에 들지 않는 것 같지만.'

아리아는 눈을 굴렸다.

두 사람을 보는 샤마임에겐 불만스러움이 엿보였으나, 그럼에도 나서서 둘의 관계를 막지는 않았다. 그녀도 알고 있는 듯했다. 누아는 엄격한 샤마임을 사랑

충직한 검이 되려 했는데 5

하고 존경하는 동시에 어려워하지만, 제라는 누구보다 편하게 여긴다는 것을.

'샤마임보다 제라가 더 친부모 같을 지경이네.'

요정 숲에 머무른 기간은 짧았으나 눈치 빠른 아리아가 세 사람의 관계를 파악하기엔 충분한 시간이었다.

"자, 저 수줍은 소년은 무시하고 진척 상황을 확인해 보자고."

"제라!"

"소리 안 질러도 들린다. 아직 귀까지 먹진 않았어."

제라가 약 오른 누아를 뒤로한 채 걸렁한 발걸음으로 아리아에게 다가왔다.

제라가 드러난 등과 어깨뼈를 유심히 훑어보며 금테 안경을 치켜올렸다.

"만져 봐도 될까, 아가씨?"

오른쪽 테에 유리 렌즈 대신 박힌 루페가 첨예하게 빛났다. 실없는 동네 아저씨 같다가도 이럴 때는 제대로 된 연구원 같았다.

끄덕.

아리아는 눈빛에 해부당하는 기분을 느끼면서도 고개를 주억거렸다.

스르륵.

단발 길이로 내려오는 아리아의 분홍색 머리칼을 걷어 낸 제라는 그녀의 오른쪽 어깨뼈 아래에 난 긴 자국을 꾹꾹 눌러 보았다.

"기묘하네. 구멍은 있는데 날개가 나오질 않으니."

제라가 생각에 빠진 듯 제 턱을 만지작거렸다. 그의 남색 눈은 재미있는 문제를 만난 수학자처럼 반짝이고 있었다.

등에 난 새하얀 날개는 요정족의 상징과도 같다. 요정들은 15살이 되는 해에 예외 없이 날개가 솟아올랐다. 다만 부모 중 한 명이 요정이 아닐 경우, 날개가 생길 확률은 딱 절반이었다. 누아는 혼혈이지만 날개가 있는 경우였다. 특별할 것 없이 15살에 날개가 났고, 지금까지도 문제가 없었다.

다만 아리아는 특이했다.

"구멍이 언제 생겼는지도 모르겠다고?"

"사람이 자기 등짝을 볼 일은 거의 없으니까요."

오른쪽 어깨뼈 아래에 확실히 날개 구멍이 있지만, 날개를 내진 못한다. 15살에 날개가 돋기 전 느끼는 성장통이라도 느껴 보았나 싶었지만, 그때는 매일 아팠기에 분간을 못 하겠다고 했다.

"어제 한 번 더 역사서를 뒤져 봤는데, 이런 경우는 없었어. 한쪽에만 날개 구멍이 난 경우는 더더욱."

오른쪽 눈의 렌즈로 구멍을 살피는, 이미 열 번도 넘게 한 짓을 한 번 더 해 본 제라가 아리송해하며 눈을 치켜떴다. 현자의 칭호를 가진 그조차 이런 현상에 대해 알지 못했다.

"날개는 있어도 그만, 없어도 그만인데요. 굳이 신경 쓸 이유가 있는 거예요?"

아리아는 무료한 얼굴로 어깨를 으쓱였다.

그 말에 샤마임이 고개를 저었다.

"날개의 유무는 관계없다만, 성하께서 염려하신다. 오랫동안 요정 숲의 기운을 받지 못해 생긴 문제일 수 있으니까."

아리아가 16년 동안 요정 숲에 발 한번 들이지 못하고 요정 숲의 약수와 정기로만 연명해 왔다는 것을 생각하면, 그녀의 몸에 특별한 이상이 없는 것이 기적이었다.

'그 양반, 쓸데없이 걱정 많고 유약해서는.'

처연한 테세우스의 얼굴을 떠올려 버린 아리아는 성가시다는 표정을 지으면서도 부주의한 제라의 손길을 참아 냈다.

"아직까지는 별다른 방법이 없으니…… 오늘도 시도는 해 보자고. 활개."

털썩.

제라가 해부해 보지 못해 아쉽다는 표정으로 혀를 차며 근처 의자에 앉았다.

요정들에게 있어 날개를 드러내는 '활개'의 순간은 상당히 중요했다. 인간으로 치면 성인식과 다름없었다.

"자, 힘 빼고. 날개가 생겼을 때 네가 가장 먼저 날아가고 싶은 곳을 떠올려. 지금 그곳으로 날아간다고 생각하는 거야."

제라의 목소리가 나른하게 들리는 가운데, 아리아는 익숙하게 눈을 감았다.

며칠째 시도하고 있지만 날개가 자라나는 일은 없었다.

'솔직히 필요 없는데. 가고 싶으면 순간이동이 더 빠르잖아.'

아리아는 어쩐지 그 이유를 알 것도 같았다. 날개가 있어도 나쁘지 않겠다 싶지만, 꼭 필요하다는 생각은 도통 들지 않았다. 현실적인 그녀는 상상에 재능이 없기도 했다.

"아리아 크리시스."

카슈미르를 향해 날아가는 자신을 쥐어짜 내듯 힘겹게 상상해 보던 아리아는 등 뒤에서 자신을 부르는 목소리에 귀를 기울였다. 눈을 떠서 확인하지 않아도 목소리의 주인이 누아라는 것을 알 수 있었다.

누아는 일견 흉터처럼 보이는 아리아의 날개 구멍을 물끄러미 내려다보았다.

여태껏 날개를 내지 못하는 그녀를 방관했지만, 같은 혼혈로서의 동질감 때문인지, 아니면 사사로운 변덕인지 오늘따라 무언가 얘기해 주고 싶어서.

"날개가 생기면, 나는 내 친아버지를 찾아가고 싶었다."

그는 처음으로 자신의 경험담을 입에 담았다.

순식간에 공기가 무거워졌다.

제라가 웃음을 거두었다. 차가운 남색 눈동자로 누아를 가만히 바라보던 그는 느리게 입술을 달싹였다.

'네 엄마에게 상처 주지 마라.'

그 입 모양을 어렵잖게 읽어 낸 누아가 샤마임을 돌아보았다.

"……정말이냐?"

샤마임이 부들부들 떨리도록 강하게 주먹을 쥐었다.

누아는 자신의 아버지에게 관심이 없는 줄 알았다. 여태껏 자신의 아버지에 대해 한 번도 묻지 않았으니까. 그런데 날개가 생기면 하고 싶었던 것이 그 남자를 찾아가는 일이었다니. 처음 듣는 아들의 속마음에 그녀는 얼얼한 충격과 함께 쓰라림을 느꼈다.

샤마임의 옛 연인이자 누아의 생물학적 아버지인 남자.

그는 샤마임이 인간을 혐오하게 된 계기로 작용했다. 샤마임은 그를 진심으로 사랑했지만, 그는 샤마임이 요정이라는 것에 흥미를 느껴 거짓으로 미래를 약속하고 불장난을 한 것에 지나지 않았다. 게다가 그는 이미 혼인한 사실도 숨기고 불륜을 저지른 쓰레기였다. 샤마임은 그 남자를 죽도록 원망했으나, 도저히 복수할 수 없었다. 사랑했으니까. 요정 숲에서 최고라고 불리던 무투도 감정 앞에서는 소용없었다.

그녀의 복수를 대신해 준 것은 상상치도 못한 인물이었다.

'내가 그 새끼는 아니라고 했지?'

제라. 그녀의 오랜 앙숙.

공동 육아를 하는 요정들의 특성상 나이가 같은 둘은 남매처럼 함께 자라다시피 했지만, 자유분방한 제라와 원칙주의적인 샤마임은 태생부터 상극이었다.

'그런 짓을 당했는데 패 죽여 버리지는 못할망정 그냥 돌아와? 미련한 놈.'

처음으로 샤마임에게 격노한 낯을 보인 제라는 그녀에게서 차갑게 돌아섰다.

샤마임은 그 순간 그 남자에게 버림받던 때보다 더 비참한 감정을 느꼈고, 그 뒤로 제라와의 인연은 끝일 줄 알았다. 제라가 허락 없이 인간 세상에 나가 인간 하나를 반쯤 죽이고 돌아온 탓에 한 달간 침묵의 방에 수감되는 형벌을 받았다는 소식을 듣기 전까지는.

침묵의 방은 요정들의 감옥으로, 그곳에선 모든 감각이 사라져 공허 그 자체에 머물게 된다. 보통 한 달쯤 갇혀 있으면 미쳐 버리곤 했다. 제라는 원래도 미쳐 있어서 침묵의 방에서 시간을 지낸 뒤에도 크게 달라진 게 없었지만, 샤마임은 제라를 볼 자신이 없었다. 그가 무슨 생각으로 그런 짓을 저지른 건지, 고맙다는 말을 해야 할지, 아니면 화를 내야 할지 도무지 알 수가 없었다.

'뭔 죽상을 그리 무섭게 쓰고 있냐? 날이 화창하니까 인간 세계에 두고 온 네 옛 연인이라도 생각나나 보지?'

정작 제라는 정말 아무렇지도 않게 샤마임을 마주하며 그녀의 마음을 푹푹 찔러 댔지만.

큰 상처를 받고 돌아와 성격이 변해 버린 샤마임과 조심성 없는 제라의 사이는 악화되고 또 삐걱거리다가 결국 지금에 다다랐다. 그리고 오랜 시간이 지났음에도, 샤마임은 여전히 그 남자를 용서하지 못했다.

"처음엔 내 친아버지라는 남자에게 복수해 주고 싶었는데, 그 복수는 이미 다른 사람이 해 준 걸 알아 버려서 목적을 잃어버렸지."

제라를 힐끗 본 누아가 낮게 중얼거렸다.

자신의 아들이 그 사건을 알고 있다는 사실을 몰랐던 샤마임은 경악했고, 제라는 미미하게 눈 크기를 키우다가 이내 묵묵히 창밖을 바라보았다. 누아가 진심으로 제라를 믿고 자신의 아버지처럼 여겼던 이유는 10살 무렵 우연히 귀동냥으로 알게 된 그 사건 때문이라는 것을 두 사람은 모를 터였다.

"그래서 나는 날개를 내기까지 시간이 오래 걸렸다. 16살 되는 날이 며칠 남지 않아서야 펼칠 수 있었지."

아리아는 눈을 감은 채로 가만 누아의 이야기를 경청했다.

"결국 내가 날개가 생기기를 바랐던 이유는……."

"……."

"이곳에 완벽히 소속되기를 바라서였다. 어머니처럼, 제라처럼…… 나 또한 요정족이기를 바랐다. 이곳에 있어도 된다는 확신을 얻고 싶었다."

인간이고 싶지 않았다. 아리아의 귀에는 그렇게 들렸다.

누아는 혼혈이었고, 자신이 인간인지 요정인지 헷갈릴 때가 잦았다. 정체성의 혼란 가운데 아버지 같은 인간이 되고 싶지 않다는 생각만 온전했다. 완벽한 요정이고 싶었다. 누아는 그 열등감과 요정을 향한 열망으로 날개가 돋아나게 했다. 필사적으로 치유력을 연마해 어린 나이에 장로들과 맞먹는 실력을 쌓은 것도 요정으로서의 자신을 증명하기 위해서였다.

"아리아 크리시스. 너는 어떻지?"

빈 구멍을 보며 누아가 물었다.

'나는 어떻냐고?'

아리아는 요정과 인간 사이에 놓인 자신의 처지를 생각했다. 여태껏 너무 당연스럽게 스스로를 인간으로 여겨 왔기에 이런 식의 발상은 처음이었다.

'나는…… 인간이고 싶어.'

누아에겐 인간에 대한 좋은 기억이 없지만, 아리아는 반대다. 그녀는 요정과 관련해 좋은 기억이 없었다. 요정들과 가까워지고, 평생 없는 사람 취급하던 자신의 아버지에 대해서도 알아 가는 중이지만, 여전히 자신을 요정이라고 생각하지는 않았다.

'나는 인간이야.'

그래. 이건 분명하다. 요정으로서 자신의 정체성을 부정하는 게 아니라, 그냥 그렇다. 굳이 변명할 필요도 없이 아리아 크리시스는 인간이다. 그녀가 그렇게 정했다.

'그럼에도 날개를 내야 한다면, 그 이유는?'

날개야 있든 없든 상관없다. 하지만, 그녀를 걱정하는 테세우스가 아주 조금 눈에 밟히고.

'무엇보다 이용할 수 있는 건 모두 이용하고 싶으니까.'

치유력이든, 날개든, 편리한 것이란 편리한 것은 모두 가져다 쓴다.

'모두 이용해서, 내 언니를, 내 가족을, 내 세상을 지킬 거야.'

아주 속물적인 그 마음이 그녀의 진심이었다.

화아악!

그 순간, 오른쪽 어깨뼈가 참을 수 없을 만큼 뜨거워졌다.

"윽!"

아리아가 신음을 토해 내며 몸을 확 젖힐 때.

펄럭.

새하얗고 부드러운 것이 그녀의 등 뒤에서 솟구쳤다.

"······아."

활개의 장면을 코앞에서 목격한 누아가 덧없는 탄식을 내뱉었다.

누군가의 개화를 지켜보는 건 감히 형용할 수 없을 만큼 황홀한 순간이었다.

살랑-

샤마임이 바람에 실려 날아온 아리아의 날개 깃털을 허공에서 붙잡았다. 갓 피돋아난 날개의 깃털답게 솜털처럼 부들거렸다.

"······어, 그런데······."

제라는 마찬가지로 그 모습을 넋 놓고 바라보다가 이내 무언가를 깨닫고 멍청하게 입이 벌어졌다.

"저거 저래도 되나?"

"······어?"

"그러고 보니······."

샤마임과 누아도 그제야 아리아의 날개가 이상하다는 것을 깨달았다.

"뭐야? 이거 원래 이런 거야?"

통증에 정신을 못 차리던 아리아는 어이없는 표정으로 자신의 날개를 붙잡았다.

아리아의 날개에는 치명적인 문제가 있었다.

그건······.

"어휴. 이런 미련한 인간을 봤나."

화악!

흰 장갑 낀 작은 손을 타고 환한 빛이 터져 나왔다.

"어윽, 억, 뮤리엘, 제발 살살, 으윽……."

나는 건조되는 건어물처럼 몸을 꼬물꼬물 비틀며 이를 악물었다.

스르륵.

격통이 두뇌를 강타할 때, 목덜미에 길게 새겨진 저주는 한 획씩 착실히 사라져 갔다.

이곳은 황궁의 응접실. 여드레 만에 집에서 나온 나는 조나단에게 얻은 저주를 방치한 벌을 톡톡히 받고 있었다.

"일주일이나 묵히고 오니까 더 아픈 거잖아요! 달링은 돌대가리예요? 저주술사가 옆에 없는 것도 아닌데. 왜 저주를 달고 일주일을 생으로 버텨요? 그러니까 해주가 더 까다로워졌잖아요!"

푸른 소다에 우유를 섞은 듯 신비로운 색깔의 두 눈이 무섭게 치켜 올라갔다.

뮤리엘 카네이션.

황금 방패 용병이자 대륙 제일이라는 말이 아깝지 않은 저주술사.

저주술이 불법인 제국엔 출입조차 불가하지만, 황제의 생명을 구하기 위해 예외적으로 황궁에 입궁한 그녀는 일주일에 걸쳐 헬리오스의 왼쪽 얼굴을 뒤덮은 저주를 해주하는 것에 성공했다. 어마어마한 포상금을 받은 이후에도 뮤리엘은 혹시 모를 저주의 재발과 조나단으로 인해 생기는 새로운 저주의 피해자를 방지하기 위해 전쟁이 끝나기 전까지는 황궁에 남아 있기로 했다. 그녀를 이곳에 잡아 두는 데 어마어마한 금액이 나가고 있다고는 하지만, 저주술사를 적으로 두면 대단히 위험한 만큼 이렇게라도 잡아 두는 편이 나았다.

충직한 검이 되려 했는데 5

'안 본 사이에 때깔이 더 좋아졌네.'

헬리오스의 해주에 성공하고 국가 영웅 못지않은 대접을 받고 있어서인지 말랐던 새하얀 뺨에 볼살이 보기 좋게 차올랐다.

"참나. 달링은 공작가 영애까지 됐는데 왜 용병 시절보다 더 마른 것 같지? 내 밥 좀 나눠줘요? 황궁 식사가 맛있는데."

내가 그녀를 볼 때 그녀 또한 나를 보고 있었던 건지, 뮤리엘은 며칠 새에 더 가늘어진 내 목덜미를 꾹 쥐었다. 내 상태에 퍽 어이없어하는 얼굴이었다.

"사양하지……."

나는 이마에 배어난 식은땀을 닦아 내며 한숨을 쉬었다. 오늘 아침 입궁하기 위해 제복을 입다가 품이 남아서 급하게 수선하고 온 것이 떠올라 반박할 수는 없었다.

"황제와 칼 공자, 그리고 당신을 저주한 북부의 저주술사는 보통 놈이 아니에요. 그 자식한테 당하면 바로 나한테 와야 한다고요. 알았어요?"

뮤리엘이 두 눈에 불을 켰다.

그녀는 누군가를 걱정할 성정의 인물이 아니다. 그저 조나단에게 대단한 승부욕을 느끼고 있는 것 같았다.

"알았어. 알았다고."

나는 귀 따갑도록 들은 잔소리를 한 귀로 흘려보내며 기계적으로 대답했다.

'자네…… 일주일 동안 저주의 고통을 참았던 건가? 생으로? 당장 뮤리엘 카네이션에게 다녀와! 황명이다!'

사실 뮤리엘을 찾을 생각이 없었는데, 곧바로 헬리오스를 알현했다가 내 목덜미에 새겨진 저주의 문자를 보고 기겁한 그로 인해 리엘에게 내쫓기듯 오게 되었다.

저주의 격통으로 죄악감을 잊는다는 게 얼마나 멍청한지 나 자신도 알고 있었기에 순순히 이곳으로 온 참이었다.

"흥. 얼른 황제한테나 가 봐요."

콩.

내 태도가 마음에 들지 않는 듯 미간을 좁힌 뮤리엘은 제 몸보다 더 큰 완드를 휘둘러 내 정수리를 아프지 않게 때렸다. 나는 목덜미를 매만져 보았다. 고통이 지나간 자리에 마기는 사라졌으나 활자가 새겨졌던 흔적은 여전히 남아 있었다.

복부와 목덜미, 지우지 못하는 흉터는 늘어만 간다.

차라리 그편이 마음 편했다. 아무런 고통도 없이 얻은 승리는 오히려 나를 더 괴롭게 했을 테니까.

"고맙다, 뮤."

"고맙긴 뭘. 이 일로 보너스 끝내주게 당겨 먹을 건데요."

그녀가 새초롬하게 고개를 휙 돌렸다.

"저주가 다시 아파 오면 바로바로 찾아와요. 제국에 있는 동안은 돈 안 받을 테니까."

그녀를 움직이는 건 돈뿐이고, 숨만 쉬어도 황궁에서 억만금의 시급을 받고 있기에 남아 있는 것임을 뻔히 알건만. 퍽 뻔뻔한 생색이었다.

"어련하겠나."

그럼에도 싫지 않은 것이 그녀의 매력이리라.

나는 피식 웃고 그 자리에서 떠났다.

늘 엄숙하던 황궁은 요 근래 대단히 소란스러웠다.

[카슈미르, 그리고 미르. 지금까지 그대가 나와 내 아들들에게 베푼 은혜는 평생에 걸쳐서라도 다 갚지 못할 거야. 나는 지금부터 내가 할 수 있는 모든 것을 하려 해.]

나는 티나에게서 온 편지를 떠올렸다. 일주일을 미루다가 오늘 아침에야 확인한 편지엔 황궁이 소란한 이유를 명명백백히 밝히고 있었다.

[나는 세레논을 황제로 만들기를 포기할 걸세. 그리고 키프로스를 고발할 거야. 나를 위해, 내 두 아들을 위해, 그대를 위해, 그리고 제국을 위해.]

티나 키프로스는 중대한 결단을 했다. 권력을 향한 집착을 놓고, 자신과 세레

　　　　　　　　　　　　　　　충직한 검이 되려 했는데 5

논이 위험해질지언정 친가인 키프로스를 버리기로.

[디에고와 많은 얘기를 나누었네. 용서는 바라지도 않으니 협력을 바란다고 했으나, 그 아이는 내게 용서할 죄조차 없다더군. 자신을 향한 암살 시도들은 모두 내가 아닌 키프로스의 뜻임을 알고 있었다고. 권력과 혈연에 두 눈이 멀어 오랫동안 잊고 있었어. 피가 이어지지 않았을지언정 그 아이 또한 내 아들이라는 걸.]

나는 편지를 몇 번이고 곱씹어 읽었다. 미사여구 하나 없는 딱딱한 상황 보고에 불과하건만, 그 안에 담긴 새로운 마음이, 의지가 좋았다.

[더 이상 두렵지 않네. 그대 덕분이야, 나의 친우.]

그렇게 끝을 맺은 편지를 다섯 번째 읽었을 때 입가에 퍼졌던 미소의 의미는 제국의 황후라는 최강의 말을 손에 넣었다는 성취감도, 그녀를 계몽시켰다는 뿌듯함도 아니었다. 새로운 친구가 생겼다는 것이 기뻤다. 그뿐이었다.

'디에고나 세레논이나 눈코 뜰 새 없이 바쁘겠지.'

오늘 아침, 티나가 키프로스를 북부와 내통한 배후로 지목했다는 사실이 길거리에 신문으로 날렸다. 곧 키프로스에 대한 재판이 열릴 터.

황궁에 온 김에 두 사람을 만나고 싶었지만, 안 그래도 바쁠 그들을 위해 참기로 했다.

'디에고에게는…… 편지라도 해야지.'

임무를 마치고 돌아온 직후 나를 돌봐 준 그에게 약한 모습만 보여 준 것이 못내 마음에 걸렸다. 특히 웃는 얼굴에 웃지 않던 두 눈이 목에 걸린 가시처럼 답답하게 가슴에 남아 있었다.

"폐하께서 기다리고 계십니다. 안으로 드시지요."

홀 앞에 도착하자 시종이 허리 굽혀 인사했다.

'헬리오스와 노아, 서기관만 있는 자리에서 검으로 어깨나 두드리고 끝나는 소소한 의식이라고 했던가.'

이 자리는 임시 제2기사단장 취임을 위한 자리였다. 한시가 급한 안건인 데다,

라이너가 돌아올 때까지 잠시 맡는 것뿐이라 다른 형식적인 절차는 모두 건너뛰었다.

'뭐, 긴장할 필요 없겠지.'

끼익.

나는 시종이 열어 준 문 안으로 들어섰다.

그리고 들어서자마자 굳었다.

"소솟⋯⋯."

잘근.

다급하게 입을 열었다가 혀를 거하게 씹었다.

나는 피어오르는 피비린내도 잊은 채 홀의 끝, 왕좌에서 필사적으로 내 눈을 피하는 헬리오스를 향해 멍하니 중얼거렸다.

"소소하다며⋯⋯."

헬리오스는 나와 소소함의 기준이 다른 걸까.

홀은 내가 아는 인물들로 가득 차 있었다. 그것도 거물들로만.

"분명 저까지만 참관을 허락한다고 하지 않았습니까?"

황좌 가까이에 선 카이사르가 심기 불편한 얼굴로 적안을 치켜떴다. 오늘 아침 나를 보낼 때 얼굴에 희미한 장난기가 돌더니, 의식에 참관하는 것을 비밀로 하고 있어서 그랬던 모양이었다.

"그러게 말입니다."

노아가 곤란한 듯 웃으며 맞장구를 쳤다.

분명 저 두 사람의 참관까지는 이해할 수 있지만⋯⋯.

"그랬지. 분명 그랬는데⋯⋯."

골이 아픈 듯 이마를 짚은 헬리오스가 제 옆을 힐끗 살폈다.

그의 옆자리, 황후의 지정석에서 조금 떨어진 곳에 놓인 또 다른 좌석. 대리석과 청금석으로 이루어진 우아한 의자에는⋯⋯.

"아, 이 내가 초대받지 못한 손님이다?"

퍽 당연하다는 듯, 교황 엘리오르 라가 턱을 괴고 앉아 있었다.

"지금 가라고 눈치 주는 건가요?"

고고한 자태와 상반되게, 그의 얼굴은 심술궂으리만큼 히스테릭했다.

헬리오스가 빠르게 고개를 저었다.

"물론 아닙니다. 다만, 원래 간소하게 하려 했는데…….."

"정말 간소하게 하고자 했다면 황가의 인원부터 줄였어야지요."

엘이 황가 쪽의 두 사람을 향해 눈을 희번덕거렸다.

"황태자와 2황자까지 왔는데 내가 있지 못할 이유가 있나요?"

그의 말대로, 홀 한편엔 디에고와 세레논까지 서 있었다.

"저놈들은 이제 머리 좀 컸다고 아비 말을 안 듣는단 말입니다…….."

한 손에 얼굴을 묻은 헬리오스가 나와 카이사르, 노아나 들을 수 있을 법한 작은 목소리로 중얼거렸다. 천하의 헬리오스도 눈 돌아간 상태의 엘을 상대하는 건 버거워 보였다. 나는 처음으로 그가 안쓰러웠다.

"교황 성하와 한낱 황자에 불과한 저희 발걸음의 무게가 같겠습니까."

세레논은 당황해 동공 지진을 일으키는 가운데, 디에고가 녹아내릴 듯 달콤하게 웃으며 백 년 묵은 구렁이처럼 유연하게 받아쳤다. 분명 엘을 향한 존중이 기반이건만, 어째서인지 '교황이 할 일 없어서 이런 일에까지 행차했냐?'라는 말로 들렸다.

"……하."

엘도 같은 것을 느꼈는지 차갑게 조소했다. 평소 천사 같은 얼굴이 얼음장처럼 차가웠다. 그 앞에 서면 나라도 오금이 저릴 것 같건만, 디에고는 엘의 시선을 한 치도 피하지 않고 받아 냈다. 오히려 그의 시퍼런 벽안이 엘의 은안보다 더 차가운 것 같기도 했다.

싸아아―

엘과 디에고의 시선이 칼싸움하듯 맞부딪쳤다.

"스, 스, 스, 스승님! 임시지만 제2기사단장직을 맡게 되셨다면서요? 저도 이제 기사단장의 제자가 된 거네요! 하하, 즐겁습니다!"

분위기가 살벌해지는 가운데, 세레논이 나를 향해 달려왔다. 괜히 구경하러 왔다가 봉변당했다는 표정이 선연했다.

"자, 어서 오시죠!"

자연스럽게 내 어깨에 팔을 두르려던 그는 잠시 움찔하더니 갑자기 뒷짐을 지고선 고갯짓으로 나를 이끌었다. 나는 어영부영 그를 따라갔다.

쏟아지는 시선에 살갗이 타는 감각을 느끼며 황좌 앞에 서자, 헬리오스가 헛기침을 했다.

"크흠. 어쩌다 보니 사람이 좀 많아졌지만 달라질 건 없네."

'내가 눈빛으로 화형당하게 생겼는데 무슨 소리를 하는 거야?'

내가 어처구니없어하거나 말거나, 헬리오스는 자신의 검을 쥔 채 어기적어기적 내게로 다가왔다.

"소소하다면서요?"

그가 코앞에 왔을 때, 나는 정중하게 한쪽 무릎을 꿇으면서도 이를 악물고 중얼거렸다.

"진짜 미안하네. 대신 빨리 끝내 주겠네."

헬리오스가 시든 시금치처럼 힘없이 고개를 숙였다. 나는 한마디 더 하고 싶었지만 참기로 했다. 헬리오스는 이미 충분히 면목 없어 보였으니까.

스르릉.

그가 검집에서 검을 뽑고, 검등으로 내 어깨를 두드렸다.

툭툭.

"태양이 떠 있는 한 어쩌고 저쩌고……. 하여간 지금부터 그대는 제2기사단장이다."

놀랍게도 그것이 끝이었다.

'뭐야?'

나뿐만 아니라 기가 막힌다는 모두의 시선이 헬리오스에게로 쏟아졌다.

'이렇게 대충 할 거면 그냥 하질 말지……'

번갯불에 콩을 볶아 먹어도 이것보다는 정성스러울 거다.

겉으로 보기엔 대단해 보이는 단체도 속을 들여다보면 놀라울 정도로 주먹구구식인 경우가 있는데, 헬리오스의 제국 운영이 그 경우였다.

"그, 그걸로 된 겁니까?"

작은 탁자 앞에 앉아 이 순간을 기록하던 서기관이 당황을 넘어 황당하다는 낯으로 헬리오스를 바라보았다. 형식적으로 한다는 말은 들었을 텐데 진짜 이렇게까지 형식적일 줄은 몰랐던 모양이었다.

"이거면 됐지. 그 기나긴 임명문을 다 낭독할 필요가 있나?"

약이 오를 정도로 태연자약하게 어깨를 으쓱인 헬리오스가 빠르게 뒷걸음질 했다.

"자, 끝! 그럼 이제…… 알아서들 하게."

스스슥.

나와 사람들 사이를 가려 주던 헬리오스가 물러서는 동시에 엘과 디에고의 눈이 내게 꽂혔다. 내 남자관계에 지나치게 관심이 많던 헬리오스조차도 지금만큼은 심상치 않다는 걸 느낀 건지, 지금 당장 빠지고 싶은 기색이 역력했다.

마치 피할 수 없는 흐름처럼 엘이 자리에서 일어나고, 디에고가 나를 향해 다가올 때였다.

"자, 잠깐!"

나는 다급하게 손을 번쩍 들었다.

"중대, 중대 발표가 있습니다!"

이건 계획된 순서였다. 절대 일주일 동안 저 두 사람의 연락을 무시한 후폭풍이 무서워서 도망치려는 게 아니었다.

절대로.

··•—§✦§—•··

"이런, 중대 발표라니! 저같이 별거 없는 2황자는 자리를 비켜 드려야겠군요!"

헬리오스의 건성건성 의식이 끝난 순간부터 발을 동동 구르던 세레논은 이때다 싶었는지 꽁지에 불이라도 붙은 듯 빠르게 뛰쳐나갔다.

이 구렁텅이에 스승을 미련 없이 두고 가는 걸 보면 사제의 연도 참 부질없었다.

"……그래. 맞아. 북부에서 얻어 온 정보가 있다고 했지?"

헬리오스는 껄끄럽기 짝이 없는 표정으로 엘을 돌아보았다.

"크흠. 성하, 함께 자리를 옮기시겠습니까? 시간이 여의치 않다면 이후 서신으로 전달해 드리겠습니다."

의식을 치르기 전, 헬리오스에겐 북부에 대해 보고할 것이 있으니 의식이 끝난 뒤 자리를 만들어 달라고만 언질을 해 두었다.

원래는 헬리오스, 노아와만 시간을 가질 생각이었지만, 따돌리는 게 아닌 이상 우리끼리 할 애기가 있다는 이유로 교황에게 축객령을 내리는 건 예의가 아니었다. 어차피 교황에게도 전달될 이야기이니 지금 함께 듣는 것이 효율적이기도 했다. 그럼에도 헬리오스는 제발 그가 빠지길 바라는 얼굴이었다.

"……후후."

엘은 무섭도록 차분한 낯으로 웃었다. 도무지 무슨 기분인지 읽히지 않아서 더 무서웠다. 그의 시선은 내게 고정되어 있었다.

"아주…… 중대한 이야기여야 할 거예요."

중대한 이야기가 아니면 누군가의 뼈 하나쯤 부러뜨릴 듯 음산한 목소리였다.

나는 슬금슬금 게걸음을 쳐 카이사르의 뒤에 숨었다.

"아, 아버지께서도 함께 들으시는 편이 좋겠습니다."

카이사르까지 한 번에 듣는 편이 나아서 한 말이었다. 절대 혼자 가기 좋아 그런 게 아니었다.

"물론이다. 군 통솔권은 내게 있는데, 내가 아니면 누가 듣겠느냐."

신성 모독으로 고발이 가능할 만큼 불손한 눈으로 엘을 흘겨본 카이사르가 헬리오스를 향해 눈을 부릅뜨며 말했다.

"저도 함께 갑니다."

그건 부탁도, 제안도 아닌 통보였다.

헬리오스가 쩝 하고 입맛을 다실 때, 누군가 한 발자국 나섰다.

"모두가 모이는 즐거운 자리에 제가 빠지면 섭섭하겠죠?"

분명 웃고 있는데 이를 악문 것 같은 디에고였다.

"저도 들어야겠습니다."

"……."

"안 그런가, 크리시스 경?"

그가 부드러운 눈길로 나를 돌아보았다.

양심에 격통을 느낀 나는 정신없이 고개를 끄덕였다.

"허이고……."

노아가 격동의 청년들을 바라보며 감탄하듯 탄식했다.

"……."

그리하여 지금 제국의 소드 마스터 세 명과 황제, 교황, 황태자가 한곳에 모인 것이다.

"다들 바쁜 시국이지 않나? 빠르고 명료하게 끝내도록 하지."

헬리오스가 어색한 침묵을 끊으며 내게 손짓했다.

쏟아지는 시선 속에서, 나는 혀로 입술을 한 번 축였다.

"북부에서 그들의 정상 회의로 추정되는 것을 엿들었습니다."

곧바로 본론에 들어서자 저마다의 감정을 담고 있던 얼굴들이 일시에 진지해졌다. 헬리오스는 태만하던 자세를 바로잡았고, 디에고는 두 눈을 시리게 빛냈다.

"이번 암브로시오전엔 북부의 수장, 지그문트 하이드 또한 참전할 예정이며, 전투에서 패배한다면 그때는 '악령'을 사용할 것이라고 했습니다."

나는 목숨을 걸고 알아낸 정보를 토씨 하나 빠뜨리지 않고 옮겼다.

"……악령? 악령이라고 했나?"

모두가 아리송한 표정을 짓는 가운데, 노아가 굳은 얼굴로 주먹을 으스러져라 쥐었다. 그는 악령의 정체를 알고 있는 것 같았다.

"악령이 뭔지 설명해 줄 수 있나요?"

"네."

엘의 지긋한 시선 앞에서 나는 자신 있게 고개를 끄덕이며 웃었다.

"일주일 동안 놀기만 한 건 아니거든요. 연구했습니다."

나는 내 방에 틀어박혀 있던 근 일주일간 흑마법과 고대 주술에 관련한 수십 권의 책을 뒤졌다. 카이사르와 칼이 걱정할까 봐 모두가 잠든 밤에 몰래 한 것이었다. 연락에 답하지 않아 걱정하게 만든 것에 변명할 여지는 없지만, 이것이 엘과 디에고에게 조금이라도 이유가 되어 주었으면 했다. 안 그러면 미안해서 죽어 버릴 것 같았다.

"악령이라면 나 또한 알고 있네. 북부와 맞닿은 국경에서 마수 토벌을 할 때 우연히 들었지. 그때는 허황된 괴담인 줄 알았건만……."

왠지 엘과 디에고의 얼굴이 동시에 일그러질 때, 노아가 심각한 낯으로 수염을 매만졌다.

"대체 언제 연구했는지 모르지만…… 한번 들어 봐야겠군."

카이사르가 눈썹을 꿈틀거리며 나를 흘겨보았다. 쉬라고 놔뒀더니 왜 또 일을 하고 자빠졌냐고 꾸짖는 눈빛이었다. 나는 눈을 굴려 그의 시선을 피하며 황급히

충직한 검이 되려 했는데 5

설명을 시작했다.

"'악령 부리기'는 흑마법의 일종으로, 죽은 이의 영혼을 불러일으키는 주술이라고 합니다. 악령은 이성 없이 오직 주술사의 명령만을 듣는데, 상당한 공격성을 띠고 있으며 적의 영혼을 갉아먹는 끔찍한 공격을 할 수 있다고 하더군요."

나는 제국에서는 유통되지 않아 정보 길드까지 이용해 밀매입한 흑마법 책을 마흔두 권째 뒤진 뒤에야 겨우 찾아낸 짧은 두어 문단을 곱씹었다.

노아가 고개를 끄덕였다.

"무엇보다 악령이 무서운 이유는 물리 공격이 통하지 않기 때문이라고 하지. 악령에게 타격을 줄 수 있는 것은 오러와 신성력, 그리고 치유력뿐."

정결하게 벼린 기운만이 악령을 베어 낼 수 있다고 했다.

"그때는 허황되다고 생각해 넘겨들었는데 실제 가능할 줄이야."

노아가 눈을 질끈 감았다 뜨며 이마를 짚었다. 제1 기사단장으로서 실제 그런 것들을 상대해야 하니 심란할 만했다.

"성기사들을 대비시켜야겠군요."

깍지 낀 엘이 눈을 내리깔았다. 그의 은안은 깊게 가라앉아 있었다.

"악령은 무한대로 만들 수 있는 건가?"

디에고가 계산에 들어간 듯 차갑게 식은 얼굴로 물었다.

나는 고개를 저었다.

"들은 바로는 주술사에게 리스크가 상당한 주술인 듯합니다. 사용하기 꺼리는 그들도 최후의 보루로 사용하려는 듯하더군요. 그리고 무엇보다 책에 따르면 아주 깊은 원한이 남은 영혼의 뼈를 제물로 사용해야 해서 주술의 재료를 물색하는 것조차 힘들다는데……."

나는 저주의 흔적이 남은 목덜미를 손으로 쓸었다.

"북부는 원한을 가지고 죽은 이가 너무 많아서…… 제물 확보는 문제없어 보이더군요."

싸늘한 침묵이 방 안을 감쌌다.

이것은 제국의 원죄다. 우리는 그들에게 고인을 모독하는 주술까지 사용하며 추잡하게 이기려 든다고 비난할 자격이 없었다. 그 고인이 되게 한 것이 누군가.

"……그렇군."

헬리오스가 실없는 대답을 툭 뱉었다. 그답지 않게 복잡한 얼굴이었다.

"중요한 정보를 엿듣고 오느라 수고했네, 크리시스 경. 이 정보는 그대가 생명의 위기를 겪으며 가져온 것임을 알아."

"당연한 일을 했을 뿐입니다."

"다만, 당장은 악령을 상대하는 것보다 급한 일이 있는 듯하네."

스르륵.

진중한 목소리로 나를 치하한 노아가 자리에서 일어섰다.

"발악을 하는군. 이렇게 죽을 수는 없다는 건가?"

스르릉.

차갑게 조소한 카이사르가 허리춤에서 검을 뽑았다. 황제와 교황 앞에서 허락 없이 발검하는 것은 그가 공작이라도 퍽 위험한 행위였지만, 나는 말릴 생각이 없었다.

"……무슨 일이지?"

그들의 행동에서 이상한 낌새를 눈치챘는지 디에고가 미간을 좁혔다. 헬리오스와 엘도 얼굴이 굳은 채였다.

"내일부터 제2기사단장으로 일하게 되면……."

나는 손을 뻗어 티웨어가 놓인 은쟁반을 쥐었다.

"황궁의 보안부터 강화해야겠군요."

쨍그랑! 쉬익!

그리고 디에고에게 몸을 날려, 창문을 깨고 그를 향해 날아오는 비수를 은쟁반으로 막아 냈다.

충직한 검이 되려 했는데 5

까앙.

허공에 뜬 찻주전자와 찻잔이 찻물 한 방울 흘리지 않은 채 은쟁반에 도로 내려앉았다. 놀라서 커진 디에고의 눈이 시야에 가득 찼다.

"염려치 마세요. 무슨 일이 있어도 지켜 드리겠습니다."

까각.

나는 중심이 정확히 꿰뚫린 은쟁반에서 비수를 뽑아내며, 디에고의 귓가에 속삭였다.

"들어가서 황태자를 노려라!"

깨진 창문 너머에서 다섯 명의 살수가 들이닥쳤다. 이중 삼중의 보안 마법이 걸린 황궁의 창문을 깬 것으로 보아 꽤 훌륭한 실력자들인 것으로 보였지만, 우리 사이에 긴장감이 도는 일은 없었다.

"백작이 미쳐도 단단히 미쳤나 보군."

탁.

내 옆에 선 카이사르가 심드렁한 얼굴로 혀를 찼다. 그는 검도 제대로 들지 않았다. 이 대낮에 뻔뻔하고 멍청하리만큼 무모하게 황태자를 노릴 만한 세력은 딱 하나였다.

궁지에 몰린 키프로스 백작가. 북부에겐 잘린 꼬리가 돼 버렸고, 최고의 아군이었던 티나는 그들에게 등을 돌린 것도 모자라 내부 고발까지 해 버렸다. 북부와 내통한 것이 사실로 밝혀지면 멸문당할 수도 있는 만큼, 그들에겐 절체절명의 위기일 터였다.

'디에고가 죽으면 어쩔 수 없이 세레논이 황태자가 되어야 하니 세레논의 외가인 자신들을 죽일 수는 없을 것이다. 그렇게 생각하는 거겠지.'

극에 몰린 이들만 할 수 있는 발상이었다. 그리고 그건 극단적이고 치졸하며 역겨워도 틀린 생각은 아니었다.

'하지만 이곳을 덮친 건 선을 넘었지.'

그들이 여태껏 몇 번이고 디에고의 암살을 시도했음에도 멀쩡한 것은 세력가 여서가 아니라, 황위 계승권 다툼에 황제가 관여할 수 없기 때문이었다.

아무리 헬리오스가 디에고를 사랑해도 직접 나서서 키프로스를 치워 줄 수는 없었다. 디에고는 헬리오스의 손을 빌린 순간부터 황제가 될 자격이 없음을 증명한 것과 다름없었다. 하지만 황제와 교황, 공작까지 있는 자리를 덮친 이상 계승권 다툼으로만 볼 수 없는 노릇이었다.

"감히…… 누구 앞에서 누구를 노리는가! 감히!"

콰앙!

이것은 반역죄이고, 헬리오스는 이를 결코 좌시하지 않을 것이다. 처음으로 보는 헬리오스의 격노한 낯과 책상을 내리치는 꽉 쥔 주먹이 이를 보증했다.

"두려움에 사로잡힌 인간이 얼마나 멍청해지는지 또 한 번 알게 됐네요."

스륵.

헛웃음을 친 엘이 여유롭게 찻잔을 들었다. 우아하게 찻잔을 기울이는 그의 모습은 일견 낙원에 있는 것처럼 평화로웠다.

"하지만 이건 도를 넘은 멍청한 짓이라는 생각도 드는군요."

엘이 고개를 틀어 측면을 바라보았다.

콰콰콰쾅!

"크악!"

서걱!

"으윽!"

그곳은, 일방적인 학살의 현장이었다.

촤아악!

금빛 오러와 붉은 오러가 이러저리 뒤섞이고 풀어지며 초대받지 않은 손님들을 갈가리 찢어 냈다. 정석적이고 단단한 노아의 검술과 폭력적이고 날카로운 카이사르의 검술이었다. 둘이 지독히도 다르지만 동선이 겹치거나 공격이 꼬이는

충직한 검이 되려 했는데 5

일은 없었다. 그들의 모든 움직임은 불협화음처럼 오묘한 조화를 이루었다. 한눈에 봐도 전투 성향이 정반대건만, 워낙 오랫동안 함께 싸워 왔기에 본능적으로 서로에게 맞추는 듯한 모양새였다.

'……과연 대단하네.'

나는 한 발 빠져 헬리오스와 엘, 디에고를 지키는 동시에 두 소드 마스터의 전투를 구경하며 감탄했다. 카이사르와는 여러 번 대련했지만, 그는 내게 진심으로 검을 휘두르지 못했다. 진정 살기를 두른 그의 검술을 보는 건 이번이 처음이었다. 노아의 검술은 완전히 초면이었고.

그러나 단번에 알 수 있었다. 그들이 어째서 대륙의 최강자를 논할 때 결코 빠지지 않는지. 그저 소드 마스터이기 때문이 아니었다. 정반대 성향인 두 검엔 그들이 세월로 쌓은 저마다의 정답이 담겨 있었다.

'노아는 지키는 검, 카이사르는 베는 검.'

두근두근 심장이 뛰기 시작했다. 나는 낭자한 피와 위급한 상황도 잊고 그들의 검술에 빠져들었다.

'언제 한번 셋이서 싸우자고 해 볼까?'

그들과 검을 맞대고 싶어서 견딜 수 없었다.

쉬익-

깡!

"켁!"

나는 당장 뛰쳐나가고 싶은 마음을 꾹꾹 억누르며, 기어서 도망가려는 살수를 향해 은쟁반을 원반처럼 날렸다. 쟁반에 머리를 세게 맞은 살수가 눈을 뒤집고 기절했다. 내 등 뒤에 선 세 사람의 어이없는 시선이 뒤통수에 꽂혔으나, 무시하기로 했다.

"이건 뭐…… 자살 특공대인가?"

디에고가 얼빠진 목소리로 중얼거렸다.

"어떤 멍청이들이 나 하나 암살하겠답시고 소드 마스터만 셋이 있는 곳을 덮쳐……?"

그 말대로였다. 방 안에 있는 인물 중 절반이 소드 마스터. 대마왕도 오다가 도망갈 조합이었다.

"후…… 네 앞에서 피 묻히기 싫었건만."

카이사르는 마지막 살수의 머리를 으깨려다가 나를 힐끗 보더니 목덜미를 쳐서 기절만 시킨 뒤 피 묻은 검을 닦으며 내게 다가왔다.

안 그래도 무서운 얼굴에 피까지 묻히자 마치 살육을 마치고 온 악마 같았으나, 내게는 그저 아버지일 뿐이었다.

"실력은 나쁘지 않다만 제대로 검을 배운 적 없는 뒷골목의 살수들 같군요. 배후자야 뻔해도 심문을 해 보는 편이 좋겠습니다."

비교적 신사적으로 싸운 덕에 카이사르보다 피가 덜 묻은 노아가 여상스럽게 검을 놓으며 헬리오스 앞에 섰다.

"그래……. 거 지켜 준 건 정말 고맙다만……."

헬리오스가 떨떠름하게 벽면을 바라보았다.

정확히는 벽면이 있었던 곳이었다.

"저건 좀 심하지 않나?"

횡–

살수들이 찢어진 걸레짝처럼 사방에 널브러진 가운데, 벽은 카이사르와 노아의 오러 출력을 버티지 못해 주머니에 넣어 둔 쿠키처럼 조각 나 있었다.

잠깐의 침묵.

"공작께서 검을 꽤 난폭하게 휘두르시더군요."

"후작이 부쉈습니다."

카이사르와 노아가 서로에게 손가락질했다.

어처구니없는 광경이었다.

　　　　　　　　　　　　　　　　　　충직한 검이 되려 했는데 5

"그래. 20년가량을 함께 일해 온 두 사람 간의 정이 얼마나 얄팍한지 잘 알았네."

미적지근한 눈빛으로 카이사르와 노아를 바라보던 헬리오스가 고개를 절레절레 저었다. 어느새 몰려온 황궁 경비병들은 노아의 지시에 따라 살수들을 구속하고 주변을 빠르게 정리했다. 하나같이 새파랗게 질린 경비병들을 보니 그들도 문책을 피할 수 없다는 걸 예감한 듯했다.

"전쟁 때문에 들어가는 돈이 얼만데 틈만 나면 기물 파손을 하는 건지⋯⋯."

"저희는 이만 가 보겠습니다. 뒤처리는 후작에게 맡기지."

헬리오스의 투덜거림을 자연스럽게 씹은 카이사르가 내게 손을 내밀었다.

"가자."

그는 한시도 이곳에 있기 싫어 보였다.

"거참, 사람이 왜 그리 삭막하고 매정한가? 그러니 제국의 기사들이란 기사들은 다 자네를 꺼려 하는 거잖나! 임시 제2기사단장직도 그대에게 맡길까 하다가 다들 죽어 나갈 것 같아 카슈미르 경에게 맡긴 거 아니야!"

헬리오스가 쯧쯔 혀를 차며 카이사르에게 삿대질했다.

"그게 다 기강이 무너졌기 때문입니다. 제게 맡기셨다면, 물러서서 저를 마주하느니 지옥불로 뛰어드는 게 낫다고 생각하는 용맹한 기사들로 만들었을 것입니다."

카이사르는 수그리기는커녕 섬뜩한 붉은 눈을 부릅뜨며 대꾸했다.

어차피 바빠서—카이사르는 지금도 몸이 열 개로도 부족할 만큼 신출귀몰하게 움직이고 있었다— 못 했겠지만, 카이사르에게 임시 제2기사단장 제의조차 들어오지 않은 것이 이해가 되는 순간이었다.

"그건 용맹한 기사가 아니라 공포에 질린 광인일세."

"진짜 광인이 뭔지 보여 드리기 전에 이만 보내 주셨으면 합니다. 공공장소에 오래 있으면 제 광증이 심해져서 말입니다."

헬리오스가 질린 얼굴로 눈을 흘겼는데도 담담히 답한 카이사르가 내게 손을 잡을 것을 종용하듯 뻗은 손을 까닥였다.

'지금 가면 당장은 속 편하겠지만……'

나는 고개를 들어 카이사르를 바라보았다.

"아버지. 저 제2기사단을 한번 둘러보고 싶습니다."

노아의 말대로다. 일주일이면 충분히 쉬었다.

이제는 나를 걱정한다는 걸 뻔히 알면서도 외면하고 있었던 이들과 마주할 때였다.

"잘 생각했네, 카슈미르 경! 내일 곧바로 출근하겠지만 그 전에 지리를 익혀 두는 편이 좋겠지."

짝!

헬리오스가 반색하며 회초리로 후려치듯 강하게 디에고의 등을 떠밀었다.

"……윽."

"할 일도 없는 듯한데 황태자가 길 안내 좀 해 주지 그러나."

얻어맞은 등이 아픈지 인상을 찡그리던 디에고가 천천히 고개를 들었다.

"그래 주시겠습니까?"

나는 냉큼 기회를 붙잡았다.

예상치도 못한 이곳에서 만나 당황했을 뿐, 디에고와는 해야 할 얘기가 많았다.

"황궁 안내는 나도 해 줄 수 있는데……"

"하하. 공작님. 늙은이들은 빠져 있읍시다."

꾸깃꾸깃한 얼굴의 카이사르를 노아가 질질 끌고 뒤로 빠졌다.

"……"

읽을 수 없는 얼굴로 나를 가만히 응시하던 디에고는 이내 입꼬리를 끌어 올렸다.

"그럴까? 내게 영광이지."

'아.'

그의 미소는 어느 때고 아름답다. 세공 장인이 심혈을 기울여 빚은 듯, 가장 완벽한 각도로 호선을 그리고 달콤함을 맺었다.

'저건 황태자의 얼굴인데.'

그러나 나는 알고 있었다. 저 웃음은 진심이 아니라는 걸.

그는 황태자로서 완벽한 면모를 보여 줘야 할 때나 감정을 숨기고 싶을 때면 저렇게 웃곤 했다. 너무 아름다워서 거리감까지 드는 얼굴로 말이다.

"디에고."

"따라오겠나?"

스륵.

내가 무어라 말을 하기도 전에 디에고가 내게 손을 내밀었다. 흠잡을 데 없이 정중하고 완벽한 자태였다.

"후후……."

어쩐지 싱숭생숭한 기분으로 그의 손을 잡으려 할 때 등 뒤에서 웃음이 울려 퍼졌다. 순간 스산한 기운이 머리부터 발끝까지 훑었다.

"흐핫! 흐하하하!"

사람 웃음소리가 현악기 줄 쥐어뜯는 소리보다 더 날카로워도 되는 건가? 사람은 기쁠 때만 웃는 게 아니라는 자각이 대뇌를 후려쳤다.

"……성하, 괜찮으십니까?"

헬리오스가 이 미친놈을 깜빡했다는 얼굴로 엘을 돌아보았다. 얼굴에 웃음을 만개한 엘이 눈꼬리를 활짝 휘었다.

"전혀. 전혀 아무렇지도 않아요."

전혀 아무렇지도 않은 게 아니라는 건 악물린 그의 새하얀 치아만 봐도 알 수 있었다.

'차라리 화를 내 줬으면 좋겠다.'

기분이 안 좋을 때 화를 내는 대신 웃는 이들과 관계를 맺고 사는 건 상당히 기민한 감각과 눈치를 필요로 하는데, 나는 그쪽으로 상당히 덜떨어진 사람이었다.

예민하고 섬세하기로는 둘째가라면 서러운 디에고와 엘을 한자리에 두고 상대하려니 복통이 치미는 느낌이었다.

'이런 상황에선 차라리 라이너랑 레오가…… . 아니. 그건 아니야.'

자신의 감정에 솔직하다 못해 원색적인 두 사람이 낫나 싶어 시선을 올리다가 고개를 저었다. 지금이 오묘한 개판이라면 그건 그냥 개판이다. 감정을 숨기려는 시늉이라도 하는 지금이 더 낫다고 생각하기로 했다.

"이제 나는 꺼져 버리면 되나요?"

아니다. 취소한다. 엘도 그들 못지않게 원색적이다.

엘이 헬리오스를 향해 고개를 기울였다. 카이사르는 그러라고 대답하려다가 노아에게 블로킹을 당했다.

"그런…… 말씀을 하시면 제가 가슴이 아픕니다. 저와 차라도 한잔하시겠습니까?"

악의가 그득한 엘의 말에 눈을 질끈 감았다 뜬 헬리오스가 티타임을 청했다. 진짜 마지못한 얼굴이었다.

"후후. 그러죠."

그리고 놀랍게도 엘은 그 형식적이다 못해 가식적이기까지 한 헬리오스의 말에 부드럽게 승낙했다.

저건 헬리오스를 괴롭힐 심산인 것이 분명했다.

"……생각해 보니 할 일이…… ."

"아, 초대해 놓고는 생까겠다?"

"……있지만 모두 미루고 성하와 함께 보내려 합니다."

창백해진 헬리오스는 어떻게든 빠져나가려 했으나 곧바로 가로막혔다.

지옥에 끌려가는 사람처럼 죽상을 짓던 그는, 순간 카이사르, 노아와 눈이 마주치더니 감정 없이 입꼬리를 올렸다.

"이렇게 된 김에 공작과 후작도 함께 가지. 남자들끼리 칙칙한 시간 한번 가져보자고."

새까맣게 죽은 그의 두 눈엔 혼자 죽을 순 없다는 의지가 그득히 담겨 있었다.

"미치셨……."

"하하! 좋습니다. 삶이 어떻게 늘 기쁨으로 가득하겠습니까? 불행의 시간도있어야 비로소 행복이 행복임을 아는 법이지요."

카이사르가 인상을 와락 구기며 입에 욕설을 장전할 때, 노아가 황급히 끼어들어 호탕한 웃음을 터트렸다. 폭탄 제조기 헬리오스와 점화 장인 카이사르, 소화의 귀재 노아를 볼 때면 정말 미친 밸런스라는 생각이 들지 않을 수 없었다.

"후후. 그럼 우리는 자리를 비켜 주도록 하죠."

엘이 사뿐사뿐 걸음을 옮겼다.

나는 놀라움을 감추지 못한 얼굴로 길게 살랑거리는 그의 하늘빛 머리칼을 바라보았다. 내가 디에고와 함께 있는 것을 질색하던 그라면 당연히 우리 둘을 가로막을 것 같았건만, 생각보다 훨씬 쉽게 물러난 탓이었다.

'엘도 성장한 걸까? 그래서 이런 일에 마음이 흔들리지 않는 걸까?'

시원섭섭함과 함께 뿌듯함이 심장에서 솟아오르던 찰나, 엘이 천천히 뒤를 돌아보았다.

"좋은 하루 보내요, 크리시스 경."

아니다. 저건 절대 괜찮은 게 아니다. 무조건 괜찮은 척이다.

핏줄 선 은안과 손톱에 핏기가 살짝 배어나는 양 주먹을 본 나는 입이 벌어졌다.

'나는 왜 뭔가를 할 때마다 업보가 쌓이는 걸까?'

내가 저주술사였다면 내 온몸에 '업'의 저주 문자가 새겨져 있을 게 자명했다.

세 남자가 도살장에 끌려가는 어린 양처럼 앞장선 엘을 뒤따르고, 커다란 홀엔 나와 디에고만 남았다.

침묵이 감돌았다.

'왜 이렇게 날이 춥지?'

온도 조절 마도구가 자동으로 돌아가는 황궁에서 서늘함을 느낀 나는 가볍게 몸을 떨며 팔을 쓸었다. 도무지 디에고를 돌아볼 자신이 나지 않았다.

스륵.

하얀 제복 재킷 자락이 날리고, 내 어깨에 무게감이 더해졌다.

나는 눈을 끔뻑였다.

"가지."

한숨처럼 낮게 말을 뱉은 디에고가 앞장서서 발걸음을 떼었다.

어깨를 덮은 그의 옷이 추위를 앗아 갔다.

황궁의 구조는 알 만큼 알고 있다고 생각했건만, 여태껏 내가 알고 있었던 게 빙산의 일각처럼 느껴질 만큼 몰랐던 곳이 많았다.

더럽게 넓었다는 뜻이다.

디에고는 조곤조곤한 목소리로 제2기사단으로 가는 길과 제2기사단이 모인 궁의 구조를 소개했다. 황제가 지겨워지면 도슨트로 전업해도 되지 않을까 싶을 만큼 뛰어난 설명이었다.

"내일부터 출근할 텐데 수고하게."

"최선을 다하겠습니다."

"그리고 라이너 아인하르트 경은……."

탁.

디에고가 텅 빈 복도 한가운데에서 발걸음을 멈췄다. 그의 푸른 눈은 한없이 이성적이었다.

"자네가 직접 보았겠지만, 북부의 중심지인 미스가브는 보안이 지나치게 철저해. 그래서 자세한 정보를 얻는 것은 무리였네."

"아……."

"하지만 화장터에 연기가 피어오르지 않았다는 걸 보아 아직 죽지는 않은 것 같더군. 황궁으로 들어온 인질 협상 요청서도 없고 말이야. 그들도 머리가 있으니 아인하르트의 소후작을 함부로 죽이지는 않을 걸세."

꽉 막혀 있던 한쪽 가슴이 조금은 편해지는 것 같았다.

호된 심문은 피할 수 없겠지만, 죽지만 않으면 어떻게든 구할 자신이 있었다.

"……고맙습니다, 디에고."

안 그래도 바쁠 텐데 나 때문에 라이너의 생사를 알아보려 고군분투한 것이 보였다. 그의 인상을 한층 퇴폐적으로 만든 다크서클에 내 지분이 지대할 것 같았다.

"감사 인사는 하지 않아도 좋네. 좀 비참하거든."

디에고가 수습하지 못한 복잡한 표정을 그대로 내비쳤다.

"알겠습니다."

나는 내 입을 짝 소리 나도록 때렸다. 이런 상황에서 나는 뭔가를 할수록 일을 망치기 때문에, 그냥 하라는 대로 하는 편이 나았다.

콘트라베이스처럼 낮은 소리로 웃은 디에고가 내 눈을 바라보았다.

"……나는 그대에게 유일함을 요구하지 못해. 나도 줄 수 없으니까."

내가 아는 한 가장 이성적이고 현명한 인물. 지금에서야 조금씩 바뀌고 있지만, 디에고는 호의를 믿지 않고 감정을 도구로만 사용하던 사람이었다.

그 시절의 베일 듯한 예리함이 지금 그의 두 눈에 희미하게 비쳤다.

"나는 제국이 가장 중요하고, 그대는 중요한 것이 너무 많지. 그런 그대를 좋아해, 나는. 그대의 앞에든 옆에든 뒤에든…… 어떻게든 함께라는 사실에 감사하고 있어."

목소리는 한없이 담백하고 침착했다.

그는 제국의 황제가 될 몸. 그에겐 그 무엇도 제국보다 더 우선시될 수는 없다. 나 또한 그런 건 원치 않는다.

"그대가 무얼 해 달라고 하든 해 줄 자신이 있어. 다른 남자를 구해 달라고 해도 구해 줄 수 있고, 그대의 결혼식에 하객으로 박수를 쳐 달라고 해도 웃으면서 해 줄 수 있는데……"

사락.

디에고가 조심스럽게 한 손으로 내 뺨을 덮었다.

"울지는 마. 알았지?"

깊게 가라앉은 그의 벽안은 며칠 전부터 짓물러서 아직 아물지 않은 내 붉은 눈가에 고정되어 있었다.

"내 앞에서 다른 새끼 때문에 울지 마."

욕설을 씹어 뱉는 순간까지도 황궁 법규를 읽어 내리듯 고아했다. 그러나 뺨 가까이에서 세차게 뛰는 그의 손목 맥박만큼은 거짓말하지 않았다.

"네가 내 품에 안겨 아인하르트 때문에 울 때…… 미칠 것 같았어. 네가 나 때문에 우는 모습을 보고 싶었어."

달콤한 속삭임에 기이한 가학이 섞였다.

나는 그 어느 날 레오가 사랑에 대해 얘기했던 것을 떠올렸다.

'보지 않으면 보고 싶고, 꼭 쥐고 싶다가도 날아가는 모습을 보고 싶고, 내 뜻대로 하고 싶다가도 뜻을 이뤄 주고 싶고……. 만약 꼭 눈물을 흘려야 한다면 나 때문에 흘리길 바라는 거잖아.'

촉.

허리를 굽힌 디에고가 내 눈가에 짧게 입을 맞췄다.

"내 손 바깥에서 행복해야 해. 그렇지 않으면 황위고 집무고 다 내려놓고, 그대만 손에 쥐고 싶어질 테니까."

핏방울의 농도처럼 진득한 목소리가 귓가에 맺혔다.

디에고는 진심이었다.

이런 기분은 오랜만이었다. 목숨을 위협당하는 것도, 상대하기 어려운 적을 눈앞에 둔 것도 아닌데 목덜미에 소름이 돋았다. 그 사람의 존재감만으로 압도당하는 기분. 디에고가 황금색 피를 이어받았음은 자명했다.

"……후."

느린 심호흡 끝에 디에고가 표정을 풀었다. 날카로운 눈매가 살짝 처졌다.

"미안해. 내 그릇이 좀 더 컸다면 좋았을 텐데."

디에고가 씁쓸한 얼굴로 내 기다란 머리칼을 만지작거렸다.

"그대가 다른 사람 때문에 울 때도 상냥하게 달래 줄 수 있는 사람이었다면……."

푸르른 눈 속엔 조금 전 뱉은 말을 후회하는 기색이 역력했다.

"내게는 강한 무력도 없으니 그대의 마음을 보듬는 일만은 가장 잘하고 싶었건만."

디에고는 내가 가장 힘들었던 순간 곁에 있어 주었고, 라이너를 구해 달라는 철없는 억지도 기꺼이 들어 주었다. 그런데 시간이 지나서 내가 괜찮아진 지금, 내게 약간의 투정을 부렸다는 이유로 자책하고 있었다.

나는 디에고를 사랑하지만, 도무지 사랑한다고 말할 수 없는 이유가 있었다.

감히 이런 마음 앞에서 내가 사랑을 논해도 괜찮은 걸까?

세상 사람들은 어떻게 그리 쉽게 서로의 사랑을 확인하고, 연애를 하고, 또 헤어지는 걸까? 사랑한다는 말은 어떻게 하는 걸까?

타인을 기만하게 될지도 모른다는 사실이 두렵지 않을까? 사랑의 무게가 달라질 때는 어떻게 할까? 사랑한다고 말했는데 돌이켜도 되는 걸까?

내가 겁이 많은 건지, 사람들이 용감한 건지 모르겠지만…….

"제가 디디 때문에 얼마나 위로를 받았는데, 그런 말 같지도 않은 이유로 자책하시면 어떡합니까? 그럼 늘 당신에게 걱정만 끼치는 저는 죽어 버려야겠군요.”

나는 이 순간 디에고가 슬픈 얼굴을 하기를 바라지 않았다. 사랑이든 아니든 상관없이.

“……그런 말 하지 말게.”

디에고가 불만스럽게 미간을 좁혔다.

자기는 멋대로 자책하더니 내가 나에 대해 한마디 한 것에 경고의 눈빛을 보냈다. 웃기는 사람이었다.

“그럼 당신도 그런 말 하지 마십시오. 쓰레기통에 스스로 감금되고 싶어지니까요.”

나는 그의 뺨을 마구 주물럭거렸다.

일주일 동안 잠수 타서 욕을 바가지로 먹을 것을 각오했건만, 오히려 자아비판을 하고 있는 디에고를 보자니 눈 딱 감고 쓰레기 소각장으로 낙하하고 싶었다.

“일주일 동안 연락을 무시한 건…… 미안합니다. 시간이 필요했습니다.”

“그것도 사과하지 말게. 이해했으니까. 내가 화난 건 다른 사람 때문에 우는 그대를 용납할 수 없었던 나 자신 때문이야.”

피로가 깃든 눈을 깜빡인 디에고가 자신의 뺨을 내 손에 비비적댔다. 생긴 건 분명히 고양잇과의 맹수이건만, 하는 행동은 금빛 털을 가진 커다란 개 같았다.

사파이어처럼 반짝이는 푸른 눈이 나를 내려다보았다.

“그대가 울지 않았으면 좋겠어.”

올곧고 완벽한 황태자. 모든 제국민들의 귀감.

“그러나 꼭 울어야만 한다면, 나 때문에 울었으면 좋겠어.”

그런 이가 내 앞에서 드러내는 눅눅한 욕망은 묘한 감상을 끌어 올리기에 충분했다.

“나는 그대를 위해 폭군이 되겠다느니, 그대에게 제국을 바치겠다느니 하는 말은 빈말로도 할 수 없어. 그대에게 내 1순위를 줄 수도 없고.”

이것이 내가 디에고를 주군으로 삼은 이유다. 그는 사랑 앞에서도 흔들리지 않는 사명감을 가지고 있었다. 왕이 될 운명이 존재한다면 단연 그를 위한 것이다. 그는 뒷골목 창기에게서 태어났어도 황제가 됐을 사람이니까.

"하지만 영원히 변하지 않을 두 번째 자리를 줄게. 공적인 것을 제외한 모든 순간을 그대와 함께하고 그대를 생각하는 시간으로 채울게."

"……"

"대신 그대는 그대의 눈물만 내게 허락해 줘. 내가 이유가 아니고서야 슬퍼하거나 괴로워하지 마."

잔뜩 음습하게 말하지만, 결국 디에고는 상냥한 사람이다.

그는 내가 괴롭지 않기를 바라는 것이다. 다른 사람 때문에 운 것이 문제가 아니라, 그저 울지 않기를 바라고 있었다.

"나를 위해서만 울어. 알았지?"

디에고는 자신이 나를 울릴 리 없다는 것을 잘 알고 있을 테니까.

나는 간지럽다는 듯한 웃음을 터트려 버렸다.

"그런 말을 할 때는 좀 더 못된 표정을 짓는 편이 좋습니다."

"최선을 다했는데 별로였나?"

나를 따라 피식 웃은 디에고가 능청스럽게 고개를 기울였다. 그의 상냥함과 어른스러움이 고단했던 내 정신을 쉬게 했다.

"하지만 진심이야. 내 앞에서만 울어."

그가 짓궂은 얼굴로 내 눈가를 살살 문질렀다.

"그대, 우는 모습이 색정적이거든."

나비의 날갯짓처럼 우아하게 팔랑이는 금빛 속눈썹에, 나는 순간 열이 올랐다.

"……그런 말 좀 하지 마십시오!"

빡!

순간 그의 뒤통수를 아프지 않게 후려치고 황급히 발걸음을 옮겼다.

"아야. 어딜 그리 바삐 가나, 슈슈?"

"기사단원들 만나러 갈 겁니다! 따라오지 마십시오!"

개구쟁이처럼 웃은 디에고가 나를 성큼성큼 뒤쫓았다.

오늘따라 유독 볕이 좋았다.

•⋯⋰⋈⋱⋯•

하루라도 빨리 내가 관리하게 될 이들을 확인하고 싶었던 나는, 디에고와 함께 제2기사단원들이 있는 훈련장에 들렀다.

"황태자 저하다!"

"헉! 미르 님, 아니, 크리시스 공녀님이시다!"

조용히 둘러보고 가려 했건만, 역시 번쩍거리는 디에고의 금발을 옆에 두곤 무리인 것 같았다. 우리는 곧바로 발각당해 터져 나오는 인사를 받아야 했다.

'라이너가 워낙 인덕이 높으니 임시라도 그 자리를 맡게 된 나에게 불만이 있을 줄 알았는데…… 걱정 안 해도 되겠네.'

나를 향한 기사들의 초롱초롱한 눈빛에 부담스러울 지경이었다. 나는 악수를 청하는 손들을 기계적으로 잡고 흔들었다.

"하하. 크리시스 경은 아침부터 보고를 하느라 피곤하니 너무 괴롭히지 말게."

내가 악수하는 기계로 변하기 직전 디에고가 나섰다. 그는 환하게 웃는 얼굴로 심기가 불편한 기색을 드러내는 기술을 선보이며 나와 그들 사이를 가로막았다.

기사들의 얼굴엔 아쉬움이 가득했지만, 감히 황태자의 말에 반기를 들 수 있는 사람은 없었다.

'정신없었네.'

간신히 훈련장을 나온 뒤, 나는 삐질 흘러나온 땀을 닦았다. 내일부터 저들과 부대껴야 한다고 생각하니 벌써부터 걱정이었다.

"그대는 아직도 사람들의 선망을 감당하지 못하는 것 같군."

디에고가 기 빨린 나를 보고 배시시 웃었다.

"저는 디디가 사람들의 관심을 자연스럽게 받아들일 때마다 존경스럽습니다."

나는 자신에게 열광하는 제국민들 앞에서도 태평하게 웃으며 손을 흔들어 주던 그를 떠올리며 고개를 절레절레 저었다.

"그게 자네의 매력이기도 하지만, 그런 반응이 재밌어서 더 하는 사람들도 있을 테니 아무렇지 않은 것처럼 굴어 보게."

"그런 게 될까요?"

나는 턱을 만지작거렸다.

"사람의 호의는 늘 생소해서 도무지 태연하게 굴기가 어렵습니다. 어떤 형태든 고맙고 간질거려서 귀하게 대해 주고 싶습니다."

"……."

"그게 힘든 일이라는 걸 아니까요. 누군가를 상냥히 대한다는 건 상당한 에너지를 요하는 일 아닙니까."

그래서 냉정하고 잔인한 것보다 따스하고 상냥한 것이 훨씬 멋있다.

나를 챙기는 것만으로도 힘든 세상에서 타인에게 한번 웃어 준다는 것은 단순히 입꼬리를 끌어 올리는 행위에 그치지 않았다.

끝이 정해진 작은 샘과 같은 자신의 기력에서 한 잔을 베풀어 주는 것과 다름없었다. 나는 그런 마음을 도무지 허튼 것으로 치부할 수 없었다.

"……그래서 많은 이가 그대에게 뭐라도 주지 못해 안달이 난 거겠지."

디에고가 깊어진 눈으로 중얼거렸다.

나는 씨익 웃으며 그를 마주 보았다.

"그래서 제가 디에고를 좋아하기도 합니다. 당신이 언제든 상냥하다 하여 쉽게 여긴 적 없습니다."

그가 누구에게나 웃어 주는 사람이라고 그 웃음이 헐값이 되는 것은 아니다.

언제나 상냥해야 하는 황태자라고 내게 상냥한 것이 당연하진 않다. 모두에게 차가운 사람이 내게만 상냥해야지 특별한 것이 아니다.

사람의 상냥함이란 어느 때든, 어떤 형태든 특별했다.

"디에고가 제게 보여 주는 하루하루의 상냥함 모두, 각기 다른 상자에 담아 소중하게 보관하고 있습니다."

나는 고마움을 담아 그를 향해 밝게 웃었다.

화악.

디에고의 얼굴이 순식간에 붉어졌다. 한 입 깨물면 달콤한 진액이 터져 나올 복숭아 같았다.

"……젠장. 수련했는데. 이러기 싫어서 수련했는데!"

그가 황급히 고개를 돌리고 한 손에 얼굴을 묻었다. 그래 봤자 불타는 둥근 귀까지는 가려지지 않았지만 말이다.

'대체 뭘…… 어떻게 수련한 걸까?'

상황을 보아 얼굴이 빨개지지 않는 수련을 했다는 것 같은데, 그게 수련으로 나아질 수 있는 건지 의문이다. 나는 무슨 수련을 했는지 물어보고 싶었지만 눈치 없다는 소리를 들을 것 같아 얌전히 있었다. 마른세수를 대여섯 번 한 디에고가 고개를 들었다.

"이러니 나도 그대에게 뭐든 주고 싶은 거야. 그대는 뭐든 당연하게 여기지 않으니까."

여전히 발간 얼굴이 사랑스러웠다. 내가 배시시 웃으며 무어라 말하려 입을 열 때였다.

"……워 죽겠네. 제대로 고쳤다고요. 미르를 달링이라고 부른 건 말버릇이라고! 아무 의미 없다고! 얼마나 더 말해야 하는데요!"

건너편에서 익숙한 목소리가 날카롭게 울려 퍼졌다.

"설레는 반존대는 그만두시죠. 신성모독으로 종교 재판에 회부하고 싶어지

충직한 검이 되려 했는데 5

니."

남자의 차가운 목소리가 뒤따랐다.

나는 이곳을 향해 걸어오는 두 인영을 보고 입을 떡 벌렸다.

'뮤리엘과…… 엘?'

허공에서 흔들거리는 금빛과 푸른빛의 갈래머리, 그리고 길게 늘어져 살랑이는 하늘색 긴 머리는 상상치도 못한 조합이었다.

"두 사람……."

"이게 누구야?"

내가 무어라 말을 하기도 전, 디에고가 여태껏 본 적 없는 환한 얼굴로 한 걸음 나섰다.

"뮤리엘 저주술사와 교황 성하 아닙니까?"

스르륵.

무슨 대화를 하는 건지 앞도 안 보고 오던 두 사람이 그제야 우리를 바라보았다.

"에. 황태자랑 미르?"

"……슈슈?"

뮤리엘이 큰 눈을 끔뻑이고, 엘이 눈을 크게 떴다.

"잘 어울리는 한 쌍이로군요."

디에고가 흐뭇하게 웃었다. 그리고 비밀 얘기를 하듯 입가에 손을 세운 채, 녹아내린 바닐라 아이스크림처럼 달콤하게 속살거렸다.

"데이트 중입니까?"

쩌정.

분위기가 얼어붙는 소리가 났다.

"뭐야?"

뮤리엘이 눈을 희번덕거리는 가운데, 굳어 버린 엘이 흔들리는 은빛 눈으로 뮤리엘을 내려다보았다. 그는 이제야 자신의 옆에 선 인물의 염색체가 자신과 다르다는 걸 깨달은 것 같았다.

"황태자라고 명예 훼손의 마수에서 벗어날 수 있을 거라고 생각하지 말아요. 나는 타국인이니 국제 제판에 회부할 거예요!"

뮤리엘이 사납게 쏘아붙일 때, 엘이 나와 뮤리엘을 빠르게 번갈아 보았다.

그의 하얀 목덜미로 식은땀이 흘러내렸다. 나는 엘이 그렇게까지 당황한 모습은 처음 보았다. 일생일대의 문제와 마주한 듯 곤혹스러워 보이던 그는 이내 순식간에 순진하기 짝이 없는 표정을 지어 보이고는 어리둥절한 듯 뮤리엘을 향해 고개를 기울였다.

"누구시죠?"

'조금 전까지 대화하면서 왔는데 그게 되겠냐고.'

그는 아주 조금의 오해도 남기지 않기 위해 뮤리엘의 존재를 아예 지워 버리기로 결심한 듯했다.

"뭐야? 나도 당신 싫어!"

뮤리엘이 극도의 혐오가 담긴 얼굴로 엘을 꼬나보더니 정원 쪽으로 난 창문 밖으로 침을 퉤 뱉었다. 진짜 상종도 하기 싫다는 태도였다.

"잘 들어요. 내 취향은 돈은 많은데 머리에 든 건 없는 호구 같은 남자라고요! 이 새끼님은 머리에 구렁이 백 마리가 뒤엉켜 있어서 준다 해도 질색이야! 감히 나한테 가져다 대지 말아요!"

뮤리엘도 교황을 '이 새끼'라고 부르긴 좀 그랬는지 '이 새끼님'이라는 기괴한 호칭을 만들어 낸 듯하지만, 그걸 제하고서도 그녀의 발언은 당장 신성모독으로 수감되어도 문제가 없었다.

"제대로 들었지요? 이하 동문인 바이니, 당신의 아비가 황제 아닌 개인지 의심되는 발언은 자제하세요, 황태자."

그러나 엘은 뮤리엘의 말에 기분 나빠하긴커녕 속이 시원한 얼굴로 안도의 한숨을 쉬었다.

"……그렇군요."

두 광인의 대환장 파티를 바라보며, 디에고는 감정 없는 얼굴로 웃었다.

"몇 가지 물어볼 것이 있어서 복도에서 만난 김에 동행했을 뿐이에요. 뮤리엘 저주술사와는 오늘 생전 처음 보았고요."

어느새 뮤리엘에게서 대여섯 걸음쯤 멀어진 엘이 강력하게 피력했다. 믿어 주지 않으면 뮤리엘과 맞짱이라도 뜰 기세였다.

"흐음. 성인 남녀가 붙어 있으면 없는 감정도 생기지 않던가요?"

디에고가 아무런 의도도 없다는 듯 순진한 얼굴로 고개를 갸웃했다.

한 번만 더 엮이면 둘이서 사람 하나를 린치할 것 같은 얼굴의 엘과 뮤리엘을 앞에 두고도 전혀 물러서지 않는 배포는 과연 비범했다.

"하! 번갯불에 콩 볶아 먹는 것도 아니고 무슨 5분 만에 감정을 느껴요? 그러는 황태자 저하는 미르랑 함께 있어서 없던 감정도 생겼나요?"

천사처럼 순한 얼굴을 박박 구긴 뮤리엘이 디에고를 향해 삿대질했다.

그때, 마치 그 대답만 기다린 것처럼 아름답게 미소 지은 디에고가 한 팔로 내 어깨를 감쌌다.

"나는 이미 감정이 있는 경우고."

웃음기 섞인 목소리가 묘하게 누군가를 약 올리는 듯했다.

"……이야."

뮤리엘이 흥미롭다는 표정을 지었다. 창백한 푸름이 뒤섞인 두 눈은 재미있는 장난감을 찾은 아이의 눈처럼 반짝이고 있었다.

"설마 둘이 사귀는……."

"황태자. 황제가 그대를 찾던데요?"

뮤리엘의 말허리를 싹둑 끊은 엘이 활짝 웃었다.

"이만 가 보는 게 어때요? 이 저주술사와 손잡고요. 둘이 같은 금발이라 잘 어울리네요."

그의 새하얀 목덜미엔 핏대가 서 있었다.

"……그런 식으로 논하자면 뮤리엘 카네이션 저주술사와 성하의 머리칼에 똑같이 푸른빛이 도니 두 분이 훨씬 더 잘 어울립니다. 두 분께서 가던 길 계속 가시도록 우리는 눈치 빠르게 비켜 드릴까요?"

미약하게 눈썹을 꿈틀거린 디에고가 나를 부드럽게 벽면으로 이끌었다. 엘과 뮤리엘이 갈 길을 환히 열어 주는 듯한 행동이었다.

"뭐야? 왜 나를 지들이랑 엮인 공통분모 취급하고 난리람……."

터벅터벅.

다 들리게 혼잣말을 중얼거린 뮤리엘이 백금색과 푸른색이 뒤섞인 트윈테일을 검지로 배배 꼬며 내게로 다가왔다.

"미르. 남자는 무조건 돈 많고 멍청해야 해요. 알았죠? 머리 좋고 예민한 인간들은 안 된다고요. 함께 의뢰를 맡았던 인연을 생각해서 해 주는 말이에요."

"그래……."

난 그녀의 혁신적인 주장을 한 귀로 흘리며 감정 없이 고개를 끄덕였다. 뮤리엘은 맹한 표정의 나를 못 미더운 얼굴로 바라보다 이내 디에고에게 손짓했다.

"황제 폐하께 가는 길인 것 같은데 동행하죠."

"……나와 동행하겠다고?"

갑작스러운 제안에 디에고는 찝찝함을 숨기지 않았다. 뮤리엘은 엘을 도끼눈으로 흘겨보았다.

"나 이쪽 궁 지리 모른다고요. 갑자기 위대하신 성하께 붙들려서 여기까지 오게 됐는데 혼자 돌아갈 자신이 없단 말이에요! 망할……, 황궁을 쓸데없이 크게 지어 놔서는! 물론 집과 금고는 클수록 좋지만!"

그녀는 분을 터트리면서도 황금만능주의적인 견해를 잊지 않았다.

"그럼 왔던 대로 성하와 함께 돌아가면 되는 거 아닌가?"

디에고는 여전히 떨떠름해 보였다.

　　　　　　　　　　　　　　　　충직한 검이 되려 했는데 5

"나는 저분과 한시도 더 함께 있고 싶지 않아요."

그 가운데 뮤리엘이 망설임 없이 단언했다.

완전히 지겹다는 표정이었다.

"정말이라고요. 나 뮤리엘 카네이션을 질리게 만드는 인간은 흔치 않은 데……"

나는 무심코 엘을 힐끗거렸다가 곧바로 눈을 깔았다. 지금까지의 경험으로 알고 있었다. 눈을 부릅뜨고 웃는 엘은 건드리지 않는 편이 유익하다는 걸.

"나도 태자 저하랑 가는 것이 유쾌하진 않거든요? 하지만 미르를 데리고 갔다가는 오늘 밤 살수들이 들어오는 걸 막지 못할 것 같으니, 차악의 선택지인 저하와 동행할 수밖에요."

뮤리엘은 예나 지금이나 저러다가 혀 잘리는 게 아닐까 걱정이 될 정도로 신랄했다. 틀린 말은 하지 않는 것이 유일한 정상참작 요소였다.

뮤리엘이 나와 디에고 틈새에서 목소리를 죽인 채 중얼거렸다.

"저하는 적어도 이성적인 대화가 통하는 분으로 보여요. 하지만 이 세상엔 그냥 상종을 말아야 하는 광인들이 있다고요."

그녀의 두 눈은 엘에게 고정되어 있었다. 나는 슬슬 뮤리엘과 엘이 이곳까지 오며 나눈 대화의 내용이 궁금해지기 시작했다.

"후후. 사리 분별은 잘하는군요."

엘이 만족스러운 듯 손으로 입을 가리고 웃었다. 면전에서 미친놈이라는 소리를 들은 셈인데도 불쾌하긴커녕 퍽 만족스러워 보였다.

"황태자. 가 봐야지요."

"……성하."

엘과 디에고의 시선이 허공에서 맞부딪쳤다. 순하게 처진 엘의 은안이 기이하게 번들거렸다.

"나는, 이미 한번 참았습니다."

"……."

"이제 당신 차례예요."

그의 목소리엔 사람의 목덜미를 쥐고 누르는 듯한 섬찟한 힘이 있었다.

"후……. 오늘은 먼저 가 봐야 할 것 같군. 양해해 줄 수 있나?"

결국 디에고가 한발 물러났다. 그는 이런 곳에서 쓸데없는 고집을 부리는 사람이 아니었다.

"개의치 마십시오."

나는 고개를 끄덕이며 디에고를 향해 엄지를 치켜올렸다.

'이쪽은 제가 수습해 보겠습니다.'

그런 의미였다.

"그럼, 곧 다시 뵙겠습니다, 성하."

피식 웃은 디에고가 흠잡을 곳 없는 자태로 허리 굽혀 인사했다.

그의 푸른 눈이 언제 쥐어뜯었는지 너덜너덜해진 엘의 넓은 교황복 소매를 내려다보았다.

"다시 뵙는 날엔 꼭 성하께서 뜯으실 수 있는 손수건도 준비하도록 하겠습니다."

"좋지요. 제대로 준비해야 할 거예요. 아니면 눈에 보이는 건 모두 뜯어 버릴 테니."

그런 소리를 웃는 얼굴로 하는 디에고나 웃으면서 받아치는 엘이나 만만치 않은 성격이었다.

"다음에는 에스코트까지 도맡도록 하지."

쪽.

디에고가 내 손등에 입술을 댔다. 나와 집요하게 맞추는 그의 시선이 뜨거웠다.

"미르. 다음엔 방해물들 없이 만나자고요."

뮤리엘이 손을 휘휘 흔들었다.

저벅저벅.

디에고가 앞장서는 가운데, 서로 다섯 걸음쯤 떨어진 채로 사라지는 두 사람은 참 서먹해 보였다.

'뭔가 한바탕 지나간 것 같군.'

기가 쭉 빨린 나는 낮게 한숨을 쉬었다. 그리고 내 뒤에 선 인영을 돌아보았다.

"엘."

고개를 숙인 그는 나와 눈을 맞추지 않았다.

"잠깐 걸을까요?"

내 말에 대답은 없었으나, 그가 수락한 것을 알 수 있었다.

터벅터벅.

우리는 복도를 가로질러 정원 방향으로 걸었다. 엘은 나를 돌아보지도 않고 말 한마디 없었다. 하지만 그의 다리에 비해 좁은 보폭을 통해 나와 맞춰 걷고 있다는 것은 짐작할 수 있었다.

"이쪽엔 어쩐 일로 오셨습니까?"

내 은근한 물음에 엘이 겨울바람을 타고 살랑거리는 긴 머리를 귀 뒤로 쓸어넘겼다. 내리깐 시선은 무심한 듯 새침해 보였다.

"그냥 산책하던 길이었어요."

"오……. 이쪽으로요?"

나는 건조하게 감탄했다.

뮤리엘이 길을 잃을까 두려워했던 것이 전혀 놀랍지 않을 만큼, 제2기사단이 위치한 이곳은 본 궁과 거리가 있었다. 썩 볼 것도 없고 삭막해 산책할 거라면 본궁의 정원을 거니는 편이 몇백 배 나았지만, 그 사실은 군이 언급하지 않기로 했다.

입을 꾹 다문 엘의 침묵이 낯설게 느껴지는 가운데 나는 조심스럽게 물었다.

"걱정했습니까?"

우뚝.

엘이 길 한복판에서 발걸음을 멈췄다.

"……걱정했냐고요?"

그제야 그가 나를 돌아보았다.

"전혀요."

목구멍에서 무언가 격동적으로 날뛰는 듯 거칠게 목울대를 울렁인 엘이 입꼬리를 비죽 끌어 올렸다. 내게는 잘 보여 주지 않던 비웃음이었다.

"하나도 걱정되지 않았어요."

그의 목소리는 서릿발처럼 차가웠다.

나는 느리게 입을 떼다가 이내 다급하게 주머니를 뒤졌다.

"알았, 알았으니까 울지 마십시오."

그의 두 눈은 고장 난 수도꼭지처럼 눈물을 줄줄 쏟아 내고 있었다. 엘이 분한 얼굴로 입술을 짓씹으며 눈물이 그렁그렁한 눈을 치켜떴다.

"정말이에요. 일주일 동안 한 번도 슈슈 생각한 적 없어요. 어련히 잘했겠거니 했고, 마음도 안 썼고…….."

"그래요. 허리 좀 굽혀 보세요."

"슈슈 안부 물으러 다닌 적도 없어요. 공작가에 몇 번 찾아간 것도 공작에게 할 말이 있어서 그랬어요."

그렇다기엔 내 연락용 마도구에 찍힌 엘의 부재중 신호가 너무 많았지만 닥치고 있기로 했다.

톡톡.

간신히 손수건을 찾아낸 나는 뒤꿈치를 들고 그의 눈물을 두드리듯 닦아 주었다.

나를 향해 착실히 허리를 굽혀 준 그가 원망이 가득한 눈빛으로 나를 바라보았다.

"정말…… 슈슈 보고 싶었던 적 없어요."

그런 말을 물기 어린 목소리로 하면 누가 믿어 줄까 싶다.

나는 비 맞은 백합처럼 처연하게 젖은 그의 얼굴을 빤히 바라보다가 느지막이 고개를 끄덕였다.

"⋯⋯알겠습니다."

"알긴 뭘 알아요!"

뭐지? 어쩌라는 거지?

벅벅.

울컥한 듯 쏘아붙인 엘이 눈을 마구 비볐다.

"당신은 아무것도 몰라요."

솜털 하나하나를 곤두선 가시처럼 사용하는 그는 예민하고 섬세한 사람이다. 투박하고 거친 나와는 여러모로 상극인 셈이다. 지금까지도 그를 어떻게 대해야 하는지 이해가 부족했고, 그래서 늘 미안했다.

나는 그의 양 뺨을 조심스럽게 감싸 잡았다.

"그럼 보고 싶었습니까?"

"⋯⋯."

"저를 걱정했습니까?"

"⋯⋯괜찮은 척하고 싶었다고요."

내 손 위에 제 손을 덮은 그가 푹 고개를 떨궜다.

"이전보다 전혀 나아지지 않으면, 슈슈가 내게 질릴 것 같아서⋯⋯."

사실 일주일 동안 칩거 생활을 하며 조금 의아하기도 했다. 다른 이들은 몰라도 엘이라면 내 방 창문을 부수고 들어와서라도 나를 보려 할 것 같았건만, 정식으로 찾아왔다가 돌아갔다는 소식만 들릴 뿐 그 이상의 행동은 없었다.

'나아진 모습을 보여 주고 싶었구나.'

이제야 그의 행동이 이해가 갔다. 썩어 짓무른 그의 속을 흘깃 들여다본 기분이었다.

"미안합니다."

"……."

"당신이 저 때문에 흔들리지 않기를 바랐던 마음이 부담을 줬나 봐요."

나는 엘과 눈을 똑바로 맞추고 나직하게 속삭였다.

"나아지지 않아도, 저를 원망해도 괜찮습니다. 그래도 싫어하지 않아요."

와락.

그가 나를 끌어안았다.

"너무 미워요……. 내가 걱정할 거 뻔히 알면서 어떻게 한 번도 연락하지 않아요? 나는 당신에게 조금도 위로가 되지 않는 존재예요?"

"아니라는 거, 엘도 잘 알지 않습니까."

"내가 애처럼 군다고 나 미워하면 안 돼요……. 어른스러운 남자한테 가 버리지 마요."

"그럼요."

"얼른 쓰다듬어 줘요."

스르륵.

나는 아주 얇게 뽑아낸 비단실 같은 그의 하늘색 머리칼을 쓰다듬어 주었다.

"이대로 있어 주면 됩니다. 변하거나 사라지지 말고요."

나는 내 어깨에 얼굴을 묻고 자신을 싫어하지 말라며 눈물을 터트리는 남자를 도무지 싫어할 수 없었다.

폭풍 전야와 같은 2주일이 지나갔다.

티나가 키프로스를 고발함에 따라 데카르도의 누명은 자연스럽게 벗겨졌고, 실제로 르웰린은 내가 북부에서 돌아오기 전 누명을 벗을 모든 준비를 마쳐 놓았다.

떠나기 전 약속대로였다.

북부는 지금까지도 라이너를 내세워 인질 교환을 요청하지 않았다. 그 때문에 무척 초조했지만…….

'나를 믿어. 내게 계획이 있으니.'

디에고의 흔들림 없는 장담이 나를 붙잡아 주었다. 내게 자세히 말하기는 곤란해도 분명 라이너를 구출할 계획을 가지고 있는 듯했다. 그때까지 라이너가 살아 있어 주기만을 바라며 내가 할 수 있는 일을 다하는 수밖에 없었다.

'기사단장님……. 제발…… 내일 아침 훈련엔 나오지 말아 주시면…….'

'아, 내가 꼴 보기 싫은가?'

'어흐흑……. 그럴 턱이 있겠습니까, 그럴 턱이 있겠냐구요……. 너무 힘들어서 그럽니다, 힘들어서! 자꾸 훈련장에 마수 푸시잖아요!'

'근성으로 버티도록. 내일 보지.'

타인과 빠르게 친해지는 가장 좋은 방법은 같이 진흙탕을 구르는 것이다.

제2기사단의 모든 훈련과 관리를 훈련관과 보좌관 없이 내가 도맡아 하며, 제2기사단원들과는 급속도로 친밀해졌다.

'단장님! 저희 돈 걸고 주사위 놀이 할 건데 같이 하실래요?'

'야, 인마! 아무리 단장님이 편해져도 그렇지! 도박을 같이 하자고 하면 어떡해?'

'뭐 어때? 즐거운 건 같이 할수록…… 읍!'

'창고 가서 재갈 좀 가져와라. 단장님, 이놈은 신경 쓰지 마십시오.'

기사들은 처음에 나를 별세계 사람 보듯 우러러보기만 했으나, 이제는 고된 훈련을 시키는 얄미운 친구쯤으로 보고 있는 듯 편하게 대했다. 그런 태도가 건방지지만, 한편으로는 강도 높은 훈련에 해조류처럼 흐물대면서도 모두가 낙오 없이 이를 악물고 따라오는 모습이 기특했다.

[미안, 언니. 한동안 연락이 뜸할 것 같아. 곧 보자.]

그밖에 특이점으로는 아리아의 연락이 끊긴 것이 있었다. 자세한 설명 없이 짤막한 통보뿐이라 테세우스에게 연락해 보았으나, 그는 뭔가 말하고 싶다는 표정을 하고서도 잘 모르겠다는 대답으로만 일관했다. 고아한 금안 밑 눈가가 시꺼면 걸 보면 무슨 일이 있긴 한 것 같았지만, 아리아를 믿고 기다려 보기로 했다.

그리고, 마침내 오늘이 왔다.

꽈악.

카이사르가 차가운 낯으로 크라바트를 조였다. 약식의 제복을 즐기던 평소와 다르게 완전히 차려입은 그는 한 폭의 고급스러운 명화 같았다. 훈장은 또 얼마나 많은지, 제복 한쪽이 번쩍거리는 훈장들로 완전히 뒤덮여 있었다.

"망할 놈의 전쟁 같으니."

복장과 달리 뱉는 말은 썩 험악했지만.

"뭐, 가족 여행 가는 기분 나고 좋지 않습니까?"

소파에 늘어지게 앉은 칼이 어깨를 으쓱였다.

카이사르와 드레스 코드를 맞춰―의상 제작을 맡은 카트린느 부인은 양쪽에서 몰아치는 반대를 수습하기 위해 꽤 애를 써야 했다― 차려입은 칼은 카이사르가 출아법으로 낳은 게 아닐까 싶을 만큼 그와 판박이였다.

"어느 누가 전장으로 여행을 간단 말이냐?"

"아버지답지 않은 말씀입니다. 분열 왕국 전쟁 당시에는 식사 마치고 운동하러 전장에 나가곤 하셨지 않습니까."

카이사르가 찔린 듯 어깨를 움찔했다. 나는 턱을 매만졌다.

'그러고 보니…… 아버지는 암브로시오에 가도 괜찮은 건가?'

대륙엔 근 50년간 제국과 북부의 전쟁만큼 거대한 규모로 전쟁이 일어난 적은 없었으나, 자잘한 전투는 어느 때고 있어 왔다. 그중에 가장 큰 규모였다고 볼 수 있는 건 10여 년 전 발발한 '암브로시오 분열 왕국 전쟁'이었다.

암브로시오는 제국의 속국이자, 제국 다음가는 거대한 왕국이었다. 부유함으

충직한 검이 되려 했는데 5

로는 제국의 형제국인 아타라와 맞먹을 정도였다.

'다만 왕위가 걸린 형제 싸움에 왕국이 둘로 갈라져 몇 년간 내전이 계속되었다고 했지.'

내전은 단체를 갉아먹는다. 암브로시오가 지금껏 북부의 공격을 떨쳐 내지 못하고 제국에 도움을 간청하는 것은 북부가 강한 탓도 있지만, 그보다는 지지부진한 소모전으로 이어진 이 전투의 영향이 컸다.

'현재의 세력이 정권을 잡는 것에 지대한 공헌을 한 인물 중 하나가 카이사르지.'

카이사르는 제국과 암브로시오와의 거래로 분열 왕국 전쟁 당시 지원군의 지휘관으로 출전했다.

그 결과는 뻔했다. 그는 검 한 자루로 반대 세력을 쓸어 버렸고, 압도적인 강자의 등장에 전투의 균형이 깨지며 반대 세력은 중심 조각이 빠진 젠가처럼 무너졌다. 피에 미친 악마이니 뭐니 하는 별명도 이 전쟁에서 얻었으리라.

'암브로시오에서 카이사르는 공포의 이름이라고 했는데.'

우리가 북부 마수를 두려워하듯 암브로시오는 카이사르를 두려워했다. 암브로시오의 부모들은 자식이 말을 듣지 않을 때 카이사르가 목 베러 온다는 터무니없는 말로 겁을 준다는 소문까지 나돌았다.

"철없는 놈. 네가 자식들을 전장에 내모는 부모의 심정을 이해할 턱이 없지."

그리고 그 암브로시오의 마귀는 여기서 뚱한 얼굴로 아들과 말싸움을 하고 있다.

"자상하고 마음 약한 부모인 척 쩌시네요."

"너는 대체 누굴 닮아서 입을 그 모양 그 꼴로 놀리는 거지?"

"거울 보세요. 누구 닮았나."

"아주 아비 가슴에 대못을 박는구나."

"대못만 박습니까? 말뚝이랑 쇠꼬챙이도 박을 겁니다."

피차 일반인 둘이서 티격태격 갑론을박하는 모습을 보고 있자니 피식 웃음이 새어 나왔다.

"이만 출발하죠. 우리가 제일 늦겠군요."

나는 소파에 구기고 있던 몸을 쭈욱 펴며 일어났다. 가슴 한쪽에 단 두어 개의 훈장이 찰랑거렸다. 카트린느 부인이 영혼을 불살라 만든-나와 카이사르, 그리고 칼, 셋이서 함께 맞췄다- 제복은 아름다운 대신 지나치게 무거웠지만, 못 버틸 정도는 아니었다.

착.

나는 허리춤에 검집을 동여맸다.

"갑시다, 암브로시오로."

유독 날이 좋은 오늘, 우리는 암브로시오로 출전한다.

크리시스 가문까지 온 가족이 출전하는 만큼, 이번 암브로시오로 향하는 지원군의 수뇌부는 라인업이 호화롭다고 해도 과언이 아니었다. 크리시스의 검은 용기사단은 전원 출격하며, 제2기사단 대부분도 함께한다. 황궁의 병력이 대거 동원되는 상황에서 제1기사단의 단장인 노아까지 나섰다. 제국의 소드 마스터 셋이 이번 지원군으로 참여하는 셈이었다.

'지원군 파송은 어디까지나 성의 표시에 불과합니다. 이렇게까지 많은 병력을 동원할 필요는 없잖습니까!'

'제국 총사령관과 제1기사단장, 거기에 임시 제2기사단장까지 암브로시오로 보내면 제국은 누가 지킨단 말입니까?'

이 부분엔 귀족들의 격한 반대가 있었다. 벌벌 떨며 집에만 숨어 있는 주제에 감 놔라 배 놔라 하는 것이 영 꼴불견이었지만, 펼치는 의견이 썩 틀리진 않았다. 옆집을 침범한 적을 베느라 자기 집 뒷문을 지키지 못하는 건 안 될 일이니까.

'북부를 살피고 온 첩보원의 말로는 북부의 병력 대부분이 전선에 합류한다더 군. 적당히 체면만 세울 정도로 도와주다가 암브로시오라는 방벽이 무너지면, 그 땐 어떻게 할 거지?'

디에고가 냉정한 얼굴로 반문했다.

제국과 북부 사이에 위치한 아타라와 암브로시오는 이 전쟁의 요충지다. 한쪽 이라도 뚫리면 제국은 방패를 잃는 거나 다름없었다. 국경 지대에 제국군이 파견 된 상태라 해도, 몰려드는 마수들을 막기엔 역부족이었다.

'우리는 이번 전투로 이 전쟁을 종식시켜야 한다.'

디에고는 무겁게 단언했다.

'신전도 황태자의 의견에 동의해요. 이 이상의 장기전은 불필요하죠.'

엘도 그 의견에 동의했다. 웬일로 두 사람의 의견이 일치하는 순간이었다.

'신전은 전력으로 나갈 거예요.'

사실 신전은 전쟁에 큰 기여도를 보일 필요가 없었다. 애초에 제국군의 실권 을 잡고 움직이는 것은 황실이다. 신전은 한발 빠진 채로 신관만 조달해 줘도 할 일은 다 한 것이나 마찬가지였다.

'신전 성기사의 반을 파견할 예정이에요.'

그렇기에 엘의 결정은 파격적이며, 대단히 적극적인 것이었다. 신전까지 이렇 게 나오니 사병을 내주기 싫어 주저하던 귀족들도 할 말을 잃은 듯했다.

'그리고……'

길고 곧은 손가락으로 깍지를 낀 엘이 능글맞게 웃었다. 그 웃음을 보고 있자 니 목덜미를 타고 기묘한 예감이 흘렀고, 그런 예상은 언제나 옳았다. 그때로부 터 시간이 흘러, 이곳은 암브로시오로 이동하기 위해 마법사들이 포탈을 준비한 황궁의 가장 큰 홀.

"교황 성하께서 입장하십니다!"

탁. 탁. 탁.

절도 넘치는 성기사들의 발걸음 소리가 울려 퍼지고, 선두에서 하늘빛 머리칼이 너울거렸다. 주위를 가볍게 두리번거리다 나를 발견한 엘이 눈을 활짝 휘며 윙크를 보냈다.

'나도 출전할 거예요.'

엘은 기어코 그날의 회의에서 거대한 폭탄을 터트렸다.

"정신 나간 놈……."

엘을 뒤따라온 율리안이 대놓고 중얼거렸다. 그는 완전히 질린 얼굴이었다.

엘의 출전에는 당연히 거센 반대가 따랐다. 황제가 전쟁에 출전한 기록은 꽤 있지만, 교황이 출전하는 건 정말 특별한 경우가 아니고서야 만무했다.

'어차피 성기사의 반이 출전한다면 경비 병력은 비슷하겠죠. 사람은 자다가도 심장마비로 죽고 걸어가다가도 넘어져서 머리가 깨져 죽는데, 신전에 있든 전장을 나가든 위험한 건 매한가지 아닌가요?'

그런 반대에도 엘은 거침없이 밀고 나갔다. 신전에선 이미 합의가 되었다고 하는데, 사실은 대신관들이 그를 눈물로 붙잡았다가 몸에 커다란 멍을 하나씩 달고 결국 순응한 거라는 소문이 돌았다.

'요정족에선 요정왕이 출전한다고 했어요. 요정족과의 교류가 전시에만 그치지 않고 이후에도 이어지기 위해선 제국도 성의를 보여야 하지 않나요? 이쪽도 대가리가 나가야 한다는 말이에요.'

파격적인 제안과 달리 의외로 그에겐 그럴듯한 논리가 준비되어 있었다.

'그리고 나 하나 출전하는 걸로 부족한 의료진이 완벽히 충당된다면 내가 나서야 하는 게 당연하잖아요.'

확실히 '교황'이라는 이름이 너무 거창해 전장에 내보내기 부담스럽지만, 막상 그가 출전한다면 결코 짐이 되진 않을 것이다. 오히려 기사 100명보다 더 도움이 되는 병력이었다. 교황의 신성력은 대신관들보다 몇 배는 더 강하다.

그 강대한 신성력을 두 눈으로 볼 기회는 없었으나, 엘과 같은 공간에만 있어도 느낄 수 있었다. 그러면 율리안이 시전하고 피를 토했던 홀리 레인을 비 수준이 아니라 아예 해일로 일으킬지도 모른다는 것을.

'다들 말이 많군요. 내가 출전해 준다면 고맙다, 감사하다, 망극하다 해야 하는 것 아닌가요?'

당당하고 뻔뻔한 설득 끝에, 엘은 기어코 출전에 동의를 받았다. 애초에 그가 결심한 이상 막을 사람은 없다고 봐야 했다. 그러나 이 미친 라인업은 도대체 끝을 몰랐다.

"황실의 입장이 있겠습니다."

'저도 출전하겠습니다.'

황태자 디에고까지 당당히 출사표를 던진 것이다.

'엇? 그럼 저도 갑니다.'

그에 따른 세레논의 반응은 거의 자동이었다. 황제의 후계자가 둘뿐인데 둘 다 출전하는 것은 너무 위험했다. 그렇기에 이 또한 거센 만류가 있었으나, 두 사람은 신전에서 교황이 출전한다면 황실에서는 황태자와 황자까지 출전해 주어야 균형이 맞는다고 강하게 주장했다. 그것도 틀린 말은 아니었다.

'크리시스 경, 자네가 좀 막아 주면……. 후…… 아니다.'

헬리오스는 정말 피로해진 얼굴로 미간을 손가락으로 꾹꾹 눌러 댔다. 아들 둘을 싹 다 전쟁터에 내보내게 생긴 그가 아무렇지도 않다면 그게 더 이상했다. 헬리오스까지 나서서 두 사람을 설득하려 했던 것 같지만, 자식 이기는 부모는 없다지 않는가.

결국 두 사람 다 출전하게 되었다.

'이래도 되는 건가? 중요 인물이 너무 많이 출전하는 것 같은데.'

나는 너무 커진 스케일에 약간의 아득함을 느꼈다.

다만 그나마 위안이 되는 것은, 이번 전쟁에선 아타라까지 지원하러 오기에 위급 상황 시 엘과 같은 중요 인물들은 마도공학을 이용해 빠르게 피신이 가능하다는 점이었다.

'그리고…… 이번 전투에서 전쟁을 끝내지 못하면 그들은 반드시 악령을 사용하겠지.'

그들이 조커를 꺼내 들기 전에 이번 전투로 전쟁을 마무리해야 한다. 상대를 완전히 부서트리기 위해선 우리 쪽의 위험도 어느 정도 감수해야 했다.

'할 수 있다.'

헬리오스의 짧은 연설이 이어지는 가운데, 나는 검 손잡이를 단단히 쥐었다. 부담감이 심장을 옥죄었다.

"걱정 마라. 네가 못하면 내가 해 줄 테니."

스르륵.

악문 이가 아파 오던 찰나, 큰 손이 내 손등 위를 덮었다.

나는 천천히 고개를 들었다.

"이번엔 널 혼자 두지 않을 것이다."

카이사르의 붉은 눈이 나를 온전히 담아 냈다.

"결코, 그때처럼 혼자 차가운 강에 빨려 들어가게 두지 않을 것이다."

그의 손이 따뜻했다.

"……그러므로 자부심을 가져라. 그대들은 우리 제국의 희망이니."

헬리오스가 단단한 목소리로 연설을 마쳤다. 황제 모드에 진입한 그는 해주를 한 뒤에도 왼쪽 얼굴에 남아 있는 끔찍한 저주의 흔적이 눈에 띄지도 않을 만큼 폼이 났다.

"이제 가족과 친구들에게 인사하도록."

펄럭.

깔끔하게 돌아선 헬리오스의 등 뒤로 붉은 망토가 휘날렸다. 꽤 감동적인 연설이었는지 여기저기서 훌쩍거리는 소리가 났다. 나는 딴생각을 하느라 제대로 듣지 못했지만 말이다.

"저 망토 휘날리는 것만 한 시간 연습하더니 멋있는 척은……."

무엇보다 내 옆에 있는 사람이 불경함에서 따라올 자가 없는 카이사르라서 감동을 느끼는 건 무리였다. 그의 시니컬한 낯을 보자면 있던 충성심도 사라졌다.

웅성웅성.

일반 병사들까지 모두 순간이동으로 옮길 수는 없는지라—그럼 황실 마법사들은 모두 피를 토하며 마른 나뭇가지처럼 바짝 말라 죽을 것이다— 수뇌부와 귀족만 모인 자리였으나, 그들의 가족까지 함께하니 홀 안이 북적거렸다. 공작가의 일원으로서 무리와는 떨어진 자리를 배정받았음에도 정신이 사나워서 슬그머니 한쪽 손으로 귀를 막을 때였다.

"나와 인사도 하지 않고 떠날 생각은 아니겠지요?"

굳은살이 박인 손끝을 귀마개 삼아도 막을 수 없는 낭랑한 소리가 내 청각을 사로잡았다. 나는 다급히 고개를 들었다가 이내 씨익 웃었다.

"데카르도 소후작."

스윽.

나는 퍽 당연하다는 듯 내 앞에 다가온 작은 손을 조심스럽게 잡았다. 그녀가 낀 검은 오페라 장갑의 질감은 벨벳처럼 부드러웠다.

"아니, 이제 후작님이라고 불러야겠습니다."

쪽.

그녀의 손등에 입 맞춘 나는, 나를 내려다보는 에메랄드빛 두 눈을 향해 눈을 휘었다.

"부탁한 건 준비해 오셨습니까, 르웰린 후작님?"

이제는 돈을 먹는 장미의 수장이 된 나의 오랜 친구, 르웰린이 입꼬리를 매혹적으로 비틀었다. 르웰린은 데카르도가 반역 누명을 벗는 데에 지대하게 공헌했다. 거기에 더해 체슬러 후작이 가주의 일선에서 벗어나 전쟁을 위한 제국 군량미 공급에 전념하고 싶다는 의사를 표시하며, 르웰린은 일사천리로 후작위에 올랐다.

얼마 전에 있었던 데카르도 후작 취임식에는 나와 칼 또한 참석해서 그녀를 축하해 준 참이었다.

'가장 큰 장애물이었던 메르헨은 스스로 후작 계승권을 포기하고 르웰린을 후작으로 인정했지.'

메르헨 데카르도. 평생에 걸쳐 르웰린의 자존감을 꺾고, 데카르도 가문에 민폐를 끼치던 개망나니.

르웰린에게 들은 바로는 늘 바빠서 자식을 돌보지 못하던 체슬러 후작이 이번일로 자식 농사가 폭삭 망한 것을 깨달아 메르헨을 직접 훈육하고 있단다. 그 깐깐한 성격에 예절 차리는 법부터 다시 가르치고 있다고 하니 메르헨이 새사람이되는 것도 썩 불가능해 보이지는 않았다. 너무 늦긴 했지만, 지금이라도 수습한다는 게 어찌 보면 다행이었다.

'물론 메르헨은 충분히 죗값을 치러야겠지만.'

르웰린은 아직 메르헨을 용서하지 않았다. 그녀는 후작이 되자마자 가문을 멸문의 위기까지 몰고 간 죄를 물어 그를 별채로 내쫓았다. 체슬러 또한 메르헨이이곳저곳에서 융통한 거액의 돈을 가문의 이름으로 갚아 주는 대신, 그가 직접갚을 수 있도록 일을 시키고 있었다.

나는 인간이 쉽게 변하지 않는다고 생각한다. 하지만 변할 수 있다는 사실 자체를 부정하지는 않았다.

'만약 메르헨 데카르도가 자신이 저지른 모든 만행을 수습하고, 르웰린에게용서까지 받는다면…… 그땐 나도 그를 다시 만나 보고 싶을 것 같네.'

이제는 해묵은 악연을 떠올리며 피식 웃은 그때였다.

"이 대륙 내에서 데카르도의 가주가 구할 수 없는 물건은 없어요."

르웰린이 자신만만하게 고개를 치켜들었다. 그 자신감을 뒷받침하듯, 그녀의다른 손엔 내가 부탁한 물건이 딱 들어갈 만한 크기의 상자가 들려 있었다.

"확인해 봐요."

쓰윽.

그녀가 상자를 내밀었다.

달칵.

나는 상자를 열고 안에 든 것을 조심스럽게 만져 보았다. 시린 냉기가 손끝에 감겼다.

'육안으로 봐서는 잘 모르겠지만…… 심상치 않은 기운이 풍기는 건 확실하네.'

이것이 내가 찾던 그 물건인지 확인해 줄 사람은 따로 있다. 내게 이 물건의 존재를 알려 준 사람 말이다. 아직 제대로 확인은 못 했으나 르웰린이 확실하지도 않은 물건으로 자신감을 보일 리 없으니, 나는 이것이 내가 찾던 물건이 맞다고 믿기로 했다.

나는 긴 한숨을 쉬며 상자를 닫았다.

'사용할 일이 없으면 좋겠네.'

이건 정말 만에 하나를 위해 준비한 무기였다.

"감사합니다. 수고 많으셨습니다."

나는 르웰린에게 깊이 고개를 숙였다.

못 찾을 거라고 반쯤 단념하고 있었건만, 과연 데카르도의 손은 빛과 어둠, 그 아래 깊은 곳까지 뻗어 있었다. 나는 민망할 만큼 허접하고 적은 정보로 물건을 찾아 온 르웰린에게 기립 박수를 쳐 주고 싶었다.

"감사 인사에 진심이 느껴지지 않는데요?"

톡톡.

도도하게 고개를 치켜든 르웰린이 검지 끝으로 자신의 오른쪽 뺨을 두드렸다.

"내 뺨에 입 맞춰 주면 진심으로 느껴질지도 모르겠네요."

새치름한 입꼬리엔 장난스러운 미소가 걸려 있었다.

턱.

내가 무어라 대답하려는 찰나, 옆에서 튀어나온 큰 손이 내 입을 가로막았다.

"사람은 적당히를 알아야 하는 법이니 그쯤 하는 게 좋겠군, 르웰린 데카르도."

사람이 너무 많아서 싫다며 슬쩍 빠졌던 칼이 어느새 다시 돌아왔다.

나와 르웰린의 사이를 갈라놓은 그가 붉은 눈을 치켜떴다.

'뭐지? 잘못한 것도 없는데 혼나는 듯한 이 기분.'

나는 입을 가로막힌 채 눈을 끔뻑였다. 칼의 태도는 꼭 누구에게나 들이대고 다니는 방정맞은 자기 집 강아지를 단속하는 주인 같았다.

"……이게 누구야? 내 친구 칼 공자."

르웰린이 오묘해진 눈빛으로 눈꼬리를 휘었다.

"스승님이라 부르는 걸로 충분해. 후작과 나는 사제의 인연이 있잖나?"

선을 쭉 그은 그가 턱 끝으로 르웰린의 허리춤에 꽂힌 총을 가리켰다.

세련된 총신의 검은 총은 공적인 자리이니만큼 사용은 불가하도록 처리가 되었겠지만, 그 존재만으로 위압감을 주기에 충분했다.

'칼이 제작해 준 마력총이었지.'

이전에 내가 르웰린에게 그녀의 무기로 총을 추천해 주며 칼에게 마력총 제작을 부탁했던 기억이 났다. 제작은 그에게 맡겨도 조작법은 내가 가르쳐 줄 생각이었건만, 칼이 조작법까지 가르쳐 준다고 나서서 조금 놀라기도 했다.

그때 이후로 칼과 르웰린 사이에 연이 생긴 것 같다만, 둘이 정확히 어떤 사이인지는 아직도 몰랐다. 내가 은근히 물어보기도 했으나, 두 사람 다 그런 건 왜 물어보냐는 표정으로 자연스럽게 대답을 피해 다시 캐물을 의욕이 나지 않았다.

'그런데 이제 보니…… 이게 뭐지?'

코앞에서 두 사람을 보니 어떤 관계인지 더욱 알 수 없었다. 칼은 르웰린을 불편해하는 것 같은데, 애매한 표정으로 보아 아닌 것 같기도 했다. 르웰린은 칼을 아니꼬워하면서도 흥미로워하는 것 같았다.

'좀…… 재밌는데?'

나는 한 편의 희극을 보는 기분으로 두 사람의 대화에 집중했다.

"섭섭한 소리를 하네요. 내가 황궁에 감금됐을 땐 꽤 걱정했던 것 같은데요. 연락을 다 하고."

"슈슈가 그대를 워낙 걱정했으니까. 확인차 안부를 물은 거다."

"이유가 그뿐인가요?"

이거 진짜 흥미진진하다.

툭.

나는 주머니에 꼬불쳐 둔 말린 과일을 꺼내려다가 옆 사람과 손가락이 부딪쳤다. 상대를 확인하려 무심코 고개를 돌린 나는 깜짝 놀랐다.

'카이사르……'

내 옆에서 칼과 르웰린의 기묘한 대화를 함께 주워듣고 있을 그는…….

'왜 저렇게까지 필사적으로 모르는 척하는 거지?'

고개를 90도로 꺾은 채 그들을 완전히 외면하고 있었다.

"아니, 왜 그렇게까지……?"

"나는 저 녀석 인간관계에 관여하고 싶지 않다."

일그러진 카이사르의 얼굴에 드러난 것은 선명한 거부감이었다.

뭐랄까, 꼭 동생의 낯간지러운 연애 생활을 엿본 형 같았다.

내가 잠시 어이없어할 때였다.

"그럼 슈슈를 대신해 당신이 대신 입 맞춰 주든가요."

르웰린의 파격적인 발언이 내 귀에 작살처럼 꽂혔다. 이어지는 말싸움으로 열받은 건지 관자놀이에 살짝 핏줄이 돋은 르웰린이 신경질적으로 자신의 뺨을 두드렸다.

칼의 얼굴이 종잇장처럼 와락 구겨졌다.

"이 미친 여자가……."

"왜요. 못 하겠어요? 무서워서?"

둘 사이에 치열한 시선이 오갔다. 나는 손바닥으로 입가를 쓸었다.

'이딴 게…… 친구? 아닌가? 사이가 안 좋은 건가? 기 싸움인가?'

나는 두 사람의 관계를 더더욱 알 수 없게 되었다.

"……하. 볼 일 다 봤으면 이만 가, 후작."

결국 칼이 먼저 시선을 피했다. 뭘 겨룬 건지는 모르겠지만 그가 진 것 같았다.

"그런데 후작이 된 걸 알면서도 말투가 퍽 가볍네요?"

어떤 승부에서든 상대를 잘근잘근 밟아 주는 걸 선호하는 그녀로선 칼의 밍밍한 항복 신호가 만족스럽지 않았나 보다. 활짝 웃은 르웰린이 눈을 가늘게 떴다.

"……스승은 정상 참작해 주는 거 아니었나?"

"네. 아니에요."

구렁이 담 넘어가듯 슬쩍 넘어가려는 칼의 꼬리를 르웰린이 꾹 밟았다.

작위도 없는 공자가 후작에게 말을 놓는 것은 무례다. 물론 그전부터 친하게 지내던 사이라면 예외로 칠 수 있겠지만, 르웰린은 칼에게 존대를 받아야 속이 풀리겠다는 얼굴이었다.

"……데카르도 후작. 이만 가 보십시오. 에스코트까지 해 드려야 합니까?"

결국 한숨을 푹 쉰 칼이 정중한 듯하면서 묘하게 불량한 투로 어서 가라고 종용했다. 르웰린은 그제야 만족스러운 얼굴로 고개를 끄덕이곤 나를 돌아보았다.

"슈슈. 잘 다녀와야 해요. 믿고 있을게요."

"아, 크흠, 쩝, 네. 물론입니다."

두 사람을 지켜보며 말린 과일을 우물거리던 나는, 입에 든 것을 황급히 삼켜 아무것도 먹지 않은 척 시치미를 떼며 고개를 끄덕였다.

스윽.

"이건 안전하게 돌아오길 바라는 마음을 담은 선물이에요."

그녀가 검은 레이스 손수건을 내밀었다. 르웰린은 사업 감각은 뛰어나도 자수엔 영 소질이 없었다.

'귀여워라.'

충직한 검이 되려 했는데 5

나는 손수건 모서리에 진분홍색 실로 삐뚜름하게 새겨진 내 이름의 이니셜을
확인하고 작게 웃었다.

"고맙습니다. 반드시 돌아와서 보답하겠습니다."

"물론 그래야지요."

와락.

르웰린이 나를 끌어안았다. 나는 그녀를 꽉 마주 안아 주었다.

"그리고 칼 공자."

휙.

나와 길지 않은 작별 인사를 마친 그녀가 치마폭에서 또 다른 손수건을 꺼내
칼에게 던졌다. 얼떨결에 손수건을 받아 든 칼은 내 것과 같이 모서리에 붉은 실
로 새겨진 제 이름의 이니셜을 발견하고는 놀란 눈으로 그녀를 바라보았다.

"내 취임식에 와 준 보답이에요."

드레스 자락을 살짝 올려 보인 르웰린이 화사하게 웃었다.

"살아서 돌아오세요. 한 번쯤은 같이 사냥을 가야지요, 스승님."

"……."

"다시 보는 날엔 대리 입맞춤, 기대할게요."

휙.

그 말을 끝으로 르웰린은 여전히 우리를 외면 중인 카이사르에게 가벼운 묵례
를 남긴 뒤 미련 없이 사라졌다. 참 그녀다운 등장에, 그녀다운 퇴장이었다.

"하…… 망할 여자 같으니."

구깃.

손수건을 내려다보던 칼이 인상을 와락 찌푸리며 그 손수건을 주머니에 구겨
넣었다. 늘 창백한 그의 피부가 평소보다 더 생기 있어 보이는 듯한 착각이 일었다.

"오……."

나는 영양가 없이 감탄했다. 흠칫하며 휙 나를 돌아본 그가 미친 듯이 고개를

저었다.

"아니다."

"뭐가요?"

"네가 뭘 생각하고 있든."

"전 아무 생각 안 했는데요."

칼이 믿지 않게 눈을 흘겼다. 피식피식 웃어 버린 나는 고개를 들어 번쩍이기 시작한 포탈을 바라보았다.

"이제 정말 가야겠군요."

친구와 인사는 마쳤다. 떠나기 전 인사해야 할 만한 또 다른 친구들은 이번에 다 함께 떠나는 바람에 인사할 필요가 없다는 것이 희극이라면 희극이었다.

"안내해 드리는 차례대로 포탈을 이용해 주시기를 바랍니다."

시종의 호명과 함께 신전과 황실이 가장 먼저 이동하고, 그다음이 크리시스 공작가와 검은 용 기사단의 귀족 가문 자제들이었다.

"가자."

탁.

카이사르가 앞장서 나아갔다. 이번엔 그 등을 보고 나아갈 수 있다는 것이 얼마나 든든한지 몰랐다.

'이번 전투로 전쟁을 끝낸다.'

화악-

굳은 결심과 함께 포탈을 넘어서고, 잠시간의 울렁거리는 감각 끝에 그 너머의 광경이 펼쳐졌을 때.

"……어어?"

나는 경악했다. 그 너머는 말 그대로 개판이었다.

이번 전쟁엔 수많은 집단이 참여했다. 암브로시오의 지역적 중요도도 그렇고, 북부군이 움직이는 규모를 보아 암브로시오 혼자서는 절대로 이겨 낼 수 없다고 판단했기 때문이다. 그래서 제국은 모든 동맹국과 속국, 그리고 동맹 종족들에게 까지 지원군 요청서를 보냈고…….

크르릉…… 크아아앙!

쉬이익!

그중엔 당연히 은빛 늑대 수인족과 요정족도 있었다.

"망할 비둘기들을 물어뜯어라! 늑대들의 이빨이 얼마나 날카로운지 다시 한번 각인시켜 주어라!"

"저 미친 털북숭이들에게 요정족의 위엄을 보여라! 오늘 그날의 치욕을 갚을 것이다!"

같은 진영 한복판에서 패싸움을 벌이기 5초 전인 저 떼거리들 말이다.

'저 둘이…… 사이가 안 좋았구나……!'

나는 하루가 멀다 하고 일이 터지는 전쟁 통에 잊고 있던 두 종족 사이의 과거를 떠올리자 입이 떡 벌어졌다.

'늑대들은 결코 원한을 잊지 않는다. 수인 대학살 당시 동쪽 숲으로 피신했다가 요정들에게 문전박대를 당했던 역사는 생생히 전승되고 있다.'

'피신? 그건 침입이라고 말하는 거다. 일언반구도 없이 나타나서 결계를 부수려 하지 않았나!'

테세우스가 보여 주었던 그의 기억 속, 젊은 테세우스와 레이샤의 대화로 확인한 바 있었다.

백여 년 전, 궁지에 몰린 은빛 늑대족은 요정들이 자신들을 도와줄 거라는 희망을 가지고 동쪽 숲으로 도망쳤다. 그러나 요정들은 그들의 뒤를 바짝 쫓는 인간들 때문에 결계를 열어 줄 수 없었고, 도움을 간청하던 늑대들은 결국 뒤따라온 인간들과 또 한바탕 혈전을 벌이고 나서야 열린 결계와 마주할 수 있었다.

'늑대들 입장에선 동맹이라는 것들이 문도 안 열어 주고 손가락 빨면서 전투를 방관했으니까 당연히 눈이 돌아갔지.'

전투가 다 끝난 뒤에 열어 줘 봤자 감사하다는 소리가 나올 리 없었다.

격노해 이성을 잃은 늑대들은 요정들에게 달려들었고, 뒤늦게나마 그들을 도 와주려 했던 요정들은 날카로운 이빨과 발톱에 속수무책으로 당했다.

당연히 그날을 기점으로 두 종족의 동맹은 파탄이 났다. 그 이후에도 무저갱 처럼 깊게 파인 골은 메워지지 못했다. 그런 일이 있었는데 좋다고 교류를 할 리 도 없는 데다, 두 종족은 사는 곳이 정반대에 위치해 우연히 만날 일조차 없었다. 관계 개선을 위한 기회가 아예 없었다. 심지어 그 사건의 주역인 페이샤와 테세 우스가-그 사건 당시 요정들의 왕은 테세우스의 아버지였지만 말이다- 버젓이 양측의 지도자로 살아 있는 상태였으니…….

'망했다.'

두 종족을 이곳에 함께 부른 건 도화선에 불이 붙어 있는 폭탄 두 개를 냅다 한 곳에 몰아넣은 것과 다름없었다.

"자, 자, 잠깐!"

촤아아악.

나는 상황 파악을 못 하고 굳어 있는 제국군들을 지나쳐, 쏜살같이 두 종족 사 이를 막아섰다. 은빛 늑대 수인족에게 도움을 요청한 것은 나. 요정족과의 동맹 을 위한 사절단을 결성한 것도 나. 나는 이 상황에 막대한 책임감을 느꼈다.

"너는…… 안테이아 님의 딸?"

끼이익.

가장 선두에서 요정족을 찢어발길 기세로 달려오던 늑대가 내 앞에서 다급하 게 멈춰 섰다. 그는 안테이아 헬라를 아는 듯했다.

"다들 멈춰라! 이분은 아리아 님의 혈육이시다!"

쉬익.

새하얀 날개를 활짝 펴고 사냥감을 향해 하강하는 독수리처럼 날아오던 요정 들이 날 알아본 선두 요정의 외침에 일제히 급정거했다. 통제할 수 없는 야생 동물 무리처럼 느껴지는 늑대들과는 달리 요정들은 철저히 교육받은 군대 같았다. 두 종족은 겉보기엔 유사점이 많아도 본질부터 다른 점이 여기에서도 드러났다.

'늑대들은 자유와 의리를, 요정들은 안전과 합리를 중요시한다.'

그것이 백여 년 전 참사의 원인이기도 했다.

"이렇게 첫인사를 하게 되어 송구스럽습니다만, 다들 너무 흥분하신 듯합니다."

하지만 그건 참사 원인의 1퍼센트 정도에 해당하고, 99퍼센트는 인간의 짓이었다. 수인 대학살 같은 천인공노할 만행을 저지른 인간이야말로 모든 일의 원흉이라고 할 수 있었다.

"이곳이 어떤 자리인지 한 번만 더 생각해 주십시오."

나는 최대한 공손하게, 합사에 실패한 개와 고양이를 달래듯 두 종족을 설득했다.

"그래. 그 잠시를 참지 못하고 이 무슨 추태냐?"

저벅저벅.

중후한 목소리가 울려 퍼지고, 텁텁한 담배 향이 코끝을 스쳤다.

나는 홀린 듯 고개를 돌렸다.

후우.

짧게 다듬어진 은빛 머리칼이 뿌연 담배 연기와 함께 바람을 타고 날렸다.

물고 있던 긴 곰방대를 손으로 옮겨 든 중년 여성이 긴 흉터가 난 입꼬리를 사납게 비틀었다.

"잠시 대화하고 올 동안 사고 치지 말라고 분명히 말했건만 결국 일을 그르쳤구나, 똥강아지 놈들아."

은빛 늑대족의 영원한 지도자, 페이샤가 두 눈을 번뜩였다.

"……죄송합니다."

살벌한 눈빛 아래 늑대들이 몸을 움츠리며 고개를 떨구었다.

"쯧. 떨어진 옷들이나 챙겨라. 오늘 밤은 싹 다 진흙에 구를 각오 하고."

동공이 세로로 쭉 찢어진 섬뜩한 자안을 부릅뜬 페이샤가 고갯짓으로 땅을 가리켰다. 수인들은 인간 상태에서 맹수화할 때 옷을 함께 변화시킬 수는 없기 때문에, 사방엔 가지각색의 옷들이 흙먼지 범벅인 채로 널브러져 있었다.

끼이잉…….

그녀의 기세에 눌린 늑대들이 꼬리를 축 늘어뜨린 채 각자 자기 옷을 찾아 입에 무는 꼴은 정말 볼만한 광경이었다. 그들이 오늘 밤 아주 혼쭐나리라는 것은 쉽게 예측할 수 있었다.

"요정들은 모두 무기를 내려놓아라."

그 뒤를 이은 건 낮고 차가운 목소리였다.

페이샤의 뒤에서 나타난, 그녀보다 조금 더 큰 인영이 아직도 무기를 들고 있는 요정들을 노려보았다.

"겨우 이런 짓을 하러 온 것이냐? 대체 얼마나 요정의 이름을 더럽혀야 속이 풀리겠는가!"

요정들의 왕, 테세우스가 노성을 질렀다.

"……모두 무기를 치워라!"

창을 든 자들은 창을 떨어뜨리고, 검을 든 자들은 검을 검집에 넣었다. 일사불란하게 움직이는 가운데 요정들의 얼굴에 언뜻 공포가 보였다.

"이 일은 쉽게 넘어갈 생각 하지 마라."

테세우스가 금빛으로 반짝이는 두 눈을 무섭게 치켜떴다. 솔직히 순하게 생긴 얼굴에 성격도 유약해 요정들 사이에서 무시당하진 않을까 싶었는데, 왕은 왕인 모양이었다. 인상이 굳은 그에게선 위엄이 넘쳤다.

'서, 성공했나……?'

나는 그제야 안도의 한숨을 쉬었다. 연합군끼리 첫날부터 싸움이 났으면 깨진 분위기를 다시 살리기 어려웠을 텐데, 그 전에 수습해서 천만다행이었다.

"오, 이거 안테이아 딸 아닌가! 성장기라 그런지 계속 크는군."

곰방대를 물고 연기를 퐁퐁 피워 내던 페이샤가 나를 발견하고 빠르게 다가왔다. 굳어 있던 그녀의 얼굴이 살짝 펴졌다.

"페이샤. 호출에 응해 주셔서 정말 감사합니다."

나는 기사식으로 정중히 인사했다.

'요정들도 대단하지만…… 나는 역시 늑대들이 좋아.'

이곳엔 자신들이 혐오하는 인간들이 득시글거린다는 것도, 사이가 좋지 않은 요정족이 참전한다는 것도, 전장에선 목숨이 위험하다는 것도 잘 알 텐데,

과거의 은혜를 갚는다는 이유 하나만으로 이곳에 나온 그들은 과연 신실한 늑대다웠다.

페이샤가 씨익 웃었다.

"도울 것이라고 말했잖은가."

스윽.

그녀가 한데 모인 늑대들을 거친 손끝으로 가리켰다.

'우리는 여전히 인간들을 좋아하지 않는다. 그건 만장일치더군. 우릴 멸종시키려 든 인간들을 목숨 걸고 돕고 싶지 않다.'

'……'

'하지만 우리는 은혜를 잊지 않는다. 안테이아, 그 아이에게 우리 종족이 빚을 졌으니 도움이 필요하다면 언제든 나서겠다고 맹세했지.'

나는 도움을 요청하러 갔던 그날 페이샤가 짓던 웃음을 기억하고 있었다.

'그래서 출전하길 원하는 자들만 출전하기로 했다.'

페이샤는 그렇게 말했다.

크르릉.

그리고 지금, 그녀의 손끝이 닿는 곳엔 가히 은빛 늑대 수인족의 대부분이라고 할 수 있는 숫자의 늑대들이 있었다.

"저들이 모두 안테이아의 은혜를 기억하고 있는 자들이다."

시간이 지나고 상황이 달라져도 변하지 않는 마음, 그것은 내가 어느 때고 동경하는 것이었다.

"……안테이아."

테세우스가 나직하게 중얼거렸다.

페이샤와 안테이아에 대한 이야기까지 나눈 건지, 그는 페이샤의 입에서 그 이름이 나온 것에 놀라지는 않았다. 하지만 상심은 깊어 보였다.

"늑대들은 은혜를 잊지 않는다."

내 어깨를 툭툭 두드린 페이샤가 내 너머의 제국군을 서늘하게 응시했다.

"……하지만 원한도 잊지 않지."

낮게 내리깐 목소리에서 뿌리 깊은 원한이 들끓었다.

그녀는 안테이아를 은인으로 여기고, 안테이아의 딸인 나까지 귀히 여기지만, 그렇다고 인간을 향한 해묵은 증오를 떨쳐 버린 건 아니었다.

은빛 늑대 수인족 역사상 가장 위대한 지도자, 페이샤. 그녀는 제국이 앞잡이가 되어 자행된 끔찍한 수인 대학살 사건을 건너온 늑대였다.

'아무리 페이샤가 나를 특별 취급해 주고 있어도 여기서 말을 얹혀선 안 돼.'

척.

나는 페이샤가 드러내는 선명한 살기에 나를 보호하려는 듯 움찔거리는 제국군을 향해 괜찮다는 신호로 손을 펴 보였다. 우리는 그들에게 영원한 죄인이었다.

"늑대족의 수장과 요정왕을 뵙습니다."

저벅저벅.

늑대들의 날 선 시선 속에서도 주저 없이 앞으로 나선 디에고가 고아하게 허리를 굽혔다.

"황태자 디에고 솔라티네입니다."

그의 푸른 눈은 낮게 가라앉아 있었다.

"제국의 황태자인가? 첫 만남 장소가 전장인 것은 유감이지만 보게 되어 기쁘군."

테세우스가 가볍게 목례했다. 딱 필요한 만큼의 예의를 갖춘 몸짓이었다.

"……."

그러나 페이샤는 조금의 굽힘도 없이 꼿꼿이 선 채 곰방대 물부리를 잘근거렸다.

후.

그녀의 긴 날숨을 따라 독한 담배 연기가 디에고 언저리까지 퍼졌다.

"……콜록."

연기를 마신 건지 디에고가 짧게 기침을 뱉었다. 그의 콧잔등이 금방 발그레해졌다. 담배 연기에 유독 약한 것 같았다.

"죄송하지만 담배는……."

"하지 마라."

그의 옆을 그림자처럼 지키던 호위기사 페퍼 앨러바인이 무어라 말하려던 찰나, 디에고가 가로막았다.

"감히 그 무엇도 성토해선 안 된다."

디에고는 우리가 그럴 자격이 없다는 것을 잘 알고 있는 얼굴이었다.

그 모습을 감정 없는 낯으로 바라보던 페이샤가 고개를 치켜들었다.

"미친 여우의 새끼여."

제국의 황태자를 지칭하는 말로는 너무 거칠었다. 당장이라도 반발할 듯 크게 술렁이는 제국군들을 잠재우는 건 엘과 카이사르의 몫이었다. 나는 엘이 닥치지 않는 자는 저 늑대들의 먹이로 던져 줄 것이라고 말하는 것을 희미하게나마 들었다.

우득.

페이샤가 쥐고 있던 곰방대를 산산조각 냈다.

"네 증조부가 무슨 짓을 했는지 아느냐?"

디에고가 눈을 꾹 감았다.

디에고의 증조부이자 헬리오스의 조부이기도 한 100여 년 전의 황제. 그는 수인 대학살을 일으킨 장본인이었다. 그것은 제국의 원죄였다. 잊을 수도 없고, 잊어서도 안 되는, 용서받지 못할 죄악이었다. 나와 디에고가 더더욱 고개를 들 수 없는 이유는, 디에고의 증조부와 조부 때까지는 자기들 좋은 대로 합리화시키다가 헬리오스 대가 되어서야 제국에서 제대로 그 사건을 가르치기 시작했다는 것이며…….

"왜 황태자 저하께서 저 무례한 수인에게 저렇게 저자세를 취하시는 거지?"

가르치고 있음에도 많은 이가 잊고 산다는 것에 있었다. 나는 쓸데없이 좋은 청각으로 들어 버린 한 기사의 중얼거림에 피가 차게 식는 것을 느꼈다.

"네. 압니다."

디에고가 무겁게 고개를 끄덕였다.

"그런데도 감히……."

우수수.

페이샤가 조각 난 곰방대를 손에서 털어 날려 보냈다.

"뻔뻔하게 내 앞에 낯짝을 들이대는구나."

비틀린 그녀의 입술 새로 길고 날카로운 송곳니가 빛났다.

스스슥.

그녀가 진정으로 분노했음을 알리듯, 그녀의 손끝이 늑대의 발톱으로 바뀌기 시작했다. 누군가는 죄를 지은 장본인도 아닌 디에고가, 또 현재의 인간들이 저 분노를 받아 내는 것이 불합리하다고 할지 모르겠다.

하지만 내 생각은 달랐다.

선대의 죄를 외면하고 싶다면, 적어도 그로 인해 얻은 혜택을 모두 반납해야 한다. 수인 학살을 일종의 스포츠로 삼으며 얻어 낸 제국과 그 동맹국들 사이의 결속력, 강제로 약탈한 그들의 재산과 토지, 그들의 시체에서 뜯어낸 가죽과 온갖 부속물……. 그 모든 것을 돌려준 뒤에야 우리의 죄가 아니라는 말이라도 해

볼 수 있는 것이다. 그러나 그것은 모두 우리의 땅에 비료가 되어 사라져 버렸으니, 우리는 이 원죄를 외면할 기회조차 없었다.

"그 모든 것을 아는데…… 어떻게 내 앞에서 그 미친 여우와 닮은 얼굴을 내밀 수 있지?"

분노가 들끓는 페이샤의 뇌까림에 디에고가 고개를 숙였다. 나는 그의 어깨가 저렇게까지 무거워 보이는 것을 처음 보았다. 도와주고 싶었으나, 내가 감히 나설 자리가 아니다. 이 순간은 온전히 디에고의 몫이었다.

잠깐의 무거운 침묵.

"……알기 때문에 나서야 한다고 생각합니다."

그 끝에서, 디에고가 천천히 고개를 들었다.

"무지 또한 죄악이나, 알면서도 외면하는 것은 최악이니까요."

달콤한 웃음을 걸치지 않은 디에고의 얼굴은 정적이고 창백했다. 그러나 그의 눈빛엔 흔들림이 없었다.

"이 말 한마디로 달라지는 것은 없다는 걸 압니다."

"……."

"죄를 지은 이는 죗값을 치르지 않았고, 죽은 이들은 돌아올 수 없고, 피로 물든 죄악은 영영 지우지 못하겠지만……."

"……."

"그럼에도 우리가 다시 만나게 된 지금, 처음을 장식하는 말은 반드시 이것이어야 한다고 생각합니다."

꾸벅.

디에고는 페이샤에게, 그리고 우리를 지켜보는 늑대들에게 곧은 허리를 굽혔다.

황태자로 태어나 지금까지 해 보지 않았을 깊은 경례였다.

"죄송합니다. 일어나선 안 됐던 모든 죽음을 애도합니다."

그의 사과는 대지를 적신 피의 양에 비해 조촐했고, 천하를 찢을 듯 울린 비명에 비해 희미했다. 아무것도 바꿀 수 없다. 그럼에도 누군가는 해야 했다.

스르륵.

엘이 그를 따라 허리를 굽혔다. 기다란 머리카락이 땅을 스칠 만큼 깊이 굽힌 허리는 오랫동안 펴질 줄 몰랐다. 곧이어 카이사르와 칼, 그리고 검은 용 기사단원들까지 예를 표하며 모두가 뒤따랐다.

우르르.

백여 명의 제국군이 일제히 허리를 굽히는 광경은 높은 파도가 치는 것 같았다.

나는 그 모습을 잠시 바라보다가 페이샤에게로 고개를 돌렸다. 그녀는 형언할 수 없는 감정이 담긴 눈으로 고개 숙인 제국군을 뚫어져라 응시하고 있었다.

'아주 조금, 조금만이라도 위로가 된다면 좋을 텐데.'

꾸벅.

나는 마지막으로, 그녀와 늑대들에게 정중히 허리 굽혀 인사했다.

"……우리는 여전히 인간이 싫다."

한참 뒤에 페이샤가 짓씹듯 중얼거렸다.

"네 말대로, 그런 짓을 한다고 달라지는 것은 없다."

당연하다. 사과 한 번에 모든 원한이 눈 녹듯 사라지고 상황이 종결되는 건 소설 속에서나 일어나는 이야기다. 인간의 원한은 지독하고, 늑대들의 원한은 더욱 그렇다. 그것이 느슨한 나비매듭 풀듯 쉽게 풀릴 거라 생각했다면, 그 자체가 죄악의 무게를 자각하지 못했다는 뜻이었다.

묵묵히 고개를 끄덕인 디에고가 페이샤와 눈을 맞추었다.

"하지만 기회를 주신다면 뭐라도 달라지게 하고 싶습니다."

"뭐?"

"제대로 용서를 청할 기회를 주신다면, 이 전쟁이 끝난 뒤 여러분을 황궁으로 초대하고자 합니다."

그가 은빛 늑대 수인족을 천천히 돌아보았다.

"죄악의 근거지인 그곳에서 원래 주인에게로 돌아가야 하는 유산과 돌려 드릴 수 없는 것들에 대한 보상, 그리고 지금이라도 치러야 하는 죗값에 대해 긴 얘기를 나누고 싶습니다."

디에고가 가슴에 손을 얹었다.

"어디까지나 허락해 주신다면 말입니다."

학살 속에서 동족을 지켜 온 노장이 눈을 감았다. 그녀는 지쳐 보였고, 동시에 오랫동안 꽉 쥐고 있던 걸 놓은 듯 조금은 가벼워 보였다.

"아주……."

천천히 뜨인 보랏빛 눈동자가 나를, 그리고 디에고를 담았다.

"아주 긴 얘기가 될 테니 제대로 준비해 두어야 할 거다, 황태자."

페이샤가 휙 몸을 돌렸다.

"숙소로 돌아간다."

그녀의 뒤를 따르는 늑대 무리로부터 억눌린 울음소리가 희미하게 울려 퍼졌다.

⚜

은빛 늑대 수인족이 떠난 자리엔 긴 침묵이 흘렀다. 다들 질척한 무언가에 발바닥이 들러붙기라도 한 것처럼 쉽게 발을 떼지 못했다.

나는 쉽게 부서지는 것과 절대 부서지지 않는 것에 대해 생각하다가, 호흡을 가다듬고 테세우스에게 인사했다.

"은하. 그간 평안하셨습니까?"

"그런 과도한 예의는 그만두거라."

테세우스가 고개를 휘휘 저었다.

"'테세우스'로 충분하다."

그가 나를 향해 희미하게 입꼬리를 올렸다. 살얼음 낀 대지에서 피어나는 작은 들꽃처럼, 소담하지만 경이가 느껴지는 미소였다.

"저분이 카슈미르 님인가?"

디에고와 페이샤의 대화를 듣고 덩달아 생각이 많아 보이던 요정들이 테세우스의 말에 나를 보며 신기한 듯 수군거렸다. 제국군도 처음 보는 요정들이 신기한 듯 그들의 날개를 힐끗거리고 있었으니, 서로를 신기해하는 오묘한 상황이었다.

"좋습니다, 테세우스."

나는 쓸데없는 인사치레는 다 집어치우고 곧바로 본론으로 들어갔다.

"아리아는 어디 있습니까?"

분명 이번 전투에 함께 참전하기로 했건만, 눈에 불을 켜고 둘러보아도 아리아가 보이지 않았다. 갑자기 뚝 끊겨 버린 연락도 그렇고, 무언가 잘못되었을지도 모른다는 생각에 발끝에서부터 초조함이 올라왔다.

순식간에 난감한 표정이 된 테세우스는 대답하기 곤란한 듯 입가를 쓸었다.

"그 아이는…… 함께 오지 않았다."

가슴이 철렁 내려앉았다.

아리아의 출전을 두고 우리 자매가 소리까지 지르며 다툰 것이 불과 몇 달 전 일이다. 생전 내지도 않던 화까지 내며 전쟁에 출전하겠다는 확고한 의사를 보인 아리아가 별것도 아닌 일로 이번 전투에 빠졌을 리 없었다.

"무슨 일 있습니까? 어디, 어디 다친 겁니까? 접근전 배운다더니 샤마임 장로가 애를 너무 험하게 굴린 거 아닙니까? 아니면 병이라도……!"

"진정해라. 그런 거 아니니까."

테세우스가 흥분한 나를 진정시키듯 두 손을 뻗어 위아래로 느릿하게 흔들었다.

"자세한 사정을 말할 순 없지만, 아리아는 합류가 늦어지는 것뿐이다. 이후 제 스승들과 함께 올 거다."

그 자세한 사정이 대체 뭔지.

생쥐 앞니에 살살 갉아먹히는 것처럼 심장이 따가웠지만, 테세우스의 멱살을 잡고 흔들며 말하라고 소리를 지를 수도 없는 노릇이었다.

"그 말, 진실이어야 할 겁니다."

나는 눈꼬리를 날카롭게 세웠다.

"……물론이다."

'이 인간, 지금 내 눈 피했어.'

대답도 두 박자 늦었다. 수척하게 팬 뺨이 어쩐지 마음에 걸렸다.

'아리아, 대체 뭘 하고 돌아다니는 거야…….'

어이가 없어진 내가 한마디 하려 할 때였다.

저벅저벅.

무거운 구둣발 소리와 함께, 숫제 지옥불에서 갓 강림한 마귀 같은 무시무시한 기운의 존재가 서서히 다가왔다. 이 세상에 그만큼 위압감을 줄 수 있는 존재는 한 사람뿐이다.

"당신이 아리아의 아버지입니까?"

우리의 붉은 검귀, 카이사르 크리시스 말이다.

테세우스를 지키던 호위대가 크게 움찔하며 본능적으로 무기를 세우고, 카이사르가 내 바로 옆에 섰다.

"그대는……."

테세우스가 살짝 커진 눈으로 카이사르를 바라보았다. 고즈넉한 금빛과 강렬한 붉은빛이 허공에서 부딪쳤다.

'아리아의 생물학적 아버지와 정신적 아버지의 만남이라…….'

두 사람이 언젠간 만나야 한다는 건 알고 있었지만 이렇게 막상 만나니 또 정신이 아득해졌다. 침묵에 숨이 막히려는 찰나, 테세우스가 느리게 고개를 끄덕였다.

"그래. 내가 아리아의 아버지다."

"아닐 텐데요?"

'이게 뭔 소리지?'

나는 자기가 물어봐 놓고 대답을 부정하는 카이사르를 건조한 눈으로 돌아보았다.

척.

카이사르가 쫙 편 손으로 자신의 가슴을 짚었다.

"내가 아리아의 아버지인데."

그의 당당한 목소리가 진영을 울렸다.

'아저씨, 진짜 주책이에요.'

나는 이런 자리에서도 꿋꿋하게 자신의 줏대대로만 행동하는 카이사르가 너무나 뿌듯한 나머지 쏠린 시선들 앞에서 차마 얼굴을 들 수가 없었다.

"……콜록."

당황한 듯 작게 기침한 테세우스가 창백한 손등을 뺨에 묻은 채 고개를 돌렸다. 그 모습이 푸른 잎에 싸인, 가녀린 한 송이 수국 같았다.

'어떻게 저렇게 자를 대고 정반대의 점을 이은 것처럼 다를까?'

테세우스가 비극적인 사고로 아내와 자식을 잃고 다시 일어서지 못하는 처연한 홀아비라면, 카이사르는 악마 들린 가족을 제 손으로 죽이고도 묵묵히 살아온 차가운 심장의 독신남 같았다. 두 사람이 이렇게나 다른 만큼, 기세의 차등도 분명했다. 카이사르 앞에 선 테세우스는 꼭 집채만 한 악어 앞에 떠밀려 온 작은 백조 같았다.

"……같이 아비 된 입장이니 말은 편하게 해도 좋다. 해야 할 이야기도 많을 거고."

동공이 희미하게 흔들리던 테세우스는 카이사르의 주책을 못 들은 척하기로 한 듯 말을 돌렸다.

"그럼 그럴까."

그리고 카이사르는 그 말만 기다려 온 사람처럼 형식적으로나마 사양하는 법 없이 당연하다는 듯 말을 놓았다.

충직한 검이 되려 했는데 5

카이사르가 고개를 비틀었다.

"혹시 어디 가서 아리아의 아비라고 말하고 다니는 건 아니겠지? 이제 와서 말이야."

그리고 짱돌로 무회전 돌직구를 던졌다.

여기저기서 경악 어린 한숨이 터져 나왔다.

'저렇게까지 안쓰러워 보일 일인가……'

명치를 제대로 맞은 얼굴로 테세우스가 희미하게 어깨를 떨었다. 그는 이 상황이 진심으로 버거워 보였다.

"자, 두 분 다 서로가 벅차도록 반가운 것은 알겠지만 병사들이 대기 중이니 진영부터 정리하는 것이 어떻겠습니까?"

결국 내가 나서서 둘 사이를 가볍게 가로막았다.

이러다간 이곳이 아리아 크리시스의 현 아버지 대 구 아버지의 진짜 아버지를 가르는 승부장으로 변할 것 같았다. 병사들도 쿠키를 씹으며 이 대결을 관전할 기세였다.

"테세우스, 곧 대화할 기회가 있을 겁니다. 이만 돌아가 보시지요."

나는 '내가 저놈을 반가워한다고?'라는 의미를 담은 카이사르의 눈빛을 필사적으로 모르는 척하며 테세우스에게 신호를 보냈다.

하얀 목덜미에 흐른 구슬땀을 손등으로 훔치던 테세우스가 느릿하게 고개를 끄덕였다.

"……이만 진영으로 돌아간다."

뒤돌아서 조금 빠른 걸음으로 사라지는 테세우스를 요정들이 따랐다.

요정들이 사라지면서 카이사르를 힐끗거리는 것으로 보아, 그들 또한 두 사람의 대치가 흥미로웠던 것 같았다.

"쯧. 왜 막았느냐. 이참에 누가 아리아에게 라스트 네임을 줬는지 저 남자의 머리에 제대로 새겨 줄 생각이었건만."

사라져 가는 테세우스의 뒷모습을 희번덕이게 뜬 삼백안으로 응시하던 카이사르가 그들이 완전히 사라진 뒤에야 혀를 찼다.

나는 그를 용맹하다고 해야 할지, 아니면 철없다고 해야 할지 알 수 없었다.

"자, 재밌는 연극은 열린 결말로 막을 내린 듯하니 이제 우리의 진영으로 가 보세."

병사들 못지않게 흥미진진한 얼굴로 상황을 지켜보던 디에고가 쿡쿡 웃곤 제국군에게 손짓했다. 전장에 나온 첫날부터 참으로 파란만장했다.

나는 배정받은 개인 막사에서 짐을 풀었다. 일반 병사들은 귀족과 평민에 관계없이 열 명이 한 막사를 사용해야 한다는 걸 생각하면 기사단장인 것이 참으로 다행이었다.

칼 또한 예외는 아니었으나, 그와 함께 막사를 사용하려는 이들이 없는 관계로 특별 취급을 받아 혼자서 막사를 쓰게 되었다. 막사는 당연히 공작가 저택의 내 방에 비할 바는 아니었다. 그러나 용병 시절 텐트로 사용했던 피비린내 찌든 천 쪼가리를 생각하면 호화롭다고 할 수 있었다. 가구까지 함께 움직이는 이동용 막사라 침대에 테이블, 의자까지 있었으니 감사히 여겨 마땅했다.

나는 테이블 앞에 앉아 제2기사단장으로서 처리해야 하는 서류 몇 장에 사인을 했다. 원래 이런 건 보좌관들이 맡아 주기 마련이지만, 내겐 보좌관이 없었다. 붙여 주겠다는 걸 내가 거절했다. 아마 그 검디검은 남자가 내 인생의 최초이자 최악이며, 최후의 보좌관일 것이다. 나는 다시는 보좌관을 들일 수 없을 테니까.

스르륵.

어느덧 해가 어스름히 지며 저녁 먹을 시간이 가까워질 무렵, 나는 조용히 막사를 나왔다. 한 손에는 르웰린에게서 받은 상자를 든 채였다.

충직한 검이 되려 했는데 5

'저쪽은 제2기사단 측 막사고…… 이쪽이 일반 병사들의 막사지.'

전쟁엔 잘 훈련된 기사들만 출전하는 것이 아니다. 평범한 삶을 살다가 징용되거나 자원해 참가한 병사들이 대부분이었다. 나는 화들짝 놀라며 내게 인사하는 병사들에게 묵례로 답하며 일반 병사들의 막사를 헤맨 끝에, 내가 찾는 이의 이름이 적힌 명패가 붙은 막사를 발견했다.

똑똑.

"제2기사단장이다. 잠시 들어가도 되겠나?"

"네, 네?"

"저희 막사요?"

"헉, 어째서……."

명패를 두드리며 문자 안쪽에서 놀란 반응들이 터져 나왔다. 산만한 웅성거림을 들으며 가만히 기다리고 있었을까.

"들어오지 않으셔도 됩니다. 제가 나가겠습니다."

여성의 낮은 목소리가 들렸다.

스륵.

오래 지나지 않아 문이 걷히고, 누군가 막사 밖으로 나왔다. 전장에 나오는 것은 무리가 아닌가 하는 생각이 들 만큼 나이를 먹은 중년의 여성. 몸은 나이가 무색할 만큼 근육질이지만, 왼팔 대신 달려 있는 검은 의수가 걱정을 증폭시킨다.

그러나 적어도 나는 그녀가 걱정되지 않았다.

"이렇게 또 뵙습니다."

나는 예의를 차려 가볍게 인사했다.

여자가 연둣빛 눈동자를 반짝이며 씨익 웃었다. 그 웃음이 누군가와 똑 닮아 있었다.

"에녹."

노련한 대장장이이자, 나와 아타라전에서도 함께 싸웠던 나의 친구 카시아 경의 어머니인 에녹이었다.

"괜찮으시다면 저와 함께 가 주시겠습니까?"

달랑달랑.

나는 손에 든 상자를 흔들었다.

"하하. 역시 기사단장의 막사가 좋군요."

내 막사에 들어온 에녹이 주위를 둘러보며 너스레를 떨었다.

그녀와 깊은 인연은 없음에도 어쩐지 반갑고 친숙했다. 그녀를 닮은 카시아를 아주 잘 알고 있기도 했고, 바로 얼마 전에 만나 도움을 받았기에 그랬다.

'그 부분은 제가 조언을 해 드려도 되겠습니까?'

터놓고 말을 할 동성 친구라곤 르웰린과 카시아—뮤리엘은 친구라고 말하면 재수 없게 굴 것 같아서 빼기로 했다—뿐인 나는 얼마 전 카시아의 집에서 그녀와 대화를 나누었다. 문제만 많고 해답은 없어 걱정만 쌓일 때, 차를 내어 주기 위해 왔다가 우연히 우리 대화를 들은 에녹이 나섰다.

'이 물건의 정체를 알게 된 것도 에녹 덕이니까.'

"이 물건이 진짜인지 확인해 주실 수 있겠습니까?"

에녹에게 의자를 내준 나는 그녀 앞에서 상자를 열어 보였다.

"호오…… 이건……."

그녀의 두 눈이 빛나기 시작했다.

에녹은 물건을 손끝으로 쓸어 보고, 이리저리 만져 보고, 무게를 재고, 손가락으로 튕겨 보기도 하며 나조차 알아들을 수 없는 전문 용어들을 중얼거렸다.

짧지 않은 시간이 흐른 끝에 그녀가 확언했다.

"확실합니다. 이 물건은 진짜입니다."

역시 르웰린이 틀리는 법은 없었다.

나는 만족스럽게 고개를 끄덕였다.

"대단하십니다. 이런 물건의 존재를 알고 계셨다는 것 자체가요."

"하하. 뭘요. 대장장이를 그만두고 나서 할 일이 없으니 고서들을 읽는 쓸데없는 습관을 들였다가 우연히 알게 된 것뿐입니다."

시원스럽게 웃는 그녀는 겸손하게 말하면서도 자신감이 넘쳐 보였다. 자신이 해 온 일에 확신이 있는 장인다웠다.

"아무리 무기를 관리하는 보조직이라고 해도 전장에 나오기까진 큰 결심이 필요하셨을 텐데요."

나는 그런 그녀를 물끄러미 바라보다가 조심스럽게 말했다.

에녹은 나이가 나이인지라 필수 징용 대상이 아닐뿐더러, 왼팔을 의수로 사용하는 탓에 자원을 해도 거절당했다고 했다.

그럼에도 그녀는 몇 번이고 자신의 쓸모를 증명해 기어코 이곳에 나왔다. 보통은 피하려 안달인 전장에 말이다.

"핏덩이 같은 제 딸아이도 출전하는데 어찌 어미 된 자가 집에 틀어박혀 무사 귀환을 바라는 기도만 올리고 있겠습니까."

"……."

"그런 경험은 아타라전 한 번으로도 충분합니다."

주먹을 꾹 쥔 에녹이 나를 향해 두 눈을 빛냈다.

"쓸 일이 없는 게 가장 좋겠지만, 필요하다면 유용하게 사용되길 바랍니다."

그녀는 강인한 사람이었다.

"……네. 그럴 겁니다."

어쩔 수 없이 웃은 나는 상자를 침대 위에 내려놓았다.

"어쩌면 이게 많은 사람을 구할지도 모르죠."

사용해야만 한다면, 그러길 진심으로 바랐다.

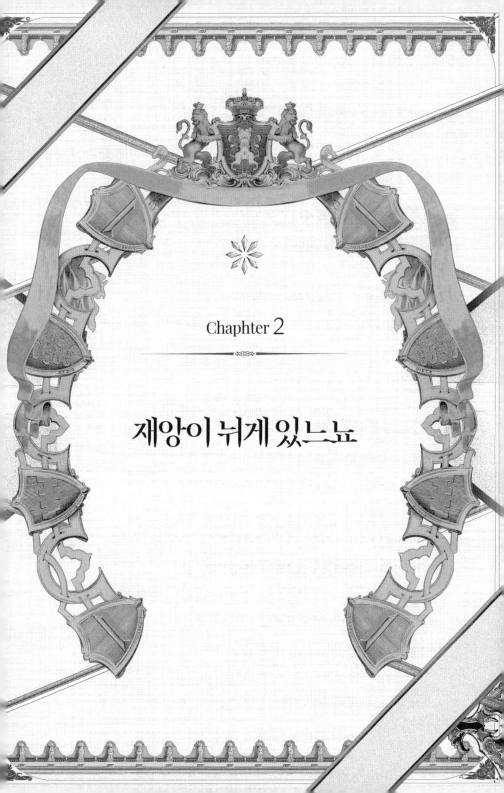

Chaphter 2

재앙이 뉘게 있느뇨

암브로시오에서의 다음 날이 밝았다.

오랜만에 시종의 도움 없이 혼자 제복을 갖춰 입은 나는 넥타이를 질끈 동여 맸다.

"하……. 해 보자고."

오늘은 동맹국 지원군의 수뇌부가 모두 한자리에 모이는 대회담 날이었다.

대회담 장소에 가는 길에 디에고, 세레논과 마주친 나는 그들과 함께 발걸음을 옮겼다.

"아직 도착하지 않은 이가 많지만, 한시가 급하니 먼저 이야기를 시작하기로 했네. 아마 회담 중에 속속들이 도착할 걸세."

디에고가 짧게 부가 설명을 해 주었다. 어쩐지 막사가 듬성듬성하게 세워진 것 같더니, 도착하지 않은 단체가 꽤 되는 모양이었다.

회담이 진행되는 곳은 막사라고는 생각되지 않을 만큼 거대한 내부를 자랑했다.

큰 막사는 암브로시오, 솔라티네, 아타라, 요정족, 은빛 늑대 수인족, 그리고 용병 측까지 해서 크게 여섯 구역으로 나뉘어 있었다.

나는 이미 출석해 있는 테세우스에게 눈인사하고 노아 옆에 앉았다.

솔라티네 측의 참여 인원이 워낙 많다 보니 황궁 측과 신전 측, 그리고 군사 관리자 측으로 또다시 나뉘어 세 개의 테이블이 준비되어 있었다.

시간이 조금 지나 엘과 율리안, 성기사단장이 출석했다.

가장 화려한 교황의 좌석이 떡하니 준비되어 있건만, 나는 당연하다는 듯 내

테이블을 향해 오는 엘의 방향을 돌리기 위해 미친 듯이 눈짓을 보내야 했다. 방향 돌리기에 동참해 기다렸다는 듯 엘의 옆구리를 마구 찔러대는 율리안은 좀 즐거워 보였다.

카이사르와 은빛 늑대 수인족이 약속 시간 정각이 되어 함께 등장했다. 그걸 보고 있자니 등장 시간도 성격 따라가는 것 같다는 생각이 들었다.

드르륵.

아침을 먹지 못하고 와 출출하던 차에 카이사르와 노아가 밀어 주는 핑거푸드를 몇 개 주워 먹고 났을 때, 암브로시오 구역에서 누군가 일어섰다.

"크흠. 암브로시오를 위해, 모, 모여 주신 모든 분께 가, 감사드립니다."

암브로시오의 국왕, 요르칸 암브로시오였다.

10여 년 전 발발한 암브로시오 분열 왕국 전쟁에서 왕세자였던 자신의 형을 무너뜨리고 왕좌를 차지한 남자. 모두가 승산이 없다고 하던, 전력 차이가 두 배 이상 나던 전쟁을 3년이나 끌고 가 기어코 승리를 거둔 인물이었다.

'하지만 그런 대단한 인물인 것치곤…….'

"여, 여러분이 이곳에 계실 동안, 불편, 함이 없도록, 다방면으로 노력, 히, 힘쓰겠습니다……."

이걸 뭐라고 표현해야 할까?

"다, 달타냥 공작이 이, 이어서 말해 주겠나? 하하……."

어리바리하다? 미심쩍다?

사람들의 시선이 버거운 듯 쩔쩔매며 곤란한 웃음이나 흘리는 저 남자는 도무지 놀라운 전쟁 신화의 주인공으로 보이지 않았다.

외양도 눈에 거슬렸다.

앞머리를 푹 내린 탁한 밀빛 머리칼하며 순한 연회색 눈까지, 하나하나 색소가 옅어 인상이 희미했다. 몸은 또 지병이 있는 게 아닌가 싶을 정도로 비쩍 말랐다.

야윈 것을 가리기 위해서인지 두꺼운 비단과 무거운 보석들로 온몸을 휘감은 모습은 우스꽝스럽기 짝이 없었다.

'오히려 전쟁 영웅 같은 건…….'

나는 요르칸 암브로시오의 등 뒤에서 걸어 나오는 인영을 바라보았다.

"반갑습니다. 암브로시오의 군사령관을 맡고 있는 카르마 달타냥입니다."

카르마 달타냥. 나도 아는 이름이었다.

제국에 크리시스 공작가가 있다면, 암브로시오에는 달타냥 공작가가 있다.

달타냥은 그전에도 대단한 세력가였으나, 이번 대 공작인 카르마 달타냥이 분열 왕국 전쟁에서 지대한 공적을 쌓으며 현재는 그 권력이 왕실에 버금간다고 할 수 있었다.

'워낙 헛소문이 많으니 분열 왕국 전쟁의 자세한 내막은 알 수 없지만 달타냥 공작이 대단한 사람인 건 분명하지.'

나는 그녀를 물끄러미 바라보았다.

"지금부터 작전은 제가 지휘하겠습니다."

엄격한 인상의 중년 여성. 한 가닥 흘러내림도 없이 철저하게 쓸어 올린 은발과 시리도록 새파란 두 눈이 더더욱 그런 분위기를 자아냈다.

'……누군가와 닮았네.'

전혀 다른 분위기를 가진 누군가와 말이다.

나는 힐끗 그를 살펴보다가, 대수롭잖아 보이는 그 얼굴이 어쩐지 보기 어려워 다시 고개를 돌려 버렸다.

'요르칸 암브로시오는 카르마 달타냥의 꼭두각시다……. 겉모습만 보아선 확실히 그럴듯한 가설인데.'

나는 턱을 매만지며 요르칸과 카르마를 번갈아 보았다. 암브로시오의 정세는 이곳에 오기 전에 적당히 알아보았다. 그러는 가운데 가장 많이 들린 이름은 단연 요르칸과 카르마. 카르마가 요르칸을 허울뿐인 왕으로 세우고 조종하고 있다는 소문은 전 대륙에 파다했다.

"앗."

내 시선이 느껴졌던 걸까, 주위를 두리번거리던 요르칸이 나와 눈이 마주쳤다.

"아하하······."

그가 어색하게 웃으며 머리를 긁적였다. 나는 국왕인 그에게 예의를 갖춰 가볍게 묵례했다. 사람은 겉모습만 보고 판단해선 안 된다. 악마도 광명의 천사로 위장하니.

'뭐, 소문이 진실이든 거짓이든 상관없겠지.'

진실이라면 꼭두각시인 요르칸은 어차피 무능할 테니 신경 쓸 것도 없고, 거짓이라면 오히려 좋다. 우리 동맹군은 승산이 없다시피 한 전쟁을 승리로 이끌었던 주역을 아군으로 얻은 셈이 될 테니까.

"작전 회의에 앞서 여러분이 계신 이곳, '아하리트'의 지형을 설명하려 합니다."

촤악.

카르마가 거대한 지도를 허공에 펼쳤다. 지도가 아무 지지대도 없이 둥둥 떠 있는 것으로 보아 마법을 사용한 것 같았다. 그녀가 긴 지휘봉을 집어 든 순간.

우우웅- 신경을 날카롭게 건드리는 거대한 진동.

위이잉!

일대의 마나가 거칠게 요동하기 시작했다.

"피하십시오!"

"전하를 호위해!"

막사 안은 순식간에 아수라장이 되었다.

마나 친화력이 아주 낮은 사람조차 오싹해질 만큼 강렬한 파동이었으니, 수뇌부를 지키기 위해 이곳에 온 정예 중의 정예들에겐 강도 높은 지진처럼 느껴지는 게 당연했다. 그들은 재빨리 자신의 주인을 엄호했다.

"두 분을 지켜라!"

타앗!

노아의 말이 채 떨어지기도 전에 나와 카이사르는 자리를 박차고 올라 황실과 신전의 테이블 사이를 지키고 섰다.

"다들 염려 마십시오. 만일 위험 상황이 발생할 시 저희 암브로시오가……."

카르마 달타냥이 침착한 얼굴로 마나의 파동이 느껴지는 곳에 다가갈 때.

우웅-

허공에서 공간이 일렁였다.

'저건…… 포탈?'

그 균열을 보며 미간을 좁히는 순간.

스윽- 누군가가 그 사이로 얼굴을 들이밀었다.

"망할……. 된 거야?"

아타라의 국왕이자 내 친구, 레오였다.

'아니, 진짜…….'

순간 맥이 탁 풀리며 긴장으로 굳어 있던 몸이 허무하게 늘어졌다.

'저놈은 꼭 등장까지 유별나야 하는 건가?'

포탈에 얼굴만 들이밀고 있는 건지, 허공에 머리만 둥둥 떠 있는 레오는 공포스러운 동시에 보고만 있어도 헛웃음이 절로 나왔다. 속절없는 반가움은 덤이었다.

"다들 검 내리시죠. 저분은 알렉산드로 아타라 전하이십니다."

나는 상황 파악을 못 하고 있는 이들에게 손을 올려 보였다. 하기야 아무리 북부의 흑마법이 뛰어나도 동맹군의 마법사들이 전력을 다해 빚은 이곳의 결계를 벌써 뚫을 수 있을 리가 없다. 이 진영 내에선 허락받지 못한 마법과 마도구의 사용이 철저히 제한되어 있으니, 이렇게 등장할 수 있는 건 미리 승인을 받아 둔 동맹군들뿐이었다.

스르륵.

레오의 얼굴을 알아본 이들이 하나둘 무기를 내릴 때.

"……하. 우리가 좀 늦었나?"

막사 안을 훑어본 레오가 차갑게 헛웃음을 지었다.

'……기분 탓인가?'

나는 미간을 좁혔다.

어쩐지 그의 분위기가 좀 이상한 것 같았다.

"미안합니다. 원래 좀 더 일찍 도착할 예정이었는데, 마법사들이 쉬는 도중에 재밌는 일이 일어나서 말입니다."

레오가 가라앉은 목소리로 보고했다. 대체 뭘 하다 온 건지 그의 얼굴은 흙먼지와 잔 상처들로 난장판이었다. 모두 그의 기세에 눌리거나 어이가 없어서 아무 말도 못 하고 있던 그때였다. 땀으로 달라붙은 앞머리를 거칠게 쓸어 넘긴 레오가 두 눈을 부릅떴다.

"너무 늦었으니…… 내가 또 성의를 보여야겠습니다."

번들거리는 압생트빛 두 눈엔 억눌린 감정이 도사리고 있었다.

"지각한 주제에 빈손으로 오는 건 예의가 아니잖습니까?"

'……뭐지?'

기이한 이질감 내지는 불길함을 느낀 나는 미간을 좁혔다.

뭔가 이상하다. 코끝을 스치는 냄새가 이상하고, 레오의 상태는 더 이상했다.

원래 아타라는 회의가 시작할 때쯤 도착한다고 했다. 상황을 보아서도, 레오의 성격을 보아서도 그가 막사 한가운데에 갑작스럽게 나타난 것은 딱히 이상한 일이 아니었다.

'그런데 왜 이렇게 감이 울리는 거지?'

내가 이 감각에 집중하려던 찰나.

"짠! 선물."

팍!

뭔가를 걷어차는 소리와 함께 포탈 너머에서 거대한 무언가가 튀어나왔다.

통.

'어?'

땅에 떨어졌다가 튀어 오르는 물체를 본 순간 머릿속이 텅 비었다.

이게 뭐지? 설마, 진짜 그거인가?

두 눈이 본 것을 뇌가 받아들이지 못하는 기분이었다.

데구르르.

곧이어 그것이 튀어 오르기를 멈추고 바닥을 구르기 시작했다.

그것이 모두를 바라볼 때.

'아.'

그제야 모두가 깨달았다.

알렉산드로 아타라가 선물이랍시고 걷어차 보낸 건…….

도르륵.

다름 아닌 거대한 눈알이었다.

데굴데굴.

죽음 같은 침묵이 내려앉은 가운데, 새까맣게 죽은 붉은 눈알이 막사 안을 굴렀다. 방금 뽑혔음을 증명하듯 아직 뜨끈한 검은 피가 사방으로 퍼지고, 악취도 함께 퍼졌다. 같이 뽑혀 나온 새빨간 핏줄은 금방이라도 꿀딱거릴 것만 같았다.

'마수의 눈알……. 그것도 대재앙 하라바나의 눈알이다.'

평생을 마수와 싸워 온 나는 곧바로 알아볼 수 있었다.

"……."

비명을 지르는 이는 없었으나, 모두의 표정이 굳어 있었다.

이게 장난이라면, 장난이 너무 심하다는 생각이 머릿속을 가득 채웠다.

"구워 먹으면 맛있지 않겠습니까? 북부 사람들은 하라바나 눈알까지 먹는답니다."

모두가 충격에 빠진 가운데, 레오가 분위기에 맞지 않는 밝은 웃음을 지었다.

그 웃음에선 이전에 본 적 없는 오싹한 광기가 느껴졌다.

나는 멍하니 입을 벌렸다. 지금 레오의 행동은 도를 벗어났다.

막사 허공에서 불쑥 나타난 것이야 좌표를 잘못 잡았다고 하면 된다. 순간이 동은 워낙 까다로운 마법이니 무례랄 것도 없이 그냥 웃기는 해프닝이었다.

하지만 대륙의 중요 인물들이 모두 모인 이 중대한 자리에 하라바나의 눈알을 던져 놓은 행동은 짓궂은 장난이라는 말로도 포용할 수 없다.

"지금 먹어 볼래요? 내가 직접 구워 드릴까요? 어때요, 맛있겠죠?"

이건 그냥 미치광이 그 자체였다.

"아타라의 국왕! 이게 무슨 짓입니까!"

카르마 달타냥 공작은 그 엄숙한 얼굴로도 기함을 숨기지 못했다.

뒤따라 정신을 차린 이들이 경악, 혹은 경멸, 또는 불신이 섞인 눈으로 허공에 둥둥 뜬 레오의 웃는 얼굴을 바라보았다. 금방이라도 깨질 듯 얼어붙은 분위기 속에 나는 울대를 울렁였다.

레오는 제멋대로에 거칠지만 중요한 자리에서 이렇게 막장으로 나오는 인물 은 아니었다. 그랬다면 애초에 왕위에 오르지 못했을 것이다. 선을 넘을 듯 말 듯 하면서도 결코 넘지 않고, 난폭한 성정과는 별개로 차가운 이성을 가진 것이 알 렉산드로 아타라이건만. 지금의 그는 무언가에 사로잡힌 것만 같았다.

"무슨 짓인지는 내가 묻고 싶은데?"

레오가 목소리를 거칠게 내리깔았다.

"이 눈알이 어디서 났다고 생각하는 거지?"

압생트빛으로 물든 그의 두 눈이 뜨겁게 들끓었다.

화아악.

레오가 포탈로 들어섰다.

탁.

'아.'

곧이어 드러난 그의 전신은 내 심장을 쿵 내려앉게 만들었다.

여기저기서 놀라 들숨 소리가 퍼지는 가운데, 레오는 자신의 복부를 짓눌렀다.

"아타라군은 북부군에게 습격을 당했다."

그의 몸은 말 그대로 만신창이였다. 아름다웠을 제복은 검은 피와 자신의 피로 절여져 형체를 알아보기 힘들었고, 움켜쥔 복부는 얼핏 보아도 중상이었다.

급하게 치료한 것 같지만, 손 틈새로 피가 새는 것으로 보아 움직임으로 상처가 터진 것이 분명했다. 복부 중상 외에 크고 작은 상처들은 손도 못 댄 상태였다.

"놈들은 하라바나 외에도 수백 마리의 마수를 풀었다. 속수무책으로 당했고, 피해가 너무 커서 아직 수습도 마치지 못했다."

"……."

"그 망할 놈들이 마법 차단 결계까지 치는 바람에 주술사들을 다 잡아 죽인 지금에서야 이 포탈을 연 거다."

레오가 피투성이 주먹을 으스러져라 쥐었다.

"전쟁이 다 그렇지. 기습을 당한 것은 방심한 쪽 잘못이니 화풀이하는 것은 우스운 짓이야."

"……."

"다만 나는 묻고 싶군."

그가 날을 벼린 작두처럼 날카로운 눈으로 좌중을 훑어보았다.

"어떻게 북부군들이, 여기 있는 놈들만 알고 있을 중간 휴식 지점의 위치를 정확히 알고 습격했는지!"

쩌억.

레오의 고함에 장내의 분위기는 얼어붙다 못해 갈라지기 시작했다.

마도공학 기술이 뛰어난 아타라는 단번에 이곳 아하리트로 올 수 있었다. 다만 더 먼 거리를 와야 하는 제국군의 편의를 봐주어 초장거리 순간이동 포탈을 열 때 필요한 무한 동력 마석을 대여해 준 것이다.

정작 아타라군은 그런 배려 탓에 마법사들을 중간중간 쉬게 하며 여러 번 순간이동을 하는 정석적이지만 번거로운 방식을 통해 아하리트로 오고 있었다.

"그 자식들은 이미 그곳에 있었어. 우리가 도착하길 기다리며 모든 함정을 준비해 뒀다고."

이런 일이 일어날 수 있으니 중간 지점의 위치는 극비 중의 극비였다. 보통 병사들은 당연히 알 수 없고, 나조차 '임시' 제2기사단장이라는 이유로 전해 듣지 못했다. 아타라군이 머물 중간 지점의 위치를 아는 이들은 이 막사 안에 있는 수뇌부가 전부일 터.

그 말인즉.

"새어 나갈 곳은 이곳뿐이다."

이 막사 안에 정보를 흘린 배신자가 있을지도 모른다는 소리였다.

콱!

레오가 하라바나의 눈알을 짓밟아 터트렸다.

"어떤 새끼냐?"

정면으로 마주한 그의 격노는 지옥의 업화처럼 맹렬했다.

"후……. 아니면 대체 누가 칠칠맞게 도청을 붙이고 있는 거냐? 아타라에서 준 도청 탐지 마도구는 손가락 장식으로 쓰고 있는 건가? 줘도 못 쓰면 어쩌자는 거지?"

스르륵.

레오가 거칠게 비아냥거리며 근처 의자에 몸을 기댔다. 중상 입은 복부를 한 손으로 움켜쥐고 가쁜 숨을 몰아쉬는 그는 서 있는 것조차 버거워 보였다. 터진 상처에선 선지피가 흐르고 있었다. 그의 언행은 길들지 않은 들개처럼 사나웠지만, 그렇게 구는 그의 마음만큼은 백분 이해할 수 있었다.

현재 이 전쟁을 모든 방면에서 가장 많이 지원하는 건 아타라다. 몇 달 전에 치른 아타라전으로 피해가 클 텐데도, 그들은 보석 광산으로 벌어들인 막대한 돈과 위대한 마도공학을 모두 동맹군을 위해 사용 중이었다. 이번 전투가 전 대륙을 위한 일이라지만 그들의 헌신은 박수받아 마땅했다. 거기다가 레오는 얼마 전 이곳에 있는 모두에게 어마어마한 고가의 반지형 도청 탐지 마도구를 선물했다.

나 또한 받아서 확인해 본 바, 그 작은 반지는 아타라의 마도공학이 집약되어 감히 성능을 의심할 수 없을 만큼 정밀했다.

그런데 그 상황에서, 대규모의 군대까지 지원하는 가운데 극비인 중간 지점이 수뇌부 사이에 누설되어 습격당했다. 레오로서는 배신이라고 해도 빡치고, 불찰로 인한 유출이면 더 빡치는 상황이 연출된 것이다. 솔직히 나였어도 수뇌부의 얼굴을 제정신으로 볼 자신이 없었다. 북부와 제국의 정상회담에서 지그문트가 한 것처럼 탁자 하나쯤 박살 내고 시작했을지도 몰랐다.

"우리 아타라가 이 사태를 어떻게 받아들여야 하는지 한 사람씩 나와서 말해 보는 시간을 가질까?"

레오가 으르렁거리듯 웃었다. 금방이라도 폭발할 것 같은 얼굴을 한 그의 목엔 핏대가 서 있었다. 아무리 모두의 잘못이 아니라지만, 범인이 밝혀지지 않은 지금은 모두에게 화가 날 터였다

그의 분노 앞에서 모두가 말문이 막힌 채 숨 막히도록 무거운 정적이 흘렀다.

"……우, 우선, 이, 이 사태에 대해서, 크나큰, 유, 유감을, 표, 합니다."

가장 먼저 입을 연 건 암브로시오의 국왕, 요르칸이었다. 그는 말을 심하게 더듬긴 했지만 꽤 침착했다.

"이 사태의 원흉은, 바, 반드시, 찾아내야 할 것이나, 아, 아직, 전장이, 수습도되지 않은 것 같아……."

요르칸이 소심하게 레오의 눈치를 살폈다.

"후우……."

상처를 지혈하는 건지 쥐어짜는 건지 모를 악력으로 복부를 꽉 누르고 있던 레오가 날숨을 뱉었다. 지금의 레오는 상처도 제대로 치료받지 못했다. 가장 귀하게 모셔야 할 국왕이 저 상태라면 전장은 정리도 채 되지 않은 상태일 것이 분명했다.

　　　　　　　　　　　　　충직한 검이 되려 했는데 5

"맞습니다. 전장 수습과 부상자들의 치료가 급선무입니다."

나는 요르칸에게 동조하며 레오 앞으로 다가갔다.

"그 부상자엔 국왕 전하도 포함이고요."

꾸욱.

그리고 그의 어깨를 단단히 잡았다.

"치료부터 받으시죠."

"……."

"당장."

그가 천천히 고개를 들어 나를 바라보았다. 압생트빛 두 눈은 아직 전투의 열기로 뜨거웠다. 검고 붉은 피로 얼룩진 양 뺨은 창백했다.

"슈슈……."

레오가 내 애칭을 내뱉는 소리는 맹수의 그르렁거림과 닮아 있었다.

당장 칼부림해도 이상하지 않을 만큼 광포한 기세. 나조차 순간 긴장해서 목울대를 울렁일 때였다.

"나 힘들어……."

픽.

내 귀에만 간신히 들리는 호흡 같은 투정과 함께 레오가 내 품으로 무너져 내렸다. 본능적으로 그의 몸을 받친 나는 그의 등에 흐르는 핏방울의 감촉에 잠시 멍해졌다.

주르륵.

레오는 복부가 완전히 관통당했음에도 간신히 버티며 이곳까지 온 것이다.

'너는 이제 겨우 19살인데.'

목 밑에서 무언가 욱하고 치밀어 올랐다. 왜 너는 이 어린 나이에 한 나라를 어깨에 지다 못해 전쟁까지 겪어야 하는지. 왜 분노가 치밀어도 참아야 하고, 배신감에 치가 떨려도 침착해야 하고, 아픈 상황에서도 버텨야 하는지.

모든 이의 위에 선다는 것은, 형벌을 받는 어느 거인처럼 평생 하늘을 떠받쳐야 하는 것과 같다. 그가 선택한 왕좌, 그가 선택한 길이므로 그가 감수해야 한다.

그 사실을 알고 있다. 알고 있지만…….

'네게 전쟁까지 겪게 하다니 너무 잔인한 거 아닐까.'

기절한 순간까지도 앙다물고 있는 그의 치아가 오랫동안 눈에 걸렸다.

"……교황 성하."

분위기가 아찔하게 굳은 가운데, 나는 고개를 돌려 엘을 바라보았다.

"성하께서 치료해 주시면 좋을 것 같습니다."

엘이 가만히 나를 바라보았다.

그의 옆에 서 있다가 순간 식겁한 율리안이 한 발짝 나섰다.

"제, 제가 치료해 드리면……."

"됐어."

사락.

엘이 긴 옆머리를 쓸어 넘기며 내게로 다가왔다.

"우리도 예의를 보여야지."

그가 가벼이 눈을 휘며 두 팔을 벌렸다.

"국왕을 제게 넘겨주시겠어요?"

고개를 끄덕인 나는 내 어깨에 기대어 있는 레오를 엘에게 조심스레 넘겨주었다.

엘의 새하얀 옷에 레오의 피가 번졌으나, 그는 크게 신경 쓰지 않았다.

"……마법사들을 불러 모으시죠. 아타라의 지원군들을 도와야 합니다."

우리를 지켜보다가 테이블을 짚고 일어난 디에고가 선언했다.

기절한 레오는 신성력으로 치료한 뒤 막사에 눕혀 두고, 급하게 마법사들을 끌어모아 아타라의 군사들이 있는 지점으로 포탈을 열었다.

전투가 벌어졌던 현장은 참혹했다. 마수들의 사체가 사방에 널려 있었고, 미처 수습되지 못한 부상자들과 사상자들이 한데 뒤엉켜 있었다. 하라바나뿐만 아니라 불멸의 암브로까지 풀어놓았던 건지, 증식한 암브로의 흉측한 사체들도 군데군데 보였다.

'매복이 있었다면 뼈도 못 추릴 지형이었군.'

험한 돌산으로 둘러싸인 이곳은 외부에서의 침입이 어려운 반면 먼저 장소를 선점하는 쪽이 전투에서 극히 유리했다. 휴식 중 적군에게 공격당하는 일을 막기 위해 이곳을 선택한 것일 터인데, 극비가 새어 나가는 바람에 되레 당한 것이었다.

나는 착잡한 심정으로 부상자 운반과 시신 수습을 도왔다. 중간중간 뒤틀린 신체나 뒤집힌 눈을 볼 때면 버거워지긴 했지만, 손끝을 손톱으로 짓누르며 버텼다.

지원군 대부분이 크고 작은 부상을 입었고, 사망자는 17명이었다. 사망자가 그나마 적은 것을 다행으로 여기고 싶진 않았다. 이 세상에 다행인 죽음은 없으니.

심각한 중상자들은 신관들과 요정들이 곧바로 현장에서 치료했다. 그나마 부상이 가벼운 이들은 일반 의료진이 도맡았다.

그 가운데 가장 바쁜 건 단연 엘이었다. 어느새 거추장스러운 교황 정복을 벗어 던지고 와이셔츠와 승마바지 차림을 한 그는 숨 쉴 틈도 없이 사방을 누볐다.

나는 부상자 수습과 시신 운반을 일단락 지은 뒤에 엘의 호위를 자처했다.

"성하. 손수건입니다."

턱을 타고 흐르는 땀방울을 손등으로 닦던 엘은 배시시 웃으며 내가 내민 손수건을 받아 들었다.

"이런 거 자주 해야겠네요."

스윽.

그는 손수건을 사용하지도 않고 고이 주머니에 넣었다. 손수건의 용도가 무색해지는 순간이었다.

'확실히…… 대단하긴 하군.'

화악-

나는 그가 안면이 함몰된 병사를 치료하는 모습을 물끄러미 바라보았다. 신비주의를 고수하는 신전의 성향 때문에 신성력은 베일에 가려져 있다. 하지만 아무리 정보가 부족하고 기준이 모호해도 엘의 경지가 뛰어나다는 것쯤은 충분히 알 수 있었다. 그는 지금까지 수십 명의 중상자들을 치료했음에도 멀쩡했다. 다른 신관들은 중상자 하나를 치료하면 지쳐 골골대는데 말이다.

'교황이라는 독보적인 지위는 저 힘을 담아내기 위해 존재하는 것이 아닐까.'

보통 신관의 신성력이 강줄기라면 엘은 광대한 바다 같았다.

"쯧. 저 새끼 무리하면 안 되는데……."

끊이지 않는 신성력이 정말 기적을 행하는 메시아 같아 경이로운 마음으로 지켜보고 있을 때였을까. 율리안이 지나가듯 말했다.

나는 놀라서 율리안을 돌아보았다.

"뭐라고 하셨습니까?"

"……어? 네? 제가 뭐라고 했나요?"

"방금 무리하면 안 된다고……."

"아하. 저 녀석, 무리하고 신경 예민해지면 상대해 줘야 하는 저만 피곤해지니까요."

율리안이 머리를 긁적이며 웃었다. 그가 손수 잘랐다는 머리칼은 약간 길었어도 여전히 괴상망측했다.

나는 그런 그를 가만히 바라보다가 천천히 입을 열었다.

"……율리안은 괜찮으십니까?"

충직한 검이 되려 했는데 5

"뭐, 저야 멀쩡하죠! 저놈이 신성력 꽉꽉 써 주는 덕에 자잘한 부상들만 치료해 주면 되니까요!"

그가 빙긋 웃으며 과장스럽게 자신의 팔 관절을 이리저리 꺾어 보였다.

사람은 늘 행복할 수 없다.

그렇다면 늘 웃는 사람의 그 웃음은 어떤 의미인가.

"정말요?"

멈칫.

그러자 율리안이 팔 관절을 꺾던 행동을 멈췄다.

아주 잠깐, 웃지 않는 그의 얼굴이 어색했다.

오전에 시작한 뒷수습은 노을이 질 때쯤 되어서야 끝났다.

나는 마지막 부상자가 제대로 호송된 것을 확인한 뒤에야 한숨을 돌렸다.

'……우선 오늘은 쉬고, 아타라의 국왕 전하가 깨어났을 때 다시 회담을 갖는 것이 어떻겠습니까? 각자 도청의 유무를 확인할 필요도 있어 보이고요.'

대회담은 디에고의 제안으로 마무리되었다.

아타라 측 수습이 급선무이기도 했고, 무엇보다 수뇌부 내에 배신자가 있거나 도청의 가능성이 확실한 상황에서 회담을 계속 진행하는 것은 무리였다.

'그래. 차라리 일찍 해결하고 시작하는 게 훨씬 낫지.'

나중에 본격적인 전투에서 제대로 허를 찔리는 것보다 지금 홍역을 앓고 가는 편이 낫다. 그 점에 위안을 얻기로 했다.

'그런데 이 분위기는…… 수습은 할 수 있을까?'

첫날엔 진영 전체가 병사들의 친목으로 시끌벅적했건만, 오늘은 쥐 죽은 듯 조용했다. 의료진을 제외하곤 막사 밖을 통행하는 이들도 없었다.

나는 도통 암투에 익숙해질 수 없는 사람이다. 그럴 수밖에 없는 상황임을 알고 있어도, 순식간에 불신과 의심이 가득 찬 진영 내의 공기가 괴로웠다.

'아리아는 또 왜 이렇게 늦는 걸까?'

오늘 오후에 도착할 예정이라고 했건만, 아직 코빼기도 보이지 않았다. 연락도 되지 않았고. 테세우스가 줄곧 초조해하던 걸 생각하면 그조차 이유를 모르는 듯했다. 거기에 용병단까지 도착이 늦고 있으니 무언가 크게 잘못된 것이 아닌가 하는 걱정이 일었다.

'……그만두자.'

걱정한다고 달라지는 건 없다. 머리를 식히고 한숨 자는 게 최선이었다.

'바람이나 쐬어야지.'

비척거리는 걸음으로 막사들을 지나 사람 없는 공터로 향할 때였다.

"……그래도 인사 정도는 하죠? 그렇게 가 버리시면 우리 사이가 나쁘기라도 한 것 같잖아요."

'익숙한 목소리.'

우뚝 걸음을 멈췄다. 나도 모르게 목소리의 주인을 돌아보았다.

멀지 않은 곳에 선 인영.

"오랜만에 뵙네요."

등만 봐도 그 사람이 율리안이라는 걸 알 수 있었다.

"……"

그리고 그와 우연히 마주친 구도로 마주 선 한 사람.

한없이 무감각한 낯을 고수 중인 중년 여성은……

"평안하셨어요? 어머니."

암브로시오 왕국의 최고의 세력가, 달타냥의 주인인 카르마 달타냥 공작이었다.

'그러니까, 저는 북부인이에요. 정확하게 말하면 혼혈이죠. 아버지가 북부인이거든요.'

나는 그날 율리안이 털어놓았던 그의 이야기를 떠올렸다. 율리안은 젖을 떼자마자 북부인인 아버지에게 이끌려 북부로 갔고, 보라색 눈이라는 이유만으로 숭상받다가 부담감을 견디지 못해 자신의 외가로 도망쳤다고 했다.

'제 외가는 아주 전형적인 귀족 가문이에요. 크리시스 공작가는 대단히 혁명적인 케이스인 거 알죠? 사생아를 직계 혈통으로 인정해 주는 거, 정말 흔치 않잖아요. 보통은 조용히 쓱싹해 버리죠. 귀하신 분들께 사생아는 치부에 불과하니까요.'

'……'

'그래도 저는 꽤 온건한 경우였어요. 돈을 왕창 받고 쫓겨났거든요. 암살자도 안 붙었으니 얼마나 다행이에요?'

그렇게 내쫓긴 율리안은 신성력을 발현해 신전으로 입적되기 전까지 이곳저곳을 헤맸다고 했다. 그는 잠자리에서 들어 온 고루한 옛날이야기를 하듯 태평한 낯이었지만, 내게는 그날의 기억이 꽤 무겁게 남아 있었다.

율리안은 내 앞에서 외가의 이름을 본인 입에 담은 적이 없다. 하지만 나는 아리아와 엘이 지나가듯 뱉었던 이름을 기억하고 있었다.

'율리안. 율리안 달타냥. 내가 있든 없든 인생을 즐기면서 자기 멋대로 살고 있겠지만, 내 안부 정도는 궁금해하겠지. 그 사람한테 전해 줘.'

'율리안 달타냥……'

율리안 달타냥. 그것이 율리안의 진짜 이름.

나는 본능적으로 막사 뒤에 숨은 채 율리안과 카르마 달타냥 공작의 대치를 지켜보았다. 이 상황에서조차 싱글벙글 웃고 있는 율리안과 살면서 웃어 본 적은 있을까 싶은 삭막한 인상의 카르마.

둘은 불과 얼음만큼이나 달랐다. 하지만 아무리 조각상을 다르게 조각해도 원형은 모두 동일한 돌덩이인 것처럼, 본질의 유사함이 두 사람에게서 묻어났다.

"……먼저 아는 척을 할 줄은 몰랐다만."

스윽.

카르마가 주머니에서 두꺼운 시가를 꺼내 입에 물었다. 그런 그녀의 행동은 무의식적인 습관에 가까워 보였다.

"앗, 불붙여 드릴까요?"

기다리기라도 한 듯 반색한 얼굴의 율리안이 주머니에서 번쩍거리는 은색 지포 라이터를 꺼냈다.

칙.

그리고 그녀의 허락이 떨어지기도 전에 시가 끝에 불을 붙여 주었다.

나는 놀라 눈을 크게 떴다.

'율리안이 담배를 피웠나?'

흡연자가 아니라면 굳이 들고 다니지 않을 법한 라이터였다. 여태껏 그에게서 담배 냄새가 난 적이 없을뿐더러, 저 말간 얼굴과 담배는 전혀 어울리지 않았기에 라이터를 가지고 있는 줄은 상상도 못했다.

"담배를 피우나?"

카르마도 의외라는 얼굴로 시가 물부리를 잘근거렸다.

휙, 탁.

히죽 웃은 율리안이 삐까번쩍한 라이터를 허공으로 던졌다가 낚아채기를 반복했다.

"아뇨. 제가 길바닥에서 자라서 번쩍거리는 것만 보면 뭐든 주머니에 넣고 보는 습관이 있어서요. 이것도 습관적으로 챙겨 놨던 거예요."

"……."

"담배는 싫어해요. 뒷골목 생각나서."

율리안의 그 말을 듣자 내 입이 절로 벌어졌다.

'저건 한 방 먹이는 거다.'

율리안이 길바닥에서 자란 것이 누구 탓이겠는가.

분위기가 순식간에 잘 갈린 작두날처럼 날카로워졌다. 정작 두 사람은 담담하건만, 나만 좌불안석이 되었다.

"너는 날 좋아하는 것 같지 않다만."

표정 변화 없이 시가 연기를 한 모금 들이마신 카르마가 고개를 기울였다.

"왜 굳이 내게 아는 척한 거지?"

율리안이 제비꽃 같은 연보랏빛 눈동자의 눈을 순진하게 끔뻑였다. 그리고 화사하게 눈꼬리를 휘었다.

"그야, 버젓이 눈 마주쳤는데 인사 한마디 없이 가시는 게 배알 뒤틀려서요."

"……뭐?"

"보통 동맹군의 수뇌부로 만났으면 인사 정도는 하지 않나요? 너무 티 나게 모르는 척하고 가 버리셨잖아요."

"……."

"꼭 저랑 사이가 나쁘기라도 한 것처럼."

너무 맑은 물엔 물고기가 살지 못한다는 말이 있던가.

"그런 식으로 티 내지 마세요."

"……."

"아주, 아주 평범하게 굴어 주셨으면 좋겠어요. 공작님과 제 사이를 연상할 만한 그 어떤 여지도 남지 않게요!"

티 없이 맑은 율리안의 웃음을 보고 있자면, 뭐랄까, 맑은 술을 마시겠답시고 알코올램프의 내용물을 입안에 퍼부은 느낌이었다.

카르마는 한참이고 율리안을 바라보았다. 쨍할 정도로 새파란 눈동자가 묘하게 탁했다.

"……명심하지."

그 말 끝에, 그녀는 묵묵히 고개를 끄덕였다. 연기를 뱉는 숨이 그저 날숨인지, 한숨인지 알 수 없었으나, 숨을 타고 나온 연기가 멀리서도 미간이 찌푸려질 만큼 독한 것은 분명했다.

"헤헤. 전쟁 끝날 때까지만 협조 부탁드려요. 이 뒤엔 다시 만날 일 없게 할 테니까요."

"……."

율리안이 수줍게 웃으며 머리를 긁적거렸다.

"제 용건은 이게 끝인데 혹시 할 말 있으세요?"

건조하다 못해 버석거리는 그의 두 눈을 보며 새삼 느꼈다. 율리안이 내게 얼마나 호의적인지.

"없다."

카르마는 짤막하게 답했고, 율리안은 고개를 끄덕였다.

"그럼 전 먼저 들어가 볼게요."

그는 막사 쪽으로 발걸음을 옮기며 여상스레 손을 흔들었다.

"들어가세요, 공작님."

터벅터벅.

두 모자의 재회는 그렇게 끝이 났다.

열 쌍의 인간이 있다면 열 개의 각기 다른 관계가 있는 법. 그러니 타인의 일에 함부로 말을 얹어선 안 된다. 특히 가정사엔 더더욱.

'과연 저걸…… 혈연관계라고 볼 수 있는 건가 싶지만.'

차라리 생판 남이 더 따뜻할 것 같았다. 애초에 관계랄 것도 없이 끝나 버린 인연이니 당연하겠지만.

'그런데 저 사람 언제 가지?'

산책은 마저 하고 들어가고 싶은데, 우두커니 서 있는 카르마 공작 때문에 움직일 수가 없다. 그렇다고 이제 와서 '하하. 콩가루 날리는 댁네 집안 잘 봤습니다.' 하고 너스레 떨며 나가기도 좀 그렇고.

카르마 공작이 자리를 뜨길 기다리며 애매하게 서 있을 때.

쉬이익-

저 멀리 창공에서부터 거센 파동이 일었다.

"뭐, 뭐야?"

"까마귀 떼인가?"

단순히 새 떼의 이동이라기엔 기류의 변화까지 일어날 만큼 강렬했다. 아주 거대한 알바트로스의 날갯짓이 일으키는 바람 같았다.

휘이잉!

바람에 눈이 시려 잠시 팔로 두 눈을 가렸을까.

'……아.'

순간, 어떤 기운이 비수로 목덜미를 찌르듯 날카롭게 다가왔다. 나는 눈을 크게 떴다.

'틀림없어.'

내가 이 기운을 알아차리지 못할 리 없었다.

탁, 탁, 탁!

나는 어느새 진영 중심을 향해 가는 기류를 따라 달리기 시작했다.

촤아악!

놀라울 정도로 가파른 곡선으로 하강해, 화려하게 땅을 가른다. 사방에 흙먼지가 날렸다. 그 어떤 새도 보여 줄 수 없을 환상적인 비행이었다.

"……등장도 참 화려하시군."

거친 바람 소리에 하나둘 막사 밖으로 뛰쳐나온 이들 사이로 한달음에 내게 달려온 칼이 중얼거렸다. 그의 목소리는 웃음기가 섞인 동시에 묘하게 떨려 있었다.

"후……. 왜 이렇게 늦은 건가?"

테세우스가 분노와 안심이 뒤섞인 얼굴로 가장 앞서 나가 그들을 맞이했다.

"죄송합니다, 은하. 예상치 못한 일이 너무 많이 벌어졌습니다."

터벅터벅.

매캐한 흙먼지 사이로 가장 먼저 모습을 드러낸 건 요정족의 장로 중 하나인 샤마임이었다. 그녀는 처음 봤을 때와 다를 바 없이 위엄이 넘쳤지만, 상태는 그리 좋지 못했다. 한바탕 전투를 벌이고 온 듯 온몸이 상처투성이였고, 활짝 펼쳐진 그녀의 날개는 원래의 새하얀 모습을 잃고 더럽혀져 있었다.

"하……. 제 안경까지 깨졌습니다. 여기에 넣은 수식이 몇 갠데. 젠장."

뒤이어 나타난 제라도 거지꼴인 건 매한가지였다. 깨지고 부러져 덜렁거리는 금테 안경을 치켜 올려 쓴 그는 피곤해 보이다 못해 당장 쓰러져도 이상하지 않을 것 같았다.

저벅.

그리고 그 뒤를 따라 모습을 드러낸 인영.

"장거리 비행이 이렇게 힘들다고는 말 안 했잖아요."

낭랑한 목소리와 반짝이는 하늘빛 눈. 내가 익히 잘 알고 있는 그 아이다. 하지만 퍽 낯설었다. 늘 하얗고 예쁘장하던 얼굴에 묻은 피와 흙먼지 때문에? 하늘하늘한 드레스를 입는 대신 오직 실용성만 챙긴 암살자들의 복장을 하고 있기 때문에?

그 모든 것이 이질감의 원인이 됨을 부정할 수 없지만, 가장 큰 이유는 따로 있었다.

살랑.

아름다운 날개가 저녁 바람을 맞은 들녘 갈대처럼 가볍게 흔들렸다. 온갖 이물질로 더럽혀진 가운데에서도 그 신비함은 바래지 않았다.

그러나 그녀의 날개가 가장 시선을 빼앗는 이유는…….

"날개 하나로 개고생하는 것도 힘든데 두 쪽 있는 선배들이 뒷자리 정도는 배려해 줘야 하는 거 아닌가? 어쩜 악착같이 나를 맨 앞에 세우더라. 바람 다 맞으라고."

펄럭.

그녀의 날개가 단 한 쪽이라는 것에 있었다. 날개란 애초에 한 쌍을 전제로 한 단어이건만, 왼쪽은 텅 빈 채 오른쪽 날갯죽지에서만 돋아난 날개는 무어라 불러야 할까. 정말이지 기이한 모습이었다.

"아리아!"

"야! 너 괜찮은 거야?"

카이사르와 칼이 뛰쳐나가고 세레논과 율리안이 넋을 놓은 가운데, 나는 옴짝달싹할 수 없었다.

"훈련이라고 했잖아. 그렇게 해야 실력이 빨리 는다."

아리아의 옆에서 혀를 차는 누아의 등에 업힌 건……

"이 남자는 어디에 두면 되지? 인간 냄새 나서 빨리 내려놓고 싶은데."

다름 아닌 라이너, 라이너 아인하르트였으니까.

카이사르와 칼에게 퍽 무심하게 고개를 까닥인 아리아가 누군가를 찾는 듯 주위를 두리번거렸다. 그리고 멍하니 굳어 있는 나를 발견하더니 화사하게 웃었다.

"언니!"

다다다―

그녀가 나를 향해 아이처럼 달려왔다.

와락.

작은 소녀가 내 품에 들어왔다. 맞닿는 몸은 볕뉘처럼 따스했다.

"내가 구해 왔어. 잘했지?"

붕방붕방.

아리아가 공을 물어 오고 칭찬을 바라는 강아지처럼 라이너를 마구 삿대질했다. 피와 검댕을 얼굴에 잔뜩 묻히고서도 아리아가 짓는 웃음은 맑고 깨끗했다.

"그러니까 이제 더는 울지 마."

모순적이게도, 그 말에 울컥 감정이 치솟았다. 답답하게 막혀 있던 어딘가가 이제야 뚫리고 샘이 솟는 것 같았다.

"……응."

나는 눈가를 벅벅 비비고 아리아를 강하게 마주 안았다.

외날개의 아리아. 그 이름이 사람들의 입에 오르내리기 시작하던 날이었다.

나는 대체 무슨 일이 있었는지 묻고 싶었으나, 아리아 일행과 라이너의 상태가 좋지 않은 만큼 우선은 그들을 재빨리 병동 막사로 이동시켰다. 특히나 상태가 좋지 않던 제라는 가는 길에 픽 쓰러져 버렸기에 업어서 옮겨야 했다.

화아악-

"상태는 안정됐어요. 일어날 때까지 기다리기만 하면 돼요."

라이너, 제라, 아리아, 샤마임, 누아를 차례대로 치료한 엘이 자리에서 일어났다. 불안한 얼굴의 율리안이 자신이 하겠다고 나섰음에도 거절하고 직접 치료한 그는 조금 창백해 보였다.

"성하, 괜찮으십니까?"

모든 힘에는 대가가 있는 법. 저 기적에 가까운 신성력이 공짜일 리 없다.

나는 그의 뺨을 쓸어 보려다가 이곳에 다른 사람들이 있는 걸 깨닫고 눈빛으로 염려를 보냈다.

"……아. 물론이죠."

스윽.

한 박자 늦게 답한 엘이 뺨을 타고 떨어지는 구슬땀을 손등으로 닦아 냈다. 뼈가 얼어붙는 추운 날씨이건만, 그의 양 뺨은 봉숭아 물을 들인 듯 발그레했다.

"이야기가 길어질 것 같으니 저는 먼저 들어가 볼게요. 조금 피곤해서. 율리안 대신관, 이번만 대신 참석을 부탁하지."

하늘빛 머리칼을 연거푸 쓸어 넘긴 엘이 내게 눈짓으로 인사하고 호위들과 함께 발걸음을 옮겼다. 그의 발걸음이 약간 불안정해 보였다.

'정말 괜찮은 건가?'

나는 따라 나가고 싶은 마음을 억누르고, 그가 완전히 사라질 때까지 가만히 그의 뒷모습을 두 눈에 담았다.

충직한 검이 되려 했는데 5

"······그래서."

막사 안의 얇은 살얼음 같던 침묵을 깨뜨린 건 카이사르였다.

"이게 어떻게 된 일이지?"

그는 신성력으로 치료하고도 옅은 흉터가 남은 아리아의 얼굴을 한 번, 그녀의 등 뒤로 길게 뻗은 외날개를 한 번 보더니 험악한 얼굴로 테세우스를 돌아보았다.

타오르는 적안엔 남의 집 귀한 딸에게 대체 무슨 일을 시킨 거냐는 분노가 가득 담겨 있었다.

"······말릴 수 없었다."

범 앞에 선 토끼처럼 잘게 몸을 떤 테세우스가 한 손에 얼굴을 묻었다. 그는 마귀에 들린 시기라는 악명이 자자한 5살짜리 어린아이 넷에게 죽도록 시달린 보육자처럼 피로해 보였다.

"아리아를······ 말리지 못했어."

테세우스가 어째서 내내 초조해했는지 이제야 알 수 있었다.

'연락도 안 되었던 게 이것 때문이었다니.'

나는 아리아를 휙 돌아보았다. 무사한 모습을 보고 안심하기도 잠시, 형용할 수 없는 감정이 명치께에서 부글거렸다.

'결과만 보면 잘했지. 너무 장하지! 그런데 어떻게 나한테 한마디 언질도 없이 갈 수가 있어?'

적진 한복판에서 라이너를 구해 온 것은 너무나 자랑스럽고 고맙지만, 그 사실을 끝까지 내게 숨겼다는 사실에 열이 올랐다. 테세우스와 아리아, 모두에게 말이다.

내가 속으로 분노를 삭일 때 카이사르는 참지 않았다.

"그래서 내 딸을 적진 한복판에 투입시킨 일에 대한 변명은 그것으로 끝인가?"

그는 심기가 잔뜩 뒤틀린 얼굴로 고개를 뻐딱하게 틀었다. 나는 이곳에 와서 처음으로 카이사르를 진심으로 응원했다.

"내가 가고 싶어서 간 거예요. 요정왕께서는 말렸지만 억지로 강행했고요."

아리아가 테세우스 앞을 막아서며 턱을 치켜들었다. 누구 동생인지 아주 당당하고 얄미워서 콱 깨물어 버리고 싶었다.

"그리고 이번 작전은 제국과 합의된 부분이에요. 아니, 더 나아가 제국 측에서 직접 제시했죠."

아리아가 느른하게 고개를 젖혀 뒤쪽에 서 있는 한 인물을 바라보았다. 자신에게 쏠린 화살을 다른 이에게 돌리는 솜씨가 노련했다.

'……설마?'

나는 보증을 섰다가 배신당한 사람처럼 허망한 얼굴로 그를 바라보았다.

"……하하."

디에고가 곤란한 듯 웃으며 금발의 끝자락을 만지작거렸다. 내 눈을 피하는 그의 표정에서 곧바로 알 수 있었다.

"그게 이렇게 될 줄은 몰랐는데……."

저 인간, 이번 일을 알고 있으면서도 내게 말해 주지 않았다는 거.

'사방이 배신자라니 이 세상이 어떻게 되려고…….'

속이 허해짐과 동시에 울적해졌다. 어떻게 이런 중요한 일을 내게 함구할 수 있는가.

시무룩해진 나를 본 건지 디에고가 황급히 말을 덧붙였다.

"그, 북부의 요새 미스가브의 침입이 어려운 이유가 그곳에선 마도구를 사용할 수 없어서 탈출이 어렵기 때문 아닌가! 맨발로 도망치기엔 산세가 너무 험하고. 그래서 날개가 있는 요정들이 적임자라고 생각해서 도움을 요청했을 뿐이네. 그런데 크리시스 영애가…… 직접 다녀올 줄은 몰랐지……."

그가 내 눈치를 살폈다.

"그대 앞에 살아 있는 라이너 아인하르트 경을 데려와 주겠다고 하지 않았나."

"……."

"그대의 뜻대로 해 주고 싶었어."

'모두 그대의 뜻대로 해 줄게. 내 모든 걸 동원해서.'

전혀 웃을 기분이 아닌 낯으로 웃으며 그렇게 말하던 디에고를 기억했다.

그런 그의 마음에 애처럼 투정을 부릴 수는 없었다.

"이런 반응이 나올 줄 알고 철저히 비밀에 부친 거라고. 다들 반대했을 거잖아?"

아리아가 부루퉁한 얼굴로 내 허리를 끌어안았다. 대단한 일을 했는데 혼이 나는 분위기라서 심통이 난 듯했다.

스르륵.

나는 푹 한숨을 쉬며 그녀의 머리칼을 쓸어내렸다.

"그래. 잘했어. 기특하다."

"……히."

"하지만 다음엔 꼭 말해. 한 번 더 말도 없이 위험한 일을 벌이면 화낼 거야."

휙.

아리아가 조금 가늘어진 눈으로 나를 올려다보았다. 내 허리에 감긴 팔에 힘이 들어갔다.

"하지만 언니는 늘 말없이 위험한 일을 벌여 왔잖아."

"……어?"

"사냥 대회."

"……."

"수도 폭탄 테러, 검술 대회……. 더 말해 줘?"

주우욱.

나는 뻣뻣하게 아리아를 밀어내고 좌중을 바라보았다.

"논의해야 할 부분이 많은 것 같은데 당장 시작하죠."

"언니."

"너무 논의하고 싶습니다. 당장 논의, 시작합시다. 당장."

나를 향한 뾰족한 시선들은 애써 외면했다.

"……그래. 우선 보고부터 들어야겠군. 자세한 사항은 서면으로 하더라도 어째서 그렇게 부상을 당하고 왔는지는 설명해 주었으면 하네."

디에고가 차갑게 식은 눈으로 나를 바라보다가 이내 한숨으로 호흡을 갈무리했다. 병상에 누워 시들듯이 잠든 제라의 얼굴을 한참 들여다보던 샤마임이 살짝 고개를 들었다. 인간을 싫어하는 그녀의 성정이 어디 가지는 않았기에, 샤마임은 디에고를 조금 불편하게 바라보다가 테세우스에게 보고하는 것처럼 그와 눈을 맞췄다.

"침입까지는 성공적이었습니다. 아인하르트의 기사 또한 예측한 대로 지하 감옥에 감금되어 있었고, 이후 계획대로 탈출만 하면 됐는데……."

샤마임의 입매가 딱딱하게 굳었다. 깨진 제라의 안경을 하염없이 만지작거리던 누아가 분노로 이를 악문 샤마임 대신 말을 이었다.

"포위당했습니다. 북부군에게."

그들의 표정에선 숨길 수 없는 적의가 드러났다.

"발각당한 것 자체는 그리 놀랄 일이 아니지만, 너무 빠르게, 마치 기다리고 있었다는 듯 포위한 것이 이상해요."

냉철한 눈빛으로 변한 아리아가 조용히 주위를 훑어보았다.

"분명해요. 북부는 우리가 침투할 거라는 걸 이미 알고 있었어요."

"……."

"그곳에서 한 명의 낙오도 없이 빠져나온 건 말 그대로 기적이었어요."

머릿속에 어지럽게 널려 있던 여러 개의 실이 하나둘 매듭지어졌다.

"우리가 북부 요새에 침투할 거라는 사실을 알고 있었던 건 임무의 당사자인

저 아리아와 샤마임, 제라와 누아를 제외한 두 명."

빙하의 일각을 담은 하늘빛 눈이 두 사람을 번갈아 보았다.

"테세우스 은하와 디에고 황태자 저하예요."

아타라 중간 지점 유출과 요정족 비밀 임무 유출. 두 가지 사건은 별개로 볼 수 없다.

"……아무래도 수사망이 좁혀진 것 같군요."

라이너의 곁에 앉아 한참 동안 마르고 거친 라이너의 얼굴을 내려다보던 노아가 천천히 자리에서 일어났다.

"두 분과 요정족의 요원들이 배신자일 리 없다는 건 알고 있습니다. 다만 위험 요소가 발견된 이상 방관할 수도 없겠지요."

노아는 자애로운 미소를 걸친 채 단호히 말했다.

테세우스가 믿을 수 없다는 듯 입을 벌리는 가운데, 조금 놀란 기색이던 디에고가 이내 어쩔 수 없다는 듯 웃으며 목덜미를 매만졌다.

"살면서 이런 정치적 곤경에 빠져 본 적은 없는데 신선하군."

그는 아무렇지 않은 듯 느긋하게 어깨를 으쓱였다.

"관계자는 전원 격리되는 것으로 하지. 이 정도면 괜찮겠나?"

그리고 누구도 감히 할 수 없었던 말을 대신 해 주었다.

"……모든 게 확실해질 때까지는 내 막사에서 나오지 않겠다. 타국의 경비들을 막사 앞에 세워도 좋다."

머리가 지끈거리는 듯 이마를 짚은 테세우스가 동조했다. 티 한 점 없는 금빛 두 눈은 배신 같은 간계를 꾸몄다고는 상상도 할 수 없을 만큼 맑았다.

디에고와 테세우스, 두 지도자가 격리된 순간이었다.

"젠장……. 일이 대체 어떻게 돌아가는 거야?"

디에고와 테세우스, 아리아와 샤마임, 제라, 누아까지 막사에 격리된 가운데 칼이 거칠게 앞머리를 쓸어 넘겼다.

모든 일이 어찌나 순식간에 돌아가는지 정신을 바짝 차리지 않으면 금세 상황에 잡아먹혀 버릴 것 같았다.

"그 날개가 뭔지도 못 물어봤는데!"

칼은 다른 것보다 아리아의 외날개에 대한 탐구심이 불타오르는 것 같지만 말이다. 나 또한 그 날개의 정체가 궁금하긴 했지만, 대놓고 별걱정 없어 보이는 칼을 보자니 슬그머니 웃음이 나왔다.

"배신자가 있을지도 모르는데 걱정되진 않습니까?"

"뭐, 배신자가 있으면 그건 별수 없지. 깔끔하게 처형하면 되는 거고."

내 물음에 칼이 깍지 낀 손으로 머리를 받친 채 아무렇지 않게 대답하며 눈을 굴렸다. 잊고 살다가도, 이럴 땐 칼의 기이한 잔혹성을 되새기게 되었다.

"아리아 크리시스가 배신자라면…… 뭐, 이곳 사람들을 모두 죽이고 우리 가족만 도망쳐야 할지도 모르지. 하지만 그것도 나름대로 즐겁지 않겠어?"

칼이 미소 지으며 눈을 찡긋했다. 그 여유로움을 보고 있자니 속을 뒤틀던 불안감이 약간은 사그라들었다.

"우린 먼저 나가 있지. 슈슈, 천천히 나와라."

그때 깊은 생각에 빠진 듯 한참 동안 허공을 바라보던 카이사르가 칼에게 손짓했다.

"예? 제가 왜……. 아."

얼굴을 구기던 칼이 카이사르가 고갯짓으로 가리킨 인영을 발견하고 낮게 탄식했다.

"······먼저 간다."

칼은 불만스러운 얼굴을 하면서도 군말 없이 카이사르와 함께 나갔다.

나가기 직전 나를 담아내던 카이사르의 붉은 눈은 분명 사려 깊었다.

스르륵.

두 사람이 나가고, 병실 막사에 서 있는 사람은 나뿐이었다.

터벅터벅.

길게 숨을 뱉은 나는 간이침대에 누운 채 눈을 무겁게 감고 있는 인영에게로 다가갔다.

"라이너."

잠시 그의 얼굴을 바라보다가 도무지 더 이상 볼 수 없어 시선을 내렸다. 대체 무슨 짓을 한 건지, 그의 온몸에 새겨진 고문 자국은 엘의 신성력으로도 지워지지 않았다. 발에서 목까지 흉터로 빼곡한 가운데 그나마 성한 얼굴만이 등불에 비쳐 희게 빛났다.

"당신이 그렇게나 고대하던 같은 자리에 섰는데 왜 나한테 자랑하지 않습니까?"

라이너는 늘 나와 같은 자리에 서고 싶다고 했다. 그게 나와 같은 소드 마스터가 되고 싶다는 뜻임을 모르지 않았다. 그는 내게 지켜지기만 했던 약한 과거의 자신을 혐오했고, 이제는 나와 함께 싸우고 싶어 했다. 나는 그가 약하든 강하든 상관없이 그여서 좋았는데도 말이다.

어찌 되었건 그는 그렇게나 바라던 자신의 목표치에 다다른 것 같은데.

그에게선 소드 마스터 특유의 사방을 압도하는 기류가 흐르건만.

'고문당한 충격은 몸이 아니라 정신에 새겨져요. 몸 상태는 정상이지만 언제 깨어날 수 있을지 모르겠네요.'

'······.'

'나쁜 새끼들······. 등짝을 후벼 파서 흑마법 마법진을 새겨 놨어요. 깨어나도

후유증은 오래갈 거예요.'

꾹.

엘을 치료한 뒤 율리안이 남긴 진찰 결과를 떠올리며 라이너의 손을 꽉 잡았다. 가슴이 아릿하게 미어졌다.

"미안합니다."

"……."

"정말로…… 미안합니다."

툭.

크고 굴곡진 그의 손등 위로 눈물이 떨어졌다. 나는 물기로 앞이 희미해진 눈을 꽉 감았다.

"다시는 혼자 두고 가지 않겠습니다."

"……."

"이제는 끝까지 함께 싸워 주세요, 라이너……."

물기 섞인 말들을 속삭이며, 나는 그날 밤새도록 라이너의 곁을 지켰다.

천지가 개벽할 일들이 일어나는 와중에도 해는 뜨고, 아침은 밝았다.

아침이 밝자마자 엊그제 흐지부지된 대회담을 제대로 마무리했다. 이미 문제의 후보가 추려지고 격리된 뒤였기에, 마음 놓고 의논을 할 수 있게 된 건 불행 중 다행이었다.

테세우스, 아리아를 포함한 요정 일당과 디에고가 배신자가 아니라고 확신하는 나는 당연히 그들 중 누군가가 도청을 당하고 있을 거라고 생각했다.

'지그문트 자식, 대체 어떻게 도청을 붙인 거지?'

그러나 모든 방법을 동원해서 그들을 뒤져도 도청 장치는 나오지 않았다. 소

충직한 검이 되려 했는데 5

드 마스터인 나도 그들에게서 아무런 이질감을 느낄 수 없었다.

'설마 다른 배신자가 있는 상황만은 아니면 좋겠는데.'

만에 하나 격리된 여섯 명이 아닌 다른 인물이 문제의 원인이라면, 오늘 아침에 정리한 작전이 유출되었을 터. 그건 최악의 상황이었다.

"아아. 아프다. 아파 죽겠다."

그나마 희소식은 쓰러졌던 레오가 깨어났다는 것이다. 그는 깨자마자 나를 찾았고, 그 소식을 전달받은 나는 회담이 끝나자마자 그가 묵는 막사에 왔다.

"엄살 좀 그만 부려, 임마."

나는 헛웃음을 치며 맑은 수프를 떠서 그의 입에 넣어 주었다. 손가락 까닥도 못 하겠다며 널브러진 레오는 기어코 내 손으로 음식을 받아먹고 있었다.

"억, 읍, 상냥하게 먹여 달라고."

수프를 꿀떡 삼킨 레오가 입가에 튄 것을 손등으로 닦아 냈다. 하는 짓은 참 진상인데 밉지 않은 것이 신기했다. 나는 부드럽게 눈을 휜 채 그릇에 든 수프를 쏟아부을 기세로 레오의 얼굴 가까이 가져갔다.

"입에 부어 줘?"

"아니. 내가 실언을 했어."

"흐음."

"숟가락으로 먹여 주세요, 제발."

나는 그가 항복의 표시로 낸 손바닥을 본 뒤에야 그릇을 바로 했다.

그 뒤로 수프를 두어 번 더 받아먹은 레오는 느지막이 말문을 열었다.

"미안해, 그날 그런 모습 보여서."

'그날'이 언제인지는 별도의 설명을 필요로 하지 않았다.

나는 한숨 쉬듯이 웃었다.

"됐다. 나는 네가 무사해서 기뻐."

이 말은 진심이지만, 사실 그가 보인 행동의 합리성을 어느 정도 인지하고 있기도 했다.

외교에서도 가끔은 강하게 나갈 필요가 있는 법.

그 사건으로 분위기는 가라앉았지만, 이제 그 누구도 아타라를 우습게 보지 않았다. 원래대로라면 억울하게 기습당한 일로 화가 나 있을 일반 아타라 병사들도 레오가 나서서 화를 냈다는 것을 위안 삼아 문제를 일으키지 않고 지내는 것으로 보였다.

"그 행동, 계획적이었잖아?"

내 은근한 속삭임에 레오가 씨익 웃었다.

"이런 건 쓸데없이 눈치가 빠르다니까. 진짜 중요한 건 놓치면서 말이야."

원래도 이상하다고 생각했지만, '그런 모습'을 보였음을 사과할 뿐 '그런 행동'을 했다는 것엔 일언반구가 없는 레오를 보며 확신했다.

그날 레오의 행동은 충동이자 만용으로 보였으나, 사실 꽤나 철저하게 계획되어 있었음을 말이다.

"진심으로 화가 나긴 했다고. 그로 인해 돌아올 이득을 한번 생각해 봤을 뿐이지."

여유롭게 반짝이는 압생트빛 눈동자를 보고 있자면, 그래. 인정할 수밖에 없었다.

나는 레오를 필요 이상으로 애처럼 보고 있었다.

"네 평판이 나빠졌을 거야."

아타라에는 힘을 실어 주는 계기가 되었을지도 모르나, 레오 본인에게는 나쁜 영향을 끼칠 거다. 사람들은 어린 왕의 무모함과 사나움을 논하며 그를 자격 없다 할 테니까.

"얻는 게 있으면 잃는 것도 있는 거지. 내가 워낙 뛰어나니 평판은 시간이 지나면 알아서 수습될 거야."

레오는 깍지 낀 손으로 뒤통수를 받친 채 몸을 쭈욱 폈다. 그 태평한 모습은 일견 기지개를 켜는 사자 같았다.

'……오.'

나는 속으로 감탄사를 뱉었다.

그는 온몸에 붕대를 두르고 옷까지 입기에는 답답하다는 이유로 상의를 벗어 던진 지 오래다. 그 몸짓에 섬유질처럼 촘촘히 짜인 상체 근육이 선명하게 드러났음은 당연지사였다.

나는 시선을 돌렸다.

"무엇보다 네 걱정을 받았으니 꽤 만족스러운 거래인데, 나는."

스윽.

레오는 그런 내 턱을 굳이 잡아당기며 자신을 마주하게 만들었다.

"복부의 상처가 아파 오는 것 같은데 좀 봐 줄래? 누나."

내 귓가에 입술을 가까이 한 그가 웃음기 어린 목소리로 속삭였다.

빠악!

"악!"

"이 자식은 내내 너, 너 하다가 필요할 때만 누나래."

레오의 뒤통수를 크게 후려친 나는 자리에서 일어났다. 그리고 그가 끙끙 앓는 동안 흐트러진 표정을 수습했다.

"빨리 나아, 임마. 전쟁터에서 내 등에 업혀 나가고 싶지 않으면."

"나, 그렇게 자극하지 마. 왕의 본분도 잊고 선봉에 설지도 모른다고."

얼마간 레오와 쓸데없는 것들로 티격태격하고 있었을까.

"용병들이 도착했다!"

막사 밖이 소란스러워지더니, 또 새로운 국면을 여는 목소리가 쩌렁쩌렁하게 울려 퍼졌다.

'용병단인가?'

이번 전투를 위해 암브로시오가 대륙 최고의 용병들을 고용했다고 들었다.

그 애기만 듣고 명단은 확인하지 못했으나 어차피 내가 아는 얼굴들일 확률이 아주 높았다.

"누가 왔는지 확인 좀 해 봐야겠는데."

나는 씨익 웃으며 옷차림을 정돈했다.

황금 방패 용병들을 포함해 한가락 하는 용병들과는 하나같이 사이가 좋지 않았지만, 그래도 전장에서 만났으니 반가울 터였다.

레오가 고개를 절레절레 저었다.

"이래저래 걱정이다. 용병들이랑 싸우지 말라고."

"너한테 그런 말을 듣고 싶진 않다. 날 뭘로 보는 거야?"

"한때 어마어마한 망아지였잖아. 어렸을 적 네 성격을 생각하면 싹 다 원수졌을 것 같은데."

또다시 서로 아옹다옹하다가, 아직 제대로 움직이긴 힘든 레오와 가볍게 작별 인사를 나누고 막사를 나왔다.

진영은 소란스러웠다. 어쩐지 하루도 바람 잘 날이 없는 기분이었다.

나는 분주하게 뛰어다니는 사람들을 지나 수뇌부가 모여 있는 곳으로 다가갔다.

"크, 크흠! 이, 이렇게 와 줘서, 고, 고맙네."

가장 앞에 선 암브로시오의 국왕, 요르칸이 말을 더듬거리며 그들을 맞이했다.

그는 보면 볼수록 겉모습보다 허접진 않은 것 같았다. 일만 잘하면 됐지 유약해 보이고 말 더듬는 게 무슨 상관인가.

"하! 왕족의 감사 인사는 됐다!"

그리고 이어서 쩌렁쩌렁하게 울려 퍼지는 거친 목소리. 인파에 가려 용병단을 직접 보지 못하던 나는 그 목소리를 듣고 완전히 굳어 버렸다.

'서, 설마, 왔다는 놈들 중에……!'

한동안 잊고 있던 징그러운 얼굴이 떠오른 순간.

스윽.

인파 끝에 보이는 얼굴은 나를 경악하게 만들기에 충분했다.

이 대륙에서 손꼽히는 강자, 황금 방패 용병, 누누타였다.

"미르, 검은 재앙 미르는 어딨는 거냐?"

쾅―

그가 웬만한 성인 남성보다 더 큰 망치로 땅을 내리쳤다. 땅이 움푹 파이고, 사방에 흙먼지가 날렸다. 그 망치의 주인, 누누타는 당연히 망치보다 훨씬 컸다. 2m가 훌쩍 넘는 키와 거대한 덩치는 등장만으로도 주위를 압도하기에 충분했다.

그러나 내 두 눈을 질끈 감기게 만드는 건…….

'하…….저 자식은 아직도 옷 제대로 안 입고 다니나?'

당당히 드러낸 상체, 그리고 치마 같은 하의로 중요 부위만 가린 채 훤히 드러난 두 다리였다.

붉은빛이 도는 어두운 피부가 햇빛을 받아 번쩍거렸다. 꽤 많이 봐 왔음에도 저 부담스러운 모습은 도저히 적응이 안 됐다.

"……옷도 제대로 안 입은 야만인이 왜 내 딸을 찾는 거지?"

내 이름이 나오자마자 심기가 불편해진 듯한 카이사르가 눈썹을 꿈틀거렸다.

나를 찾는 듯 두리번거리던 누누타가 카이사르를 발견하곤 씨익 웃었다.

"검귀, 너도 곧 상대해 줄 테니 기다려라."

"……허."

'누가 저 자식 고용했냐?'

나는 눈이 살짝 돌아가려는 카이사르를 보며 현기증을 느꼈다.

고용한다는 용병들이 누누타의 용병단임을 알았다면 필사적으로 말렸을 텐데. 벌써부터 피곤해지기 시작했다.

'젠장. 우선 자리를 피하자.'

여기서 마주쳐 봐야 엄청난 소란밖에 일어나지 않으리라는 것을 직감한 내가 슬그머니 발을 빼려던 순간.

딱.

불운하게도 나는 불처럼 이글거리는 적갈색 눈과 제대로 마주쳐 버렸다.

"크하하하! 거기 있었군, 미르!"

쉬익!

누누타가 혜성처럼 내게 돌격했다. 사자 갈기 같은 흑발이 그의 등 뒤로 휘날렸다.

"한 판 붙자!"

부우웅.

쩌렁쩌렁한 외침과 함께, 그는 거대한 쇠망치를 크게 휘둘렀다.

'망할!'

나는 속으로 욕을 짓씹으며 빛의 속도로 검을 뽑아 들었다.

콰아앙!

고작 쇠붙이가 부딪치며 냈다고는 믿기지 않을 굉음이 사방에 울렸다.

'이 무식한 힘은 도무지 적응이 안 돼.'

검을 잡은 손으로 찌릿한 통증이 전해졌다. 용병으로서 함께 일할 때도 그의 힘만큼은 인정하지 않을 도리가 없었던 기억이 새록새록 났다.

"후……. 오랜만이군, 누누타."

나는 지겨움과 아주 희미한 반가움이 섞인 마음으로 그와 마주했다.

"다만 죽기 싫으면 망치는 내려놓는 편이 좋겠는데."

푹.

누누타의 목덜미 삼면에 검 끝이 파고들었다.

그사이 카이사르와 노아, 그리고 세레논이 그를 완벽히 포위하고 있었다.

"크하하. 너희도 강자다 이거냐? 기다려라, 미르를 때려눕힌 뒤에 상대해 줄 테니까!"

세 명의 소드 마스터와 한 명의 소드 익스퍼트를 코앞에 두고서도 누누타는 전혀 수그러든 기색이 아니었다. 나는 한숨을 푹 쉬었다.

"너 이 새끼……. 여기 놀러 나왔지?"

"당연하지! 온갖 대륙의 강자들이 모여드는데 내가 빠질쏘냐!"

누누타가 당당히 가슴을 폈다. 그는 예전부터 그랬다. 용병답지 않게 돈을 좇지 않고 자신의 호승심과 흥미에 따라 자유로이 세상을 누볐다.

'정말 귀찮은 놈이지만……'

난도가 높은 데에 비해 보수가 낮은 몇몇 가난한 마을들의 마수 토벌 의뢰로 자주 만나 온 누누타를 진심으로 미워하기란 어려웠다.

나는 앞머리를 휙 쓸어 넘겼다.

"그래, 한판 붙자."

"역시 너라면 빼지 않을 줄……!"

"대신."

나는 그의 등 뒤에 선 용병들을 가리켰다.

"용병들의 진이 정리된 뒤에, 그때 상대해 주지. 정식으로."

"정말이냐?"

"내가 거짓말한 적 있나?"

태양같이 빛나는 적갈색 눈을 끔뻑이던 누누타가 히죽 웃었다.

"없지!"

휙휙.

그가 크고 두꺼운 손을 휘저어 제 목에 닿은 세 개의 검을 치워 냈다. 분명 검은 하나같이 시리도록 날카롭건만, 뭉툭한 몽둥이에 닿은 듯 무딘 접촉이었다.

"조금만 기다려라, 미르. 이번에야말로 너를 공벌레처럼 동그랗게 뭉쳐 줄 테니까."

죽일 기세로 달려들더니 납득은 또 깔끔하다. 누누타는 퍽 단순한 인간이었다.

쿵쾅쿵쾅.

거대한 누누타는 퇴장조차 요란스러웠다.

"……저 미친 거인은 뭐지? 아는 사이인 게냐? 왜 저렇게 큰 거지?"

밀려난 자신의 검을 어처구니없이 바라보고 있던 카이사르가 나를 돌아보았다.

대체 내 딸은 왜 저런 것들과 아는 사이인 건지 하는, 심란하다는 표정이었다.

왠지 부끄러워진 나는 고개를 숙이며 마른세수했다.

"'불 핥는 자'라는 희귀한 종족 출신의 용병인데…… 이전에 안면을 텄습니다."

어처구니없다는 듯 카이사르의 입이 벌어졌다.

"……그걸 왜 핥는 거지?"

그는 내가 누누타의 종족 이름을 처음 들었을 때와 똑같은 반응을 보이며 나와 핏줄이 이어졌음을 증명했다. 이 진영엔 개성 강한 이들만 한가득했다. 다행히도 용병들의 진이 정리되는 데 꽤 시간이 걸렸기에 그동안은 누누타의 부담스러운 호승심으로부터 피할 수 있었다.

그리고 용병단엔 진심으로 반가운 얼굴도 포함되어 있었다.

"하이고. 전쟁에 두 번이나 출전한다는 게 말이 되냐? 네 나이에?"

스슥, 슥.

노년 여성이 고개를 절레절레 저으며 손을 움직였다. 자기 몸보다 더 큰 대검으로 주먹만 한 사과를 깎는 모습은 묘기와도 같았다.

"하나같이 못난 어른들뿐이다. 나도 마찬가지고."

탁.

그녀가 내 앞에 까마귀 모양으로 깎은 사과를 내밀었다.

"그렇지 않으냐? 카슈미르."

'검푸른 까마귀' 길드의 길드장, '푸른 날개'의 야샤가 나를 향해 왼쪽 눈을 빛냈다.

감자 열 개와 파인애플 두 개에 이어 이젠 사과까지.

"네에……"

나는 목구멍까지 차오른 음식물을 삼키며 까마귀 사과를 받아 들었다. 야샤에게 배부르다는 말은 통하지 않았다.

그녀를 만난 건 조금 전으로 거슬러 올라간다.

'카슈미르! 이 할미가 왔다!'

누누타와의 대치 후 진이 빠져서 카이사르와 함께 이동하고 있을 때였다. 세찬 바람 소리와 함께 누군가 내 앞에 훌쩍 나타났다. 카이사르도 흠칫했을 만큼 빠른 속도였다.

'야샤? 당신도 온 겁니까?'

'검푸른 까마귀'는 운송업을 주로 삼는 길드였다. 아무리 실력이 뛰어나다 한들 전쟁에 참여할 거라곤 상상도 못했다.

그녀는 놀란 나를 보며 시원스럽게 웃었다.

'이런 일에 내가 빠질 수 없지!'

그녀의 말에 따르면, 검푸른 까마귀는 전투병들이 아니라 통신병들로 고용되었다고 했다. 어느 쪽이든 이제 한편이라는 것엔 변함이 없었다.

'누군지 모를 이와 너를 함께 둘 수는 없다.'

야샤와 단둘이 대화를 나누려 했으나, 카이사르가 막아섰다. 내게 무작정 달려들던 누누타 때문에 낯선 사람 경계가 심해진 듯했다.

그리고 지금.

"원래 애들은 들판에서 키워야 해. 그래야 아이의 영혼이 자유롭다."

"들판보다는 황야 지역이 낫다고 했을 텐데."

"허허. 공작 각하께서 이리도 육아에 무지해서야 원. 자식들을 잘 키울 수 있겠나?"

"헛소리! 내가 여태껏 정독한 육아 서적만 세 자릿수를 넘는다. 애 셋을 허투루 키운 줄 아나?"

야샤와 카이사르는 마주 앉은 채 육아에 관한 열띤 토론을 벌이고 있었다. 나는 상상치도 못한 조합의 묘한 케미스트리를 관전 중이었다.

"이자와는 말이 통하지 않는군."

카이사르가 고개를 절레절레 저었다. 그렇게 말하는 것치곤 꽤 오랜 시간 대화를 나눈 것 같지만, 굳이 지적하진 않기로 했다.

"그나저나, 잘 지낸 게냐, 카슈미르?"

내게 마지막 사과를 건넨 야샤가 나를 응시했다.

나는 무언가 얹힌 듯한 명치께를 퍽퍽 두드리며 그녀를 향해 웃었다.

"물론입니다."

야샤가 느릿하게 고개를 기울였다.

오른쪽 눈은 안대에 가려져 드러난 것은 왼쪽 눈뿐이건만, 그녀는 한 줄기 시선만으로도 심장을 작살처럼 꿰뚫었다.

"정말?"

아리송한 되물음이었다. 내가 살짝 미간을 좁히며 그 의미를 묻기 위해 입을 열 때,

"실례합니다, 제2기사단장님!"

막사 바깥에서 쩌렁쩌렁한 목소리가 울려 퍼졌다.

"······아. 아, 그래. 잠시 실례하겠습니다, 야샤."

'나를 부르는 거구나.'

나는 누가 라이너를 부르나 싶어서 멀뚱히 앉아 있다가, 오래 지나지 않아 퍼뜩 자리에서 일어났다.

"무슨 일이지?"

막사 문밖엔 제2기사단원이 서 있었다. 급하게 달려온 듯 숨을 고르던 그는 묘하게 상기된 낯으로 횡설수설했다.

"헉, 그러니까, 제2기사단장님이, 아니, 전 기사단장님, 음? 이게 아닌데······, 뭐라고 불러야 하지······, 진짜 기사단장님? 이건 더 아닌데······."

"……뭘 말하고 싶은 건가?"

헷갈리는 듯 고개를 갸웃거리던 병사가 주먹으로 손바닥을 탁 쳤다.

"아! 아인하르트 경!"

그가 들뜬 낯으로 활짝 웃었다.

"라이너 아인하르트 경께서 깨어나셨습니다!"

쿵. 심장이 떨어졌다. 무언가 더 생각할 시간 따위는 없었다. 나는 어깨에 대충 걸치고 있던 제복 재킷을 다급히 입으며 고갯짓했다.

"안내해, 지금 당장!"

"네!"

영겁 같은 기다림 끝에 드디어 눈을 뜬 라이너를 마주할 순간이 왔다.

라이너는 깨어나자마자 수뇌부와의 대면을 위해 곧바로 회의장으로 이동했다고 했다. 전시이니 급박한 것은 어쩔 수 없으나, 기나긴 고문 끝에 이제야 구출된 그가 쉴 틈도 없이 굴려져야 하는 게 못내 마음 아팠다.

촤악.

내게 묵례하는 병사들을 지나쳐, 인기척을 낼 정신도 없이 막사의 문을 열어젖혔다.

"크, 크리시, 스, 경?"

암브로시오의 국왕, 요르칸이 놀란 눈으로 나를 바라보았다. 나는 쏠린 시선들을 모두 넘기며 빠르게 막사 안을 살폈다. 그리고 시선 끝에 걸리는 한 사람.

목 끝까지 붕대를 두른 탓에 와이셔츠를 입기 어려웠는지 제복 재킷만 간신히 걸친 상체는 핏물이 배어나 얼룩덜룩했다. 안색은 방금 관에서 나온 시체처럼 수척했다. 달빛 받은 호수처럼 영롱하던 은회색 머리칼은 푸석거리는 것에 그치지 않고, 독으로 오염되어 끝자락이 검게 변하기까지 했다.

　최악, 그보다 이하의 상태임이 분명한 낯.

　"……아, 카슈미르."

　그럼에도 여전히 올곧게 반짝이는 두 눈 하며, 눈이 마주치자마자 화사하게 웃는 얼굴이,

　"늦어서 미안합니다."

　나를 견딜 수 없게 만들었다.

　'울면 안 돼.'

　버텨야 한다. 이곳에서 약한 모습을 보일 순 없었다. 그러나 도무지 태연한 낯을 가장할 수 없어서 주먹만 꽉 쥔 채 옴짝달싹 못 하고 있었을까.

　사락.

　"복귀를 환영한다, 제2기사단장."

　뒤따라온 카이사르가 내 앞에 서며 자신의 등 뒤에 나를 숨겼다.

　나는 그 명백한 배려 뒤에 숨어서 표정을 급하게 정리했다.

　"잠깐, 카슈, 윽……!"

　"아직 움직이시면 안 됩니다."

　그러나 라이너는 자리에서 일어서다가 옆구리를 틀어쥐며 무너져 내렸다. 의식만 되찾았을 뿐 아직 제대로 된 활동은 불가능한 것이 분명했다.

　그가 끙끙 앓는 사이, 나는 심호흡하고 그에게로 다가갔다.

　"라이너 아인하르트 경."

　그가 나를 올려다보았다. 그 말간 얼굴에 유성우의 꼬리와 같은 각도로 눈을 휘던 설원에서의 그가 겹쳐 보여서, 나는 입안 살을 짓씹어야 했다.

　"복귀를, 축하드립니다."

　스윽.

　그에게 내민 손 끝이 희미하게 떨리고 있었다.

라이너를 다시 보면 어떤 표정을 지어야 하나 고민했다. 어째서 멋대로 나를 혼자 보냈냐며 버럭 화를 낼까? 어떤 계획도 부질없게 울음을 터트려 버릴지도 몰랐다.

'그래도 웃는 얼굴을 보여 줘야지.'

그렇게 결심했다. 나는 지금 내 표정을 볼 수 없지만, 그래도 반 정도는 성공한 것 같았다.

"소드 마스터가 된 것도 축하합니다."

안절부절못하던 라이너가 한숨을 쉬며 인상을 부드럽게 풀었으니 말이다.

"그 말을 당신한테 가장 먼저 듣고 싶었는데 말입니다."

꾹.

그는 근육이 경련하는 팔을 한사코 쳐들어 여린 악력으로 내 손을 맞잡았다.

"당신이라면 두 번째도 좋습니다. 축하해 줘서 고맙습니다, 카슈미르 크리시스 경."

환하게 웃는 그의 주위로 별 무리가 일렁이는 것만 같았다.

그와 지긋한 눈빛만으로 대화하고 있던 찰나.

"감동적인 재회 중 미안하네만, 언제까지 그러고……."

"가, 가만히 있어 보게, 다, 달타냥 공작. 두 사람, 청춘, 아, 아닌가."

카르마 달타냥 공작이 미묘하게 떫은 기색으로 끼어들고, 뜻밖에도 요르칸이 그녀를 막아섰다. 요르칸은 평소 소심한 태도와는 다르게 연극이라도 관람하는 듯 흥미진진하다는 얼굴이었다.

"아, 죄송합니다. 시간을 빼앗았습니다."

라이너가 면목 없다는 듯 고개를 꾸벅였다.

"이제라도 알았다니 다행이네."

턱을 괴고 있던 레오가 뾰로통하게 쏘아붙였다. 표정부터 말투까지 이 상황이 마음에 들지 않는다는 기색이 역력했다. 그래도 여태껏 가만히 있다가 이제야 한

마디 한 것을 보면 제 딴엔 꽤 참은 듯했다.

"저는 미스가브 지하 감옥에 사로잡혀 있었습니다."

"허."

라이너는 레오의 말을 깔끔하게 무시하고 곧바로 보고를 시작했다. 레오는 그의 태연함에 조금 약 오른 듯 왼쪽 뺨을 혀로 밀어 볼록하게 만들었다.

"그곳에서 받은 고문은…… 서면으로 보고하겠습니다."

나를 힐끗 살피더니 말을 돌린 라이너가 표정을 진지하게 굳혔다.

"그보다 더 급히 말씀드리고 싶은 것이 있습니다."

"그게 뭔가?"

노아가 라이너를 물끄러미 응시했다. 그는 제1 기사단장의 엄격한 얼굴을 하고 있었지만, 깊은 두 눈은 죽다 살아난 아들을 향한 애수를 지워 내지 못한 듯했다.

"지하 감옥에 갇힌 지 나흘째, 한밤중에 북부의 수장이 저를 찾아왔습니다. 길게 이어진 고문으로 의식이 흐려진 상태이기도 했고, 최대한 의식을 잃은 척했기에 제가 기절했다고 생각한 게 분명합니다."

라이너는 말을 하면서 골똘히 생각하는 듯 턱을 매만졌다.

"그는 자신의 수하와 대화를 나눴습니다. 대화 내용을 모두 듣진 못했지만, 몇몇 단어는 확실히 기억합니다."

그가 무겁게 가라앉은 금안으로 주위를 천천히 둘러보았다.

"계획, 요정, 그리고 도청."

막사 안이 크게 술렁였다. 엘은 미간을 살며시 좁히고, 레오는 습격을 떠올린 듯 의자 팔걸이를 으스러져라 쥐었다.

"대화 이후 그들은……."

라이너가 찝찝하다 못해 불쾌한 얼굴로 조금 머뭇거리다가 느리게 말을 이었다.

"……제게 벌레를 먹였습니다."

'개자식, 진짜…….'

나는 참담한 심정으로 욕을 삼켰다.

"그들은 굉장히 다양한 방식으로 저를 고문했으니 행동 자체는 놀랍지 않습니다."

결코 과장하지 않는 라이너의 성격상 '굉장히'라는 부사까지 사용했다는 건 정말 과했다는 뜻이다. 그런 말을 담담하게 해서 더 속이 쓰렸다.

"기묘한 것은, 그들이 제가 의식을 잃었음을 확인하고 나서야 그런 짓을 했다는 것입니다. 제 사기를 꺾고자 했다면 의식이 있는 상태에서 대놓고 먹여야 마땅한데 말입니다."

그가 껄끄러운 얼굴로 붕대로 둘둘 감긴 자신의 복부를 매만졌다.

"무엇보다, 그 벌레가 제 몸속에 아직 살아 있는 것 같습니다."

"……벌레가?"

엘이 믿기지 않는 듯 되묻고, 막사 안에 웅성거리는 소리가 더욱 커졌다.

라이너가 확신에 찬 얼굴로 고개를 끄덕였다.

"소드 마스터가 되어 감각이 예민해졌기에 느낄 수 있습니다. 혈관을 타고 무언가 기어 다니고 있습니다."

'보통 벌레라면 지금까지 살아 있을 리가 없는데.'

음모의 악취가 나는 상황이었다. 나는 목덜미를 간지럽히는 불길함에 얼굴을 찡그렸다.

"잠깐. 이 늙은이가 끼어들어도 괜찮을까요?"

은빛 늑대족 구역에서 누군가 손을 들었다. 나는 그 얼굴을 확인하고 눈을 크게 떴다. 흉터로 엉망인 얼굴과 도수 높은 동그란 안경, 그리고 여느 자안의 늑대들과 다른 잿빛 눈동자.

'어쩌면 풀지 않는 게 나을지도 몰라. 어린 네가 감당할 수 없을 만큼 아픈 기억이 도사리고 있을지도 모르지. 어때, 풀고 싶니?'

레이샤가 봉인한 내 8살 이전의 기억을 되돌려 줄 수 있는 사람.

"내게 짐작 가는 게 있거든요."

은빛 늑대족의 위대한 주술사, 알리샤였다.

"그때 먹은 벌레가 어떻게 생겼는지 아나요?"

사각사각.

그녀가 들고 있던 양피지에 무언가를 그려 내기 시작했다.

늑대족 주술의 부작용으로 눈이 거의 보이지 않는다고 들었건만, 속사정을 모르는 이들은 그 사실을 전혀 짐작할 수 없을 만큼 손놀림이 빠르고 능숙했다.

라이너가 아리송한 얼굴로 고개를 갸웃했다.

"그때 의식을 잃은 척하느라 눈을 감고 있어서 제대로 보긴 못했습니다. 실눈으로 아주 희미하게 보긴 했는데……."

"혹시, 이렇게 생기진 않았어요?"

척.

알리샤가 눈 깜짝할 새에 완성한 그림을 라이너에게 보여 주었다.

벌레라고 말하지 않았다면 두 발 달린 점박이 장난감 공이라고 생각했을 것 같은 외형.

라이너의 눈이 커졌다.

"네, 맞습니다. 분명히 이런 벌레였습니다!"

알리샤의 주름진 입가가 짙은 호선이 그려졌다.

"이제야 알겠군요."

안경을 치켜올린 그녀가 두 눈을 날카롭게 빛냈다.

"배신자 소동의 진실을."

난제의 실마리는 전혀 예상치도 못한 인물이 쥐고 있었다.

"그, 그게 무슨 말, 인가? 배신자의 정체를, 아, 알아내기라도, 했다는, 건가?"

요르칸이 놀란 얼굴로 눈을 크게 떴다. 알리샤가 고개를 저었다.

"아뇨. 배신자의 정체는 알 수 없어요."

"그, 그럼……."

"대신 다른 진실을 알아낼 수 있을 것 같군요."

그녀가 요정족 구역을 돌아보았다.

"요정들에게 묻죠. 북부군이 요정 숲을 침략했을 때 요정왕께서 북부군과 접촉했나요?"

'그러고 보니…… 요정들이 북부군과 제대로 부딪치는 일이 있었지.'

나는 동맹 요청을 위해 방문했을 당시 북부의 침략으로 엉망이었던 요정 숲을 떠올렸다.

다른 막사에 격리되어 있는 테세우스와 아리아, 장로들을 대신해 자리를 지키고 있던 샤바트가 고개를 끄덕였다.

"은하는 그날 선두에 서셨습니다. 실제로 전투는 굉장한 난전이었기에 여러 적과 맞부딪쳤음을 부정하긴 어렵습니다. 다만 은하는 결코 북부와 내통할 분이 아님을……."

"아아, 걱정 마요. 요정왕을 의심하는 게 아니에요."

사각사각사각.

다급히 테세우스를 변호하려는 샤바트를 향해 손을 들어 저지한 알리샤가 양피지에 또 무언가를 휘갈기기 시작했다.

슥.

그리고 모두가 볼 수 있게 양피지를 세워 보였다.

[저 기사단장과 요정왕은 '레벨바브'를 먹은 거예요. 레벨바브는 북부 지방에 서식하는 일명 '도청 벌레'로, 암수를 교미시킨 뒤 암컷을 공작 대상에게 먹이면 수컷 벌레를 통해 대상 반경 50m 내에서 나는 모든 소리를 도청할 수 있게 되죠. 지금 이 대화까지도 북부 측에 도청당하고 있을 거예요.]

침묵에 잠긴 막사 안에서, 알리샤만이 고즈넉하게 웃고 있었다.

"내게 하루만 주세요. 해결해 드리지요."

수인 대학살에서 동족을 구원한 늑대족의 전설이 자신만만하게 장담했다.

······§·∹✦∺§······

라이너는 곧바로 격리되었다.

그가 돌아온 지 얼마 되지도 않아 병균 취급당하는 것이 마음에 걸렸지만, 라이너는 아무렇지 않게 격리를 받아들였다. 걱정스럽게 바라보는 날 향해 웃어 주기까지 했다.

"몸속의 불순물을 토해 내는 약을 만들려 해요. 다행히 챙겨 온 약초들과 이곳 주위에 자생하는 풀들로 충분히 만들 수 있을 것 같아요. 시간은 하루면 충분하니 완성될 때까지 요주의 인물들 50m 반경 내에선 어떤 대화도 하지 않게 조심하세요. 보는 건 상관없으니까 편지로 상황을 전달해 주고요."

알리샤는 능수능란하게 상황을 지휘하고는 당장 약을 만들기 시작해야 한다며 바람처럼 사라져 버렸다.

"……배신자는 애초에 없었던 거네."

그녀가 사라진 자리를 멍하니 바라보던 레오가 허탈하게 중얼거렸다. 이 사건 때문에 가장 피해를 본 것이 그인 만큼 만감이 교차할 터였다.

"제, 제국 제2기사단장의 보, 복귀가, 제, 국뿐만 아니라, 우리 모두에게, 호, 홍복이었군요."

요르칸이 이 상황을 정리하려는 듯 더듬거리며 부드럽게 웃었다. 안 그래도 색소가 옅은 얼굴인데 그런 웃음을 띠니 금방이라도 승천할 사람 같았다.

"그렇다면 회의는 이것으로 마무리……."

"아아, 잠깐."

카르마가 상황을 정리하려는 찰나, 누군가 끼어들었다.

'젠장. 예감이 안 좋은데.'

나는 그의 얼굴을 확인하고 미간을 좁혔다.

"이 몸이 궁금한 게 있는데."

나와 같은 황금 방패 용병이자 용병 연합의 대표로서 이 자리에 나온 누누타였다.

'한동안은 마주칠 일 없어서 좋았는데.'

겉모습은 싸움에 미친 무뢰한 같지만 그는 나름대로 중책을 맡고 있는 몸으로, 지금까지는 용병들의 진을 정리하느라 바빠서 나와 엮일 일이 없었다.

끼끼끼끽.

누누타가 내 쪽으로 몸을 돌렸다. 그의 거구를 간신히 지탱하고 있던 의자에서 불안한 비명 소리가 났다. 나는 필사적으로 그의 시선을 피했으나, 그런다고 그가 나를 모르는 척해 주는 기적은 일어나지 않았다.

"크리시스 경? 그런 이름이 맞던가? 하여간 그대는 기사단장 직으로 수뇌부 회의에 출석한 게 아니던가?"

누누타는 크고 두꺼운 손으로 머리를 긁적이며 히죽 웃었다.

"그러면 원래 기사단장이 돌아온 지금은 이 자리에 나올 명분이 없는 것 같다만."

그는 호탕한 너털웃음만 지을 것처럼 생겨서는 꽤 간교하게 입꼬리를 비틀 줄 알았다. 내게 쏠리는 시선들 앞에서, 나는 느리게 눈을 깜빡였다.

'예리하기는.'

노골적인 트집 잡기이지만 틀린 말도 아니다. 나는 라이너를 대신해 나온 사람이니까. 라이너가 돌아온 이상 내가 이곳에 나와 있을 명분은 없었다.

'물론 명분이야 카이사르의 호위기사든 노아의 부관이든 갖다 붙이면 그만이지만, 당장은 반박할 말이 녹록치 않아.'

"하고 싶은 말이 뭐지?"

나는 눈을 가늘게 뜬 채 고개를 삐딱하게 기울였다.

좀 더 크게 웃는 누누타의 어두운 피부와 견주어 하얀 치아가 돋보였다.

"황금 방패 용병패, 아직 가지고 있나?"

쓰윽.

나는 말없이 주머니에서 용병패를 꺼내 들었다. 공작가에 입적한 이후로 더 이상 용병 일을 하지 않지만, 그럼에도 용병패는 반납하지 않았다.

"그걸 가지고 있는 이상 너는 여전히 용병이다. 그 사실을 부정하진 않겠지?"

누누타가 나를 똑바로 바라보았다.

나는 그 시선을 피하지 않으며 호전적으로 입꼬리를 비틀었다.

"부정할 필요가 있나? 내가 뭐가 두려워서."

용병은 나의 오랜 정체성이다. 넓은 집에 머무르고 귀한 옷을 걸친다고 야생성이 사라지진 않았다. 나는 날것의 과거가 부끄럽지 않았고, 부정할 생각 따윈 추호도 없었다.

"크하하하. 역시 마음에 든다니까!"

누누타가 막사가 떠나가도록 크게 웃어젖혔다. 그의 두 눈은 '불 핥는 자'라는 이름답게 기름 잔뜩 먹인 횃불처럼 맹렬하게 넘실거렸다.

"그렇다면 내 아래로 들어와라. 임시로 맡고 있던 직책이 사라진 이상, 너는 황금 방패 용병 미르일 뿐이니까. 그러니 용병 연합으로 소속을 옮겨야 마땅하지 않나?"

척.

그가 자신의 발밑을 가리켰다.

"왜? 스스로 용병임을 부정할 셈이냐?"

시원스럽게 내뱉는 말은 명백한 도발이었다.

"지금 감히 누구에게……."

내부가 단숨에 소란스러워지고, 카이사르가 열받은 듯 음산하게 중얼거렸다. 그의 손은 이미 검 손잡이를 향해 가고 있었다.

만지작.

그러는 가운데 나는 손에 쥐고 있던 황금 방패 용병패를 만지작거렸다.

17살, 소드 마스터로 각성한 뒤 오래 지나지 않아 받은 이 패는 3년의 세월을 드러내듯 꽤 닳아 있었다.

나는 중심을 가로지른 희미한 흠집 새로 그간의 일들을 들여다보았다.

용병이라고 부르기도 민망하던 애송이 시절부터 스승과 동료가 있었던 봄날의 한때, 혼자 남게 된 순간, 그리고 용병왕이라고 불리던 날들까지. 빈말로도 찬란하다고 할 수 없다. 봄날이라고 부르는 시절조차 매일매일이 핏빛이었으며 하루하루가 고달팠다. 누군가는 그런 과거는 없는 편이 낫다고 할지도 모르겠다. 나로서는 그저 용병임을 가볍게 부정하기만 해도 충분한 도발이었다.

"뭐, 그럴까?"

그러나 나는 기꺼이 받아들이기로 했다.

"슈슈!"

카이사르가 나를 홱 돌아보았다. 조금의 부아가 서린 그의 얼굴엔 도무지 이해할 수 없다는 표정이 떠올라 있었다. 누누타의 말은 언뜻 이치에 맞게 들리지만, 동시에 얼마든지 반박할 수 있는 궤변이었다.

나는 제국군 신분으로 왔으니 기사단장의 지위를 잃었다고 해서 곧바로 소속을 옮길 필요는 없다. 생사고락을 함께할 연합군이라고 해도 세부 소속에 따라 달라지는 것이 많기 때문에 굳이 소속을 변경하는 건 불필요한 기력 낭비이기도 했다.

하지만.

"오랜만에 용병 기분 내 보는 것도 나쁘지 않지."

가벼이 어깨를 으쓱이는 내게로 내 의중을 파악하려는 누누타의 날카로운 시선이 꽂혔다.

"다만 내가 용병 소속이 되면 네 밑으로 들어가진 않을걸."

나는 씨익 웃으며 그를 향해 검지를 세웠다.

"나는 네게 힘의 재판을 신청할 거니까."

"······하!"

누누타가 눈을 부릅떴다.

힘의 재판.

그건 암브로시오의 소수 민족, '불 핥는 자'들에게 있어서는 절대적인 법칙이었다. 거창한 이름과 다르게 방식은 무식할 정도로 단순했다. 심판 한 명을 두고 한쪽이 항복할 때까지 뒈지게 싸우는 것뿐이니까. 패배한 쪽은 자신의 서열이 이긴 상대보다 낮음을 인정하며, 의견의 마찰이 있을 경우 무조건 상대의 의견에 승복한다. 나는 이 법칙의 존재를 과거 누누타에게서 들었고······.

'항복, 이다. 항복······.'

누누타는 이미 내게 힘의 재판을 신청했다가 패배한 적이 있었다.

"왜? 옛날 일이라도 떠올랐나? 나는 네가 재회하자마자 한판 붙자고 하길래 새까맣게 잊은 줄 알았지."

"······."

"그날의 패배를 말이야."

나는 얼굴이 새빨개진 그를 약 올리듯 눈썹을 으쓱였다.

그 당시에 나는 카라쇼를 잃은 지 얼마 되지 않았을 때라 거칠다 못해 흉포했고, 그날 누누타와의 승부 또한 순순히 끝내 주지 않았다.

'퉤. 다시는 개기지 마라.'

늦은 오후에 시작된 승부는 다음 날 아침이 밝은 뒤 우리 둘 모두 피떡이 된 채로 끝이 났다. 특히나 누누타는 사지가 골절되어 돌아가는 길엔 수레에 실려 가야 했다. 그 당시엔 내가 지금만큼 강하지 않았으니 그를 압도적으로 제압할 순 없었지만, 살을 주고 뼈를 취하는 것은 자신 있었다.

지금 생각하면 부끄러운 과거이기는 하나 누누타를 자극하기엔 더없이 적합한 소재였다.

"네가 아닌 내가 용병왕인 이유를 한 번 더 보여 주랴?"

내 마지막 말에 누누타의 눈이 휙 돌아갔다.

콰앙!

"재판을 받아들인다! 불을 올려라!"

화르륵.

한주먹에 탁자를 박살 낸 누누타의 주위로 주홍빛 화염이 너울거렸다.

나는 상황을 파악하지 못하고 굳어 있는 좌중을 둘러보며 고갯짓했다.

"병사들을 공터로 모으시죠. 좋은 볼거리가 될 겁니다."

이왕 불을 올렸다면 화려하게 태워야 마땅했다.

"너, 너, 진짜 싸우겠다고? 이렇게 갑자기?"

싸움이 결정되고 병사들을 모으는 동안 레오가 기겁한 얼굴로 나를 뒤쫓아 왔다.

"응. 뭐가 문제야?"

"그걸 몰라서 물어?"

그가 태연하게 스트레칭을 하고 있는 나를 빤히 바라보았다. 도무지 어디서부터 지적해야 할지 모르겠다는 얼굴이었다.

나는 피식 웃으며 그보다 먼저 입을 열었다.

"저놈 콧대를 눌러 주는 건 속 시원한데, 이렇게까지 할 필요는 없지 않냐? 위험하기도 하고, 전시에 이러는 건 무책임해 보일 수 있다. 그런 말이 하고 싶은 건가?"

"……아주 정확해."

말을 와다다 쏟아 낼 듯 크게 숨을 들이쉬던 레오는 할 말을 모두 빼앗긴 뒤에 한 박자 늦게 고개를 끄덕였다. 그의 두 눈엔 그걸 다 아는 사람이 왜 이렇게 일을 벌였냐는 의문과 나를 향한 걱정이 선명했다. 나는 손목과 어깨를 빙글 돌렸다.

"지금이라서 이런 일을 벌여 줘야 하는 거야."

"병사들까지 싹 다 모아 놓고?"

"응. 그게 제일 중요하지."

나는 그를 돌아보았다.

"전쟁에서 중요한 게 뭐라고 생각해?"

"갑자기 그건 왜 물어봐? 충분한 병력과 군량미, 유리한 지형, 훌륭한 지휘관, 그리고……."

뜬금없는 질문에 미간을 좁히면서도 정석적인 대답을 늘어놓던 레오가 멈칫했다.

"……병사들의 사기."

그는 거기서 내가 말하고자 하는 바를 눈치챈 듯했다.

"그래. 결국 전쟁은 광기야. 타인을 죽이기 위해 달려가는 짓은 맨정신으로는 안 되잖아. 수백 수천 명이 함께한다는 뒤틀린 소속감과 정신을 놓을 정도의 열기가 필요하지."

나는 근처를 걷는 병사들의 얼굴을 살펴보았다. 그들은 하나같이 죽상이었다.

"연합군의 사기는 바닥을 치고 있어."

배신자 소동 때문에 진영의 분위기는 심각하게 흉흉했다.

한 차례 기습당한 아타라군 병사들은 타국의 병사들을 매우 경계했다. 요정과 늑대는 여전히 사이가 좋지 않았고, 그들은 인간을 더 경멸했다. 사는 지역뿐만 아니라 종족까지 다른 이들이 전장에서 함께 싸우기 위해선 최소한의 전우애가 필요하건만, 급한 불부터 끄느라 연합군 간의 화합을 위한 활동은 아무것도 못한 상태였다. 그런 이들을 빠른 시간 내에 하나로 단합시키기 위해서는 파격적이고 인상적인 사건이 필요했다. 그리고…….

'자고로 세상에서 제일 재밌는 게 싸움 구경이지.'

같은 황금 방패 용병인 동시에 대륙의 최강자들로 논해지는 소드 마스터와 용병단장의 대결만큼 모두를 열광시킬 사건은 없을 터였다.

'나, 나쁘지 않네요. 후후. 이, 일석이조예요.'

'……제법 머리를 쓰는군, 크리시스 경.'

'허허, 자네는 정말 못 말리겠네.'

젊은이들의 치기 어린 짓거리처럼 보이는 이 일을 요르칸과 카르마, 노아까지 나서서 허락한 이유가 있다. 그들도 이 사건이 병사들의 사기를 끌어 올리는 데에 큰 도움이 된다는 걸 눈치챈 게 분명했다.

"……너는 처음부터 이걸 계획하고 있었던 거야?"

레오가 머리를 망치로 맞은 듯한 얼굴로 나를 바라보았다.

"아니. 사실 누누타가 싸우자고 달려들었을 땐 그냥 구석에서 팰 생각이었어."

"……."

"그런데 생각해 보니 효과적으로 이용할 수 있겠다 싶어서."

존경과 동경으로 가득하던 레오의 눈빛이 차게 식었다. 나는 그의 시선을 슬쩍 피하며 누누타의 막사 쪽을 바라보았다.

"아마 누누타도 그럴 계획으로 내 도발을 적극적으로 받아들였을 거야."

누누타의 근육질 몸과 단순한 성격 때문에 다들 그를 무식하다고 오인하지만, 애초부터 무식한 인간은 용병단장의 자리를 꿰찰 수 없다.

"호승심이 과하긴 해도 꽤 간교하고 계획적인……."

"미르! 오늘은 반드시 짓밟아 버리겠다!"

콰앙!

내가 말을 마치기도 전에 누누타의 망치가 날아들어 우리와 조금 떨어진 곳에 내리찍혔다.

"……."

"……."

잠깐의 침묵.

쩌적.

그의 망치질에 천파만파로 갈라지는 흙바닥을 응시하던 레오가 나를 돌아보았다.

"그러니까…… 저 거인한테 계획이 있었다고?"

"……."

"널 납작한 팬케이크로 만드는 것 빼고?"

"어……."

있을…… 줄 알았는데…….

'본격적인 1 대 1 싸움은 오랜만이네.'

나는 우글우글 몰려든 병사들을 뒤에서 바라보며 새삼 과거를 회상했다.

17살이 되었을 때쯤, 나는 불법 싸움 투기판에 출전한 적이 있다. 마수 토벌은 진절머리가 났는데 돈은 급했으니 반쯤 홧김에 선택한 일이었다.

'첫 출전에서 중도 포기한 뒤로 다시는 출전하지 않았지만.'

불법으로 돈을 버는 것은 내 신념에 어긋났다. 관중들의 즐거움을 위해 사람을 베는 미친 짓은 도저히 할 수 없었다. 아무리 힘들어도 해선 안 될 일이 있는 법이다. 나는 사람의 피를 보자마자 정신을 차리고 곧바로 기권했다.

"둘 중 누가 이길까? 재밌겠다!"

"크으, 강자들의 싸움이니까 치열하겠지?"

나는 흥분한 병사들로부터 그날의 관중들이 겹쳐 보였다.

'그때 생각나네.'

투기판을 경험한 이후 몇 달간 내 악몽의 소재가 되었던 그 얼굴 말이다.

물론 지금은 특수한 상황이기는 하다. 이 싸움판은 불법이 아닐뿐더러 국가가 주도하고 있다. 병사들도 나와 누누타가 죽거나 크게 다치지 않을 거라는 확신하에 무력의 경지만 확인하고 싶을 것이다. 그럼에도 이 순간의 공기가 내 심장에 불편한 가시처럼 남았다. 이기기 위해선 전장의 광기를 끌어 올려야 한다는 사실 자체가 퍽 답답했다. 나는 역시 피와 전쟁이 싫었다.

'그래도 제대로 해야지.'

나는 어수선한 마음을 다잡았다.

전쟁을 주도하는 수뇌부로서 나의 이런 투정은 우스운 것을 넘어 기만이었다.

싸움 구경에 열광하는 병사들이 저열하다고도 할 수 없었다. 당장 나만 해도 강자들의 대결엔 피가 끓지 않는가. 강제로 징병당해 공포스러운 전투를 앞둔 상황에, 잠시 싸움 구경을 하며 긴장을 해소하는 것은 지극히 인간적이었다.

'병사들도 선두에 설 이들의 강함을 확인하고 싶겠지.'

마법과 오러가 남발하는 이 세계에서 전쟁은 극소수의 초월자들에 의해 좌지우지된다. 물론 일반 병사들의 역할도 크지만, 그 성과 또한 극소수의 초월자들이 얼마나 기세를 밀어 주느냐에 따라 크게 달라졌다. 오러도 채 뽑지 못하는 일반 병사들은 초월자들에게 의지하며 그들의 강함에 호기심을 가질 수밖에 없었다.

'이런 기회가 아니면 볼 수도 없으니까.'

검은 재앙이니 용병왕이니 하는 거창한 수식언들은 들었겠지만, 저들 중 실제로 내가 싸우는 것을 본 이가 몇이나 되겠는가. 이 기회에 보여 줘야 한다.

'이왕 광대가 된 거, 제대로 재주를 넘는다.'

그렇게 결심하며 공터로 나아가려 할 때였다.

"잠시만."

등 뒤에 인기척이 느껴졌다. 나는 뒤를 돌아보았다가 눈을 크게 떴다.

"……엘?"

그가 내게 다가오는 건 직감으로 진작에 알고 있었다.

"당신…… 괜찮습니까?"

다만 지나치게 수척한 엘의 얼굴은 나를 놀라게 하기에 충분했다.

텁.

나는 무심코 그의 뺨을 잡았다.

조금 전 막사에서도 보긴 했지만, 신전 측과는 거리가 있어 자세히 볼 수 없었던 데다 워낙 중요한 안건들이 빠르게 지나갔으니 그의 안색을 살필 겨를이 없었다.

가까이에서 본 엘은 병색이 짙다고 느껴질 만큼 상태가 좋지 않았다.

"몸살이라도 난 겁니까? 아니면……."

"싸우는 것까지 지켜보고 싶었는데, 어려울 것 같아서 들어가기 전에 잠시 보러 왔어요."

그가 얼굴을 내 손에 사뿐히 기대었다. 손바닥을 통해 전해지는 그의 체온은 흠칫할 정도로 차가웠다.

"머리, 묶어 줘도 될까요?"

엘은 내리깐 눈을 바로 뜨며 착 가라앉은 목소리로 속삭였다.

나는 묻고 싶은 게 있었다. 며칠 전부터 상태가 나빠 보였던 건 그저 잠자리가 바뀌었기 때문인지, 아니면 아타라의 부상자들과 북부 파견단을 치유하느라 무리했기 때문인지. 하지만 엘은 답해 주지 않을 것이다.

"……부탁드립니다."

그래서 잠자코 뒤돌았다. 그것이 그가 가장 바라는 일인 듯했으니까.

사르륵.

엘은 말없이 내 기다란 머리칼을 쓸어내리기 시작했다. 여유롭게 굴던 평소와는 달리 초조함이 느껴지는 손길이었다. 덩달아 나까지 불안해지는 기분이었다.

스륵.

그는 땋아 내린 자신의 머리칼을 묶었던 머리끈을 풀어 내 머리를 높게 묶었다.

"혹시라도 다치면…… 율리안을 찾아가요. 꼭 치료해야 해요."

엘이 한데 묶인 내 머리칼 위에 가볍게 입을 맞추고 싱긋 웃었다.

"먼저 가 볼게요."

충직한 검이 되려 했는데 5

나는 자신의 막사로 향하는 엘을 멍하니 바라보았다.

'아.'

그리고 무언가 잘못되었음을 느꼈다.

엘은 나의 치료를 다른 사람에게 맡기지 않았다.

절대.

━┅┄ᘍᘏᘎᘏᘐᘏᘍ┄┅━

싸움이고 사기 증진이고 다 뒤로한 채 엘을 쫓고 싶었지만, 나를 발견하고 환호하는 병사들 때문에 그럴 순 없었다.

나는 공터의 중심으로 반쯤 끌려오다시피 했다.

'율리안을 붙잡고 늘어져 봐야겠어.'

무언가 이상한 것은 분명하건만, 엘은 말해 줄 생각이 전혀 없어 보였다. 그렇다면 비교적 덜렁거리는 율리안을 구슬려 봐야 했다.

"긴장이라도 했나, 미르?"

거친 목소리가 내 상념을 깨웠다. 나는 느릿하게 고개를 들어 눈앞의 누누타를 바라보았다.

그래. 상대를 앞에 두고 다른 생각을 하는 것은 검사로서 예의가 아니다. 우선 이 승부부터 결판을 봐야 했다.

"긴장은 자신보다 강한 사람 앞에서나 하는 거지. 결과를 아는데 뭐가 두렵겠나?"

"허."

누누타는 조금 전 흥분한 모습이 무색하게, 이번 도발에는 퍽 침착해 보였다. 그는 싸움 직전엔 흥분해선 안 된다는 걸 잘 아는 싸움꾼이었다.

"힘의 재판엔 심판이 필요하다고 했지? 괜찮다면 내가 심판을 보겠네."

나와 누누타를 에워싸고 동그랗게 선 무리 사이에서 노아가 나섰다.

"당신 정도 되는 강자라면 신성한 재판을 보고 장난질을 하진 않겠지."

누누타는 선선히 동의했다.

'심판이라면 카이사르가 해도……'

나는 무심코 그를 돌아보았다가 멈칫했다.

"그분이 보면 편파 판정이 나올 것 같아서 말이다."

"……네."

노아의 말에 고개를 끄덕일 수밖에 없었다.

눈을 부릅뜨고 있는 모습을 보아, 카이사르가 심판을 보면 편파 판정을 넘어 싸움 도중 난입할 것 같았다.

스르릉-

"그대의 언어와 몸짓에 저항하는 바, 불과 쇠 앞에서 심판을 청한다."

과거의 누누타에게 배웠던 불 핥는 자들이 힘의 재판을 진행하기 전 읊는 구절을 뱉으며 검을 뽑았다.

누누타가 이글거리는 눈으로 날 노려보았다.

"심판에 기꺼이 응한다! 내가 승리하면 너는 용병 연합으로 들어와야 한다!"

누누타의 목소리가 맹호의 포효처럼 우렁차게 울려 퍼졌다.

"크리시스 경이 용병 연합으로 간다고?"

"단순한 보여 주기식 대련인 줄 알았는데 내기라도 하나 보군."

병사들이 시끄럽게 웅성거리기 시작한 가운데, 나는 턱을 쓸었다.

연합군은 명백히 한편이다. 그러나 동시에 각개 전투였다.

내가 용병 연합 소속이 되면, 나는 그들의 전력이 된다. 의견을 낼 때도 나의 의견은 용병 연합의 의견이 되고, 용병 연합의 의견은 내 의견이 되는 것이다.

'무엇보다도 합법적인 제국군 지휘 권한을 잃게 되지.'

그건 별거 아닌 듯하면서도 큰 변화였다. 앞으로 카이사르나 다른 이들을 통해서 제국군에 간섭해야 할 테니 성가신 수준의 피해는 될 터.

'져도 상관없지만, 이겼을 때의 보상도 얻어 두는 편이 낫겠어.'

나만 거는 건 못내 억울하다. 나는 삐딱한 시선으로 누누타를 응시했다.

"좋아. 대신 내가 이기면?"

"음? 어차피 내가 이길 건데 그런 걸 생각해 둘 필요가 있나?"

……이 자식은 악의 없이 사람 속을 긁는 데에 꽤 재능이 있다. 그리고 나한테 졌던 기억은 새까맣게 잊은 건가? 도대체 무슨 자신감이지?

나는 몇 년 전 내게 패배했던 그의 꼴을 오목조목 상기시켜 주고 싶은 마음을 누르고 또박또박 내뱉었다.

"내가 이기면, 앞으로 용병 연합은 전적으로 내 의견을 따라라."

순간 일그러지는 그의 표정 앞에서, 나는 씨익 웃었다.

"연합의 대표인 네가 내 아래가 되는 것이니, 이 정도는 어렵지 않겠지?"

연합군이 용병들을 고용하기 전까지 꽤 논란이 있었다. 용병들은 타고나기를 거칠고 말 안 들어먹는 족속들이다. 의뢰를 받아먹고 사는 입장에서 모순적이기는 하다만. 단발적인 임무는 무슨 짓을 해서든 완수한다고 해도, 장기전에서 그들과 손을 잡기란 여간 껄끄러운 것이 아니었다.

'지금이야 얌전한 것 같지만 전쟁이 길어지면 분명 시끄러워질 것이다.'

이 싸움으로 그 고삐를 약간이나마 잡아 둘 수 있다면 금상첨화, 일석이조였다.

"꿈이 너무 크군."

누누타의 차가운 일갈에 나는 웃음기 섞인 목소리로 그에게 속삭였다.

"네가 용병들을 통솔할 자신이 없는 건 아니고?"

그의 얼굴이 아수라처럼 사납게 일그러졌다.

용병들은 명령을 잘 듣지 않는다. 애초에 일반적인 상하 체계가 마음에 들지 않아 용병이라는 직업을 선택한 이가 많았다. 당장 나만 해도 상관에게 고분고분하게 구는 건 어색한 것을 넘어 불편했다. 누누타가 이끄는 용병단은 그의 말을 잘 듣겠지만, 용병 연합은 대부분 자유 용병들로 이루어져 있다. 그들은 누군가를 따르거나 섬기지 않는다. 그저 돈을 벌기 위해 이곳에 나온 야생 늑대들이었다.

'웬만해선 누누타의 말을 듣겠지만, 목숨이 위험할 것 같다는 생각이 들면 제멋대로 행동할 게 뻔하다.'

물론 그걸 다스리는 것은 누누타의 몫이다. 받아 처먹는 돈이 얼만데, 그 정도는 해 주어야 마땅했다. 다만 그들 못지않게 자유로운 영혼인 누누타를 다스리는 건 내 몫으로 돌릴 작정이었다.

"누가 자신이 없다는 거냐?"

"그게 아니라면 재판의 결과를 받아들이지 그래."

버럭버럭하는 그를 슬슬 긁으니 그가 두 눈을 부릅뜨며 불꽃을 토해 냈다.

"그래! 네가 이기면! 불꽃을 이어받은 자랑스러운 전사로서 앞으로 일어나는 대소사에서 네 의견을 존중하겠다!"

내 속삭임이 무색하게도 그는 이 싸움을 구경하러 온 병사들 중 맨 끝의 병사까지도 들을 수 있을 만큼 천둥같이 소리쳤다.

나는 이명이 들릴 듯 얼얼한 귀를 만지작거리며 슬쩍 오른쪽을 살폈다.

"저런 비리비리한 놈의 말을 따라야 한다니……."

"대장의 망치질 한 방에 찌그러질 것 같은데."

벌 떼 같은 병사들 사이에서도 독보적으로 눈에 띄는 무리가 나를 경계하는 눈초리로 바라보고 있었다. 평범한 성인 장정은 그 옆에 서면 꼬마로 보일 만큼 거대한 체구와 붉은빛 도는 어두운 피부. 누누타가 이끄는 용병단, '불 핥는 자들'의 단원들이자 누누타와 같은 종족의 전사들이었다.

그의 용병단은 암브로시오의 소수 민족 '불 핥는 자'들로 이루어졌다. 그 점에서 용병단의 이름은 참으로 정직했다. 그들은 하나같이 머리 쓰는 걸 싫어하는 육체파이자 강한 전사를 숭상하는 호걸들이었다.

'다른 말로는 단순한 바보들이지.'

간혹 누누타가 아닌 불 핥는 자들을 상대해 본 바, 그런 성향은 종족적 특성인 게 분명했다. 그들 종족을 비하하는 게 아니라 객관적 사실이 그랬다.

'그중에서 누누타 정도면 귀재 중의 귀재지.'

누누타라면 방금 전 외침조차 머리를 쓴 것일 터.

"쯧. 그래도 힘의 재판 아닌가. 결과에 승복해야지."

"어차피 저놈이 대장을 이길 리가 없으니 상관없잖나?"

"이번 싸움에서 저놈이 어떤 놈인지 확인할 수 있겠지."

'그래. 저렇게……'

나는 용병단의 대화를 엿들으며 속으로 고개를 끄덕였다. 아마 누누타는 그들의 수장으로서 소위 '전사다운' 태도를 요구받았을 것이다.

연합군에게 숙이고 들어가는 것은 저들에게 전사답지 않은 행동일 터.

'하지만 힘의 재판에 승복하는 것은 아주 전사답지.'

눈 가리고 아웅하는 것 같지만, 그것이 중요한 거다.

'누누타는 저들에게 자신이 연합군의 결정에 승복하는 모습을 합리화시켜야 하겠지.'

이제 힘의 재판에서 패배해 나를 따르더라도 아주 그럴듯한 명분이 주어졌다.

이것으로 그를 완전히 좌지우지하거나 모든 반발을 억누를 수는 없겠지만, 적어도 '불 핥는 자'로서 누누타의 전사성이 훼손되는 일은 없게 된다.

'뭐, 애초에 그 전사성이 이해가 안 되긴 하지만.'

지킬 줄 알고 나눌 줄 알면 전사다운 거라고 생각하는 나로서는 그들의 사고 방식이 체질에 영 맞지 않았지만, 문화와 취향은 사람마다 다른 것 아니겠는가.

용병단에서 자신의 입지를 관리하는 것 또한 단장의 일이니, 누누타에게는 이런 말장난 같은 명분이 꽤 중요할 터였다.

'그러니까 결국 저 자식은 이기나 지나 이득이라는 거지.'

이기면 미르라는 좋은 패를 얻는 거고, 지면 앞으로의 연합군 생활에서 '전사다움', 다른 말로 '바보짓'을 억지로 보여 주지 않아도 될 명분을 얻는 거다.

'어쩐지 좀 약 오르지만.'

이러나저러나 좋은 건 나도 마찬가지이기 때문에 편하게 생각하기로 했다.

'오랜만에 대련을 즐겨 보자고.'

싸움에만 집중할 수 있으니 잘된 거다. 꽤 화려한 전투를 보여 줘야 할 테니까.

호흡을 가다듬으며 자세를 잡을 때였다.

"자, 그럼!"

쿠웅.

누누타가 흙바닥 위에 한 발을 크게 굴렀다. 사방으로 흙먼지가 비산하며 꽤 비장한 분위기가 만들어졌다.

그가 나와 똑바로 눈을 맞췄다.

"이제 벗어라!"

그리고 당당하게 외쳤다.

푸웁.

왼편에서 분수 소리가 들렸다. 목을 축이던 칼이 장렬하게 물을 뿜고 있었다.

나는 순간 뇌가 굳었다가 멍하니 눈을 끔뻑였다.

"……뭐?"

"왜 말귀를 못 알아듣는 거지? 옷을 벗어라!"

잘못 들었나 싶었던 말을 누누타가 다시 한 번 똑똑히 상기시켜 주었고, 좌중 사이사이에서 익숙한 살기가 뿜어져 나왔다.

나는 본능적으로 두 팔로 상체를 감쌌다.

저, 저요……?

"힘의 재판을 할 땐 상체를 드러내야 한다. 그 어떤 사특한 술수도 쓰지 않는다는 증명이지. 분명 말해 주었을 텐데?"

누누타는 당황한 나를 도리어 이해하지 못하겠다는 얼굴로 바라보았다.

'아, 아!'

나는 그제야 몇 년 전 누누타에게 들었던 재판의 규칙을 떠올렸다.

'그때도 상의를 벗고 했지.'

망아지였던 그 당시엔 노출에 아무런 감흥도 없었기에 잊어버렸던 모양이다.

내가 여자라는 건 누누타와의 첫 만남에서 들켰기에-감 하나는 귀신같은 놈이었다- 주저할 필요도 없었다.

'그런데 그때는 관중이 없었잖아.'

그땐 내가 여자임을 숨겨야 했으니 심판도 없이 나와 누누타 단둘이서 붙었다. 사람들이 와글와글한 이곳에서 탈의를 하는 건 민망한 일이었다.

"옷을…… 벗어?"

특히 카이사르가 옆에서 눈을 부릅뜨고 있을 땐 더더욱 말이다.

나는 검은 용 기사단원들에게 양팔이 붙잡혀 있는 그를 곁눈질하다가 목덜미를 긁적였다.

"꼭…… 벗어야 하나? 몸수색하는 것으로는 안 되나?"

"우리의 신성한 재판을 모독하지 마라! 불 앓는 자들에겐 재판의 모든 절차가 목숨보다 중하다!"

누누타가 버럭 화를 냈다. 온화하고 자비롭다는 태양 신전의 신관들도 세례식에서 절차 하나 뺀다고 하면 노발대발할 테니 이해가 되지 않는 반응은 아니었다.

"애초에 재판을 신청한 건 너잖나!"

그렇게 말하면 할 말은 없다.

"어, 음……."

그래도 어쩐지 면구스러워 반박해 보려던 찰나, 날 빤히 바라보던 누누타가 비죽 입꼬리를 비틀었다.

"아. 설마 근육이 없어서 부끄러운 건가?"

"뭐?"

"그럴 만하군. 뼈밖에 안 남은 비실비실한 몸이니."

퉁.

그가 어깨를 당당히 펼치며 가슴 근육을 튕겼다. 거대한 몸은 온통 근육으로 이루어져 단단하고 우람했다.

'어우……'

부담스러워 죽겠지만, 저 정도면 자랑할 만했다.

"내 근육에 압도되어 풀이 죽은 거라면 이해해 주지."

묘하게 느글느글해진 누누타의 얼굴은 미치도록 재수 없었다.

"……상의만 벗어야 하는 게 아쉬울 지경이군."

툭.

나는 와이셔츠 단추를 풀어 내리기 시작했다.

"내 대퇴근이 진짜 끝내주는데."

주위가 소란스러워졌지만 싹 다 무시했다. 이전이라면 겨우 이런 말에 걸려들진 않았을 것이다. 근육에 자부심은 있지만 과시하고 싶은 마음이 없고, 무엇보다 내 몸이 크리시스의 치부가 된다고 생각했을 테니까.

툭, 툭.

내려가는 손길을 따라 살갗이 드러났다. 움직임에 방해가 되지 않도록 붕대로 단단히 묶은 가슴. 그 주위로 드러난 피부에선 성한 곳을 찾아볼 수 없었다. 생겼을 당시엔 나를 죽일 뻔했던 거대한 흉터부터 벌레처럼 온몸에 다닥다닥 돋아난 작은 흉터들, 드문드문 독 때문에 죽어 버린 피부 조직과 부각된 혈관. 그리고 복부를 완전히 뒤덮은 거대한 마법진.

칼로 난도질한 고깃덩이 같은 몸은 내가 보기에도 도무지 귀족 아가씨에 어울리지 않았다.

"저, 저게……."

"으……."

주위 병사들도 감탄이 아니라 경악의 비명과 기겁의 헛숨으로 반응했다.

"방금 전에 '으' 한 새끼 어떤 새끼냐? 좋은 말로 할 때 나와라."

"표정 관리 똑바로 안 하나? 전장 나가기도 전에 내 손에 죽고 싶나 보지?"

나는 징그러워하는 병사들을 붙잡고 협박 중인 레오와 칼을 보고 피식 웃었다. 아무리 봐도 두 사람은 절친감이었다.

언젠가 이 몸이 수치스럽다고 생각하던 때가 있었다. 덤덤해진 뒤에도 웬만해선 감춘 부위를 드러내지 않는 게 좋다고 여겼다. 보기 좋은 꼴은 아니니까.

만신창이인 몸도, 용병이라는 이력도 크리시스의 흠이 될 것 같았다.

다정함이 과해 죽고 싶어지고, 그에 비해 나 자신이 너무 초라해서 잠을 설치는 밤이 많았다. 가끔 망상이 심해질 때면, 어느 순간 내가 〈요정의 밤〉 속 악녀 카슈미르 크리시스처럼 변해서 모두가 나를 미워할까 두려워하기까지 했다.

화악.

나는 와이셔츠를 벗어 던졌다. 기를 쓰고 감추고 싶었던 것이 환한 태양 아래 훤히 드러났다. 나는 슬쩍 옆을 돌아보았다.

"……."

카이사르의 철혈 같은 얼굴이 크게 일렁이고 있었다.

나의 아버지.

그는 이제 결말조차 기억나지 않는 〈요정의 밤〉 소설 속, 모두가 싫어하던 악녀 카슈미르 크리시스조차 사랑하는 유일한 인물이었다. 읽었을 당시엔 그저 무심한 아비라고 생각했으나, 수십 수백 번 되뇐 끝에 그는 그 망할 이야기에서조차 나를 사랑했다는 사실을 깨달았다. 사랑하는 법을 몰랐을 뿐.

카이사르는 내가 몸을 드러내기 싫어한다는 걸 잘 알았다. 가끔은 그에게서 물려받은 이름을 부담스러워한다는 것도, 과거를 부끄러워한다는 것도 눈치챘을 것이다. 그러나 결코 극복을 재촉하지 않았다. 그는 말만 장황하게 늘어놓는 사람이 아니니까.

그는 눈빛으로, 온기로, 또 손길로 내가 있을 곳은 이곳이라고 몇 번이고 각인시켜 주었다. 그런 카이사르에게 말해 주고 싶었다.

'이제 괜찮아요. 두렵지 않아요.'

이제는 안다. 내가 어떤 모습이든 나는 카슈미르 크리시스라는 것을.

"잘 봐 둬라. 이 정도는 되어야 최강자라고 불릴 수 있으니까."

쏟아지는 시선 속에서, 나는 흔들림 없이 눈을 부릅떴다.

"크하하하! 여전히 전사다운 몸이군!"

누누타가 호탕하게 웃어젖혔다.

내 몸 구석구석을 살펴보는 그의 시선이 전혀 불쾌하지 않은 건, 그는 철저히 내 근육량만 가늠하고 있었기 때문이다. 그는 근육에 진심이었다.

파앗!

긴말 없이 검을 세우고 마나를 폭발적으로 터트렸다. 검은 오러가 빛나는 검신을 집어삼킬 듯 광포하게 날뛰었다.

"와라."

병사들의 웅성임이 침묵으로 바뀐 가운데, 나는 누누타에게 턱짓했다.

"하이아아앗!"

문답무용의 기세로 누누타가 기합을 내지르며 내게 달려들었다. 집채만 한 불곰이 달려드는 듯한 압박감이 내 몸을 짓눌렀다.

콰앙!

검과 망치가 부딪치며 굉음이 울려 퍼졌다. 나는 정면으로 그의 힘을 받아내며 미간을 좁혔다.

'여전히 무식하게 힘이 세군.'

끼기긱.

마나로 신체를 한껏 강화했지만, 그럼에도 순수한 힘의 대결에선 내가 밀렸다. 어떻게든 버틴다고 해도 효율이 영 좋지 않았다.

그렇다면…….

'속공으로 간다.'

스르륵.

누누타의 일격을 억지로 받아치지 않고 밀리는 듯 흘려보냈다. 그리고 무게중심을 최대한 낮추었다.

쉬시식!

그와 동시에 쏘아져 나가듯 누누타의 몸 안쪽으로 파고들어 위협적인 속공을 연사했다. 검 끝에서 일어나는 날카로운 바람에 높게 묶은 포니테일이 휘날리는 게 느껴졌다.

"제법 빨라졌구나, 미르!"

양 옆구리에 여러 개의 창상이 난 누누타는 전혀 타격이 없는 듯 환히 웃었다.

애초에 피부가 너무 두꺼워서, 깊게 베었음에도 누누타의 피부엔 옅은 흔적밖에 남아 있지 않았다. 예나 지금이나 징그러운 맷집이었다.

콰앙! 쾅!

누누타가 몇 번의 망치질로 그의 중심을 노린 내 검을 떨쳐 냈다.

무거운 둔기의 특성상 공격이 둔탁해질 수밖에 없건만, 그는 세침이라도 휘두르는 듯 날렵한 움직임을 보였다.

'……자신할 만했군.'

과거에 패배한 적 있는 주제에 승리를 장담하던 그의 오만함은 근거가 있었다.

"네게 패배한 뒤 놀기만 했던 건 아니다."

그 말대로, 누누타의 한 방 한 방이 위협적이었다. 내가 기억하는 과거의 그와는 비교도 안 됐다.

'잘못 맞으면 납작 눌리는 정도가 아니라 육편으로 비산하겠는데.'

쾅! 쾅! 쾅!

검과 망치가 부딪칠 때마다 딱딱한 돌바닥에 운석이 꽂히는 듯한 굉음이 일었다.

나는 그의 망치질을 흘리듯 비껴 내면서도, 망치를 크게 휘두른 뒤 생겨나는 잠깐의 틈을 타 검을 여러 번 가볍게 휘둘렀다.

방어를 중점으로 둔 채 속공으로 빈틈을 노리는 정석적인 전술이었다.

"허."

사각.

누누타는 어깨를 긁는 내 검을 조금도 피하지 않은 채 나를 똑바로 응시했다. 그의 두 눈이 거칠게 이글거렸다.

"윽, 눈이……!"

"다들 물러서!"

휘이잉.

점점 더 빨라져 가는 속도에 용오름 같은 광풍이 일었다. 사방에 날리는 흙먼지가 시야를 방해하는 가운데에서도 나와 누누타는 서로를 똑바로 바라보았다.

그리고 찰나.

'허점.'

망치를 왼쪽에서 오른쪽으로 휘두르며 활짝 펴진 누누타의 가슴.

분명 파고들기 딱 좋은 지점이었다.

'하지만 반대로 휘두른 망치에 머리가 맞을지도 모른다.'

결단을 내려야 하는 일촉즉발의 상황.

힐끗.

나는 무의식적으로 내 가족들을 돌아보았다.

창백하게 질린 카이사르의 얼굴이 시야에 들어오는 순간.

빠아악!

"크윽!"

충직한 검이 되려 했는데 5

"슈슈!"

본래 궤도에서 우뚝 멈춰 선 망치가 강물의 줄기를 억지로 틀듯 되돌아와 내 왼뺨을 강타했다. 눈앞이 하얗게 변할 정도로 거대한 통증이 일었다.

쿠당탕!

나는 가공할 힘을 견디지 못하고 버려진 공처럼 흙바닥을 크게 굴렀다.

욱씬.

빙 둘러 구경하는 병사들과 부딪치기 직전, 아슬아슬하게 중심을 잡은 나는 얻어맞은 뺨을 감싸 쥐었다.

'위험했다.'

반사적으로 마나를 두르지 않았다면 이빨이 몽땅 부러지는 걸 넘어 얼굴뼈가 함몰되었을지도 몰랐다. 지금도 입안이 터지고 심각하게 욱신거렸으니.

"겨우 이 따위 것을 보여 주려고 재판을 신청한 거냐?"

잠시 멍하니 굳어 있을 때 누누타가 찬물을 부었다. 나는 고개를 들어 그를 바라보았다.

"실망스럽군. 차라리 악에 받친 어린 마귀 같던 과거가 나을 정도다."

누누타는 불 핥는 자라는 이명을 잊은 듯 한없이 차갑게 굴었고, 또 차갑게 식은 얼굴이었다.

"지키는 것이 있는 이들은 강해진다. 나 또한 늘 그 사실을 느끼면서 살지."

쿵.

누누타가 망치로 땅을 찍었다. 널브러진 나를 위협하지도 않는 모습이 더는 싸울 가치도 없다는 의미로 느껴졌다.

"하지만 너는 지키는 검에 너무 매몰되었다."

"……."

"평생을 야생 동물로 살던 놈이 이제 와서 잘 길든 번견처럼 굴면 그 힘의 절반이나 발휘할 수 있을 것 같나?"

차가운 목소리가 내 가슴에 비수처럼 꽂혔다.

"여태껏은 살아남았을지 몰라도, 전장에선 그런 어쭙잖은 중립은 통하지 않는다."

열기를 품은 적갈색 눈이 나를 향해 타올랐다.

"깨어나라, 미르."

콰직.

그 한마디가 내 두개골을 부수고 말랑한 내 두뇌를 짓이겼다.

1년 전이었다면 그에게서 허점을 발견한 순간 생각도 하지 않고 파고들었을 것이다. 망치에 머리가 깨지는 한이 있더라도 그의 가슴에 검을 찔러 넣었겠지.

'사람을 해치는 게 싫어서'라는 말은 이제 변명 축에도 들지 못하는 땡깡일 뿐이다.

신념을 심장에 품고 끊임없이 고뇌하더라도 전장에 들어선 순간 검 끝에 망설임은 없어야 했다. 마수들로 가득한 설원에서 배우지 않았는가. 더는 시행착오를 할 수준이 아니었다. 그러나 나는 그 순간 망설였다. 망설이다 못해 한눈을 파는 최악의 짓을 저질렀다.

'나는 어째서…….'

그 순간 카이사르를 돌아보았는가.

"……하."

깨달음과 함께 허탈함이 밀려왔다.

나는, 내가 다치면 내 가족들이 걱정할까 봐 두려웠던 것이다. 그래서 내게 익은 극단적인 공격의 검술이 아니라 라이너에게 배운 방어를 펼치고, 애매하게 익힌 기사의 검을 그렸다. 그것이 안전하니까.

나는 실전을 겪을 때마다 소중한 이들과 함께 있었다. 그들을 지켜야 했고, 그들을 지키기 위해선 내 몸도 사려야 했다. 무엇보다 걱정 끼치고 싶지 않기 때문에 방어적인 검술을 고수했다.

아타라전에서는 전쟁이 무엇인지 확실히 체감했지만, 그땐 최고 결정자인 지휘관으로서 보호를 받았다. 지휘관이 죽으면 군대는 무너지는 것과 다름이 없으니까. 병사들에게 내 목숨은 그 무엇보다 중요하게 여겨졌고, 그에 따라 나까지 내 몸을 사렸음을 부정할 수 없었다. 하지만 이제는 진정한 전쟁이다. 물론 아타라전 또한 피가 말리는 전투였으나, 이번 암브로시오전은 스케일이 다를뿐더러, 나 또한 더 이상 지휘관으로 보호를 받을 처지가 아니었다.

나는 전장 선두에 설 가장 날카로운 검. 그러나 평화로운 단꿈에 빠져 한없이 무뎌져 있었다. '검은 재앙' 미르의, 작두를 타듯 아슬아슬한 필사즉생의 검을 잃어버린 것이다.

"하, 하!"

스스로의 말랑한 마음가짐에 자조의 웃음을 금할 수가 없었다.

준비가 되었다고 한 주제에, 지키기 위해 베겠다고 몇 번이나 다짐한 주제에, 막상 진정한 나의 검은 잊고 있었다는 사실이 나를 참을 수 없게 만들었다.

'아무것도, 정말 아무것도 하지 않아도 괜찮으니 제발 다치지 마라. 위험 앞에선 도망치고 방어하란 말이다! 대체 무슨 생각으로 달려든 거냐? 열 번이고 백 번이고 얼마든지 져 줄 테니 제발, 제발…… 다치지 마라, 제발…….'

'부디 더는 다치지 말게. 내가 네 비행을 진심으로 응원할 수 있도록.'

'무뎌지지 마. 아프면 아프다고 말해. 네 앞에선 몇 번이고 더 무릎 꿇을 수 있으니까.'

'네가 최선의 길이 아니라 가장 안전할 수 있는 길을 선택했으면 좋겠어.'

'당신은 스스로 몸을 지켜야 한다는 자각은 있어요? 지원이 오기까지 기다렸어야지 어떻게 두 사람이서 바실리스크를 상대할 생각을 해요? 죽고 싶은 건가요? 내 눈앞에서 당신이 픽 쓰러지는데 얼마나……!'

언젠가 들었던 걱정의 말들이 빠르게 머릿속을 스쳐 지나갔다.

그래. 나를 살렸던 치사량의 다정이다. 지금이 전란의 시대만 아니라면 그 말대로 살았을 것이다. 그때는 옳았으나 지금은 틀렸다.

전장에서 적당히 내 몸을 지키고 다른 사람도 지키면서 이기는 건 말이 안 된다. 나의 몸을 미끼 삼아, 살을 주고 뼈를 취하며 피를 마셔 하루를 연명해야 했다.

"당장 싸움을 중지해, 슈슈!"

"아니. 오지 마세요."

내게로 달려오는 카이사르를 손 들어 제지했다.

멈칫.

내 분위기가 바뀌었음을 느낀 건지 카이사르의 표정이 굳었다.

"절대, 끼어들지 마."

나는 금방이라도 달려들 기세인 몇몇을 향해 으르렁거리듯 경고했다.

더는 이런 식으로 주위에 연연해선 안 된다. 설탕에 절여졌던 내 정신에 각성제를 퍼부을 때였다.

"고맙다, 깨우쳐 줘서."

그그극.

나는 검 끝으로 흙바닥을 긁으며 느릿하게 일어섰다.

머리가 차갑게 식은 가운데 그동안 잊었던 필사의 정신이 불에 달궈진 쇠꼬챙이가 되어 심장을 긁기 시작했다.

"그래. 보여 주지. 보여 줘야지……."

스르륵.

나는 음습하게 중얼거리며 검을 세웠다. 속성으로 배웠던 기사의 올곧은 상단세가 아니다. 검술을 독학하며 내 몸이 가는 대로 취했던 자유분방한 자세 그대로였다.

스스슥.

내 몸에서 뭉텅뭉텅 흘러나온 검은 오러가 서서히 날카롭게 변모한다.

하나에서 두 개로, 두 개에서 네 개로 증식하더니 어느새 수백 개의 비수가 되어 위협적으로 내 주변을 맴돌았다.

"잠시 잊고 있었어."

나는 풀린 눈을 치켜떴다.

"내가 어떻게 살아남았는지."

검은 재앙의 재림이었다.

암브로시오 용병계의 제패자 누누타.

그리고 검은 재앙 미르.

두 거성이 싸운다고 했을 때, 병사들은 열광했다.

이만한 강자들이 맞붙는 모습을 직관하기란 일생에 한 번도 쉽지 않다.

특히나 기사 작위가 없는 평민들은 아주 운 좋게 검술대회 관람권을 얻는 것이 아닌 이상 불가능에 가까웠다. 우중충하던 진영 분위기가 화끈 달아오른 가운데 모두가 막연히 기대했다.

'강자들의 싸움이라면 웅혼한 맛이 있겠지?'

치열하지만 위풍당당하고, 지엄한 기사와 같은 기세로 눈부시게 화려한 검술을 펼치다가……마지막엔 서로를 존중하며 웃는 얼굴로 악수하고 끝나는, 그런 극 속 명장면을 말이다.

그러나 지금 눈앞에 펼쳐진 광경은 모두의 기대를 벗어나 있었다.

쾅! 쾅! 쾌앙!

얇은 장검과 묵직한 망치가 빛살 같은 속도로 맞부딪쳤다. 본질의 속도는 도무지 육안으로 따라갈 길이 없고, 햇빛을 받은 금속이 반사하는 빛 무리만이 그 궤적을 어렴풋이 짐작케 했다.

쉬시식!

카슈미르 크리시스의 주위를 맴돌던 수십 개의 오러 비수가 일제히 누누타를 향해 쏘아졌다. 두 눈, 목, 명치, 낭심, 관자놀이. 예민한 급소들만 노리는 비수는 악랄하기 짝이 없다. 용병보다는 차라리 암살자의 공격 같았다.

'슈슈.'

지켜보던 칼은 두 눈을 질끈 감아 버렸다.

언젠가 카슈미르는 그에게 인간과 유사한 수련 인형을 만들어 달라고 부탁한 적이 있다. 신체 형태에 피부와 비슷한 재질로. 가르면 피가 흐르는 인형을 말이다. 카슈미르가 만들어 달라니 칼은 용도도 모르면서 산더미처럼 만들어 주었다. 마탑의 기술로 그 정도는 어려운 일도 아니었다. 칼이 그 인형의 용도를 알게 된 것은 사흘째 식사를 거르는 카슈미르가 걱정되어 그녀를 몰래 따라간 날이었다.

서걱, 좌악!

카슈미르는 텅 빈 수련장에서 인형들을 난도질하고 있었다.

'콜록, 콜록! 우욱……'

인형이 살인보다는 도축에 더 어울리는 모양새로 찢겨질 때면 그녀는 어김없이 헛구역질을 했다. 먹은 게 없으니 무언가 나올 리 없건만, 그녀는 깊은 곳에 도사린 여린 마음을 토해 내고 싶은 것처럼 몇 번이고 손가락을 쑤셔 넣어 목구멍을 긁었다.

칼은 카슈미르 크리시스라는 사람을 모르는 인물조차 처절함과 애잔함을 느낄 광경을 보며 망치로 머리를 얻어맞는 듯한 느낌이었다.

그때까지 카슈미르가 다른 사람과 싸운 적이 없었던 것은 당연히 아니다. 그러나 사람을 죽이는 걸 목적으로 칼을 휘두른 적은 없었다. 카슈미르는 사람의 죽음에 익숙해지기 위해 그 짓거리를 하고 있었다. 참혹한 전쟁에서 버티기 위해 더 잔인하게 칼을 놀리면서 말이다. 이 일로 칼은 카슈미르와 크게 싸웠다.

'이렇게까지 할 필요는 없잖아, 응?'

언성을 높이기도 하고, 그 거친 손을 붙잡고 애원하기도 하며 필사적으로 그녀를 만류했다.

'어차피 벌어질 일입니다. 저는 그런 일이 닥쳤을 때…… 꼴사납게 무너지고 싶지 않습니다.'

충직한 검이 되려 했는데 5

그러나 이 고약한 고집쟁이에게는 그 무엇도 통하지 않았다.

칼이 인형을 만들어 주지 않으면 다른 이에게 맡길 것이고, 계속 말린다면 크리시스의 다른 별장으로 거처를 옮겨서라도 계속할 거라는 지독한 집념 앞에서, 결국 그는 두 손을 들고 말았다.

카슈미르는 사람을 죽이기 위해 검을 휘두르는 것에 익숙해진 뒤, 급소를 베어 사람을 즉사시키는 연습을 했다.

사람들은 알까?

쉬이익!

집요하게 급소를 노리는 저 비수들이, 죽여야만 한다면 고통만큼은 없게 하겠다는 일념으로 빚은 억눌린 울음이라는 것을.

"크하하핫! 그래, 이렇게 나와야지!"

입이 찢어지게 웃은 누누타가 흐읍 하고 크게 숨을 들이켰다.

화아악.

그의 어두운 피부 위로 순식간에 복잡한 문장들이 새겨지더니 곧이어 화인처럼 타올랐다. 암브로시오의 소수 종족, 불 읽는 자들이 인원은 극소수임에도 암브로시오 동부의 패자가 될 수 있었던 이유는 바로 이것이었다. 그들이 다루는 광염은 상상을 초월할 만큼 강했다.

콰아아앙!

새빨간 화염이 누누타에게로 접근하는 오러의 비수들을 살라먹었다. 열기가 얼마나 뜨거웠는지, 이미 보호막을 앞에 두고 충분한 거리를 둔 병사들조차 살이 녹는 느낌에 황급히 뒷걸음쳤다.

화르륵.

그의 화염은 오러의 날카로운 끝을 뭉갰으나 완전히 태우진 못했다. 독 덩어리처럼 불길한 빛깔의 오러 덩어리는 살상력은 줄었어도 여전히 위협적이었다.

타다닥.

누누타가 빠르게 물러났다. 그리고 카슈미르는 그 틈을 놓치지 않았다.

타앗!

작은 인영이 광염 속으로 거침없이 돌진했다.

"헉!"

"저, 저게!"

모두가 기겁했다.

몸을 마나로 둘러 보호했다지만 그 열기까지 사라지진 않을 터. 살이 타는 통증 속에서도 신음 한마디 흘리지 않은 카슈미르는 화염 너머를 똑바로 응시했다.

그리고 치켜든 검의 검머리로 누누타의 얼굴을 힘껏 내리찍었다.

콰직!

화려한 검 장식이 그의 코뼈를 부러트렸다. 코피가 터지는 가운데 신음을 흘리지 않는 것은 누누타 또한 마찬가지였다. 적 앞에서 자신의 연약함을 드러내지 않는다. 그건 기본 중의 기본이었다. 이어 펼쳐지는 접근전은 치열하다 못해 저열한 난투였다.

화악.

눈도 못 뜨는 와중에 불을 두른 두 손을 뻗은 누누타는 한 손으로 카슈미르의 머리채를 잡고, 다른 한 손으로 그녀의 얼굴을 쥐었다.

치이익!

광염이 마나의 보호막을 녹이고 그녀의 얼굴을 지졌다. 살 타는 냄새가 사방에 진동했다.

퍽! 퍽! 퍽!

카슈미르는 머리를 내어 준 채 누누타의 목 위에 올라타, 그의 얼굴을 함몰시킬 기세로 검머리를 휘둘렀다. 누누타의 손가락 틈새로 희미하게 보이는 진분홍색 눈은 고통을 잊은 채 광기로 번들거렸다.

쾅!

충직한 검이 되려 했는데 5

이내 누누타가 몸을 던져 카슈미르를 깔아뭉개며, 두 사람은 흙바닥을 굴렀다.

망치와 장검 모두 최소한의 거리가 필요한 무기이건만, 싸움이 극단적인 근접전으로 이어지며 원래의 사용법을 잃었다.

쾅! 쾅! 쾅!

누누타는 거대한 망치 추를 두 손으로 붙잡고 자신의 밑에 깔린 카슈미르를 마구잡이로 내리찍었다. 손잡이는 무용해진 지 오래였으며, 마치 벽돌로 사람을 패는 듯한 모양새였다.

서걱! 푹!

카슈미르는 몸을 뒤틀어 그 공격들을 피하며, 검신 중간쯤을 맨손으로 쥔 채 누누타의 이곳저곳을 베고 찔렀다. 검신을 붙잡은 손에선 섬뜩한 피가 줄줄 흘렀다.

모두가 할 말을 잃었다.

저런 게 강자들의 대련이란 말인가?

저건…… 차라리 짐승들의 진흙탕 싸움 같지 않은가.

상체를 벗어 살색이 드러난 몸으로 흙바닥을 굴러다니며 엉겨 붙건만, 이상한 생각이 들기는커녕 소름이 돋고 등골이 오싹해진다. 짐승들도 저렇게 싸우지는 않는다. 용맹한 사자조차 생명의 위협을 느끼면 몸을 움츠리고 도망치는 법.

하지만 두 사람은 만신창이가 되는 와중에도 서로를 공격하는 데에 여념이 없었다. 자신이 살아남는 방법은 눈앞의 상대를 죽이는 것밖에 없다는 듯.

촤아악.

손에 잡히는 대로 흙을 쥐어 뿌리고, 아주 작은 틈이라도 보이면 빛을 본 불나방처럼 몸을 날린다. 아주 잠깐의 시간을 벌기 위해서 맨손으로 상대방의 살점을 쥐어뜯거나 자신의 피를 상대의 눈에 문대는 것도 서슴지 않았다.

평범한 기사들의 대련에서는 단순히 비겁한 것을 넘어 반칙으로 취급될 행위들이 이 전투에서는 너무 당연하게 이어졌다.

경멸과 경이를 함께 느끼던 병사들은 한 가지를 깨달았다.

'강해서 살아남는 게 아니라, 살아남았기에 강한 것이다.'

그 한 문장이 두뇌에 때려 박혔다.

인간은 본능적으로 화려함과 찬란함에 시선을 빼앗기다 보니 쉽게 잊어버리지만, 그것은 시대가 지나도 불변하는 진리다. 대륙을 군림하던 최강자들은 늘 구더기가 가득한 진창에서 탄생하지 않았던가.

저것은 진정한 강자들의 싸움, 다른 말로 생존자들의 싸움이었다.

'이것이…… 전쟁.'

날것 그대로의 참상이다.

전쟁을 안일하게 여기던 병사들에게 찬물이 퍼부어졌다.

"……윽."

난투에서 먼저 물러선 것은 누누타였다. 그는 여태껏 이를 악물고 참아 오던 신음까지 흘리며 몸을 굴려 카슈미르와 거리를 벌렸다.

"퉤."

카슈미르는 입안에 머금은 것을 뱉어 냈다.

툭.

그것은 누누타의 팔에서 한입 물어뜯은 살점이었다.

'익숙한 맛.'

입안 가득 퍼진 비린 맛이 새삼 그녀에게 노스텔지어를 불러일으켰다.

그녀는 마수의 피로 물든 설원을 하루 종일 뒹굴었다.

마수의 거대한 입에 거의 들어갔다가 간신히 빠져나오기도 하고, 도저히 안 되면 그들의 썩은 피부라도 물어뜯던 날이 어디 하루 이틀이던가.

야영 중 마수들의 침입을 당해 막사가 무너지기라도 하는 날엔, 그날 잡은 마수의 가죽을 벗겨 맨땅에서 덮고 자야 했다. 카슈미르는 그렇게 살아왔다.

장소가 전장이 되고 대상이 사람으로 바뀌었을 뿐이다.

스윽.

그녀가 흙바닥에서 천천히 일어섰다.

"항복인가?"

쉬이익.

그녀의 고저 없는 목소리와 함께 살기가 사방으로 퍼져 나갔다.

그 살벌한 기운은 누누타는 물론이고, 보호막 너머 소드 마스터들의 오금까지 저리게 하기에 충분했다.

"허억……."

"마, 막사로 이송해!"

일반 병사들 중에는 살기를 버티지 못해 픽픽 쓰러지는 이들까지 있었다.

꿀꺽.

누누타는 자신에게 다가오는 카슈미르를 노려보며 침을 크게 삼켰다.

얼굴 전체가 그의 광염으로 녹고 짓무른 가운데 여전히 형형한 두 눈.

'그래. 바로 저거다.'

생전 처음 패배한 뒤 자꾸만 떠올라 그를 채찍질하던 기억 속 그 시선이었다.

이 진영에서 재회했을 때, 그녀의 눈빛이 달라진 것을 보고 내색은 하지 않았지만 얼마나 실망했던가.

'충직한 개 새끼가 된 줄 알았는데, 역시 야생의 영혼은 쉽게 바래지 않는군.'

이제야 다시 본 악귀 같은 얼굴은 실망이 무색할 만큼 그의 심장을 뛰게 만들었다.

"그럴 리가 있겠나!"

콰앙!

누누타의 망치에 광염이 깃들었다.

"불망치를 맛보지 않았다면 불 핥는 자와 진정으로 싸워 본 것이 아니다! 잘 알 텐데."

누누타는 함몰된 얼굴의 근육을 간신히 움직여 씨익 웃었다.

"이제부터가 진짜다!"

화아악!

온몸에 불을 두른 그가 카슈미르를 향해 섬전처럼 돌진했다. 카슈미르는 대답 없이 검에 오러를 불어넣었다.

기기긱!

폭발적인 출력. 오러가 검을 감쌌다기보다는 잡아먹었다는 표현이 더 어울렸다.

제국의 소드 마스터 가운데 신체는 가장 약하지만, 오러의 운용은 가장 뛰어나다고 평가받는 검은 재앙다웠다.

카가가각.

두 사람이 부딪치고, 세찬 광염과 깊은 어둠이 뒤섞였다.

그것은 마치 불과 어둠의 춤 같았다.

"우와……."

"허……."

조금 전 난투가 구경꾼들에게 공포를 불러일으켰다면, 이어지는 싸움은 경외를 불러일으켰다.

'……너를 어쩌면 좋을까?'

카이사르는 자신의 모든 가르침과 당부를 잊고 싸우는 카슈미르를 뭐라 형용할 수 없는 눈으로 바라보았다. 꽉 쥔 그의 두 주먹에서 핏줄기가 흘러내렸다.

그는 카슈미르가 다시는 저렇게 싸울 필요 없도록 자신의 온실 안에서만 기르고 싶었다. 그러나 전쟁은 결국 온실 앞까지 들이닥쳤고, 그는 출전하겠다는 아이를 막지 못했다.

알고 있다. 카슈미르는 저렇게 싸울 때 가장 강하다는 걸. 그가 밀어붙이듯이 가르친 적당한 방어의 검술은 오히려 그녀에게 방해만 되었다.

'제가 이겼습니다.'

그러나 자신의 어깨를 내어 주고 이겼다며 해맑게 웃는 얼굴을 도무지 잊을 수 없어서, 몸을 사리는 방법을 가르쳐야만 했다.

　　하지만 지금…….

　　카앙!

　　'저 아이가 저렇게나 강했던가!'

　　그 어느 때보다 아슬아슬하지만, 늘 그녀의 곁을 지켜 온 카이사르조차 놀랄 정도로 막강한 모습을 보고 있으면…….

　　'너는 자신을 지키라는 내 말 때문에 더 강해지는 것을 포기하고 있었나.'

　　자신의 걱정이 오히려 카슈미르를 위험하게 만든 것 같아서,

　　카이사르는 난생처음으로 어쩔 줄 모르겠다는 표정을 짓고 말았다.

　　파지직!

　　기이한 스파크가 사방으로 튀어 올랐다. 마법사들은 전투 범위가 커지며 녹아내리고 금 가는 보호막을 보수하느라 여념이 없었다.

　　콰앙!

　　붉은 맹염과 검은 오러가 몇 번이고 맞부딪쳤다.

　　나는 검 손잡이를 부서져라 쥔 채 내 몸만 한 망치를 막아 냈다.

　　'쉽게 볼 상대가 아니다.'

　　망치는 얼핏 단순해 보이지만 생각보다 이점이 많은 무기다.

　　크기가 커서 공격 범위가 넓고, 방어 범위도 상당하다. 한 번 휘두르는 것만으로 적과의 거리를 넓힐 수 있으니, 내 검이 지금보다 조금만 더 짧았다면 정말 곤란했을 거다.

　　그럼에도 흔히 사용하지 않는 이유는 간단했다.

　　무거워서 속도가 느릴뿐더러 찌르기와 베기가 불가능해 오직 일신의 힘만으로 상대에게 타격을 줘야 하는데, 그것은 어마어마한 근력을 필요로 하기 때문이다.

그러나 누누타는 그런 약점을 완벽하게 극복하고 있었다.

쉬이익!

내 왼뺨을 향해 날아오는 망치를 곡예에 가깝게 몸을 젖혀 아슬아슬하게 피했다.

'무슨 사람의 힘이…….'

힘. 그의 전투 비결은 오직 힘이었다.

힘을 속도로 치환시키고, 힘이 넘치기에 지치지 않는다. 거기에 본능적인 전투 감각까지 합쳐지니, 단순히 힘센 놈이 아니라 진정으로 강력한 전사가 탄생했다.

이놈을 나와 같은 인간으로 보면 왠지 억울해진다. 나는 그를 마약 먹은 불곰 정도로 보기로 했다.

'나와는 상극이지.'

나는 부족한 힘을 속도와 폭발적인 오러로 보강하는 편이다. 특히나 마나가 많고 그 활용에 능숙했기에 매개체 없이 오러를 형상화하는 고난도의 기술들을 사용할 수 있었다. 그러나 누누타의 무식한 일격을 견딜 만큼 신체를 강화하는 건 나로서도 부담스러운 양의 마나를 요했다. 그렇다고 피하거나 막지 않으면 단번에 뼈가 부러질 터.

화르륵!

무엇보다 저 광염이 너무나 까다롭다. 망치보다 범위가 넓고 파괴력도 몇 수위였다.

'불 속으로 뛰어드는 건 여러 번은 못 한다. 게다가 접근전으로 간다고 해서 내가 특별히 유리해지는 것도 아니야.'

한 번 해 보지 않았나. 마나로 온몸을 뚤뚤 감고 뛰어들었음에도 산 채로 타는 듯한 통증을 견뎌야 했다. 조금만 더 오래 불꽃에 노출되었다면 진짜 몸이 타기 시작했을 거다. 굉장한 마나 소모를 감수하고 들어가 본 것에 비해 큰 이득도 없었다. 누누타의 얼굴을 곤죽으로 만들고 온몸을 벌집으로 만들어 놓았지만, 엉망 진창이 된 건 나도 마찬가지니까.

아마 겉으로만 보면 얼굴 중심이 손바닥 모양으로 지져지고 온몸에 화상을 입은 내 꼴이 더 흉측할 것이다.

'이건 정말…… 모순이군.'

그와의 싸움은 절대 부서지지 않는 창과 방패의 대결 같았다. 나도 그에게 치명상을 입히지 못하지만, 그도 마찬가지다. 아무리 누누타가 둔기를 사용하는 사람치고는 빨라도 나보다 빠를 수는 없었다.

누누타와 나는 상극이었다.

'결국 지지부진한 소모전이 된다.'

상처가 많이 난 건 누누타이지만, 체력 소모가 빠른 건 나. 누누타가 과다 출혈로 쓰러지느냐, 내가 체력 방전으로 무너지느냐, 결국 그뿐이었다.

'끝까지 버틸 자신은 있지만……'

나는 천천히 눈을 끔뻑였다.

오랜만에 용병으로서의 검을 펼쳐서인가.

'……빈정상하네.'

그때의 들끓던 정신까지 함께 깨어나는 기분이었다.

'이기고 싶다. 더 확실하게.'

나의 어린 날을 이끌던 가장 오래된 원동력은 나를 버린 부모를 향한 원망, 그다음이 투쟁심과 오기였다.

이대로 죽기에는 분하다는 그 마음 하나로 이를 아득바득 갈며 나아갔다.

물론 오래 지나지 않아 아리아가 나의 삶의 이유이자 모든 것이 되었지만.

카라쇼의 죽음으로 진정한 절망을 경험하고 한동안은 또다시 내 영혼을 들불처럼 태우는 오기에 몸을 맡겨야 했다.

'눈앞의 적을 밟고 올라서 내가 살아 있음을 증명한다.'

그때의 질척이던 마음이 심장에서 샘솟았다.

'그러기 위해선······.'

중도는 존재하지 않는다. 정면 돌파뿐.

훌쩍 뒷걸음친 나는 모든 핏줄을 긁고 긁어서 모은 마나를 검 위에 퍼부었다.

촤아아악!

검은 오러가 하늘에 닿을 기세로 높게, 또 날카롭게 검을 에워쌌다.

"······그렇게 나오겠다는 건가?"

누누타는 곧바로 내 의도를 알아차린 듯했다. 그가 배가 부풀도록 크게 숨을 들이쉬었다.

화르르륵!

거대한 불기둥이 그의 망치를 넘어 솟아올랐다.

그 열기가 어찌나 뜨거운지, 조금 거리가 있는 나조차 솜털이 다 그을리고 눈알이 녹는 것만 같았다. 몸에 마나를 두르지 않았다면 정말 위험했을지도 모른다.

"이 불을 버티기 위해 나 스스로를 얼마나 담금질했는지 아나?"

불 닮는 자들은 미친 종족이다.

그들은 불의 권능을 가지고 태어나지만, 제 속의 불을 제대로 감당하기 위해선 '담금질'이라는 과정이 필요했다. 그들은 걸을 수 있을 때부터 제 발로 불구덩이에 들어갔다가 죽기 직전 얼음물에 뛰어드는 짓을 수백 수천 번 반복했다.

물론 인간과는 신체 구성 요소부터가 다르니 불에 들어가도 타죽지는 않는다. 하지만 익숙해지기 전까지는 평범한 인간과 똑같은 고통을 느껴야 했다.

그러니까, 산 채로 화형당하는 고통을 말이다. 그걸 버티고, 또 버티다 보면 서서히 피부부터 몸속까지 내성이 생겨 몸속의 불을 꺼내어도 내장과 핏줄이 타지 않는 것이다.

"오만 이천칠 번. 딱 그만큼 나 자신을 담금질했지."

맹렬한 광염 속에서 그가 웃었다.

누누타는 과연 스스로 자부심을 느낄 만한 인물이었다.

"이 불기둥이 얼마나 뜨거운지 몸소 느끼게 해 주마!"

그리고 미칠 만하기도 했다. 제 발로 불구덩이에 오만 이천칠 번을 들어갔는데 정신이 멀쩡하면 그건 또 다른 의미로 미친 것이니까.

"보호막! 더! 더 출력을 올려라!"

아닌 밤중에 불기둥을 만나게 된 마법사들은 보호막을 강화하기 위해 진땀을 빼고 있었다. 이젠 칼까지 돕고 있었다.

"……절대 눈 떼지 마."

"죽더라도 이건 보고 죽어야지."

땀을 쉴 새 없이 흘리면서도 눈 한번 깜빡이지 않고 이곳을 지켜보는 병사들의 시선이 따가웠다.

"오만 이천……. 하여튼 그 정도로 단련한 불이라고 했나?"

촤악.

나는 담백한 손길로 검을 한번 털어 냈다. 검은 오러가 그 손길에 화답하듯 광포하게 일렁였다.

"그럼 나는 내가 죽인 마수의 수만큼 끌어 올린 오러로 보답해야겠군."

세운 검 너머로 적갈색 눈과 가만히 시선을 맞추었다.

더 이상의 말은 필요치 않았다.

타다다닷!

우리는 서로를 향해 질주했다. 그리고 부딪쳤다.

우우우웅.

조금 전까지의 것은 우스울 만큼 거대한 진동이 일대에 울렸다. 행성과 행성의 충돌, 그보다 더 경이로운 광경이 눈앞에 펼쳐졌다.

콰콰콰콰쾅!

어둠은 성난 파도처럼 불을 덮치고, 불은 짐승 아가리처럼 어둠을 삼켰다.

사방에서 침 넘어가는 소리와 신음 흘리는 소리가 들려왔으나, 그 누구도 그 어떤 말을 하지 못했다. 제삼자에게는 참으로 볼 만한 광경이겠지만, 그걸 정면에서 버티고 있는 나는 이가 저절로 악물릴 만큼 힘들었다.

'뜨거워.'

그들의 담금질이 이런 느낌일까? 산 채로 불타는 기분이었다.

스르륵.

실제로 검과 내 손끝이 아주 서서히 녹고 있었다.

"크아아아악!"

그렇다고 누누타의 사정이 좋은 건 아니었다. 그는 미친 듯이 날뛰는 검은 오러에 온몸이 난자당하고 있었다. 차라리 거대한 토네이도에 제 발로 들어가는 편이 더 나을 것 같았다.

'이기고 싶어. 이길 거다.'

승패를 장담하지 못하고 대치하는 가운데 내 안에서 점점 더 커진 목소리는 어느새 머릿속을 완전히 지배했다.

아무리 이 진영에 치유 능력자들이 널려 있어도, 그들 하나하나가 중요한 만큼 쓸데없이 큰 부상을 입어서는 안 된다는 이성적인 계산은 사라진 지 오래였다.

'나는 살아남아서 지켜야 한다. 여기서 져선 안 된다. 버텨야지. 이겨야지……'

그리고 이기기 위해서는…….

'무엇이든 할 수 있다.'

나는 천천히 몸에 힘을 풀었다.

"……슈슈, 안 된다!"

카이사르의 처절한 비명이 아주 먼 곳에서 울리는 메아리처럼 멍하게 울려 퍼지는 가운데…….

스르륵.

나는 몸에 두르고 있던 마나를 완전히 해제했다.

충직한 검이 되려 했는데 5

"이런 미친······!"

누누타가 경악해 두 눈을 부릅떴다.

'아.'

순간, 온몸이 타올랐다.

인간의 언어로 표현할 수 없는 극통이 전두엽부터 발뒤꿈치까지 후벼 팠다.

결코 버틸 수 없는 고통. 그러나 그것은 찰나였다.

키이이이익.

몸을 보호하던 마나까지 오러로 모두 쏟아붓자 내 검이 비명을 지르며 누누타의 광염을 떨쳐 냈다.

쩌저적!

엄청난 기운을 버티지 못한 검신이 깨지기 시작했다. 검술대회에서 승리하고 하사받은 검이었다. 그러나 오래 버틸 필요는 없었다.

콰과과광!

밤이 태양을 완전히 덮쳤다. 내 몸까지 포기하며 뽑아낸 오러. 하늘을 찌르는 그 출력을 그가 이겨 낼 수 있을 리 없었다.

콰직!

누누타의 망치가 깨져 나가고, 그가 완전히 밀려나는 순간.

"커억!"

나는 왼손을 뻗어 누누타의 목을 조르며 그를 덮쳤다.

퍽!

망치를 멀리 걷어찬 나는 빛의 속도로 그의 사지 근맥을 잘랐다. 누누타의 몸이 완전히 무너져 내렸다. 이후로는 일방적인 폭행이었다.

퍽! 퍽! 퍽!

나는 그의 몸 위에서 그를 마구잡이로 패기 시작했다. 날이 다 나간 검신을 쥐고 이곳저곳을 찌르다가, 검신이 완전히 깨져 나간 뒤에는 그 조각으로라도 그를 쑤셨다.

푸슉!

그에게서 솟구친 피가 내 온몸을 적셨다. 그의 피가 타 버린 피부 위로 흘러 상처에 소금을 뿌린 것 같았으나, 버벅거리지는 않았다.

'이렇게 해야만 이길 수 있는 거지.'

전쟁이란 이런 것이다. 나는 지키기 위해 죽이기로 결심했으니까,

할 수 있다, 이 정도는.

푹, 푹!

살을 가르는 감각이 단순한 반복 작업처럼 느껴지기 시작하면, 점점 더 정신이 아득해진다.

그래. 그러므로 전쟁은 광기다. 나는 이렇게 해야만⋯⋯.

"⋯⋯슈슈, 제발! 거기까지, 거기까지만 해라!"

와락.

누군가 등 뒤에서 나를 강하게 끌어안았다.

멈칫.

떨쳐 내고자 한다면 못 할 것도 없으나, 온몸에 스미는 듯한 익숙한 기운에 나는 본능적으로 손길을 멈췄다.

"더는, 더는 널 망가뜨리지 마라, 제발⋯⋯. 이럴 필요까지는 없다⋯⋯."

나를 구속하듯 강하게 조인 칼의 두 팔이 덜덜 떨렸다.

그의 얼굴이 묻힌 내 등이 축축했다.

화악.

커다란 옷이 내 몸을 덮었다. 옅은 레몬 향이 코끝을 스쳤다.

스윽.

나는 잠시 멍하게 있다가 느릿하게 고개를 들었다.

눈길이 닿은 그곳엔 처음 보는 표정의 레오가 나를 내려다보고 있었다.

"……"

저렇게 수많은 감정을 담을 수 있는 표정이 존재했구나.

신기하다고 생각했다.

그는 수많은 말을 두 눈으로 토해 내며, 딱 한마디를 뱉었다.

"……들어가자."

목소리가 수천수만 가닥으로 갈라져 있었다.

"허, 허……!"

내가 무어라 반응하기도 전에, 내 밑에 깔린 누누타가 헛웃음을 터트렸다.

눈조차 뜨지 못하는 그는 인간의 몰골이 아니었다.

"너, 를, 이기기, 위해, 네, 약, 점을, 완, 벽, 하게, 노렸, 는데……."

"……"

"승리는, 바라지도, 아, 않았고, 완벽한, 무승부가…… 될 수 있었는데……."

누누타의 몸에 성한 곳이 없는 가운데 혀까지 너덜거렸다.

그럼에도 그는 웃었다.

"정신에서 내가 졌구나."

그것은 전혀 패자의 얼굴이 아니었다.

"인정한다. 너는, 네가…… 최강의 용병이다. 용, 병왕이라는, 별칭은……."

"……"

"오직 너를 위해 존재한다."

그는 자신이 틀리지 않았다는 걸 확인한 이의 평온한 낯이었다.

스르륵.

그 말을 끝으로 그는 의식을 잃었다.

스윽.

편안한 그의 얼굴을 한참 응시하던 나는 고개를 들어 노을 진 하늘을 바라보았다.

사람을 짓이기는 것이 즐겁다고 하는 이들이 있다.

이게?

이런 게 속 시원한가? 그래. 시원할지도 모른다. 모든 게 텅 비어 버린 느낌이니까. 광기에서 깨어난 뒤 보는 세상은 온통 붉을 뿐이다.

'나는 이렇게 해서……'

승리를 얻는다고 행복해질까.

나는 이겼으나 전혀 기쁘지 않았다. 그곳에는 허무뿐이었다.

숨 막히는 침묵이 공터를 짓눌렀다. 그 누구도 말을 입 밖에 꺼내지 못했다. 숨소리조차 죽은 이곳은 어마어마한 인파가 우스울 만큼 고요했다.

스르륵.

나는 레오가 덮어 준 검은 제복 코트를 걸치고 단추를 끝까지 채웠다.

가슴을 묶은 붕대와 바지는 모두 튼튼한 마수의 부산물로 만들어져 웬만한 충격엔 흠집도 안 나건만, 지금은 찢어지고 불타 제구실을 못 하고 있었다.

코트가 내 온몸을 가릴 만큼 커서 다행이었다.

"칼."

꾹.

나는 그를 나직하게 부르며 내 허리를 감은 그의 팔을 내리눌렀다.

"상황을 정리해야 합니다."

"……"

꽉.

내 말에 칼은 도리어 나를 안은 팔에 더 힘을 줬다.

나는 습관처럼 흘러나오려고 하는 한숨을 붙잡았다. 내가 그의 걱정을 귀찮게 여긴다고 오해받고 싶지는 않았다.

"괜찮으니 놔 주세요."

"……한 번만 더 괜찮다는 소리를 하면 너를 마탑에 감금해 둘 거다."

"아파서 그래요."

움찔.

절대 떨어지지 않을 것 같던 칼이 황급히 물러섰다.

거짓말은 아니었다. 레오의 코트는 내 몸에서 흐른 피와 진물로 축축하게 젖은 뒤였고, 가만히 있어도 벌레가 온몸을 갉아먹는 듯한 통증이 느껴졌다. 게다가 마나를 과다하게 사용한 탓에 머리가 핑 돌았다.

'무리했어.'

이렇게까지 할 필요는 없었다. 아무리 나와 누누타의 회복 속도가 빠르고 신관들이 대기하고 있다고 해도, 언제 북부가 침입할지 모르는 위급한 전시에 이렇게까지 몰아붙인 건 무모했다. 그러나 확실히 얻은 게 있었다.

'내 검을 잊고 있었다는 사실을 깨달았으니까.'

그 순간 카이사르를 돌아본 내 행동은 다른 누구도 아닌 나 자신에게 지대한 충격을 주었다.

아타라전을 통해서 전쟁을 확실히 배웠다고 생각했는데, 가족들과 함께 전장에 나온 건 처음이라는 사실을 간과했다. 나는 그들을 그 무엇보다 사랑했다. 그들을 지키는 것이 목표라는 사실은 변하지 않았다. 하지만 그게 안일해져도 된다는 뜻은 아니었다. 나는 널브러진 누누타를 힐끗 보았다.

'고맙다.'

덕분에 정신이 번쩍 들었다.

내 몸은 그 때문에 넝마가 되었지만, 이 사실을 전장에서 깨달았다면 이것과는 비교도 할 수 없는 커다란 값을 치러야 했을 터.

적어도 내게는 잃은 것보다 얻은 게 훨씬 많은 싸움이었다.

"마, 많이 아파? 화상이 너무 심하다. 빨리, 치료부터……."

잠시 상념에 빠져 있으니 내게 이상이 생겼다고 생각한 건지 칼이 더듬거렸다. 내가 아플까 봐 손도 대지 못하고 허공에서 방황하는 그의 손끝이 처량했다.

"네. 받아야죠."

스윽.

싸움이 끝났는데 병사들을 멀뚱히 세워 둘 수는 없다. 나는 힘이 들어가지 않는 몸을 억지로 일으켰다.

"혼자 움직이지 마. 내가 부축해 줄 테니까……."

"아니."

나를 붙잡으려는 레오를 저지했다. 그리고 표정이 굳은 그와 스스럼없이 시선을 마주했다.

"내가 한다."

"……."

"옷을 빌려준 건 고맙다."

나는 내 뒤통수를 뚫을 듯 지긋한 두 쌍의 시선을 뒤로한 채 병사들이 선 곳으로 다가갔다.

저벅.

"으……."

내가 한 걸음 가까워질 때마다 병사들이 일제히 주춤주춤 뒷걸음쳤다.

척.

발걸음을 멈추고 정갈한 원에서 아몬드 모양이 되어 버린 인파를 천천히 둘러보았다. 시선이 마주치는 족족 눈을 내리까는 모습이 상위 포식자를 본 초식동물들 같았다.

삭막하게 얼어붙은 이 분위기를 깰 만한 방법으로는 여러 가지가 있겠지만, 그 무엇도 내키지 않았다. 방금 전까지 추잡한 개싸움을 벌인 사람이 농담을 던지거나 그럴듯한 훈화를 남기는 것도 우스울 테고.

하고 싶은 말은 하나뿐이었다.

"무슨 짓을 해서라도……."

"······."

"살아남아라."

가라앉은 목소리가 마나를 머금고 멀리까지 퍼져 나갔다. 그것은 내 좌우명인 동시에, 내가 가장 싫어하는 말이었다.

일반 병사들이 나라를 지키겠다는 사명감으로 싸우기란 쉽지 않다. 평생 나라의 녹을 먹으며 살아온 이들도 막상 전장에 서면 꽁지 빠지게 도망을 치곤 하니까. 그러나 공포, 그 후로 강하게 짓쳐 들어오는 생존 욕구는 이들에게 무엇보다 강력한 원동력이 되어 줄 것이다.

"······."

병사들의 눈빛이 미묘하게 달라졌다. 여전히 나를 두려워하고 곤죽이 된 내 얼굴에 거부감을 느끼지만, 동시에 결연한 기색이 보였다.

'기세를 끌어 올리려고 시작해 놓고 기를 죽인 건가 싶었는데.'

재미있는 구경거리를 보고 들뜬 것보다는 무게감이 생긴 지금이 더 나아 보였다.

'단합은 어떻게 해야 할지 고민해 볼 필요가 있겠네.'

슥.

나는 내 앞의 병사들에게 횡으로 턱짓했다.

"······네?"

그들은 그 의미를 알아채지 못한 듯 어리둥절한 표정을 지었다.

"길 좀 터 달라는 의미였네."

"······아. 아! 네! 죄, 죄송합니다!"

사사삭.

겁에 질려 엉거주춤 뒷걸음치기만 하고 옆으로 피할 생각은 안 한 모양이었다. 병사들이 일사불란하게 양옆으로 비켜나니 금세 길이 만들어졌다.

터벅터벅.

나는 후들거리는 다리를 이끌고 인파의 중심을 뚫고 나갔다.

탁.

그리고 한 인영 앞에서 멈춰 섰다.

"율리안."

그의 어깨가 흠칫했다.

"저 좀 봅시다."

율리안이 머리를 긁적였다.

"하하……."

난감하기 짝이 없다는 얼굴이었다.

수뇌부 병실용 1인 막사 안.

화악.

율리안의 손을 타고 따스하고 부드러운 기운이 퍼져 나갔다. 화상으로 화끈거리던 얼굴이 서서히 가라앉았다.

"아니, 왜 이렇게 몸을 과격하게 굴려요? 공녀님 싸움 보다가 심장마비로 죽을 뻔했다고요. 맨몸으로 불에 뛰어든 건 진짜……. 공녀님 신체가 이보다 조금만 더 약했으면 불을 밀어낼 틈도 없이 금방 한 줌 재가 되어 버렸을 거예요. 알아요?"

율리안은 투덜거림인지 걱정인지 모를 말들을 주절주절 늘어놓으면서도 내 상처들을 착실히 치료해 주었다.

'율리안답다고 해야 하나.'

나는 내 얼굴에 이어 상체를 치료하기 시작한 그를 물끄러미 바라보았다.

그는 겁을 먹으며 뒷걸음치던 병사들과 달리 싸움을 보기 전과 조금도 다를

충직한 검이 되려 했는데 5

바 없는 태도를 보였다. 본능적으로라도 거리낌을 느낄 법한데 말이다.

'아무래도 상관없는 가벼운 성정이 여기서도 발휘된 건지, 아니면 이런 일에 익숙한 건지.'

그러고 보면 율리안은 달타냥 공작가에서 거금을 받고 쫓겨난 뒤 방랑하다가 신전에 정착했다고 말했다. 돈만 많은 어린아이가 길거리를 방랑하며 겪었을 일들은 굳이 상상할 필요도 없었다.

"아리아 공녀가 격리 끝나고 나와서 이 꼴을 보면 기겁할걸요? 그 사람이라면 자신이 공녀님을 치료하지 못했다는 사실에 분해할 것 같은데……."

"율리안."

한시도 입을 가만두지 않고 쫑알거리는 그를 저지하듯 불렀다. 율리안이 연보랏빛 눈을 끔뻑였다.

"네?"

"제가 왜 불렀는지 알고 있을 텐데요."

일정하게 흘러들어 오던 신성력이 일순 흔들렸다. 그가 눈을 도르륵 굴렸다.

"그으을쎄요……. 치료 말고 다른 게 있나아……? 작업을 거시면 곤란한데에……."

"원래대로라면 치료도 받으러 오지 않았겠죠."

"……."

"그 사람이 내버려 두지 않았을 테니까."

율리안의 동공이 안쓰러울 만큼 흔들리는 가운데 나는 눈꼬리를 치켜세웠다.

"엘한테 무슨 일이 일어나고 있는 겁니까?"

이제는 의심이 아니라 확신이었다.

화들짝 놀란 율리안이 과장스럽게 손을 휘저었다.

"무무무슨 일이냐뇨. 걔 이상한 게 하루 이틀 일인가요? 그 자식은 원래부터 인성이 쑥대밭인 데다 제대로 미쳐 있고……."

"아리아."

"……네?"

나는 고개를 삐딱하게 기울였다.

"아리아를 다시는 못 봐도 괜찮습니까?"

율리안에게는 미안하지만, 나는 반드시 대답을 들을 작정이었다.

"아니, 허…….."

멍하니 입을 벌리고 있던 그가 앞머리를 휙 쓸어 넘겼다. 말을 잃은 듯 허망한 얼굴에서 희미한 위기감이 엿보였다.

혹시 몰라 던져 본 말인데 그에게 직통으로 꽂힌 듯했다.

'그러니까 이 인간……, 아리아를 노리는 거지?'

이쯤 되면 모를 수도 없다.

어쩐지 반발심이 불쑥 치밀어 올랐으나 나는 어른스러운 언니로서 동생 일에 관여하지는 않기로 했다.

물론 앞으로 율리안을 더 유심히 지켜보겠지만.

꽤 많이 신경 쓰이지만, 나는 어른스러운 언니니까.

"……어처구니없는 협박을 받은 건 전데 왜 공녀님이 그런 얼굴이세요?"

"제가 무슨 얼굴인데요?"

"웬 도둑놈을 보는 표정을 하고 있는데요."

나는 최선을 다해 표정을 가라앉혔다.

"아이씨, 그 자식이 나를 죽이려 들 텐데…….."

끄응 앓는 소리를 내며 머리를 벅벅 긁던 그는 슬쩍 내 눈치를 살폈다.

"그…… 한 번만 봐주시면…….."

"그냥 말하는 게 좋을 겁니다. 저는 듣겠다고 결심한 것을 듣지 못한 적이 없으니까요."

나는 눈을 부릅떴다.

　　　　　　　　　충직한 검이 되려 했는데 5

"율리안의 침실까지 따라가는 한이 있어도 듣고 말 겁니다."

"으으으!"

율리안이 머리를 감싸 쥐었다. 딱히 캐물을 것도 없이 옆구리만 쿡 찔러도 술술 불곤 하는 그의 성격으로 보았을 때, 이런 격한 반응을 보이는 건 정말 곤란하다는 뜻이다. 무언가 있는 게 분명했다.

'엘이 아프기라도 한 겁니까?'

초조해진 나는 눈빛으로 그에게 캐물었다.

"스읍…… 그게요……."

한참 동안 심각하게 고민하던 율리안이 고개를 휘저었다.

"아, 몰라 몰라! 저도 그 자식이 공녀님한테 입 다물고 있는 거 답답하다고 생각했어요! 신전 놈들이 숨기려고 하는 거야 제 알 바 아니고, 설마 말 좀 했다고 죽이겠어요?"

뭔지는 몰라도 엘이라면 죽이려 들 수 있다고 생각했지만 굳이 초를 치지는 않기로 했다.

그가 나를 똑바로 바라보았다.

"지금 말씀드리는 건 교황과 대신관들에게만 알려진 극비예요."

낮아진 목소리에 나도 모르게 몸을 수그리며 고개를 끄덕였다.

"공녀님은 그 자식이 신성력을 쓰는 걸 보고 무슨 생각을 하셨어요?"

뜬금없는 물음에, 나는 갸웃하면서도 대답했다.

"바다…… 같다는 생각을 했습니다. 끝이 보이지 않는 바다요."

중상자들을 멀끔히 고쳐 내는 엘의 신성력은 가히 경이로웠다. 제국에 황제가 있음에도 교황이라는 또 다른 지배자가 있는 이유를 단번에 이해할 수 있었다.

"실제로 그래요."

"네?"

"이론적으로, 교황의 신성력엔 부활을 제외하면 한계가 없어요."

"무슨……."

나는 율리안이 과장을 보탠 것이라고 생각했으나, 그의 표정은 더없이 진지했다.

"목숨만 붙어 있다면 수백 수천 명의 사람들을 몇 번이고 치료할 수 있다는 소리예요."

"……."

"그것도 회복할 시간조차 필요 없이."

소드 마스터의 힘도 무한하지는 않다. 오러는 마나로 만들어 내는 것이고, 아무리 마나 양이 많다 한들 한계가 있었다. 마나를 다 사용해 버리면 오러를 만들지도, 신체를 강화하지도 못한다. 본연의 신체가 무너지는 순간 모든 게 끝이었다.

게다가 마나를 한 터럭도 남기지 않고 완전히 사용하고 나면 회복하기까지 시간도 오래 걸렸다. 이를테면 충전식 기계인 것이다. 소드 마스터도 이럴진데, 무한한 힘이 실존하다니.

쉬이 믿기지도, 상상이 가지도 않았다.

"거짓말 같겠지만 진짜예요."

"어떻게……."

"사실, 대신관은 성수와 성물들을 사용해서 인위적으로 만들 수 있어요. 저도 타고난 신성력은 얼마 없지만 그 자식 집중 관리를 위해 이것저것 받아먹어서 대신관이 된 경우죠."

율리안이 퍽 아무렇지 않게 말하는 가운데 나는 이것이 어째서 신전의 극비인지 알 수 있었다.

'인공적으로 대신관을 만들 수 있다는 사실은 신전의 신비로움과 태양신의 신성에 큰 타격을 줄 터.'

함부로 말하고 다니다가는 신성 모독으로 즉결 처형당해도 이상하지 않을 내용이었다.

"하지만 교황은 달라요."

율리안이 단언했다.

"그건 종족 자체가 다르다고 봐야 해요. 정말 신의 사자죠."

그의 진지한 얼굴도, 그가 정의하는 엘도 낯설게 느껴졌다.

생각해 보면 엘에게서 풍기는 분위기는 독보적이었다. 나와 같은 인간이라고 는 여겨지지 않을 만큼. 그가 천사 같다고 자주 생각하지 않았던가.

여태껏 교황이라는 존엄한 위치와 그의 독특한 성격으로 인한 심리적 작용일 거라고 생각했건만, 그뿐만이 아닐지도 모른다는 생각이 들었다.

"그럼……."

"신관들을 뺑뺑이 돌리고 곡식과 구급약들만 나눌 것이 아니라 교황이 직접 나서서 만민을 구제하는 게 효율이 좋지 않나, 그런 의문이 들죠?"

완벽히 내 속내를 꿰뚫어 본 말이었다. 눈빛으로 수긍하니, 율리안이 고개를 저었다.

"여러 복잡한 정치적 입장과 신변의 안전을 떠나서도 그래서는 안 되는 이유 가 있어요."

그의 두 눈이 시리게 빛났다.

"교황에게는 더 중요한 사명이 있거든요."

엘에 대해서는 가장 잘 알고 있다고 생각했건만, 비밀을 발견한 기분이었다.

"자, 생각해 보죠. 죽기 직전의 사람을 살렸어요. 당장 치료하지 않았다면 분명 히 죽었을 사람이죠."

툭툭.

율리안의 기다란 검지가 새하얀 침대보를 두드렸다.

"그 사람을 살린 게 부활과 무엇이 다른가요?"

율리안의 연보랏빛 눈동자가 기이하게 빛났다.

"……음."

나는 신음했다. 내버려 뒀으면 죽었을 사람을 살리는 것은 부활과 다를 바 없다. 터무니없는 소리이지만, 왠지 쉽게 반박할 말이 떠오르지 않았다. 나는 얼굴을 한껏 찌푸리며 고민하다가 천천히 입을 열었다.

"부활은…… 교황도 실현 불가능하다고 하지 않았습니까? 꺼져 가는 불씨를 살리는 것과 아예 새로 피우는 것은 비슷해 보여도 천지 차이인 것과 같죠."

율리안은 선선히 고개를 끄덕였다.

"네. 맞아요. 교리에서도 숨이 끊어진 순간부터는 신의 영역이나, 붙어 있기만 하다면 인간이 다룰 수 있다고 여기죠."

그가 검지를 빙글 돌렸다.

"죽음의 문턱을 반쯤 건너고 모두가 죽을 거라고 생각했다고 해도, 살아났다면 그건 애초에 죽지 않을 운명이었던 거예요. 신께서는 그가 살 것을 이미 알고 계셨죠. 그것도 모른다면 신이 아니니까요."

평소엔 율리안보다 더 돌팔이 같은 신관이 없을 것이라 여겼는데, 신을 논하는 그의 모습은 꽤 번듯해 보였다. 만들어진 거라고 해도 대신관은 대신관인 모양이었다.

"그럼에도 죽을 뻔한 이를 살린 것은 '부활'에 들어가요. 신의 영역을 간섭한 거예요."

난해한 이야기였다. 종교는 내게 불가해의 영역이었고, 교리는 평생 관심도 없었다. 나는 곰곰이 생각하며 턱을 쓸었다.

"선을…… 밟은 느낌인 건가요? 선을 넘진 않았으나, 선에 닿기는 했으니 반칙으로 여겨지는 것처럼."

"오?"

율리안이 눈을 땡그랗게 떴다. 이렇게 비유하는 건 상상 못 했다는 얼굴이었다.

"그렇네요! 저도 드디어 이해했어요!"

"예?"

충직한 검이 되려 했는데 5

"처음 들었을 때부터 무슨 개소린가 싶었거든요. 오리너구리는 오리가 아니지만 너구리라는 소리 같잖아요! 이해하지 말고 받아들이라기에 그냥 외우고만 있었는데!"

당신도 이해 못 한 걸 나한테 그럴듯하게 설명하고 있었던 거냐고.

"신전 놈들, 안 그래도 어려운 교리를 잘난 척하느라 더 어렵게 설명한다니까요? 앞으로 이렇게 설명하라고 해야지!"

나는 팔랑거리는 율리안을 찝찝하게 바라보다가 말했다.

율리안은 내가 뭐라고 한다고 달라질 인간은 아니었다.

"하여간 신성력으로 인해 반쯤 죽었다 살아난 인간이 얼마나 많겠어요? 당장 저만 해도 열 명은 넘게 살려 봤는걸요."

"……."

"사람들은 그걸 기적이라고 부르죠."

"……설마."

여기까지 들으니 짐작 가는 바가 있었다.

내가 얼굴을 와그작 구길 때 율리안은 낮게 한숨을 쉬었다.

"교황은 그 모든 기적의 대가를 감당하는 사람이에요."

"……."

"제가 죽을 뻔한 사람 하나를 살리면 대가는 그 자식이 치러야 한다는 소리예요. 극단적으로 말하면 고기방패죠."

심장이 철렁 내려앉았다.

그가 제 관자놀이를 툭툭 두드렸다.

"처음은 정신, 그다음은 생명력이 갉아먹혀요. 신전 놈들은 명예 때문에 숨기고 있지만 역대 교황들 중 미치광이가 한둘이 아니에요. 교황들이 단명하는 이유도 이거죠."

"……."

"신전이 폐쇄적으로 굴고 신성력을 귀족들에게만 베푸는 것도 이 때문이죠. 신성력을 완전 통제하면 지탄받을 게 분명한데, 교황도 오래 살고는 싶으니까요. 귀족들의 반발을 누를 정도로만 신성력을 푸는 거죠."

내 머리가 멍해지는 가운데, 율리안이 앞머리를 거칠게 쓸어 넘겼다.

"아타라 병사들이 기습을 받으면서 신성력을 벌써부터 너무 많이 사용해 버렸어요."

"……."

"게다가 그 자식, 직접 나서서 위급한 병사들을 치료하느라 완전 무리했다고요. 교황이 직접 신성력을 쓰는 건 훨씬 많은 대가를 필요하거든요. 그나마 요정들이 손을 보태 줘서 다행이지만, 요정들은 일하는데 우리는 놀고 있을 수도 없고……."

율리안이 골치 아프다는 듯 관자놀이를 꾹꾹 눌렀다. 그는 엘과 눈만 마주쳐도 세상에 둘도 없을 앙숙처럼 으르렁거리면서, 지금은 엘을 향한 염려가 가득했다.

"그 자식이 역대 최고의 교황이니 뭐니 칭송받는 건 그냥 몸을 사리지 않기 때문이에요. 정신이 갉아먹히는 건 어찌저찌 버티고 있는 것 같지만……."

율리안이 음울하게 중얼거렸다.

"생명력까지 갉아먹히기 시작하면 걷잡을 수 없어요. 정말 위험해질 거예요."

스윽.

그가 푹 숙이고 있던 고개를 들었다. 그리고 내 얼굴을 보더니 움찔했다.

얼굴을 잔뜩 일그러뜨린 나는 이루 말할 수 없는 죄책감을 느끼고 있었다.

현기증과 함께 감정이 북받쳐 올랐다. 나는 힘없이 이마를 짚었다.

"제가…… 엘에게 부담을 준 것 같습니다."

"공녀님."

"자꾸 신념 타령을 하고, 선한 것이 좋다고 하니까, 저 때문에……."

"그런 거 아니에요."

율리안이 굳은 얼굴로 고개를 저었다. 그의 두 눈엔 괜히 이 얘기를 꺼냈다는 기색이 만연했다.

"뭐가 아닙니까."

나는 거칠게 입술을 짓씹었다.

"엘은 제가 아니었다면 출전하지 않았을 거잖아요."

순간, 율리안은 할 말 잃은 표정을 지었다.

그의 성격과 상황을 짐작했을 때 당연하게 도출해 낼 수 있는 결과다. 엘은 내가 아니었다면 이 전쟁에 출전하지 않았을 것이다. 신관들은 파견했겠지만, 직접 아타라의 부상자들을 치료하며 무리할 일은 없었을 터.

'몇몇 부상자들은 엘이 없었다면 죽었겠지만……'

그럼에도 그가 오지 않는 편이 훨씬 나았다는 생각이 선명히 자리 잡았다.

결국 나도 아무런 관계 없는 다수보다 친애하는 소수를 더 귀히 여기는 이기적인 인간이었다.

"아, 젠장……. 그런 의미로 말한 거 아니에요! 정말로! 공녀님이 이렇게 반응하셨다는 걸 알면 그 자식이 저를 나무에 거꾸로 못 박을 거예요. 그런 방향으로 생각하지 마세요, 네?"

율리안이 쩔쩔매며 내 주위를 빙글빙글 돌았다. 머리를 얼마나 헝클어트린 건지 반짝이는 은발은 폭탄이라도 맞은 것처럼 엉망진창이었다.

"망할……, 인정하고 싶지 않지만 저도 그 자식이 걱정돼요. 대륙을 정벌한 챔버러 황제 시절엔 신전의 신성력을 너무 착취해서 교황이 다섯 번이나 바뀌었다잖아요."

"……."

"심하면 직위 5년 만에도 단명했다는데…… 이번 전쟁에서 소모될 신성력을 그 자식이 버틸 수 있을지 모르겠어요."

그의 한 마디 한 마디가 내 마음에 무겁게 내려앉았다.

지금껏, 제국이 패배해 이 진영의 대부분이 죽는대도 엘만큼은 살아 나갈 거라고 생각하고 있었다. 그는 이곳에서 가장 직위가 높은 교황이니까.

모든 환난에서 가장 안전히 보호받을 그가 죽을 거라는 상상은 하지 못했다.

'이번 전쟁에서…… 엘이 대가를 버티지 못하고 죽으면 어떡하지?'

율리안은 정신력 다음에 생명력이 갉아먹힌다고 했다. 사람을 살릴수록 그는 죽어 가는 것이다. 그건 내가 지켜 줄 수 없는 영역이었다.

"하지만요."

끊임없이 땅을 파고 들어가는 내 생각을 끊어 내듯 율리안이 단호하게 내뱉었다.

"저는 이번 일을 그렇게 나쁘게만 생각하진 않아요."

그가 나를 똑바로 바라보았다.

"걘 겨우살이 같은 놈이에요."

율리안은 진지하게 말문을 열더니 제가 뱉은 말을 고찰하듯 턱을 쓸었다.

"아니, 겨우살이는 너무 우아하지. 기생충? 연가시?"

"……."

"스읍, 진드기?"

"……본론만 부탁드립니다."

어느새 온갖 하찮은 것들을 엘에게 덧붙이고 있는 율리안을 잡아 세웠다.

그가 고개를 휘저었다.

"하여간 기생물 같다는 뜻이에요."

율리안의 두 눈이 깊어졌다.

"어려서는 여동생이었고, 그다음엔 공녀님이죠. 공녀님도 아실 거예요. 지금 그 자식에게 있어서 삶의 의미라고 부를 만한 것은 공녀님뿐이라는 걸."

나는 눈을 천천히 감았다 떴다. 나를 향한 엘의 맹목은 절대적이라는 것을 모를 수 없다. 건강하지 못한 방식이라는 건 알지만, 나 또한 그렇게만 살아왔기 때문에 고쳐 줄 수도 없었다.

"그 자식은 혼자 걷지 못해요. 그저 누군가에게 기생하며 끌려갈 뿐이죠. 몸은 다 컸지만 그 속엔 아직 걸음마도 못 뗀 놈이 들어가 있는 꼴이에요."

율리안의 평가는 매정했으나 틀린 곳은 없었다.

엘은 그런 사람이었다. 전혀 자라지 못한 채, 자꾸만 붙잡고 끌어 달라며 손을 잡아 와서 도무지 두고 갈 수 없었다.

"이번 출전도 공녀님 때문에 결정한 건 맞아요. 하지만 저는 처음으로 그놈에 게서 조금 다른 종류의 의지를 봤거든요."

뜸을 들이듯 입술을 달싹이던 그가 이내 씨익 웃었다.

"……뭐, 거기서부터는 제가 말씀드릴 부분이 아닌 것 같네요. 자세한 건 그놈 한테 가서 따져 물으세요."

화아악.

율리안이 화상을 입은 내 손을 마지막으로 치료했다. 나는 새살이 차오르는 손을 심란하게 바라보았다.

"……이것도 엘에게 타격을 주는 겁니까?"

"에이, 이 정도는 아니에요. '기적'의 범위에 들어가려면 좀 더 심각한 수준이 어야죠."

그나마 다행이었다.

내가 안도의 숨을 뱉는 중에 율리안이 분위기를 풀려는 듯 눈매를 누그러뜨렸다.

"길게 주절거렸지만, 그 자식은 버텨 낼 겁니다."

그 한마디엔 '신뢰'라는 단어로도 다 표현할 수 없는 굳은 확신이 담겨 있었다.

나를 안심시키기 위함이 아니라, 정말 그렇게 믿고 있었다.

"그 악착같은 놈이 공녀님을 두고 무너질 리가 없어요."

심각했던 이야기를 다 잊을 만큼 가벼운 말투. 나는 그 덕분에 숨을 고를 수 있었다.

'엘과 얘기해 봐야겠어.'

그래. 해결할 수 있을 것이다. 어떻게든. 요정들도 있으니, 신관들의 지원을 최대한 배제하면 엘도 안전할 수 있을 터였다.

"아, 그리고 제가 얘기했다는 건 그놈한테 비밀이에요!"

율리안이 퍼뜩 덧붙였다. 나는 떨떠름하게 고개를 기울였다.

"……율리안 말고 제가 이런 정보를 입수할 데가 있겠습니까?"

내가 아무리 말을 돌려도 엘이라면 단번에 율리안의 소행임을 알아챌 텐데.

"태양신한테 계시받았다고 해 주세요, 제발……."

그게 되겠냐고.

나는 두 손을 싹싹 비비며 애원하는 율리안을 안쓰럽게 보고 말았다.

Chaphter 3

하늘에 전쟁이 있으니

사건 사고 많은 하루가 지나고, 어느덧 아침이 밝았다.

율리안이 정성스레 치료해 준 덕인지 하룻밤 새에 몸이 많이 회복되었다.

얼굴을 비롯해 이곳저곳에 옅은 화상 흉터가 남긴 했지만, 아직 의식도 찾지 못했다는 누누타에 비해서는 아주 양호했다.

알리샤는 장담한 대로 하루 만에 약을 만들어 냈다.

혹시 모르니 테세우스뿐만 아니라 디에고와 아리아를 비롯한 요정족 대원들에게도 그 약을 나누어 주었고, 현재 진척 상황을 살피고 있다고 했다.

'도청 벌레가 사라졌다는 걸 확인한 뒤에 다시 한 번 대담을 요청해야겠어.'

나는 어젯밤 엘에게 대담을 요청했으나 단칼에 거절당했다. 물론 몸이 정말 좋지 않아 곤란하다는 구구절절한 사정을 담은, 양피지 세 장 분량의 편지를 전달받긴 했다. 그러나 내 눈에는 대화를 피하기 위한 변명으로밖에 보이지 않았다.

'알게 된 이상 두고 볼 수 없어.'

엘의 현 상태와 한계를 하루빨리 확인하고 강제로라도 조율해야 했다. 나는 이 전쟁에서 엘이 죽는 꼴 따위 결코 보고 싶지 않았다.

까드득.

막사 앞에 서서 머릿속으로 오늘 해야 할 일들을 정리하며 손톱을 깨물고 있었을까.

"……슈슈."

　　　　　　　　　　　　　　　　충직한 검이 되려 했는데 5

미처 인기척을 느끼지 못한 사이에 다가온 누군가가 낮게 내 애칭을 불렀다.

"잠깐 얘기 좀 할 수 있겠느냐."

하룻밤 사이에 부쩍 수척해진 얼굴. 나의 아버지, 카이사르였다.

"물론입니다."

나는 선선히 고개를 끄덕였다.

"그럼…… 내 막사로 오겠느냐. 칼도 있다."

카이사르는 그답지 않게 불안정한 표정이었다. 겨우 하루 만에 보는 얼굴인데도 낯설었다.

누누타와 대련을 벌인 날, 카이사르는 나를 찾아오지 않았다. 내가 과거의 검술을 꺼내든 걸 보았으니 생각이 많았을 터였다. 아니면 내게 생각할 시간을 준 걸지도 모르고.

어느 쪽이든, 이제 대화를 나눌 때가 되었다고 생각했다는 건 틀림없다.

"네. 가시죠."

나는 앞장서는 카이사르를 따라 그의 막사로 향했다.

쪼르륵.

결이 고른 나무 잔에 시꺼먼 물이 차올랐다.

나는 차 시중을 드는 칼을 조금 떨떠름하게 바라보았다.

'칼이 이런 일을 하다니 별일이네.'

그는 다도나 티타임과 대단히 거리가 먼 인물이었다. 함께 차를 마시는 날은 종종 있었지만, 그건 어디까지나 함께 시간을 보내기 위한 구색이었을 뿐이다.

그가 여태껏 그의 손으로 우려 본 것은 마탑에서 독극물을 만들 때 필요한 독초뿐일 터.

'맛이 괜찮으려나?'

나는 미심쩍은 마음으로 차를 한 모금 홀짝였다.

"……콜록."

그리고 터져 나오는 기침을 간신히 억눌렀다.

'대단하군.'

향은 분명 홍차인데 담뱃재와 쓴바귀를 섞은 맛이 났다. 고문용 독극물 개발을 추천하고 싶은 재능이었다.

'저런 게 연륜인가.'

카이사르는 이미 예상한 건지, 맞은편에 앉은 내게도 표면이 보일 정도로 꽉 찬 자신의 잔에 손도 대지 않고 있었다. 나는 아릿한 쓴맛을 조금이라도 없애기 위해 입안에서 혀를 굴리다가, 칼의 반짝이는 눈과 마주하고 흠칫했다.

"어때?"

"……."

"대답도 안 나올 만큼 감격적인 맛인가?"

충격적인 맛이긴 하다.

그러나 웃는 얼굴에 침 못 뱉는다고, 기대하는 그에게 악평을 할 수는 없었다.

끄덕.

나는 맛을 음미하는 미식가라도 되는 양 그윽한 얼굴로 최대한 자연스럽게 고개를 주억였다.

"역시 그럴 줄 알았다."

칼이 뿌듯하게 웃었다.

나는 일견 해맑기까지 한 그의 얼굴을 잠시 바라보았다. 어제 일로 어색해질 법도 했다. 타인의 날것을 본다는 건 거북살스러운 일이니까.

그는 나와 가까운 사람이기에 더더욱 괴리감이 컸을 터. 그러나 칼은 무슨 일이 있기라도 했냐는 듯 아무렇지도 않은 얼굴로 나를 대했다.

충직한 검이 되려 했는데 5

'이런 게 가족이겠지.'

조금 엇나갔다가도 자연스럽게 되돌아오는 것. 굳이 설명할 것도, 특별한 계기도 필요 없다. 그게 가족이 편한 이유였다.

초롱초롱한 눈빛으로 부담을 주어 기어코 내가 한 모금 더 마시는 걸 확인한 칼은 이번엔 표적을 카이사르로 바꾸었다.

"아버지도 한 모금 마셔 보시죠."

"……."

"아버지?"

"곧 아리아의 약품 검사 결과가 나오겠군."

"저기요."

"이제 본론으로 들어가야겠어."

"마시라고."

카이사르의 못 들은 척하는 솜씨는 일품이었다. 열받은 칼의 얼굴이 일그러졌다. 나는 그 모습을 보고 바람 빠진 소리를 내며 웃고 말았다.

"한 모금쯤은 마셔 주시죠."

휙.

내 말에 두 사람이 일제히 나를 돌아보았다.

묘하게 내 눈치를 살피던 칼이 희미하게 안도의 숨을 내쉬고, 불안정한 표정을 정리하는 데에 여념이 없던 카이사르가 그제야 원래의 표정을 찾았다.

"보세요. 슈슈가 마시라잖습니까."

"……한 모금 정도라면."

"제가 직접 먹여 드리겠습니다. 슈슈, 의료진 막사에서 개구기 가져와라."

"그 뜨거운 액체를 식히지도 않고 목구멍에 붓겠다고?"

"명색이 소드 마스터인데 죽지는 않겠죠. 날도 추운데 식도가 뜨끈해지면 좋지 않습니까?"

"대단하신 효자가 여기 있군."

나는 티격태격하는 두 사람을 가만히 바라보았다.

이곳이 전쟁을 앞둔 진영이라는 사실이 아스라이 멀어질 만큼 기묘한 평화가 몸을 감쌌다.

'심취하면 안 돼.'

휙.

나는 빠르게 고개를 휘저어 그 감각에서 빠져나왔다.

"제게 하실 말씀이 있는 것 같습니다."

"……아. 그래."

내가 차분히 말문을 열자 카이사르가 고개를 끄덕였다.

그가 가만히 내 얼굴을 살피다가 한곳에 시선을 멈췄다.

"괜찮으냐?"

나는 그의 시선이 닿는 콧잔등 부근을 무의식적으로 매만졌다. 자세히 봐야 발견할 수 있는, 화상 흉터가 남은 자리였다.

"……네. 율리안 대신관에게 치료를 받고 충분히 휴식했습니다. 소진한 마나는 사흘 내로 다 회복할 수 있을 것 같습니다. 전투는 지금 당장도 가능합니다."

나는 무심코 시선을 피하면서도 거짓 없이 보고했다.

"……그래. 그러면……."

해질 녘 노을처럼 짙은 붉은빛 눈동자가 나를 굽어보았다.

"네 마음은 괜찮으냐?"

나는 그제야 카이사르와 시선을 맞추었다.

내가 나를 미르로서 대할 때에도 그는 나를 자신의 딸 카슈미르로 볼 뿐이었다.

나는 충직한 검이 되려 했으나, 그의 앞에만 서면 자꾸만 사람이 되었다.

"괜찮습니다."

충직한 검이 되려 했는데 5

"……."

"결심했으니까요."

하지만 그 사실이 지금만큼은 좋지 않았다.

막사 안에 무거운 침묵이 감돌았다. 보통이라면 이 분위기를 풀기 위해 노력했을 것이다. 하지만 이건 어차피 한 번쯤은 짚고 넘어가야 할 부분. 나는 카이사르의 마음이 정리될 때까지 가만히 침묵할 뿐이었다.

"……."

카이사르의 검은 속눈썹이 느리게 내리깔렸다. 그는 내가 무슨 말을 하고 싶은지 알아차린 듯했다.

나는 더 이상 중도를 걷지 않을 것이다. 올곧은 기사의 검은 손에 익지 않았고, 방어와 공격을 애매하게 동반하는 검술은 내게 맞지 않았다. 일촉즉발의 전장에서 완성되지 않은 검을 들고 나가는 건 자살행위였다.

그러니 아주 많이 다치고, 어쩌면 회생할 수 없을 만큼 망가질지도 모르지만, 그럼에도 이 길이 맞다. 낭떠러지에서 세침 같은 가느다란 줄에 의지해 묘기를 하는 것이야말로 지금껏 내가 걸어온 나의 길. 평탄해 보이지만 끝이 구덩이인 것보다는 험준할지라도 출구가 있는 것이 훨씬 더 나았다.

"……이제 와서는 늦었다는 걸 알면서도 그런 생각이 든다."

굳게 닫혀 있던 카이사르의 눈이 천천히 열렸다.

"내가 너와 어려서부터 함께해 줄 수 있었다면……."

"……."

"작은 네 손을 잡고, 직접 네게 검을 가르쳐 주고, 너 자신을 지키는 걸 가장 우선시하는 검술이 네 근본이 되게 했다면. 아니, 애초에 네가 검을 잡지 않아도 되는 환경을 만들어 주었다면……."

그의 두 눈은 버석할 만큼 건조한데도 어째서인지 곧 울 것 같았다.

"네가 그런 길은 걷지 않아도 됐을 텐데."

카이사르는 후회하지 않는다.

그건 그가 잘못을 저지르지 않기 때문이 아니다. 그 이후의 대가와 형벌까지도 겸허히 받아들이는 사람이기 때문이다.

그러나 지금 그의 얼굴엔 후회와 회한이 가득했다.

푸욱.

그 낯선 얼굴이 내 가슴을 비수처럼 찔러서, 나는 고개를 푹 숙이고 말았다.

"무슨 충고를 하든 네게는 방해가 될 뿐이겠지."

그 말대로다.

카이사르가 무슨 말을 하든 나는 가만히 듣겠지만, 내 몸을 지켜라, 위험할 때 나서지 마라 하는 말들은 모두 나를 더 위험하게 만들 뿐이었다.

카이사르도 한 사람의 검사로서 그 사실을 잘 알 터.

"그러니 하나만 기억해라."

그는 모든 고뇌의 말을 삼켜 내듯 목울대를 크게 울렁이고 결연한 얼굴로 나를 마주했다.

"살아남아라."

그의 눈매가 칼날처럼 예리해졌다.

"어떻게 되더라도 살아만 있어라. 불구가 되든, 살인귀가 되든 상관없다."

"……."

"움직일 수 없는 불구가 되더라도 내가 너를 안고서 세계를 여행시켜 줄 것이며, 피에 흘려 살인귀가 된다면 몇 번이고 다시 또 다른 전장에 함께 출전해 줄 것이다."

사랑에 미친다는 말은 중복되어 있다.

사랑은 이미 광기다.

카이사르의 사랑은 그 주장을 뒷받침하는 완벽한 증거다. 기이하게 번뜩이는 두 눈은 광증이라는 말이 아니면 도무지 설명할 수 없다.

충직한 검이 되려 했는데 5

"만약 그 모든 죽음을 견디지 못하고 무너진다면 몇 번이고 일으켜 세워 줄 것이다."

사람을 죽인다는 건 사람이길 포기한다는 것. 아무리 그럴듯한 말로 포장해도 소용없다. 사람을 죽인 이에게는 씻을 수 없는 악취가 났다. 죽이면 죽일수록 감정이 무뎌져도, 악취는 계속해서 쌓였다. 이 전쟁이 끝나면 나는 이전의 내가 아닐 것이다. 영원히 이 전쟁 이전과 이후로만 나뉘어 잠을 이룰 수 없을 것이다.

나는 그런 나를 견딜 수 없겠지. 끝까지 극복할 수 없을지도 모른다.

"그래도 일어서지 못한다면……."

"……."

"함께 기어 주마."

그러나 카이사르는 단언했다.

살아만 있다면, 내가 어떤 모습이든 상관없다고.

살아만 있다면.

"아직 네게 보여 주지 못한 게 많다. 전쟁이 끝나면 그 모든 것을 함께 보러 가자."

그는 내가 전쟁에서 싸워야 하는 이유뿐만 아니라, 내가 전쟁이 끝난 뒤에도 살아야 하는 이유까지 부여해 주었다. 나는 그런 사랑을 거절하는 방법을 모른다.

"……네."

벅차는 감정을 억누르는 탓에 기어들어 가는 대답이 내가 할 수 있는 전부였다.

───◦⋊⊹⋉◦───

알리샤의 약으로 검사한 결과, 도청 벌레를 먹은 건 예상대로 테세우스였다.

북부는 테세우스를 통해 아타라의 중간 지점 위치와 요정족 대원들의 라이너 구출 작전을 미리 파악한 것이었다.

테세우스와 라이너, 두 사람 다 몸속의 벌레를 성공적으로 제거했다.

이것으로 연합군 진영 전체를 의심암귀에 몰아넣었던 사건이 드디어 마무리되었다.

"언니!"

와락!

자신의 막사로부터 쏜살같이 달려 나온 아리아가 내게 몸을 던지며 안겨 들었다.

아리아와 디에고, 테세우스, 샤마임, 제라와 누아까지 격리가 풀려서 이제는 모두가 자유롭게 움직일 수 있었다.

"돌아오자마자 격리당해서 너무 답답했어. 내가 얼마나……."

"됐고."

칼이 아리아의 아이 같은 재잘거림을 단칼에 잘라 냈다. 아리아의 눈빛이 서늘해지려 할 때.

"너, 등에 날개는 어떻게 된 거야? 기계라도 쓴 거야?"

칼이 드러난 아리아의 등을 기웃거리며 눈을 빛냈다. 그의 눈빛은 마탑의 미치광이 연구자 같았다.

"크흠. 나도 궁금했어."

나도 짧은 헛기침으로 조금 전 카이사르와의 대화 때문에 가라앉은 목을 정리한 뒤 동조했다.

아리아는 라이너를 구출해서 진영에 돌아올 때 분명 날개를 펼치고 날아왔다. 아리아와 17년을 살아온 나도 그녀에게 날개가 있는 줄 몰랐는데 말이다.

"아, 이거?"

화악!

아리아가 대수롭잖다는 얼굴로 자신의 등에서 날개를 펼쳤다.

"허어……."

칼이 감탄하고, 지나가던 이들이 모두 신기한 듯 힐끗거렸다.

아리아의 등 뒤로 펼쳐진 새하얀 날개는 무척 아름다웠다. 부드러워 보이는 순백의 깃털 두어 개가 살랑살랑 나부끼는 모습은 가히 신비롭기까지 했다.

"좋을 거 없어. 이거 생각보다 관리하기 힘들거든."

아리아가 제 머리를 긁적이며 앓는 소리를 냈다. 그녀는 동화 같은 날개를 등에 달고서 퍽 염세적인 얼굴이었다.

"몸에는 이상이 없는 건가?"

"예예. 개화 시기가 조금 늦긴 했지만 문제가 될 건 없다고 했어요."

날개보다 아리아 자체를 살피던 카이사르가 미간을 좁혔다. 그 건조한 걱정에 아리아가 피식 웃으며 고개를 끄덕였다.

"그런데……."

아리아의 날개 주위를 기웃거리던 칼이 떨떠름하게 그녀를 바라보았다.

"왜…… 날개가 한쪽밖에 없나?"

아리아의 날개는 오른쪽밖에 없었다.

사실 나도 그게 궁금했으나, 혹시 콤플렉스가 되었을까 쉽게 묻지 못하고 있었다. 다행히도 그렇지는 않은지 아리아는 태평하게 어깨를 으쓱였다.

"나도 몰라. 근 100년간의 역사서를 뒤져도 이런 경우는 처음이라는데……. 그냥 돌연변이 아닐까? 날개를 펴는 시기가 늦기도 했고. 제라가 연구하고 있는데, 아직 정확히는 밝혀지지 않았어."

"호오."

"우선 왼쪽 어깨뼈에 오른쪽 날개의 에너지를 복사하는 마법진을 새겼어. 그걸로 균형을 맞춰서 비행 중인데, 나중엔 오른쪽 날개만으로 비행하는 법을 연습해 볼 생각이야. 잘하면 될 것 같거든."

내 동생은 참 이런 것에서까지 비범했다. 신기하고 기특한 마음에 나도 그녀의 날개를 요리조리 살펴보고 있었을까. 곰곰이 생각하던 칼이 고개를 갸웃했다.

"나는 알 것 같은데. 네 날개가 하나밖에 없는 이유."

그 말에 나와 아리아, 카이사르까지 놀라서 그를 바라보았다.

"너 요정도 연구한 적 있어?"

"아니. 그건 아닌데, 엄청 간단하잖아."

아리아의 질문에 칼이 어깨를 으쓱였다.

"그냥 신이 너한테 날개를 달다가 아무리 생각해도 마귀에게 날개를 두 개나 주는 건 아닌 것 같아서 한쪽만 단 거야."

"……."

"너같이 집요한 놈이라면 한쪽만 달려 있어도 어떻게든 파닥거려서 날 수 있을 거라고 생각한 거지. 애초에 날개 자체가 진짜 안 어울리지만……."

"그냥 죽어라, 너는!"

퍽, 퍽!

아리아가 칼을 패기 시작했다.

……음, 일상이다.

"크리시스 경!"

아리아와 충분히 회포를 풀고 디에고를 만나기 위해 발걸음을 옮길 때, 누군가 등 뒤에서 나를 불렀다. 누구인지 확인한 나는 눈을 크게 떴다.

"카시아 경! 세레논 저하도 계시군요."

이 진영에서 가장 믿을 수 있는 인물들이자, 아타라전에서 나와 함께 싸워 준 전우들이었다.

"오랜만에 뵙습니다."

카시아는 무표정한 얼굴로 도도도 달려와서는 절도 있게 허리를 숙였다.

'아타라전의 공으로 받은 훈장이 저건가 보네.'

검은 단발머리와 시리도록 푸른 눈, 차가운 인상 모두 여전한 가운데, 그녀의 가슴팍에 달린 훈장이 새로웠다.

바쁜 나머지 수여식에는 참여하지 못했지만, 그녀를 추천한 사람이 바로 나이니 훈장을 받을 거라는 사실은 알고 있었다.

'카시아가 아니면 받을 사람이 없지.'

그녀는 아타라전에서 대재앙을 조종하는 주술사를 죽이고, 주술사의 손이 대재앙과의 연결점이라는 중요한 사실을 알게 해 준 사람이었다. 자격은 충분했다.

'카시아는 평민 기사들의 대표 격이니, 이것으로 평민 기사들에 대한 암묵적인 차별이 줄어들 거야.'

제국에서 평민 기사, 그것도 여자가 이런 훈장을 받은 건 몇백 년만의 일이라고 했다. 분명 사회상에도 영향을 미칠 터. 내가 받은 것도 아닌데 괜스레 뿌듯해져서 설핏 입꼬리를 올릴 때였다.

"얼마나 바쁘신지, 제자가 개인적으로 인사 한번 드리러 갈 틈이 없었습니다."

어느새 내 옆에 선 세레논이 너스레를 떨었다. 쾌활한 웃음과 함께 꽁지처럼 묶인 연보랏빛 머리칼이 가볍게 흔들렸다. 나는 그의 뻔뻔함에 피식 웃었다.

"바쁘기는 세레논도 매한가지 아닙니까."

디에고가 황궁의 대표로서 수뇌부 사이에서 의견을 조율한다면, 세레논은 실무진의 대표로서 제국의 병사들을 관리하고 있었다.

'두 사람 다 출전한 이유가 있었네.'

황태자와 2황자.

단 두 명뿐인 황권의 후계자들이 모두 위험한 전장에 나온 것이 내심 과하다고 생각했는데, 직접 보니 그래야 했던 이유를 확실히 알 수 있었다.

두 사람은 특기가 달랐고, 상호보완적이었기에 함께할 때 완벽해졌다.

'디에고가 황제가 된 뒤에도 세레논은 좋은 동료가 되어 주겠지.'

태양에게는 태양의 일이, 달에게는 달의 일이 있다. 둘 중 더 중하거나 덜 중한 것은 없으며, 서로가 필요한 법이었다.

"어제 누누타 용병단장과의 대련은 잘 봤습니다."

카시아가 덤덤한 투로 툭 뱉었다. 세레논이 흠칫하며 나를 힐끗했다. 어제 대련의 분위기가 심상치 않았다는 건 모두가 알 것이다. 대련보다는 개싸움이라는 이름이 어울리는 그 사건으로, 병사들 사이에선 나와 누누타의 사이가 나쁘다는 추측까지 오가고 있다는 것을 칼에게 들었다.

그러나 카시아는 아무렇지 않게 그 일을 언급했다. 그녀에게는 성역이 없었고, 그 무엇도 껄끄러워하지 않았다. 그 점은 카시아의 가장 큰 장점인 동시에 단점이지만……

"그러셨다면 다행입니다. 진영의 분위기가 쇄신되기를 바라는 마음에 벌였던 행사이니까요."

나는 그녀의 그런 면이 좋았다.

내 미소에 세레논도 안심한 듯 고개를 끄덕였다.

"진영의 분위기는 전혀 좋아지지 않았습니다."

카시아의 눈동자가 시퍼렇게 빛났다. 부릅뜬 눈에서 강렬한 눈빛이 광선처럼 뿜어져 나왔다.

"하지만 크리시스 경과 누누타 용병단장의 의도는 제대로 알았습니다. 그대로 되었고요."

"네?"

"일부러 과격하고 잔인한 모습을 보여 우리에게 경각심을 주려는 의도였지 않습니까? 특히나 적당한 거리가 필요한 검과 망치로 극도의 근접전을 치르는 두 분의 모습은 대단히 감명 깊었습니다. 무기의 무궁무진한 사용법을 가르쳐 주기 위함이었겠지요."

"어……."

"크리시스 경의 마나 운용 또한 큰 가르침이 되었습니다. 최소한으로만 몸을 보호하고 나머지는 오러 출력에 집중하는 모습이 공격을 위주로 한……."

그녀가 진지한 얼굴로 끊임없이 좔좔거렸다.

"……그런 깊은 뜻이 있었습니까?"

세레논이 눈을 끔뻑이며 나를 돌아보았다.

'그럴 리가 있겠냐?'

그냥 치고받고 싸운 것뿐이다.

그러나 꿈보다 해몽이라고, 카시아의 과대 해석을 듣고 있자니 대단한 가르침이라도 준 것 같은 기분이었다.

"몇몇 병사들은 큰 뜻을 알아차리지 못하고 두 분이 난폭한 용병이라서 그렇게 싸운 거라고 떠들어 대지만, 그런 놈들에겐 제가 제대로 진의를 가르쳐 주고 있습니다."

그 몇몇 병사들이야말로 정확히 진의를 꿰뚫었다만.

"잘했죠?"

카시아가 두 눈을 빛냈다. 초점 흐려진 그녀의 눈에서 검에 미친 인간의 잔상이 보였다. 가끔 라이너에게서 보았던 그 눈빛이었다.

"……."

나는 눈을 지그시 감았다가 그윽하게 뜨며 엄지를 치켜세웠다.

"그 모든 진의를 알아차리다니 제법입니다, 카시아 경."

이 세상에는 좋은 오해도 있는 법이다. 나는 굳이 그녀의 환상을 깨뜨리지 않기로 했다.

"후후. 뛰어난 기사인 제에게 그 정도는 일도 아닙니다."

카시아가 뿌듯한 표정으로 고개를 빳빳하게 쳐들었다. 그 옆에서 세레논이 내게 불신의 눈빛을 보냈으나, 나는 외면했다.

"어찌 되었건 어제의 대련이 병사들에게 좋은 영향을 끼친 것은 사실입니다."

세레논이 가볍게 헛기침하고 새로운 안건으로 분위기를 환기시켰다. 카시아가 만족스럽게 고개를 끄덕였다.

"크리시스 경의 싸움을 보고 s다들 크게 자극을 받은 모양입니다. 아침 일찍부터 수련하는 이가 부쩍 많아졌더군요."

"무엇보다 각국의 병사들이 서로 대화할 거리가 생긴 점이 좋습니다. 덕분에 하룻밤 사이에 각 진영 간의 거리감이 꽤 해소된 것 같습니다만……."

세레논이 미간을 좁힌 채 턱을 쓸었다.

"여전히 은빛 늑대족과 요정들의 사이가 좋지 않고, 그들은 인간을 싫어합니다. 그들과 합동 훈련을 하며 대열을 맞출 때마다 불협화음이 납니다. 이러다가 인간 병사들과 이종족 병사들로 나뉘어져 서로 싸우지 않을지 걱정입니다."

두 종족 사이 간극과 그들의 인간을 향한 혐오는 하루아침에 고칠 수 있는 게 아니다. 그 부분은 나 또한 계속 걱정하고 있던 것이었다.

'친구가 될 필요는 없다고 해도, 전장에서 합을 맞출 정도는 되어야 할 텐데.'

전장에서 옆의 전우를 믿지 못한다면 오합지졸로 무너질 뿐이다.

'단기간에 이 골을 메울 수 있는 방법이 있기는 할까.'

머리가 아파 와 얼굴을 구길 때였다.

"하지만 우리는 이겨 낼 겁니다."

카시아가 담담한 목소리로 확언했다. 조금 뚱하다 싶을 만큼 무뚝뚝한 얼굴은 여느 때와 같이 흔들림이 없었다.

"맞습니다. 어떻게든 해낼 겁니다."

크게 고개를 끄덕이며 동조한 세레논이 나를 똑바로 바라보았다.

"그러니 스승님께서는 너무 걱정하지 마세요. 이건 저희가 어떻게든 해결하겠습니다."

충직한 검이 되려 했는데 5

그 소리를 듣고 나도 모르게 입이 벌어졌다.

'그래. 그렇지.'

우리는 단신으로 재앙을 막을 수 없기에 나라와 종족을 초월해 이곳에 뭉쳤다.

내가 모든 것을 해결할 필요는 없었다. 그 사실을 자각하는 순간 내 입에서 웃음이 터져 나왔다.

"……그렇다면 기꺼이 믿어야겠군요."

조금이나마 부담감이 덜어지는 순간이었다.

"셋이 분위기 좋군."

익숙한 목소리가 우리 사이를 가로질렀다.

'어?'

나는 다급하게 고개를 돌렸다.

"이거 섭섭해지는데. 내가 그다지 필요하지 않았던 것 같아."

도청 벌레 검사를 마치고 통행의 자유를 얻은 디에고가 우아한 걸음걸이로 다가오고 있었다.

"형님!"

세레논이 한달음에 그에게 달려갔다. 오랜만에 얼굴 봤다고 신나 하는 모습이 한눈에 봐도 우애 좋은 형제였다.

"무슨 말씀이십니까? 디에고를 만나러 가는 길에 두 사람과 마주친 것뿐입니다."

나는 그의 너스레에 맞장구를 쳐 주었다.

탁.

내 앞에 선 디에고가 눈꼬리를 부드럽게 휘었다.

"내가 배신이라니, 역시 말도 안 되지?"

"디에고가 제국을 배신할 리가 있겠습니까?"

나는 고개를 절레절레 저었다. 도청 벌레의 정체를 알기 전에도 전혀 상정하지 않았던 가정이다. 아버지가 아들을 배신하는 한이 있어도 디에고가 제국을 배신할 리는 없었다.

"격리되어 있는 동안 외로워서 잠도 못 잤네."

내 옆에 착 달라붙은 디에고가 장난스럽게 투덜거렸다. 그런 것치고는 반짝이는 금발엔 윤기가 흘렀고, 피부는 보송했지만, 그러려니 하기로 했다.

"황태자 저하."

디에고가 무어라 말을 잇기 전, 카시아가 낮은 목소리로 그를 불렀다.

"제국의 작은 태양을 뵙습니다."

형식적인 인사를 하는 카시아의 얼굴이 어쩐지 결연했다.

"아, 이번에 훈장을 받은 기사던가? 세레논의 친구라고도 들은 것 같은데…….
카시아 경?"

"맞습니다."

"그래. 무슨 일인가?"

디에고는 곧바로 그녀를 알아보았으나, 자신을 부른 이유는 모르는 듯했다.

그가 고개를 갸웃할 때.

꾸벅.

카시아가 깊이 허리를 굽혔다.

"이 자리를 빌려 깊이 감사드리고 싶습니다, '헤세' 님."

흠칫.

디에고의 표정이 굳었다.

'헤세? 그게 누구지?'

나는 두 사람을 번갈아 보았다.

디에고의 반응을 보니 그 자신이 아는 이름인 듯한데, 그답지 않게 정색한 것을 봐서 평범한 일은 아닌 것 같았다.

"……어떻게 알았지? 누가 알려 줬나?"

디에고가 턱을 쓸었다. 무언가를 가늠하듯 그녀를 살피는 두 눈이 차가웠다.

"헤세 님의 동생분께서 입이 가벼운 편이더군요."

슬쩍 미소를 지은 카시아가 세레논을 턱짓했다.

디에고가 휙 돌아보자, 세레논이 크게 움찔하며 두 손을 들었다.

"정말 실수였습니다! 카시아 경과 중대한 논의를 하다가 무심코! 정말 무심코 흘린 것뿐이라고요!"

"카시아 경에게만 말한 것은 맞나?"

"……아마?"

"……."

세레논을 바라보는 디에고의 눈이 더없이 차게 식었다. 나는 앞으로 디에고가 세레논에게 비밀을 털어놓지 않게 될 거라는 사실을 어렵잖게 짐작할 수 있었다.

"후…… 그래. 끝까지 비밀로 하려 했건만."

디에고가 곤란한 표정으로 앞머리를 쓸어 넘겼다.

"죄송합니다. 모르는 척할까 했지만, 그래도 꼭 말씀드리고 싶었습니다."

정중히 가슴에 손을 얹은 카시아가 디에고를 똑바로 보며 말했다.

"헤세 님의 후원이 없었다면 저는 기사 아카데미에서 무사히 졸업하고 정식 기사가 될 수 없었을 테니까요."

'아.'

나는 그제야 이 일의 진상을 파악했다.

황궁 기사단의 훈련관으로 있던 시절, 평민 기사들과의 대화를 통해 아카데미 때부터 그때까지 그들을 후원해 준 익명의 후원자에 대해 들은 적이 있었다.

'제 후원자님은 패트릭 님이시죠.'

'제겐 론도 님이라고 하셨습니다.'

'저는 앨리스 님입니다.'

모두에게 다른 이름으로 다가간 그 후원자의 정체를 아무도 모른다고 했는데.

'몇 년 전부터 형편이 어려운 기사들을 익명으로 후원하고 있는데, 카시아 경이 그중 한 명일세.'

나는 디에고와 대화를 나누다가 우연히 그 익명의 후원자가 디에고라는 사실을 알게 되었다. 그러고 나서는 얼마 동안 잊고 있었건만.

카시아가 세레논의 말실수를 통해 그 후원자의 정체를 알게 된 모양이었다.

은원을 결코 잊지 않는 그녀의 성격상, 알게 된 이상 그냥 넘어갈 수 없었을 터.

"제가 모든 평민 기사를 대표할 순 없겠지만, 그럼에도 은혜를 입은 모두가 저하께 깊이 감사하고 있을 거라 확신하고 있습니다."

카시아가 다시 한 번 허리를 굽혔다.

"베풀어 주신 마음에 감사드립니다. 후원금은 사용해서 사라졌다 해도, 그 상냥함은 영원히 남아 제게 기사도를 가르쳐 줄 것입니다."

"……."

그 진실된 감사 인사 앞에서 디에고는 침묵했다. 표정은 여전히 단정한 가운데 미묘하게 울렁이는 눈빛만이 그의 감정 동요를 알려 주었다.

선행은 인정받고자 하는 것이 아니다. 디에고는 정치계에 몸을 담은 인물로서 어쩔 수 없이 이미지 관리를 해야 했다. 그러나 이 후원은 익명으로 했다는 점에서 순수한 의도였다는 것을 알 수 있었다.

몰라도 괜찮다, 그런 마음으로 했겠지만.

"……아."

그럼에도 알아봐 주는 이가 있을 때는 어쩔 수 없이 기쁜 법이었다.

"그런…… 의도로 한 것은 아닌데……."

디에고는 여태껏 황태자로서 수도 없이 찬사를 받아 왔을 텐데도, 그 담백한 감사 한마디에 조금은 어쩔 줄 모르는 기색이었다.

'그럴 만도 하지.'

거짓으로 가득한 디에고의 세상에 이런 진심 어린 인사는 흔치 않을 터.

"악수라도 해 주시죠."

나는 내 눈에만 티 나게 쩔쩔매는 디에고를 보며 부드럽게 미소 지었다.

보는 이에게도 가슴 벅찬 광경이다. 나는 이 일로 디에고가 세상을 조금 더 아름답게 보기를 바랐다.

"……아, 그럴까? 악수 한번 하겠나?"

디에고는 그제야 원래의 태도를 되찾고 카시아에게 손을 내밀었다.

"영광입니다."

탁.

카시아가 그의 손을 맞잡았다. 그리고 맞잡은 손을 흔들며 가볍게 말했다.

"역시 저는 아인하르트 제2기사단장보다 저하가 더 크리시스 경과 어울린다고 생각합니다."

아무래도 요정족 사절단을 찾기 위해 상태가 좋지 않았던 라이너와 동행한 것이 그녀에게 나쁜 기억으로 남은 듯했다. 카시아는 그 한마디를 그저 지나가듯 한 것이 분명하다. 그러나 그 순간 디에고의 양 입꼬리가 크게 꿈틀거렸다.

턱.

그가 카시아의 어깨를 짚었다.

"자네, 혹시 영지나 작위는 필요 없나?"

"예?"

"내가 백작위까지는 지금 당장에라도 만들어 줄 수 있을 것 같은데."

……나는 소곤거리는 목소리를 못 들은 척하기로 했다.

전술을 검토하고, 연합군의 합을 맞추며, 북부의 동태를 살핀 지 일주일째.

새벽부터 함박눈이 쉴 새 없이 내렸고, 이른 오후에 다다른 지금은 내 무릎에 닿을 정도로 쌓였다. 막사 밖은 제설 작업이 한창이었다.

'털옷을 입었는데도 춥네.'

이제는 겨울도 끝자락에 접어들건만, 살을 에는 한기는 제국의 한겨울을 방불케 했다. 이곳은 북부와 맞닿은 암브로시오의 국경 지역으로, 암브로시오와 북부를 가로질러 바다까지 닿는 강이 근처에 있었다.

'덕분에 물을 공급받기 쉽지.'

그 강은 북부와 연합군의 공동 수원이었다.

"북부인들이 강물을 사용하지 못하도록 독을 푸는 것이 어떻습니까? 우리는 근처 암브로시오의 도시로부터 샘물을 공급받을 수 있지 않습니까."

회의 중 그곳에 독을 풀자는 의견이 나오기도 했다.

"그, 그럴 수는 없습니다. 이, 이 강은, 이 주변에 거주하는 암브로시오인들의, 젖줄입니다."

"그렇다면 쉽게 해독이 가능한 독을 풀면 되지 않습니까? 우선 퍼트리고, 전쟁이 끝난 뒤 해독하는 것이죠."

"북부를 너무 우습게 보시는군요. 그들은 야생에서 살아남은 이들입니다. 독과 해독에는 우리보다 능통하겠죠. 독공으로 그들에게 피해를 입히려면 해독 불가능한 독 정도는 풀어야 할 텐데, 그렇다면 영구적인 피해를 각오해야 합니다."

한 호흡 쉰 카르마 공작이 덧붙였다.

"웬만한 독은 풀어 봤자 강물에 희석되어 효과가 사라질 거고, 흐르는 물에 독을 타서 효과를 보려면 어마어마한 양을 지속적으로 풀어야 하는데…… 지금 우리 상황에 그건 불가능합니다."

"허어……."

"게다가 겨울이라 얼음을 녹여 물을 구할 수 있는데, 강을 막는 정도로 큰 타격이 있겠습니까?"

독을 풀자는 의견은 그렇게 암브로시오의 국왕 요르칸과 공작 카르마에 의해 저지당했다. 그들의 의견은 합리적이었고, 연합군의 수장이기 이전에 암브로시오의 통치자들이었으므로 당연한 반응이었다.

'애초에 이곳에 진을 친 것도 암브로시오의 대도시를 지키기 위해서였을 테니까.'

암브로시오 무역의 중심지로서 사람들이 하나둘 모여 자연스럽게 대도시가 된 '발레리아'가 멀지 않은 곳에 있었다.

국경 지역에 맞물려 있는 마을들을 하나하나 격파하고, 마지막으로 발레리아를 무너뜨리러 오는 북부군을 막으려 했을 터.

'발레리아가 무너지면 암브로시오는 근 100년 안에는 회복할 수 없는 막심한 피해를 입을 거다. 그게 앞뒤 안 가리고 대륙 전체에 지원을 모집한 이유지.'

회의에 임하는 요르칸과 카르마의 얼굴은 그 누구보다 진지했다.

"그래서 선공하자는 겁니까, 말자는 겁니까?"

툭툭.

턱을 괸 레오가 의자 팔걸이를 두드렸다. 좌중을 훑는 그의 두 눈은 미미하게 차가웠다. 수뇌부 회담을 진행한 횟수도 두 자리 수를 넘어가건만, 연합군은 여전히 북부를 먼저 칠지, 그들의 공격을 기다릴지를 두고 논쟁 중이었다. 오늘까지도 말이다.

'확실히 까다로운 문제긴 하지.'

선공필승이라는 말도 있듯, 선공은 성공하면 큰 성과를 얻을 수 있다. 전투의 주도권을 쥘 수 있고 기습의 효과도 볼 수 있으니 말이다.

하지만 그만큼 위험했다. 아무리 정탐꾼을 보내고 마도구로 염탐해도 상대편의 전력을 모두 다 알 수 없기에, 먼저 공격하는 것은 반쯤 모험이었다.

'이곳에서 대치가 시작된 지는 2주밖에 되지 않았으니, 군사들을 정비하고 상대편을 살피는 데도 바쁘다.'

전쟁이란 기본적으로 장기전이다. 더욱이 이런 대규모 전쟁에선 인원 파악만

해도 한나절이 걸렸다.

'이래서 냉전 대치만 몇 년씩 걸리기도 하는 건가?'

골치 아파 이마를 짚을 때, 카르마 공작이 입을 열었다.

"저는 상황을 조금 더 지켜보고자 합니다. 아직 북부군이 보유하고 있는 마수의 수도 채 다 헤아리지 못했습니다. 그런 상황에서 선제공격은 위험합니다."

그 말대로 우리는 아직 북부의 주전력인 마수의 종류와 규모를 모두 파악하지 못했다. 염탐으로 확인한 그들의 진영엔 경비용으로 사용하는 듯한 소수의 마수들뿐이었다.

'그들의 전력이 겨우 그 정도일 리 없다.'

아타라전에서 보았던 것만 해도 그보다는 훨씬 많았으니까. 마수들을 다른 곳에 숨겨 두고 있는 게 분명했다.

'하기야 마수들이 모여 있는 곳에 불만 질러도 그들에게는 큰 타격일 테니까.'

대부분의 마수는 피부가 부패한 상태이기에 불에 약하다.

달리 백병전을 벌일 것도 없이 마수들의 근거지에 불만 질러도 북부의 전력은 끝장날 터. 그들도, 그리고 그놈도 머저리는 아니니 평소엔 숨겨 두었다가 전투가 시작되면 마법을 이용해 끌어 올 셈인 게 분명했다.

"확실히 그렇지만……."

처음부터 지금까지 줄곧 선공을 주장해 온 레오가 앞머리를 휙 쓸어 넘기며 반박하려 할 때였다.

쿠웅!

땅을 울리는 소리와 함께 거구가 천막 문을 열어젖히고 들어왔다.

'어휴.'

나는 반가우면서도 피곤한 복합적 감정을 느끼며 한숨을 삼켰다.

"크하하! 나도 참가해야겠는데!"

기차 화통을 삶아 먹은 듯 우렁찬 목소리의 주인공은 누누타였다.

충직한 검이 되려 했는데 5

일주일간 의식을 잃고 있었는데 드디어 깨어난 모양이었다.

'불 핥는 자들은 특이 종족으로, 신성력과 치유력 모두 통하지 않지.'

원래 신성력이 통하지 않는 것은 알고 있었건만, 치유력이 통하지 않는다는 건 이번 일을 통해서 처음 알았다. 지금껏 동쪽 숲의 요정들과 암브로시오에 주거하는 불 핥는 자들은 만날 일 자체가 없었으니 새로운 발견이었다.

'자연 회복력으로 일주일 만에 저만큼 나은 건가.'

붕대를 싸매고 있긴 해도 중상은 대부분 회복한 상태였다. 나라도 신성력이 없었다면 완전히 회복하기까지 꽤 시간이 걸렸을 상처였는데 말이다.

'저 자식은 평생 감기 한번 안 걸려 봤을 것 같군.'

정말 대단한 놈이 아닐 수 없었다.

우뚝.

따가운 시선들을 한 몸에 받으면서도 태평하게 제자리로 걸어가던 누누타는 나를 발견하고 내 앞에서 멈춰 섰다.

'제발 그냥 가라.'

피곤해지기 싫었던 나는 슬쩍 시선을 돌려 천장을 바라보았다.

척!

그러나 누누타는 칼날 같은 카이사르의 눈빛과 칼에게 사정을 듣고 그를 증오하기 시작한 아리아의 눈빛 등을 알아보지 못한 듯, 큰 손으로 엄지를 치켜세웠다.

"미르, 아주 좋은 승부였다!"

그가 헤벌쭉 웃었다. 저 험악하지만 순수한 얼굴은 볼 때마다 속이 터졌다.

'일주일 만에 깨어나서 자신을 때려눕혔던 상대에게 하는 말이 저건가.'

나는 누누타를 미적지근한 눈으로 바라보다가 고개를 끄덕였다.

"그래. 내게도 좋은 승부였다."

"……."

"이건 진심이야."

누누타가 큰 눈을 끔뻑였다. 이런 반응이 나올 줄 몰랐다는 얼굴이었다.

어찌 되었건 나는 그와의 싸움에서 중요한 것을 깨달았고, 처절한 패배를 순순히 인정하며 앙금 없이 웃는 그가 싫지 않았다.

그 또한 전장에서 믿을 수 있는 동료가 될 것이 분명했다.

"용병단장. 자리에 앉으십시오."

잠시 시선이 오갈 때, 내 옆자리에 앉은 라이너가 고개를 까닥하며 말했다.

고저 없는 목소리와 무뚝뚝한 표정, 모두 여느 때와 다를 것 없는데도 묘한 냉기가 느껴졌다.

"하핫, 이거 내가 실례했군!"

머리를 벅벅 긁은 누누타는 순순히 자신의 자리로 가서 앉았다.

그가 고개를 쳐들었다.

"듣자하니 선공을 하느냐 마느냐를 두고 싸우고 있는 듯하던데, 그건 논의할 가치도 없는 주제다."

누누타의 적갈색 눈이 이글거렸다.

"반드시 선공을 해야 한다. 선공필승이라는 말이 공연히 있는 것이 아니다. 시간이 늦어질수록 일을 그르친다. 오늘 당장 쳐들어가야 한다."

누누타는 회의에 참여하자마자 잔잔한 모닥불이 타오르는 수준이던 장내에 냅다 짚단을 던졌다.

'이렇게 갑자기?'

나는 살짝 입을 벌린 채로 그를 멍하니 바라보았다.

누누타가 기분파인 경향은 있지만 자신의 성질로 공적인 일을 그르치는 놈은 아니라고 생각했건만.

다른 이들도 황당한지 잠시 침묵이 흘렀다.

"그렇게 쉽게 정할 수 있는 일이 아니네."

그 끝에 카르마가 단호하게 잘라 냈다.

율리안과 미묘하게 닮은 얼굴이 철혈이라는 단어를 빚어 만든 듯 딱딱했다.

"쉽게 하는 말이 아니다. 감정적인 결정도 아니고."

그러나 그 앞에서도 누누타의 눈빛엔 흔들림이 없었다. 조금 전 호탕하게 웃던 얼굴이 거짓말처럼 진지했다.

"의식을 잃었을 때 분명히 보았다. 곧 불의 날이 올 거다."

"……"

"턱 끝까지 가까워졌다. 그들이 우리를 덮치기 전에 지금 당장이라도 선공해야 한다!"

"……그날을 봤다는 건가?"

카르마와 요르칸의 얼굴이 대번에 심각해졌다.

'그건 또 뭔데?'

불 핥는 자들이 요정들만큼이나 신비로운 종족이라는 건 알지만, 나도 모르는 능력이 더 있을 줄이야.

암브로시오인들을 제외한 모두가 대화를 이해하지 못해 의아해할 때 누누타가 설명했다.

"온몸이 불에 타는 꿈을 통한 예언이다. 큰 화가 닥치기 전날 미리 예측할 수 있지."

"허어."

"암브로시오가 건국되던 당시 불 핥는 자가 건국왕의 측근이었고, 그가 화가 닥칠 날을 예언해 대비하게 했다는 것은 암브로시오의 유명한 전설이다. 위험 전에 확실히 꿈을 꾼다는 보장은 없지만, 꿈을 꾼 이상 화가 닥치는 건 확실하다."

그것은 꽤 놀라운 능력이었다.

"하, 하지만…… 불 핥는 자들 사이에서 불의 날을 볼 수 있는 자는, 이, 이제 거의 없다고 들었네만."

요르칸은 심각하면서도 떨떠름한 낯이었다. 카르마가 고개를 끄덕이며 거들었다.

"무엇보다 중대사를 그런 예언 나부랭이에 의존해 결정할 수는 없다."

틀린 말은 아니었다. 확실하지도 않은 능력을 믿고 수천수만 병사들의 목숨을 걸 수는 없는 노릇.

'하지만…… 뭔가 감이 오는데.'

오랜만에 찌릿 하고 감이 나를 사로잡았다.

저 말을 무시하면 안 될 것 같다는, 막연하지만 확실한 감.

복잡한 마음에 입술을 짓씹을 때 누누타가 고개를 저었다.

"무언가 오해가 있는 모양인데, 불 핥는 자들 사이에선 여전히 불의 날을 보는 자가 많다."

그가 머쓱한 얼굴로 머리를 긁적였다.

"그냥 악몽이랑 구분하기 힘들어서 무시하고 넘어갈 뿐이지, 우리는 원래 불에 타는 꿈을 자주 꾸거든."

"……."

……갑자기 신뢰도가 하강했다.

미적지근해지는 눈빛들을 느낀 건지 누누타가 황급히 첨언했다.

"하지만 이번엔 확실하다! 어젯밤 불 핥는 자들 대부분이 그 꿈을 꿨단 말이다!"

"……대부분이?"

"그래! 절반 이상이다!"

그건 확실히 기묘한 일이었다.

전장에서는 유령이 나타난다는 둥, 시체가 살아 일어난다는 둥 여러 기현상이 일어난다고 하지만, 그건 괴담일 뿐이다.

실제로 이런 기현상이 벌어지기란 쉽지 않았다.

'이걸…… 믿어야 할지 모르겠다.'

　　　　　　　　　　　　　　　　　충직한 검이 되려 했는데 5

누누타가 이런 걸로 거짓말할 놈도 아니고, 거짓말을 할 이유도 없다.

암브로시오 진영이 심각해진 걸 보아 불 꿈이 어느 정도 신빙성이 있는 듯한데.

"……그래도 불가하다."

카르마의 눈이 형형했다.

"우리는 병사들을 확실하고 안전한 길로 이끌어야 할 의무가 있다. 다른 이들의 생각 또한……."

"하지만 공작."

나는 천천히 고개를 들었다.

"이유가 어쨌든, 저 또한 최대한 빠른 선공에는 동의하는 바입니다."

지지부진하게 이어져 온 이 논제에서 내가 내놓는 의견은 정해져 있었다.

단순한 선공필승의 정신을 넘어, 마수를, 북부를, 그리고 지그문트를 잘 알기 때문에 내놓는 의견이었다.

"그들에게 주도권을 넘겨주면 안 됩니다. 절대로."

마수들은 적을 먼저 공격할 때 강해지고, 지그문트는 주도권을 잡은 이상 무슨 짓을 벌일지 모르는 놈이었다.

"이 연합군의 수장이자 바로 뒤의 암브로시오를 지키는 입장으로서 섣부른 판단을 내릴 수는 없다는 것을 압니다."

"……."

"하지만 지지부진하다가는 그쪽에 끌려가는 꼴밖에 되지 않을 겁니다. 결단을 내려야 합니다."

이건 애초에 정답이 없는 문제다.

현명한 책사와 획기적인 전략으로 대승을 거두는 건 작은 전투에서나 생기는 일.

이런 거대한 전쟁에서의 승리는 결국 누가 더 신중하면서도 과감하냐의 문제에 달려 있었다. 모순되지만 그랬다. 신중함도, 과감함도, 모두 필요한 것이다.

"우리는……."

"하, 하. 크, 크리시스 경의, 말도, 오, 옳네. 부, 불 핧는 자들이 단체로, 불의 꿈을 꿨다는 것 또한, 무시할 수, 없는, 무, 문제지."

카르마가 침음하며 무언가 말을 꺼내려 할 때, 요르칸이 멀건 얼굴로 헤실헤실 웃었다.

"마, 맞아. 전쟁에서는, 과감함도, 필요하지."

그가 고개를 끄덕였다.

"정탐꾼이, 곧 돌아올 거야."

"……."

"그들이, 마, 마수를 모아 둔 곳을 추격하고, 이, 있잖나. 금방, 올 거야."

"……."

"그러나 내일도, 여, 연락이 없다면……."

그의 유약한 잿빛 눈동자에 일순 이채가 서렸다.

"내가, 가장 먼저 나서서, 북부의 진을 칠 거야."

3년간 이어진 분열 왕국 전쟁에서 기어코 제 형을 끌어내리고 왕좌를 차지한 남자.

"하하. 다, 다들, 제가 믿음직스럽지 않겠지만…… 조, 조금만 믿어 주시죠. 저도 시체 옆에서, 바, 밥 정도는, 먹어 봤으니까요."

그가 이 연합군의 수장이라는 것은 무시할 일이 아니었다.

"……알겠습니다."

여태껏 말을 아끼며 회의를 지켜보던 디에고가 고개를 끄덕였다.

"내일까지도 정탐꾼이 오지 않으면 선공을 준비합시다."

"……."

"저는 이 머나먼 이국땅에서 우리 병사들의 목숨을 공연히 날릴 생각이 없으니 말입니다."

그의 두 눈엔 결단이 서려 있었다.

오늘의 회의는 그것으로 마무리되었다.

그날 밤.

털썩.

밤늦게까지 인적이 드문 곳에서 개인 수련을 한 나는 무너지듯 침대 위에 누웠다.

'체력을 아끼는 것도 필요하지만, 언제라도 싸울 준비가 되어 있는 게 더 중요하다.'

갑작스럽게 전투가 시작됐는데 몸이 풀리지 않아 전력을 내지 못하는 건 안될 일이었다.

'몸을 움직여야 잠이 오기도 하고.'

여느 때와 같이 루틴을 지켰다는 안정감과 함께 눈을 감을 때였다.

"이야!"

아주 멀리서 쩌렁쩌렁한 목소리가 들렸다. 내 귀에나 들릴 법한 소리였다.

'뭐야?'

나는 감았던 눈을 번쩍 뜨고 자리에서 벌떡 일어났다.

활짝.

그리고 막사 문을 열어젖혔을 때

쉴 새 없이 내리는 새하얀 함박눈.

저녁까지 제설 작업을 했음에도 어느새 다시 내 무릎 가까이까지 쌓인 새하얀 눈밭 위로…….

화르르르르륵-

불.

새빨간 불.

하늘에서 떨어진 홍염이 눈을 녹이지도 않은 채 눈 위에서 타오르고 있었다.

'……뭐?'

그 이질적인 광경 앞에서 내 입이 떡 벌어졌을 때였을까.

쉬이익!

하늘에서 세찬 날갯짓 소리가 울려 퍼졌다.

본능적으로 검을 뽑아 들며 하늘을 올려다본 순간.

"전군."

꿈에서도 잊을 수 없는 건조한 목소리가 하늘을 울렸다.

만유의 주인처럼 땅을 내려다보는 고고한 자안.

"돌격하라."

파천새를 탄 지그문트 하이드가 수백 마리의 파천새 군단을 이끌고 연합군 진영으로 수직 낙하하고 있었다.

'……지그문트 하이드.'

어느 때고 겨울을 불러오는 이. 그를 보는 순간 온몸의 피가 차갑게 얼어붙었다.

화르륵!

상공에서 불을 떨어뜨리는 그의 모습은 고고했고, 그 고고함이 지독하리만치 그와 잘 어울렸다.

까득.

나는 술렁이는 감정을 입 안쪽 살을 짓씹어 급하게 잠재웠다.

"불, 불이……! 아악!"

"이 불, 평범한 물로는 안 꺼집니다!"

"기사단장님! 아인하르트, 으윽!"

"국왕 폐하를 보호하라! 당장!"

왜냐하면 사방이 난장판이었으니까.

사사로운 감정에 취해 있을 시간 따위는 없었다. 우왕좌왕하는 병사들을 통솔해야 했다.

'우선은 상황 파악이 먼저다.'

나는 빠르게 주변을 살폈다. 북부군이 진영 내에 나타났다는 건 진영을 둘러싼 방어막이 완전히 망가졌다는 뜻. 실제로 그렇게 튼튼하던 방어막은 무언가에 쥐어뜯긴 듯 만신창이가 되어 있었다.

'적들은…… 하늘이다.'

나는 사납게 고개를 쳐들었다.

진영을 불바다로 만든 북부군은 약 오르게도 불의 영향을 전혀 받지 않는 100m 이상의 상공에 있었다.

'파천새를 탄 이들이 병력의 전부고, 인원은 300명쯤인가.'

연합군의 규모에 비하면 하찮은 수준으로, 애초에 북부군 내 '인간' 수는 얼마 되지 않았다. 저 정도면 특수 공작을 펼치러 온 정예 인원치고는 꽤 많은 것일 터.

'북부가 위협적인 이유는 마수와 흑마법, 그리고……'

한겨울 눈밭 위에서 화공을 펼치는 광기.

화르륵!

머리 위에서 미친 듯이 쏟아진 홍염은 내 무릎까지 쌓인 두꺼운 눈 위에서도 굴하지 않고 어지럽게 타올랐다.

'틀림없이 흑마법이다.'

내 손만 닿아도 녹아내리는 눈송이를 조금도 녹이지 않고 타오르는 불이 평범할 리가 없다. 사방에서 들끓는 사특한 기운에 질식할 지경이었다.

'어떻게 해야 끌 수 있지?'

병사들이 강물을 있는 대로 끌어모아 퍼부어도 꺼지지 않는 것을 보면 평범한 물은 통하지 않는 것이 분명했다.

어느새 내 막사에까지 가까워진 불을 눈이 아프도록 노려보던 나는 문득 특이점을 발견했다.

'눈뿐만 아니라 막사 또한 타지 않고 있다.'

사방이 불바다라 모든 게 불타고 있는 것처럼 보이지만, 자세히 보면 막사들은 그을음 하나 없이 멀쩡했다. 저 정도 화력과 불이 번지는 속도라면 막사의 반 이상이 새까맣게 불타 재가 되었어야 마땅한데 말이다.

'장작 없이 번지는 불이라니.'

스윽.

기묘함에 사로잡힌 내가 막사 앞에 겉도는 불을 향해 손을 뻗치는 순간.

화아악!

불은 먹잇감을 찾은 맹수처럼 내게로 맹렬히 돌진했다. 화끈한 열기, 불꽃이 일렁이는 촉감과 함께 순식간에 손끝이 화상을 입었다.

탓.

나는 가볍게 불을 피해 물러섰다.

'이건 사람만 태우는 불이다.'

사물은 통과하고, 사람만 추격한다. 어떤 원리인지는 몰라도 확실했다.

나는 굳은 얼굴로 하늘을 바라보았다.

'무슨 생각인 거냐.'

새까맣게 죽은 자안은 그 어떤 것도 비추지 않았다.

수십 수백 명을 태워 죽이는 순간에도.

'왜 흑마법까지 사용해 가면서 이상한 불을 지른 거지? 그냥 불을 지르는 편이 훨씬 쉽고 파괴력도 컸을 텐데.'

남의 진영에 대놓고 쳐들어와서, 파천새를 통해 안전과 지형적 우위를 함께 취했다. 그 상태에서 병사들만 태우는 게 낫느냐, 막사들도 함께 불태우는 게 낫느냐 계산해 본다면 당연히 후자가 나왔다. 진영을 망가뜨리는 건 연합군에게 치명적인 손해를 안길 테니까.

'불을 끄지 못하게 하려고? 아니, 그냥 불이었어도 한 번 번지기 시작한 이상 쉽게는 끄지 못했을 거다.'

절로 버석한 웃음이 터져 나왔다. 진정 이곳을 산지옥으로 만들려는 악독한 수가 머릿속에 그려졌기 때문이었다.

'애초에 파천새를 데려온 것부터가 그 때문이겠지.'

스르릉.

나는 저공비행을 하는 몇몇 적병을 싸늘하게 응시하다가 거침없이 검을 뽑아 들었다.

"모든 병사들은 전열을 갖춰라! 허투루 행동하지 마라!"

몸에 불이 붙는 상황에서 전열이니 뭐니 소용없겠지만, 마나를 담아서 울린 쩌렁쩌렁한 목소리는 적어도 우왕좌왕하는 이들을 멈출 정도는 되었다.

타닷!

병사들이 하나둘 정신을 차릴 때, 나는 하늘에서 떨어지는 불덩이들을 피하며 수뇌부 막사로 한달음에 달려갔다.

'크게 다친 사람은 없어 보이네.'

그곳엔 이미 수뇌부가 모여 있었는데, 다들 솜털과 머리카락이 조금 그을렸긴 해도 중상은 없어 보였다.

"언니! 무사했구나!"

"다행이군."

아리아와 칼이 당연하다는 듯 내 옆에 섰다.

'엘도…… 나왔구나.'

하기야 불난리가 났는데 나오지 않을 수도 없을 거다.

일주일 만에 다시 본 그는 성기사들의 엄중한 호위로 가려져 잘 보이지 않았으나, 힐끗 보인 얼굴은 비정상적으로 창백했다.

"보이는 제국 마법사들을 모두 끌어모아 급하게 방어막을 치긴 했지만 곧 뚫릴 겁니다. 정확한 명령을 내려야 합니다."

노아가 심각한 낯으로 요르칸에게 말했다.

그 덕분에 하늘에서 내리는 불은 멈췄지만, 땅은 여전히 불바다였다. 세레논과 카시아가 병사들을 대피시키기 위해 사방으로 뛰어다니고 있었다.

"……젠장. 부, 불의 꿈이 이렇게, 지, 직설적으로 불을 뜻할, 줄은……."

요르칸이 헛웃음을 치며 앞머리를 쓸어 넘겼다.

농조처럼 던지는 말과 다르게 색소 옅은 두 눈은 깊게 가라앉아 있었다. 연합군의 수장으로서 오늘까지 기다려 보자고 한 장본인이니 무거운 책임감을 느끼고 있을 터.

그러나 지금은 과거의 실책에 얽매여 시간을 낭비할 때가 아니었다.

"불부터, 꺼야 합니다. 흑마법인 듯한데, 지, 진화 방법을, 아시는 분, 계십니까?"

요르칸도 그것을 잘 아는 듯 단번에 어조를 단단히 하며 본론으로 들어갔다. 차가운 표정은 유약한 인상을 180도 뒤바꾸기에 충분했다.

"늑대족의 주술로도 꺼지지 않더군."

늑대의 날카로운 송곳니와 발톱을 꺼내어 전투태세를 갖춘 페이샤가 미간을 좁힐 때.

좌악—

순식간에 발출된 황금빛 오러가 불꽃의 허리를 베었다.

치이익—

놀랍게도 맹렬하던 불꽃이 오러에 닿자마자 천적에 놀란 짐승처럼 크게 주춤하며 물러났다. 내 손이 가까워지자마자 삼키려는 모습도 그렇고, 꼭 살아 있는 생명체 같았다.

"실험해 보니 완벽히 꺼뜨릴 수는 없어도 밀어낼 수는 있을 것 같습니다. 오러와 흑마법은 상극이니까요."

라이너가 휘두른 검을 갈무리하며 두 눈을 올곧게 빛냈다.

"제2기사단이 불을 진영 바깥쪽으로 밀어내겠습니다. 나머지 분들은 병사들을 지켜 주십시오."

완성된 광휘. 이제는 최고의 전력 중 하나가 된 소드 마스터 라이너 아인하르트가 자신이 가장 위험한 곳에 서겠노라고 흔들림 없이 선포했다.

"제국의 기사가 어디 너 하나만 있더냐."

스르릉.

희미한 웃음이 섞인 중후한 목소리와 함께 또 하나의 검이 뽑혔다.

우웅-

은빛 검신 위로 라이너의 오러와 같은 빛깔이지만 그보다 조금 어둡고 훨씬 더 깊은 색의 금빛 오러가 진동했다.

"제1기사단도 불을 막겠습니다."

"……."

"다들 보중하시지요."

라이너의 어깨를 단단히 잡은 노아가 인자하게 웃었다. 머리칼을 달빛으로 빚어내고 두 눈엔 태양을 동그랗게 말아 넣은 두 아인하르트가 성벽처럼, 또 방파제처럼 곧게 서 있었다.

"한시가 급한 일이니 허락하신다면 지금 바로 나서겠습니다. 이후의 일은 다른 분들께 맡깁니다."

노아가 불꽃 쪽을 힐끗 바라보았다.

그 말대로, 병사들은 세레논과 카시아의 안내에 따라 대피하고 있지만 인원이 워낙 많은 만큼 일분일초가 지날 때마다 부상자가 늘어나고 있었다.

끄덕.

잠시 요르칸과 시선을 주고받은 디에고가 고개를 주억거렸다.

"그대들에게 맡기겠네."

"명을 받듭니다."

탁!

누가 부자 아니랄까 봐 동시에 허리를 굽힌 노아와 라이너가 자리를 박차고 달려갔다.

"제1기사단은 단결하라!"

"제2기사단, 도열!"

금빛 광휘가 불을 헤치는 모습은 꼭 빛이 어둠을 몰아내는 새벽 시간의 하늘 같았다.

"불이 있다는 건 우리가 나설 차례라는 것 아닌가!"

쿵!

두 사람을 보고 자극을 받았는지 묘하게 결연해진 누누타가 망치로 땅을 찍었다.

그의 몸 위로 흑마법 광염과는 사뭇 다른, 정결한 불꽃이 일렁였다.

"이 불 핥는 자들이 나설 차례……!"

"아니. 잠깐."

나는 흥분해서 나서려는 그를 저지했다.

"왜 막는 거냐? 불 앞에서 가장 안전한 건 우리 불 핥는 자들이라는 걸 모르지 않을 텐데! 역겨운 기운을 뿜어내는 이상한 불이지만 우리를 태울 수는 없다!"

누누타가 이해할 수 없다는 표정을 지을 때, 나는 타오르는 진영 너머를 응시했다.

"이상하다고 생각하지 않으십니까?"

"……무엇이?"

여느 때와 다르게 줄곧 침묵하던 카르마 공작이 반문했다.

"이 불 말입니다. 다들 이 불이 오직 사람만을 공격한다는 것은 눈치채셨을 겁니다."

지도자들로서 이 정도 눈치와 수완은 갖추고 있을 터.

아니나 다를까 모두가 일제히 고개를 끄덕였다.

"왜 하필 그런 불을 질렀겠습니까."

"……."

"그냥 불을 질렀다면 훨씬 타격이 컸을 텐데요."

가장 먼저 상황을 눈치챈 디에고가 이마를 턱 짚었다.

"사람만…… 공격해야 하는 이유가 있어서군."

"네."

나는 입매를 굳혔다.

"'사람'만 공격한다는 건 '짐승'은 공격하지 않는다는 뜻입니다."

잠시 침묵이 흘렀다.

"아……."

아타라전에서 파천새를 상대해 본 적 있는 율리안만 얼굴이 새파랬다.

"그게 무슨……. 그건 너무 비약 아닌가? 불의 영향을 받는 것이 생명체의 단위일 수도 있는 거고……. 아니, 애초에 그 얘기는 왜 꺼낸 거지?"

누누타가 얼굴을 찡그렸다. 다른 이들도 여전히 오리무중인 듯해 보였다.

척.

나는 백문이 불여일견의 심정으로 하늘을 가리켰다.

새애액-

저공비행을 하며 우리 쪽 마법사들이 급하게 펼친 방어막을 부리로 헤집고 발톱으로 할퀴어 대는 수백 마리의 파천새들.

"'뇌우의 군주' 파천새는 대재앙 중 하나로, 울부짖음으로 사람의 정신을 뒤흔들고 날갯짓으로 태풍을 일으키며, 입으로 낙뢰를 뱉습니다."

"긴 설명은 됐고, 결론만 말해라."

손을 휘휘 저은 페이샤의 쭉 찢어진 동공이 번뜩였다.

그녀는 이미 정답에 도달하고서 내게 확인받고 싶은 것 같았다.

"네. 이렇듯 파천새는 막강한 괴물이지만, 유일한 약점이 불입니다. 사실 대부분의 마수가 불에 약하죠."

"……."

"그러나 보십시오."

쉬이익!

파천새들은 불에 닿을 만큼 아슬아슬하게 비행했고, 실제로 몇몇은 불에 닿기까지 했으나 모두 멀쩡했다.

"짐승. 특히나……."

"……."

"마수에겐 이 불이 통하지 않습니다."

쿵.

아주 멀리서부터 민족 대이동과 같은 진동이 일기 시작했다. 감각이 예민한 페이샤와 카이사르 또한 진동을 느꼈는지 무섭도록 얼굴이 굳어졌다.

"북부는 사람만을 공격하는 이 불꽃 속에 우리를 가둬 두고, 육지와 공중을 포위해 우리를 사냥할 작정인 겁니다."

창공에서 스치듯 마주한 보랏빛 눈동자는 어쩐지 웃고 있는 것 같았다.

"거대한 규모의 마수 떼가 이곳으로 오고 있다. 늦어도 10분, 빠르면 5분인가."

거침없이 한쪽 무릎을 꿇은 페이샤가 두 손으로 땅을 짚으며 진동을 가늠했다.

"이거…… 한 방 먹었군."

그녀의 흉 진 입이 삐딱하게 뒤틀렸다. 웃음기 없는 두 눈은 험악했다.

불을 끄지도 못하는 가운데 하늘과 땅 모두 마수와 적들로 득시글했다.

이보다 더 나쁠 수는 없는 상황이었다.

"……."

한시가 급한데도 모두 쉽사리 입을 열지 못해 침묵만이 흐를 때.

"그렇다면 병력을 둘로 나눠야겠군."

가장 먼저 입을 연 건 디에고였다.

그는 전란 속에서도 푸르른 눈의 총기가 사라지지 않고 오히려 더 빛났다. 빛이란 어둠 속에서 더욱 선명한 법이니까.

"곧 밀려들 마수를 상대할 육지조, 공중의 파천새와 기수들을 상대할 공중조. 그렇게 둘로 나누어야 할 것 같습니다."

그가 차분하게 설파하며 옆을 힐끗 돌아보았다.

"공중은……."

"그래."

디에고가 채 말을 잇기도 전에 테세우스가 고개를 끄덕였다.

"우리의 영역이지. 저들이 아니라."

화악.

그의 등 뒤에서 새하얀 날개가 피어났다.

"하늘은 우리가 맡지. 전멸시키진 못할지라도 땅을 공격할 겨를만큼은 없도록 하겠다."

그의 양 날개는 크고 작은 흉터들로 가득해도 어디까지나 고매했다.

"끄응. 미스가브에서 얻은 상처가 아직도 욱신거리는데……."

"엄살떨지 마라."

샤마임이 투덜거리는 제라를 엄하게 꾸짖었다. 두 사람 다 태평해 보였지만, 그들이 활짝 펼친 날개는 항전의 준비를 마쳤음을 알리고 있었다.

"전멸시키진 못한다뇨, 전멸시켜야죠."

왼편에서 낭랑한 목소리가 울려 퍼짐과 동시에 부드러운 깃털이 내 뺨을 간지럽혔다.

"하늘을 침범한 게 무슨 뜻인지 친히 알려 줘야 하지 않나요?"

외날개를 펼친 아리아는 어느새 요정왕의 후계자다운 얼굴을 하고 있었다.

그들을 한 명 한 명 돌아본 디에고가 굳게 고개를 끄덕였다.

"좋습니다. 그럼 나머지는 땅을 맡으면 되겠군요."

"육지조는 제가 지휘합니다."

불난리 사태가 벌어진 뒤부터 유독 말을 아끼던 카르마 공작이 한 발 나섰다.

"신중해야 한다는 이유로 연합군의 발목을 잡은 몸. 그 죄가 큽니다."

그녀가 선공을 가장 앞서서 반대하긴 했어도, 이 일이 어떻게 그녀의 책임이겠는가.

그녀의 말은 이론상 옳았고, 모두가 그 의견을 마음에 들어 하지는 않았어도 따르기는 했으니 결론적으로는 수긍한 것과 다름없었다. 그럼에도 카르마는 죽음으로 속죄하고자 하는 장수처럼 칼날 같은 기세를 내뿜었다.

"책임지고 선두에 서겠습니다. 마수들은 이 진영을 넘어오지 못할 것입니다."

그 순간 나는 그녀의 시선이 누군가에게 스치듯 머무는 것을 발견해 버렸다.

"카, 카르마 공작은, 아, 암브로시오 분열 왕국 전쟁 때도, 훌륭히, 차, 참모 역할을 해 주었죠. 맡겨 주셔도, 되, 될겁니다."

돌발 전시에 카르마 공작이 지휘할 것은 이미 논의가 된 바, 요르칸이 쐐기를 박듯 그녀를 지지해 주었다. 모두가 고개를 끄덕였다.

"빠른 논의 중 미안하지만, 잠시 확인하고 싶은 게 있는데."

디에고가 무어라 더 말을 하려 할 때 페이샤가 살짝 손을 들었다.

그녀는 멀지 않은 곳에서 맹렬히 타오르는 불을 빤히 바라보고 있었다.

"카슈미르 크리시스 너는 저 불이 짐승에게는 영향을 끼치지 않는다고 했지."

"네. 적어도 마수에게는 타격이 없는 게 확실하죠."

멀리 갈 것도 없이 하늘만 봐도 확인할 수 있었다.

툭.

불도 붙지 않은 곰방대를 들고 습관처럼 그 물부리를 짓씹던 페이샤가 씨익 웃었다.

"그렇다면 늑대들에게는?"

"네?"

"시험해 볼 가치는 충분하지."

휙!

그녀가 제자리에서 공중제비를 도는 동시에 건장한 중년 여성은 사라지고 거대한 늑대가 자리했다.

불빛을 받아 찬란한 은빛 털. 거대한 송곳니는 보는 것만으로도 위협적이었다. 세로로 쭉 찢어진 두 동공은 포식자답게 어둠 속에서 형형하게 빛났다.

크르릉…….

그 눈을 보는 순간 나마저도 섬찟했으니, 그들이 어째서 최강의 수인족으로 불리는지 알 수 있었다.

타닷!

가볍게 모두를 돌아본 페이샤는 이내 거침없이 맹염을 향해 뛰어가기 시작했다.

"잠깐, 페이샤……!"

내가 그 무모한 행동에 그녀를 붙잡으려 했으나, 그녀는 섬전보다 빠르게 뜨거운 불 앞에 다다랐다.

화아아악!

그리고 일말의 망설임도 없이 불 속으로 뛰어들었다.

"뭐, 무, 무슨……."

요르칸이 턱이 떨어지도록 입을 벌렸다. 디에고조차 희미하게 흔들리는 눈동자를 숨기지 못했다.

잠깐의 경악 어린 침묵.

'왜 안 나오는 거지? 설마 불타 죽었나?'

곧바로 튀어나올 거라고 생각한 것과 달리 몇 초가 지나도 나오지 않으니 오만 가지 생각이 다 들었다.

내가 그녀를 구출해 내기 위해 달려가려 할 때였다.

화악!

불꽃을 헤치고 거대한 늑대가 튀어나왔다. 그리고 뛰어갔던 것만큼이나 빠르게 돌아왔다. 은빛 털은 불 속에 들어갔다가 나온 것이라고는 믿기지 않을 만큼 그을음 하나 없이 윤기가 잘잘 흘렀다.

"인간 상태였을 땐 분명 열기를 느꼈는데, 늑대 상태에서는 열기가 느껴지지 않았다. 흑마법이 통하지 않는 게 분명해."

단숨에 인간으로 돌아온 페이샤가 태평스럽게 보고했다.

늑대로 변신하며 남겨진 옷을 주섬주섬 주워 들고 중요 부위만 대충 가리는 모습을 보고 있자니 헛웃음이 절로 나왔다.

'아니, 사람이 뭐 이렇게 앞뒤가 없어? 만약에 정말 마수만 타격을 안 받는 불이면 어쩌려고!'

내 사나운 눈빛을 느꼈을 텐데도 그녀는 끄떡없었다.

"요정 놈들만 한 건 하는 걸 두고 볼 수 없지. 육지에서의 선두는 우리 늑대들이다."

페이샤가 입꼬리를 시원스럽게 뒤틀었다.

"너희가 버린 짐승들이 너희를 지키는 모습을 똑똑히 보아라."

그 짤막한 한마디에서 그녀가 버텨 온 기나긴 삶의 무게가 느껴졌다.

아우우우우-!

페이샤는 대답을 기다리지 않고 또다시 늑대로 변신해 기사단이 고군분투하고 있는 불바다를 향해 달려갔다. 그녀의 울부짖음에 늑대들이 호응해 함께 울부짖으며 그녀와 합류했다.

"……정말이지. 대단한 분이군."

불바다로 뛰어들어 마수 떼가 오는 방향으로 달려가는 늑대들을 지켜보던 디에고가 심란한 얼굴로 중얼거렸다.

나도 은빛 늑대족에 대한 여러 복합적인 감정이 치솟았으나, 우선은 현재에 집중해야 했다.

"그럼 불 핥는 자들도 당장……!"

"잠깐."

"왜 자꾸 막는 거냐!"

페이샤를 보니 또 벽차올랐는지 시동을 걸던 누누타가 막아서는 나를 홱 돌아보았다. 두 번이나 막아서기만 하고 설명은 안 해 주니 열받은 기색이었다.

"이것으로 마무리하기에는 공중조 인원이 부족합니다."

"……"

"냉정하게 말해서 요정들만으로는 반격은커녕 버티기도 힘들 겁니다."

"크리시스 경, 그건……."

"오해하지 마십시오. 요정들이 약해서가 아니라 파천새가 그만큼 상대하기 까다로운 놈이라 그렇습니다."

요정들이 약하지는 않지만, 그들은 치유력에 탁월한 보조 공격 병력이다. 입에서 번개를 뱉는 미친 닭대가리까지 상대하기는 무리였다. 나도 아타라전에서 파천새 한 마리를 잡기 위해 율리안과 협공하지 않았던가.

"그럼 어떻게 하길 바라나?"

테세우스는 자신들의 입장에서는 꽤 불쾌할 수 있는 발언인데도 감정의 동요 없이 반문했다.

'이거, 될까?'

솔직히 나는 확신이 없다. 하지만 가능하기만 하다면 판도를 완전히 뒤집을 수 있을 터.

척.

나는 인간의 도리와 승리 사이에서 아주 찰나 고민하다가, 굳은 결심과 함께 누누타를 가리켰다.

"이거 들고……."

"……."

"날 수 있습니까?"

그 어느 때보다 무거운 침묵이 이어졌다.

"……진심이냐?"

키가 2m를 넘고, 몸무게는 200kg을 넘을 듯한 거구의 누누타가 반문했다.

"……."

과장 좀 보태 누누타의 덩치 절반도 안 될 마른 체구의 테세우스는 대답 없이 나를 빤히 바라보았다.

"너, 그거 노인 학대야. 임마."

"어려운 일이라는 건 압니다. 하지만 불 핥는 자들이 파천새를 상대할 수 있다면 싸움의 승기는 우리에게로 기울 겁니다."

"아니, 학대도 아니고 고문이다. 저렇게 비리비리한 양반한테 나를 들라고 하다니……."

"파천새는 불에 약하다고 말씀드리지 않았습니까. 그들의 광염은 파천새를 단숨에 불태울 수 있을 겁니다."

나는 필사적으로 누누타의 목소리를 못 들은 체하며 말했다. 과한 요청이긴 했지만, 이것이 최고의 시나리오였다.

'마법사들이 육지에서 불 마법을 쓰는 건 효율이 좋지 않을뿐더러, 파이어볼 같은 걸 사용하다가는 우리 진영까지도 진짜 불이 번져 버릴 수 있다.'

불 공격은 기본적으로 광역 마법에 속하는데, 공중의 적들을 공격하려다가 눈먼 불이 진영에 떨어져 우리 막사까지 폭삭 탈 수도 있었다. 마법사들은 공중조가 출발하면 공중전의 여파가 땅까지 오지 않도록 보호막을 치는 역할을 담당하는 게 가장 적합했다.

'불 핥는 자들은 평생 불을 주로 다뤄 온 이들이니만큼 아주 섬세한 광염 운용이 가능하다.'

다만 그들은 접근전에 능통했다. 그러므로 요정들을 통해 거리를 좁히려는 것이다.

"가능만 하다면 나도 당신들의 힘을 빌려 저 새대가리들을 태우고 싶긴 하다만……."

나를 힐난하면서도 내 말에 솔깃하긴 했는지, 누누타가 테세우스를 힐끗 살폈다. 테세우스는 여느 때와 같은 무표정이었지만 아주 자세히 보면 눈가가 떨리고 있었다.

그건 말도 안 되는 요청 때문에 어이가 없어서라기보다는…….

"……아직 노인 소리를 들을 만한 나이는 아니다만."

그래. 자존심이 상한 것 같았다.

그는 스스로를 다스리려는 듯 한숨을 내쉰 뒤 말을 이었다.

"한시가 급하니 결론만 말하자면, 들 수 있다."

"……진짜?"

누누타가 믿기지 않는다는 눈으로 테세우스를 바라보았다. 그 말만 믿었다가 하늘에서 떨어지지는 않을까 의심하는 눈치였다.

테세우스는 묵묵하게 고개를 끄덕였다.

"노인은 아니지만 이런 일에서 허세를 부릴 만큼 어리지도 않아. 요정들은 비행할 때 지니고 있는 모든 것이 자동으로 경량화된다."

"호오?"

"장기 전투가 아니라면 무리 없이 그대의 날개가 되어 줄 수 있다."

요정이고 불 핥는 자이고, 알면 알수록 신기했다.

'이거 대박인데. 그럼 모든 요정이 각자 한 명씩은 들 수 있다는 거잖아.'

새로운 길을 발견한 나는 고개를 끄덕였다.

"그렇다면 용병들은 육지조로서 마수들을 상대하게 하고, 네 용병단의 불 핥는 자들은 모두 공중조로 투입되어 파천새를 불태운다. 가능하겠나?"

퉁.

거대한 망치를 어깨에 걸친 누누타가 씨익 웃었다.

"네 말인데 여부가 있겠나?"

누누타가 시원스럽게 허락하고, 다른 이들도 묘책이라며 고개를 끄덕였다.

이후로는 다들 일사불란하게 움직였다.

전방에서는 늑대들과 암브로시오의 병사들 그리고 용병들이 나서서 밀고 들어오는 마수들과 싸우고, 아타라와 제국군은 후방에서 대기했다.

두 기사단은 자꾸만 진영을 향해 다가오는 불을 다른 곳으로 밀어내기 위해 분투했고, 신관들은 불로 인해 중상을 입은 이들을 치료했다.

"모두 준비."

공중조는 파천새 군대가 임시 보호막을 부수는 것을 신호로 반격을 시작하기로 했다.

"어우. 내 옆구리 잡지 마라. 징그럽게……."

"그럼 머리채를 잡고 들어 주랴?"

불 핥는 자들과 요정들이 가볍게 티격태격하는 가운데, 나는 땅과 하늘을 번갈아 보았다.

'아무래도 공중이 마음에 걸린다.'

불 핥는 자들이 투입된다고 해도 공중전에서 이길 수 있다는 확신이 없었다. 땅의 병력은 충분한 데 비해 요정들과 불 핥는 자들은 수가 많지 않았다.

'파천새가 불이 약점이라고 해도 맞춰야 의미가 있고, 흑마법사들이 어떻게 견제할지도 모르는데.'

　　　　　　　　　　　　　충직한 검이 되려 했는데 5

한겨울에 화공을 펼치는 미친 짓거리를 하는 놈들이다.

땅의 적은 마수들뿐이지만, 공중에는 파천새의 기수인 흑마법사들이 있었다.

그 수는 땅의 마수들이 더 많다고 해도 머리를 쓰는 사람이 더 위협적일 수밖에 없었다.

'특히나…… 저곳에 그놈이 있으니까.'

거의 깨져 가는 보호막. 징그러울 정도로 득시글거리는 파천새. 그 혼돈의 중심에서도 한눈에 보이는 이.

그가 눈에 띄기 때문인지, 내가 그를 잘 찾기 때문인지는 나도 모르겠다.

'공중전이 시작되면 저놈이 어떤 짓을 벌일지 알 수 없다.'

사실 그게 가장 마음에 걸렸다.

'하지만 밀려오는 마수들을 상대하는 것도 요령이 필요한 일이야. 나는 땅에 남아 있어야…….'

결정을 내리지 못하고 난제 속에 고민할 때였다.

"뭘 고민하는 거야? 말했잖아. 언니는 늘 옳다고."

꾹.

나직한 목소리와 함께 작은 몸이 등 뒤에서 나를 끌어안았다.

"공중전을 도와줘. 나도 이 전력으로는 위태롭다고 생각 중이니까."

내 어깨에 턱을 기댄 아리아가 씨익 웃었다.

"내가 날개가 되어 줄게."

늘 옳은 사람은 없다.

나 또한 수많은 실수를 딛고 존재한다. 나를 가장 오랫동안 지켜봐 온 아리아라면 내가 얼마나 불완전한지 잘 알 것이다.

그럼에도 내뱉는 말 하나하나에 거짓이 없으니…….

내가 늘 옳다는 말의 진의는 내가 틀려도 괜찮다는 것이리라.

"……아리아."

나를 끌어안은 팔을 내려다보다 눈을 감았다.

이 맹목적인 믿음은 가끔 나를 옥죄었고…….

"그래,"

"……."

"가자. 날 수 있게 도와줘."

동시에 나를 나아가게 만들었다.

탓!

아리아가 나를 끌어안은 채로 가볍게 땅을 박찼다.

화악.

공중 부양을 하듯 내 몸이 사뿐히 떠올랐다가 다시 내려앉았다.

"내 방어는 내가 알아서 할 테니까 마음껏 싸워."

"……."

"나 때문에 적당히 하지 마."

그녀가 단단히 당부했다. 나를 바라보는 두 눈에는 도움이 되진 못할지언정
짐만큼은 되지 않겠다는 결의가 담겨 있었다.

탁.

나는 무겁게 고개를 끄덕이고 발걸음을 옮겨 디에고 앞에 섰다.

"황태자 저하. 공중조에 합류해 공중의 적들을 치려고 합니다. 허락해 주십시
오."

전장에 선 이상 나도 한 사람의 병사에 불과했다. 내 행동의 결정권과 생사여
탈권을 손에 쥔 건 내가 아니라 눈앞의 이 남자였다.

"……."

디에고가 나를 가만히 응시했다.

화려한 얼굴은 그 어떤 사감에도 치우치지 않는 지략가처럼 냉정했으나, 푸른
두 눈엔 수많은 감정이 너울거리고 있었다. 잠깐 침묵하는 동안 날 향한 걱정이

이성을 이기고 그의 눈동자를 차지하기도 했다.

그러나 나는 염려하지 않았다.

"……그래."

그가 내 어깨를 꾹 쥐었다.

"믿고 공중을 맡기지. 다녀오게."

디에고는 제국의 안위가 걸렸을 때 결코 틀린 선택을 하지 않는다. 만약 그런 순간에 나와 디에고의 의견이 갈린다면, 그건 내가 틀린 거다.

그가 나를 믿는 만큼 나도 그를 믿었다.

"맡겨 주십시오."

그러므로 우리는 지금 똑같은 눈빛을 하고 있을 것이다.

"제국의 검을 하늘에 펼쳐 보이겠습니다."

서로에게 목숨까지 맡길 수 있는 이들에게만 허락된 신뢰의 눈빛을 말이다.

"보호막이 곧 깨진다! 모두 전열을 갖추어라!"

누누타의 등 뒤에 자리 잡은 테세우스가 소리쳤다.

그는 곧 누누타를 안고 날아야 한다는 사실에 인생의 회한을 느끼는 듯했지만, 그럼에도 자신의 자리에서 맡은 바를 다해 주고 있었다.

"이제야 진짜 재밌어지겠군! 불 핥는 자들은 광염을 준비해라!"

"네, 대장!"

"하지만 너무 흥분해선 안 된다. 등 뒤의 요정 나으리들까지 태워 버려서는 안 될 일이지!"

누누타가 망치를 허공에서 빙글빙글 돌리며 씨익 웃었다. 호전적인 말투와 다르게 그의 두 눈은 깊이, 또 깊이 가라앉아 있었다.

"언니. 준비됐지?"

훅.

낭랑하게 말한 아리아가 내 양 갈비뼈 부근을 두 손으로 잡고 허공으로 날아올랐다.

'공중에서 실력의 100퍼센트를 발휘할 수는 없겠지.'

아무리 아리아가 내 행동에 귀신같이 맞춰서 움직여 준다 한들, 내 발로 땅을 박차며 직접 움직이는 것과는 차이가 날 수밖에 없었다. 또한 거친 기류를 일으키는 기술들은 다른 요정들의 비행에 방해를 줄 수 있는 만큼 사용할 수 있는 기술이 한정되어 있었다.

'단숨에 몰아친다.'

장기전으로 가면 우리가 밀릴지도 모른다.

저 파천새 군단이 상공은 안전하다고 여기며 기세등등해져서 반격은 상상도 못 하고 있는 지금, 허점을 찌르고 들어가 빠르게 승기를 잡아야 했다.

'지상은…… 괜찮을까?'

힐끔.

나는 공중행이 결정된 뒤에도 계속해서 지상조에 눈이 갔다.

'내가 없어도 마수들을 처리할 수 있을까.'

온갖 마수로 바글거리는 마수 떼. 그 속엔 내가 훈련관이던 시절 기사단에게 토벌 방법을 가르쳐 주었던 마수도 있었지만, 그들로선 생전 처음 볼 생소한 마수들도 있었다.

미련처럼 잔재하는 염려를 완전히 씻지 못한 채 전방에서 밀려오는 마수들을 살필 때.

촤아아악-

강대한 힘이 빛살처럼 대지를 갈랐다.

그것은 경이로운 광경이었다.

키에에에엑!

전방에서 미처 막지 못해 후방으로 기어 올라오던 마수들이 그 공격에 휘말려 하나같이 두 동강 났다. 기사의 검답지 않게 살상력이 짙은 검. 그것은 소드 마스터의 오러처럼 정순했으나, 아인하르트들의 것처럼 올곧지는 않았다.

그래. 그것은 차라리 나와 더 닮은 검.

촤악!

검붉은색의 오러가 근처에서 넘실거리는 불길의 허리를 베어 냈다. 그 모습은 꼭 불로 불을 진압하는 것 같았다.

스륵.

그 붉은색의 주인이 검 끝을 갈무리하며 나를 올려다보았다.

"땅은 맡겨 둬라."

"……."

"하늘로 가."

카이사르의 시선엔 흔들림이 없었다.

"참…… 세상 오래 살고 볼 일이군요. 아버지랑 합도 맞춰 보고."

"뒤에 서라."

"싫은데요."

"네 녀석의 패륜은 대체 어디까지 갈지 궁금하군."

그의 뒤에서 터벅터벅 걸어 나온 칼이 머리를 벅벅 긁으며 마법진을 전개했다. 슬슬 뚫리고 있는 전방을 지원하러 가려는 듯했다.

"다녀와라."

칼이 나와 아리아를 번갈아 보았다.

"너희 둘 다."

아리아는 그거면 된다는 듯 피식 웃었다.

'……더는 아래를 보지 않아도 되겠네.'

조금 전까지 걱정하던 스스로가 바보같이 느껴졌다.

나는 혼자가 아니다. 그 당연한 사실을 자꾸만 잊어버렸다.

"보호막이 깨진다!"

쩌저적하고 아슬아슬하던 보호막에 거대한 금이 갔다.

"전원 공중으로!"

쉬이익—

테세우스의 신호와 함께 대기 중이던 요정들이 일제히 날아올랐다. 그들의 날갯짓으로 주위에 흙먼지가 마구 날렸다.

스르릉, 나는 검을 뽑아 들었다.

두 발이 붕 뜬 감각이 어색했으나, 산전수전 다 겪어 본 사람으로서 공중전도 못 할 건 없었다.

파사삭.

곧이어 보호막이 완전히 깨지는 순간.

"돌격하라!"

일사불란하게 날아오르는 인영들 새로, 나는 지상에 서 있는 누군가와 눈이 마주쳤다.

'괜찮을 거예요.'

그렇게 입술을 달싹이며 웃는 모습이 가슴 철렁할 만큼 흐릿해서.

"……누누타! 작전대로!"

"간다!"

나는 치미는 불안을 뒤로한 채 이를 악물고 앞을 바라보았다.

괜찮을 거다. 그가 그렇게 말했으니까.

"진짜 불이 뭔지 보여 주마!"

화르르륵!

전광석화 같은 테세우스의 비행에 빠른 속도로 북부군에 가까워진 누누타가 망치 위로 맹렬한 불꽃을 끌어 올렸다. 나머지 요정들과 불 핥는 자들은 전열을 맞춰 뒤따랐다.

"하아아앗!"

콰아앙!

힘찬 기합과 함께 누누타가 선두에서 날고 있는 파천새의 머리를 후려갈겼다.

끼이에엑!

두개골이 박살 난 파천새가 초음파처럼 높은 비명을 지르며 미친 듯이 파닥거렸다.

"이, 이 자식이……! 으악!"

기수는 어떻게든 중심을 잡기 위해 안간힘을 썼으나 결국 파천새의 움직임을 감당하지 못하고 떨어졌다.

키익, 키이이익…….

곧이어 온몸에 불이 번진 파천새도 힘없이 추락했다.

"정말 무식하게 강하네."

내 등 뒤에서 함께 그 모습을 지켜보던 아리아가 질린 듯이 중얼거렸다.

나는 목울대를 울렁여 마른침을 삼켰다.

'누누타가 불 핥는 자들 중에 가장 강하다지만…… 일격에 보내 버릴 줄이야.'

무식한 힘으로 휘두른 일격에 두개골이 깨지고, 망치에서 타오르는 광염이 깨진 두개골 속과 깃털로 옮겨붙었다. 모든 생물의 약점인 머리와 파천새 특유의 약점인 불을 동시에 공략한 셈이었다.

'이런 전개를 예상하고 진행한 계획이긴 하지만, 두 눈으로 보니 경악스럽네.'

대재앙이 일격에 스러지는 모습은 나도 처음 보았다. 그야말로 천적을 붙여 놓은 셈이었다.

"……."

전장에 어울리지 않는 기묘한 침묵이 높은 상공에서 퍼지는 찰나, 나는 씨익 웃었다.

"전군, 공격하라!"

이제는 우리가 사냥할 시간이었다.

"저 미친 비둘기들 싹 다 불태워 버려!"

"망할 놈들, 우리를 농락했겠다!"

요정과 불 홅는 자들로 짝을 이룬 공중조가 일제히 파천새 군단을 공격하기 시작했다.

"부, 불이 붙는다!"

"파천새들이 말을 안 듣습니다!"

"공포에 질려서 그런 거다! 세뇌를 더 강력하게 해!"

이후로는 손바닥 뒤집듯 판세가 뒤집어졌다. 예상치 못한 반격에 공중의 북부군이 우왕좌왕했다.

'어디 있지?'

속 시원함을 느끼고 있을 여유 같은 건 없다. 나는 그 난장판에서 거리를 둔 채로 주위를 두리번거렸다.

"찾았어?"

아리아가 등 뒤에서 물었다.

"잠시……. 아."

인상을 찌푸리며 정신을 집중하던 나는 시선 끝에 걸린 익숙한 인영에 낮게 탄식했다.

"저기다."

기이이익!

내 검신 위에서 오러가 울부짖었다.

"가자."

내 손끝이 향한 곳이야 뻔했다. 나와 마찬가지로 약간 떨어진 곳에서 모든 것을 관찰하고 있는 북부군의 머리, 지그문트 하이드. 그를 죽여야 했다.

"그런데 저 사람, 그러니까……."

"응. 내 친구였지."

아리아는 내가 가리킨 곳으로 날아가면서도 애매하다는 표정이었다. 아무래도 옛 친구와 맞서게 된 나를 걱정하는 듯했지만, 나는 침착했다.

"이젠 아니니까 괜찮아."

"어……."

"정말이야."

나는 요동 없는 목소리로 선언하며 검을 가볍게 털었다.

"언니가 너를 다치게 한 사람을 용서할 리가 없잖아."

'악당다운 소리를 해 볼까? 네 동생이 죽는 꼴을 보고 싶지 않다면 검을 넘겨라.'

아리아를 붙잡고 협박하던 그 자식을 떠올리면, 복잡한 생각은 모두 사라지고 차가운 분노로 귀결되었다.

"가자. 내 날개가 되어 줘."

그래. 지금은 그 분노에만 집중할 때였다.

쉬이이익!

아리아가 사냥에 돌입한 독수리처럼 속도를 높여 지그문트를 향해 돌진했다.

"……허."

무감각한 낯으로 고민에 빠져 있던 지그문트는 우리를 발견하고 헛웃음을 지었다.

나는 그를 향해 마주 입꼬리를 비틀었다.

"까꿍이다, 개자식아."

그리고 거침없이 오러를 날렸다.

촤아악!

폭력적인 검은 오러가 사선으로 날아갔다.

지그문트는 황급히 파천새를 움직여 피했으나, 파천새의 날개 끝과 그의 어깨를 베어 내기에는 충분했다.

"아리아!"

"응!"

길게 설명하지 않아도 아리아는 물러서는 지그문트를 추격하듯 파고들었다.

쉬이익!

나는 그녀에게 안긴 채로 거칠게 오러를 난사했다.

"마지막으로 봤을 때와 검이 다르군."

지그문트는 피하기에 급급한 상황에서도 죽음처럼 고요한 낯으로 태연히 말을 걸어왔다.

"알아보는구나. 너 죽이려고 검날 좀 갈아 왔는데."

그 낯짝도, 대여섯 번의 검격만으로 달라진 내 검술을 알아보는 것도 퍽 거슬린다. 나는 날카로운 공격을 쉬지 않고 계속했다.

"인정하지. 이번 반격엔 허를 찔렸다. 요정과 불 읽는 자들에 대한 정보가 부족했군."

스륵.

오른손으로 파천새의 고삐를 쥔 지그문트가 왼손을 펼쳤다.

"하지만 너를 위한 선물이 이것뿐이라고 생각하면 섭섭한데."

파지직!

그의 손에서 떠오른 검은 마법진이 상공 전체에 전류를 퍼트렸다.

"다음 작전으로 돌입한다."

그것은 일종의 신호탄이었다.

"가자!"

쉬이익–

무력하게 당하던 파천새 군단이 일제히 방향을 틀어 저공비행을 하기 시작했다.

"공격하라!"

파지지지직!

파천새의 입에서 전류가 쏟아져 나오기 시작했다.

"으아아악!"

"벼락이 떨어진다! 다들 피해!"

콰콰쾅!

수백 개의 벼락이 진영으로 떨어졌다. 파천새의 강철 같은 부리에서 전류가 튀어나오고, 안 그래도 불난리가 난 진영에 낙뢰까지 활개를 치기 시작했다.

파천새가 어째서 '뇌우의 군주'인지 모두가 확인하는 순간.

특별할 게 있는가, 이것이 바로 지옥이었다.

"오냐, 언제 하나 했다!"

나는 관자놀이에 핏줄이 솟은 채 이를 악물고 웃었다. 파천새를 끌고 온 순간부터 여기까지는 정해진 수순이었다. 파천새의 가장 큰 무기가 바로 저 낙뢰였으니.

'저 자식, 공격 마법 쓸 때도 번개만 쏘더니.'

지그문트 하이드는 본인이 천벌 받을 놈이라서 그런지 번개 공격을 즐겨 하는 듯했다.

"침착하라! 대열을 유지해!"

나는 동요를 보이는 공중조를 향해 날카롭게 소리쳤다.

공격을 예상하는 것만으로는 아무런 소용이 없다. 그 위험에 제대로 대비하고 막아 내야 진정 좋은 한 수를 두었다고 할 수 있을 터.

'저들은 분명 낙뢰로 공격할 텐데…… 어떻게 하면 좋겠습니까?'

본격적인 반격을 시작하기 전, 나는 북부군의 낙뢰 공격을 예상하고 안건을 꺼냈으나, 막아 낼 묘수는 떠오르지 않았다. 이미 마수들이 밀려오고 있는 난장판에서 피뢰침을 만들어 병사들에게 나눠 줄 수도 없는 노릇.

몇 번이고 광범위 임시 보호막을 전개하느라 지친 마법사들이 다시 보호막을 전개하기 위해서는 시간이 걸릴 터였다. 예언은 할 줄 아는데 다가오는 불행을 막을 힘은 없는 불운의 선지자가 된 기분이었다.

'걱정하지 말고 우리에게 맡겨.'

머리를 싸매고 고민할 때, 대답은 의외의 곳에서 아주 명쾌하게 나왔다.

"레오! 제대로 들려?"

나는 낙뢰를 피해 날렵히 움직이는 아리아에게 붙들린 채 시계추처럼 흔들리며 오른쪽 귀에 걸린 귀걸이에 손을 얹었다.

지직-

사방에서 강력한 전류가 오가기 때문인지 마도구에서 불안정한 진동이 울렸으나, 오래 지나지 않아 잠잠해졌다.

-아, 아. 여기는 육지조의 알렉산드로 아타라, 통칭 '레오'. 잘 들려, 슈슈.

곧이어 귀걸이를 통해 레오의 목소리가 귓가를 울렸다. 음질이 무척 깨끗해 그가 바로 옆에서 말하고 있는 것만 같았으니, 아타라에서 제작한 마도구는 정말 끝내줬다.

"어디까지 됐어! 시간은 얼마나 끌면 되는데!"

나는 고함치듯 다급하게 물었다. 귀걸이 너머로 끙, 앓는 소리가 들려왔다.

-열심히 하는 중이야. 지금 설치하는 놈들 손도 안 보여. 아마도 10분쯤……

"5분 안에 해!"

-허. 절반을 뚝 잘라 버리네. 그럴 거면 왜 물어본 거야?

레오가 장난스럽게 투덜거렸다.

정말 이 상황을 장난스럽게 받아들이고 있다기보다는 내가 조급해져 있음을 알고 일부러 목소리를 가볍게 내는 것 같았다.

-알았어. 최대한 빨리 해 볼게. 그리고……

쉬이익-

레오의 말이 끝나기 전, 바람을 가르는 날카로운 소리가 육지에서부터 가까워졌다. 소리가 나는 방향으로 고개를 돌린 나는 눈을 크게 떴다.

　　　　　　　　　　　　　충직한 검이 되려 했는데 5

푸슉!

살벌한 불화살이 파천새의 심장을 꿰뚫었다. 한 치의 오차 없이 완벽한 명중이었다.

키에에에엑!

낙뢰를 신나게 토해 내던 놈이 얼음처럼 굳으며 끔찍한 비명을 질렀다.

나는 멍하니 땅을 바라보았다.

척.

큼직한 인영이 한 뼘 정도로 보이는 먼 거리.

레오는 궁수들의 선두에 서서, 쐈던 활을 내리며 나를 향해 엄지를 치켜세웠다.

-나도 위험한 너를 앞에 두고 놀고만 있지는 않을 거니까 걱정하지 마.

쉭! 쉬익!

그 말을 끝으로 파천새 군단을 향해 불화살이 쏟아졌다. 번개를 내리겠답시고 극한의 저공비행 중이었기에 그들을 저격하기는 어렵지 않았다.

"불화살이다! 경로를 틀어라!"

"고도를 높여 적들과 섞여라! 그렇다면 쉽게 공격하지 못할 것이다!"

불화살 세례에 정신이 아찔해졌는지, 그들이 급히 우리가 있는 상공으로 치고 올라오기 시작했다. 용의 꼬릿짓이 무섭다고 범의 아가리로 밀고 들어오는 모양새였다.

-곧 설치 끝난다. 조금만 버텨.

늘 아픈 손가락 같던 어린 동생이었건만, 오늘만큼은 손톱만 한 레오의 얼굴이 더없이 믿음직스러워 보였다.

"……아타라의 궁수 부대가 우리를 지원한다. 적들을 쫓아라! 육지를 공격하지 못하게 상공으로 몰아붙여!"

나는 그제야 멈추고 있던 숨을 크게 쉬며 묵직하게 소리쳤다.

묘하게 우왕좌왕하던 공중조가 그제야 빠릿하게 그들을 뒤쫓았다.

"언니, 우리는?"

"계속 저놈을 쫓는다! 부탁해!"

"좋아!"

등 뒤에서 묻는 아리아에게 멀지 않은 곳에서 전격을 쏟아내는 중인 지그문트 하이드를 지목해 주었다. 파천새 군단을 견제하는 일은 테세우스와 누누타가 방향키를 잡아 줄 거다. 내가 할 일은 대가리를 치는 것이었다.

"네 상대는 나다, 개자식아!"

"그래, 이 망할 새끼야! 뭐 하는 놈인지는 모르지만 너는 뒈졌다!"

쉐에엑!

나는 아리아의 세찬 동조와 함께 지그문트를 향해 살벌한 오러를 날렸다.

"……또인가."

육지를 공격하는 데에 집중하던 지그문트가 아슬아슬하게 공격을 피하곤 헛웃음을 쳤다. 나와 아리아를 바라보는 그의 눈에 기묘한 감정이 스쳐 지나갔다.

"누가 자매 아니랄까 봐 쌍으로 성격이 나쁘군."

스르릉.

그가 드디어 검을 뽑았다.

더 이상 오러를 끌어 올리기를 망설이지 않는 그의 검엔 검은색과 연한 붉은색이 뒤섞인 기이한 오러가 일렁였다.

"소용없다. 너도 연합군도, 오늘 밤 다 불살라 주지."

화아악!

담백한 목소리로 도발한 지그문트가 파천새의 고삐를 거칠게 당기며 나를 향해 돌진해 왔다.

카앙!

허공에서 그와 나의 검이 맞부딪쳤다.

카가가각.

검은색의 사나운 오러와 불쾌하도록 진득한 이색의 오러가 서로를 밀어내려 이를 드러내고 기 싸움을 했다.

이곳은 발 디딜 곳 하나 없는 높은 상공.

그나마 파천새를 타고 있는 지그문트와 달리, 나는 바람에 날리는 민들레 씨처럼 허공에 휑하니 둥둥 떠 있었다.

'육지에서 검을 휘두르는 것과는 완전히 느낌이 달라.'

무게 중심도, 힘의 전달 방향도 다르다. 모든 것이 이질적인 상태로 강한 힘을 버텨 내자니 몸이 거꾸로 뒤집힌 채 거센 파도를 감당하는 기분이었다.

"내, 가, 꽉 잡고 있을게!"

그나마 아리아가 나를 꽉 잡고 버텨 줘서 밀리지 않을 수 있었다.

나는 지그문트의 검을 받아 낸 채로 빠르게 그를 살폈다.

'상공에서 이놈과 정면으로 붙는 건 골치 아플뿐더러, 결국 이긴다고 해도 시간이 오래 걸린다.'

굳이 그런 길을 자처할 필요는 없었다. 보다 쉬운 길이 있으니까.

촤악!

나는 검을 거칠게 비틀어 빼낸 뒤 섬광처럼 지그문트가 타고 있는 파천새를 공격했다.

키이이익!

한쪽 날개를 깊게 베인 파천새가 비틀거렸다. 황급히 중심을 잡은 지그문트가 재빨리 자리에서 물러났다.

"……이 자식."

"왜? 천하의 너도 그곳에서 떨어지면 날 수는 없는 모양이다?"

파천새는 지그문트보다 훨씬 면적도 크고 상대하기도 쉽다. 상대하기 쉽다는 말이 대재앙에게 사용하기엔 영 오만하지만, 저놈에 비하자면 이 세상에 어려운 상대는 없었다.

"와라. 내 친히 떨어뜨려 주지."

나는 그를 향해 험악하게 입꼬리를 비틀었다.

"······."

잠시 서늘한 눈으로 나를 응시하던 지그문트가 낮은 웃음을 뱉었다.

"······그래. 간혹 사람들이 나를 천사나 그에 준하는 존재로 생각하기도 하지만, 내게 날개는 없다."

"이 새끼 드디어 미쳤구나."

"언니, 저 자식 이상해."

궁지에 몰리니까 정신 분열이 오나 보다.

천사 운운하며 선을 넘는 지그문트를 싸늘하게 바라보자니, 그가 어깨를 으쓱했다.

"하지만 그건 너도 마찬가지 아닌가?"

"뭐?"

휙!

그 순간, 그 말의 뜻을 채 파악하기도 전에 손이 먼저 움직였다.

사가각!

"언니!"

아리아가 경악 어린 비명을 질렀다.

스윽.

나는 피가 뚝뚝 흐르는 손과 움켜쥔 단도를 무미건조하게 바라보다가, 지그문트에게로 시선을 돌렸다.

"······너는 늘 최악의 선택을 하는군."

내 목소리라고는 믿지 않을 만큼 음습한 목소리가 잇새로 새어나왔다.

"네 최악은 늘 나의 최선이었지."

내가 잡지 않았다면 아리아의 날개를 꿰뚫었을 단도의 주인이 싱긋 웃었다.

"네 동생만 떨어뜨리면 너도 날지 못하는 건 매한가지잖나."

그는 내 약점이 뭔지 아주 잘 알고 있었고, 지금 아리아를 집중적으로 공격하겠노라 선포하고 있었다.

'……젠장.'

피가 싸하게 식는다.

사실 아리아와 함께 날아오른 순간부터 이것은 정해진 운명이었다. 나는 내 등 뒤의 아리아가 위험해질 수 있다는 걸 인지하는 순간부터 흔들릴 테니까.

"언니."

찰나, 나직하고 부드러운 목소리가 내 귓가를 간지럽혔다. 본능적으로 돌아본 내 눈에 그녀의 얼굴은 환히 웃고 있었고…….

"나는 언니에게 방해가 되면 죽어 버릴 거야. 알았지?"

기이할 정도로 동공이 확장되어 있었다.

"아, 아리아. 잠깐……."

"날개가 박살 나면 팔을 휘저어서라도 날 거니까 돌아보지 마."

스윽.

온몸에 소름이 돋으며 입이 떡 벌어진 순간, 아리아가 상냥하게도 손수 내 고개를 앞으로 돌려 주었다.

"가서 싸워."

"……."

"저 자식 죽여 버려."

"……."

"대답 안 해?"

"어, 어, 응……."

복잡하던 마음이 순식간에 정리되었다. 아니, 그냥 문젯거리가 망치로 후려쳐서 부서진 느낌이었다.

"그래, 어…… 들었냐? 내 동생이 너 죽여 버리란다."

"……."

지그문트가 나와 아리아를 번갈아 보았다. 그의 눈빛은 미친 여자들을 보는 듯했다.

탓!

그에게서 대답을 듣기도 전, 아리아가 허공을 박찼다.

"간다."

"자, 잠깐, 아리, 으악!"

세에에엑!

아리아가 지금까지는 장난이었던 것처럼 빠른 속도로 지그문트를 향해 돌진했다. 나는 허겁지겁 검을 세웠다.

"……넌 그 나이 먹고도 아직도 동생한테 잡혀 사나?"

"다, 닥쳐! 죽어라!"

쉬익!

나는 철렁했던 심장을 숨기기 위해 하나도 당황하지 않은 듯, 처음부터 이럴 계획이었던 것처럼 유려하게 오러를 날렸다.

한숨같이 긴 숨을 뱉은 지그문트가 물러서지 않고 우리에게로 마주 돌진했다.

"아리아!"

후욱.

지그문트의 검이 아리아의 머리 위로 아슬아슬하게 스쳐 지나갔다. 아리아가 한껏 고개를 젖히지 않았다면 상상도 하기 싫은 끔찍한 일이 벌어졌을 거다.

지그문트는 자신이 했던 말을 지키려는 듯 내가 아닌 아리아에게로 쇄도했다.

"나 돌아보지 마! 집중해!"

내가 주춤거리는 걸 느꼈는지 아리아가 날카롭게 소리쳤다.

'지금 아리아는 내가 지켜야 하는 동생이 아니라 내 등을 맡긴 동료다.'

걱정하며 주춤거리는 것이 오히려 아리아를 더 위험하게 만들 터. 지금은 그녀를 믿어 줄 때였다.

"……가자!"

나는 망설임을 떨쳐내고 지그문트와 파천새를 향해 검을 휘둘렀다.

콰앙!

몇 번이나 검이 맞부딪치고, 아슬아슬한 일격이 오갔다.

나는 산전, 수전, 공중전 중 왜 공중전이 마지막으로 논해지는지 똑똑히 배웠다.

원래대로라면 검만 휘두르는 지그문트쯤은 쉽게 몰아붙였을 텐데, 내 마음대로 움직일 수 없는 상태와 지상과는 전혀 다른 느낌이 내 몸을 무겁게 만들었다.

"이제 불화살이 다 떨어진 모양이군."

아래를 흘끗 내려다본 지그문트가 씨익 웃었다. 정말이지 짓이겨 주고 싶을 만큼 재수 없는 얼굴이었다.

"공격을 재개한다!"

쉬이익!

그가 신호하자 파천새 군단이 다시 저공비행을 하려는 듯 경로를 가다듬었다.

나는 머리로 열이 확 뻗치는 것을 느끼며 내 귀의 귀걸이를 거칠게 낚아챘다.

"레오! 아직도 안 됐어?"

-어허이. 잠깐만, 거의 다 됐다. 진짜…….

"야, 임마! 우리 진영이 번개로 바삭하게 태워지게 생겼다고! 빨리……!"

-어! 됐다!

파앗!

북부군이 낙뢰 공격을 재개하는 순간, 반투명한 푸른빛의 거대한 장막이 진영 전체를 덮고 둥그스름하게 솟아올랐다.

지지지직-

파천새들이 뱉은 번개가 장막에 맞고 반사되듯 튕겨 나갔다.

"아아아악!"

파지직!

기세등등하던 적군들은 자신이 내린 낙뢰에 감전되어 땅으로 떨어졌다.

"……."

순간 대지와 공중, 모든 공간에 침묵이 감도는 듯한 착각이 일었다.

"하하핫! 성공이다! 잘했다, 마법사들이여! 바로 이거지!"

그런 가운데 신이 난 레오의 목소리만이 쩌렁쩌렁하게 들려왔다.

"이게 바로 마도공학의 힘이다, 이 자식아!"

빡!

압생트빛 눈동자를 호전적으로 빛낸 그가 용케도 상공에서 지그문트를 찾아내어 주먹감자를 먹였다. 과거 레이샤의 유품을 빼앗아 간 것이 북부의 수장임을 알고 이를 아득바득 갈더니, 이제야 원을 푼 얼굴이었다.

"……허."

나는 지그문트가 그렇게나 썩은 표정을 짓는 것은 처음 보았다.

"반사형 결계다! 공격을 멈추고 물러나라!"

지그문트의 동요는 길지 않았다. 그는 재빠르게 움직이며 당황한 북부군을 이끌었다. 그러나 판세는 이미 뒤집힌 뒤였다.

"아리아, 쫓아가!"

"응!"

사방이 소란스러웠지만, 나는 지그문트에게 시선을 집중했다. 내 목표물은 처음부터 그였다.

쉭! 쉬익!

나는 오러를 화살처럼 날리며 지그문트의 뒤를 바짝 뒤쫓았다.

'저 자식, 당황했군.'

다른 사람들 눈엔 평소와 다를 바 없는 무표정이겠으나, 내 눈엔 미세한 경직이 보였다. 오늘 전투 중 그가 처음으로 당황한 순간이었다.

나는 마음 깊은 곳에서 솟아나는 통쾌함을 굳이 숨기지 않기로 했다.

'끝까지 추격해서 상처 하나라도 더 낸다!'

연합군 측에는 치료 능력자가 넘쳐났으나 북부군에는 하나도 없다. 이러저러한 요행을 부린대도 큰 상처들은 금세 치료할 수는 없을 터. 죽이진 못할지라도 이 기회에 저놈에게 피로를 축적시켜야 했다.

"크하하! 싹 다 태워 버려라! 오늘 하늘은 재와 유황으로 자욱할 것이다!"

이때다 싶었는지 누누타가 우렁차게 고함을 질렀다.

그의 목소리를 신호로, 공중조는 파천새 군단을 포위해 하나하나 불태워 죽이기 시작했다. 모두가 제 몫을 다해 필사적으로 싸우고 있을 때 나만 몸을 사릴 수는 없는 노릇. 나는 코앞까지 가까워진 지그문트를 노려보며 오러를 한계까지 끌어올렸다.

키기기긱―

핏줄을 타고 힘이 울컥 빠져나가는 감각과 함께, 각성제를 먹기라도 한 것처럼 두 눈이 번쩍 뜨였다.

"아리아, 내가 신호하면 나를 던져!"

내 말에 아리아가 흔들리는 눈으로 나를 내려다보았다.

지그문트의 파천새에 올라탈 계획이지만, 자칫 잘못하면 그대로 추락할지도 모른다. 물론 나는 여기서 곧장 땅으로 떨어지더라도 죽지는 않을 것이다. 하지만 아리아로서는 나를 이 광대무변 허공에 던지는 행위 자체에 거부감이 들 터.

"나를 믿어."

나는 물러서지 않고 그 눈을 똑바로 마주했다.

"우리는 늘 서로를 믿는 수밖에 없었잖아."

"……"

"오늘도 같을 뿐이야."

성이 없어 이름이 한 어절뿐일 때, 나는 아리아의 병든 몸이 오늘 하루를 버틸 수 있을 거라고 믿었고 아리아는 내가 재앙들의 아가리에서 살아 돌아올 거라고 믿었다. 근거를 찾는 것은 사치였다. 그저 믿을 수밖에 없었던 나날이었다.

"나는 오늘도 살아 돌아올 거야."

빨리 오겠다는 약속은 어겼어도, 돌아오겠다는 약속을 어긴 적은 없었다.

나는 지금까지 그렇게 살아남았다.

"……또 혼자 가는 것처럼 비장하게 말하지 마."

이를 으득 간 아리아가 언제 복잡한 낯을 했냐는 듯 시리게 눈을 빛냈다.

쌔애액!

그녀가 알바트로스처럼 크게 날갯짓하며 단숨에 속도를 높였다. 대기를 찢는 파공음이 귀를 먹먹하게 울렸다.

"내가 있는 한 언니가 추락할 일은 없어."

드디어 세상에 나온 그녀는 단 한 번도 날개를 움츠린 적 없다는 듯 당당히 활개 치고 있었다.

"압도적으로 이겨! 위험해 보이면 달려들어서 고기 방패가 되어 버릴 거니까!"

"으, 응!"

날카로운 목소리에 진심이 가득해서 빠릿하게 답했다. 정말로 내가 싸우다가 밀리면 아리아는 몸통 박치기를 하며 난입할 것만 같았다.

훅!

아리아가 급격히 경사를 높여 지그문트 위로 치고 올라갔다. 그리고 젖 먹던 힘까지 끌어모으는 기세로 속도를 올렸다.

쉬이익!

발밑으로 지그문트의 검은 머리통이 뒤처졌다가 앞서가기를 반복했다. 나는 그 동그란 점을 응시하며 시간의 틈새를 노렸다. 그리고 완벽한 순간.

"지금!"

스르륵.

내 신호와 동시에, 아리아가 주저 없이 나를 놓았다.

화아악!

발꿈치부터 목덜미까지 곤추서는 듯한 아찔한 감각과 함께 내 몸이 추락했다.

이 상태로 땅에 떨어졌다가는 사지가 부러질 테지만, 시야가 공포로 흐려지는 일은 없었다. 계산은 완벽했으니까.

콱!

나는 코앞에 당도한 파천새의 목덜미를 거칠게 낚아챘다.

키이이익!

갑작스럽게 목이 졸린 파천새가 초음파 같은 비명을 쏟아 대는 것을 무시하며 놈의 몸통에 올라탔다.

"너……."

"그래. 네 마음 알아."

나는 놀란 얼굴의 지그문트를 향해 씨익 웃었다.

"이렇게라도 얼굴 보니까 좋다. 그렇지?"

그리고 시커먼 검날로 파천새의 목을 단숨에 베었다.

촤아악!

온몸에 끔찍한 검은 피가 튀어 올랐다.

꾸루룩.

목의 절반 이상이 끊긴 파천새가 비명도 지르지 못한 채 허물처럼 무너졌다.

"……같이 죽자는 건가?"

추락하는 사체 위에서 간신히 중심을 잡은 지그문트가 헛웃음을 쳤다.

"엄살 부리지 마. 겨우 이 정도에 죽을 놈이었다면 스승님 시체보다 네 시체를 먼저 치웠겠지."

스윽.

나는 눈가에 튄 피를 거칠게 닦아낸 뒤 검을 세웠다.

"지금부터 진짜 시작이다."

타앗!

무중력 상태로 흔들리는 사체를 박차고 올라, 지그문트를 향해 검을 휘둘렀다.

쾅아앙!

드디어 검과 검이 정통으로 맞부딪쳤다.

캉! 카강!

강한 진동으로 손이 찌릿하게 울리고, 검이 귀청이 찢어질 듯한 비명을 질렀다.

상공에서 빛살과 같은 속도로 여러 번의 실수가 오갔다.

우웅.

그러나 추락하는 시간은 짧다. 발밑에서는 반사형 결계와 새빨간 홍염이 일렁이고 있었다. 이대로는 무거운 파천새의 사체를 물리적 공격으로 인식한 결계에 부딪쳐 튕겨 나가거나, 세찬 불 속으로 떨어지거나 둘 중 하나인데.

챙! 챙! 카가각!

지그문트도 나도 물러서지 않았다. 낭떠러지에서 줄을 타는 광대처럼 아찔한 공격을 주고받을 뿐이었다. 마치 생에 하나 있는 목표라곤 상대를 죽이는 것밖에 없는 양. 사실 그럴 수밖에 없었다.

'먼저 물러서는 쪽에게 빈틈이 보인다.'

가까운 거리에서 빠른 속도로 검을 나누는 중엔 아주 약간의 뒷걸음질도 치명적인 허점이었다. 잠시라도 방심하는 순간 잡아먹힐 터. 그러니 결국은 겁쟁이 게임이다. 이대로 둘 다 물러서지 않는다면 공멸하겠지만, 물러서면 패배할 뿐이었다.

화르륵!

어느새 몸의 솜털이 불꽃의 뜨거운 열기에 그을릴 만큼의 거리.

결계 바로 직전이었다. 이대로 떨어지면 나 또한 위험했다. 하지만 내게는 확신이 있었다.

"……젠장!"

먼저 물러서는 건 저놈일 거라는 것.

드물게 욕지거리까지 뱉은 지그문트가 위를 바라보았다. 더 높은 상공에선 북부군이 연합군 공중조에게 속수무책으로 밀리고 있었다.

연합군은 각 진영마다 지도자 격인 인물이 있지만, 북부군의 지도자는 오직 한 명, 지그문트뿐이다. 북부군은 지그문트의 이름 아래 뭉쳤으며, 지그문트만을 따랐다. 이 철저한 놈은 자신이 부재할 때를 대비해 뒀겠지만, 지금 같은 실제 전시 상황에서 지그문트의 통솔력이 없으면 제대로 된 전술을 펼치기엔 어려울 터.

'그래서 계속 북부군과 함께 있으려 한 거겠지.'

원래 이 자식 성격이라면 내가 먼저 달려든 시점부터 어떤 악독한 수를 써서라도 아리아부터 베어 내서 나를 떨어뜨렸을 것이다. 그런 뒤에 방해물 없이 여유롭게 군단을 진두지휘했을 텐데.

'이번엔 아무리 먼저 공격해도 귀소 본능을 지닌 개처럼 자꾸 물러섰다.'

그것이 내 추론의 증거가 되었다.

채앵-

그의 검이 아주 미세하게 느려진다. 검을 맞대고 공명하던 나만이 느낄 수 있는 실낱같은 빈틈이었다.

'이다음, 이놈은 반드시……!'

예측했다면 다음 수는 망설일 필요 없다. 나는 예측한 틈새로 검을 찔러 넣었다.

푸욱!

살을 뚫는 섬뜩한 소리가 났다.

철퍽!

이미 검은 피로 더러워진 내 얼굴에 다시금 뜨거운 피가 튀어 올랐다.

'지그문트 하이드도…… 피가 붉은색인가.'

찰나에 당연하고도 낯선 자각이 머리를 스쳐 지나가고, 당혹감에 젖은 얼굴이 시야에 들어온다. 안 그래도 흰 얼굴에 순식간에 핏기가 빠져나갔다.

"너……"

그의 목소리가 희미하게 떨린다.

웃고 싶지 않다.

그러나 나는 웃었다.

"혼자 가면 쓰나."

"……"

"같이 가자고, 나도."

지그문트는 결계에 닿기 직전 상공으로 향하는 순간이동을 펼쳤다.

꾸욱.

그리고 나는 그런 그의 옆구리에 검 손잡이가 닿을 정도로 깊이 검을 박아 넣었다. 그는 책임지기 위해서 살아야 했고, 나는 책임지기 위해 죽을 수 있었다.

그것이 공중전의 승부를 갈랐다.

"……쿨럭."

화악!

지그문트가 울컥 피를 토해 내는 순간에도 완성된 순간이동 마법진은 착실히 발동되었다. 익숙하면서도 낯선 지그문트 특유의 마력과 함께 속이 지독하게 울렁거렸다.

팟!

곧이어 눈을 뜬 나는 눈앞에 펼쳐진 광경에 혀를 내둘렀다.

그곳은 전투가 한창인 상공, 내가 선 곳은 북부군의 파천새 중 하나의 몸통 위였다.

'더러운 천재 자식.'

조금만 잘못해도 팔다리가 날아가는 순간이동을 밥 먹듯이 하는 놈답게, 그는 예상치 못한 부상을 당했음에도 순간이동을 완벽하게 성공시켰다. 대륙 최강의 마검사라는 말은 허명이 아니었다.

'너무 완벽한 나머지 검을 통해 이어진 나까지 상처 없이 데려와 버린 게 문제지만.'

이번만큼은 그의 완벽함이 돌이킬 수 없는 허점이었다.

"……윽."

풀썩.

"지, 지그문트 님? 그리고…… 히이익! 당신은……!"

옆구리에 구멍이 난 지그문트가 중심을 잃고 쓰러졌다. 그 소리에 뒤를 돌아본 조종수가 지그문트와 나를 발견하고 기겁했다.

촤악!

나는 지그문트의 옆구리에 꽂힌 검을 뽑아냈다. 검 때문에 그나마 지혈이 되고 있던 환부에서 피가 터져 나오기 시작했다.

"언젠가 너를 죽이게 될 거라는 건 알고 있었는데……."

"……."

"장소가 타국의 상공이 될 줄은 몰랐네."

나는 옆구리를 틀어쥔 채 축 늘어진 남자를 물끄러미 바라보았다. 이렇게나 연약한 지그문트 하이드를 본 적이 있던가.

직전의 공격은 확실히 치명적이었다. 내버려 두기만 해도 과다출혈로 죽을 것이다. 그러나 뭐든지 확실해야 하는 법. 지금 결정타를 날려야 했다.

"……너는 영원히 사람을 죽이지 못할 줄 알았는데."

자신이 죽기 직전이라는 걸 알 텐데도, 나를 빤히 올려다보는 자안은 여전히 고요하기만 했다. 오히려 늘 탁하던 홍채가 기이할 만큼 말갛게 느껴졌다.

"이젠 결심했구나."

"응."

더는 베는 것을 주저하지 않기로 했으니까.

"나를 죽일 거야?"

"응."

지그문트의 목소리는 홍차에 사과잼을 넣을 거냐는 물음보다 더 부드러웠고, 내 목소리는 네 마음대로 해 달라는 대답보다 더 선선했다. 사형수와 집행인의 대화라고 하기엔 믿기지 않았다.

스윽.

나는 검을 들었다. 이상하게도 손이 떨리지 않았다. 하루에도 수십 번 그를 죽이는 순간을 상상했으나, 지금의 나는 그 어느 때와도 같지 않았다.

"지, 지그문트 님!"

"오지 마라. 조종이나 잘하도록."

내가 지그문트를 향해 다가가자, 조종수가 고삐를 놓고 이쪽으로 다가오려 했으나, 지그문트는 손을 들어 저지했다.

그는 반격하는 시늉조차 하지 않고 천천히 고개를 젖혔다.

"그래. 네가 해야지."

그가 도무지 읽을 수 없는 낯으로 웃었다. 그 웃음은 묘하게 후련했고, 동시에 물 밑으로 깊이 내려앉는 닻처럼 무거웠다.

그리고 어느 순간, 그는 차갑게 얼굴을 굳혔다.

"하지만 지금은 추천하지 않는다."

그의 목에 검을 찔러 넣으려던 나는 멈칫했다. 그것이 그저 죽기 싫어서 발악하는 것으로 들리지는 않았기 때문이다.

"……무슨 뜻이지?"

"첫 번째 이유. 내 몸에는 자폭 장치가 있다."

어마어마한 이야기를 너무 아무렇지도 않게 해서 순간 뇌가 멈췄다.

"……뭐?"

충직한 검이 되려 했는데 5

"흑마법진으로, 내가 사망하는 즉시 발동한다. 극단적인 광범위이니 여기서 터지면 이곳은 쑥대밭이 될 거다. 허공이라 육지엔 큰 타격이 없을지도 모르나, 공중에 있는 생명체는 모두 죽겠지. 그 중엔 네 동생도 포함될 테고."

그가 죽으면 안 되는 이유를 이해하고 나니 머릿속이 새하얘졌다.

'지금, 지금이어야 하는데.'

지금이 아니라면 담담히 지그문트를 죽일 자신이 없건만.

'진짜인가? 아니면 허세? 거짓말인가?'

나는 지그문트의 얼굴을 샅샅이 살폈으나, 끔찍하도록 두꺼운 포커페이스에서는 일말의 균열도 보이지 않았다.

"그리고 두 번째."

지그문트는 내 판단을 기다려 주지도 않고 힐끗 아래를 내려다보았다.

"제국의 젊은 기사 하나가 미스가브에 수감된 적 있지. 기운이 불쾌할 정도로 맑았는데."

가슴이 덜컹 내려앉았다. 그런 사람은 단 하나뿐이다.

나는 지면을 초조하게 살펴보았다.

'라이너!'

그를 찾기란 어렵지 않았다.

화아악!

라이너는 선두에서 불을 밀어내고 덤벼드는 마수들까지 베어 내느라 여념이 없었다. 전장을 휩쓰는 금빛은 고매하고 찬란했다.

"역시 소중한가 보군?"

내 표정을 살핀 지그문트가 여유로이 웃었다.

"그의 등에도 내 것과 똑같은 것을 새겨 주었지."

그 한마디에 이미 백지가 된 머릿속이 마구잡이로 구겨져 버렸다.

'나쁜 새끼들……. 등짝을 후벼 파서 흑마법 마법진을 새겨 놨어요. 깨어나도

후유증은 오래갈 거예요.'

미스가브에서 가까스로 돌아온 라이너를 진단하고 율리안이 한 말이 귓가에 웅웅 울렸다. 그래, 그 말을 듣고 의심쩍었다. 고문할 의도라면 채찍질하거나 불로 지지는 게 훨씬 나을 텐데. 고통을 새기는 저주도 아니고, 왜 굳이 흑마법진을 새겼단 말인가?

그 후로 라이너의 몸에 특별한 문제가 없으니 잠시 덮어 두었건만.

"너…… 이 새끼……."

나는 이를 악물었다. 형언할 수 없는 감정이 치솟았다.

"라이너한테, 무슨 짓을 한 거야?"

"간단해. 내가 신호만 보내면 저 기사는 언제 어디서든 전방을 초토화시키며 폭사한다."

슥, 곱게 눈을 흰 지그문트가 금방이라도 핑거 스냅을 할 듯 손가락을 모았다.

"왜? 진짜인지 확인하고 싶나?"

"젠장……! 하지 마!"

"친애하는 숙적께서 의심하는 듯하니 친히 보여 줘야겠군."

스르륵.

긴 손가락을 움직이는 모습이 아주 느리게, 슬로모션처럼 보였다.

'라이너가 죽을지도 모른다.'

"지그문트, 제발……!"

화악!

나는 간신히 잡고 있던 한 줄의 이성을 놓치고 그에게 뛰어들었다.

그리고 그 순간.

퍼억!

긴 다리가, 붕 뜬 내 발목을 거세게 걷어찼다.

"귀엽다고 해 줘야 할지도 모르겠군."

딱. 딱. 딱.

지그문트가 멍청하게 입을 벌린 나를 보며 멜로디에 맞춰 캐스터네츠를 연주하듯 가벼이 손가락을 튕겨 보였다.

그러니까 폭발이고 뭐고 아무것도 일어나지 않는 '그저' 핑거 스냅을 말이다.

"두 번째는 거짓말이었다."

"······아."

후욱.

그의 발길질에 중심을 잃은 내 몸이 허공으로 떨어졌다.

"잘 가라."

흔들흔들.

지그문트가 웃음을 참으며, 떨어지는 나를 향해 손을 흔들었다.

"야! 이 쳐 죽일 놈의 개잡것아! 오체분시할 매국노, 거짓말쟁이야! 으아아아악! 아아아아악!"

나는 머리끝까지 열이 오른 채 허공에서 미친 듯이 발버둥쳤다.

살면서 이렇게나 뜨겁게 분노했던 적이 있던가?

내 분노는 늘 온도가 낮았기에 분노로 온몸이 달궈지는 기분이 생소했다.

'침, 착. 침착하자. 아니, 그런데 저 새끼가······? 젠장! 진정해! 어차피 저기 남아 있었어도 죽이진 못했을 거야!'

나는 빠른 속도로 떨어지며 날뛰는 감정을 간신히 조절했다.

지그문트는 '두 번째'가 거짓말이라고 했다.

라이너에게 폭발 흑마법진을 새긴 건 부정했어도, 자신이 죽으면 발동된다는 자폭 장치의 존재는 부정하지 않았다. 물론 이 또한 내 행동을 저지하려는 허세였을지도 모른다. 하지만 수많은 병사의 목숨을 가지고 도박을 할 수는 없는 법.

'지금껏 북부군이 벌인 미친 행태들을 생각하면 자폭 장치쯤은 허황된 소리도 아니다.'

가능성이 있는 한 제대로 확인하기 전까지는 지그문트를 죽일 수 없었다. 그를 생포해서 제라 같은 학자들에게로 끌고 갔어야 했는데. 그렇지만 순간이동을 사용하지 못하는 내가 지그문트를 데리고 이동하기에는 퍽 어려울뿐더러, 즉살하지 못한 이상 도주 가능성은 얼마든지 있을 것이다.

'그러니까 내가 보내 준 거다. 보내 준 거라고, 젠장!'

미쳐 팔짝 뛰고 싶은 심정이지만, 그의 옆구리에 거대한 구멍을 뚫어 준 것에 만족하기로 했다. 지나간 일을 후회해 봐야 남는 것은 없었다.

쉬이이이익!

그리고 무엇보다 지금은 이 추락으로부터 뼈가 부러지지 않고 안전하게 착지할 방법을 모색할 때였다.

휙!

나는 공중에서 몸을 뒤틀어 지상을 노려보았다.

'저 보호막, 파천새의 낙뢰나 마법 공격은 곧잘 반사하지만, 물리 공격은 그냥 흘려보낸다.'

떨어지면서 지켜본 결과였다. 공중조에게 격추당한 파천새들은 방어막에 부딪혀 튕겨 나가지 않고 불구덩이로 직행했으니까.

'그러니까…… 이 공중에서 어떻게든 추락 속도를 늦추고, 저 불 속에서 버텨야 한다.'

나는 내가 착지할 위치에서 신나게 타오르고 있는 화염을 착잡하게 바라보았다.

'오러로 방어막을 베어 그 반동으로 착지할 위치를 바꾸는 게 가장 간단한 방법이긴 한데.'

그러다가 진짜로 방어막이 베어져 버리면 대참사다. 나 살자고 육지의 병사들을 착실히 보호해 주고 있는 방어막을 파괴할 수는 없었다.

'젠장. 이렇게 빠른 속도로 떨어질 때는 마나 발판이 버티기 어려운데.'

그러나 당장은 그것밖에 떠오르는 수가 없었다.

우우웅-

떨어지는 속도를 조금이라도 줄이기 위해 마나를 끌어모을 때였다.

"언니!"

세에에엑!

쩌렁한 외침과 함께 저 멀리서 작은 인영이 쏜살같이 날아왔다.

거리 때문에 얼굴이 보이지 않았지만 본능적으로 알 수 있었다.

"내가 못 살겠다, 이 골칫덩어리야! 어디 갔나 했더니 그새를 못 참고!"

……아리아가 열받았다는 것을.

'그냥 불구덩이에 떨어져 죽는 편이 신상에 더 이롭지 않을까?'

잠깐 그런 생각이 들었지만, 그랬다가는 저승에서 머리채 잡혀 끌려 나올 것이다.

"미, 미안!"

"사과할 시간에 팔다리라도 파닥거려서 버텨!"

거리 때문에 인영이 희끄무레한 가운데 나를 먹잇감처럼 노려보는 하늘빛 안광만이 형형했다.

나는 지그문트와의 전투에서도 느끼지 못했던 생명의 위협을 지금에서야 느끼며 필사적으로 마나를 온몸에 휘감았다.

화아악!

자연에서 얻은 힘으로 자연의 법칙을 거스르기란 난해하다. 그게 쉬웠다면 마법사들은 다 중력을 거슬러서 날아다녔을 것이다. 어쨌건 발판을 만들고, 대기에 떠도는 마나를 손톱 쑤셔 박듯 붙잡으니 속도가 줄긴 했다. 그래봤자 계속 떨어지고 있었지만.

아무리 봐도 아리아가 당도하기 전에 불구덩이에 뒹굴고 있을 것 같았다.

"……아리아! 오지 마!"

추락을 늦춘다 한들 아리아가 나를 구할 시간이 있겠는가?

나는 이를 악물며 충격을 줄이기 위해 몸을 웅크렸다.

쉬익!

어느새 지상이 멀지 않은 찰나.

스르륵.

급박한 순간을 잊을 만큼 따사로운 기운이 나를 감싸 안았다.

그것은 신의 숨결 같았고, 성령의 바람 같았다.

마나처럼 청결하기보다는 신성했다. 창조주의 요람에 누우면 꼭 이런 느낌일까.

"어……?"

내가 화염의 열기가 그대로 느껴지는 위치에서 둥둥 떠오른 채 넋을 잃었을까.

"……뭡니까, 정말?"

휙.

허공에 떠있는 나를 누군가 낚아채 들었다.

묘하게 뚱해 보이는 얼굴과 도토리 깍정이를 뒤집어쓴 듯 반듯한 분홍색 머리칼.

"추락하다 말고 허공에 떠 있는 사람을 잡아 보기는 처음이군요."

요정족의 친위대원이자 아리아의 스승 중 한 사람인 누아였다.

"고……맙네……?"

상상도 못한 인물이라 감사 인사까지의 틈이 길었다. 아마 지금 내 얼굴은 끝내주게 어리벙벙할 터다. 시큰둥한 표정을 지은 채 최소한의 접촉으로 나를 고쳐 든 누아가 힐끗 시선을 돌렸다.

"감사 인사는 저 사람에게나 하시죠."

나는 그의 시선이 닿은 곳으로 고개를 돌렸다. 그리고 굳어 버렸다.

진영과 가까운 곳에 위치한 높지 않은 언덕.

흔들흔들.

그 위에 선 엘이 소담스레 웃으며 손을 흔들고 있었다.

'신성력이었어.'

추락하기 직전의 나를 멈춰 세운 부드러운 힘.

신전의 신비주의와 이미지를 위해 비밀에 부쳐졌지만, 신성력은 오직 치유만을 위한 힘이 아니었다. 마나처럼 무형의 기운이나 공격 무기로도 사용할 수 있었다.

'왜 신전이 이런 사기적인 힘을 꽁꽁 감춰 두기만 하나 궁금했는데……'

저 아름다운 모습에서 가장 먼저 눈에 띄는 것이 하늘처럼 넓게 펼쳐진 머리칼도 고귀한 은빛 눈동자도 아닌, 새하얗게 질린 얼굴이었을 때,

모든 힘에는 대가가 따른다는 당연한 명제가 깊이 폐부를 찔렀다.

엘은 수많은 이의 생명을 살리는 힘을 위해서 바쳐진 제물이었다.

"아슬아슬했네요."

사륵.

뺨을 타고 흐른 땀방울을 닦아낸 엘이 신성력을 거두었다. 그의 등 뒤로 성기사들이 급히 뒤따라오는 것으로 보아 나를 구하기 위해 혼자 달려온 듯했다.

"엘, 당신……."

그 순간, 나는 등골을 사납게 훑는 불길함에 몸서리를 쳤다.

그는 나를 구하기 위해 언덕에 오른 것이 아니다. 물론 나를 구한 마음에는 한 점 거짓됨이 없겠지만, 언덕을 오른 이유는 따로 있었다. 추락하는 나를 발견하자마자 언덕을 올랐다고 해도 이렇게나 빠르게 오를 리 없었다.

"하지 마세요."

나는 경직되듯 얼굴을 굳혔다. 너무 강해진 탓에 이제는 웬만한 위험에서도 작동하지 않는 직감이 온 두뇌를 잠식하고 발작적으로 날뛰고 있었다.

"……"

내 요청엔 언제나 긍정으로 답하던 엘이었건만, 그는 대답 없이 조금 더 크게 웃을 뿐이었다.

"……당장 저기로 데려가 주세요. 빨리요!"

"잠깐. 발버둥 치지 마십시오! 떨어지려고 환장했나!"

내가 몸을 뒤틀자 누아가 인상을 구기며 날 잡은 손에 힘을 주었다. 엘은 그런 우리의 모습을 가만히 바라보다가, 이내 앞머리를 스윽 쓸어 넘겼다.

"영웅 행세는 토악질 나는데……."

"……."

"이번만큼은 어쩔 수 없네요."

꽤 먼 거리에 있는 엘의 혼잣말 같은 작은 목소리였으나, 내 귀엔 마치 귓전에서 속삭이듯 선명히 들렸다.

"곧 동이 틀 시간이니 전투를 끝내야죠."

엘이 양손을 세워 실을 자아내듯 섬세히 거리를 벌렸다.

치지지직−

그 손길을 타고 폭발적인 은빛 스파크가 터져 나왔다.

'아.'

그래. 언젠가 비슷한 광경을 본 적이 있다.

지원군으로서 아타라의 시딘강 지역으로 이동할 때였다. 마수 키피라에게 습격당해서 묘수를 찾던 순간, 조커 역할을 맡아 준 바로 그 기술이었다. 그러나 엘의 기술은 다르다. 율리안의 손을 통해 전개된 그 기술과 도무지 같다고 생각할 수 없었다. 그것은 근본적인 역량의 차이. 초심자의 가로 베기와 소드 마스터의 가로 베기는 차원이 다르다는 개념과 궤를 함께하지만, 동시에 실력 차이만으로는 설명할 수 없는 큰 틈이 존재했다.

'교황은 달라요. 그건 종족 자체가 다르다고 봐야 해요. 정말 신의 사자죠.'

화아악.

그의 몸에서 광휘가 흘러나왔다. 분명 밝기가 강하지 않음에도 눈을 뜨기 어려울 만큼 환했다.

"전능하신 라이시여. 권능의 팔을 드사…… 이곳에서 당신을 보이소서."

엘은 조금 갈라진 목소리로 주문을 외웠다. 한 문장 한 문장 완성될수록 빛은 강해지고, 이내 그의 발 앞으로 거대한 빛의 기둥이 치솟아 하늘을 찔렀다.

파아앗-

근처 사람들의 시선이 하나둘 모이기 시작했다. 다들 놀라서 불안해하며 돌아보다가도 막상 목도하면 넋이 나갔다. 나는 초조함에 미칠 것 같았다.

'율리안이 좁은 범위로 사용하고도 피를 토한 기술이다.'

직접 신성력을 사용할 때 크나큰 부담을 느끼는 엘이 그보다 훨씬 거대한 범위로 기술을 펼쳤을 때, 어떤 부작용이 일어날지 상상도 할 수 없었다.

스르륵.

엘이 지그시 감았던 두 눈을 떴다. 은빛 눈동자에서 새파란 안광이 돌고, 눈꼬리에선 피가 흘러내렸다. 관자놀이의 혈관이 육안으로 보일 만큼 불거져 있었다.

그러나 흰 얼굴만큼은 꼭 낙원의 거주민처럼 평화로워서,

정말 모든 게 괜찮을 거라고…….

"간원하오니, 메마른 땅에 단비를 내리소서."

피 맺힌 입술이 사형수의 유언과 같이 마지막 문장을 힘겹게 완성했다.

"홀리 레인."

그것은 종전 선포였다.

콰콰콰쾅-!

굉음과 함께 수십 개의 쪽빛 낙뢰가 대지에 내리찍혔다.

쿠르르릉.

뒤이은 우레로 천지가 진동했다.

그 순간 모두가 하늘을 올려다보았다. 절망 속에서 한줄기 희망을 본 이들처럼.

쏴아아아-

그리고, 한겨울에 단비가 내렸다. 살을 에는 밤 추위 속에서도 은빛 빗줄기는

얼어붙지 않았다. 하늘에 구멍이라도 뚫린 것처럼, 전설 속 세상을 멸망시켰던 홍수처럼, 그렇게 내리고 또 내릴 뿐이었다.

"치이익!

진영을 휩쓸던 맹염이 허무할 정도로 빠르게 진화되기 시작했다. 맹수를 만나 도망치려는 소동물처럼 미친 듯이 널름거렸지만, 그런다고 하늘에서 내리는 비를 피할 수는 없었다.

"마, 마수들이 미쳐 날뛴다!"

"이놈이 왜……? 파천새가 말을 안 듣습니다!"

키에엑! 크아아앙!

천적과도 같은 성수에 노출된 육지 마수들의 살갗이 녹기 시작했다. 공중의 파천새도 예외는 아니었다.

"후퇴, 큭, 후퇴하라!"

마나가 담긴 지그문트의 목소리가 쩌렁쩌렁하게 하늘에 울렸다. 옆구리의 치명상을 간신히 지혈한 듯 보이는 그는 상태가 영 좋지 않아 보였다.

"끄, 끝까지 경계하나, 뒤쫓지는 마라! 지, 진영을 정비하는 것이 우선이다!"

암브로시오의 국왕, 요르칸의 단호한 목소리가 난장판이 된 전장을 꿰뚫었다. 그 명령에 간신히 대열을 되찾은 공중과 육지의 연합군이 명령을 수행했다.

쏴아아-

하늘을 뒤덮은 파천새 군단이 빠르게 물러나고 육지의 마수들이 모두 도망칠 때까지 비는 계속 내렸다. 불을 모두 진화시킨 뒤에도 지면이 온통 축축해지도록 땅을 적셨다.

"끝났다……!"

환희에 찬 병사들의 목소리가 전장을 울렸다.

누군가는 살아남았다는 사실에 감사하며 눈물을 흘리고, 누군가는 끝까지 마수들의 목을 베며, 또 누군가는 빗줄기를 경이롭게 바라보고 있을 때,

내 시선은 오직 엘을 향하고 있었다.

스르륵.

한참 하늘을 올려다보던 그는 시선을 내려 나를 바라보았다.

"……괜찮을 거라고 했죠?"

입에서 흐른 피로 새빨갛게 물들어 버린 그의 입술이 가늘게 다물어졌다.

털썩.

그리고, 인영이 힘없이 무너졌다.

"교황 성하!"

"요정, 요정들을 불러와라! 들것을 가져와, 당장!"

몰려든 성기사들이 그의 몸을 받치고, 사방이 시끄러워지는 순간까지도 나는 손가락 하나 움직이지 못했다.

떠오르는 아침 해가 창백한 그의 얼굴을 비추고 있었다.

누아가 땅에 내려 주자마자, 나는 엘을 향해 달려갔다.

"크리시스 경."

그런 내 앞을 디에고가 가로막았다.

"나중에 얘기합시다."

탁.

방향을 틀어 디에고를 스쳐 지나가려 할 때, 그가 다시 한 번 나를 막아섰다.

"아니. 그대는 지금 나와 얘기한다."

그는 육지조의 지휘관 역할을 담당하며 진이 빠진 낯이었으나, 눈빛만큼은 흔들림이 없었다.

"……무슨 일입니까."

스르릉.

나는 결국 멈춰 서서 피와 기름으로 더러워진 검을 검집에 넣으며 예의를 차렸다. 길이 가로막혀진 탓에 초조함과 섞여 다소 반항적인 투였을 터.

"숙소로 복귀해라, 크리시스 경."

그런 내게, 디에고는 청천벽력과 같은 명령을 내렸다.

꾸욱.

순간 수많은 반발의 말이 내 혀끝을 맴돌았지만, 나는 입술을 꾹 다물었다가 놓는 것으로 모든 말을 삼켜 냈다. 지금 내 앞에 있는 사람은 디디가 아니라 솔라티네 제국의 황태자였다. 거역은 용납되지 않았다.

"……명 받듭니다. 다만 잠깐 확인할 것이……."

"아니. 지금 당장이다."

그의 뜻은 어떠한 여지도 남기지 않았다. 멀지 않은 곳에 있는 엘은 디에고의 몸에 가려서 보이지 않았다.

빨리 엘의 상태를 확인해야 하건만…….

엘의 곁으로 몰려든 의료진들의 얼굴이 창백해질수록 내 가슴도 타들어 가는 것 같았다.

"잠깐, 잠깐이면 됩니다! 확인만……!"

초조함에 절박하게 외치던 그때.

"콜록, 커흑……!"

디에고의 등 뒤에서 들려온 불길한 기침 소리에 모든 생각이 지워져 버렸다.

"잠깐, 슈슈……!"

확!

나는 나를 붙잡으려는 디에고를 지나쳐 엘을 확인했다.

"큭, 커억!"

그리고 새하얀 옷을 온통 붉게 적신 채, 얼굴의 모든 구멍에서 피를 흘리는 모습을 보고야 말았다.

"컥…… 하아……."

눈도 채 감지 못하고 온몸을 뒤틀며 불규칙하게 헐떡이는 그는 강령술로 간신

충직한 검이 되려 했는데 5

히 숨만 붙여 놓은 시체 같았다.

"더! 치유력을 더 불어넣어라! 혈관이 터지려고 한다!"

화아악-

테세우스가 엘의 심장 부위를 짚은 채 그에게 치유력을 쏟아부었다.

요정왕의 강대한 힘으로도 엘의 상태를 호전시키는 것이 요원한지, 그의 얼굴에선 식은땀이 비처럼 쏟아지고 있었다.

"치유에 자신 있는 요정들은 다 달라붙어요! 누아, 그 자식도 불러와!"

혈관이 심각히 불거진 엘의 관자놀이를 짚고 그를 치유하던 아리아가 거칠게 소리쳤다.

곧이어 우르르 몰려든 요정들이 엘의 주위를 둘러쌌다.

"……보지 마."

스르륵.

무겁게 가라앉은 목소리와 함께 커다란 손이 내 두 눈을 덮었다. 나는 그제야 디에고가 나를 필사적으로 막아선 이유를 알 수 있었다. 그는 내가 이 광경을 보는 순간 무너질 걸 알았던 것이다.

"오늘은 그냥 들어가 쉬어, 응? 내일 보면 돼."

디에고가 속삭였다. 그의 다급한 속삭임은 간절하기까지 했다.

"엘이……."

내일까지 살아 있기는 합니까?

나는 입술을 간지럽히는 질문을 억지로 삼켰다. 그 말을 뱉는 순간, 엘이 당장 죽어도 이상하지 않을 만큼 위급하다는 사실이 현실로 다가올 것 같았다.

"……치유력만으로는 안 된다! 마나 운용에 뛰어난 자를 데려와! 마법사든 누구든! 날뛰는 신성력을 다른 기운으로라도 억눌러야 한다!"

어둠 속에서 테세우스의 날카로운 목소리가 들려왔다.

"은하, 그건 너무 위험합니다! 조금이라도 잘못 건드리면 몸이 터져 폭사하거나 혼수상태에 빠져 버릴 텐데……!"

"아무것도 못 하고 과다 출혈로 죽는 것보다 최악인 건 없다!"

'안 돼.'

누군가 내 머리에 찬물을 부은 듯 정신이 번쩍 들었다.

엘이 죽는다.

그 말도 안 되는 일이 지금 눈앞에서 일어나려 하고 있었다.

"제가, 제가 하겠습니다! 마나 운용이라면 제가……!"

그의 생사가 오가는 일을 다른 이의 손에 맡길 수는 없다. 어떻게든 조금이라도 돕기 위해 내 눈을 가린 디에고의 손을 밀어 내며 나서려고 할 때였다.

"카슈미르는 안 됩니다."

누군가가 내 어깨를 단단히 붙잡았다.

얼굴을 보지 않고도 향기로, 기운으로 알 수 있었다.

"냉정하지 못할 테니 하면 안 됩니다."

"저는……!"

"카슈미르가 하면 분명히 실수할 겁니다."

"……."

"그리고 당신은 그런 자신을 용서하지 못하겠죠."

그 누구보다 올곧은 기사의 목소리는 매정할 정도로 단호했다.

"당신만은 안 됩니다. 교황 성하를 살리고 싶다면 지금은 지켜봐야 합니다."

뼈가 아플 정도로 바른말이었다.

"모두 나와라. 내가 한다."

절망이 나를 덮치려는 순간, 누군가의 목소리가 구원 타자처럼 소란을 꿰뚫었다.

"고, 공작 각하!"

나의 아버지, 카이사르 크리시스였다.

"요정왕. 어떻게 하면 되지?"

"기운을…… 기운을 잠재워야 한다. 폭주하지 않도록 억누르되 역류하지도 않을 정도로. 아주 세심하게 다뤄야 해. 할 수 있겠나?"

"해 보지."

카이사르와 테세우스의 대화는 그것으로 족했다.

우우웅-

카이사르의 날카로운 마나가 어지러울 정도로 사방에 진동하는 신성력을 내리누르기 시작했다.

"나머지는 계속 치유력을 쏟아부어라! 기운을 억지로 잠재우는 과정에서 생기는 내상들을 단숨에 잠재워야 한다!"

"네!"

엘을 소생시키기 위해 일사불란하게 움직이는 이들의 소리가 귓가를 먹먹히 울렸다.

"슈슈……."

나는 디에고에게 안기듯 붙잡힌 채, 그 자리에 굳어 소리를 듣고만 있었다.

"어우, 왜 다들 여기서 소란이야?"

등 뒤에서 조금은 방정맞은 레오의 목소리가 들려왔다.

그가 내 등을 툭툭 쳤다.

"너, 꼴이 엉망이다. 빨리 들어가서 자."

바람처럼 가볍게 말했지만, 나는 그에게서 사려 깊은 배려를 느낄 수 있었다.

알고 있다. 엘을 치료하는 데 있어서, 지금 내 존재는 카이사르의 집중을 흐트러트리는 방해물에 불과했다. 온몸이 구속된 듯 답답해서 뭐라도 하고 싶지만, 전장 정리를 돕겠답시고 일반 병사들 사이에서 설치는 것도 짐이 될 따름이다. 얌전히 들어가 체력을 보충하는 게 훨씬 더 전력에 도움이 될 것이다.

"……레오. 나, 나 좀……."

하지만 도무지 맨정신으로 잠들 자신도, 이 순간을 버틸 자신도 없었다.

"나 좀 기절시켜 줘……."

"……."

"목덜미를 치든, 머리를 치든…… 한 번만, 부탁, 한다. 도와줘……."

나는 타인의 손을 빌려서라도 이 순간에서 도피하고자 했다.

잠시 후,

여러 호흡이 각각 불규칙하게 눈이 가려진 내 근처에서 퍼져 나갔다. 차라리 표정을 볼 수 없어서 다행이라고 생각했다. 그들 중 누군가 나를 비겁하다는 듯 바라보고 있었다면 견딜 수 없었을 테니까.

"……잔인하기는."

오래 지나지 않아 깊게 갈라져 그르렁거리는 듯한 속삭임이 귓가를 간지럽혔다.

"내가 가끔 사용하는 수면향이야. 신호하면 숨 크게 들이쉬어."

레오의 설명과 함께 입술 새로 동그란 주둥이 같은 무언가가 들어왔다.

나는 쓴 침을 억지로 삼키고 숨을 길게 내쉬었다.

"지금."

스으으읍.

자욱한 연기가 기도로 들어와 폐부를 가득 채웠다. 수면향이라더니, 소드 마스터인 내가 단숨에 정신이 아찔해질 정도로 지독한 걸 보아 기절하듯 잠들기 위해 마련한 마취제인 듯했다.

탁.

몸에 힘이 풀리며 중심이 무너지는 순간, 큰 손이 나를 붙잡았다. 누구의 손인지는 모르겠다.

"깨어나면, 모든 게…… 괜찮아져……."

끝까지 듣지 못하고 끊겨 버린 목소리의 주인조차 알 수 없었다.

남은 것은, 나는 오늘 이후로 괜찮아질 거라는 말을 믿지 못하리라는 확신뿐

충직한 검이 되려 했는데 5

이었다.

••••❧••••

엘리오르 라의 증상은 '신성력 폭주'였다.

우습지도 않다. 성스러운 치유의 힘이 넘쳐도 너무 넘쳐 온 혈관과 사지 육신을 찢고 터져 나오려 하다니. 전쟁이 발발한 것으로 인해 교황으로서 감당해야 하는 인과율이 늘어나며 몸뚱어리가 약해진 게 문제였다. 원래부터 인간으로서는 감당하기 어려운 힘을 이제는 정말로 버틸 수 없게 되어 버린 것이다.

신의 축복은 몰상식하리만큼 거대해서, 작고 약한 인간에게 내려질 때면 저주가 되곤 한다. 교황은 그 축복을 홀몸으로 감당해 내는 제단 위의 어린양이었다. 엘리오르 라, 엘은 그날 밤 과다 출혈 직전까지 갔으나, 크리시스 공작과 요정왕의 필사적인 노력으로 죽음은 면할 수 있었다. 그의 기운을 진정시킨 직후 두 사람은 곧장 기절했을 정도였다.

그러나 간신히 목숨만 붙여 놨을 뿐 완치된 것은 아니었다. 엘은 그 이후로 뇌가 녹아도 이상하지 않을 고열을 앓으며 또 많은 이의 속을 썩였다. 그 열은 몸을 지배하려 드는 신성력과 엘의 주도권 싸움 때문에 오른 것이라 외부에서 도와줄 수가 없었다. 그가 직접 이겨 내야만 했다.

그렇게 거대한 폭풍이 지나간 후.

신전의 신관들은 의외로 가장 한가로운 편에 속했다. 엘의 상태가 이렇게까지 악화된 이상, 교황과 신성력의 비밀을 더 숨길 수는 없었으니까.

기껏 힘들게 살려 놨더니 여기저기서 신성력을 써 버리는 바람에 다시 폭주하기 시작하면 그때는 정말 답이 없었다.

-율리안 대신관! 그 비밀은 신전의 역사만큼이나 오래도록 지켜져 온 극비일세! 어떻게 타국의 이방인들과 더러운 황가의 개들이 있는 자리에서 그 비밀을

밝힐 수 있단 말인가! 내가 죽지 않는 이상 결코……!

'아, 예. 그럼 죽으세요~'

-율리안 대신……!

삑.

신전이나 지키고 있는 늙은이 대신관들은 비밀을 함부로 밝혀서는 안 된다며 노발대발했지만, 율리안은 깡그리 무시했다. 꼬우면 지들이 전장에 나왔어야지.

그는 비밀이 새어 나갔을 때의 파장과 그로 인해 바뀔 신전의 미래 같은 건 궁금하지도 않았다. 지금 당장 자신의 친구가 죽지 않는 게 중요했다.

율리안을 통해 비밀을 알게 된 수뇌부는 곧장 모든 임무에서 신전의 신관들을 제외시켰다. 전장에서 교황이 죽으면 입장이 뭐 되는 건 그들도 마찬가지였으니까.

대외적으로는 교황 병간호를 위해 신전 쪽 인원이 모두 빠지는 것으로 발표되었고, 갑작스럽게 꿀을 빨게 된 신전 놈들은 어리둥절해하면서도 신나 보였다. 그들의 빈자리를 채우느라 엉덩이에 불이 나도록 뛰어다니는 요정들은 눈빛으로 세상을 저주하고 다니지만 말이다.

그러나 교황 대리가 되어 버린 율리안은 요정들만큼이나 바빴다.

전투가 끝난 이후부터 하루하고도 반나절이 지난 지금까지, 그는 임무를 수행하느라 눈코 뜰 새가 없었다.

그리고 드디어 얻은 소중한 휴식 시간.

탁.

그는 자신의 막사가 아닌 다른 곳으로 발걸음을 옮겼다. 암브로시오 진영, 그 중에서도 국왕의 구역 바로 옆에 세워진 막사. 그 주인의 지위에 비해 막사는 꽤나 검소하고 단출했다.

"……율리안 대신관님? 이곳엔 어쩐 일로……."

"안녕하세요? 공작님의 상태를 확인해 달라는 요르칸 국왕 전하의 부탁을 받아서요. 들어가도 될까요?"

거짓부렁이다. 그는 그런 부탁을 받은 적이 없었다. 그러나 율리안의 공갈이 워낙 능숙했기에, 막사 앞을 지키던 병사는 혼란스러워했다.

"그렇지만 사전에 허락되지 않은 방문은……."

"전하의 부탁이야말로 허락이죠. 설마 제가 거짓말을 하겠어요? 율리안 대신 관으로 분장한 북부군은 아닌지, 무기가 있는지 마음껏 확인하셔도 상관없어요."

율리안은 어깨를 으쓱이며 양팔을 쭉 벌려 보였다.

"아, 그럼…… 신체 검사만……."

병사는 결국 율리안의 능청스러움과 지위에 굴복해 예고도 없이 찾아온 그를 검사만 마친 뒤 들여보내 주었다.

'암브로시오 진영의 보안도 허술하구먼.'

율리안은 쯧, 혀를 차며 가볍게 발걸음을 내디뎠다.

조금 미적지근한 온도가 유지되고 있는 막사 안에서 그는 침대에 누운 채 굳게 눈을 감은 한 인물을 내려다보았다.

"안녕하세요, 어머니."

평소처럼 낭랑한 목소리와는 별개로 그의 표정이 차갑게 굳어 있었다.

카르마 달타냥 공작.

그녀는 연합군의 선제공격을 지체시키며 이틀 전 '불바다 지옥'을 초래한 사람들 중 하나로, 그 실책을 책임지기 위해 육지조의 선두에서 가장 치열하게 싸웠다. 그리고 몸에 큰 상처를 다섯 군데나 입은 뒤 빠른 치료를 받고도 깊은 혼수 상태에 빠져 버렸다.

"……기분 나빠."

곤히 잠든 것만 같은 얼굴을 내려다보며 율리안이 중얼거렸다.

어쩌면 그녀는 이번 전장에서 죽을지도 몰랐다. 죽음이 무엇이길래, 평생 원망했으면 원망했지 애착 한번 느끼지 못했던 어머니에 대해 다시 생각하게 만드는 걸까? 아니, 어쩌면 핏줄이 그를 감성적으로 만드는 것일까?

그렇게 생각하면 물보다 피가 진하다고 목 놓아 외치는 이들이 이제야 조금은 이해가 됐다. 피가 이어졌다는 사실을 제외하면 지금껏 그 어떤 접점도 없었던 타인이건만.

율리안 달타냥은 그녀 때문에 참을 수 없는 심란함을 느끼고 있었다.

"차라리 당신에게서 돈을 받고 쫓겨난 뒤로 다시는 만나지 않는 편이 나았을 텐데."

카르마 옆에 앉은 율리안은 침대 머리맡 빈 공간에 엎드린 채 그녀를 물끄러미 바라보았다. 숨만 색색거리는 것이 고작인 상태에서도, 카르마 달타냥은 여전히 곧고 근엄했다. 율리안의 순한 인상과는 전혀 딴판이었다.

반짝거리는 은발과 귓바퀴의 모양, 목 길이와 눈이 꺼진 깊이.

율리안은 그녀와 자신의 닮은 점을 가만히 찾아보다가 느지막이 입을 열었다.

"……만약에."

"……."

"내가 북부 핏줄이 아니었다면……."

혼잣말 같은 속삭이는 소리는 목이 막혀 더는 나오지 않았다.

목울대를 크게 울렁인 그는 이내 푹 한숨을 쉬었다.

"이게 뭐 하는 짓이냐."

혼수상태인 인물 앞에서 이런 말을 지껄이는 게 무슨 위안이 된다고. 꼴사나울 뿐이다.

율리안은 자괴감에 스스로의 머리를 마구 헝클어트리며 몸을 일으켰다.

"됐어요. 이게 마지막이에요. 당신이 죽어도 장례식장에는 안 갈 거예요. 어차피 원하지도 않을 테죠. 당신이 내 어머니였다는 사실도 오늘로 잊을게요."

그는 이 작별 인사로 이곳에서 그녀를 만난 이후 싱숭생숭했던 기분의 마침표를 찍고자 했다. 이런 복잡한 감정이나 기묘한 미련과는 거리가 멀었고, 그런 것

　　　　　　　　　　　　　　　충직한 검이 되려 했는데 5

들을 싫어했으니까. 그는 어디까지나 가벼운 것이 좋았다.

"안녕히 계세요."

군더더기 없이 몸을 돌렸다. 그리고 뒤 한번 돌아보지 않고 나갈 작정이었다.

"위……험……."

등 뒤에서 목소리가 들리지만 않았다면 말이다.

휙.

율리안은 놀라서 카르마 달타냥을 돌아보았다.

그녀는 여전히 침대에 누워 있었다. 그러나 파들파들 떨리기 시작한 속눈썹하며, 힘겹게 달싹이는 건조한 입술이 그녀가 살아 있음을 명백히 증명하고 있었다.

"왜, 왜요? 뭐라고 하는 거예요? 지금 유언해요?"

율리안은 한달음에 그녀의 곁으로 달려가 희미한 목소리에 귀 기울였다.

분명 끝을 고했음에도, 그의 가슴은 통제할 수 없이 이미 내려앉은 뒤였다.

"분, 열, 전……쟁……."

"무슨……."

"넌……."

카르마의 입에서 나올 만한 분열 전쟁은 10여 년 전 요르칸 암브로시오가 벌인 분열 왕국 전쟁밖에 없었다.

"남아, 있었, 으면……."

"……."

"죽어……."

조각처럼 떨어진 단어들을 한데 모아 맞추자 머리가 차갑게 식는 느낌이었다.

그러니까, 이 여자는…….

"……내가 당신을 찾아갔을 때는 위험한 시기라서 일부러 나를 내쫓았다고 하고 싶은 거예요?"

침묵은 곧 긍정이다.

아주 간신히 의식은 되찾았으나, 전보다 더 창백해진 것으로 보아 더 말할 기력이 없는 것 같기도 했다.

"하……."

율리안은 거세게 마른세수를 했다.

참을 수 없는 불쾌감이 그의 등골을 타고 올라와 전신을 지배했다.

"이제 와서 그런 말을 하는 이유가 뭐예요? 죽을 때가 되니 업보 하나라도 청산하고 가고 싶어서? 내가 그 말 한마디에 그게 바로 어머니의 진심이었구나 하고 감동할 거라고 생각했어요?"

어떻게 생각해도 자기만족으로밖에 보이지 않는 말.

"마지막 남은 일말의 미운 정까지 털어 줘서 정말 고맙네요."

당신은 끝까지 최악의 인간이다.

그렇게 생각하며 돌아서려는 순간이었다.

"너는……."

아주 희미하게 들린 눈꺼풀. 그 아래에서 흐릿하게 빛나는 새파란 눈동자.

"버림, 받아야 할…… 아이가, 아니었으니까……."

그 깊은 색채만큼이나 짙은 슬픔은.

탁, 타닥!

"엇, 대신관님! 왜 그렇게 급하게……."

평생을 가볍게 살아온 율리안 달타냥이 감당할 수 없는 무게였다.

저를 이상하게 보는 이들의 시선을 뒤로한 채 가장 외진 곳으로 도망쳐 온 율리안은 억지로 속을 게워 냈다. 그러나 목 끝에 걸린 이질감은 아무리 구역질해도 사라지지 않았다. 왜 그런 말을 한 거지? 같잖은 마지막 속죄? 아니면 정신 나간 중얼거림?

정말로 괜히 다녀왔다. 대체 무엇을 얻으러 그곳에 갔는지.

다시 교황 대리로서 업무를 처리하러 가야 하건만, 움직일 힘조차 나지 않았다.

율리안은 한참 동안 광활한 설원 위에서 그렇게 멍하니 서 있었다.

"멍청한 얼굴이네요."

가장 약한 모습을 보여 주고 싶지 않은 이에게 이런 순간을 들키는 건 운명의 장난일까, 아니면 필연일까.

탁.

새하얀 깃털을 흩날리며, 작은 인영이 땅 위로 내려앉았다.

"이렇게 마주 보는 건 오랜만이에요, 율리안 대신관."

외날개만으로 하늘을 나는 아리아 크리시스. 그녀가 율리안을 마주했다.

"콩, 녀, 콜록! 커헉, 큭……."

아무렇지 않게 대답하려던 율리안은 목이 막혀 기침만 뱉고 말았다. 그의 목덜미가 화끈하게 달아올랐다.

만사에 뻔뻔한 그가 민망함을 느낀 것이 얼마 만이던가. 아리아는 그 볼썽사나운 꼴 앞에서도 아무런 표정 변화 없이 묵묵했다. 그저 생각에 잠긴 얼굴로 하늘을 바라볼 뿐이었다. 그리고 율리안의 기침이 멈췄을 때에야 시선을 돌려 그를 바라보았다.

"몰랐던 편이 나았을 것 같죠?"

"……네?"

"차라리 영원한 악역이 되어 줬으면 했는데."

"……."

"인간은 너무 복합적이고 그 입장이 난해해서, 일생일대의 숙적도 다른 각도에서 보면 프리즘처럼 빛나는 사람이라는 거. 정말 잔인한 섭리라고 생각해요."

율리안의 생각을 꿰뚫어 본 듯한 말이었다.

"어떻게……."

율리안이 놀라 눈을 등잔만 하게 뜨고 쳐다보자, 아리아가 능청스레 어깨를 으쓱였다.

"나는 아버지만 둘이에요. 부모와 관련된 일에는 전문가라고 볼 수 있죠."

율리안은 온몸에 힘이 풀려 버렸다. 이전부터 그랬다. 그녀에게는 어떤 것도 숨길 수 없었다. 그러니 율리안의 마음 또한 아리아가 눈치챘을 것이다.

"태어나게 해 달라고, 숨을 불어넣어 달라고 애원한 것도 아닌데. 멋대로 만들어 놓고서는 버려 버렸죠."

"……"

"그 입장 따위 알고 싶지 않았건만, 이해해 줄 수밖에 없는 상황을 제시하더니 함부로 내 삶에 침투해 버렸어요. 나는 그런 거 원치 않았는데."

아리아의 숨결에 새하얀 입김이 엉겨 붙었다. 그녀는 분명 테세우스에 대해 말했지만, 동시에 그의 심정을 절절히 대변해 주고 있었다.

그녀가 천천히 앞머리를 쓸어 넘겼다.

"치기 어린 마음에 내가 힘들었던 만큼 속을 썩이고 싶은데, 대체 핏줄이라는 게 뭔지. 그게 정말 물보다 진한 건지……."

"……"

"저잣거리에는 나를 버린 이들과 절연해 버리는 것이 아주 통쾌한 일로 묘사된 책들이 즐비하죠. 나도 당연히 그럴 수 있을 줄 알았는데, 막상 만나서 함께 살아 보니 그게 안 돼요."

율리안이 아리아에게서 이렇게나 진솔한 말을 들어 본 건 처음이었다. 겉으로 보기엔 요정족과 아무런 문제 없이 융화된 듯했지만, 그녀의 속에는 깊은 고뇌가 있었음을 이제야 알 수 있었다.

"그냥 받아 주면 내가 멍청이 호구가 될 것 같아서 억지로라도 발악해 보려 했는데요."

그녀가 한숨을 쉬듯 피식 웃었다.

"정말 멍청이 호구처럼 사는데도 빛나는 사람이 떠오르더라고요."

그 말을 듣자마자, 율리안의 머릿속에도 누군가의 얼굴이 떠올랐다.

바보 같은 신념으로 많은 이를 구하던 여자의 얼굴이.

아리아가 율리안을 가만히 응시했다. 그는 그 시선에 숨이 막히는 것 같았다.

"우리 그래도 누군가의 호의로 살아남았잖아요."

지독한 결핍.

처음 그의 눈길을 끌었던 건 분명 그것이었는데, 이제는 구멍 뚫린 곳이 단단한 무언가로 메워져 있다. 따뜻하거나 부드럽지 않고 묘하게 울퉁불퉁해 불안정하지만, 그럼에도 굳게 서 있는 무언가로.

"용서라는 거, 진부하고 미련하다고 생각했는데, 생각보다 나쁘지 않아요."

그녀가 웃었다.

"마음이 동한다면 한 번쯤은 그 철옹성 같은 공작님과 대화해 보라는 뜻이에요."

아리아 크리시스는 또 한 번 훌쩍 자란 채로 율리안 달타냥을 이끌었다.

"……카르마 달타냥 공작은 죽을 거예요."

"아뇨. 그녀는 살아요. 저는 그 사람만큼 삶의 의지가 강한 사람을 본 적이 없거든요. 혼수상태에서도 아득바득 당신에게 무언가를 전한 모양이니 정말 지독하죠."

율리안이 간신히 뱉은 반발심은 가볍게 막혔다. 도무지 형언할 수 없는 감정에 입술을 꾹 깨물고 그녀를 바라보고 있자니, 그녀가 두 눈을 빛냈다.

"행로가 꼭 용서가 아닐지라도 마주하세요."

"……."

"약속했잖아요. 더 나은 사람이 되기로."

영원히 이곳에 정체되어 있으려 했다. 허공을 풍선처럼 떠다니다가 어느 순간 터지면 그러려니 하고 죽으려 했다. 그런데 당신이 자꾸만 내게 의미를 찾아 주니까.

"이만 갈게요."

꾹.

율리안은 미련 없이 떠나려는 아리아의 옷자락을 꾹 붙잡았다.

의아한 듯 그를 돌아본 그녀가 두 눈을 크게 떴다.

"안아 주세요."

"……."

"안아 줘요……."

율리안의 물기 어린 목소리는 꼭 칭얼거리는 것 같았다.

발개진 율리안의 눈가와 코끝을 본 아리아는 크게 웃어 버렸다.

"수작 부리기는……."

가볍게 겹쳐진 인영은 꽤나 오랫동안 그곳에 있었다.

레오의 수면향을 들이마시고 잠들었던 나는 눈을 뜨자마자 엘의 막사로 달려
갔다. 신체 상태를 통해 잠시가 아니라 며칠을 잤다는 것이 확실히 느껴졌기에,
마음이 다급했다.

"헉, 허억……."

"크, 크리시스 경……."

"성하는, 살아, 살아 계시는, 아니, 내가 직접 보겠네. 나와 주게."

거친 숨을 몰아쉬며 교황의 막사를 지키는 성기사들에게 손짓했다. 그들이 자
기들끼리 시선을 교환했다.

"그게, 미리 승인되지 않은 인물은……."

화악!

나는 거칠게 오른팔을 털어 내어 검은 오러를 내보였다. 그들이 화들짝 놀라

며 경계 태세를 취했다.

"이것으로 부족한가? 나는 카슈미르 크리시스가 확실하네. 성하께 폐를 끼칠 리 없잖은가. 비켜 주게. 부탁이야."

"그, 그것이······."

성기사들이 우물쭈물하던 찰나.

"다들 비켜라."

멀지 않은 곳에서 한 남자가 걸어왔다. 몇 번쯤 얼굴 보며 인사한 적이 있는 성 기사단장이었다.

"기사단장님!"

"크리시스 경에 한해서는 신원만 확인되면 언제든 들여도 좋다고 했을 텐데."

"저, 전시 상황이니 주의를 기울였습니다."

"쯧. 다음부터는 유의해라."

혀를 찬 성기사단장이 내게 정중히 허리를 굽혔다. 나 또한 그제야 조금 정신 을 붙잡고 그에게 예를 표했다.

"들어가시지요. 다만······ 성하의 상태가 많이 안 좋으니 모든 면에서 주의를 부탁드립니다."

"네, 네."

나는 정신없이 고개를 끄덕였다.

스르륵.

그리고 그가 열어 준 막사 문 안으로 다급히 들어갔다.

'엘······.'

걱정으로 머리가 어지러웠다.

막사 안은 숨 막힐 듯 조용했다. 밖은 밝은 낮인데, 내부는 미적지근한 온도에 오렌지빛 조명이 서려 있었다. 병자를 위해 조성된 환경이라는 게 티 나는, 금방 이라도 낮잠이 올 듯한 평화로운 장소였다.

"아……."

나는 떨리는 숨을 뱉으며 끌듯이 발걸음을 옮겼다.

침대에 병세가 깊은 얼굴을 한 엘이 누워 있었다.

'대체 열이 얼마나 오른 거지?'

엘의 피부는 신열로 온통 붉게 달아올라 있었다. 근처에 간 것뿐인데도 후끈거리는 열기가 느껴졌다. 어떻게든 열을 내리려 차가운 물수건으로 몸을 닦은 것 같지만, 그 물기마저도 식은땀처럼 보일 뿐이었다.

새액새액.

불규칙하고 달뜬 호흡이 허공에 퍼졌다.

나는 오르내리는 그의 가슴팍을 보고서도 좀 더 다가가 그의 심장 소리까지 들은 뒤에야 힘없이 헛숨이나마 내뱉을 수 있었다.

'분명 살아…… 있다.'

피를 토해 내던 그날 밤 죽지 않았다. 여전히 위급해 보이지만, 그래도 숨이 붙어 있다.

"왜 이렇게 걱정을 끼치는 겁니까……."

나는 침대 옆자리에 무너지듯 앉은 채로 거칠게 마른세수했다.

"이전부터 걱정을 끼쳐 오던 제게 복수하는 겁니까? 아주 통렬한 한 수군요. 통쾌하시겠습니다."

그럴 상황도, 자격도 안 된다는 걸 알면서 퉁명스럽게 내뱉었다.

스윽.

나는 그의 이마에서 비 오듯 흘러내리는 식은땀을 물수건으로 세심히 닦아 냈다. 아리아의 간호를 해 온 세월이 길었으니 이런 건 능숙했다.

"……꼭 제가 해 온 짓들을 돌려받는 것 같아서 더 고통스럽습니다."

'다른 이들을 구하기 위한 좋은 일이니 괜찮을 거야'라고 생각하며 불구덩이에 뛰어들었던 나날들이 떠올랐다. 주변인들이 보였던 참혹한 반응들도.

그때는 그들의 심정을 역지사지로 이해하고 있노라 생각했는데, 역시 직접 경험하기 전까지는 모든 것이 탁상공론일 뿐이다. 엘이 내 앞에서 피를 쏟으며 무너지는 것을 두 눈으로 본 뒤에야, 하늘이 무너지는 듯한 철렁함을 절절히 느끼게 된 것이다. 나는 그들이 어째서 그런 표정을 짓고, 하지 말라 애원했는지 직접 체감했다.

"무작정 꾸짖을 수도 없으니 더 가슴 아팠을까요?"

차라리 술에 진탕 취해 도박판에서 얻어맞고 온 것이라면 피눈물이 나올 정도로 혼내서 교정시키면 될 텐데. 사람들을, 그것도 수천수만의 연합군을 살리는 일을 하고 쓰러진 이에게 대체 무슨 말을 하겠는가.

해서는 안 됐다고, 그러지 말아 달라고 하겠는가.

그럴 수는 없다. 지금껏 살아온 내 인생과 믿어 온 신념을 정면으로 반박하는 꼴일 테니까.

"……저는 얼마나 많은 이에게 상처를 주며 살아온 걸까요."

나는 다수를 위한 소수의 희생이 잔인하다고 생각하면서, 한편으로는 세계라는 모호한 개념 때문에 내 소중한 이들을 궁지에 몰아넣어 왔는지도 모르겠다.

"어쩌면…… 지금껏 잘못 살아왔는지도 모른다는 생각이 들었습니다."

더는 고민하지 않겠다고 했건만, 저잣거리 소설의 주인공들처럼 결심이 서자마자 어떤 고민도 없이 세상을 헤쳐 나갈 수는 없는 모양이었다.

꾹.

나는 물수건을 놓은 채 힘없이 침대보를 쥐었다.

스르륵.

그리고 그런 내 손등 위를, 열 기운으로 따뜻하다 못해 뜨거운 손이 덮었다.

나는 화들짝 놀랐다.

"엘! 어떻게……!"

분명 의식을 찾기는 요원해 보였던 엘이 헐떡거리면서도 간신히 눈을 떴다.

떨리는 속눈썹 아래 은빛 눈동자가 곱게 정제된 순은처럼 반짝였다.

"나는⋯⋯."

"⋯⋯."

"나는 당신 때문에⋯⋯."

"마, 말하지 마십시오. 당신 기운이 너무 쇠약합니다. 이런 데 힘을 쏟을 게 아니라⋯⋯."

"좋은 사람이 되고 싶어져요⋯⋯."

말리려는 마음은 달뜬 얼굴에 퍼진 아스라한 미소를 본 순간 증발해 버렸다.

"예로부터 지금까지 내 세계는 한 명 이상을 담지 못하는데, 나는 여기서 더 성장하지 못하는데⋯⋯. 나는, 그냥 이렇게 돼먹은 인간인데⋯⋯."

"⋯⋯."

"당신 앞에선 무엇이든 품을 수 있는 척하고 싶어요."

쓰윽.

엘이 내 손을 끌어 거친 손등을 자신의 이마에 대었다. 펄펄 끓는 이마가 내 손등에 화인을 남기는 듯했다.

그의 불규칙한 숨결이 내 손목께에서 흩어졌다.

"좋은 사람이 되고 싶어요."

"⋯⋯."

"당신에게 어울리는 사람이⋯⋯."

'사랑의 순기능은 자아의 성장이다.'

그 말이 머릿속을 스치고 지나갔다. 결국 사랑은 타인을 위해서가 아니라 나를 위해서 하는 것. 그러니 진정한 사랑이란, 나를 고립되게 만드는 것이 아니라 나아가게 만드는 것이라고.

"당신은 틀리지 않았어요."

"⋯⋯."

"구제 불능인 나 같은 놈도 감히 따라 하고 싶어질 만큼, 빛나는 사람이에요."

흐릿한 숨소리로, 속삭이는 소리조차 간신히 내면서도 편안히 미소 짓는 엘은…….

……툭.

내가 고개를 떨군 채 침대보를 적시게 하기에 충분했다.

"나는 이겨 낼 거예요……. 당신을 두고 죽을 생각은 추호도 없으니까."

스르륵.

더는 손에 줄 힘조차 없는지, 엘이 꼭 잡았던 내 손을 놓치듯 놓았다.

그가 희미하게 뜨고 있던 눈을 살포시 접었다.

"금방, 다시 만나요."

제대로 된 생각조차 하지 못할 만큼 고열에 시달리면서도, 그는 나를 안심시키려 했다.

"……."

엘이 쓰러지듯 다시 잠든 뒤에도 나는 한참이나 그곳에 있었다.

교황의 처소만큼 은밀하고, 눈물을 숨기기에 좋은 장소는 없으니까.

Chaphter 4

사랑은 허물을 가리느니라

"흠, 정말 괜찮겠니?"

은빛 늑대족의 위대한 주술사, 알리샤가 안경을 고쳐 썼다.

그녀의 창백한 백안이 신중히 빛났다.

"네가 강한 아이라는 건 알아. 안테이아의 아이가 약할 리 없지. 그렇지만 함부로 봤다가 혹여라도 정신적으로 충격을 받으면 전시에 곤란할지도 몰라."

이곳은 늑대족의 막사.

나는 레이샤에 의해 봉인된 내 8살 이전의 기억을 알리샤의 손을 빌려 되찾기 위해 이곳에 왔다.

"그래. 나쁜 기억이 있을지도 모르는데 굳이 볼 필요는 없지 않나?"

"내 생각도 그래."

방자한 자세로 턱을 괴고 있던 칼이 이때다 싶었는지 맞장구를 쳤다. 그 옆에 앉아 있던 아리아도 고개를 끄덕였다. 분명 혼자 다녀오겠다고 했건만, 무슨 일이 일어날지 모른다며 곧 죽어도 같이 가겠다 고집을 부려 이곳까지 따라온 두 사람은 영 불만스러운 표정이었다.

"아버지가 한마디 해 보세요."

칼이 카이사르를 툭툭 쳤다. 기억을 찾겠다는 내 결심에 명백한 반대 의사를 보이던 칼과 아리아와 달리, 카이사르는 지금까지 아무 말도 하지 않았다. 그저 깊은 생각에 잠긴 얼굴로 나를 따라왔을 뿐.

그는 칼의 재촉에도 조금 더 시간을 두고 생각하다가 느릿하게 입을 열었다.

충직한 검이 되려 했는데 5

"그 여자는 똑똑했지."

"……."

"딱 한 번 봤지만, 절망의 순간에서도 최선의 길을 찾는 눈은…… 그래. 너와 같았다. 그것이 그 여자가 네게 물려준 가장 큰 유산일 거다."

카이사르는 안테이아를 단 한 번밖에 본 적이 없다. 그것도 가신들이 새 아내를 찾으라며 멋대로 자신의 침실에 들여앉혀 둔 여자를 그녀의 간청 때문에 한 번 안은 것이 다였다. 테세우스의 기억을 통해서도 봤지만, 결코 빈말을 하지 않는 성격의 카이사르가 그 한 번의 만남으로 저렇게 말할 정도라면 내 어머니가 얼마나 배짱 좋은 위인이었을지 예상이 갔다.

"나는 그 여자가 쓸데없는 짓은 하지 않았을 거라고 생각한다."

짙은 적안이 나를 응시했다.

"그래도, 확인하고 싶나?"

카이사르는 가끔 놀라울 정도로 서툴렀지만, 그보다 훨씬 자주 좋은 아버지가 되어 주었다. 자신의 생각과 다를 때에도 내 의견을 가장 먼저 존중해 준다는 점이 그랬다. 인간 말종이었던 그의 아버지, 다시 말해 내 할아버지와 그저 유약하기만 했다던 내 할머니 사이에서 어떻게 그가 나왔는지 궁금할 정도였다.

"네. 확인하고 싶습니다."

나는 굳게 고개를 끄덕였다.

엘의 막사에서 나온 뒤, 나는 곧바로 내 기억의 봉인을 풀기 위해 움직였다.

알리샤의 얼굴을 본 뒤부터 계속 망설이다가 이제야 용기를 낸 것이다.

"이걸 확인해야 모든 상념이 사라질 것 같아서요."

엘이 좋은 사람이 되길 바란다면, 나는 강한 사람이 되고 싶었다.

그러기 위해선 뒤를 돌아보게 만드는 모든 요소를 제거할 필요가 있었다.

"그렇다면 확인해라. 너는 그 모든 걸 견딜 수 있는 사람일 테니."

카이사르가 설핏 웃었다.

그는 지금 이 순간 내게 가장 필요한 말이 뭔지 알고 있었다.

"쯧. 어차피 결정하는 건 저 아이인데 이러쿵저러쿵 시끄럽군."

막사 구석에서 이쑤시개를 물고-바로 직전에 포식하고 온 듯 온몸에서 고기 냄새가 풍겼다- 우리를 구경하던 페이샤가 혀를 찼다. 칼과 아리아가 조금 밉게 눈을 흘겼지만, 애초에 이곳은 그녀의 막사였으니 두 사람 모두 하고 싶은 말을 삼킨 듯했다.

"알리샤의 실력은 확실하다. 몸에 부작용이 가는 약도 아니니 정신력 강한 저 아이라면 문제 될 것도 없다."

턱.

페이샤가 의자 등받이에 팔을 걸치고선 카이사르를 힐끗 보았다.

"그리고 공작께서 뭔가 잘못 알고 있는 듯한데."

"뭡니까?"

카이사르가 눈매를 느른하게 세웠다. 마주하는 것만으로도 숨통이 막힐 만큼 위압적인 낯이건만.

뚝.

페이샤는 그 앞에서 이쑤시개를 이빨로 부러뜨리며 사납게 웃었다.

"안테이아는 미련하다 못해 멍청한 아이였어. 안은 여자에 대한 책임감도 없는 놈이니 알 턱이 없겠지만."

옆에서 듣는 내가 자동으로 헛숨이 들이쉬어질 만큼 날카로운 발언.

페이샤는 명백히 카이사르를 향해 적의를 드러내고 있었다.

'……멍청하다는 말이 반어법처럼 느껴질 정도네.'

안테이아를 언급하는 페이샤의 목소리엔 애정이 깃들어 있었다. 그녀에게 있어 안테이아는 자신의 민족을 살린 영웅이자 친우였으니.

'페이샤는 자세한 속사정을 모르니까.'

그녀에겐 단순히 카이사르의 무책임함 때문에 안테이아가 미혼모가 된 것으로 보일 테니 적의를 품는 건 당연할지도 몰랐다.

"……."

분명 모욕적이었을 텐데도, 카이사르는 그저 느릿하게 눈을 깜빡일 뿐이었다.

원래도 도발에 걸려드는 성격은 아니었지만, 이번엔 조금 결이 달랐다. 그는 그 모욕을 진실로 담담히 받아들인 듯했다.

"페이샤, 그렇게는……."

"얘는……. 그 성깔 좀 고치렴."

어쩐지 내가 다 억울해져 그녀에게 반발하려 했을까, 알리샤가 고개를 저으며 한발 먼저 페이샤를 막아섰다.

"너는 아직 머리에 피도 안 마른 애랑 말싸움을 하고 싶니? 아직도 철이 안 들어서야. 지나간 일 가지고 제삼자가 가타부타하는 것만큼 꼴사나운 게 없어."

"푸흡."

알리샤가 우려 준 차를 마시며 흥미진진하게 상황을 관전하던 칼이 입안에 머금고 있던 찻물을 뿜었다.

"……머리에 피도 안 마른?"

카이사르가 그답지 않게 멍한 얼굴로 눈을 깜빡였다. 믿을 수 없다는 눈빛이었다. 인간보다 훨씬 오랜 세월을 살아가는 늑대 수인족의 기준에서 카이사르는 분명 어린 편일 것이다. 수인 대학살까지 직접 겪은 대어른인 두 사람에게는 말할 것도 없었다. 하지만 제국의 공작이자 소드 마스터인 그가 언제 어린애 취급을 받아 보았겠는가?

그는 페이샤의 도발보다 알리샤의 악의 없는 표현에 더 충격을 받은 듯했다.

"흡…… 헙……."

아리아가 두 손으로 얼굴을 가린 채 헐떡거렸다. 소리만 들으면 얼핏 우는 것 같았지만, 손가락 틈새로 보이는 입꼬리는 끝을 모르고 치솟아 있었다. 칼은 그 옆에서 아예 대놓고 웃고 있었고.

"알리샤, 그런 발언은…… 크흡."

멍한 얼굴의 카이사르를 보고만 있기 힘들었던 나는 그를 도우려 했으나, 결국 말하다 말고 웃음이 터져 버리고 말았다.

카이사르가 배신감 서린 표정으로 나를 돌아보았다.

"어린애들이라 그런가? 별것에 다 웃음이 터지는구나. 그래도 웃는 모습을 보니 좋네. 너희 같은 핏덩이들이 전쟁터에 나와서 죽상만 쓰고 있는 게 신경 쓰였거든."

알리샤는 우리의 웃음 포인트를 이해하지 못한 듯 고개를 갸웃하면서도 자애롭게 미소 지었다.

짝. 그녀가 박수를 한 번 쳤다.

"좋아. 그럼 시작해 볼까?"

금세 진중해진 그녀의 백안이 나를 응시했다.

"카슈미르의 기억 복원 말이야."

나는 알리샤의 안내에 따라 침대에 누웠다. 페이샤는 침대를 좋아하지 않아 늘 늑대 상태로 바닥에서 잤다더니, 침대는 완전히 새것이었다.

"상체만 살짝 일으켜 보렴. 약을 마셔야 하니까."

나는 은은한 새 이불 냄새에 긴장이 조금 풀린 채로 몸을 일으켰다. 가족들의 걱정 어린 시선이 쏠리는 가운데, 그녀는 담담히 설명을 시작했다.

"너는 어린아이였던 네 시점에서 기억을 회상하게 될 거야. 얼마나 많은 것을 보게 되든 현실 시간으로는 10분 남짓 걸릴 테니 걱정 말고."

"네."

"네 기억의 봉인은 무척 헐거워. 정교한 수식이긴 하지만, 너는 소드 마스터잖니. 아무리 네가 어렸던 과거에 봉인이 집행되었다 하더라도 소드 마스터의 정신을 계속 붙잡고 있기란 어렵지. 봉인이 지금까지 버틴 것만으로도 놀라운 거야."

톡톡.

알리샤가 진녹색 액체가 든 유리병을 가볍게 두드렸다.

"지금 네 기억은 작은 자극만으로도 봇물 터지듯 우르르 쏟아지는 상태고, 이 약은 그 '작은 자극'이 되어 줄 거야."

"그렇군요."

"아, 그렇다고 1살부터 8살까지의 모든 기억이 돌아오는 건 아니다? 어렸을 적 일을 하나하나 또렷이 기억하는 게 더 이상하잖아. 네 무의식 속에 강렬히 남은 기억들만이 수면 위로 떠오르겠지."

그러므로 이건 '무의식 자극제'라는 표현이 어울리겠네.

그렇게 말을 마무리한 그녀는 내 손에 병을 쥐여 주었다. 나는 내 검지 두 마디만 한 유리병을 가만히 내려다보았다.

'이것으로 모든 의문은 끝이다.'

내 어머니 안테이아와 엮여 있던 수많은 의문이 이것으로 정리될 터.

판도라의 상자를 열어젖히는 미련한 마음으로 여기까지 달려왔는데, 막상 끝에 다다르니 기분이 미묘했다.

'어머니는 내 생각만큼 나쁜 사람이 아니었지.'

테세우스의 기억을 통해서 본 그녀는 미숙할지라도 내게 최선을 다했다.

나를 내려다보는 고요하고 부드러운 눈빛, 작고 소중한 것을 만지듯 조심스러운 손길. 그 하나하나가 나에게 새로운 감정을 알려 주었다.

'그렇게나 소중한 기억들을 날리면서까지 지워 버려야 했던 것은 대체 뭘까?'

분명 아주 충격적일 것이라고 막연히 예상은 갔지만, 구체적으로는 감이 잡히지 않았다.

"……그래. 솔직히 아직도 걱정되지만, 나는 요정왕의 기억을 통해 본 그 여자, 아니, 그분이 그렇게 나쁜 분일 것 같다는 생각은 들지 않는다."

내가 고민에 빠져 있던 그때 칼이 나직이 말했다.

그러고 보면 그는 나 그리고 아리아와 더불어 손거울 마도구를 통해 테세우스의 기억을 엿본 적이 있었다.

"너는 분명 사랑받는 아이였을 거다. 사랑하지 않고는 못 배길 만큼 사랑스러
우니까."

"……."

"네가 그걸 한 번 더 확인하는 시간이었으면 한다."

칼이 씨익 웃었다.

그는 확신하고 있었다.

"……가끔 보면 칼이 낯간지러운 소리를 가장 잘합니다."

내 입에서 웃음이 피식 나옴과 동시에 일말의 망설임마저 증발되어 버렸다.

뽁.

나는 뚜껑을 열어젖혔다.

"잠시 보고 오겠습니다."

특별할 것도 없다. 나는 가족들과 짧은 눈인사를 나누고서 거침없이 액체를
들이켰다.

'어우, 달아.'

쩝.

식도를 훑고 내려가는 기묘한 단맛.

이어, 암전이었다.

두 번째 기억 여행의 첫 느낌은 눈을 뜨기 어렵다는 것이었다.

'……왜 이렇게 눈이 부시지?'

단순히 기억뿐만이 아니라 무의식에 잠재된 감각까지 지금의 나에게 전이되
는 듯했다. 첫 번째 기억 여행에서는 어디까지나 제삼자로서 지켜보는 입장이었

기에, 이런 생생함은 꽤 낯설었다.

'이상해. 모든 것이 새로워.'

온몸이 저린가 싶었는데, 좀 더 집중해 보니 몸을 처음 써 보는 듯 어색한 기분이 들었다. 마치 태어난 지 얼마 안 된 아이가 된 느낌이었다.

그리고 이어서 드는 자각.

"으아아앙!"

'나…… 울고 있어?'

어떤 느낌에 저항할 틈도 없이, 나는 빼액 소리를 지르며 울고 있었다.

이렇게 아이처럼 울어 본 게 얼마 만이더라? 아니, 진짜 아이이긴 할 거다.

'나 지금 몇 살인 거지?'

당황스러운 동시에 머리가 팽팽 돌았다. 그리고 무언가를 시도해 보기도 전에 내 입이 멋대로 열렸다.

"왜, 왜 아저씨 없어? 싫어……! 아저씨! 날개 아저씨!"

어색하게만 들리는 앳된 내 목소리에 울음기가 섞였다. 영락없는 어린애의 칭얼거림이었다.

토닥토닥.

그리고 가냘픈 손이 그런 내 등을 두드렸다.

차오른 눈물 때문에 앞이 보이지 않지만 알 수 있었다. 이 사람이 내 어머니, 안테이아 헬라라는 것을.

'테세우스가 떠난 직후구나.'

곧바로 짐작할 수 있었다. 어린애인 내가 꽤 오랜 시간을 함께해 온 테세우스가 떠난 뒤 그를 돌려 달라 소리를 지르고 있음을.

"울지 마……. 울지 마, 아가. 내가…… 미안해."

"흐으……."

"언젠가 나를 믿고 울어 주길 바랐지만 너를 아프게 하고 싶었던 건 아니었는데……."

안테이아의 가느다란 목소리가 힘겨이 흘러나왔다.

'아이가 울지를 않아. 갓난아기였을 적에는 소리 없이 울더니, 돌이 지난 후엔 그것조차 안 해.'

그러고 보면 안테이아는 내가 울지 않는다는 이유로 테세우스에게 상담을 청한 적이 있었다. 그랬던 것이 이렇게나 시끄럽게 우는 것으로 보아 나에게 테세우스는 꽤 중요한 존재였던 모양이다.

"아, 저씨, 어, 언제? 언제 와?"

"……."

"다섯 밤? 열 밤?"

내 입이 멋대로 움직여 순진한 목소리를 자아냈다.

'……나약해. 멍청해.'

역시 내게 있어 어리고 약한, 과거의 나는 견디기 어려운 역린 같았다. 첫 번째 기억 여행과 같이 역함이 솟구쳤다.

"……응. 열 밤. 열 밤을 열 번 자면 올 거야, 그 아저씨."

떨리는 손이 내 뺨을 쓸었다.

그 순간 아주 잠시 선명했던 안테이아의 얼굴에선 눈물이 흘러내리고 있었다.

"강하게, 강하게 기다리는 거야. 상실에 무너지지 않고, 강하게……."

빚쟁이들의 만행으로 자기 삶의 이유였던 동생을 잃고, 공연히 나를 임신한 채로 이곳에 도망쳐 온 그녀는 자신의 두 번째 이름을 '오드리'라고 지으면서 무슨 생각을 했을까.

'힘'이라는 뜻의 이름을 지고, 나를 혼자 키우는 것은 어떤 삶이었을까.

테세우스가 떠난 뒤, 이렇게나 고통스러운 얼굴을 하고서 철없이 우는 나를 달래는 동안 어떤 심정이었을까.

"……드디어 생각났어, 네 이름."

충직한 검이 되려 했는데 5

그녀가 간신히 울음을 그쳐 가는 내 이마에 조심스레 입을 맞췄다.

"카슈미르로 하자."

"……."

"적의 영광을 부수는 자로."

안테이아가 나를 꽉 끌어안은 채 내 귓가에 속삭였다.

"너는 나처럼 약하게 살지 마, 카슈미르."

"……."

"사랑에도, 그 무엇에도 휘둘리지 마……."

이것이 내 첫 기억이자 가장 강렬한 기억.

내 이름의 유래.

흩어지는 의식 속에서, 나는 눈을 감아 버렸다.

'……힘드네, 이거.'

눈을 뜨자마자 또다시 든 생각은 이것이었다.

첫 번째 기억 여행처럼 이동할 때 어지러움이나 메스꺼움은 없었지만, 이번엔 제삼자로서가 아닌 실제 나의 기억을 내 시점에서 되풀이하다 보니 전이되는 감정이 고통스러울 정도로 강렬했다.

'정말 한바탕 운 느낌이야.'

영혼도 너무 울어서 눈이 얼얼해지는 감각을 느낄 수 있는 걸까?

무의식을 억지로 끄집어내어 그 상황을 한 번 더 경험하다 보니 정신력 소비가 장난이 아니었다.

'이번엔 또 뭐지?'

정신을 차린 직후, 나는 신경을 시야에 집중했다. 이번에는 울진 않았는지 앞이 선명했다.

'문 틈새로 뭔가 훔쳐보고 있는 것 같은데…….'

살짝 열린 문과 그 틈으로 보이는 방 안의 풍경. 시야의 구도가 딱 그거였다.

그런 가운데, 방 안에서 목소리가 들렸다.

"어머나, 세상에……. 어쩜 눈이 이렇게나 반짝이는지. 축하해요, 부인. 너무 예쁜 딸을 낳으셨네요. 아이가 어찌나 순한지 벌써 울음을 그쳤어요."

침대 옆에 선 한 여자가 동그란 포대기를 안고 감격한 듯 중얼거렸다.

파들파들.

곧이어 침대에서 떨리는 손이 나왔다.

"아이, 아이를…… 제게…….'

안테이아의 목소리가 천 갈래 만 갈래로 갈라져 나왔다.

"헉, 네! 당연히 드려야죠!"

산파로 보이는 여자가 다급히 포대기를 그녀에게 건넸다.

"부인, 아이의 이름은 정해 두셨나요? 꽃처럼 예쁜 아이이니 꽃 이름을 붙여 줘도 될 것 같은데요. 로즈라든지, 데이지 같은 아기자기한 이름 있잖아요. 아니면 눈이 푸른색이니 블루벨이라든가…….'

산파는 자기가 더 들뜬 듯 신나게 조잘거렸다.

"…….'

그러는 중에도 조용하게 포대기 속 아이를 응시하기만 하던 안테이아는 느릿하게 입을 열었다.

"……아리아.'

"네?"

"아리아라고 하자.'

그 순간 섬전처럼 머릿속을 스치는 깨달음.

'당신의 동생은 심포니였구나.'

심포니. 오케스트라 합주를 위한 교향곡.

결코 혼자서는 완성할 수 없는, 존재부터 수십 수백 명의 동조를 전제하는 음악.

그리하여 심포니는 다른 이의 도움 없이는 살지 못하다가 끝내 피지도 못하고 죽어 버렸다.

"네 인생이 험난하더라도 독창할 수 있도록……."

"부, 부인……."

"오래 살아야 해. 오래…… 아주 오래, 혼자서 살아가렴. 누구의 도움 없이도……."

산파가 당황한 가운데, 흐느끼는 안테이아의 목소리가 메아리치듯 울려 퍼졌다.

그래. 나는 이 순간을, 저 문장을 이미 알고 있다.

어렸을 적의 기억이 봉인된 순간에조차, 갓 태어난 아리아를 처음으로 훔쳐봤던 이 순간만큼은 분명히 기억하고 있었다.

내 무채색의 세상에 색깔이 생겼던 순간이니까.

'당신은 이 순간 울고 있었구나.'

아마도, 그녀는 이 순간 심포니를 떠올렸을 것이다. 내게 자신을 대입했듯, 아리아에게는 심포니를 대입했던 것이 분명했다. 그리하여 자신의 동생처럼 일찍이 바스라지지 말고 혼자서도 씩씩하게 살아가라고.

"……카슈미르. 이리 오렴."

내 몸이 크게 들썩였다.

'여기서부터는 모르는데.'

내게 각인된 기억은 갓 태어난 아리아를 본 순간뿐이었으니 말이다.

놀라워할 틈도 없이 내 몸이 쭈뼛거리며 슬금슬금 방 안으로 들어갔다.

"자…… 여기 봐. 이게 네 동생이야."

그녀는 푹 잠긴 목소리로 속삭였다.

'아.'

나는 포대기에 싸인 아기를 본 순간 감탄했다.

장밋빛으로 물든 동그란 뺨, 꾹 다문 산홋빛 입술과 순하게 깜빡이는 하늘빛 눈동자의 눈. 세상의 모든 사랑스러움을 빚어 만든 아이가 그곳에 있었다.

그 순간 깨달았다.

'나는 이때 처음으로 사랑에 빠졌구나.'

"네 동생 아리아야. 따라해 보렴······."

"······아라?"

"그래. 그렇게 불러 주어야 해."

나는 아기 아리아 앞에서 손을 꼼지락거렸다. 안테이아가 속삭였다.

"이제부터, 네가 아리아를 잘 지켜 줘야 해. 사랑해 주고, 보듬어 주고······."

"······."

"그저 지켜 주는 것만이 아니라, 아리아가 혼자 살아갈 수 있게, 나아가고, 또 성장할 수 있게······."

목소리가 점점 떨리더니 이내 물기로 축축해졌다.

"내가, 해 줬어야 했는데······."

짙은 회한이 그녀의 얼굴에 넘실거렸다. 자신의 동생을 지키지 못했다는 죄책감이 안테이아를 덮치고 있었다.

만약 내가 아리아를 지키지 못했다면, 나도 저런 얼굴을 하고 있었을까.

"······지킬게요."

스윽.

어린 내가 손을 들어 안테이아의 눈물을 투박하게 닦아 냈다.

"동생이니까."

나는 아리아를 처음 본 순간, 이미 맹세했다. 아리아를 위해 살기로.

"응. 지키렴. 너는····· 잃어버리지 마······."

안테이아는 그 작은 손에 간신히 기댄 채로 하염없이 중얼거렸다.

충직한 검이 되려 했는데 5

지켜 달라고, 잃어버리지 말라고.

그녀의 품에 안긴 아리아가 어느새 잠들 때까지 계속 그렇게 울었다.

'……어머니. 저는 지켰어요. 잃어버리지 않았어요. 그리고 아리아는 이제 독창하는 법을 알아요.'

외날개로 창공을 독주하는 사랑스러운 모습을 떠올렸다. 아리아는 이제 내 도움이 필요치 않을뿐더러 내 날개가 되어 주고 있는 아이였다.

'그러니 이제 그곳에서 심포니와 함께 쉬세요.'

나는 진심을 다해 마음으로 속삭였다. 그곳에선 더는 회한도, 눈물도 없기를.

그렇게 비는 것이 이미 비극으로 끝난 이야기를 향한 내 최선의 경례였다.

장면은 끊임없이 전환되었다. 내 무의식 속엔 생각보다 많은 기억이 잠재되어 있었다. 이걸 다 봐도 현실에서 걸리는 시간은 10분 남짓이라는 게 믿기지 않을 정도였다.

'카슈미르. 오늘은 뭘 먹고 싶어?'

'자, 동생을 안아 주렴. 그런다고 쉽게 부서지지 않으니까. 좀 더 쓰다듬어 줘.'

'응. 네가 좋아하는 것이 내가 좋아하는 것이야.'

기억들은 대부분 안테이아와 나, 그리고 아리아의 사소한 추억들이었다.

평범해서 더 반짝이는 그런 작은 기억들.

더욱이 아리아가 아프기 전이었기에-아리아가 앓기 시작한 건 안테이아가 죽고 약 1년이 지난 뒤부터였다- 모든 것이 순탄했다.

'열이 날 때는 저곳에 가야 해. 그러나 잔여금이 없을 때는 내가 알려 준 약초들 있지? 그걸 한데 모아 씹기만 해도 한결 괜찮을 거야.'

'돈을 세는 방법, 계산하는 방법, 잊지 않았지? 만약 누군가 값보다 더한 것을 내놓으라고 하면 화를 내야 해.'

안테이아는 내가 말을 하고 걸을 수 있을 때부터 내게 급박하게 세상을 가르쳤다. 자신의 부재를 대비하려는 듯.

그녀는 애정 표현에는 퍽 서툴렀다. 요구하지 않는 한 먼저 안아 주지도, 입 맞춰 주지도 않았다.

'싫은 것도, 좋은 것도 숨길 줄 알아야 해. 사람은 눈에 보이는 것에 매몰되는 동물이니 표정만 숨기면 돼. 우는 것도 웃는 것도 조심스레 하는 거야.'

그녀는 그저 최선을 다해 우리를 가르칠 뿐이었다. 그것이 그녀의 사랑이라는 것은 어렵지 않게 느낄 수 있었다.

안테이아는 시간이 갈수록 쇠약해졌고, 또한 어딘가에 길게 다녀오는 날이 많아졌다. 아마 은빛 늑대족을 돕기 시작하며 바빠진 것 같았다.

기억을 볼수록 궁금증은 커져 갈 수밖에 없었다.

'대체 왜 지웠지?'

지금까지 모두 잊고 산 것이 억울할 정도로 상냥한 기억들이었다. 힘들었던 시절, 이 기억들이 있었다면 좀 더 수월히 헤쳐 나갈 수 있었을 것 같건만.

'어째서 나는 독기와 악으로 가득 차서 유년기를 보내야 했는지.'

이해할 수 없는 가운데, 꽃밭에서 즐거운 한때를 보내던 세 여자의 모습이 일그러졌다. 그리고 다음 장면 전환에서 나는 본능적으로 알 수 있었다.

'이게 마지막이구나.'

용량 자체는 첫 번째 기억보다 적은데 그보다 훨씬 더 지치게 했다. 어쩌면 내 일이라서 더 많은 생각이 드는 건지도 모르겠다.

'그리고 지금 이 순간은 분명……'

나는 얼굴이 굳어지고 말았다.

희미한 시야의 한 틈새로 보이는 강직한 얼굴.

"레안드로가 독살당했다."

선명한 포도주 빛깔의 눈동자가 깊게 가라앉아 있었다. 콧대를 가로지르는 긴 흉터로 조금은 험악해 보이는 그 얼굴을 나는 잘 알고 있다.

내 기억을 봉인한 장본인, 레이샤.

이것은 내가 기억을 봉인당한 순간이 확실했다.

"……레아가 가 버렸구나."

안테이아가 공허하게 중얼거리며 힘없이 고개를 젖혔다.

레안드로라면 '레안드로 로마노프', 학창 시절 레이샤, 안테이아와 함께 삼총사라고 불렸던 그들의 막역한 친우이자 레오의 어머니일 터. 안테이아는 친구의 부고를 전해 듣고서도 이상하리만큼 담담했다. 그 이유는 곧 알 수 있었다.

"……너도 얼마 남지 않았군."

레이샤가 신음같이 중얼거렸다.

그 말대로, 뼈가 툭 불거질 정도로 마르고 수척해진 안테이아는 곧 죽어도 이상하지 않을 상태였다.

"그곳에서 레아를 만날 수 있겠지. 심포니도."

안테이아가 희미하게 웃었다. 홀가분한 동시에 짙은 회한이 묻은 미소였다.

눈을 질끈 감은 레이샤가 이마를 짚었다.

"늑대족의 어른들은 늘 인간들과 어울리지 말라고 했지. 반드시 상처받을 거라고."

"……"

"지금까진 고리타분한 늙은이들이 겁을 집어먹어서 그런 것이라고 생각했는데…… 이제는 왜 그런 건지 조금은 이해가 돼."

고개를 든 그녀의 자안에 짙은 슬픔이 묻어났다.

"너희 인간들은 너무 약해."

인간보다 훨씬 긴 세월을 살며, 그 육신의 힘만으로 최강의 종족이라 불리는 은빛 늑대족에게 인간 친구란 유한함의 상징일 것이다. 혼자 남게 된 그녀의 고독이 절절히 느껴졌다.

"레안드로와 약속했다. 그 애의 아이를 맡아 주기로."

"응. 레안드로의 마지막 편지에서 봤어. 이름이…… 말렉이랬나?"

"알렉산드로다. 죽을 때가 되니 머리가 오락가락하는가?"

레이샤가 믿지 않게 눈을 흘겼다. 안테이아는 작게 웃음을 터트리다가, 그것조차 힘겨운지 밭은기침을 내뱉었다.

"하여간…… 네가 애를 돌볼 거라곤 상상도 못 했는데. 아카데미의 대호라고 불리던 레이샤가 유모라니. 그 아이가 매일 우는 건 아닐지 걱정이구나."

"쯧. 나도 네가 애 둘 딸린 엄마가 될 거라곤 상상해 본 적도 없다. 그리고 왕이 될 아이라면 제대로 자라야지."

레이샤의 엄격한 말에 안테이아가 눈을 깜빡였다.

"……그 아이, 9왕자라고 하지 않았니? 아타라는 왕위 계승에 출생 순서가 중요하고."

"맞다."

"그런데 왕으로 만들겠다고?"

"그럼 위대한 늑대족의 손에서 자란 인간이 고작 보잘것없는 9왕자로서 숨을 마감하겠나?"

레이샤가 치솟은 눈썹을 까닥였다. 그 얼굴에서 오만함이 엿보였으나, 그것도 잠시였다.

"……애초에 그 썩은 내 나는 왕실에서 그 아이가 살아남는 법은 그뿐이다. 개만도 못한 목숨으로 죽거나, 용이 되거나. 둘 중 하나야. 중간은 없다."

"……."

"내 자식처럼 기르겠다고 그 애에게 맹세했다. 남의 자식이라면 가끔 볼 때 예뻐하는 것으로 충분하지만, 내 자식이라면 제대로 가르쳐야 해. 이 험한 세상에서 어떻게 해야 살아남을 수 있는지 알려 줘야지."

레이샤가 소파에 누워 있는 어린 내게로 다가와 내 머리칼을 가볍게 쓸었다.

어린 나는 가늘게 뜨고 있던 눈을 황급히 감았다. 아무래도 자는 척하면서 훔쳐 들은 순간인 모양이었다.

'레오를 정말 사랑했구나.'

물고기를 직접 잡아 주는 것이 아니라 낚시하는 방법을 가르쳐 주는 것이야말로 진정한 사랑이라는 말을 들은 적이 있다. 잡아 주는 것은 간단하지만, 가르치는 것은 긴 시간과 인내심, 그리고 애정이 없다면 할 수 없으니까.

"……끼리끼리 만난다더니, 이런 것까지 비슷한 모양이야."

안테이아가 피식 웃었다.

레이샤도, 안테이아도 낚시하는 방법을 가르쳐 주는 사람이다.

'기묘하지.'

끝의 끝까지 사랑한다는 말 한마디 없이 레오를 몰아쳤던 레이샤와 꼭 안아 주는 대신 세상 사는 방법을 가르쳐 준 안테이아. 사실 지금까지도 그게 올바른 건지는 모르겠다.

레오는 어딘가 결여된 채 자라 영원한 소년이 되었다. 나는 카라쇼가 없었다면 평생을 세상과 담쌓은 채 의심암귀처럼 살았을 것이다. 어쩌면 그저 양동이 가득 물고기를 안겨 주는 것이 사랑을 느끼게 하는 방법인지도 모른다.

그러나 그들의 마음을 어찌 사랑이 아니라고 하겠는가. 방식의 차이인 것을.

"그 아이가 카슈미르랑 동갑내기였던가? 한 번쯤 얼굴 보고 싶어."

안테이아가 내 몸을 토닥였다. 레이샤가 피식 웃었다.

"자리가 완고해지면 너와 네 딸들을 한번 초대하지. 아니면 한 번쯤 그 아이와 이곳으로 여행을 와도 좋겠군."

"응. 아이들끼리도 좋은 친구가 되었으면 좋겠다."

두 사람의 천진한 속닥거림을 듣고 있자니 어쩐지 기분이 이상해졌다. 안테이아는 레이샤에게 가지 못한다. 곧 죽을 테니까.

레이샤도 다를 것은 없다. 레오를 지키는 것만으로도 바빠 다시는 이곳에 돌아오지 못할 것이다.

'당신들 바람대로 됐어요.'

하지만 우리는 시간과 공간을 뛰어넘어 아주 기묘한 방법으로 인연을 만들어 냈다. 그들처럼 친구가 되었다.

'레오와 아리아는 사이가 썩 좋지 않은 것 같지만……'

저번에 한 번 우연히 마주쳤을 때 서로 껄끄러워하는 것이 개와 고양이를 붙여 둔 꼴이었으나…… 하여간 내가 레오랑 친하니 된 거다.

"사담은 이만하면 되었고."

탁.

레이샤가 탁자를 쥐며 상체를 굽혔다.

"나를 급하게 부른 이유가 뭐냐? 네가 유언 같을 걸 남길 성격도 아닌데."

안테이아가 느릿하게 눈을 깜빡였다.

"……늑대족에는 기억을 봉인하고 조작하는 주술도 있다고 아카데미 시절에 내게 말했지."

그녀는 말을 돌리지 않고 곧바로 본론으로 들어갔다.

레이샤가 눈썹을 꿈틀거렸다.

"그건 왜? 범죄라도 저질렀나? 그렇다면 목격자의 기억을 제거하기보다는 그냥 죽여 버리는 편을 추천하지. 그편이 깔끔하다. 내가 대신 죽여 주랴?"

"너는 못 하는 소리가 없어. 그런 거 아니야."

늑대 이빨을 드러내는 레이샤에 안테이아가 질색하며 고개를 내저었다.

그녀가 건조하게 가라앉은 잿빛 눈동자를 가만히 들어 올렸다.

"내 아이들, 아니, 아리아는 어리니 지울 필요도 없겠지."

"……."

"내 아이 카슈미르의 기억을 지워 줬으면 해. 나에 대한 기억은 모조리."

이미 모든 결심을 마친 듯 안테이아의 목소리는 단호했다.

잠시간 침묵이 흘렀다.

"……대체 무슨 소리를 지껄이는 거냐. 제정신인가?"

충직한 검이 되려 했는데 5

레이샤가 반문했다. 어처구니가 없다는 낯이었다.

"7살 먹은 애 기억을 지우는 게 무슨 의미가 있다고. 그것도 너에 대한 기억만 지우는 건 대체 무슨 심보냐? 곧 죽을 것 같으니 상처 주지 않기 위해 아예 잊히겠다는 거냐? 이런 바보 같은……."

"그런 게 아니야."

말허리를 단호하게 자른 안테이아가 그녀를 마주했다.

"레이. 사람이 무엇으로 산다고 생각해?"

뜬금없는 물음에 레이샤가 헛웃음을 지었다.

"나랑 지금 스무고개를 하고 싶은 거냐? 사람은 사랑으로 살아간다, 그런 틀에 박힌 대답을 듣고 싶어?"

"너는 참. 기분 나빠지면 한없이 비꼬는 못된 습관이 아직도 남아 있구나."

희미하게 웃음 지은 안테이아가 턱을 괴었다.

그녀의 두 눈이 시리게 번뜩였다.

"사람은 말이지…… 온갖 끈적하고 질척한 것들로 인해 살아가."

"……."

"아교며 석고며 접착제 역할을 하는 것들은 다 점성이 있어. 그것과 같은 궤지."

조금 전까지 도란도란 아이들에 대한 얘기를 나누던 사람이라곤 생각할 수 없을 정도로 차가운 낯이다. 나는 그 일면에 녹아든 어두운 감정들을 보고야 말았다.

"행복? 사랑? 다 복에 겨운 소리야. 그런 것들은 성취해야 할 목표고 지향성이지, 삶을 이어 나가게 만드는 원동력이 아니야. 그건 비슷한 것 같지만 달라."

안테이아가 고개를 돌려 나를 바라보았다.

"지금 당장 죽어 버리고 싶은데도 기어코 하루를 살아가게 만드는 건……."

짙고 또 짙은 시선이었다.

"원망이야, 레이. 독기고, 오기야. 죽어서 그 망할 새끼 얼굴을 보고 싶지 않다는 원념, 내가 그 새끼보단 잘살고 싶다는 욕망, 그 새끼 뜻대로 내 인생을 망치지는 않겠다는 결심…….”

그녀가 누구를 생각하고 있는지 곧바로 눈치챌 수 있었다.

'당신의 아버지, 헬라 남작.'

도박으로 빚을 불려 일가를 쑥대밭으로 만들고 그녀의 동생을 죽게 만든 만악의 근원.

“사람은 온갖 더럽고 끈적한 감정으로 살아가.”

그리하여 안테이아 헬라는 사랑보단 집념으로 살아온 비극의 주인공이다. 그녀는 사랑으로 살아갔으나, 동시에 사랑은 그녀의 모든 것을 앗아가고 망가뜨렸다.

“나는 내 딸에게 그 끈적거리는 감정을 마지막 선물로 주고 싶어.”

“……테이.”

“오래 살았으면 좋겠거든. 죽지 않았으면 좋겠어.”

“…….”

“내가 죽은 뒤에 비참한 삶에 절망해 스스로 목매달지 않길 바라. 나 같은 어미보다는 잘 살겠다는 오기를 선물해 주고 싶어. 아주 질척거리는 것들로 이 아이의 발을 붙잡아 두고 싶어.”

“…….”

“지금 죽기엔 너무 사랑스러운 아이잖아…….”

내 이마를 쓰다듬는 손은 소름 끼치도록 서늘했고, 동시에 부드러웠다.

참으로 몰이해적이고, 극단적이며, 끔찍하도록 비틀린 애정.

“이 아이가 나를 원망하게 만들어 줘, 레이. 내 마지막 부탁이야.”

그것이 잊혀진 7년의 비밀이었다.

“……미쳤군.”

죽음과도 같은 침묵 끝에 레이샤가 탄식처럼 내뱉었다. 그녀는 묘한 얼굴이었다.

“넌 완전히 미쳤어.”

"그렇게 된 지 좀 되었지."

"애를 망치는 짓이야. 너는 평생 원망의 대상이 될 테고, 아이는 비틀린 채 커 버릴 거다. 최선을 다해 키워 왔는데 억울하지도 않나?"

"죽음 앞에서 무슨 미련이 남아 있겠니."

건조한 문답 앞에서 레이샤는 거칠게 앞머리를 쓸어 넘겼다.

"믿을 수 없이 치졸하고 몽매하며 단편적인 발상이야. 아카데미의 수석이 이 따위라니, 제국은 이미 망했군."

"……."

"하지만……."

레이샤의 비틀린 입에서 헛웃음이 튀어나왔다.

"그 마음을 이해할 수 있는 걸 보면, 나도 미친 모양이지."

스르륵.

그녀는 망설임 없이 자리에서 일어났다.

"너와 관련된 어렸을 적 기억을 모두 지우고, 빈 틈새를 널 향한 원망으로 채울 거다. 그러면 만족스럽게 죽을 수 있겠나?"

그제야 안테이아가 환하게 웃었다.

"응. 웃으면서 눈감을 수 있을 것 같아. 부탁해."

그녀의 애정에선 썩은 내가 진동했다. 더러운 골목길에 오랫동안 들러붙어 있 던 껌 같았다.

'……이게 진실이라고?'

지금 이 감정을 어떻게 표현해야 하는지 모르겠다. 허탈하다고 해야 하는가? 충격을 받은 걸까? 감동받은 건 분명 아닌데.

'내가 당신을 원망하며, 이를 갈고 살아 온 것이 어디까지나 의도된 거라고? 감히…….'

그래. 약간의 분노.

아무리 내가 살게 하기 위해서였다 한들, 내 기억을 멋대로 지워 버린 건 월권 행위다. 저 알량한 마음에 화가 났다.

'당신은 그럴 수밖에 없었던 거겠지.'

그러나 그 분노보다 불쌍한 마음이 훨씬 컸다.

저런 방식밖에 배우지 못한 그녀의 삶과 누더기를 꿰어 놓은 듯한 사랑이 안쓰러웠다. 실제로 그녀가 심어 둔 원망은 내가 척박한 어린 날을 살아가게 만드는 동기가 되었다. 낳아 달라고 애원한 적도 없건만, 태어나게 해 놓고 나를 남겨 둔 채가 버린 그녀가 미웠다. 아리아조차도 한때는 짐덩이처럼 느껴진 적이 있었다. 그러나 가장 힘든 순간을 버티게 만들어 준 것은 원망이나 오기 같은 게 아니었다.

야밤의 설원에서 데베라 떼와 마주했을 때 가장 먼저 든 생각이 무엇이었던가.

'다시 한 번 더 너를 보고 싶어.'

내가 사랑한 그 얼굴을 한 번 더 보고 싶었다. 장밋빛 뺨과 청명한 두 눈에 한 번 더 입 맞추고 싶었다.

'그런 짓을 하지 않았어도 나는…….'

당신이 내게 안겨 주었던 아이를 향한 책임감과 애정으로 인해 살았을 텐데.

내 쪽으로 다가오는 레이샤를 지켜보는 마음이 씁쓸했다.

"내가 한가한 사람은 아니니 곧바로 집행한다. 작별 인사를 하고 싶으면 지금 해라."

휙.

레이샤가 겉옷을 벗어 던졌다. 그 기세가 싸움에 나서는 검투사 같았다.

"말을 할수록 그리워질 뿐이지. 더 할 말은 없어."

안테이아가 느릿하게 손끝을 매만졌다.

"그런데 너는 괜찮니?"

서두 없는 물음에 레이샤가 눈썹을 꿈틀거렸다.

"무슨 뜻이지?"

"늑대족의 주술, 커다란 대가를 요구한다고 했잖아."

마법은 능숙하게 사용할 수 있게 될 때까지 많은 노력이 필요하지만 마나가 있는 한 손실 없이 무제한에 가까운 힘을 쓸 수 있다. 그러나 늑대족의 주술은 쉽게 배울 수 있고 발동하기 쉬운 대신 직접적인 대가를 치렀다.

'알리샤의 눈이 멀어 가고 있는 것도 주술의 부작용이라고 했지.'

그녀의 창백한 눈동자를 떠올렸다.

아무리 무해한 어린애가 대상이라 해도 기억같이 민감한 곳에 손을 대는 것이 쉬운 일일 리 없다. 분명 이 일로 레이샤는 꽤 큰 대가를 치러야 할 터인데.

"나를 걱정할 시간에 네 병약한 몸이나 신경 써라."

레이샤는 날아다니는 파리 한 마리 잡듯 대수롭잖은 낯이었다. 그녀가 안테이아를 힐끗 보았다.

"친구의 마지막 부탁 하나 들어주지 못할 만큼 능력이 없지는 않아."

그 무심하지만 깊은 시선이 레이샤의 우정이었으리라. 그녀는 이미 손실을 각오하고 있었다.

"아니. 소중한 친구 사이이니 오히려 이런 부분에서 철저히 해야지. 이런 부탁을 날로 할 수는 없어."

그러나 안테이아는 고개를 저었다.

"허. 그럼 내게 돈이라도 주겠다는 거냐?"

레이샤의 코웃음 섞인 비아냥에 안테이아가 고민에 빠진 듯 턱을 매만졌다.

그리고 오래 지나지 않아 자신의 주머니에서 무언가를 꺼냈다.

"이거 꽤 귀한 물건이라더라."

툭.

안테이아가 미련 없이 탁자 위에 떨어뜨린 걸 본 레이샤의 눈이 커다래졌다.

'……아.'

그것은 다름 아닌 요정 숲의 출입패였다.

"너……."

레이샤가 탄식하며 출입패와 안테이아를 번갈아 보았다.

"팔아도 되고, 알아서 이용해도 돼."

그러면서 안테이아가 웃었다. 아무렇지도 않은 듯이.

"……포기하겠다는 거냐?"

"어색한 표현이네. 애초에 내 것이 아닌데, 포기할 수가 있니?"

"여지……라는 게 있지 않나. 그놈이 돌아올지도……."

"레이. 내 욕심이고 실수였어."

두 손을 입 앞에 모은 안테이아가 눈을 감았다.

"다시는 엮이지 않겠다는 마음으로 이사까지 한 거야."

"……."

"이건 내게 아무런 의미도 없어."

테세우스가 떠나기 전 남기고 간 저 출입패는 테세우스와 접점을 만들 수 있는 도구이자, 아리아를 제외하면 유일한 그의 흔적이었다.

정말 필요 없었다면 진작에 버렸으면 될 텐데.

지금까지는 가지고 있다가 이제야 내려놓는 것은, 테세우스를 향한 미련 내지는 애정을 지금에서야 내려놓는다는 뜻이건만.

"……이기적이다. 둘째까지 아비 없이 기르겠다는 거냐? 적어도 둘째만이라도……."

"아비는 없이 사는 편이 나아. 내 경험담이야."

"……."

"그 아이는 좋은 사람이었지만, 좋은 아빠가 되어 줄지는 모르는 일이잖아."

단정 짓는 목소리는 어디까지나 편협했다. 안테이아 헬라는 그런 사람이었다.

"미치겠군……."

레이샤가 은빛 머리칼을 거칠게 쓸어 넘겼다. 어째 후련해 보이는 안테이아와 달리 그녀는 심란해 보였다.

"나는 네가 그 요정 놈과 행복하길 바랐다."

"……."

"네 인생에 볕 들 날이 있을 줄 알았는데."

안테이아가 피식 웃었다.

"알잖아, 레이. 나는 행복할 수 있는 기회를 오래전에 놓쳐 버렸어."

"……."

"그저 그런대로 불행하게 사는 거야."

레이샤는 말없이 탁자 위의 출입패를 집어 들었다.

투둑.

그리고 한참을 내려다보다가 제 허리춤에 달린 작은 주머니를 뜯어냈다.

"증표다."

툭.

그녀는 주머니에 출입패를 넣고선 안테이아에게 던졌다.

'아.'

주머니에 새겨진 문양을 발견하는 순간, 또 하나의 미스터리가 풀렸다.

'은빛 늑대 문양이다.'

레오가 찾던 레이샤의 유품.

지그문트 자식이 훔쳐 간 바로 그것이었다.

'출입패야 안테이아와 테세우스가 연인 비슷한 사이였으니 있을 수 있다고 쳐도, 그게 왜 늑대족의 문양이 새겨진 주머니에 들어 있는지 오리무중이었는데.'

"맡아 둬라. 다시 오는 날 제대로 가져갈 테니까."

"……왜 지금 가져가지 않고? 정말 팔아도 괜찮다니까. 값이 상당할 거야."

"얌전히 내 말대로 해."

레이샤가 의문을 표하는 안테이아를 향해 단호한 눈빛을 보냈다.

"나는 네가 죽을 날 받아 놓은 병자라는 이유로 다 포기한 듯 구는 게 거슬린다."

"……."

"너 죽은 뒤 네 애들은 어떡할 거냐? 내가 한 번쯤 돌아봐야지. 그때 제대로 가져갈 거니까 그 전까지만 맡아 두라는 거다."

"……나 죽은 뒤 애들 한 번쯤 돌아봐 줄 분은 이미 구했어. 라모나 할머님……."

"내가 그러라고 하면 얌전히 '네' 해! 토 달지 말고!"

레이샤가 히스테리 부리듯 고함쳤다. 그녀의 얼굴은 잔뜩 일그러져 있었다.

"살아 있는 한 희망은 있다. 너도 그런 마음으로 카슈미르의 기억을 지우는 거 아니냐? 살아남기만 하면 분명 어떻게든 살아갈 거라고 생각해서!"

"……."

"너는 아직 살아 있다. 감히 내 앞에서 시체처럼 굴지 마라!"

분명 그녀의 낯은 엄정했고, 두 눈은 건조했으나, 나는 어쩐지 그녀의 뺨을 타고 흐르는 눈물을 본 것 같은 기분이 되었다.

"못된 놈 같으니라고……."

스르륵.

짓씹듯 중얼거린 레이샤가 내 머리를 짚었다. 그녀의 거친 손끝을 타고 진동이 나에게 전해졌다.

"너는 최악의 친구고, 최악의 어미다."

그 말을 끝으로 그녀가 주술을 집행하려던 순간.

"시, 싫어요!"

휙!

어린 나는 벌떡 일어나 레이샤의 손을 피했다.

자던 아이가 벌떡 일어났음에도 레이샤와 안테이아 어느 쪽도 놀라지 않았다.

그들이라면 숨소리만으로도 자는지 안 자는지 분간할 수 있을 테니, 이미 알

　　　　　　　　　　　　충직한 검이 되려 했는데 5

고 있었던 게 분명했다.

"무서워요. 왜, 왜 그러는 거예요?"

어린 나는 모든 것을 들었음에도 이해하지 못했다. 어쩌면 당연했다. 겨우 7살이었으니까. 원망으로써 살아간다는 걸 대체 어떻게 이해하겠는가.

"엄마…… 싫어……."

나는 난감해하는 레이샤를 피해 안테이아에게로 달려가려 했다.

화악!

"아!"

하얀 빛줄기가 내 팔과 다리를 속박했다.

"괜찮아, 아가."

"어, 엄……."

"괜찮아……."

느릿하게 다가온 안테이아가 내 어깨를 토닥였다. 곧이어 그녀의 마른 손이 내 입을 부드럽게 덮었다.

"너는 원망과 절망을 거름 삼아 강하게 성장할 거야. 세상에서 가장 강한 사람이 되겠지."

"읍, 으읍……."

"그리하여 부모가 없는 건 아무래도 상관없고, 네 동생도 지켜 낼 수 있는, 그런 철인이 되어서……."

안테이아의 뺨을 타고 눈물이 쏟아졌다.

"행복해질 거야, 카슈미르……."

테세우스가 떠나던 날 밤에도 눈물은 흘릴지언정 허리를 곧추세웠던 안테이아가 처음으로 무너져 내렸다.

"으읍! 읍!"

"빨리…… 해 줘."

어린 내가 발버둥 치는 가운데 안테이아는 내 입을 더 강하게 틀어막았다.

"……이 망할 놈."

얼굴을 험악하게 일그러뜨린 레이샤는 결국 내 머리에 손을 올렸다.

"네 인생이 불행하다면 그건 다 내 탓이야."

미친 듯이 머리가 아파 오고 눈앞이 핑 도는 가운데, 나는 안테이아의 세뇌와 같은 속삭임을 듣고 또 들었다.

"나를 원망해. 행복하렴."

"……."

"나처럼 되지 마……."

그리고 암전이었다.

"카슈미르! 젠장!"

폐부로 차가운 공기가 가득 들어참과 동시에 정신이 들었다.

"헉!"

나는 깊은 잠에 빠져 있다가 뒤통수를 얻어맞은 사람처럼 벌떡 일어났다.

"아니, 대체 뭘 한 겁니까! 안 그래도 얼마 전 전투 때문에 피곤할 사람한테!"

내 목뒤를 받친 팔에 힘이 들어감과 동시에 익숙한 목소리가 날카롭게 울려 퍼졌다. 사람 목덜미를 잡고 내리누르는 듯한 강압이 느껴졌다.

내가 아는 한 이렇게나 분노를 잘 활용할 수 있는 사람은 한 명뿐이다.

"……레, 오."

분명 페이샤와 알리샤, 그리고 크리시스가의 세 사람만 있는 막사에서 잠들었건만, 지금 나를 안아 들고 있는 건 아타라의 국왕 레오였다.

"슈슈! 정신을 차린 건가!"

"언니!"

근처에 있던 칼과 아리아가 다가왔다.

하나같이 새파랗게 질린 것이, 아무래도 내게 무슨 일이 있었던 듯했다.

"왜……."

"전해야 할 말이 있어서 찾았더니 10분 안에 깨어났어야 할 애가 1시간째 잠들어 있다잖아! 다들 발만 동동 구르고 있는 게 어이없어서 마도구로 강제로 깨웠다!"

레오가 분통 터진다는 듯 고개를 저으며 들고 있던 작은 스프레이를 주머니에 쑤셔 넣었다.

"아니……. 갑자기 깨우면 정신에 충격이 있을 수 있어서……."

"거 소드 마스터가 그런 걸로 죽겠습니까? 그리고 깨어나야 할 사람이 못 깨어나고 있는 게 더 위험한 거 아닙니까!"

"큼……. 조금만 더 기다리다가 깨우려고 했는데 젊은이가 결단이 빠르네……."

알리샤가 머쓱한 듯 헛기침을 뱉었다. 늑대족의 어른인 그녀가 새파랗게 어린 레오에게 한바탕 잔소리를 듣는 광경은 참 기묘하면서도 볼만했다.

'레오가 판단력이 독보적이긴 하지.'

여러 사람을 만나 봤지만, 생각을 행동으로 옮기는 속도가 레오만큼 빠른 인간은 본 적이 없다. 아마 내가 정신 차리지 못하는 모습을 보자마자 조치를 취한 것일 터.

"자꾸 의심해서 말해 두는데, 약에는 문제가 없다. 애초에 독성이나 위험 성분은 하나도 들어가지 않았어."

"허……."

"깨어나는 게 생각보다 늦어진 건 저 아이가 그 기억을 즐겨서야. 억지로 지운 기억이니 당연히 나쁜 기억일 거라고 생각하고 셈을 짧게 한 건데…… 그 반대였던 모양이지."

알리샤가 안경을 치켜올리며 설명했다.

나는 여전히 몽롱한 채로 그녀와 그녀 뒤에 묵묵히 서 있는 페이샤, 그리고 걱정으로 안절부절못하는 내 가족을 바라보다가 마지막으로 나를 꽉 받쳐 안고 있는 레오를 올려다보았다.

"너는 이 전쟁통에 뭔 기억을 찾겠다고 사람을 걱정시켜?"

알리샤가 설명을 하거나 말거나 레오는 내게 꾸중을 늘어놓고 있었다. 사람들의 시선은 일말의 관심도 없어 보였다.

"들어왔더니 다들 새파랗게 질려 있어서 얼마나 놀랐는지 알아? 너는 늘······!"

"레오."

나는 잔소리를 멈춰 세우며 그의 손목을 붙잡았다.

레오가 눈을 크게 떴다.

"왜, 어디 아파? 머리? 아니면······."

"우리······."

떨리는 내 입가로 흐릿한 미소가 번졌다.

"꽤 사랑받으면서 자랐나 봐."

수많은 상념을 불러일으키는 기억이었으나, 결국 마지막으로 든 생각은 이것이었다.

"사랑받을 만했나 봐······."

사랑받지 못한 아이라고 단정 지으며 살아온 긴 세월과 답답하던 공백, 이유 없는 원망까지 나를 향한 누군가의 사랑이었다고.

그 아스라한 깨달음과 함께 나는 다시 정신을 잃었다.

내가 정신을 잃은 시간은 길지 않았다. 그건 무척이나 다행이었다.

'헉! 언니 일어났다! 야, 스크롤 다 치워!'

'뭐야, 일어났어?'

'쯧. 준비 다 해 뒀는데…….'

한 시간만 더 잤다면 아리아와 레오, 그리고 칼이 협심해서 은빛 늑대족 기지에 쳐들어갔을 게 분명했다.

'뭔…….. 그 사람들이 무슨 잘못이 있다고 해코지합니까? 해 준 거라곤 내 부탁 들어준 것밖에 없는데!'

'의도가 좋은지 나쁜지는 모르겠고, 나한테서 언니를 세 시간이나 빼앗았으니까 죄가 크지.'

'그렇지.'

'맞지.'

'셋 다 나가요.'

내가 아니라 레오가 크리시스가의 셋째 같다. 서로 껄끄러워하면서도 영혼의 세쌍둥이처럼 죽이 척척 맞는 게, 나 빼고 셋이서 남매 하라고 해 주고 싶을 정도였다.

이후 사흘은 온전히 이전 전투 때 소모한 마나를 회복하는 데 사용했다.

외상은 다 나았지만 내상은 아직 아물지 않았기에, 나는 식사도 거른 채 일신의 기운을 정결케 하는 데에 집중했다.

그리고 오늘.

"좋은 아침이에요, 슈슈."

수뇌부의 중대 회의를 한 시간 앞두고 엘이 깨어났다.

나는 율리안을 통해 그 사실을 전해 듣자마자 정신없이 달려왔다.

와락.

"후후. 이렇게나 걱정해 줄 알았다면 진작에 이럴…… 콜록. 농담이에요."

"……."

"윽, 슈슈가 나를, 힘껏 안으면…… 으음. 내 척추는 으스러져요. 알고 있죠?"

그리고 아무렇지 않게 웃으며 손을 흔드는 엘을 향해 뛰어들어 무턱대고 끌어안았다.

쿵, 쿵.

맞닿은 가슴을 통해 빠르게 뛰는 그의 심장 박동을 확인하고 나서야 안심할 수 있었다.

"생각해 보면 그렇게 죽는 것도 나쁘지 않을 것 같기도 하고……."

"주둥이 다물고 있으면 반은 갈 텐데 매를 벌어요, 매를."

곧이어 도착한 율리안이 혀를 차며 엘의 입술을 찰싹 때렸다. 이러면 안 되지만, 엘로 인해 속이 썩은 날들을 생각하니 경쾌한 마찰음이 조금은 속 시원했다.

"그래서 이제 완전히 괜찮아진 겁니까?"

나는 천천히 몸을 물리며 아직은 핼쑥해 보이는 엘을 바라보았다.

엘은 웃었고, 율리안은 인상을 팍 구겼다.

"물론이죠."

"그럴 리가요."

두 사람의 의견이 완전히 갈렸다. 어쩌라는 건지 알 수 없었다.

"……이후로도 정양은 해야 하지만, 열도 완전히 내렸고 상태도 좋아요. 더는 걱정할 일 없어요."

서로를 돌아보며 시선을 잠시 교환하다가 엘이 별일 아니라는 듯 태연스럽게 덧붙였다.

'이 인간이 진짜.'

그러나 나는 엘이 이불자락에 숨긴 손으로 율리안의 허벅지를 찔러 대는 것을 이미 본 뒤였다.

"지랄 마. 그러다가 죽으면 태양신께서 대단한 치하라도 해 줄 것 같아?"

율리안이 거칠게 맞받아치며 엘을 서늘하게 흘겨보았다.

"죽음은 다 개죽음이야."

"……."

"머저리처럼 혼자 지고 가려는 건 이 이상 두고 보지 않아."

그는 엘이 조금 놀랄 만큼 단호했다.

실실 웃으며 장난스럽게 굴던 평소의 태도와는 전혀 다른 것이, 무언가 단단히 결심한 듯했다.

"……그럴 줄 알았습니다. 급한 불을 끈 것뿐이지 근본적으로는 해결된 게 하나도 없지 않습니까."

나는 푹 한숨을 쉬었다. 그리고 엘이 무어라 해명하려 들기 전에 덧붙여 말했다.

"신성력의 대가가 모두 교황에게 전가되는 뭣 같은 체계는 달라진 게 없잖아요."

"그걸 어떻게……."

엘이 침음했다.

내게 신전의 극비라는 이 사실을 충동적으로 알려 준 율리안은 아무래도 그 이후에도 엘에게 말하지 않은 모양이었다.

"너…… 이 망아지 자식……."

극비를 누설한 범인을 금세 눈치챈 엘은 이를 악물고 율리안을 노려보았다.

"뭐, 왜? 내가 말했다. 어쩔 건데?"

뒷덜미가 서늘해지는 으르렁거림 앞에서도 율리안은 뻔뻔하게 고개를 쳐든 채 배를 쭉 내밀었다. 어디 배 쩰 거면 쩰 보라는 태도였다.

"슈슈. 검 좀 빌려 주세요."

그러나 엘도 만만한 상대는 아니었다. 쩰 달라니 쩰 주겠노라, 그런 의미를 담고 은빛 눈동자가 위험하게 빛났다.

"헹. 그런다고 달라지는 건 없거든!"

그런 앞에서도 율리안은 태평히 코웃음 쳤다.

"내가 공녀님한테만 말했을 거 같냐? 이미 수뇌부 전체한테 알려서 신관 놈들 활동 다 멈춰 놨어!"

"……뭐?"

엘의 눈이 휘둥그레졌다.

"신전, 신전의 극비를 타국인들한테 털어놨다고? 그걸 신전의 원로들이 허락했어?"

"아니. 허락 안 해 줬는데?"

"……."

"허락 안 한 걸 씹고 내 멋대로 털어놓은 건데? 지금도 통신구에 불나고 있는데?"

눈을 희번덕거리며 또박또박 말대꾸하는 율리안은 정말이지 미친놈 같았다.

잠시 침묵이 흘렀다.

퍼억!

"컥!"

엘이 혜성처럼 날아가 율리안에게 몸통 박치기를 했다.

"이 정신 나간 새끼야! 대가리에 뇌가 없다는 건 진작에 알고 있었는데, 기어코 거기에 꽃이라도 심어 버렸냐? 생각이 없어? 대책 없이 그 짓을 해 놓고도 처웃어?"

그가 율리안의 멱살을 붙잡고 짤짤 흔들었다. 창백한 안색은 험악한 표정에 가려져 그는 그저 흉악망측스러울 뿐이었다.

'엘…… 뒷골목 출신이라고 했지?'

나는 그가 신전에 들어가기 전까지 빈민가에서 살며 돈을 벌기 위해 뒷골목을 전전했었다는 사실을 새삼스레 상기했다.

"그건 대신관 신분으로도 수습 못 해. 몰라? 대체 무슨 생각으로……!"

"대신관 신분으로는 수습 못 하겠지."

무력하게 팔랑팔랑 흔들리던 율리안이 히죽 입꼬리를 비틀었다.

"하지만 교황 정도면 수습할 수 있겠지."

"……"

"나는 네가 시켰다고 하고 다닐 거야. 전력으로 네 탓을 해 주마. 단두대에 오르는 순간까지도 교황은 개자식이라고 외칠 거다."

그 대답은 터무니없이 장난스럽게 들렸으나, 율리안의 눈빛만은 명백한 의지로 빛나고 있었다.

스르륵.

"……대체 무슨 생각인 거야."

그 눈과 마주한 엘은 김이 탁 빠진 듯 힘없이 멱살을 놓았다.

옷깃을 탈탈 턴 율리안이 대수롭잖은 얼굴로 자리에서 일어났다.

"한 번 말이 나간 이상 비밀은 깨진 것이나 다름없어."

"……"

"이렇게 하지 않으면 너나 신전이나 교황에게만 짐을 지우는 체제를 버리려 하지 않겠지."

'오. 뭔가 생각이 있긴 했구나?'

나는 조금 놀라운 심정으로 율리안을 바라보았다.

솔직히 아무 생각 없이 그냥 나불거린 줄 알았는데, 내가 율리안을 잘못 본 모양이었다.

"우선 퍼트려 놓으면 다들 수습하기 위해서 똥줄 타면서 뭐라도 할 거 아니야."

'아니구나. 없었네.'

역시 내가 제대로 봤다. 나는 틀리지 않았다.

편안해진 마음으로 고개를 끄덕이고 있자니, 비틀거리며 침대에 걸터앉은 엘이 내게 불쌍한 눈빛을 보냈다.

"……저 지금 다시 쓰러질 것 같은데 어깨 좀 빌려 주세요."

"저거 다 개수작인 거 아시죠?"

"단두대가 아니라 내 손에 죽고 싶으면 계속 나불거려 봐."

개수작인 건 나도 당연히 알지만, 갑자기 10년은 늙어 버린 엘이 안쓰러워서 어깨를 빌려 주었다. 내 어깨에 제 머리를 톡 기댄 그는 안정을 취하는 고양이가 실타래를 굴리는 것처럼 내 긴 머리카락을 하염없이 만지작거렸다. 그러고는 느릿하게 입을 열었다.

"그런다고 달라지는 건 없어."

"……."

"알잖아. 오랜 역사에도 바뀌지 않은 방식이야. 교황은 업을 지고 바쳐지는 어린양. 이 풍요로운 삶은 그 대가로 받아 낸 거야. 이렇게 살게 해 준다면 몸과 정신뿐만 아니라 영혼까지 바치겠다고 달려들 이가 수두룩해. 알아?"

무겁디무거운 내용과 달리 흥얼거리는 게 아닌가 싶을 정도로 가벼운 목소리였다.

"그리고 나는, 구정물을 핥으며 살아가던 시절……."

엘이 고개를 돌려 나를 바라보았다.

"……사랑하는 사람 앞에서 부끄럽지 않을 힘만 준다면, 내 모든 것을 신이 아닌 악마에게까지 팔겠다고 기도한 바 있어."

엘의 은빛 눈동자가 무겁게 가라앉았다.

"그러니 어찌 보면 소원이 이루어진 거지."

그 간절한 마음을 나도 느껴 본 바 있어서, 어쩐지 내가 울적해졌다.

"대를 위한 소의 희생은 늘 이루어져 왔어. 자연의 섭리지. 특별히 분개할 필요 없는 거야."

자신의 일이 아닌 듯 묘하게 거리를 둔 어조하며 냉랭할 정도로 매정한 어투까지, 하나 같이 엘이 체념하고 있는 것 같았다.

충직한 검이 되려 했는데 5

"······당신이 언제부터 그렇게 약한 사람이었습니까?"

지금껏 가만히 두 사람의 대치를 지켜보고만 있었으나, 나는 그 태도까지는 도무지 견딜 수가 없었다.

"슈슈."

"언제 말할 생각이었습니까? 죽기 직전에야 말해 줄 생각이었습니까? 아니면 당신이 죽은 뒤에 다른 사람을 통해 알게 할 작정이었습니까?"

율리안이 아니었다면 나는 엘이 점점 쇠약해져 가는 이유를 모르고 초조해하며 손톱만 물어뜯었을 것이다. 그러면서 전장에서 남발되는 신성력의 문제점엔 무지한 채로 치료를 받았겠지.

"그 힘이 당신을 죽어가게 만드는데······ 몇 번이고 구사일생으로 살아남아 봤자 기쁠 것 같습니까?"

나는 아무것도 모르는 채로 엘의 손에 치료를 받았던 과거의 나날들을 생각하면 꼭지가 돌 것 같았다.

"······."

엘은 격한 감정을 추스르지 못하고 불규칙하게 심호흡하는 나를 가만 바라보았다. 그의 얼굴에 반성하는 기색이 전혀 없다는 것이 나를 더 열받게 만들었다.

짧은 침묵 끝에 엘이 느리게 입을 열었다.

"정말 적절하지 않은 발언인 건 아는데······."

"······."

"진심 없는 사과가 더 기분 나쁠 것 같아서요. 솔직히 말해도 되나요?"

그냥 순순히 사과나 하라고 말하고 싶지만, 이미 무슨 말을 할지 궁금해져 버렸다. 나는 잔뜩 아니꼬워하는 얼굴로 해 보라는 눈빛을 보냈다.

"자주 그런 생각을 했어요. 어쩌면 정말 당신이 나보다 먼저 죽을지도 모르겠다고. 요즘 들어 더더욱 그랬죠."

"······."

"분명 세상에서 가장 강한 사람들 중 한 명인 당신인데, 내가 사랑한 곧은 마음이며 위험으로 달려드는 그 용기가, 언젠가 당신을 죽음으로 몰아넣을 것 같아서……."

깍지 껴 모은 그의 손이 떨렸다. 내 죽음을 상상하는 것만으로도 괴로운 것처럼 눈빛이 흔들리다가, 이어 초점을 잡았다.

그가 고개를 들어 나를 똑바로 마주했다.

"전쟁이 시작된 이후 쇠약해진 몸에, 내가 당신보다 먼저 죽을 수 있을 것 같아 기뻤다고 하면……."

그의 축 처진 눈이 곱게 휘었다.

"너무 못되게 들릴까요?"

그 순간, 나는 나를 오랫동안 불편하게 만들었던 이질감의 정체를 알아차렸다.

엘리오르 라는 다른 이들을 위해 자신을 희생하는 사람이 아니다. 타인을 위해 자신의 일부가 갉아먹히는 것에 초연할 사람은 더더욱 아니다. 이제는 안다. 그가 대단히 개인주의적이며, 무서울 정도로 냉정한 인간이라는 것을.

나 때문에 좋은 사람이 되고 싶어졌다는 그 속삭임을 믿지 않는 것은 아니지만, 인간에겐 바뀔 수 없는 본질이라는 게 있는 법이다. 자신 혹은 자신의 소중한 것을 바쳐야만 세계를 구원할 수 있다면, 엘리오르 라는 미처 멸망이 오기도 전에 자신이 직접 세계를 멸망시키려 들 사람이다.

"나는 꼭 당신보다 먼저 죽고 싶어요. 당신이 내 죽음 때문에 숨도 못 쉬고 울었으면 해요."

그러므로 이 마음이야말로 그의 가장 큰 원동력이다.

"그걸 가능하게 해 준다면 뭣 같은 영웅 놀이도 못 할 이유가 없죠."

속삭이는 목소리엔 백합 내음이 진동했다.

너무나 진해 사람을 질식하게 만든다는 괴담까지 만들어 낸 그 향이.

"어휴, 또라이 새끼……. 미친놈 냄새가 사방에 진동한다. 제정신이 아니야……."

완전히 질렸다는 얼굴로 고개를 저은 율리안이 창문을 열어 환기하는 시늉을
했다.

"정신 좀 차리고 살아, 어? 나도 그 정도는 아니라고."

율리안은 엘에게 미친놈 소리를 들으며 멱살 잡힌 뒤 제법 뿌듯한 마음이었으
나, 곧이어 진정한 광기를 마주하고 전의를 상실한 듯했다.

'그래. 엘리오르 라는 이런 인간이었지.'

지독하다 못해 악독한 인간.

천사 같은 낯은 모두 허상이며, 그 자신 안에 든 것은 타르처럼 검고 질척거리
는 것들뿐이다.

이제는 내가 떠나지 않을 거라는 확신이 생긴 걸까, 엘도 더는 숨기지 않았다.
그렇기에 모를 수도 없었다. 내가 아주 돼먹지 못하고 영원히 성숙하지 않을 소
년과 함께 있다는 사실이 새삼스럽게 내 머릿속에 경종을 울렸다.

'나보다 일찍 죽고 싶으니, 불합리하고 자기파괴적인 현재 체제를 받아들일
수 있다고.'

그 터무니없는 발언에 적절한 대답이 따로 있을지도 모른다. 극단적인 삶의
태도를 꾸짖는다거나, 우리는 함께 오래오래 살 수 있다고 위로해 준다거나.

원래대로라면 그런 방향의 답변을 내놓았을 것이다. 나는 뒤틀려 있는 엘을
늘 걱정했고, 그의 잘못된 사고방식을 고쳐 주고 싶었으니까.

하지만 내가 변했나?

아니면 평범한 방식으로 엘을 상대해선 안 된다는 걸 무의식중에 깨달았나?

"겨우 그 정도입니까?"

내 입에서 툭 튀어 나간 말은 정도(正道)에서 궤를 아주 달리했다.

"……네?"

엘이 한 박자 늦게 되물었다. 조금 얼빠진 듯한 얼굴이었다.

나는 그를 향해 눈매를 서늘하게 세웠다.

"저를 탐하셨잖습니까."

"……."

"영원과 그 뒤까지 노릴 기세이더니, 그리 연약한 마음이었냐는 말입니다."

내 고조 없는 목소리에 엘이 울컥한 듯 숨을 크게 들이쉬었다.

"내가 당신을 얼마나 좋아하는지 알면서……."

"죽음을 각오하는 건 생각보다 어렵지 않아요."

참으로 그렇다.

그게 쉽다는 건 아니지만, 인간은 생명체 중 유일하게 자신의 목숨을 도구로 사용할 수 있는 존재다. 죽음을 불사하는 마음은 모두에게 내재되어 있다.

나 또한 늘 사랑하는 이들을 위해 죽을 수 있다는 마음으로 살아오지 않았던가.

"삶을 맹세하는 게 몇 배는 더 어려운 일이라고 생각합니다."

죽음을 거는 것은 순간의 각오라면, 삶을 거는 것은 불확실한 그 너머까지 각오하는 것이다.

무슨 일을 겪을지 모르는 이 삶을 당신 때문에, 당신을 위해 살아가겠노라는 마음. 그리하여 나도 오늘을 살고 있다. 이건 영웅적인 죽음보다 훨씬 더 어려웠다.

"욕심을 부릴 거라면 제대로 부리시죠. 먼저 죽는다, 그 정도로 괜찮은 겁니까? 제가 그 이후에 어떻게 살지는 궁금하지 않습니까? 얼마나 재밌게 살 줄 알고요."

"……."

"제가 엘의 죽음까지도 성장의 거름으로 삼고 극복해 버리면, 그건 상당히 속 쓰리지 않겠습니까?"

엘의 눈가가 파르르 떨렸다. 자신의 무릎을 부서져라 잡는 것이, 티 내지는 않

충직한 검이 되려 했는데 5

지만 감정이 격앙된 듯했다.

"당신이 내 죽음을……."

"적어도 저는 그렇습니다."

"……."

"속이 많이 쓰릴 것 같네요."

대답이 채 돌아오기 전에 말허리를 끊은 내 목소리에 엘이 눈을 깜빡였다. 잠시 내 말의 의미를 곱씹어 보는 듯 멍한 얼굴이었다.

"그러니까 당신도…… 내가 당신의 죽음을 극복해 버리면, 속상할 것 같나요?"

"당연한 거 아닙니까?"

열이 내렸음에도 엘의 얼굴은 꽃물을 들인 듯 분홍빛이었다.

나는 그 얼굴이 꽤 예쁘다고 아주 오래전부터 생각해 왔다. 단순한 미관이 아니라 내 마음의 눈에 비추어 보았을 때 말이다.

"당신만 저를 욕심낼 수 있다고 생각하면 오산입니다."

나는 씨익 웃으며 그의 코앞에 검지를 세웠다.

"저는 제가 죽은 뒤 제가 모르는 당신의 삶이 계속 이어질 수 있다는 게 못내 속상합니다."

"……."

"당신이 제 죽음을 극복하기 바라면서도, 제가 죽은 뒤에 너무 멀쩡하면 조금 심통이 날 것 같습니다. 당신을 닮아 버린 건지 하루하루 성격이 나빠지는 것 같네요."

내 죽음에 시달리며 하루하루 메말라 가기를 원하는 건 아니지만, 나를 위해 조금, 아니, 조금 많이 울어 주기를 바랐다. 나도 어쩔 수 없는 인간인 탓이다.

"그래서 저는 그런 일을 방지하기 위해 최대한 오래 살 겁니다. 이런 곳에서 죽어 줄 생각은 없단 말입니다."

인간이 어찌 생과 사를 확신하겠는가?

그럼에도 나는 미래를 점쳐 보기라도 한 것처럼 확신 어린 목소리로 말했다. 믿음은 바라는 것의 실상이니까.

"엘도 이왕 욕심을 낸 거 제대로 내 보시죠."

나는 넋을 놓고 나를 바라보고 있는 그의 양 뺨을 턱 잡았다. 손바닥에 희미한 열감이 맴돌았다.

"먼저 죽는 게 아니라 함께 살고 싶다고요."

은빛 눈동자가 흐릿해졌다. 투명한 그곳에 물빛이 돌았고, 엘은 고개를 푹 숙여 버렸다.

"무서워요."

"……."

"당신이 죽어 버릴까 봐 무서워요……."

이 세상에 죽고 싶은 사람이 어디 있겠는가?

이것이 세상 사람들의 솔직한 심정일 터다.

내가 죽는 것을 보고 싶지 않아서 먼저 죽고 싶었다며 울어 버리는 남자라니.

스르륵.

나는 피식 웃으며 내 품에서 흘러내리는 기다란 하늘색 머리칼을 쓸어내렸다.

이 극단적인 유약함이 사랑스러워 보이는 걸 보면, 나도 꽤 멀리 온 것 같았다.

"잊고 있는 것 같아서 말해 주는데, 우리 진영부터 저쪽 진영까지 통틀어, 아니, 전 대륙을 뒤져도 저보다 강한 사람은 몇 명 없습니다."

"알아요."

"제가 죽을 정도면 우리가 패배할 지경이라는 건데, 그럴 리가 있겠습니까?"

"알지만 걱정된다고요. 눈먼 칼을 맞을지도 모르고, 혹시 실족이라도 하면……."

"눈먼 칼을 아주 놀라운 우연으로 급소에만 열 개쯤 맞거나, 무저갱에 실족하지 않는 한 그런 걸로 죽을 리는 없습니다."

내 자신만만한 단정에 엘은 그제야 푹 숨을 뱉었다.

'엘, 꽤나 몰려 있었구나.'

출전한 이래 계속 소모되는 신성력 때문에도 힘들었겠지만, 내가 위험한 전장 한복판에 있다는 사실도 그를 힘들게 한 것 같았다.

나는 약간 미안함을 느끼며 그의 어깨를 토닥였다.

"죽지 않습니다. 필사적으로 살아남겠습니다. 그건 제 장기였죠."

"……."

"그러니까 당신은 우선 신성력 사용부터 중지하세요. 급하게는 요정들이 있지 않습니까."

나는 엘과 똑바로 시선을 맞췄다.

여전히 불안하다. 그렇게나 오랫동안 이어져 온 관습을 끊을 방법이 있긴 한 건지, 신성력을 사용하지 않아서 생겨날 인명 피해들을 감당할 수 있을지 모르겠다.

하지만 하나는 분명했다.

"방법을 찾아 드리겠습니다. 없으면 만들겠습니다."

"……."

"그러니까 그 전까지 살아 있는 겁니다. 할 수 있죠?"

나는 반드시 엘을 살릴 거라는 것.

"저는 지금의 젊고 아름다운 당신뿐만 아니라 나이가 든 당신도 보고 싶습니다."

그의 30대와 40대, 그 뒤 정말 노인이 되어 버린 순간까지 궁금했다. 그만큼 오래 보고 싶었다.

"살아남으세요."

그 말을 끝으로 엘이 무너져 내렸다.

나는 소리 없이 눈물을 떨구는 엘을 가만히 안아 주었다. 과거의 어느 날에 약하고 약했던 그 소년과 겹쳐져 더 마음이 쓰였다.

그가 눈물을 그칠 때까지 그렇게 한참 온기를 나누었다.

"하, 대신관 진짜 극한 직업이다……. 내가 친구 연애질까지 봐야 하나? 에휴, 저렇게 나약하게 살 거면 그냥 죽지……."

한구석에서 연신 이어지는 율리안의 투덜거림은 하나의 배경음이었다.

⊶⊰❦⊱⊷

"당장 돌격해야 한다."

누누타가 눈을 부릅뜨며 주먹을 꽉 쥐었다. 그의 몸 주위로 홧홧한 열기가 올라온 덕분에 이 겨울에도 난로가 따로 필요 없었다.

또다시 시작된 수뇌부 회의.

카르마 달타냥 공작은 아직 혼수상태에서 깨어나지 못한 가운데, 그녀를 제외한 나머지가 모두 참석했다.

그리고 지금, 다시 시작될 전투에 대해 논의가 시작되었다.

"그 부분은 나도 동의하지. 다음 전투에서 선공은 우리여야 한다."

페이샤가 불이 붙지 않은 곰방대를 지휘봉처럼 휘둘렀다. 누누타와 페이샤는 그전에도 선공을 주장했다. 호전적인 성격이 무척이나 서로 닮았다. 그들의 입장은 이미 예상한 바였다.

"이, 이제는, 동의하지, 아, 않을 수 없네요."

그러나 이어진 암브로시오의 국왕, 요르칸의 발언은 새로웠다.

"어느 정도 도박이 되더라도, 저, 저번처럼 무력하게 기습을, 당하는 것보다는, 훠, 훨씬 나을 것 같습니다."

그는 지금껏 신중하게 중립을 표방했다.

연합군을 집결시킨 것이 암브로시오인 만큼 그와 카르마 공작의 발언이 가장 강했기에, 북부군이 먼저 기습해 올 때까지 시간을 끌게 된 건 그들의 결정이라고도 할 수 있었다.

'신중한 게 나쁜 건 아니지. 하지만 저번 전투를 통해 모두 알게 되었을 거야.'

북부와 지그문트 하이드에게 주도권을 쥐어 주면 무슨 일이 일어나는지 말이다.

저번 전투는 우리가 일방적으로 사냥당하는 모양새였다.

갑작스럽게 기습을 당한 것치고는 빠르게 대처하긴 했지만, 기습을 허용한 것 자체가 커다란 실책이었다.

'좋게 생각하자면 저쪽에도 몇 없을 대재앙 중 하나인 파천새를 꽤 많이 격추했지만, 그걸 감안해도 우리 쪽의 피해가 훨씬 크다.'

결과적으로 우리 쪽의 통렬한 패배라는 뜻이다.

나뿐만 아니라 모두의 입이 쓸 터.

'그래도…… 그 결과 다들 위기감을 느꼈다.'

저번 전투 이후 꽤 여유롭던 진영 전체에 전운이 감돌기 시작했다. 모두가 전쟁을 경험한 것이다. 이제 더는 누구도 한가롭게 굴지 않을 것이 분명했다.

"다들 발등에 불이 떨어지긴 한 모양입니다."

물론 저기 저 녀석만큼은 예외이긴 했다.

가벼이 손장난을 친 레오가 키득거렸다.

일견 방만하게 느껴질 정도로 여유로운 태도였다.

주위 사람들이 눈살을 찌푸리는 찰나 레오가 정색하며 말했다.

"선공은 당연한 거고, 이제는 작전에 대해 논할 때입니다. 언제, 어떻게 쳐들어 갈 겁니까?"

"……."

"지지부진한 가타부타는 때려치우고 본론으로 들어가자고요."

여유로움과 압박감을 함께 주는 것, 저건 카리스마라고 불리는 신의 선물이자 레오가 타고난 재능이었다. 그 때문에 공기가 한층 더 무거워졌다.

"조, 좋은 지적, 입니다만, 자, 작전을 논하기, 전에, 보고해야 할 게 있습니다. 북부 마수들의 전력을, 탐색하러 간, 저, 정탐꾼이 돌아왔습니다."

가장 반가운 소식이었다.

"이게, 그 보고인데……."

요르칸이 주섬주섬 양피지를 꺼내어 그 내용을 훑었다.

"그, 그들이 다른 곳에 숨기지 않는 한, 그들이 가용할 수 있는, 보통 마수들의 수와, 대, 대재앙의 수들까지 파악했습니다. 하나하나 다 중요한 내용이지만, 가, 가장 먼저 알려 드려야 할 것은 분명한 것, 같습니다."

더듬거리면서도 또렷한 목소리로 말을 이은 요르칸이 양피지에서 시선을 들었다.

그의 잿빛 눈동자가 밝고 또렷해졌다.

"이 보고에 의하면, 그들이, 다음으로 꺼내 들 대재앙은……."

"……."

"하라바나입니다."

나는 낮게 숨을 뱉었다.

'하라바나라.'

나와는 아주 지긋지긋한 악연이 있는 놈이다.

'깊은 숲속의 고요한 폭군' 하라바나. 대재앙이라 불리는 다섯 마수 중 하나.

용병 시절 가장 많이 상대해 본 대재앙으로, 그 고기가 비싸게 팔려 여러 번 주머니에 금화를 채워 주었으나 그만큼 내 목숨을 자주 위협한 놈이었다.

'라이너와 협공으로 잡은 적도 있었지.'

파란만장했던 사냥 대회를 새삼스레 회고했다.

그때 목을 벤 대재앙만 두 마리인 것을 생각하면 동물이 아닌 나를 사냥하기 위한 사냥 대회가 아니었나 싶다. 북부의 입장에선 레오를 사냥하기 위한 대회였지만 말이다.

'그리고 바로 직전에는…… 지그문트와 잡았고.'

카라쇼의 무덤 근처에서 그 자식과 협공했던 일을 잠시 떠올리다가 고개를 휘저어 버렸다.

떠올려서 좋을 거 하나 없는 기억이다.

"하라바나를 준비했다면 지상 난투를 생각하고 있을 가능성이 높습니다."

라이너가 심각한 표정으로 제 턱을 쓸었다.

그의 발언에 막사 안이 웅성거렸다.

"크리시스 경도 그렇게 생각하나?"

노아 아인하르트가 나를 돌아보았다. 이곳에서 나보다 마수에 대해 잘 아는 사람은 없을 테니 내 의견을 듣고 싶은 것 같았다.

"네. 일리가 있습니다."

라이너의 지적은 하라바나를 상대해 본 사람답게 날카로웠다.

"하라바나는 대재앙 중에서 순수한 힘으로 밀어붙이는 성향이 가장 강하니까요."

숨결만으로도 맹독을 뱉지만 체력이 약한 바실리스크. 죽이고 또 죽여도 분열하며 부활하지만 신체 자체가 강하지는 않은 암브로. 애초에 새라서 지상전을 논할 때는 논외인 파천새를 생각했을 때, 대재앙 중 가장 추진력이 강한 건 단연 하라바나였다.

하라바나에게도 실체를 없애는 투명화 능력과 맹독이 흐르는 송곳니 등의 기교가 있기는 하지만, 그 거대한 놈을 특정 인물을 암살할 때 쓸 수도 없는 노릇. 웬만한 검사의 공격으로는 열 번을 내리 베어도 끄떡없을 정도로 두꺼운 가죽과 다수를 쓸어 버리는 데 용이한 긴 갈고리발톱은 분명 지상 난투에 최적화되어 있었다.

'하지만 지상 난투라면…… 하라바나보다는 그 마수를 사용하는 편이 나을 텐데.'

하라바나보다 먼저 떠오르는 놈이 있었다.

온 땅을 뒤집어 놓을 수 있는 또 다른 이름.

"암브로시오 국왕 전하."

"음? 무, 무슨 일인가?"

내 부름에 요르칸이 고개를 기울였다.

'그놈이라면 보이지 않았더라도 이해가 가지.'

나는 천천히 입을 열었다.

"혹시 마수들이 있던 곳에 땅굴이 발견되었습니까?"

"……땅굴?"

갑작스러운 질문에 요르칸은 영문을 모르겠다는 얼굴이었다.

"의미를 모르겠는데…… 주, 중요한 질문인가?"

"네. 상당히요."

나는 굳게 고개를 끄덕였다.

"정탐꾼은 다음 출전할 마수가 하라바나라는 걸 어떻게 짐작한 겁니까?"

요르칸이 양피지를 내려다보았다.

"으음, 보고서에는, 흑마법사들의 말을 여, 엿들어 보니, 곧 출전할, 마수들은…… 조종을 원활히, 하기 위해, 특별한 세뇌 과정을 거치며, 대재앙들은 특히나 조종이 어렵기 때문에, 따, 따로 모아 둔 우리에서 어, 어떤 의식을 치르고 있었다고 적혀 있네."

"그렇군요."

"땅굴에 대한 건 적혀 있지 않은데…… 주, 중요하지 않은 부분이라고 생각해서, 특별히 적지 않았을지도 모르겠다는, 새, 생각도 드는군. 땅굴에 대해, 다시 보고하라고, 하, 할까?"

"네. 부탁드립니다. 출전 예정 대재앙들이 있던 우리에 땅굴이 존재했는지 반드시 복기해 보라고 해 주십시오."

나는 아랫입술을 손가락으로 쓸며 히죽 웃었다.

"어쩌면 저쪽에서 준비한 히든카드를 시원하게 되받아쳐 줄 수도 있겠군요."

원래 내 계획을 완벽히 성공하는 것보다, 상대가 준비한 비장의 한 수를 보란 듯이 무너뜨려 주는 게 더 기분 좋은 법이다.

⣗⟡⣗

요르칸은 길게 끌 거 없다고 생각했는지 곧바로 정탐꾼을 막사로 불렀다.

나는 정탐꾼을 만난 김에 땅굴을 포함해 궁금한 것을 여럿 물어보았는데, 은 신과 탐색 실력이 상당한 이인지 예상 밖으로 꼼꼼한 답변을 주었다. 한 다리 건 너서 보고를 듣는 것보다 훨씬 만족스러운 문답이었다.

회의를 통해 작전을 짠 결과, 출전은 닷새 뒤로 결정했다. 일개 소대도 아닌 전 군을 움직일 준비를 하기엔 빠듯하다 못해 제정신인가 싶은 일정이었지만, 저번 전투의 피해를 수습하느라 시간을 많이 사용한 뒤였다.

북부의 허를 찌르기 위해선 닷새가 한계였다. 이 정신 없는 일정에 따라 모두 가 바쁘게 움직였고, 나도 개인 수련부터 작전을 위한 합 맞추기, 병사들의 훈련 상태 점검 등으로 몸이 열 개라도 부족한 이틀의 시간이 지났다.

"아, 슈슈. 왔군. 마침 완성됐다."

나는 경비병들을 지나 도착한 막사에서 칼과 마주했다.

"오, 첫째 아가씨! 오랜만에 보는 기분이네. 전장에선 무리하는 것 같더니 몸 은 잘 회복했나?"

칼의 맞은편에서, 금테 안경에 달린 루페를 통해 보기만 해도 머리 아픈 기계 장치를 들여다보던 제라가 나를 발견하고 넉살 좋게 손을 흔들었다. 아리아의 스 승 중 한 명이자 요정족의 대현자이며 종족의 장로인 그는 늘 그렇듯이 돌아 버 린 연구자 같은 차림과 눈빛을 하고 있었다.

"걱정해 주셔서 감사합니다, 장로님. 장로님께선 괜찮으십니까?"

나는 그에게 정중히 고개 숙여 인사했다. 사절단으로서 요정 숲을 방문했을 때는 제국을 대표하는 사신으로서 말을 낮추었지만, 그가 아리아의 스승이 된 이상 예를 차리고 싶었다.

제라가 징그럽다는 듯 어휴 하는 감탄사를 뱉으며 손을 휘저었다.

"거창하게 장로님은 무슨……. 이름으로 충분해."

"아. 그럴까요."

"나는 보다시피 멀쩡해. 우리 꼬맹이가 워낙 실력이 좋아서 말이지. 너도 심각한 상처를 입으면 누아한테 가보라고. 툴툴거리면서도 고쳐줄걸?"

그는 여전히 허물없고 유쾌했다. 라이너 구출 작전을 마치고 돌아왔을 당시에는 부상이 커 보였는데, 지금은 그 부상에서 완전히 회복한 듯 안색이 좋았다.

"그 인간하고는 그만 얘기하고 이리 와라."

제라와 가벼운 대화를 나누려던 찰나, 칼이 내게 손짓했다.

그는 제라가 썩 마음에 들지 않는 듯 냉랭한 얼굴이었다.

"허, 그 인간? 그 인가아안? 어른한테?"

제라가 헛웃음을 치며 칼을 향해 삐딱하게 고개를 기울였다. 그 모습을 힐끗 곁눈질한 칼이 무심하게 시선을 돌렸다.

"생각해 보니 인간은 아니군. 그 요정 놈한테서 떨어져라."

"발칙해서 미치겠네……. 아가씨, 너희 집 꼬맹이는 왜 이렇게 싸가지가 없어?"

"꼬맹이? 나는 올해로 스물하나다. 너는 늙어서 좋은가 보지?"

제라가 환장하겠다는 얼굴로 이마를 짚은 채 나를 돌아보았다. 칼이 눈을 불량하게 치켜뜨며 응수했다.

'어우…….'

저 끔찍한 용호상박에는 절대 끼고 싶지 않다. 나는 슬그머니 제라의 시선을 외면했다.

이곳은 연합군의 연구소로 작전 실행에 필요한 마도구를 제작하고 흑마법과 관련한 실험을 벌이는 곳이었다. 분명 급조된 막사이건만, 제국의 최고 엘리트인 마탑 마법사들과 아타라의 마도공학자들이 모여서 만들었기 때문인지 부족함이 전혀 없어 보였다.

칼과 제라는 엘리트만 모인 이곳에서 핵심을 담당하고 있었다. 둘 다 둘째가 라면 서러운 천재이니 그 머리를 가만히 내버려 두는 건 대단한 손실이었다.

둘은 연구소 막사를 세운 이후로 내내 이곳에 처박혀 있었다. 잠도 이곳에서 자는지 두 사람의 탁자 근처에 모포가 보였다.

'하루 종일 얼굴을 보고 있으니 친해지지 않았을까 생각했는데…….'

"내가 늙었다는 소리 들을 나이는 아니거든? 차라리 형이라고 불러라. 아니면 삼촌이나……."

"아빠."

"……미쳤어?"

"파파."

"아악! 징그러워. 지금 온몸에 소름 돋았어. 때려치워, 그냥!"

저 꼴을 보니 아무래도 절찬리에 동족 혐오 중인 것 같다.

칼은 첫 만남에서도 제라를 괴짜라 칭하며 썩 좋아하지 않더니, 함께 지내며 더 싫어하게 된 것 같았다.

"또 시작했구나."

뒤이어 문을 열고 들어온 알리샤가 고개를 절레절레 저었다.

"안녕, 아가. 그때 쓰러지는 걸 보고 걱정했는데 전보다 훨씬 건강해 보이는구 나."

그녀는 칼과 제라의 대치가 퍽 익숙한 듯 흘려 버리고 내게 인사를 건넸다. 길 가의 잡초도 저것보단 유심히 볼 것 같다.

"아, 네……. 멀쩡합니다."

나는 얼떨떨해져서 고개를 숙였다.

알리샤는 이곳의 총괄자였다. 늑대들의 주술뿐 아니라 마법과 마도공학, 흑마법까지 섭렵한 늑대족의 노장은 단연 모든 이를 통틀어 가장 지혜로웠다.

"저 둘, 싸움 끝나면 내게 좀 알려 줘."

자애로운 미소를 지은 채 고개를 끄덕인 알리샤는 주머니에서 귀마개를 꺼내더니 익숙하게 양 귀에 꽂고 자신의 탁자로 향했다.

……나는 저기에 내 가족이 있다는 사실이 부끄러워지기 시작했다.

"칼. 완성됐다면서요. 빨리 보여 주세요. 빨리."

"아. 그랬지. 미안하다."

나는 그의 옷자락을 주욱 잡아당기며 재촉했다.

눈빛으로 사람을 죽일 수 있다면 제라를 다섯 번쯤 죽이고 부관참시까지 했을 칼이 표정을 풀고 나를 돌아보았다.

"첫 번째 물건은 뭐, 어려울 거 하나 없으니까 이미 완벽히 완성해 뒀다. 겨우 그런 것으로 주의를 끌 수 있다니 신기할 따름이고. 두 번째는 조금 어려웠지만……. 과연 아타라가 대단하긴 하더군."

그가 단도처럼 생긴 물건을 꺼내 들었다. 단도라기엔 장검에 가까울 만큼 크고, 그 속이 어마어마하게 복잡한 기계 장치로 이루어져 있지만 말이다.

"흑마법 결계 커터다. 건네받은 연구 자료를 참고하니 바로 만들어지더군."

북부 진영은 그 전체가 흑마법 결계로 덮여 있었다.

흑마법 결계는 부수기도, 파훼하기도 일반 결계보다 다섯 배는 더 어려워서 선공을 한다 해도 어떻게 그 결계를 뚫을지가 가장 큰 관건이었다.

'……아타라 국왕 전하. 이전에 분명 아타라에서 흑마법 결계를 절단할 수 있는 마도구를 연구했다고 하지 않았습니까?'

그 순간 생각난 것이 바로 검술 대회 당시 레오가 사용한 물건이었다.

시상식 중 지그문트를 포함한 북부의 암살자들이 경기장에 침투해 흑마법 결

　　　　　　　　　　　　　　　충직한 검이 되려 했는데 5

계를 치고 헬리오스를 암살하려 했을 때…….

'깔끔하군. 이걸로 솔라티네 제국은 아타라 왕국에 빚 하나 진 겁니다.'

가장 먼저 결계를 뚫고 온 것은 마탑의 마법사들도, 카이사르도 아닌 레오였다.

'어엉? 어. 그랬지, 아니, 그랬네. 지금도 제작에 문제는 없다만, 연구는 소규모 절개에서 더 이상 나아가지 못했어. 기껏해야 사람 하나 들어갈 크기의 구멍을 만드는 것이 한계인데, 그 조그마한 구멍으로 연합군이 전부 들어갈 수 없지 않나.'

그래. 그걸로는 연합군이 결계 안으로 들어가는 데에만 한나절이 걸릴 거다.

그러나 나는 그것에서 희망을 보았다.

'굳이…….'

'…….'

'다 들어갈 필요가 없지 않습니까?'

그리고 거기서부터 작전은 시작되었다.

칼이 들고 있는 저 물건이 바로 다음 전투에서 포문을 열 열쇠였다.

"시간이 무척 촉박했는데 수고 많으셨습니다."

"뭘. 이런 건 별것도 아니다."

"그거 마도공학자들이 다 만든 거나 다름없잖아."

"조용."

칼이 평소와 같은 오만한 미소를 걸쳤다. 제라의 태클을 단호히 잘라 내는 건 덤이었다.

"하지만 세 번째 물건은…… 이전부터 연구하던 것이긴 해도, 솔직히 제시간 안에 제대로 만들어 낼 자신이 없는데……."

이어 떠오른 건 그답지 않게 자신감 없는 얼굴이었다. 목덜미까지 붉적이는 것이 정말 면목 없어 보였다.

'애초에 그 시간 내에 그걸 만들어 내면 천재가 아니라 발명의 신이겠지.'

각국의 엘리트가 모여 연구를 한다기에 한번 던져 본 것일 뿐, 기대한 건 아니었다.

칼을 달래려 입을 열 때였다.

"만들어야지."

"……."

"내가 만들기로 결심한 이래 만들지 못한 것은 없어."

나보다 먼저 입을 연 제라가 태평하게 단언했다.

그리 어려울 것도 없다는 낯은 터무니없었지만, 그와 동시에 묘한 안정감을 주었다.

"그래. 이 병들고 쇠약한 몸뚱어리로 페이샤 그 할멈처럼 전장을 누빌 수는 없지만, 그렇다고 아무것도 안 하고 있을 수만은 없지."

차분하고 지혜로운 목소리가 잇따랐다. 턱을 괸 알리샤가 하얗게 센 제 머리를 툭툭 두드렸다.

"치매는 아직이니까, 더 생각할 수 있어."

"……."

"우리는 만들어 낼 거란다, 아가."

전쟁은 몸으로만 하는 것이 아니다. 전장에 나갈 수 없는 이조차 물밑에서 함께 고군분투 중이었다. 나는 안도 섞인 웃음을 뱉었다.

'그래. 이번 전투는…… 분명 승리할 거야.'

이 전투에서 어떤 일이 벌어질지 모르고 감히 확신하고 말았다.

그리고는 연구소 일동과 잠시 사담을 나누고 있을 때였다.

똑똑.

막사 밖에서 짧은 노크 소리가 들려왔다.

"들어오세요."

임원들만 있는 이 막사에 지금 올 사람이라면 딱 한 명뿐이다. 나는 눈짓으로 다른 이들에게 양해를 구하고 그를 안으로 들었다.

충직한 검이 되려 했는데 5

스르륵.

"카슈미르."

막사의 문이 열리고 무게감 있는 중저음이 울려 퍼졌다.

나는 생소한 듯 주위를 둘러보는 그에게 손짓했다.

"이쪽으로 오시지요, 라이너."

라이너가 순진한 얼굴로 고개를 주억거리며 촐랑촐랑 다가왔다.

'……음?'

나는 그를 바라보다가 조금 흠칫했다. 엊그제 회의에서도 보긴 했지만, 우리 둘 다 바빴던지라 가까이에서 얼굴을 마주하는 건 오랜만이었다.

'키가…… 조금 큰 건가? 아니, 저 나이에 키가 클 리는 없는데.'

그래서인지 나를 흔들림 없이 마주하는 라이너가 낯설게 느껴졌다.

"……카슈미르도 제가 어색합니까?"

내 빤한 시선에 라이너가 민망한지 뒷덜미를 매만졌다.

"기사단원들부터 시작해서 제 모든 지인이 저를 어색해하더군요. 소드 마스터가 된 뒤에 기운이 달라져서 그런 것 같습니다."

"아."

내 입에서 낮은 탄성이 새어 나왔다.

소드 익스퍼트의 다음 단계가 소드 마스터인 것은 모두가 알고 있는 사실.

하지만 그 둘을 겨우 한 계단 차이로 볼 수 있느냐 하면 꼭 그렇지 않다.

'차원이 다르니까.'

그것은 성장이나 확장이 아니라 일종의 '초월'. 한 걸음 내딛는 순간 다른 차원에 닿게 되는 경지이다. 소드 익스퍼트는 강한 인간이지만, 소드 마스터부터는 정말로 규격 외 괴물에 가까웠다.

'이게 라이너의 기운인가.'

이전에는 그가 필사적으로 싸울 때만 느껴지던 그의 기운이 지금은 가만히 있어도 또렷이 느껴졌다. 내가 만나 본 이들 중 가장 정순하고 고결한 기운이었다.

'그리고 뭔가…….'

인물이 훤해졌다고 해야 하나? 분위기가 달라졌다고 해야 하나? 한마디로 형용할 수 없는 변화였다. 분명 같은 사람인데도 완전히 다르다. 긍정적인 변화임은 확실하지만, 친근함 대신 낯선 느낌으로 다가왔다.

나는 애매모호해진 표정으로 라이너를 빤히 응시했다.

"쯧. 전에도 기운이 무식하게 깨끗하더니 이젠 사람 발자국 하나 없는 설원을 보는 기분이군."

라이너가 점점 더 어쩔 줄 몰라 하던 찰나, 칼이 혀를 차며 고개를 저었다.

칼 또한 상당한 수준의 마법사로서 라이너의 변화를 느꼈을 터. 전부터 자신과 정반대인 라이너의 기운을 꺼려 하더니, 이제는 진짜 싫은 듯했다.

"칭찬 감사합니다."

순한 얼굴로 눈꺼풀을 슴벅인 라이너가 칼을 향해 허리를 꾸벅 굽혔다. 도무지 말을 돌릴 줄 모르는 정직한 이답게, 비아냥에 가까운 말을 칭찬으로 들은 모양이었다. 칼이 눈썹을 꿈틀거렸다.

"……칭찬 아니었다."

"아, 그럼 지적 감사합니다. 더 정진하겠습니다."

라이너가 가슴 위로 단정하게 손을 올렸다. 칼의 관자놀이에 핏줄이 솟았다.

'저번 요정 숲에서 돌아올 때도 생각했지만, 둘이 진짜 서로 안 맞는다.'

이런 걸 두고 상극이라고 하지 싶었다. 둘 다 직진 본능을 타고났지만, 칼은 구불구불 휘어진 오솔길이고 라이너는 단순한 직선 대로였다.

"그런데 칼 공자님께서는 기운이며 실력에 큰 차이가 없는 듯합니다."

"뭐?"

"역시 전시라 훈련할 시간이 부족하신 거겠지요. 여전하신 모습은 보기 좋습니다."

"하⋯⋯ 하!"

이거, 두 사람을 붙여 두면 칼이 자신의 뒷목이든 라이너 멱살이든 무언가 하나는 붙잡을 것이 뻔했다.

"자, 라이너! 이러고 있을 시간이 없습니다. 이후에 같이 합도 맞춰야 하지 않습니까? 빨리 확인부터 하죠!"

나는 라이너의 목덜미를 잡아당기며 알리샤에게 손짓했다. 라이너는 어리둥절해하면서도 얌전히 내게 끌려왔다.

"두고 보자. 더러운 금쪼가리⋯⋯."

가자미눈을 한 칼이 음습하게 중얼거렸다.

나는 그걸 애써 못 들은 척하며 임원들만 있는 막사에서도 따로 분리된 공간으로 라이너를 끌고 들어갔다.

촤아악—

"흐음. 좋아. 이제 한번 보자꾸나."

마지막으로 들어온 알리샤가 커튼을 단단히 치고 꾸물꾸물 안경을 고쳐 썼다.

"옷, 벗어 보렴."

그녀의 색 죽은 두 눈은 라이너의 등에 고정되어 있었다.

이번 라이너와 알리샤의 만남을 주선한 건 나였다.

'내 몸에는 자폭 장치가 있다.'

저번 전투에서 지그문트는 자신의 몸에 자폭 흑마법진이 새겨져 있다고 했다. 그것이 내가 그때 당장 그를 죽이지 못한 이유였다.

'제국의 젊은 기사 하나가 미스가브에 수감된 적 있지. 기운이 불쾌할 정도로 맑았는데⋯⋯ 그의 등에도 내 것과 똑같은 것을 새겨 주었지.'

'간단해. 내가 신호만 보내면 저 기사는 언제 어디서든 전방을 초토화시키며 폭사한다.'

그러면서 그는 라이너에게도 똑같은 흑마법진이 있다며 나를 협박했다.

손가락 한 번 튕기면 라이너가 터져 나가기라도 할 것처럼 굴어서, 그 순간 모든 이성을 잃고 빌기까지 하지 않았던가.

'머리를 파이 반죽으로 만들어 주고 싶군…….'

핑거 스냅으로 공갈치던 건 생각만 해도 속이 부글부글 끓는다.

그 새낀 진짜 난놈이었다.

'두 번째는 거짓말이다.'

마지막엔 라이너와 관련된 것이 거짓말이라고 했고, 손가락 튕기는 것으로 라이너가 터져 나가지 않는 것은 확인했다.

하지만 그것으로 그냥 넘기기에는 석연치 않다.

석연치 않은 것을 넘어 심각하게 신경 쓰였다.

'애초에 그놈 말을 믿을 수 없을뿐더러, 뭐가 거짓말이라는 건지도 모르잖아.'

자폭 흑마법진을 새겼다는 게 거짓말이다? 얼핏 들었을 땐 새겨져 있는 흑마법진이 아예 효력이 없다는 말로도 들린다. 하지만 어찌 보면 자폭이 아닌 다른 흑마법진을 새겼다는 뜻일 수도 있지 않은가.

'그러니 확인해야 한다.'

그의 등에 살을 후벼 파 새겨진 흑마법진이 정말 아무런 의미도 없는 건지, 아니면 그에게 해가 되는 건지 말이다.

"지금…… 말입니까?"

근처 침상에 앉은 라이너가 어깨를 움찔했다. 와이셔츠 단추를 만지작거리기만 하고 머뭇거리는 것이, 갑자기 벗으라는 소리에 당황한 듯했다.

"네. 당장."

그의 체면이고 뭐고 흑마법진에 생각이 사로잡힌 나는 알리샤의 대답을 가로채며 재촉했다.

"그렇지만 여기엔 카슈미르도 있고……."

라이너의 동공이 희미하게 흔들리기 시작했으나, 나는 물러설 생각이 없었다.

'다음 전투까지 얼마 남지 않았어. 해독이 필요하다면 시간을 다투게 될 거다.'

"어려우시다면 도와 드리겠습니다."

"윽, 잠깐⋯⋯ 카슈미르⋯⋯!"

휙.

나는 그의 멱살을 잡은 채 와이셔츠 단추를 풀기 시작했다.

'그런데⋯⋯.'

"⋯⋯소드 마스터가 되면서 근육도 더 붙은 겁니까?"

"그, 그게 아니라⋯⋯."

서서히 드러나기 시작한 라이너의 몸은 마지막으로 보았을 때보다 훨씬 단단했다.

'제법이군⋯⋯.'

근육이라면 어디에 내놔도 뒤지지 않는 나도 꽤 위기감이 느껴졌다.

"마지막으로 보신 뒤로⋯⋯ 꽤⋯⋯ 되었으니까⋯⋯."

라이너가 한 손으로 얼굴을 덮은 채 기어 들어가는 목소리로 중얼거렸다.

'아.'

하기야 내가 라이너의 맨몸을 제대로 보았던 건 사냥 대회에서 단둘이 표류했을 때뿐이다. 그때로부터 거의 1년이 지났으니 라이너가 계속 수련했다면 근육이 늘어난 게 당연했다.

"소드 마스터의 힘을 받아들일 수 있는 정도가 되셨군요."

"⋯⋯."

별생각 없는 중얼거림에 라이너의 목뒤가 불붙은 것처럼 새빨갛게 달아올랐다. 나는 유심히 볼 새도 없이 빠르게 단추를 모두 풀었다.

"벗어요."

"⋯⋯잠시."

"이 이상 말하게 하지 마십시오."

"……."

스르륵.

라이너는 땅에 기어 다니는 벌레를 찾으려는 듯 고개를 아래로 처박은 채로 와이셔츠를 벗었다.

온갖 흉터로 가득한 몸과 마주하니 혹시라도 그가 잘못될까 마음이 조금 급해졌다.

"꼭…… 꼭 이렇게 누워야만……."

나는 그를 거의 제압하다시피 하며 엎드려 눕게 했다. 그의 웅얼거림은 완전히 무시한 채였다.

'……다시 봐도 처참하군. 지그문트 개자식.'

라이너의 등판을 다시금 확인하자 가장 먼저 나오는 것은 탄식이었다.

고통을 가중하는 투박한 날붙이로 억지로 살을 파내어 마법진을 새긴 흔적은 끔찍했다. 신성력으로도, 치유력으로도 전혀 낫지 않아서 이전보다 나아진 게 하나 없었다.

'그때는 이미 지나간 일이라고 생각해서 이상하다고 생각하면서도 유심히 관찰하지 않았지만, 지금 다시 보면 뭔가 보일지도 모른다.'

최근 들어 나는 북부와 싸우기 위해 급하게나마 흑마법을 공부하고 있다. 해독은 알리샤에게 맡겨야겠지만, 그 전에 혹시 내가 아는 마법진인지 확인해 보고자 했다.

스윽.

'가장 바깥쪽 테두리에 새겨진 달의 문양……. 아니, 이건 마름모꼴인가. 부패의 마법진? 마비의 마법진 같기도 하고…….'

나는 파인 피부를 조심스럽게 손으로 훑으며 내 기억 속 마법진들과 이 마법진을 대조해 보았다.

……노력은 했다.

'그게 그거 아니냐?'

애초에 평생을 검만 휘둘러 온 무식한 내가 속성으로 익힌 극도로 복잡한 흑마법진들을 정확히 기억하는 건 무리다. 솔직히 다 비슷하게 생겼을뿐더러, 눈곱만한 차이들을 떠올리려니 머리에 쥐가 날 것 같았다.

"흐음."

'그래도 어디서 본 것 같은데.'

슥, 스윽.

나는 옅게 숨을 뱉으며 흑마법진의 중심부, 그의 허리께에 새겨진 육각성을 따라 덧그렸다. 잠시 심각한 탐구에 빠져 있었을까.

"카슈미르!"

나를 부르는 라이너의 외침에 퍼뜩 정신을 차렸다.

"아, 죄송합니다. 어차피 잘 알지도 못하는 거 빨리 알리샤 님께……."

"그게 아니라, 손, 좀……."

"네?"

나는 어리둥절해하며 고개를 들었다. 그리고 발견하고 말았다.

"손 좀…… 제 허리에서 떼 주시면 감사하겠습니다."

"……."

"간, 지럽습니다."

얼굴부터 목덜미, 귀까지 모두 붉어진 채 시선을 어떻게든 돌려 피하고 있는 라이너를 말이다. 그는 윗옷을 벗고 제압되듯 누운 채 희롱 같은 내 손길을 받아내고 있었다. 그걸 자각한 나는 돌처럼 굳어져 버렸다.

"아."

"……."

"아아."

파앗!

멍청한 탄성이나 내뱉다가 섬광처럼 손을 거두었다.

"죄송합니다."

"……괜찮습니다."

"빠른 시일 내로 죽겠습니다."

"그러지 마십시오."

얼굴이 빠르게 달아올랐다. 오랜만에 죽고 싶은 기분이었다.

라이너가 침상에 얼굴을 묻고 얼굴을 식히는 가운데, 나는 허둥거리며 알리샤를 잡아끌었다.

"제 미천한 식견으로는 역시 알 수 없습니다. 모르는 마법진입니다. 아, 알리샤 님이 봐 주세요."

알리샤가 내게 이끌려 오며 빙긋이 미소 지었다.

"요즘 애들은 화끈하구나."

"아닙니다!"

"아……."

나는 더 뜨거워진 얼굴로 탄식만 뱉고 있는 라이너를 휙 돌아보았다.

"아니라고 부정하세요, 부정을!"

내 괜한 역정에 순한 금빛 눈동자의 눈을 깜빡인 라이너가 시선을 떨구었다.

"카슈미르는…….."

"……."

"화끈……하신 것 같아서……."

……이제 진짜 죽고 싶어졌다.

잠시 물과 불 중 어느 것을 선택해 죽을지 생각하고 있었을까. 깔깔 웃어젖힌 알리샤가 고개를 절레절레 저었다.

"하여간 어린애들은 귀엽다니까."

"하……."

　　　　　　　　　　충직한 검이 되려 했는데 5

"자, 등에 힘 빼렴. 이제 정말 봐 줄게."

그녀는 라이너에게 다가가 그의 등판을 유심히 내려다보았다.

스륵.

복잡한 흑마법진을 빠르게 훑는 그녀의 두 눈은 섬전 같았다.

'역시, 알리샤라면 무언가를 알까?'

집중하는 그녀를 따라 덩달아 나도 숨을 삼켰을까.

"……일 났네."

알리샤의 표정이 이루 말할 수 없을 만큼 심각해졌다.

"이건……."

⁕

북부와 맞닿은 이 지역은 늘 맑은 날 없이 우중충했는데, 오늘은 유독 더 어두웠다.

해가 중천에 떴음에도 구름에 가려 땅에는 빛이 들지 않았고, 바람은 칼날처럼 서늘했다. 공기는 축축해서 당장이라도 함박눈이 쏟아질 것 같았다.

고대 사람들은 이런 날을 용이 승천하는 날이라고 했던가.

"전군, 준비를 마쳤습니다."

우리에겐 결전의 날이다.

"그래. 수고 많았군."

디에고가 고개를 끄덕였다.

그는 제국군의 지휘관으로서 제국의 상징색인 황금색-눈에 띄지 않기 위해 명도를 확 줄여 어두운 황색에 가깝지만- 망토를 걸치고 있었는데, 그것이 곧잘 어울렸다.

"이, 이 기세라면 전투 중, 누, 눈이 내릴지도 모르겠는데요."

암브로시오의 국왕 요르칸이 어두운 하늘을 올려다보았다.

"만약 오더라도 진눈깨비 정도일 겁니다."

디에고가 시계를 한번 살피며 답했다.

중요한 전투를 앞둔 만큼 당연히 마법사들과 현자들을 통해 오늘의 날씨를 확인해 뒀다. 북부군은 우리보다 눈에 훨씬 익숙하니 눈 오는 날만큼은 최대한 피해야 했다.

'내일부터 굵은 함박눈이 쏟아진다길래 날짜를 무리하게 오늘로 맞췄지.'

땅에 쌓여 있던 눈도 많이 녹은 오늘이야말로 적기다.

우리는 북부군의 기지로 돌격할 예정이다.

"……저기 진영이 보입니다!"

그리고 지금, 저 멀리 적진을 앞에 두고 있었다.

'우리의 눈에 저들이 보일 정도면 저들도 우리를 발견했겠지.'

아마 파수꾼들의 뿔 나팔 소리를 듣고 다급히 습격에 대비하고 있을 터.

'대비를 마치기 전에 조금이라도 빨리 쳐야 한다.'

지금부터는 시간 싸움이었다.

"슈슈. 준비됐나?"

카이사르가 두꺼운 코트를 벗어 시종에게 건네며 나를 돌아보았다.

코트를 벗고 난 카이사르는 전투에 나서는 것이라고는 믿기지 않을 만큼 가벼운 차림이었다. 평소 최소한 갖추고 있던 훈장과 견장 같은 장식들은 온데간데없고, 몸을 보호해 줄 보호대조차 하나도 착용하지 않았다.

집에서 입는 평상복 내지는 가볍게 소풍을 나가는 복장 같았다.

'분열 왕국 전쟁 당시 본격적으로 싸울 때는 늘 저런 차림이라고 했나.'

그 당시 카이사르와 함께 참전했던 병사들은 저 모습을 보고 '도축할 준비가 된 검귀'라고 표현했다.

스르릉.

나는 검을 뽑는 것으로 대답을 대신했다. 카이사르가 피식 웃었다.

"두 분은 준비를 마치신 것 같군요."

노아가 병사들 사이에서 걸어 나왔다.

"저도 준비됐습니다."

제2기사단을 살피러 갔던 라이너가 돌아왔다.

그는 중대한 전투를 앞두고도 평상시와 다를 바 없는 낯이었으나, 금빛 눈동자만큼은 진중하게 가라앉아 있었다.

'……라이너, 괜찮을까?'

알리사에게 들었던 진단이 귓가에서 맴돌아 머릿속이 복잡했다.

스윽.

고개를 튼 라이너와 눈이 마주쳤다. 내 생각이 표정에 드러난 건지, 그가 고개를 저었다.

"저를 걱정하는 거라면 그만둬 주십시오. 지금만큼은 원치 않습니다."

상념은 검 끝을 흔들 뿐이다.

"저는 이겨 낼 겁니다."

라이너의 얼굴은 분명한 의지를 담고 있었다.

'……그래. 이럴 시간이 없다. 주사위는 이미 던져졌어.'

나는 느릿하게 고개를 끄덕였다. 단언컨대, 촉박한 시간 내에서 할 수 있는 모든 것을 했고, 라이너의 일에는 나를 포함해 타인이 해 줄 수 있는 게 없었다.

"가죠."

나는 높게 묶은 머리를 더 질끈 동여맸다. 지금은 뒤돌아볼 때가 아니라 나아갈 때였다.

"다들 통신 마도구는 제대로 작동하나?"

"네."

나는 마지막으로 한 번 더 귀걸이를 확인했다.

디에고가 고개를 끄덕였다.

"만약 통신 방해 전파가 흐르면 보내기로 한 신호, 잊지 말고……."

그의 무거운 시선이 내게 머물렀다. 디에고는 무언가 하고 싶은 말이 있는 듯 입술을 달싹거리다가 숨을 푹 뱉었다. 그러곤 짓궂게 웃었다.

"제대로 분탕 치고 오게."

나는 씨익 웃어 버렸다.

살아남아라, 조심해라 하는 말들보다 훨씬 더 나를 북돋는 한마디였다.

"존명!"

나와 카이사르, 노아, 그리고 라이너가 함께 허리를 굽혔다.

"가라."

척.

세찬 바람을 맞아 황금빛 파도를 일으키며, 디에고가 적진을 가리켰다.

"제국의 위상을 보여라!"

그 말은 명백한 신호탄이었다.

파앗!

네 명의 소드 마스터가 적진을 향해 전속력으로 돌격하기 시작했다.

쉬이이익!

겨우 네 사람의 뜀박질이었으나, 그 속도는 육안으로는 인식할 수 없는 수준으로, 사방에 돌풍이 일어났다. 나는 마나 회로를 미친 듯이 돌리며 속도를 올렸다.

"전방에 무언가 돌진 중! 너무 빨라 잘 보이지 않지만 적들로 추정됩니다!"

"젠장, 선봉대인가? 인원은?"

"열, 아니, 다섯, 네, 네 명입니다!"

"……뭐? 장난해?"

순식간에 가까워진 적진의 망루에서 다급한 목소리가 울렸다.

"잘라."

선두에 선 카이사르가 라이너에게 무심히 고갯짓했다.

"네."

고개를 숙인 라이너가 단박에 치고 나가 가장 먼저 흑마법 결계 앞에 섰다.

그리고 흑마법 결계 커터를 허리춤에서 뽑아 들었다.

카가각…… 촤악!

그의 손길 아래, 음습한 기운을 뿜어내던 흑마법 결계에 사람 한 명 들어갈 수 있는 크기의 구멍이 생겼다.

"물러서라."

스르릉.

카이사르가 유려하게 발검했다.

암브로시오 분열 왕국 전쟁을 승리로 이끌고, 동부 귀족 연합의 반역을 평정하며, 주로니섬의 식인종들과 수로를 위협한 타 대륙 해적들을 토벌한 검.

그의 검은 그의 산더미 같은 훈장들보다 더 청명하게 반짝였다.

"선두는 나다."

팟!

대륙의 최강자라고 불러도 그 누구도 반박하지 못할 카이사르 크리시스가 섬전처럼 돌진했다.

쉬익!

그리고 나는 그의 뒤에 바짝 붙어 북부의 진영에 들어섰다.

"비상! 비……!"

"잘라."

"네."

카이사르가 시끄러운 망루를 턱짓으로 가리키자, 내 뒤를 따라붙은 노아가 검을 뽑아 들었다.

콰앙-

노아의 황금빛 일검에 망루가 사선으로 잘려 나갔다.

"으아아악!"

"망루가 무너진다! 다들 물러서라!"

쿠르릉! 쾅!

무너진 건물 더미로 그 사방이 초토화되었다. 일시에 소란스러워진 가운데, 카이사르가 노아와 라이너를 돌아보았다.

"위치로."

"네."

"문제가 있다면 곧바로 보고하도록."

"그러겠습니다."

카이사르가 희미하게 미소 지었다.

"각자 밥값을 하고 다시 보도록 하지."

파앗!

그 말을 신호로 노아와 라이너가 방향을 틀어 결계를 향해 달려갔다.

난제 중 하나였던 흑마법 결계.

밖에서 억지로 결계를 부수는 건 인력과 시간이 많이 소요되고, 부수는 중 되레 역습당할 가능성이 너무 높다.

그러나 결계를 파괴하는 마도구는 겨우 한 사람 들어갈 수 있는 구멍을 내는 것이 전부였다.

"굳이…… 다 들어갈 필요도 없지 않습니까?"

"무슨 뜻인가?"

"결계를 부술 수 있는 인력만 먼저 들어간다면, 결계를 부수기 위해 힘쓸 필요가 없습니다."

그 상황에서 내가 낸 의견은 이랬다.

"소드 마스터 넷이 가장 먼저 진입해 내부에서 결계를 부수는 겁니다."

내부에서 나가지 못하도록 만든 결계가 아닌 이상, 모든 결계는 바깥에서만 난공불락이고 내부에선 쉽게 부서지는 법이었다.

소드 마스터가 전력으로 공격을 퍼부으면 10분 안에 부술 수 있을 터.

"드, 듣기에는 그럴듯해 보인다만……."

내 의견을 들은 요르칸은 어처구니가 없다 못해 이걸 농담으로 받아들여야 하는 건지 헷갈린다는 얼굴로 나를 바라보았다.

"결국은, 겨우 넷이서, 적진 한가운데, 쳐, 쳐들어가겠다는 거 아닌가?"

"정확합니다."

"……자네 미쳤나?"

나는 요르칸이 그렇게 똑바른 발음으로 더듬지 않고 말하는 것을 처음 보았다.

뭐, 그럴 만도 하다. 암브로시오에는 소드 마스터가 없으니, 그는 소드 마스터의 강함을 제대로 실감해 본 적이 없을 터. 과거 분열 왕국 전쟁에서 카이사르를 통해 맛보기는 했을 테지만, 국왕인 그가 적진 한복판에 나가 함께 싸우지는 않았을 테니 눈대중으로 본 것에 불과할 것이다.

"하……."

실제로 소드 마스터의 저력을 아주 잘 아는 디에고는 이마를 짚고 미치겠다는 얼굴을 할지언정, 내게 미쳤냐고 묻지는 않았다.

"요르칸 전하."

"크, 크리시스 경. 자신감이, 넘치는 건 좋지만, 과, 과유불급이라 하여……."

"전하께서는 소드 마스터를 사용하는 방법에 대해 무지하신 듯합니다."

"……뭐라고?"

나는 머리를 긁적였다.

"소드 마스터는…… 원래 미친 생각을 현실로 만들어 주는 요술봉 같은 겁니다."

"……"

이것은 교만이 아닌 직시다.

불가능을 가능으로 만들고, 난공불락을 함락하며, 금강불괴를 부수는 이들.

나는 그들을 돌아보았다.

"혹시 어렵게 느껴지십니까?"

카이사르가 피식 웃었다.

"분열 왕국 전쟁 때의 추억이 새록새록 떠오르는군."

그가 깍지 껴 모은 손을 까닥였다.

"기억나십니까? 적군 기사단을 몰살하고, 전하의 형님을 전하의 발아래 꿇려 놓았던 날 말입니다."

요르칸이 의아한 듯 눈을 깜빡였다.

"……그, 그건 그대가, 제, 제국의 특공대와 함께했다고……"

"보고서를 그렇게 썼나? 부관에게 맡겨서 잘 기억은 안 납니다만."

카이사르가 무미건조하게 눈을 굴렸다.

"반대편 진영 쪽으로 샘물 뜨러 나갔다가 기사단과 맞닥뜨리고 시작된 전투 였다는 것만 기억나는군요."

"……"

"그거 저 혼자 한 거였습니다."

요르칸의 입이 떡 벌어졌다.

"기, 기사단원의 수가 3,300명에 육박, 했는데……?"

"306명. 시종들까지 포함하면 깔끔하게 320명이라 기분 좋았습니다."

"무슨……. 그 인원을 호, 혼자 죽였어……. 아니, 그 전에, 보, 보고가 거짓말이었 다고?"

"혼자 했다고 하면 또 쓸데없는 공치사를 들을까 봐."

요르칸이 버벅거리며 정신을 못 차리는 가운데 카이사르는 태평할 따름이었다.

'내 아버지는 대체 어떻게 살았던 걸까?'

그에게 피에 미쳤다는 수식어를 안겨 준 분열 왕국 전쟁은 어땠을지 새삼 궁금해졌으나, 지금은 그걸 물어볼 때가 아니었다.

"아인하르트 측은 괜찮습니까?"

내 질문에 라이너와 노아가 서로를 바라보았다.

그리고 누가 부자 아니랄까 봐 똑같은 얼굴로 답했다.

"못할 것도 없지."

"가능할 것 같습니다."

자신의 검이 산을 가를 수 있다는 걸 아는 이들의 눈빛이었다.

"미, 미쳤어……."

요르칸이 질린 듯 중얼거렸다.

"네. 미친 짓 한번 해 보는 게 좋을 듯합니다."

나는 고개를 끄덕였다.

그리하여 시작된 것이 이 작전.

겨우 네 명의 인원으로 적진을 침공하는 미친 짓거리였다.

-결계 해체, 시작합니다.

귀걸이를 타고 라이너의 목소리가 울렸다.

곧이어 사특한 기운의 결계 위로 두 줄기의 광휘가 쏟아졌다.

콰과과광-

라이너와 노아가 빛의 파도로 결계를 부수기 시작했다.

"막아! 막아라! 전군은 저 악적들을 포위해라!"

금이 가기 시작한 결계를 보고 기겁한 북부군이 라이너와 노아에게로 몰려들었다.

'알아서 잘할 거야.'

타닥!

나는 그곳으로 향하려는 신경을 간신히 거두고 카이사르를 따라 바닥을 박찼다.

"검은 재앙이 진영의 중심부로 침투한다!"

"어, 어떻게 해야……! 지그문트 님을, 조, 조나단 님이라도……!"

미꾸라지처럼 진영을 파고드는 나와 카이사르를 알아본 이들이 비명을 질러 댔다.

저들 딴에는 적의 침입을 알리려는 것 같지만, 아직 싸울 준비가 하나도 되지 않은 상황에서 그 사실이 퍼져 봐야 혼란만 가중될 뿐이었다.

"잡아라! 어떻게든 잡아라!"

조금이나마 정신 차린 이들은 나와 카이사르를 붙잡기 위해 무작정 달려들었다.

획-

그러나 범인의 속도로, 전속력으로 달리고 있는 소드 마스터를 잡을 수 있을 리 만무했다.

"저 중심에 닿는 순간 시작한다."

내 옆에 바짝 붙은 카이사르가 속삭였다.

우우웅-

나는 고개를 끄덕이며 검에 마나를 쏟아붓기 시작했다.

사방이 난리가 난 상황에서도 속도를 줄이지 않고 막는 것은 모두 피하거나 베며 돌진한 끝에, 우스울 정도로 쉽게 적진 한복판에 가까워졌다.

"슈슈."

"네."

나는 검을 세웠다.

충직한 검이 되려 했는데 5

"내가 네 옆에 있다."

카이사르가 씨익 웃었다.

"마음껏……."

화르륵.

붉은 오러가 그의 검 끝에서 하늘을 찌를 듯 피어올랐다.

"날뛰어 봐라!"

쉬익!

카이사르가 거칠게 검을 휘둘렀다.

"아악!"

"큭! 고, 공격이다!"

거대한 붉은 오러가 섬광처럼 날아가 사방을 헤집어 놓았다. 그것은 의지를 가진 불꽃처럼 막사를 날려 보내고 우리에게 달려드는 사람들을 베었다.

그런 가운데, 카이사르는 눈밭을 뛰노는 개처럼 신난 얼굴이었다.

'역시 이게 우리 적성에 맞나 보다.'

나는 뛰는 심장을 굳이 부정하지 않기로 했다.

흥분으로 인해서든, 공포로 인해서든, 그 무엇으로 인해서든.

"네!"

촤아아악-

나는 천지를 찢어발길 기세로 오러를 난사했다.

콰아앙!

검은색과 붉은색의 오러가 미친 듯이 사방을 헤집기 시작했다.

'효율을 위해 두 그룹으로 나누죠.'

적들로 가득 찬 이곳, 망망대해.

'결계를 부수는 데에 집중할 둘. 그리고…… 북부군의 주의를 끌고 진영과 대열을 어지럽혀 놓을 둘.'

나와 카이사르는 이곳을 최대한 엉망진창으로 만들기 위해 투입된 훼방꾼들이었다.

'후자는, 그냥 미친 듯이 날뛰면 될 것 같습니다.'

마치 크리시스 성을 가진 이들을 위해 준비된 배역인 양, 우리는 물 만난 물고기가 되었다.

"형님!"

"알고 있다."

지그문트는 허겁지겁 달려오는 조나단을 보지도 않은 채 짤막하게 답했다.

그의 시선은 파도에 직격당한 모래성처럼 허무하게 허물어지고 있는 진영 한복판에 고정되어 있었다.

"빠르게 조치를 취해야 합니다. 피해가 급속도로 커지는 중이며, 병사들이 혼란스러워하고 있습니다."

조나단이 차오르는 숨을 삼키며 말했다.

지그문트가 헛웃음을 지었다.

그래. 그럴 것이다. 소드 마스터 네 명이 갑자기 진영에 들이닥쳤으니까.

양 떼 안에 이리를 던져 놓은 형국이었다.

"그놈이라면 그렇게 당하고 나서 가만히 있지 않을 거라고 생각은 했는데…… 기어코 이런 미친 짓거리를 실현해 낼 줄이야."

그가 혼잣말처럼 중얼거렸다. 조롱인지 감탄인지 알 수 없는 투였다.

강한 놈들을 진영에 몰아넣어 대처할 새도 없이 난장판으로 만든다. 얼핏 보면 무모하다 못해 무식한 계획으로 보인다. 아니, 계획이라고도 부를 수 없을 정도 극히 단순한 생각이다. 하지만 지그문트는 그 속에 담긴 함의를 읽을 수 있었

충직한 검이 되려 했는데 5

다.

'유사 이래 소드 마스터는 늘 과소평가되어 왔다.'

이 말에 어처구니없어할 이가 많겠지만, 명백한 사실이다. 그들은 산을 자르고 바다를 뒤엎을 수 있다.

그러나 그럴 수 없다. 모두가 뒤섞여 싸우고 있는 전장에서 산을 자르면 어떻게 되겠는가? 산이 무너진 여파로 근처의 모든 사람이 눌려 죽을 것이다. 적과 아군의 구분 없이 싹 다. 모두 죽어 버린 뒤 소드 마스터 하나 살아남으면 그걸 승리라고 할 수 있겠는가?

그럴 수는 없다. 그건 전투가 아니라 단체 동반 자살이니까.

재앙에는 눈이 없건만, 사람들은 그 재앙을 무기로 사용하고자 했다. 그 과정에서 인공 눈알을 붙이고 마구잡이로 솟아난 칼날들을 다듬었으니 약해질 수밖에 없었다. 그들은 지킬 것이 있을 때 더 약해지는 종족. 그렇게 소드 마스터는 과소평가되어 왔다. 그러나 그들을 피아식별이 필요 없는 곳에 던져 놓는다면? 얼마든지 날뛰어도 되는 곳에서 검 한 자루를 쥐여 준다면? 그곳에는 진정한 지옥이 열릴 것이다.

콰콰콰쾅!

그래. 바로 지금처럼.

'이래서 저들이 먼저 공격할 기회를 줘선 안 됐던 건데.'

지그문트는 관자놀이를 꾹 눌렀다.

애초에 북부군은 양으로나 질로나 연합군에게 상대가 안 된다. 이렇게라도 전쟁을 이어 나갈 수 있는 것은 어디까지나 마수 조종술과 흑마법을 쓰기 때문이다.

공격하는 쪽이 아닌 당하는 쪽이 된 이상, 패배는 정해진 것이나 다름없었다.

'저렇게 날뛰기 시작한 이상 붙잡을 방법은 없다.'

소드 마스터는 정면 승부로 붙잡을 수 있는 존재가 아니다. 피아 식별이 불가능한 과포화의 전장에서 함정을 파고 수백 명을 몰아넣으며 숨통을 조여야만 가능성이라도 보였다.

'병사들에게 잡으라고 해 봤자 피해만 늘어날 것이다.'

안 그래도 마수를 제외한 인간 병력은 많지 않은 북부군인데, 맞불 작전을 시도하려면 정말 전멸을 각오해야 할 터. 그렇다고 진영에 대재앙들을 풀어놓으면 아군까지 휘말려 초가삼간 다 태우는 꼴이 될 게 분명했다.

'저들에게 붙어서 시간을 끌 만한 실력자는 겨우 나 하나.'

몇몇 단장급 인물들도 몇 번 합을 나눌 수는 있겠지만, 그들은 시간을 끄는 게 아니라 일방적으로 당하게 될 거다.

지그문트는 이를 악물고 입꼬리를 비틀었다.

'절대 강자가 없는 북부의 특성을 제대로 짚었군.'

그는 몇 년에 걸쳐 북부군을 훈련된 병사들로 만들었지만, 진정 실력 있는 인재를 발굴하진 못했다.

무엇보다 추운 날씨와 오랜 세월 받은 핍박이 사람을 좀먹게 했다.

북부인들은 천성이 의심이 많고, 같은 북부인이라도 같은 동네 출신이 아니면 배척했다. 성급한 일반화는 무리지만 대체로 불신이 깊고 무뚝뚝했다.

그런 이들을 '자안의 구주' 아래 모으는 데 얼마나 시간이 오래 걸렸던가.

하나하나를 뛰어난 병사로 만들기엔 시간이 터무니없이 부족했다. 동료 의식을 심어 주고 충성심으로 뭉치게 만드는 것이 최선이었다.

"형님! 명령을 내려 주십시오!"

조나단이 생각에 빠진 지그문트를 초조하게 재촉했다.

지그문트는 늘 생각이 많았고, 저 침묵 후엔 천재적인 계책들이 나오곤 했지만, 지금은 당장의 대처가 급했다.

스르륵.

지그문트가 감았던 눈을 느릿하게 떴다.

"적들을 견제하되 자신의 목숨을 지키는 것을 최우선으로 하라고 명해라. 마도구 방해 전파를 흘리고."

그의 보랏빛 눈동자가 진영을 마구잡이로 가르는 검은 오러를 응시했다.

"……그걸로 괜찮겠습니까?"

조나단의 얼굴에 걱정이 들어찼다. 진영이 다 무너지게 생겼는데 너무 소극적인 대처처럼 느껴졌다.

휙.

지그문트가 몸을 돌렸다.

"어차피 지금 당장은 저들을 상대할 수 없다."

"그래도……."

"그러니 제 발로 나가게 해야지."

"……네?"

"내쫓을 수 없다면 직접 나가게 만들면 된다."

그가 고개를 까닥였다.

"소환 마법진을 발동시켜라."

"아, 네!"

"그리고 라이너 아인하르트의 고문을 맡았던 흑마법사를 데려와."

지그문트의 입가에 유려한 미소가 번졌다.

"불쾌하단 말이지."

"……."

"내가 닿을 수 없는 경지에 고고히 서 있는 놈들은."

가장 정결해야 하는 오러에 흑마법의 기운이 섞여 버린 지그문트 하이드는 영원히 소드 마스터가 될 수 없다.

소드 익스퍼트, 그것이 그의 한계.

그마저도 과하게 오러를 발출하면 기운의 충돌로 심장 폭발의 위험을 각오해야 했다.

지그문트는 전장 한가운데에서 깃발처럼 휘날리는 붉은 망토를 바라보았다.

콰과쾅!

그가 잘 아는 인영이 신난 강아지처럼 사방을 누비고 있었다.

"하……."

그 발걸음이 자신의 집안을 박살 내고 있는데도 웃음밖에 나오지 않자, 지그문트는 스스로를 한껏 비웃어 주고 싶어졌다.

'스승님.'

문득, 어젯밤에도 목도한 자애로운 얼굴이 그 인영에 겹쳐졌다.

'어찌 그런 길을 택했느냐, 어찌!'

'그날 너를 살려서는 안 됐거늘…… 내가 악귀를 세상에 풀어놓았구나.'

꿈속 카라쇼는 어느 날은 그를 무섭게 질책하고, 또 어느 날은 피눈물을 흘리며 오열했다.

'……'

지그문트는 그런 스승을 그저 바라볼 뿐 결코 용서를 빌지 않았다. 용서받을 수 있는 죄가 있고, 그럴 수 없는 죄가 있다. 용서를 빌어야 할 때가 있고, 용서조차 빌어서는 안 될 때가 있다. 그의 경우는 모두 후자였다. 전쟁은 용서받을 수 없는 죄일뿐더러, 용서받았다는 건 징벌을 감면받았다는 거니까.

마땅히 치러야 할 대가를 치르게 하는 것은 공의이지 용서가 아니다.

마땅히 치러야 할 대가를 지워 주는 것이 자비이며 용서였다.

그러나 용서받았다고 해서 죄의 결과가 사라지진 않는다. 누군가는 반드시 그 결과를 책임져야 했다. 그리하여 누군가가 용서받기 위해서는, 누군가는 절대 용서받아선 안 되는 것이다.

지그문트 하이드는 모두가 용서받을지라도 절대 용서받아서는 안 되는 인물이었다. 그는 모든 것이 잘못되었을 때 그 결과를 책임져야 하는 최후의 방벽이었다.

'어쩌면 내게 붙은 구주라는 명칭은 모든 죄를 지고 가라는 의미일지도 모르지.'

구주는 구원하는 자이지만, 동시에 모든 죄를 안고 죽는 자였다.

'……그렇게 멍청이처럼 살다가 스승님 당신이 위험해지면, 스승님은 누가 구해 줍니까?'

그렇다면 그는 누가 구원할까?

어린 날 그들의 스승에게 향했던 카슈미르의 치기 어린 질문이 귓가에 맴돌았다.

'내가 구해 드릴 거다.'

그때 그렇게 답했던 지그문트 하이드는 스승을 구하지 못했다.

그녀의 최후를 지키지 못했고, 기일에조차 무덤에 얼굴 한번 비치지 못한다.

'그렇게 살다 보면 내가 사랑하는 이들이 나를 구해 줄 거다. 참 멋진 삶이지 않으냐.'

그렇게 말한 카라쇼는 구원받지 못했다.

평생을 베풀고 산 이의 말로는 설원 위의 초라한 비석 하나였다.

'사랑하는 이들이 나를 구해 줄 거라고?'

지그문트는 피식 웃었다.

'사랑하는 이들이 다 죽고, 단 하나 남은 놈은 나를 죽여야만 살 수 있는 놈이라면 어떡합니까?'

그리하여 구주를 구원해 줄 이는 없다.

지그문트 하이드는 스승의 전철을 밟을 것이다.

"뭣들 하는 거지? 움직여라."

"네!"

지그문트는 망설임 없이 산지옥으로 발걸음을 옮겼다.

온 대륙을 전쟁의 화마에 밀어 넣은 악귀는 공허한 얼굴을 하고 있었다.

무언가를 부순다는 건 대체로 부정적인 뜻을 지닌다고 여겨지지만, 사실 거대한 쾌감을 동반하는 일이다. 그 증거로 한때 수도의 귀족들 사이에 그릇을 부수는 놀이가 유행하지 않았던가.

콰앙-

그 점에서 치솟는 이 아드레날린을 변명하고 싶었다.

일 검에 막사들이 추풍낙엽처럼 날아가고, 이 검에 얼어붙은 땅이 햇볕에 녹은 버터처럼 파여 나갔다.

'역사상 피에 미쳐 버린 소드 마스터가 많은 이유가 있다니까.'

스승 카라쇼에게 배운 계명들이 내 양심을 자극하는 가운데, 피는 투쟁심으로 들끓었다. 마음은 차가운데 몸은 뜨거운 기묘한 상태였다.

"슈슈, 머리!"

"네!"

훅.

상체를 바싹 숙이자, 카이사르가 내 머리 위로 검을 휘둘렀다.

"크학!"

"아아악!"

검의 궤적을 따라 초승달 모양의 핏빛 오러가 다가오는 병사들을 쓸었다. 병사들이 피를 흩뿌리며 날아갔다.

"섣불리 다가가지 마라! 거리를 둬라!"

지휘관으로 보이는 여자가 거칠게 소리쳤다. 북부에 잠입했을 당시 한 번 본 얼굴이었다.

"방어적으로 나오기로 한 모양이군."

빠르게 물러서는 북부군에게 무심히 눈길을 준 카이사르가 중얼거렸다. 조용히 번뜩이는 붉은 홍채는 감정을 완전히 배제한 학살자의 눈을 하고 있었다.

"우리는 빠르게 몰아친다."

"네."

"그리고……."

그가 나를 돌아보았다.

"너는 진영을 부수는 것에 집중해라."

"……."

"굳이 사람을 죽이려 할 필요 없다."

우리가 난사한 오러의 여파로 건물이고 사람이고 그저 한 덩어리로 짓이겨지고 있는 상황에서도, 카이사르는 나를 보호하려고 했다.

'이미 제 눈먼 오러는 수십 명의 사지를 자르고 목숨을 잃게 했는걸요'라고 답하지는 않기로 했다.

"……네."

그가 속상해할 테니까.

"역시 방해 전파를 흘리기 시작했군."

카이사르가 귀걸이로 된 통신 마도구를 건드려 보더니 혀를 찼다.

지지직.

마도구는 파열음을 뱉을 뿐 전혀 작동하지 않았다. 여기까지도 예상대로였다.

"결계 쪽에서는 아직 신호가 없나?"

"아직…… 아!"

나는 라이너와 노아가 날뛰고 있을 결계 부근을 돌아보고 탄성을 뱉었다.

그 근방은 거대한 거인이 밟고 지나가기라도 한 듯 초토화된 뒤였고, 굳건하게만 보였던 흑마법 결계에는 거대한 구멍이 뚫려 있었다.

'성공했구나.'

대군이 단번에 몰아닥치기엔 작았으나 순차적으로 돌진하면 부족함은 없을 터.

쌔애액!

이어 하늘 높이 금빛 오러가 가위꼴로 교차되어 올라왔다.

"신호입니다!"

결계 훼손을 완료했다는 신호였다.

"합류한다."

"네!"

카이사르가 세차게 땅을 박차며 왔던 길을 되돌아갔다.

나는 양옆을 정리하며 그의 뒤를 따랐다. 막아서는 이들도 몇 없었기에 어렵지 않았다.

'이 정도 피해라면 진영을 아예 옮겨야겠군.'

나는 주변을 돌아보았다.

소드 마스터의 오러로 난도질된 이곳은 군사 기지가 아니라 폐허 같았다. 정리하고 재건하는 것보다 이곳을 버리고 떠나 새로 짓는 게 더 쉬울 듯했다.

'우리 넷이 북부군을 완전히 무너뜨릴 수 있을지도 모르겠다는 생각까지 드네.'

마수를 사용할 수 없는 적진을 기습하면 원래 전력의 반절도 안 될 것을 예상하고 실행한 작전이었음에도, 생각보다 더 오합지졸이다.

잠깐 동안 한바탕 칼춤을 춘 것만으로 이전 전투에서 입은 손실을 반쯤 되돌려 준 것 같았다.

'그런데…… 왜 이렇게 불안하지?'

분명 모든 것이 계획대로 잘 흘러가고 있음에도 기묘한 선득함이 자꾸만 목덜미를 핥는다.

'무언가 안 좋은 일이 일어날 것만 같아.'

나는 이상한 생각을 떨쳐 내려 고개를 휘저으며 더더욱 속도를 올렸다.

"라이너!"

그리고 오래 지나지 않아 결계 앞에서 합류에 성공했다.

"슈슈, 무사합니까?"

라이너가 한달음에 내게로 다가왔다. 결계를 부수느라 마나를 많이 소모한 건지 추운 날씨에도 그의 이마엔 땀이 송골송골 맺혀 있었다.

"안부 인사는 나중에 하고, 신호부터 보내지."

내가 무어라 답하기 전에 카이사르가 나섰다. 라이너를 힐끗 돌아보는 그의 얼굴에 불퉁함이 스쳤다.

"그럼 빠르게 가시지요."

웃음을 삼킨 얼굴의 노아가 검을 한 번 털었다. 날뛰던 소드 마스터들이 일제히 멈춘 것을 본 병사들이 슬금슬금 우리를 포위하려 하고 있었기에 낭비할 시간이 없었다.

"지금."

우우웅-

카이사르가 무뚝뚝하게 신호하며 하늘을 향해 오러가 깃든 검을 휘둘렀다.

촤아악!

나와 노아, 라이너가 뒤따르며 우중충한 하늘에 붉은색과 검은색, 반짝이는 금빛과 중후한 금빛의 오러가 수놓아졌다.

이것은 마도구의 사용이 불가능할 때를 대비해 준비한 신호.

'보기 좋게 적진을 망쳐 놨으니 돌격 시작해라'라는 의미였다.

라이너가 만족스럽게 고개를 끄덕였다.

"좋습니다. 그럼 저희는 이만……. 쿨럭."

그가 말하다 말고 입을 틀어막은 채 기침을 내뱉었다.

주르륵.

공기 중으로 피비린내가 퍼졌다.

"……아."

그의 입에서 새빨간 피가 흘렀다.

"라이너!"

노아가 경악하며 소리를 질렀다.

나는 비명을 지르지 않기 위해 있는 힘껏 입안 살을 짓씹었다.

'시작됐다.'

쿠구궁-

대지가 흔들리기 시작했다.

'기사님 등에 새겨진 건 기운을 역류시키는 마법진이야. 이 마법진을 새긴 흑마법사가 원격으로 마법을 발동시키면 그때부터 효과를 보이기 시작할 거야.'

'아······.'

'역류가 시작되면 몸 안이 진탕하고 마나를 사용할 수 없게 될 거야. 소드 마스터이니 조금은 버틸 수 있겠지만······ 역류가 시작된 이상 목숨이 위험해.'

라이너의 등에 새겨진 마법진을 확인한 알리샤는 더없이 심란한 얼굴이었다.

'그래······. 이상하다고 생각은 했어. 어느 정도만 심문해 봐도 기사님이 정보를 불지 않을 위인이라는 걸 알았을 텐데, 어째서 요정들에게 구조될 때까지도 살려 둔 건지.'

'······.'

'실험체로 쓰려고 했나 싶었지만, 그렇기엔 도청 벌레를 먹여 둔 게 이상했지. 마치 기사님이 구출될 걸 미리 알고 있었던 것 같잖아.'

그녀는 거칠게 앞머리를 쓸어 넘겼다.

'그들은 기사님을 그냥 보내 준 거야.'

'······.'

'소드 마스터가 중요한 전력으로 쓰이리라는 걸 알고, 기사님이 움직이기 시작한 순간에 원격으로 죽여서 우리의 계획까지 망가뜨리려 한 거지.'

'······.'

'그들은 애초에 기사님을 살려 둘 생각이 없었어.'

충직한 검이 되려 했는데 5

세상이 새파래지는 경험을 그때 했다.

두뇌 어딘가가 잘못된 건지, 눈이 맛이 간 건지, 만물이 창백하게 질린 것만 같았다.

"슈슈."

그리고 그때도, 지금도…….

"슈슈!"

나를 상념에서 깨우는 건 라이너였다.

"빠르게 움직여야 합니다."

그가 입가에 묻은 피를 손등으로 거칠게 훔쳤다.

"대재앙들이 연합군 측으로 향하고 있습니다."

쿠구구구궁-

발밑이 흔들렸다.

지진이 아니다. 거대한 무언가가 이동할 때 일어나는 진동이었다.

휙.

나는 진동이 다가오는 방향을 돌아보았다.

크아아앙-

수백 마리에 달하는 하라바나가 천지를 뒤흔들며 연합군이 있는 방향으로 돌진하고 있었다.

"이런 상황이 발생할 때 어떻게 할지도 미리 논의해 두지 않았습니까."

"……."

"둘은 연합군을 도우러 가고, 나머지 둘은…… 커헉."

"이놈아! 말하지 마라!"

라이너가 기침과 함께 또다시 피를 토해 냈다. 노아가 비틀거리는 라이너를 다급히 부축했다.

'마나, 마나 역류가 시작된 뒤로 얼마나 여유가 있다고 했지?'

펙! 펙!

나는 손바닥으로 관자놀이 부근을 거칠게 치며 이성을 되찾으려 노력했다.

보통 사람이라면 5분 안으로 과다출혈, 혹은 심장마비로 죽을 테지만, 라이너는 소드 마스터이기 때문에 더 버틸 수 있을 거라고 했다.

'하지만 길어도 30분. 그 이상은 무리라고 했지.'

그러므로 이제부터 시간 싸움이다.

'살을 파서 새긴 흑마법진은 피부를 벗겨내도 해체 못 해. 이미 영혼에 스몄다고 봐야 해. 그게 흑마법의 무서운 점이야.'

'……'

'발동된 흑마법진을 멈추는 방법은 하나뿐이야.'

나는 크게 숨을 들이쉬었다.

"흑마법진을 새긴 술사를 죽이는 것……."

그것이 우리의 또 다른 임무였다.

"카슈미르 크리시스."

갑자기 멈춘 우리에게로 슬금슬금 다가오기 시작한 북부군 병사들을 견제하던 카이사르가 나를 돌아보았다.

"정신 붙잡을 자신 없다면 제2기사단장과 함께 돌아가라."

그의 적안은 차가운 빛을 띠고 있었다. 북부군이 자신들의 진영에 들이닥친 소드 마스터들의 주의를 분산시키기 위해 연합군 측을 칠 것은 이미 예상하고 있었다. 그렇다고 혼비백산해 전부 돌아가 버리면 다시 저들의 페이스에 휘말리는 것과 다름없었으므로, 나와 카이사르는 남아서 적진을 휘젓기로 결정했건만.

'돌아가라는 말을 들을 만큼 정신없어 보였던 건가.'

그 생각에, 머리에 찬물을 뒤집어쓴 듯 정신이 번쩍 들었다.

콱.

나는 피 맛이 돌 정도로 입술을 강하게 씹었다.

내가 약해서 물러나야 한다면 치욕스럽더라도 내가 감수해야 하는 몫일 것이다.

"……말도 안 되는 소리 하지 마시죠."

하지만 정신력이 약해 물러난다는 건 있을 수 없는 일이었다.

나는 혀끝으로 입술의 핏방울을 훔쳤다.

"원래 계획대로 갑니다."

"……."

"라이너."

라이너는 시선을 들어 나를 보았으나, 입안에 피가 고인 듯 대답하지 못했다.

나는 연구소 별실에서의 대화를 떠올렸다.

'라이너. 이곳에 남으세요. 그편이 안전합니다.'

알리샤의 진단을 들은 나는 불안함을 참지 못하고 라이너를 종용했다.

아무리 흑마법진을 해제할 방법이 없다고 해도 전장에 있는 것보단 진영에 남는 것이 안전할 터.

'소드 마스터 셋만으로도 충분히 임무를 수행할 수 있을 겁니다. 그냥 남아 주세요. 네?'

나는 그가 이번 전투에 출전하지 않기를 바랐다.

'슈슈.'

그러나 라이너는 자신의 목숨이 위험하다는 말을 듣고도 나보다 더 평안한 낯이었다.

'마법진이 원격으로 조정된다면 이곳에 남으나 전장에 있으나 위험한 건 매한가지일 겁니다.'

'……'

'아시잖습니까, 이 작전은 네 명이어야 가능합니다. 역류가 시작되기 전까지 제가 최선을 다하게 해 주십시오.'

이 남자는 늘 그랬다.

적으로 가득한 북부의 요새 한가운데에서도 저런 얼굴을 했다.

'검사는 자신이 죽을 곳을 알아야 하는 법입니다.'

'라이너 아인하르트!'

'그 어린 날 당신이 살려 준 목숨, 당신이 알려 준 정의를 실현해 보이겠다는 마음으로 지금껏 살아왔습니다.'

라이너는 그날과 똑같은 각도로 눈을 휘었다.

그래. 떨어지는 유성의 꼬리 같은 각도였다.

'그리하여 하늘을 우러러 부끄럼 없이 살았고, 마지막까지 그러고 싶습니다.'

그는 자신을 불사르는 순간, 가장 찬란히 빛나는 유성우였다.

'당신, 지금 내 앞에서……'

'오해는 하지 마십시오.'

떠오른 그날의 악몽에 으스러져라 주먹을 쥘 때, 라이너가 단호하게 고개를 저었다.

'죽음을 피하지 않겠다는 마음가짐일 뿐, 쉽게 죽어 줄 생각은 추호도 없습니다.'

그의 두 눈은 별처럼 빛났다.

주르륵.

두 눈에서 피를 흘리고 있는 지금까지도.

붉은 핏줄기가 황금빛 홍채를 넘어 울컥 흘러나왔다.

피눈물 때문에 시야가 어지러운지, 라이너는 쉬이 초점을 잡지 못하면서도 어떻게든 나를 보려 노력했다.

'분명 카슈미르가 저를 구해 줄 테니까요. 그렇지 않습니까?'

"당신을 그렇게 만든 술사를 참수하고 오겠습니다."

"……"

"기다리세요."

나는 차오르는 복잡한 감정들을 모두 분노로 치환했다. 검을 다잡는 데엔 그것으로 충분했다.

"……만약."

나를 응시하던 라이너가 힘겹게 입을 열었다. 어떻게든 고통을 참으려는 기색이 역력했다.

"잘못, 되더라도……."

"그럴 일은 없습니다."

나는 그의 말허리를 단호하게 잘라 냈다.

알고 있다.

그날 연구소에서 내가 자신을 구해 줄 거라고 확신하던 라이너의 태도는, 어디까지나 나를 안정시키기 위해 지어낸 것임을. 정말 상황이 닥쳐 버린 지금, 그는 내 책임감을 덜어 주려는 것이다.

분명 잘못되어도 내 탓이 아니라고 말하려 했을 것이다.

"제가 당신을 구하지 못할 일은 없습니다."

나는 그런 것을 용납할 수 없었다.

"그때도, 지금도……."

사아악-

검을 한 번 털어 내자 가공할 검은 오러가 검날을 타고 비산했다.

나는 라이너를 똑바로 바라보았다.

"나는 당신을 구합니다."

보여 줄 것이다. 어린 당신을 구한 나는 여전히 건재함을.

"후작님, 라이너를 부탁합니다."

"……그래."

무거운 눈으로 나를 응시한 노아가 굳게 고개를 끄덕였다.

휙.

나는 몸을 돌렸다.

"버티세요."

"……."

"오래 걸리지 않습니다."

희미한 웃음소리가 등 뒤로 들려왔다.

"……네."

그 작은 대답으로 충분했다.

쉬익!

거센 바람 소리와 함께 노아와 라이너가 멀어졌다. 라이너의 상태가 아슬아슬하지만, 노아가 부축해 줄 터다.

"아버지."

"……그래."

탁.

카이사르가 내 옆에 섰다.

어느새 우리는 북부군에게 완벽히 포위되어 있었다.

"우측과 좌측으로 나누죠. 좌측을 부탁드리겠습니다."

아무리 북부군의 인원이 적다지만, 라이너에게 흑마법진을 새긴 흑마법사 한 명을 찾는 건 사막에서 바늘 찾기와 같다. 효율을 위해 흩어져야 했다.

"그래. 다만 이 길을 뚫는 데 꽤 시간이 걸릴 듯하니……."

카이사르가 간을 보듯 움찔거리는 북부군을 향해 살기를 흩뿌리며 내게 손짓했다.

"너를 먼저 날려 주마."

그는 간신히 숨긴 내 조급함을 꿰뚫어 본 듯했다.

끄덕.

나는 거절하지 않고 고개를 주억였다.

"가라."

탁, 타닥!

그 말을 신호탄으로, 나는 적들로 꽉 막힌 우측을 향해 망설임 없이 돌진했다.

"오, 온다!"

"미르다! 다들 공격에 대비하라!"

겁에 질린 목소리가 허공에 흩어졌다. 우왕좌왕하는 움직임들이 어지러웠다.

파앗!

나는 그들을 완전히 무시한 채 비상하는 새처럼 힘껏 허공으로 뛰어올랐다.

화아아악!

두 발이 땅에서 떨어진 순간, 거센 마나의 돌풍이 내 등을 떠밀었다.

결코 나를 해하지 않을 익숙한 그 기운.

마나를 담은 카이사르의 검격이었다.

나는 그 바람을 타고 날아올랐다.

"화, 화살을……."

병사들이 떠오르는 나를 멍하니 올려다보던 찰나.

쉬익!

나는 아래를 향해 오러를 날리며 그 반동으로 더 높이 솟아올랐다.

촤악!

"……끅."

"아아악!"

고개를 들어 올린 인영들이 하나같이 잘려 나갔다. 검은 오러가 지나간 곳엔 붉은 피가 낭자했다.

나는 처참한 현장에 시선을 주지 않고 첫 목표를 노려보았다.

북부 진영에 위치한 건물들 중 가장 높은 망대.

'저곳에서 마도구 방해 전파가 흘러나온다.'

이곳에 온 이후 줄곧 허공에 흐르는 기운에 집중한 결과였으니 확실했다.

우웅-

나는 이를 악물고 검 끝에 오러를 끌어모았다.

그리고 망대를 향해 검을 휘둘렀다.

콰아앙!

혼신을 다한 일격에 두꺼운 나무로 쌓아 올린 망대가 속절없이 무너졌다.

지지직-

굉음과 매캐한 연기 후에 묵묵부답이던 귀걸이에 다시 전파가 흐르기 시작했다.

툭, 툭, 툭.

나는 귀걸이를 정해진 수만큼 두드렸다.

"칼. 들립니까?"

-슈……슈! 드, 디어!

잠시 음성이 툭툭 끊어져 나오다가 곧 분명해졌다.

-잘 들린다! 후작과 그 금쪼가리가 복귀하는 걸 확인했는데, 너는 무사한 거냐?

"네. 저는 흑마법사들을 찾으려 하는데요."

달칵.

나는 주머니에서 회중시계를 꺼내 열었다.

겉보기엔 고급스럽고 멀끔한 시계다.

1부터 12까지 새겨진 숫자도, 시침과 분침도 선명한 가운데 초침이 없다는 것만이 독특한 점이요, 시곗바늘이 움직이지 않는다는 게 안타까울 따름이었다.

그러나 이것은 수많은 종족의 기술이 담긴 회심의 역작.

-그래. 조금만 기다려라. 전파가 흐르기 시작했으니, 이제 곧…….

파르르.

칼이 채 말을 끝내기도 전에 시곗바늘이 떨리기 시작했다.

-좋아. 발동했다.

째각.

그리고 움직이기 시작했다.

-어떻게 보는 건지는 기억하지?

"물론입니다."

나는 건조한 시선으로 회중시계를 내려다보았다. 투명한 유리판에 섬뜩할 정도로 동공이 확장된 내 두 눈이 비쳤다. 꼭 사냥을 시작한 야생 짐승의 눈 같았다.

우뚝.

빙글빙글 돌던 시침과 분침이 오래 지나지 않아 속도를 늦추었다.

8과 10.

8시 50분.

현재 시각과 전혀 관계없는 이것이 의미하는 바는 따로 있었다.

"시침은 인원, 분침은 방향."

-그렇지.

스윽.

나는 고개를 들었다.

"10시 방향에 흑마법사 8명."

여기서부터 정확히 10시 방향, 멀지 않은 곳에 후드를 뒤집어쓴 이들이 보였다.

-바로 그거다.

칼의 흡족한 목소리가 귓가에 울렸다.

그래. 이것은 새로운 흑마법사 추적기였다.

-싹 다 잡아 족쳐라.

파앗!

나는 자리를 박차고 하늘을 달렸다.

"미르다! 당장…… 커헉!"

"으아악!"

사냥의 시간이었다.

⋅•≻⊱─⊰≺•⋅

서걱, 서걱!

쓰러진 흑마법사들의 경동맥을 일일이 끊었다. 확인 사살이었다.

"8명 다 숨이 멎었습니다. 라이너의 상태에 변화가 있습니까?"

스윽.

나는 뺨에 튄 피를 닦아 냈다.

마수의 피와는 다른, 사람 피 특유의 지독한 냄새가 뇌를 흔들었다.

─아니. 이제 귀에서도 피가…… 음. 아직 호전되진 않았다.

무어라 말하려던 칼이 침음하며 말을 돌렸다. 내게 라이너의 자세한 상태를
알리지 않으려는 것 같았다.

"……다음은 12시 방향에 4명."

나는 4시를 가리키는 회중시계를 확인하고 한 번 더 자리를 박찼다.

절망할 시간 따위 없었다.

촤아악!

"허억!"

"너를, 저주, 저주하겠다……."

흑마법사들이 피를 뿌리며 나가떨어졌다.

서걱.

나는 신음을 흘리기도, 원망하기도 하는 그들을 하나하나 확실히 죽였다.

주르륵.

신기하지. 용서받을 수 없는 영역에 발을 들여 영혼이 부패해 버린 이들도 피
는 붉은색이었다.

　　　　　　　　　　　　　　충직한 검이 되려 했는데 5

"7명 죽였습니다. 변화 있습니까?"

찾아가서 죽이는 것도 다섯 번째. 슬슬 후각이 둔해질 법도 한데, 피 냄새는 더 짙어지기만 했다. 나는 피와 기름기로 더러워진 검을 대강 털어 냈다.

–······아니. 없다.

칼의 대답은 이전과 똑같은데, 목소리는 점점 심각해지고 있었다.

'흑마법진이 발동한 지 10분 이상 지났다.'

알리샤가 말한 30분의 한도에서 반 정도밖에 남지 않았다는 뜻이다.

'흑마법사의 정확한 총원은 모르지만 지금껏 죽인 인원의 열 배는 거뜬히 넘을 거야.'

이렇게 가다간 30분이 아니라 세 시간이 지나도 표적을 찾지 못할 터.

카이사르도 함께 흑마법사를 사냥 중이었지만, 그처럼 두 배 빠른 정도로는 부족했다.

'어쩌면 바로 다음이 그 흑마법사일지 몰라도.'

라이너의 목숨을 두고 도박을 하며 천운이 따라 주길 빌 수는 없다.

'이것만으로는 안 돼. 머리를 써야 한다.'

"크아악!"

나는 다음 흑마법사 일행을 향해 무아지경으로 검격을 날리며 미친 듯이 두뇌를 굴렸다.

'내가······ 지그문트 하이드라면, 상대 병력의 주축을 죽일 시한폭탄의 심지를 어디에 뒀을까?'

처음엔 발동시킨 이상 죽었다 치고 안일하게 굴었을 것이라고 생각했다.

하지만 안일한 건 이쪽이었다.

'그 흑마법사를 그냥 평범하게 돌아다니도록 내버려뒀다고? 소드 마스터 하나가 대군에 필적하는데?'

아무리 시한폭탄이 카운트다운을 시작했다고 해도, 폭탄이 확실히 터지기 전까지는 굳건히 지키고 있어야 마땅했다.

'게다가 흑마법사들이 이상할 만큼 분산되어 있어.'

애초에 이 계획은 흑마법사들이 단체로 한곳에 모여 있을 것을 가정하고 실행했다. 북부의 주축인 그들은 분명 중요한 작전에 가담하고 있을 테니까.

그래서 흑마법사들을 모두 베는 데 오래 걸리지 않을 것이라고 생각했다.

하지만 예상과는 달리, 흑마법사들은 사방에 소규모로 흩어져 있었다.

뭘 하는 것도 아니고, 그저 어영부영 이동 중인 게 전부였다.

그래. 마치…….

'미끼처럼.'

미끼다.

우리가 각개격파하는 새에 조금이라도 시간을 빼앗으려는 속셈인 게 분명했다.

흑마법사 수십 명을 내주는 한이 있어도 소드 마스터 하나를 확실히 죽일 작정이었다.

그건 분명 지그문트에게 나쁘지 않은 교환일 터.

'그래. 그놈이 허술할 리 없다.'

나는 입안 살을 잘근 씹었다.

라이너의 목숨이 걸린 일에 안일하게 굴었던 스스로를 후려치고 싶지만, 지금은 자책에 빠져 있는 것도 사치였다.

'그놈이라면…….'

퍽!

나는 반격하려 마법을 펼치기 시작한 흑마법사 하나를 걷어차 뒤에 선 두 놈의 중심을 무너뜨렸다.

어쩌면 흑마법사를 찾겠다는 생각 자체가 잘못된 걸지도 모른다.

"아버지!"

촤아악!

충직한 검이 되려 했는데 5

나는 뒤엉켜 넘어진 흑마법사들을 모두 일검에 반토막 내며 귀걸이를 두드렸다.

-무슨 일이냐?

차갑게 식은 카이사르의 목소리가 귓가를 울렸다.

멀지 않은 곳에서 그의 붉은 오러가 번쩍거렸다.

"이대로는 안 됩니다."

-그래.

내가 한 생각을 카이사르가 하지 않았을 리 없다. 이미 생각한 부분이라는 듯 담담한 대답이 돌아왔다.

"제 생각엔 흑마법사를 찾는 것이 아니라······."

나는 흑마법사들의 시체 더미 너머, 허공 어딘가를 노려보았다.

나는 지그문트 하이드를 세상에서 제일 잘 안다고 자부한다.

'그놈이라면 분명히 바로 옆에 두었을 거야.'

자신의 옆을 가장 안전한 곳으로 여겼을 테니까.

"북부의 수장을 찾아야 할 것 같습니다."

그 통제광이 중요한 인물을 제 시야 밖에 두었을 리 없었다.

-일리가 있군.

카이사르의 흥미 섞인 목소리가 돌아왔다. 그는 내 말의 의미를 설명 없이도 단박에 파악한 듯했다.

-저 앞 망대에서 합류하지.

"네."

나는 오러를 난사하며 거칠게 길을 열었다.

적들로 가득하다는 건 아주 위험하다는 의미이지만, 동시에 피아를 가릴 것 없이 전력을 내도 괜찮다는 뜻이다.

그게 못내 편했다.

파앗!

무너져 가는 막사를 밟고 높이 뛰어올랐을 때, 좌측에서 익숙한 인영이 불쑥 튀어나왔다. 온몸이 피로 젖은 카이사르였다.

"몇 명 죽이셨습니까?"

"서른 명 정도. 효과는 없었다."

그는 제라와 연락하며 라이너의 상태를 확인했을 것이다.

'나보다 많은 흑마법사를 죽인 카이사르도 성과가 없다니.'

사방에 흩어져 있는 흑마법사들은 미끼인 것이 더 확실해졌다.

"약한 놈들 골라 가며 죽이는 건 내 취향이 아닌데. 이제야 조금 마음에 드는군."

카이사르의 입가에 짙은 미소가 맺혔다.

맨 피부보다 번진 피의 지분이 더 많을 만큼 엉망이 된 그의 얼굴은 무척 낯설었지만, 동시에 어색하지 않았다.

그는 태어날 때부터 피범벅이었던 사람처럼 붉은 피와 잘 어울렸다.

"찾을 방법은 있나?"

나는 눈을 질끈 감았다 뜨며 신경을 집중했다.

'젠장. 이 난장판에서 지그문트의 기운을 찾아낼 정도면 진작 흥신소 차려서 떼돈 벌었지.'

그러나 당연히 무리였다. 대재앙부터 흑마법사, 평범한 병사들의 기운까지 뒤엉켜, 차라리 모래사장에서 조개껍데기 가루를 걸러 내는 게 더 쉬울 것 같았다.

'생각, 생각을 해 보자. 내가 지그문트 하이드라면 지금 어디 있을까?'

나는 눈을 부릅떴다.

내 진영은 소드 마스터들에 의해 난장판이 되고, 전방은 적들의 대군이 하라바나 군단과 맞서 싸우고 있다.

모든 병사가 나만 바라보고 내 명령을 기다리는 상황에서, 내 옆엔 소드 마스터 한 명을 죽여 줄 시한폭탄의 심지가 있다.

봉두난발한 소드 마스터 둘이 그놈 잡으려고 눈에 불을 켜는 가운데, 적어도

충직한 검이 되려 했는데 5

30분은 이 심지를 반드시 살려 둬야 한다.

'그냥…… 동굴로 기어 들어가고 싶을 것 같은데.'

잠시 역지사지만 해 봤는데도 막중한 책임감에 도망치고 싶어진다.

보통 사람이라면 잠시도 그 무게를 버티지 못할 것이다.

'하지만 그놈은 버티겠지.'

두 다리가 부러지고, 어깨가 무너지는 한이 있어도 말이다.

그저 버티기만 하는 것을 넘어, 최적의 장소에서 당당히 고개를 쳐들고 있을 것이다.

'어디지? 그 최적의 장소. 전장을 지휘하면서도 우리의 허를 찌를 수 있는 그 곳은…….'

과부하가 올 정도로 빠르게 돌아가는 머리에서 탄내가 올라오는 것만 같았다.

나는 그놈을 세상에서 가장 잘 안다. 그러나 잘 알지는 못한다.

모순적이지만 이상할 것 없다. 상대적으로 정보량을 셈했을 땐 최우위겠지만, 그놈은 빙산 같은 놈이었다. 그러므로 객관적으로는 나 또한 겨우 빙산의 일각을 알고 있는 것뿐이었다. 다른 이들에겐 그 일각조차 미지일 것이라고 확신하지만, 빙산 전체를 보면 내게도 미지인 것은 마찬가지다.

'하지만 나는 지그문트 하이드다운 게 뭔지 알고 있어. 분명, 분명……!'

그놈이 갈 법한 여러 장소가 파노라마처럼 머릿속에서 펼쳐진다.

하나같이 기상천외하고 말도 안 되는 곳들이었다.

그러나 그 순간.

"……슈슈?"

우뚝.

나는 머리를 얻어맞은 기분과 함께 발걸음을 멈췄다.

'우리…… 늘 숨바꼭질했지.'

카라쇼는 나와 지그문트에게 훈련의 일종으로 숨바꼭질을 시키곤 했다.

추격에만 능하고 은신에는 요령이 없는 나.

은신엔 뛰어나지만 추격에는 뒤떨어지는 지그문트.

서로의 약점을 단련하기 위해 나는 숨었고, 지그문트는 술래를 맡아 나를 찾았다.

'망할……! 너 이 새끼, 사기 쳤지? 추격 향 발라 놨냐? 개한테 코 기증받았지? 아니, 그냥 개 수인이냐? 너 귀 펼쳐 봐. 꼬리 꺼내 봐. 솔직히 불어!'

'팔딱거리지 않는 게 좋을 거다. 내가 너를 생선이라고 착각해서 연못에 던져 버릴지도 모르니.'

승부는 대부분 지그문트의 승리였다. 다섯 판을 하면 네 번을 그가 이기는 식이었다. 분명 우리 둘 다 자신 없는 분야를 하고 있건만, 지그문트가 압도적으로 잘하는 것을 이해할 수 없었다.

'대체 어떻게 날 찾은 거야? 구레나룻 쥐어뜯기 전에 말해. 젠장, 비결이 뭐냐고!'

그리하여 어느 날은 도무지 참지 못하고 캐물었을 때.

'하.'

그때 지그문트가 웃었던가.

귀찮다는 듯 미간을 좁혔던 것 같기도 하다.

멸시를 담은 비웃음이나 지겹다는 듯한 헛웃음이었겠지.

'비결은 내게 있지 않아. 네게 있지.'

그의 성격상 유쾌한 얼굴은 아니었을 게 분명한데.

'너는 늘 너다운 곳에 숨으니까.'

'뭐?'

'가장 높은 나무 위나 깊이 판 구덩이 속, 아니면 늪 밑으로 잠수하지. 생각해 봐라. 네가 숨은 곳이 그 세 장소에서 벗어난 적이 있는지.'

'……아.'

'너는 정직하다. 늘 가장 어렵지만 정석적인 방식을 선택해.'

'……'

'그래서 오히려 쉬운 거다.'

이상하게도 나는 그 순간을 회상할 때마다 부드러운 미소를 지은 지그문트의 얼굴을 떠올렸다.

'인간은 자신과 가까운 사람일수록 잘 모른다. 잘 알고 있다고 생각하니까.'

'……'

'가장 착각하기 쉬운 존재는 어제 처음 본 사람이 아니라 어려서부터 봐 온 사람이다.'

지그문트는 나직한 목소리로 '앎'이란 것이 얼마나 우리를 매몰시키는지 말했다. 나는 홀린 듯 그의 설명을 들었다.

'너를 잘 아는 이에게 무언가를 완벽히 숨기고 싶다면, 방법은 간단하다.'

"……알 것 같습니다."

"뭐?"

내 멍한 중얼거림에 카이사르가 영문을 모르겠다는 얼굴로 나를 바라보았다.

그래. 이번에는 내가 술래다.

네가 너를 숨길 장소는…….

'가장 너답지 않은 곳에 숨기면 된다.'

"가장 은밀한 곳. 가장 숨을 만한 곳……."

척.

나는 손가락을 들어 한 곳을 가리켰다.

북부군의 진영을 둘러싼 산맥들 중, 멀지 않고 그리 높지 않은 곳에 위치한 동굴.

너무 뻔한 피신처라 나도 카이사르도 거들떠보지 않은 장소.

"저 동굴입니다."

저곳이 바로 가장 지그문트답지 않은 선택이며, 그렇기에 지그문트의 선택이었다.

"……확실한 거냐? 저곳이 아니라면 더는 돌이킬 수 없을 거다."

카이사르가 무거운 눈으로 나를 돌아보았다.

그의 말대로, 이제는 마지막 선택을 해야 할 시간이다. 다른 곳을 또 찾을 만한 시간은 허락되지 않았다.

지금 이 선택에, 라이너의 목숨이 달려 있었다.

"네."

나는 나를 옥죄는 모든 상념을 떨치고 굳게 고개를 끄덕였다. 지능부터 기억, 상상력까지, 내가 사용할 수 있는 모든 것을 사용했다. 다시 한번 생각할 기력 같은 것은 없다. 이게 내 결론이었다.

"갑시다."

파아앗!

나는 망설임 없이 땅을 박찼다.

쿠구구궁-

그리고 다시 땅이 흔들리기 시작했다.

'하라바나가 돌격할 때의 진동과는 다르다.'

지금 땅의 흔들림은 외부 움직임으로 인한 진동이 아니다.

좀 더 깊은, 땅 그 자체를 뒤흔드는 것이었다.

'땅속이다.'

나는 위태하게 흔들리는 발밑을 내려다보다가 더욱 속도를 높였다.

"칼. 시작됐습니다."

-망할 놈들. 하라바나로도 정신없는데…….

마도구에서 칼의 투덜거림이 흘러나왔다.

그의 말을 증명하듯, 마도구 너머에서 치열한 전투 소리가 들렸다.

-걱정 마라. 우리가 이기고 있으니까. 약점은 입천장, 투명해졌을 때는 만반의

각오를 할 것. 모두 제대로 기억하고 있다.

칼이 자신만만하게 말했다. 나를 안심시키려는 의도가 강했지만, 동시에 진심이 담겨 있었다.

이번 전투에 앞서, 나는 훈련관들과 연구자들 앞에서 하라바나에 대해 아는 것이란 아는 것은 다 털어놓았다.

용병 시절 경험을 통해 직접 습득한, 웬만한 이들은 알지 못할 정보들이었다.

'사흘 동안 귀로 들은 정보만으로 하라바나 사냥꾼이 될 수는 없겠지만, 적어도 하라바나 가죽을 뚫겠답시고 헛짓거리를 하진 않겠지.'

세레논과 카시아가 나서서 지휘하고 있을 테니 믿을 수 있다.

'하지만 다른 종류의 대재앙이 하나 이상 투입된다면 분명 고전하기 시작할 거다.'

대재앙은 저마다 공략 방법이 달랐기에, 똑같은 대재앙 두 마리와 종류가 다른 대재앙 두 마리는 차원이 달랐다.

'그리고 지금 연합군을 향해 가고 있는 건⋯⋯.'

나는 세찬 바람을 맞으며 빠르게 바뀌는 풍경 속에 크게 뒤틀리는 지면을 노려보았다.

쿠구궁⋯⋯.

대재앙이라 불리는 다섯 마수 중 하나.

파천새가 하늘을 지배하고, 하라바나가 땅 위에 군림한다면, 이놈은 땅 밑을 뒤흔든다.

촤아악!

얼어붙은 땅에 거대한 구멍이 나고, 끔찍한 괴물이 모습을 드러냈다.

키에에엑!

'지하의 패군' 모르레.

검은 가시로 뒤덮인 거대한 두더지가 역겨운 진액을 토해 내며 울부짖었다.

-아오…… 진짜 더럽게 못생겼군.

"기분이 나빠졌다."

칼과 카이사르가 질색했다.

나는 그들의 태평한 반응에 헛웃음을 지었다.

'저 태평함도 재주야.'

보통 '대재앙'하면 사람들은 하라바나나 바실리스크, 혹은 파천새를 떠올린다.

압도적인 크기와 강함 때문이었다. 놈들은 천재지변을 연상케 할 만큼 큰 규모의 피해를 만들어 냈다.

그러나 평생을 마수 잡는 데에 바쳐 온 사람으로서 말하는데, 처리하기 골치 아픈 놈들은 따로 있었다.

'불멸의 암군, 암브로. 이놈들은 시간을 너무 잡아먹는다.'

또 다른 대재앙 중 하나인 암브로는 딱히 강하지 않지만, 아홉 번의 분열 및 부활이 너무 치명적이었다.

보기만 해도 징그러운 거미가 죽은 시체에서 몇 번이나 부활한다고 생각해 보라. 거기에 사람 미치게 하는 진액까지 더해져서, 다른 놈들이 육신을 괴롭힌다면 이놈은 사람 정신을 피폐하게 만들었다.

'그리고 또 다른 놈은 모르레.'

모르레는 대재앙 중 가장 평범했다.

외피가 검은 가시로 덮여 있다는 특성이 있지만, 그곳에 독이 흐르는 것도 아니다.

'그저 두더지로서 단순히 땅을 파는 능력에만 뛰어나다.'

그리하여 많은 이가 모르레가 대재앙 중 하나인 것에 의문을 표했다. 모르레 대신 데베라가 더 대재앙에 어울리지 않냐는 말들도 왕왕 나왔다.

'하지만 대재앙은 대재앙인 이유가 있다.'

나와 카이사르가 달려가는 방향으로 몰려오는 모르레를 바라보며 한숨을 삼켰다.

"뛰어오르십시오!"

쫘악!

나는 우리를 한입에 집어삼킬 듯 입을 쩍 벌린 놈을 향해 오러를 날렸다.

깡!

'깡'이다.

'서걱'도, '퍽'도 아닌, 바위를 쟁반으로 내려친 듯한 소리가 났다.

"지금…… 저놈이?"

크게 뛰어올랐다가 착지한 카이사르가 믿기지 않는다는 듯 나를 돌아보았다. 나는 고개를 끄덕였다.

놈이 내 오러를 튕겨 냈다.

놈의 송곳니에 금방이라도 부러질 듯 섬뜩한 금이 가긴 했지만, 소드 마스터의 오러를 튕겨 냈다는 사실은 달라지지 않았다.

'원래 온갖 잡기에 능한 놈보다 하나에 착실한 놈이 더 무서운 법이다.'

모르레는 강하다. 특이점이라곤 땅을 잘 파는 것뿐인데도 단순하다 못해 무식하게 강했다. 모르레의 몸은 철갑보다 더 단단했다. 하라바나의 가죽까지도 일검에 벨 수 있는 나조차도 저놈은 단번에 꿰뚫을 자신이 없었다.

'특히나 백병전이 이루어지고 있는 곳에 저놈이 투입되면…….'

사람과 마수, 피아가 마구 뒤섞여 있는 저 전장 한가운데에 지진과 함께 땅이 꺼질 것이다. 무기를 든 이들이 뒤엉키고, 넘어지고, 땅에 묻히고…….

그곳이 바로 아수라장이었다.

'절대 저놈이 전장에 들어서게 하면 안 된다.'

만약 그 어떤 준비도 없이 놈과 마주했다면 절망뿐이었겠지만, 모르레의 등장은 예상한 바였다.

'내가 왜 그렇게 땅굴에 집착했는데.'

정탐꾼을 들들 볶아 땅굴에 대해 자세히 증언하도록 시킨 건 바로 모르레의 출전 여부를 확인하기 위해서였다.

땅굴이야말로 가장 확실한 모르레의 흔적이었으니까.

'……아! 다시 생각해 보니 확실히 있었습니다! 하라바나의 발 구르기로 파헤쳐진 땅이라고 생각했는데, 그렇다기엔 너무 균일하게 파여 있었군요. 분명 그건 땅굴이었습니다!'

정탐꾼이 출전 예정인 대재앙을 모아 둔 우리에서 모르레를 발견하지 못한 건 모르레가 두더지였기 때문이었을 터. 땅 밑에 있으니 당연히 보지 못했을 것이다.

"칼. 슬슬 발동하시죠."

-그래.

놈들이 준비한 걸 통쾌하게 뒤엎어 주는 것이 우리가 이번에 할 일이었다.

'모르레의 유일한 약점.'

앞발로 땅을 뒤흔들고, 단단하기가 강철에도 비할 수 없는 그놈을 단번에 처리할 방법이 있었다.

-지금 발동한다.

바로 연구소에서 발명한 첫 번째 발명품.

-귀 조심하도록.

에에에에엥-

멀지 않은 산맥에서부터 귀청이 떨어질 듯한 굉음이 울려 퍼졌다.

사이렌이었다.

우뚝.

모르레들이 하나같이 멈춰 선다. 땅 밑에서 움직이던 놈들이 지상으로 얼굴을 내밀고 혼란에 빠진 듯 주변을 두리번거렸다. 모르레는 두더지의 모습을 하고 있는 마수답게 눈이 보이지 않았으나, 대신 청각이 극도로 발달되어 있었다.

'청각에 의존해서 길을 찾는 짐승의 주변에 굉음이 울리면 어떻게 될까?'

답은 정해져 있었다.

쿠구궁!

"그쪽 방향이 아니라고, 새끼들아!"

"모, 모르레가 말을 듣지 않습니다!"

연합군을 향해 돌격하던 놈들이 길을 바꾸어 사이렌을 심어 둔 산맥을 향해 몰려가기 시작했다.

'자아와 이성이 없는 마수들은 대상을 제대로 인식하지 못해. 아마 큰 소리가 나는 쪽으로 가라고 지시를 내렸겠지.'

지금 가장 큰 소리는 천지를 울리는 사이렌 소리다. 모르레들은 명령을 충실히 준수하고 있었다.

"속도를 더 높이죠."

"그래."

땅을 흔드는 놈들도 사라진 이상 방해물은 없다. 나는 발걸음에 박차를 가했다.

'동굴. 분명 저 동굴이다.'

분명 저곳에 지그문트와 그 주술사가 있을 것이다.

빛살과도 같은 속도로 산을 성큼 오르려는 순간.

쉬이익!

날카로운 소리가 허공을 갈랐다.

콱!

내 얼굴을 향해 날아오던 화살은 내가 미처 피하기도 전에 카이사르의 손에 잡혀 부러졌다. 그가 다급하게 나를 돌아보았다.

"슈슈! 괜찮으냐!"

"……네. 저는 괜찮습니다만……."

멈췄던 숨을 들이쉰 나는 고개를 들어 화살이 날아온 곳을 노려보았다.

동굴로 가는 길을 정확히 공격할 고지를 점령한 채 여유롭게 웃고 있는 남자.

"또 뵙습니다, 지휘관님."

내 처음이자 마지막 부관, 배신자 조나단 하이드였다.

"……궁수 부대다."

고지를 둘러본 카이사르가 이를 악물었다.

우리가 올 걸 알았다는 듯, 사방엔 궁수들이 자리를 잡고 있었다.

'어디서부터 읽힌 거지?'

머리가 핑핑 돌아간다.

'이 자식, 대체 몇 수 앞을 본 거야.'

우리가 언제 침입할 건지 알았을 리도 없는데, 모든 것을 예측하고 대비해 두었다. 지긋지긋해서 토가 나올 지경이었다.

'……하지만 분명 지그문트는 저곳에 있다.'

나는 사납게 동굴을 노려보았다.

가까워진 저곳에서 숨길 수 없는 그놈의 기운이 흘러나온다. 올 테면 와 보라는 듯 아예 대놓고 흘려 대고 있었다.

'이건 함정이다.'

숨이 막혔다.

더는 돌이킬 시간도 없는데, 공기조차 나를 조롱하는 기분이었다. 너무 허탈해서 눈물조차 나오지 않았다.

절망이 뼈에 새겨지는 기분.

"……슈슈."

"가죠."

그러나 가장 최악은 멈춰 있는 것이다.

"라이너에게 주술을 건 흑마법사를 찾지 못하더라도, 북부 수장의 목은 가져갈 겁니다."

나는 검게 물든 이 감정에 그저 몸을 맡기기로 했다.

"……셋을 센 뒤 내가 앞장선다. 뒤에 서라."

나를 형언할 수 없는 표정으로 내려다보던 카이사르가 검을 세웠다.

그가 없었더라면 미쳐 날뛰었을지도 모르겠다는 생각이 들었다. 그의 존재는 이 죽음의 함정 속에서도 나를 굳게 붙잡고 있었다.

"하나, 둘……."

그리고 그가 미처 수를 다 세기 전.

촤아악!

연둣빛 오러가 허공을 갈랐다.

"크아악!"

"습격이다! 뒤, 뒤……! 아악!"

파아앗!

뒤이어 은빛 오러가 궁수 부대를 향해 내질러졌다.

철벅.

"다른 남자 구하러 가는 걸 도와야 하는 내 인생도 참 기구하네."

아주 잘 아는 능청스러운 목소리가 위쪽에서 울려 퍼졌다.

여느 때와 다를 것 없이 해맑은 낯의 레오가 쓰러진 궁수들 사이에서 모습을 드러냈다.

"나 기다렸지, 누나?"

그의 웃음은 이 절망적인 상황에 맞지 않게 너무 밝아서 눈물이 날 것 같았다.

"아오, 같이 가자고 했잖습니까!"

세레논이 투덜거리며 레오 뒤에서 나타났다.

"거참, 그건 그쪽이 느린 거지."

귀나 후비는 레오를 사납게 꼬나본 세레논이 내게 손을 흔들었다.

"스승님! 도움이 필요하실 것 같아서 왔습니다!"

그 목소리가 이렇게나 반가울 수 없었다.

"이쪽 잔챙이들 정리하고 그쪽으로 합류할게."

레오가 피 묻은 검을 세우며 씨익 웃었다.

"빨리 가, 카슈미르!"

내 등을 떠미는 것은 그의 그 한마디로 충분했다.

"……미르를 공격해라! 동굴에 가지 못하게 해!"

조나단의 다급한 목소리가 울려 퍼지는 가운데, 나와 카이사르는 동굴을 향해 날듯이 나아가기 시작했다.

서걱, 슉!

아무리 모든 걸 예측했다고 해도 시간이 부족했던 건지 땅에는 함정이 없었다.

이따금 레오와 세레논의 합공에서도 간신히 버틴 궁수들이 날린 화살만 베어 버리는 것으로 충분했다.

'저 앞이다, 다 도착했다!'

나는 던져진 원반을 쫓는 개처럼 모든 것을 잊고 동굴만을 바라보았다.

이제 정말 코앞이었다.

파앗!

막아서는 경비병들을 일검에 베어 내며 동굴 앞에 서는 순간.

"드디어 왔군."

감미로운 중저음이 동굴을 울렸다.

"기다리고 있었다."

모습을 드러낸 지그문트 하이드가 웃었다.

"하."

전쟁 통에 한가롭게 인사를 건네는 뻔뻔한 태도에 헛웃음이 터져 나왔다.

지그문트가 느릿하게 고개를 기울였다.

"저번에도 그 기사에게 자폭 마법진을 새겨 놨다는 말에 기겁하더니 이번에도……."

캉!

"……성격 급하긴."

지그문트가 흑마법사의 심장을 향해 날아간 단도를 아슬아슬하게 쳐 냈다.

"허억!"

그 때문에 흑마법사는 즉사를 피했지만, 오러를 담은 단도 날에 어깨가 길게 긁히는 것까지는 피하지 못했다.

-슈슈, 찾은 거냐? 효과가 있다! 라이너 아인하르트의 발작이 멈췄어! 아니, 젠장, 다시 시작했는데…….

귀걸이를 통해 칼의 흥분한 목소리가 울리다가 사그라들었다.

"저놈이 맞군."

스륵.

나는 낮게 중얼거리며 반대쪽 허벅지에 채워 두었던 또 다른 단도를 뽑았다.

지그문트는 이미 나와 카이사르가 이곳으로 올 것을 예상하고 무언가를 준비한 것 같지만, 미끼인 흑마법사조차 가짜인 최악의 상황은 면했다. 그조차 가짜였다면 우리도 중간에 이상함을 느끼긴 했을 테니, 그는 살을 내줄 각오를 해야 뼈를 취할 수 있음을 아는 게 분명했다.

"너는 아가리나 나불거리고 있든지."

파앗!

나는 오른손에는 검을, 왼손에는 단도를 쥐고 땅을 박찼다.

"막아라! 지그문트 님을 보호해!"

나와 카이사르의 돌격에 지그문트의 호위대가 우리를 막아섰다. 눈에 띄는 실력자가 없는 북부 진영에서 그나마 정예로 보이는 이들이었다.

그러나 그들은 우리의 상대가 되지 않았다. 카이사르의 일검에 그들의 진열이 추풍낙엽처럼 무너졌다.

쉬익!

나는 호위대를 상대하는 걸 카이사르에게 맡기고 단번에 뛰어올라 흑마법사를 향해 단도를 날렸다.

"그렇게는 안 되지."

카강!

지그문트의 검이 단도를 쳐 냈다. 진한 보랏빛 눈동자가 나를 호기롭게 응시했다. 내가 사람을 죽이게 만들고, 내 소중한 사람들을 위험에 빠뜨린 장본인.

'죽일 거다.'

이제야 드디어 그를 향해 진심 어린 살심이 들끓었다.

콰앙!

지그문트와 내 검이 정면으로 맞부딪쳤다. 나는 손끝부터 어깨까지 강하게 울리는 진동을 무시한 채 미친 듯이 검을 휘둘렀다.

"살아생전 사람은 절대 죽이지 않을 것처럼 굴더니 네 소중한 것이 위험해지자마자 본색을 드러내는군."

"닥쳐."

"그래. 이제는 깨달았나? 네 곁에 있는 이들은 하나같이 너를 약하게 만들 뿐이라는 걸. 너는 지켜야 하는 것이 있어서 약한 거다. 너는 약점투성이야."

"닥치라고!"

새애액!

동굴의 천장에 닿을 듯 거대한 검은 오러가 지그문트를 향해 날아갔다.

콰아아앙!

"……이것 참. 조금만 늦었으면 팔이 날아갔겠군."

그가 선득하다는 듯 제 팔을 쓸며 등 뒤를 돌아보았다.

쿠르릉…….

내가 날린 오러로 인해 후면이 반파된 동굴이 크게 흔들리기 시작했다.

"괴물은 혼자 남았을 때 비로소 완성된다고 했지."

떨어지는 돌조각들 아래에서 지그문트가 웃었다.

"내가 너를 완성시켜 주마, 카슈미르."

기어코 내 소중한 것을 모두 부서뜨리겠다는 선언.

"너를 증오해, 개자식아!"

더는 참을 수 없을 만큼, 머리끝까지 열이 치밀어 올랐다.

"왜 이렇게까지 해야 했어? 타협할 수 있었으면서!"

"……."

"북부의 권리를 인정해 주겠다고 했잖아! 이렇게 하지 않아도 너희가 원하는 건 모두 줄 수 있었다고!"

발악 같은 노호성이 내 입에서 터져 나왔다. 실핏줄이 터진 건지 부릅뜬 눈이 욱신거렸다.

"왜 하필, 그 많은 방법 중 전쟁이어야 했던 거야!"

나는 전쟁을 증오한다.

검신에 덕지덕지 달라붙은 혈흔, 온몸에 배어 사라지지 않는 피비린내, 사방에 널브러진 시체들……. 모두 역겨워서 견딜 수 없었다.

그리고 그중 가장 역겨운 것은, 이 모든 것에 익숙해져 가는 나 자신이었다.

"……왜 전쟁이었냐고."

지그문트가 느릿하게 고개를 들어 올렸다. 그의 얼굴에 여러 상념이 스치더니 모두 사라졌다. 그 자리에 남은 것은 여느 때와 같이 차갑게 식은 무표정이었다.

"너는 네 아비와 어미를 포함한 대부분의 친족과 모든 마을 사람을 무참히 학살한 불구대천 원수가 제시하는 타협안을 받아들일 수 있나?"

지그문트의 시선이 호위대를 베는 카이사르를 향해 느릿하게 향했다.

"너는 내가 네 소중한 것들을 모두 죽여도……."

"……."

"나를 용서할 건가?"

목이 턱 막혔다. 떠오르는 말은 많지만 그 어느 것도 내뱉을 수 없었다.

"걱정하지 마라. 곧 싫어도 대답하게 될 테니."

-슈슈, 빨리……! 이 자식, 이제 곧……!

슈욱!

순식간에 날아온 검은색과 옅은 붉은색이 뒤섞인 칼날 같은 오러가 내 귓불에서부터 뺨까지를 길게 베었다.

"……아."

통증과 함께, 칼의 목소리가 뚝 끊겼다.

나는 잘린 귓불의 살점과 망가져 버린 귀걸이 마도구를 붙잡은 채 눈을 부라렸다.

"그런 식으로 힌트를 받으면 재미없지."

턱.

지그문트가 자신의 뒤에 숨겨 둔 흑마법사의 어깨를 잡았다.

"우선 그 기사단장부터다."

그의 미소가 뒤틀렸다. 뒤이은 행동은 완벽히 본능이었다.

파앗!

지그문트의 손에서 터져 나온 거센 빛이 흑마법사를 집어삼켰다.

화악!

지그문트의 마법이 채 발동하기 전, 나는 흑마법사에게 달려들어 그의 목덜미를 틀어쥐었다. 흑마법사와 나의 몸이 동시에 투명해지는 것이, 순간이동 마법인 게 분명했다.

'잡았…….'

숨을 크게 들이쉬던 나는 흑마법사의 얼굴을 보고 멈칫했다.

푹 뒤집어쓴 후드 사이로 보인 그늘진 얼굴은 분명 웃고 있었다.

촤악!

지그문트의 검이 내 등을 크게 베었다.

"……윽."

"슈슈!"

뒤편에서 카이사르의 고함이 터져 나왔다. 나는 신음을 삼키며 시야가 희미해지는 가운데 카이사르를 돌아보았다.

"여기는 내게 맡겨라! 가!"

곧 무너질 듯 불안하게 흔들리는 동굴 입구에서, 카이사르는 나를 안심시키려는 듯 단호한 목소리로 소리쳤다. 앞을 보기 힘들 정도로 적들에게 둘러싸인 순간에도 그는 나만을 바라보고 있었다.

카이사르를 향해 달려가는 지그문트의 뒷모습이 흐릿하게 보였다.

'제발, 내가 당신을 잃지 않게 해 주세요.'

그것을 마지막으로 나는 완전히 투명해졌다.

"……헉!"

다시 눈을 떴을 땐 설원이었다.

눈 위에 발자국 하나 찍히지 않은, 사람 흔적이라고는 눈을 씻고 봐도 없는 곳.

전장과 멀리 떨어진 곳이 분명했다.

그러나 이곳이 정확히 어디인지 살펴보고 있을 여유는 없었다.

"컥!"

쿠당탕!

나는 즉시 함께 이동해 온 흑마법사의 명치에 검을 갈기며 그를 넘어뜨렸다.

"크아아악!"

서걱, 촤악!

조금 전까지 멀쩡하게 움직이던 흑마법사의 두 손이 서늘하게 식은 고깃덩어리가 되어 허공을 날았다. 흰 설원에 붉은 피가 흩뿌려졌다.

  '죽인다.'

  흑마법사의 눈에 비친 내 얼굴은 무언가가 감정을 빨아들인 듯 차갑게 식어 있었다.

  훅.

  나는 그의 목에 꽂아 넣기 위해 검을 높이 쳐들었다.

  "하, 하하하!"

  가래 섞인 거친 웃음소리가 설원을 시끄럽게 울렸다.

  나는 잠시 움직임을 멈추고 흑마법사를 내려다보았다.

  그는 두 손이 잘린 채 죽음을 눈앞에 두고서도 숨이 차도록 웃고 있었다.

  "놈은, 놈은······."

  흑마법사는 금방이라도 숨이 끊어질 듯 헐떡거리며 나를 똑바로 올려다보았다.

  "놈은 이미 죽었다."

  그의 얼굴에 저열한 미소가 떠올랐다.

  그 말이 뜻하는 바는 분명했다.

  라이너가 죽었다.

  눈을 굳게 감은 채 더 이상 움직이지 않게 되었다.

  나를 볼 때면 희미하게 풀리던 얼굴과 무뚝뚝한 음조에 다정함이 스민 목소리······.

  내가 흔들릴 때마다 붙잡아 주던 단단한 마음의 그를 더는 볼 수 없게 되었다.

  "······."

  그 순간 모든 것이 단순해졌다. 거대한 무언가가 나를 납작하게 누르기라도 한 것처럼 세상이 평면처럼 느껴졌다.

  "······그래."

  충직한 검이 되려 했는데 5

어떠한 감정도 느끼지 못하고, 생각도 하지 못한 채 건조하게 수긍했다. 세상을 입체적으로 받아들이는 기능이 내 몸에서 아주 고장 나 버린 것만 같았다.

"네가 죽인 내 영웅의 곁으로 지금 보내 주마."

쉬익.

나는 치켜든 검을 내리찍었다.

"눈보……."

콰득.

흑마법사가 한 단어를 다 뱉기도 전, 그의 목뼈가 사선으로 잘려 나갔다.

그는 신음도 뱉지 못하고 흰자를 뒤집어 깐 채 죽었다.

콰득. 콰득. 콰득.

나는 흑마법사를 잘게 난도질했다.

이건 더 이상 확인사살이 아니었다. 도축의 영역이었다.

'내가 사람 죽이는 걸 망설인 적이 있던가.'

그런 의구심이 들 정도로, 이 잔인한 처사가 너무 쉽게만 느껴졌다. 늘 해 오던 반복 작업을 하는 것처럼 아무 감흥도 느껴지지 않았다. 쌓는 것은 어렵지만, 무너지는 건 이리도 한순간이었다.

스르륵.

나는 피를 뒤집어쓴 채 몸을 일으켰다. 등이 크게 베인 탓에 조금 비틀거려야 했다.

'이제 뭘 해야 하지?'

해야만 했던 일은 실패했고, 라이너는 죽었다. 내게 다음 길을 지시해 줄 사람도 곁에 없었다.

이곳은 적조로 물든 새하얀 망망대해.

'이제 뭘 해야…….'

일그러진 잿빛 하늘을 멍하니 올려다보고만 있었을까.

'그 새끼는 왜 나만 이런 곳에 보내 버린 걸까? 마치 격리시키듯……'

문득 의문이 스친다.

내가 자신을 낚아챈 순간 웃어 버렸던 흑마법사를 생각하면 여기까지도 그들 계획의 일환일 터.

여러 생각이 스쳐 지나가던 찰나.

'……아.'

한 가지 가능성이 비수처럼 대뇌를 꿰뚫었다.

"안 돼……!"

나는 비명을 지르며 전쟁터를 찾아 질주하기 시작했다.

충직한 검이 되려 했는데 5

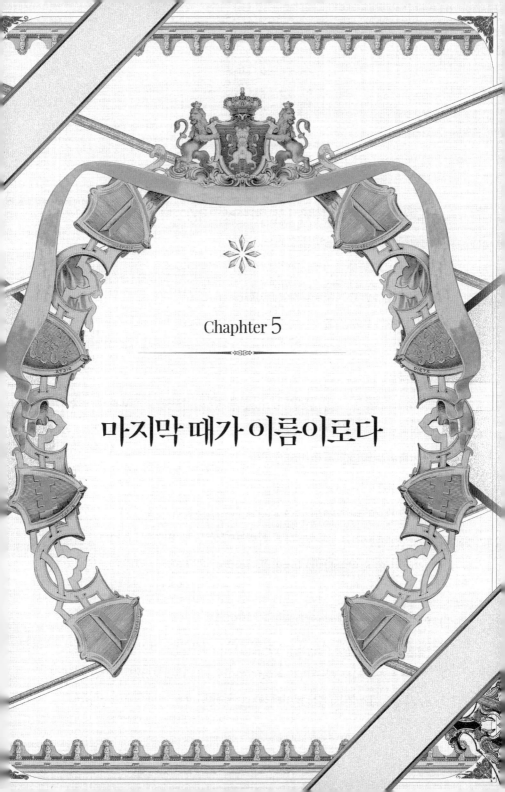

Chaphter 5

마지막 때가 이름이로다

　지그문트 하이드는 연합군이 북부의 진영을 치기 위해 올라왔다는 소식을 들은 순간부터 백병전의 승리를 포기했다.

　그럼에도 후퇴하지 않고 대재앙들을 풀며 쓸데없는 전력 낭비로 전투를 지지부진하게 만든 이유가 무엇인가 하면…….

　"혹 지쳤습니까, 공작?"

　바로 이 순간을 위해서였다.

　스르륵.

　벌떼처럼 몰려든 북부 병사들에게 둘러싸인 카이사르 크리시스가 느릿하게 고개를 들었다. 피에 흠뻑 젖었음에도 색이 변하지 않는 어두운 흑발 하며 형형하게 번뜩이는 적안은 소름 끼치기 짝이 없다.

　그러나 카이사르는 분명 지쳐 있었다.

　개미지옥. 지그문트는 이 작전을 그렇게 부르고 싶었다. 소드 마스터를 구하기 위해 나선 소드 마스터를 사냥하기 위해 만들어 낸 함정. 소드 마스터 둘을 동시에 상대하기엔 위험 부담이 너무 커서 카슈미르를 먼 곳으로 보내 버리기까지 했다.

　이곳은 카이사르를 사냥하기 위한 곳이었다.

　'문제라면 카이사르 크리시스가 예상보다 더 강하다는 것이겠지만.'

　지그문트는 욱신거리는 팔을 짚으며 카이사르를 바라보았다. 무너진 동굴 잔해 위, 사정없이 찢긴 시체들 한복판에서도 남자는 홀로 고고하게 서 있었다.

몰아치는 전장의 불길 속에서도 냉정한 낯은 그를 초월자처럼 보이게 만들었다.

확언하지만, 지그문트는 카이사르를 과소평가하지 않았다. 카이사르가 네 명의 소드 마스터 중 최강이라는 사실은 암묵적인 공인이었다.

'이 정도면 넉넉하다 못해 과할 거라고 생각했는데.'

카이사르는 지그문트와 수많은 정예 병사, 그리고 주변에서 그를 견제하는 궁수와 흑마법사들을 동시에 상대하면서도 밀리지 않았다. 카슈미르조차 지그문트를 상대하면서 정예 병사들을 함께 상대하라고 하면 분명 밀렸을 텐데 말이다.

'카슈미르가 마수와의 싸움에서 압도적이라면, 이 남자는 사람을 잡아 죽이는 이런 종류의 백병전에 도가 텄다.'

그의 순수한 무력도 막강하지만, 그에게서 무엇보다 돋보이는 것은 힘을 배분하는 전투 감각이었다. 카이사르는 천부적인 재능을 기반으로 단단한 경험의 탑을 쌓아 올린 노련한 장수였다. 하지만 그것도 여기까지다.

"유언을 남겨 두시면 따님께 전해 드리겠습니다."

카이사르가 지그문트를 물끄러미 바라보았다.

악의도, 분노도 없는 두 눈은 미묘한 감정을 품고 있었다.

"네가 슈슈 친구였다고?"

그리고 내뱉는 말은 더욱 뜬금없었다.

지그문트는 어이가 없는 나머지 잠시 멍해졌다.

그러거나 말거나, 카이사르는 고개를 절레절레 저었다.

"최악이군. 정말 최악이다."

"……."

"예전부터 생각했는데, 그 아이는 사람 보는 눈이 없어. 친구랍시고 데려오는 놈들은 하나같이 눈이 돌아 있거나 눈빛이 불온한데……."

휙.

그가 검 끝을 지그문트에게 겨누었다.

"너는 둘 다군."

"……허."

촤악!

내지른 검과 함께 붉은 오러가 분분하게 휘날렸다.

"이미 절교했대도 죽음으로 더 완벽히 절교해라."

"……전원, 공격 재개."

그 말을 마지막으로, 다시 한번 붉은 오러와 두 색이 뒤섞인 오러가 맞부딪치기 시작했다.

◆─◈─◆

"황태자 저하! 명령을 내려 주십시오!"

디에고는 소란 속에서 감았던 눈을 떴다.

이곳은 전투가 치열한 전장의 한복판.

"하라바나가 불 핥는 자들의 대열을 흐트러트리고 제국군 쪽으로 오고 있습니다!"

대군이 사령관인 그의 명령만을 기다리고 있었다.

그는 다급해 보이는 소대의 지휘관 앞에서 더더욱 표정을 차갑게 굳혔다.

"위축되지 말고, 긴장하지도 말라고 전해라. 우리는 이미 저 괴물들을 상대할 방법을 알고 있다."

디에고의 따가운 눈총을 받은 지휘관은 아차 싶었던 듯 빠르게 표정을 정리했다.

정신없는 전장에서 병사들은 지휘관의 표정을 통해 상황을 파악한다. 그러므로 이끄는 이들은 하늘이 무너지는 순간에도 흔들림이 없어야 하는 것이다.

"지금부터 불 핥는 자들을 엄호하며 함께 싸워라. 카시아 경과 함께 선두에 서서 병사들을 이끌도록."

"네!"

지휘관이 시원스러운 대답과 함께 빠르게 뛰쳐나갔다.

디에고는 무심코 그를 따라가 접전 지역의 상황을 확인하려다가 호위 기사인 페퍼에게 붙잡혔다.

"안 됩니다, 저하. 너무 위험합니다. 이곳에 계셔야 합니다."

페퍼가 고개를 저었다.

'알고 있지만.'

디에고는 쓸개를 삼킨 듯 씁쓸한 입맛을 다셨다.

애초에 그가 전장에 나오는 것부터 심각한 논의를 통해 결정되었다.

마도구를 통해 작전 지시만을 하라는 의견이 대세를 이루었으나, 그 모두를 거부하고 출전을 밀어붙인 건 디에고 자신이었다. 현장을 보지 않고 지휘하기란 어렵다는 것을 이유 삼았지만, 사실 이유는 따로 있었다.

'나만 안전한 곳에서 관전할 수는 없다.'

동생과 친구들, 주변의 모든 사람이 전장에 나가는데 자신만 안전한 곳에 남는다니. 합리와 이성으로 사고하는 그였으나, 이것만큼은 용납할 수 없었다.

그리하여 호위대의 보호를 받겠다는 전제하에 이곳에 나올 수 있었지만.

'자꾸 무능해지는군.'

디에고는 터져 나오는 한숨을 삼켰다.

피 튀기는 전장에서, 신체 단련을 위한 기본 검술만 배운 디에고는 짐덩이였다.

"전군, 대열을 바꾼다. 공격적으로……."

디에고가 심란함을 숨기고 명령을 내리려 할 때.

"헉! 라이너 기사단장님이……!"

"공자님! 잠시……, 황태자 저하께 그렇게 다가가시면……!"

우측에서 소란이 일었다.

"저하. 실례합니다만."

호위대를 억지로 떨쳐 내고 그의 앞에 선 칼이 흐트러진 앞머리를 거칠게 쓸어 넘겼다.

그답지 않게 다급한 얼굴이었다.

"카슈미르와 연락이 끊겼습니다. 제라 장로 측에서도 공작님과 연락이 끊어졌다고 합니다."

"……뭐?"

"무슨 일이 생긴 게 분명합니다."

형형하게 불타는 붉은 눈이 디에고를 똑바로 응시했다.

그 시선 앞에서, 디에고는 문득 과거의 칼을 떠올렸다. 칼 크리시스는 사교계 활동에 관심이 없었으나 최소한의 의무는 지키는 사내였다. 공작가의 자식으로 태어난 이상 완전히 고립되어 살아갈 수는 없었다. 그리하여 가끔 공식 석상에서 그와 마주쳤는데, 그때마다 그는 말라비틀어진 장미 같았다.

만지면 푸석한 촉감과 함께 부스러져 버릴 듯 건조한 두 눈. 그런 주제에 가시는 날카로워 그 누구도 일정 거리 이상 다가오지 못하게 했다. 황태자인 그에게조차 아무런 관심을 주지 않는 게 생소해 가끔 시선이 갔던 인물이건만.

"제가 지원을 갈 수 있게 허락해 주십시오."

지금은 겉가죽만 똑같은 다른 인간이라고 해도 믿을 만큼 다른 분위기를 풍기고 있었다.

"……."

디에고는 철렁 내려앉는 심장을 뒤로한 채 애써 표정을 정리했다.

"연락이 끊어지기 전에 위급 상황이라는 신호가 있었나?"

칼이 초조하게 입술을 깃씹으며 고개를 저었다.

"그런 건 없었습니다. 하지만 전투 중인 것 같았고, 너무 갑작스럽게 연락이 끊겨서……."

"그럼 제자리로 돌아가게."

"……."

"마음은 이해하네. 하지만 각자가 자리를 지키지 않으면 혼란스러워질 뿐이야."

이보다 더할 수 없는 깔끔한 대답이었다.

칼이 아득 이를 악물었다.

"지금 적진 한복판에 단둘을 보내 놓고…… 연락이 끊겼는데 아무 일도 아니라는 겁니까?"

"둘 모두 소드 마스터지."

디에고의 침착한 대답에 칼은 더 열받은 듯 버럭 언성을 높였다.

"그래! 그 소드 마스터들이 한꺼번에 연락이 끊겼단 말입니다! 그게 예삿일입니까? 이대로 아무것도 안 하는 게 토사구팽이지 뭡니까!"

"저하 앞에서 말조심하십시오!"

페퍼가 위협적인 기세를 내뿜는 칼을 향해 일갈했다.

"됐다. 물러서라."

디에고는 당장이라도 검을 휘두를 듯 경계하는 페퍼를 저지하며 칼을 응시했다.

붉은색과 푸른색. 정반대의 색깔이 첨예하게 맞부딪쳤다.

칼은 여전히 디에고 앞에서도 전혀 움츠러들지 않았다. 눈빛만으로도 무엄함의 죄를 물을 수 있다면 그의 눈빛은 무기징역감이었다.

그러나 디에고는 그가 이렇게까지 강하게 나오는 이유를 알고 있었다.

"내 아버지와 동생입니다. 내 가족들이 적진 한복판에서 고립되었단 말입니다."

칼이 핏발 선 눈으로 디에고를 노려보았다.

이성의 극치를 추구하는 마탑. 그곳에서 가장 어린 나이에 연구실을 받은 칼 크리시스.

"그런데 내게 가만히 있으라는 겁니까?"

그런 그가 사리분별을 하지 못하는 것이 오직 사랑 때문이라는 사실은 지극히 우스웠으나, 디에고는 웃지 못했다.

'카슈미르.'

간신히 잠재운 심장이 또다시 요동쳤다.

그녀가 위험하다. 목숨에 위협을 받고 있는지도 모른다.

아니. 어쩌면 이미 연락이 끊긴 시점부터…….

"……공자의 자리로 돌아가게."

"이 새끼가 진짜……!"

흥분한 칼이 자리를 박차려는 순간.

"사랑하는 사람을 위해 분노하는 건 누구나 할 수 있는 일이야, 알아?"

디에고의 눈빛이 한없이 짙어졌다.

이것은 황태자가 아니라 디에고로서 하는 말.

"그저 본능대로만 행동하면 되지. 생각보다 쉬워."

"……."

"그건 나도 얼마든지 할 수 있어."

억지로 억누른 목소리의 끝이 희미하게 갈라졌다.

많은 이가 사랑을 위해서 화내는 것이 어렵다고 착각하곤 한다. 물론 사랑도, 사랑을 위해 화낼 줄 아는 것도 숭고하다. 그러나 사랑은 본래 불과 같아서, 뜨거운 감정에 휩쓸리는 것은 본능을 따르는 것에 불과했다. 동물적인 본성에 어떤 저항도 없이 순응하는 것과 다름없다는 말이다.

"그러나 사랑을 위해 참는 것은 어려운 일이야."

당장 심장이 날뛰어도 머리로 생각하는 것. 정말로 그 사람을 위한 게 무엇인지, 현명한 길이 어디인지 통찰하는 것.

디에고는 거칠게 색색거리는 눈앞의 남자를 바라보았다. 확신컨대, 칼은 디에고보다 똑똑하다. 많은 이가 디에고를 천재라고 오해했다. 뛰어난 머리와 타고난 수완으로 젊은 나이에 차기 황제 자리를 확고히 했노라 칭송했다.

충직한 검이 되려 했는데 5

물론 여기까지 오는 게 오직 노력으로만 되었다고 하면 기만일 터다. 그러나 디에고는 알고 있었다. 자신이 수재의 반열에 들지언정, 결코 천재는 될 수 없다는 걸.

칼이나 아리아, 제라 같은 진짜 천재들에 비하면 그의 두뇌는 쓸 만한 게 못됐다.

세레논과 알렉산드로같이 전장의 주력이 될 수도 없고, 아예 전장의 판도를 바꿔 버리는 카슈미르와 라이너 앞에서는 말할 것도 없다.

그렇다고 엘리오르처럼 독보적인 능력이 있지도 않았다.

그럼에도 지휘관은 디에고여야 했다.

"각자 맡은 바가 있고, 그대는 이곳에 있어야 하는 사람이야. 그대가 마법사이자 연구자이며 통신병으로서 얼마나 수고해 주고 있는지 아네."

디에고의 목소리는 느린 속도의 클래식 연주곡처럼 차분했다.

"이미 그곳으로 아타라의 국왕과 2황자가 파견되었네. 그들과도 연락해 보고, 그래도 안 된다면 그때는 군대를 보낼 거야. 약속하지."

확신 있고 단호하되, 스스로의 생각에 매몰되지는 않게. 냉정하되 시리지 않게.

무엇보다 그 어떤 상황을 마주하게 되어도 책임질 자신이 있어 보이도록.

"자네는 카슈미르를 잘 알지 않나. 그녀가 뭘 더 원하고 있는지도 알겠지."

새빨갛게 달아오르던 칼의 눈가가 서서히 원래의 색으로 돌아왔다.

그는 여전히 감정의 동요를 숨기지 못했으나, 적어도 평소의 냉정을 되찾은 것 같았다.

"……정말 징그러운 분이십니다, 저하는."

가라앉은 칼의 목소리에는 비아냥과 감탄이 한데 섞여 있었다.

"크흠."

페퍼는 칼의 그 말이 무척 마음에 들지 않았으나, 아버지와 동생이 동시에 위험에 처한 이 앞에서 그것까지 지적할 순 없어 입을 다물었다.

"자리로 돌아가겠습니다. 대신……."

"……."

"10분 이내에 그 어떤 대처도 없다면 모든 것을 제쳐 두고 혼자서라도 가겠습니다."

붉은 눈이 맹목으로 번들거렸다.

"명령 불복종으로 처벌하신다 해도 상관없습니다."

휙.

칼이 인사도 없이 몸을 돌려 사라졌다.

"후……."

디에고는 그 뒷모습을 바라보며 참았던 숨을 내뱉었다.

어떤 순간에도 감정에 휘둘리지 않고 한 번 더 생각할 수 있는 이성. 이것이 바로 디에고가 지휘관이어야 하는 이유였다.

스륵.

디에고는 고개를 들어 하늘을 바라보았다.

알고 있다. 카슈미르가 한 명을 선택한다면 그게 자신은 아니리라는 것을.

자신과 세상을 모두 주겠노라 고백하는 이들 중에 뭐가 아쉬워 디에고를 고르겠는가. 디에고는 결코 첫 번째를 줄 수 없는 사람이다. 빈말로도 그렇게는 말할 수 없었다.

그의 첫 번째는 영원히 제국이어야 하니까.

할 수 있는 것이라곤 태어난 이래 내가 선택할 수 있는 것 중에선 네가 최고라는 초라한 고백뿐이었다.

'누누이 말하지 않았습니까? 나는 당신이 그런 사람이라서 좋아한다고.'

하지만 카슈미르라면, 이런 자신이라도 좋다고 해 줄 것만 같았다.

디에고는 조금 울고 싶어졌다.

충직한 검이 되려 했는데 5

달리고, 달리고, 또 달렸다. 온몸이 따가울 정도로 신경을 곤두세운 가운데, 본능이 가리키는 전장의 방향으로 설원을 헤집고 나아갔다.

'조금만 더, 더 빨리……!'

머릿속을 메운 생각은 그것뿐이었다.

그리고 발이 더는 보이지도 않을 찰나.

쉬익!

화살이 내 머리카락을 스쳐 지나갔다.

"……."

나는 이를 악물고 고개를 들었다.

"우리는 정말이지……."

근처 언덕에서 검은 인영이 한숨을 뱉었다.

조나단 하이드.

"악연입니다, 지휘관님. 지긋지긋하지요."

그가 또 한 번 나를 방해하고 있었다.

"그래. 이제 그 낯짝만 봐도 토기가 밀려올 지경이야."

탁.

나는 조나단의 도발 앞에서 덤덤히 검을 털었다.

채 닦이지 않은 핏물과 살점들이 허공에 날리다 하얀 눈 위로 떨어져 내렸다.

"슬슬…… 모든 게 지겨워져."

시딘강의 차가운 강물에서부터 시작된 질긴 악연.

"그만 이 악연을 끝내도록 하지."

이제는 정말 끝내고 싶었다.

북부군의 맨 앞에서 검을 세우던 조나단이 묘한 표정을 지었다.

"……형님과 닮은 얼굴이군요."

헛웃음조차 나오지 않는 개소리다.

그 또한 이를 알았는지 이에 관해선 더 덧붙이지 않고 고개를 저었다.

"하여간 그 뛰어난 감은 칭찬해 드릴 만합니다만, 너무 늦었……."

촤아악!

"헉! 바, 방어하라!"

부채꼴로 넓게 퍼져 나간 검은 오러가 북부군을 덮쳤다.

그들은 황급히 펼쳐 낸 방어막으로 모두가 휩쓸리는 것은 막았으나, 진열은 이미 흐트러진 뒤였다.

"같은 하이드라 그런가, 너도 그 새끼와 닮았군. 특히 전투를 앞에 두고 혀가 긴 부분이."

"……하하."

스르륵.

나는 칼을 횡으로 그으며 몸을 깊이 낮추었다.

돌진을 위한 준비 자세였다.

"안 오면 내가 간다."

파앗!

나는 마나를 추진력 삼아 총알처럼 튀어나갔다.

"으악!"

"고, 공격……. 아악!"

나를 막아서던 북부군이 전방부터 무너지기 시작했다.

"궁수 부대!"

조나단이 검은 오러가 성난 파도처럼 날뛰는 전방에서 급히 물러섰다.

끼기긱.

그의 날카로운 외침 아래 후방에 위치한 궁수들이 활을 들었다.

"쏴라!"

피슉!

위협적으로 번들거리는 수십 개의 화살촉이 일제히 내게로 향했다.

"하."

나는 전장을 가로질러 나가며 헛웃음을 쳤다.

일검에 대군을 쓸어 버리는데 한낱 쇠 달린 나뭇가지를 두려워하겠는가.

쉬이익!

화살을 처리하는 데엔 오러도 담지 않은 검격 한 번이면 충분했다. 검격이 일으킨 바람으로 화살들이 제 방향을 잃고 추풍낙엽처럼 흩어졌다.

그러나 그 순간.

투둑.

화살촉에 묻어 있던 보랏빛 액체가 손등에 튀었다.

치지직.

액체가 닿은 곳부터 살이 타들어 가고 감각이 마비되기 시작했다.

'……뭐?'

나는 믿을 수 없는 기분으로 손등을 바라보았다.

아무리 몸에 마나를 두르지 않은 상태라 해도-이 방식은 마나 소모가 너무 심해서 장기전엔 적합하지 않았다- 소드 마스터를, 고작 접촉만으로 마비시키는 독이라니. 이런 건 듣도 보도 못 했다.

"표정을 보니 마음에 드시는 모양입니다."

깊이 생각할 틈도 없이 밀려오는 적군을 상대하는 가운데, 얄미운 조나단의 목소리가 귓가에 울렸다.

"한 번 선보여 드린 적 있죠? 시딘강 위에서요."

그 말에 과거의 악몽이 기억의 수면 위로 떠올랐다.

'이렇게 만나지 않았다면 좋았을 텐데.'

내 척추를 가르고 후벼 파던 서늘한 화살촉과 순식간에 온몸을 마비시켰던 마비독.

"그때 사용한 독을 한 단계 발전시킨 것이 바로 그것입니다."

나는 따가운 손등을 통해 생생히 체감할 수 있었다.

그 독이 나를 마비시키는 데에서 멈췄다면, 이 독은 내 살이 타들어 가게 만들 것이라는 걸.

'이 지독한 새끼들.'

이제는 박수를 쳐 주고 싶을 지경이다. 나는 헛웃음을 흘리며 조나단을 바라보았다.

"너넨 대체 언제 이런 걸 다 만든 거냐?"

북부의 기술은 이미 제국의 예상을 아득히 뛰어넘은 수준이었다. 끊임없이 튀어나오는 최종병기들을 보고 있자면, 어디서 착한 악마 하나 소환해 영혼을 판 것 같았다.

조나단이 새까만 눈을 단정히 휘었다.

"우리가 전쟁을 하루 이틀 준비했다고 생각하십니까?"

타르처럼 검고 끈적거리는 감정들이 그 말의 틈새를 메운 것처럼 느껴졌다.

그가 느릿하게 고개를 들어 하늘을 바라보았다.

"북부의 아이들이 자라면서 가장 먼저 배우는 단어는 '어머니'도, '아버지'도 아닌 '보복'입니다."

"……."

"보복해야 한단다. 저 간악한 제국 놈들을 심판해야 한단다. 황제의 목을 장대에 매달고, 교황은 그 신전과 함께 불태워 버려야 한단다."

"……."

"네가 해야 한다. 바로 지금이 그때다. 네 때에서 구주가 나고, 해방의 날이 올 것이다. 너도 반드시 그 신성한 전쟁에 참여해야 한다. 그래서 요르하에 들어가지 못한 네 어머니를, 네 삼촌을 구해 줘야 한다."

어느 종교의 경전을 외우듯 단조롭고도 신지무의한 어조.

끄덕.

내 공격으로 인해 피가 터지는 중에도 고개를 굳게 주억이는 북부인들을 보자면 온몸에 소름이 돋았다.

"나의 아버지를 넘어 할아버지, 할아버지의 아버지까지 염원하던 순간입니다."

"……."

"적당히 준비했을 리가 없지 않습니까."

머리칼이며 눈은 온통 새까맣고 음울한 가운데 눈빛엔 숨길 수 없는 서글픔이 묻어났다.

"……나는 그럼 북부인들에게 시대를 초월한 원수가 되겠군."

알고 있다.

하늘 아래 완전히 선한 것은 없으며, 누군가의 영웅이 다른 누군가에게는 악당이 될 수 있다는 것을.

그들의 역사서에서 내 이름은 극악무도한 대적으로 기록될 터. 그들은 나를 저주하고, 내 초상화에 침을 뱉을 것이다.

그 모든 것을 이미 각오한 바였다.

"이왕 악역이 된 김에……."

"……."

"최흉의 대적으로 남아 주마."

재해석의 여지 없이 완벽한 악인이 되는 것.

그것이 내가 보일 수 있는 마지막 예의였다.

콰콰쾅-

동짓날 밤을 베어 만든 듯한 기나긴 어둠이 설원을 휩쓸었다. 엉망으로 뒤섞이는 흑백은 모호한 선악의 경계를 설명하는 것만 같았다.

"으아아악!"

"내, 내 팔! 크아악!"

피가 낭자하고, 인간의 일부였던 무언가가 한낱 고깃덩어리로 전락했다. 날아오던 독화살들은 힘을 잃고 추락해 눈밭을 찌를 뿐이었다.

난장판이 된 공간에서, 나는 조나단을 향해 돌진했다.

"조나단 님을 보호해라!"

촤악!

그를 보호하기 위해 병사들이 벌떼처럼 몰려들었지만, 나는 그들의 눈을 보지도 않고 목을 베었다. 처음 보는 얼굴들이 불꽃놀이 폭죽처럼 허공을 날았다.

살인이 아닌 도살이라고 생각하니 모든 것이 쉬웠다.

"검 휘둘러, 이 새끼야!"

콰앙!

내 고함과 함께 조나단과 나의 검이 거세게 부딪쳤다. 어찌나 무식한 충돌이었는지 검날이 나가는 게 생생히 느껴질 정도였다.

"……크윽."

캉!

조나단은 나와 일수조차 제대로 나누지 못하고 볼품없이 밀려났다. 꺾인 손목을 싸쥐며 검을 놓치지 않는 게 고작이었다.

'약해.'

예상대로 조나단의 검술은 형편없었다. 처음 봤을 때부터 강하다고 느껴지기는커녕 저주술사 특유의 기묘한 기운이 더 선명했으니까.

캉, 카강!

토끼를 사냥하는 사자가 된 기분. 두어 수를 나누는 것조차 놀아 주는 것으로 느껴질 정도였다.

팟!

충직한 검이 되려 했는데 5

조나단의 검을 쳐 내고 그의 목에 검 끝을 겨누기까지는 겨우 몇 초 남짓.

그에게 당해 왔던 것이 우습게 느껴질 정도로 전투는 너무 쉬웠다.

"……역시. 여기까지군요."

텅 빈 자신의 손을 내려다본 조나단이 허탈하게 웃었다.

나는 웃지 않았다.

"손 들어. 병사들에게 물러나라고 명령해."

"이전보다 훨씬……."

"당장."

서걱.

그의 흰 목덜미에 가로로 긴 선이 생겨났다.

턱.

벌어지는 환부를 본능적으로 붙잡은 조나단이 간담이 서늘해진 얼굴로 나를 바라보았다.

"……물러서라."

그의 고갯짓에 어쩔 줄 모르고 내 주위를 서성이기만 하던 북부군들이 주춤주춤 물러섰다.

성큼성큼.

나는 조나단에게 거침없이 다가갔다.

"두 손 내밀어. 손목 붙이고."

"뭐, 수갑이라도 채우시……. 윽……!"

우드득.

뼈 부러지는 소리와 함께, 내 악력에 의해 조나단의 손목이 완전히 뒤틀리고 꺾였다. 영문을 몰라 하는 얼굴로 순순히 손을 내밀었던 그가 신음을 뱉었다.

"……하하. 정말, 손속이 잔인해지셨, 습니다."

이마에 식은땀을 주룩 흘리면서도 그는 여전히 웃고 있었다.

그 정신력 하나만큼은 인정해 줄 만했다.

"그래. 이보다 더 잔인해질 수도 있지."

인정해 준다고 무언가 달라지진 않겠지만.

촤악!

"아악!"

내 검이 그의 다리 힘줄을 무참히 잘랐다. 조나단은 그제야 비명을 질렀다.

털썩.

무력하게 엎어지는 조나단 앞에서, 나는 빠르게 그의 몸을 수색해 순간이동 아티팩트를 비롯한 모든 무기와 마도구를 압수했다.

저번 전투 이후, 나는 다 잡았던 지그문트를 놓친 이유를 몇 번이고 곱씹어 살펴보았다. 그의 몸에 자폭 장치가 있다는 말에 놀라서, 라이너가 위험하다는 생각에 조급해져서, 파천새 위라 경황이 없어서…….

이유를 대자면 얼마든지 갖다 붙일 수 있다.

'내가 지그문트를 놓친 이유는, 내가 나약하기 때문이야. 내가 망설이고 주저해서.'

그러나 그 모든 것은 스스로를 위안하려는 변명에 불과했다. 진정한 이유는 오직 이것뿐이었다.

그리하여 어떤 일이 벌어졌는가. 지그문트가 살아남은 탓에 전쟁이 끝나지 않았고, 카이사르가 위험에 처했으며, 많은 이가 목숨을 잃었다.

'무엇보다…… 라이너가 죽었다.'

여전히 실감이 나지 않는 사실.

그것은 내 정신의 방어기제로 작용할 것이 분명하기에, 억지로 깊이 생각하려 하지는 않았다.

그러나 그 사실에서 오는 깨달음과 스스로를 향한 분노는 분명했다.

'이전과 같은 실수는 저지르지 않는다.'

충직한 검이 되려 했는데 5

내가 일격을 망설인 탓에 몇 명이 고통받고 있는 것인가.

이번 전투가 벌어진 건 다 나 때문이다.

내가 약하기 때문이었다.

"몸에 자폭 장치 있나? 뭐, 있어도 상관없다."

마침 전장과 멀리 떨어진 설원이니까.

스르륵.

나는 쓰러지듯 무릎 꿇은 조나단의 목에 검을 들이댔다.

"너는 오늘 이곳에서 죽는다."

기나긴 악연에 마침표를 찍을 때였다.

"무슨……! 이 무도한 악마 같으니라고! 감히 조나단 님을……!"

병사들이 기겁하며 내게 다가오려는 순간.

"가만, 히, 있어라."

손목뼈가 아작 나서 손도 들지 못하는 조나단이 힘없이 고개를 저어 그들을 말렸다.

그가 느릿하게 나를 올려다보았다.

"하하……. 좋은 얼굴을 하고 계십니다, 지휘관님."

그는 이미 죽음을 예감한 얼굴이었다.

"당신이 싫었습니다, 나는."

나 또한 예감했다. 이것이 사형수의 고해가 되리라는 것을.

"당신은 형의 유일한 미련이었으니까."

"……."

"당신 하나 때문에 북부의 오랜 숙원이 허사가 될까 봐 조마조마했던 순간이 적지 않습니다."

그의 목소리는 봄날의 하늘처럼 맑고 낭랑했다. 죽음을 앞두었다고는 도무지 믿기지 않았다.

"하지만 지금 생각해 보면……."

잠시 뜸을 들이던 조나단은 이내 피식 웃어 버렸다.

"됐습니다. 이제 와서 무슨 소용이라고. 정말 제 혀가 길긴 하군요."

나는 끊긴 뒷말을 굳이 묻지 않았다. 내게 유익하지 않을 테니까.

"이전에 아타라에서 배신한 것은 미안하게 되었습니다. 저를 죽여 버리고 싶을 만도 하죠."

"그러니 이제 그만……."

"하지만 안타깝게도, 제 끝을 가져가는 건 지휘관님이 아닐 것 같습니다."

나는 그의 태평한 말 끝마디에 미간을 좁혔다.

'분명 모든 소지품을 다 압수했는데, 허세인가?'

아니, 진짜라도 상관없다. 지금 당장 죽이면 되니까.

쉬이익!

빠른 속도로 검을 휘두르려는 순간.

멈칫.

나는 보고야 말았다. 언젠가 조나단이 내게 저주를 새겼던 부위인 왼쪽 목덜미, 내게 흉터를 남긴 그곳과 동일한 곳.

"참, 시기, 도, 적절, 하네요…… 하필 이때……."

우우웅.

그의 왼쪽 목덜미에 새겨진 '업'이라는 저주의 문자가 붉게 일렁이기 시작했다.

"폭주가 시작되다니……."

나는 빠르게 그의 몸을 살폈다.

칼이 저주받았던 오른쪽 손, 헬리오스가 저주받았던 왼쪽 얼굴,

누군지 언제인지 모르지만 조나단이 저주했을 양쪽 귀와 왼손목과 발목,

그리고 아마 옷에 가려진 모든 부위가 모두 '업'이라는 글자로 타오르고 있었다.

그 순간 뮤리엘에게서 들었던 저주술사에 대한 설명이 머릿속을 스쳐 지나갔다.

'저주를 하면 저주술사 본인에게도 흔적이 남아요. 그 흔적들은 켜켜이 쌓이다가, 어느 순간 일제히 폭주하죠. 평생 타인에게 준 고통을 한순간에 몇 배로 돌려받는 거예요. 그 순간엔 편하게 죽게 해 줄 독약마저 통하지 않죠.'

'아……'

'그래서 저주술사들 중엔 혀 깨물고 자살한 이가 압도적으로 많아요. 차라리 죽는 게 더 나은 고통인 거겠죠.'

타인의 몸 어느 부위에 저주를 새긴 저주술사는 자신의 몸 똑같은 부위에도 업을 새기게 된다.

그리고 언젠가 반드시, 자신이 준 고통을 몇 배로 돌려받으며 죽는다.

"나를 죽이는 건……."

"……."

"나의 업보입니다."

타인을 저주하며 자신 또한 저주받을 것을 각오한 이의 얼굴.

온몸이 붉게 타오르는 가운데, 조나단은 웃었다.

치지직.

조나단의 새하얀 피부 위에서 '업'의 문자가 새빨갛게 타올랐다.

"으…… 윽……!"

조나단이 미친 듯이 몸부림쳤다. 그의 얼굴에 있는 구멍이란 구멍에서 피가 쏟아져 나왔다.

"아아악!"

이를 악물고 신음을 참던 그가 결국 비명을 지르기 시작했다.

눈 뜨고 보기 어려울 만큼 참혹한 광경이었다.

'……죗값을, 치르는 거겠지.'

나는 검을 내린 채 입안에서 혀를 굴렸다. 입안이 참을 수 없이 까끌까끌했다.

조나단은 지금 자신이 살면서 저주한 만큼 고통받고 있는 것이다.

그보다 몇 배 더한 고통이라고 하지만, 결국 그의 업보일 터.

그중엔 여전히 저주의 문자가 지워지지 않은 나의 목덜미와 칼의 오른손, 그리고 헬리오스의 왼얼굴도 있었다.

그러므로 이것은 명백한 권선징악이자 심판의 현장.

나는 이 순간을 즐겨야 할 터인데.

"……."

검신에 비친 내 얼굴은 잔뜩 일그러져 있었다.

"지, 지휘관……."

"다가, 오지, 허억……!"

조나단이 자신에게 다가오려는 병사들을 저지하다가 가슴을 부여잡았다. 무너지는 꼴을 보여 주지 않으려고 필사적으로 고개를 숙였다.

"안 돼……."

"어, 어떻게 방법이……."

꼴에 존경받는 지휘관이었던 걸까, 다들 울 것 같은 얼굴이었다.

'저대로 내버려 두는 것이 가장 고통스럽게 죽는 방법이겠지.'

내버려 두기만 하면 극심한 고통에 몸부림치다가 과다출혈이나 쇼크로 죽을 것이다. 저주술사에게 일어나는 폭주는 어떤 방법으로도 막을 수 없고, 그 끝은 죽음뿐이니까. 이것이야말로 최고의 복수일 터.

"아으윽……."

'미련한 새끼.'

그러나 조나단은 기어코 혀를 깨물지 않아서.

"……목 내밀어라."

나는 도무지 그를 내버려 둘 수 없었다.

스윽.

피가 차오른 검은 눈이 간신히 나를 올려다보았다.

'나를 증오하면서 왜 내 고통을 덜어 주려는 겁니까?'

그는 눈빛으로 묻고 있었다.

그 시선을 느끼며 내 속에서 가장 먼저 차오른 것은 분노였다.

'라이너……'

피눈물 흘리던 라이너의 얼굴이 조나단과 겹쳐졌다.

'만약 이 자식이 궁수부대로 시간을 뺏지 않았다면 라이너를 살릴 수 있었을지도 몰라.'

거기까지 생각이 닿으면 요정들을 불러 저놈을 치료하고 싶을 지경이다.

온갖 악의에 찬 생각들이 머릿속을 안개처럼 탁하게 만들다가도, 더 길게 살아남아 더 오래도록 고통받으라고.

'……됐어.'

나는 깊은 한숨으로 모든 상념을 정리했다.

"착각하지 마라. 나는 너를 증오해. 네가 나를 증오하는 것보다 더."

"……"

"너는 내게 영원히 배신자로 남을 거다."

시딘강으로 빨려 들어가며 통감한 배신감, 저주로 고통스러워하는 칼을 보고 느낀 슬픔, 내 목덜미를 지졌던 고통.

나는 그 무엇 하나 잊지 않았다.

"하지만……"

하늘을 올려다보았다. 마음의 거울이 잿빛 하늘을 담은 듯 속이 허했다.

"이 증오를 보복으로 푼 뒤에는 뭐가 남지?"

제국에 압제당한 북부는 원한을 품었다. 이 전쟁은 그들의 복수혈전이었다.

그러나 그 뒤엔 무엇이 돌아오는가?

이 전쟁으로 인한 피해자들이 또다시 북부에 원한을 가질 것이다.

당장 아타라와 암브로시오만 해도 전쟁으로 입은 피해가 상당하며, 이곳에 출전한 병사들은 북부를 향한 적의로 가득했다. 전쟁이 끝나도 이 적의는 쉽게 수그러들지 않을 것이다.

그렇게 역사가 반복될 뿐이다.

"보복이 낳는 것은 증오뿐이다."

"……."

"그곳에 구원은 없어."

이전까지는 제국민으로서 감히 입을 열 수 없었으나, 이제는 말할 수 있었다.

'내 차례가 왔으니까.'

보복의 화마는 전대륙을 휩쓸고 내게까지 닿았다. 나는 이 전쟁에서 나의 인간성을, 또 라이너를 잃었다. 앞으로 더 많은 것을 잃을지도 몰랐다.

그러나.

"누군가가 보복을 포기해 그 굴레를 끊어야만 한다면……."

스르릉.

나는 느릿하게 조나단의 목에 검을 겨누었다.

"……그건 내가 한다."

형편없이 갈라진 목소리가 허공에 흩어졌다.

화가 난다. 나라고 복수심이 들지 않는 것은 아니었다. 당장 조나단을 끌고 가 억지로 살려 두고두고 고문하고 싶었고, 지그문트의 뼈와 살을 분리해 마수의 먹이로 던져 주고 싶었다. 그러나 증오도, 원망도, 후회도 덧없는 것.

"나는 지키는 검이지, 복수하는 검이 아니니까."

짓씹듯 내뱉은 말은 나 자신을 향한 세뇌이자 볼품없는 자기위로였다.

나는 이 전쟁이 끝나면 다시는 검을 잡지 않을 것이다.

"……."

조나단이 통증조차 잊은 듯 멍하니 나를 바라보았다. 피로 홍건히 젖어 원래의 색을 잃은 얼굴은 정확한 표정을 읽기 어려웠다.

충직한 검이 되려 했는데 5

그가 미친 사람처럼 피식거렸다.

"이렇게……."

"……."

"……만나지, 않았, 다면…… 좋았을 텐데……."

스르륵.

조나단이 무너지듯 허리를 굽혀 목을 내밀었다. 새하얀 목뒤에도 '업'이 타오
르고 있었다.

"부탁……드립니다."

원수를 향한 내 마지막 일격은 복수가 아닌 자비의 형태를 띠고 있었다.

휙.

하늘을 향해 치켜든 검이 빛을 받아 번쩍이는 순간.

"제 동생을……."

조나단이 축축한 입술을 달싹였다.

"제 동생을 부탁, 합니다."

"……."

"카슈미르."

촤악!

검이 곧게 떨어지고, 동그란 것이 설원을 데굴데굴 굴렀다.

풀썩.

머리를 잃은 조나단의 몸이 끈 잘린 마리오네트처럼 엎어졌다.

"……."

나는 밀려오는 구토감을 참으며 조나단의 머리를 내려다보았다.

'내 아버지는 제국군을 모욕했다는 이유로 다리가 잘렸고, 첫째 동생은 제국
의 마수 토벌에 징병되어 끌려간 뒤 다시는 돌아오지 못했습니다.'

'…….'

'동생의 시체조차 돌려받지 못하고 죽었다는 소식만 간신히 전해 들었을 때, 저는 요르하의 이름을 걸고 복수를 맹세했습니다.'

요정족과의 동맹 타결을 위해 떠났던 길. 우리 앞을 막아선 조나단은 감정 없는 목소리로 주절거렸다.

그렇게 말했지만, 사실 그에게서는 복수심도, 희망도, 더 잘 살고 싶다는 욕심도 보이지 않았다.

'당신이 싫어서 배신한 건 아닙니다. 그냥, 저는 둘째 동생에게만큼은 이 삶을 물려주지 않아야 할 의무가 있는 것뿐입니다.'

텅 빈 눈에 남은 건 오직 의무감이었다.

그러나 자신의 동생을 내게 멋대로 떠넘기고 죽어 버린 지금, 몸은 빠르게 식어 가고 있지만, 얼굴에 띤 미소만은 속박에서 해방된 사람처럼 평온했다.

'왜…… 왜 나한테 부탁하는 거야. 왜 하필 나한테.'

속에 무언가가 턱 얹힌 듯 무겁고 불편했다. 원수에게 자신의 동생을 부탁하는 함의를 도무지 알 수 없었으나, 이제 물어볼 수도 없었다.

'속 아파.'

내 복수는 단맛이 나긴커녕 신물만 올라왔다.

"특별히, 기회를 주지."

나는 으르렁거리며 얼어붙어 있는 북부군을 돌아보았다.

"내가 기분이 좋지 않아. 한가롭지도 않고."

또르륵.

조나단의 피와 이름 모를 수많은 이의 피가 검을 타고 흘러내렸다.

"물러가라. 그럼 뒤쫓지 않는다."

그 말에 몇몇 병사의 눈이 흔들렸다.

그들도 알고 있을 것이다. 지금 내게 덤벼들어 봤자 불에 뛰어드는 불나방 꼴밖에 되지 않는다는 것을.

충직한 검이 되려 했는데 5

세상에 목숨이 아깝지 않은 사람은 없다. 그러나 정적은 잠시였다.

"······웃기는 소리."

병사 하나가 이를 악물고 한 발 나섰다.

"후퇴는 없다! 나는 조나단 님과 함께 죽을 것이다!"

"하······."

"가자! 저 괴물에게 생채기 하나라도 내고 죽어라!"

그의 우렁찬 외침에 병사들의 눈에 하나같이 독기가 서렸다.

"미르를 죽여라!"

"요르하를 위하여!"

미친 소처럼 달려드는 병사들을 바라보며 나는 한숨을 쉬었다.

"······그래. 그 결정을 존중해 주지."

또다시 지겨운 학살이 시작되었다.

촤아악-

"아오! 미치겠네, 진짜! 이 마수 새끼들 사육 농장이라도 있는 거냐고! 무슨 놈의 것들이 끊이지를 않고······!"

레오가 눈앞의 데베라를 크게 베며 성질을 냈다. 그의 몸을 향해 썩은 살점과 검은 피가 와르르 쏟아졌다.

이곳은 동굴 근방의 언덕.

카이사르와 카슈미르를 지원하기 위해 온 레오와 세레논은 갑작스럽게 몰려든 데베라 떼를 처치하느라 고군분투 중이었다.

"후······. 그래도 저쪽보단 훨씬 낫지 않습니까."

세레논이 눈가에 튄 이물질을 거칠게 닦아냈다.

지쳐 가지만, 이곳은 둘이라서 할 만했다. 슬슬 끝이 보이기도 하고 말이다.

'정말 심각한 건 저쪽이지.'

세레논이 옆을 돌아보았다.

우글우글.

사람이고 마수고 한데 뒤섞인 아수라장. 너무 많이 몰려 있어 안쪽은 보이지도 않았다. 소리나 형태를 대강 인식할 뿐, 제대로 피아식별을 하지 못하는 마수들까지 투입한 탓에, 북부군이 정신 못 차리는 마수와 싸우는 진풍경까지 보였다.

어떤 상황이 벌어지고 있는지 예상도 되지 않는 가운데, 명백한 것은 하나.

키이익!

"아아아악!"

저 안쪽에서 죽음의 사자가 쉴 새 없이 생명을 수확하고 있었다.

세레논이 중얼거렸다.

"솔직히 말해…… 지금까지 크리시스 공작이 살인귀라느니, 대륙 최강이라느니 하는 건 제국민의 자부심이 섞인 과장이라고 생각했습니다만……."

카이사르가 활발히 활약할 당시에 그는 어린 소년에 불과했다.

그렇다 보니 그가 자라고 나서 카이사르에 대해 들은 건 실질적 수치나 보고가 아니라 이미 번쩍번쩍하게 금칠된 위명뿐이다. 카이사르가 대단하다는 건 익히 알지만 실감이 나지는 않았다.

"저걸 보고 있자면 인정하지 않을 수가 없군요."

언덕 전체에서 피 냄새가 진동하고, 한 발자국 옮길 때마다 시체가 발에 차였다.

특히 카이사르가 서 있을 저 아수라장의 중심은 또 다른 언덕이 솟기라도 한 듯 유독 우뚝해 보였다.

'시체들이 쌓여 있기 때문이겠지.'

죽음엔 익숙해질 만큼 익숙해졌음에도 그 광경을 상상하니 오싹했다.

　　　　　　　　　　　　　　충직한 검이 되려 했는데 5

특히 그 위에 고고히 서 있을 한 남자의 얼굴이 머릿속에 그려진 순간 가장 소름 끼쳤다.

'분명, 아무런 표정도 짓고 있지 않겠지.'

무미건조한 붉은 눈을 상상하는 것만으로도 어깨가 짓눌리는 듯했다.

세레논은 진정한 '압도'가 무엇인지 카이사르를 통해 배우게 되었다.

'……빨리 가서 도와줘야 한다.'

레오가 입안 살을 꾹 짓씹었다.

동족을 알아보듯, 레오는 그의 일검을 목도하자마자 알 수 있었다. 카이사르 크리시스는 사람을 죽이는 데에 도가 튼 인물이라는 것을. 그것은 차원이 다른 학살의 경지였다.

그러나 마수는 얘기가 달랐다.

'슈슈가 하루 종일 밀려오는 마수는 아무렇지 않게 처리하지만, 사람을 상대하는 건 버거워하는 것과 같다.'

같은 소드 마스터라고 해도 각자 전공이 달랐다. 살아온 길과 개인이 찾은 정답에 따라, 마나 분배를 어떻게 하는지부터 시작해 오러를 어떤 형태로 발출해 내는지까지 모두가 가지각색이었다.

'크리시스 공작은 사람 죽이는 것에만 뛰어나다.'

검술은 한 곡의 노래와 같다. 무차별적인 난사 같은 공격에도 저만의 박자가 있고 패턴이 있었다.

카이사르의 검은 인간의 신체 형태와 본능적인 움직임에 철저히 맞춰져 있었다. 말하자면, 바이올린 협주곡 전문 지휘자란 말이다.

그런데 바이올린 협주곡 중간에 갑자기 첼로 연주가 끼어든다면?

'리듬과 패턴이 깨져 버리고 만다.'

카이사르가 아무리 뛰어나다 한들, 극한의 상황에서도 완벽할 수는 없다. 순발력으로 대처하는 데엔 한계가 있는 법. 지금은 버텨 주고 있지만, 마수와 사람이 뒤섞인 곳에서 익숙하지 않은 난투를 계속하다 보면 틈을 보여 버릴 것이 분명했다.

'그리고 틈을 보이는 순간 목숨을 잃는 것이 전장이지.'

그 전에 그들이 지원을 가야 했다.

파앗!

레오는 이를 악물고 검을 휘둘렀다.

크리시스 공작과는 대화 몇 번 나눠 본 것이 다이지만, 레오는 그를 돕는 데 필사적이었다.

'나는 네가…… 무너지는 걸 보고 싶지 않아.'

그 남자가 죽기라도 하면 카슈미르는 분명 버티지 못할 테니까.

이전엔 카슈미르만 멀쩡하다면 다른 건 아무래도 좋았다. 사실 지금도 그렇긴 하다. 하지만 시간이 갈수록 욕심만 많아져서.

'네가 좋아하는 것들도 온전히 지켜 주고 싶어.'

계속 네 곁에 있을 수 있기를, 그때의 네가 웃고 있기를, 그 웃음이 티 없이 맑고 진실되기를. 한 발자국 나아가듯 계속 발전해 가는 사랑은 어느새 그를 양지 가까운 곳까지 이끌어 버렸다.

'무사하겠지? 공작과 갈라진 것 같던데…….'

레오가 어디 있을지 모를 카슈미르를 생각하며 한숨을 삼키던 찰나.

"국왕! 저, 저기!"

세레논이 다급하게 어딘가를 가리켰다.

"슈슈!"

저 멀리서 레오가 손을 흔들며 나를 반겼다.

'제대로 왔군.'

충직한 검이 되려 했는데 5

오직 기운만을 쫓아서 처음 걸어 본 길이라 제대로 가고 있는지 알 수 없었건만, 이제는 확신할 수 있었다. 나는 데베라 떼가 몰려 있는 방향으로 더더욱 속도를 높였다.

촤아악!

그리고 내게 달려드는 데베라 두 마리를 단칼에 벴다.

"스승……!"

레오와 마찬가지로 나를 보며 화색을 띠던 세레논이 순간 멈칫했다.

스윽.

낯선 사람을 보는 듯한 얼굴 앞에서, 나는 내 눈 위에 튄 검은 피를 대강 닦아냈다.

나를 막아서던 북부군을 몰살하고 오는 길. 피로 목욕을 한 듯 온몸이 축축했다. 후각이 무뎌져 더는 피비린내가 거슬리지도 않았다.

'뜨거워.'

그저 예민하게 신경이 곤두선 피부에 와 닿는 핏덩이가 홧홧할 뿐이었다.

화아악.

나는 사방으로 살기를 흩뿌렸다. 자욱하게 퍼지는 검은 기류와 함께, 금방이라도 달려들 듯 흉험한 기세의 데베라들이 그 자리에서 굳었다.

터벅터벅.

나는 모두가 얼어붙은 설원 위를 가로질러 두 사람에게로 다가갔다.

주춤.

세레논이 뒷걸음쳤다. 본능적으로 한 행동인지, 자신이 물러서고도 당황한 얼굴이었다. 이해하지 못할 것은 없었다. 흉악한 기세의 소드 마스터와 마주하는 건 보통 정신으로 할 수 있는 짓이 아니니까. 일반인이라면 살기에 짓눌려 의식을 잃거나 정신없이 도망쳤을 터.

'머리카락, 거슬려.'

싸늘한 분위기 속에서 굳은 피와 함께 엉킨 긴 머리칼을 쓸어 넘기던 찰나였다.

"슈슈! 무사했구나!"

와락.

성큼 다가온 레오가 나를 크게 끌어안았다. 피 칠갑을 한 나와 맞닿은 부분마다 피가 배어드는데도 아랑곳하지 않았다.

"젠장. 공작과 함께 있지 않아서 걱정했다고. 크게 다친 곳은 없는 거지?"

"……."

"있어?"

"아니."

시원스레 입꼬리를 끌어 올린 레오가 엉망이 된 내 머리칼을 쓸어 주었다.

"그럼 됐어."

그 손길 아래, 나는 길게 숨을 뱉었다.

그제야 정신없이 달려오느라 가쁜 숨을 고를 수 있었다.

"……오래는 못 붙잡는다. 싸울 준비 해."

그러나 이곳은 데베라 떼의 한복판. 평안함을 느낄 새는 없었다. 내가 뿌린 살기로 억눌려 있던 데베라들도 슬슬 우리 주위를 맴돌며 덤벼들 틈새를 노리고 있었다.

"저, 스승님……."

"괜찮습니다."

나를 보고 뒷걸음친 것이 신경 쓰이는지 실수했다는 표정으로 더듬거리는 세레논을 향해 단호히 말했다. 시간을 끌 만한 일도 아니었다.

"저는 곧바로 크리시스 공작님을 도우러 가야 합니다. 이곳은 두 분이 정리해 주세요."

데베라는 대재앙 다음이라고 불릴 만큼 강한 축에 속하는 마수지만, 소드 익스퍼트 두 사람이 충분히 처리할 수 있는 떼거리였다.

내가 말하자 레오와 세레논이 고개를 끄덕였다.

"공작은 저쪽이다."

레오가 건너편을 가리켰다. 그곳을 돌아본 나는 입술을 짓씹었다.

'젠장. 완전히 포위돼서 보이지도 않아.'

병사고 마수고 한데 몰려들어 철벽처럼 중앙을 감싸고 있었다. 완벽히 사냥감을 몰아넣는 전세였다. 지그문트가 나를 먼 곳으로 보내 버리고 카이사르를 얼마나 몰아붙였을지 예상이 가서 조급해졌다.

"연합군 측에서도 지원군이 올 거야. 우리도 이곳이 정리되는 대로 바로 합류할게."

레오가 내 어깨를 단단히 잡아 밀어냈다.

"빨리 가 봐."

그의 상냥함은 부드럽지도, 달콤하지도 않았다.

입안에 넣는 순간 녹아 버리는 솜사탕 같은 것에 비하기엔 대체로 거칠고 자극적이었다.

"기억해."

"……."

"무슨 일이 일어나든, 그건 네 잘못이 아니야."

그럼에도, 레오의 상냥함은 늘 그곳에 있었다.

보이지 않아도, 가끔은 체감하기 힘들어도, 그것은 가장 필요한 순간 내 어깨를 덮어 주었다.

"……먼저 간다."

"응."

나는 울렁이는 감정들을 삭이며 발에 마나를 둘렀다.

"고마워."

파앗!

속삭이듯 내뱉은 감사 인사를 마지막으로, 나는 섬전처럼 땅을 박차고 높이 뛰어올랐다.

'많이 사용하긴 했군.'

마나 과다 사용으로 잠시 현기증이 일었지만 얼굴을 꽉 구기며 난장판의 중심을 노려보았다.

'저기다!'

그리고 그곳에서 세찬 불길처럼 검은 머리칼을 휘날리는 그를 발견했다.

카이사르는 성한 곳을 찾을 수 없을 만큼 만신창이었다. 겉치장에는 관심이 없어도 깔끔함만큼은 고수하던 그에게서 처음 보는 모습이었다.

'……중상은 없다.'

가슴이 무너지듯 철렁했으나, 간신히 정신을 붙잡았다. 거리가 있어 자세히 보이지는 않지만 민첩한 움직임으로 보아 치명상은 없는 것 같았다.

그는 낱알을 터는 탈곡기처럼 눈에 보이는 것을 모조리 쓸어 버리고 있었다.

'간다.'

촤아악!

나는 오러를 극치까지 뽑아내며 저 난장판을 향해 기둥 같은 거대한 검격을 날렸다.

콰콰콰쾅!

굉음과 함께 대지가 뒤흔들리고 콜로세움처럼 동그랗게 둘러싸인 전열이 단숨에 무너졌다. 사람이고 마수고 한데 뒤엉켜 넘어지며, 진정한 산지옥이 모습을 드러냈다.

"미, 미르다!"

"으아악……! 피해!"

쿵!

나는 날카로운 비명이 터져 나오는 그 한가운데에 착지했다.

"여럿이서 한 명을 괴롭히다니, 비겁하긴."

"……."

비명이 공포에 질린 침묵으로 바뀌었다.

"으으……."

나를 바라보는 북부군의 두 눈에 끔찍한 경멸과 더없는 경외가 뒤섞였다.

나는 문득 궁금해졌다. 대륙을 평정한 정복왕 챔버러가 '원죄의 침략자', 그 뒤를 이어 최고의 성군으로 여겨지는 헬리오스는 '세 치 혀의 기만자'로 불린다는 북부에서 나는 무엇으로 불리게 될지.

"저게, 해질녘의 마귀……."

그 순간 한 병사의 떨리는 목소리가 내 귓가를 스쳤다.

'해질녘…….'

'이, 이 마귀…….'

그리고 보면 설원에서 몰살된 병사들도 하나같이 그 비슷한 말들을 중얼거렸던가.

"'해질녘의 마귀'라……."

스르릉.

피에 절어 원래의 은빛을 잃은 검면에서 내 모습이 일그러졌다.

살기를 담아 형형하게 빛나는 진분홍색의 두 눈.

그래. 낮과 밤이 겹치고, 빛과 어둠의 경계가 희미해지는, 가장 요요한 시간의 하늘에서만 볼 수 있는 색채다.

"그거 참……."

나는 입꼬리를 주욱 찢었다.

"마음에 드는 별칭이군."

쇄애액!

해질녘을 건너 몰각에 닿은 검은 오러가 갈퀴처럼 쇄도했다.

"아아아악!"

인간의 육체가 한낱 육편으로 전락하는 현장에서, 나는 주변을 둘러보는 데에 여념이 없었다.

'카이사르. 아버지……, 어디지?'

허공에서 보았던 그의 얼굴은 흉악스럽게 웃고 있었으나, 나는 알았다.

그는 분명 한계에 이르렀다.

'젠장. 이쪽이었는데.'

나는 앞길을 막는 것이라면 마수든 사람이든 무차별적으로 베며 카이사르가 있었던 방향을 향해 나아갔다.

콰콰쾅!

내가 가는 길이 맞다고 알려 주듯 멀지 않은 곳에서 붉은 오러가 터져 나왔다.

그 고매한 붉음은 여전히 빛바래지 않았다. 그러나 위력은 전과 비교도 할 수 없을 만큼 약해져 있었다. 애초에 저건 마나를 절약하기 위해 규모를 줄이고 출력 효율만 극대화한 것으로, 마나 회로가 한계에 다다랐을 때나 사용하는 방식이었다.

'괜찮아. 아직 살아 있으니까, 살릴 수 있으니까……!'

조급해서는 될 것도 되지 않는다. 나는 터져 나갈 듯 빨라지는 심장을 무시한 채, 침착하게 적을 베어 나가며 속도를 높였다.

'저 앞이다……!'

지금껏 온갖 기운과 뒤섞여 찾을 수 없었던 카이사르 특유의 기운이 느껴지기 시작했다.

촤아악!

나는 카이사르의 인영을 가린 마지막 병사를 참수하고, 어둠 속에서 빛을 찾은 사람처럼 벅찬 마음으로 나아갔다.

"아버지!"

충직한 검이 되려 했는데 5

그리고 환희에 젖어 그를 부르는 순간.

푹.

허공으로 피가 솟구쳤다.

'……어?'

나는 그 자리에 우뚝 멈춰 섰다.

두 눈으로 본 광경과 두뇌 사이에 거대한 괴리감이 생긴다.

본 것을 머릿속에 받아들이는 과정 중간에 거대한 구멍이 생긴 것만 같았다.

'지금…….'

나는 석상처럼 굳은 채로 맞은편을 응시했다.

쓰러진 카이사르.

독화살과 칼날, 마수의 입질로 인해 너덜너덜해진 그의 몸.

온몸을 타고 흐르는 보랏빛 독극물.

그리고…….

푸슉.

검을 뽑아내는 손길과 함께, 동그란 무언가가 검 끝에 찍혀 나왔다.

"결국 왔군."

단조로운 목소리가 귓가를 웅웅 울렸다.

"오지 않는 편이 나았을 텐데."

툭.

데구르르…….

그의 손끝에서 떨어진 것이 흙바닥을 굴러 내 발치에 닿았다.

나는 고개를 숙여 그것을 바라보았다.

나를 다정하게 응시하던 그 눈. 가끔은 걱정이 서린 채로 침잠하던 그 눈. 사랑한다고 말할 때면 곱게 휘어지던 그 눈. 그 붉은 눈이…….

"그렇지 않나?"

나긋한 물음과 함께, 지그문트가 입꼬리를 비틀었다.

분명 입은 웃고 있건만.

"보지 않는 편이 나은 것도 있는 법이지."

그는 꼭 토할 것 같은 얼굴이었다.

"슈, 슈……."

맞은편에서 거칠게 갈라진 목소리가 희미하게 울렸다.

나는 고개를 들어 목소리의 주인을 바라보았다.

"……괜찮아."

쓰러지고서도 기어코 검을 쥐고 있는 인영. 몸은 무너졌으나 부서지지 않은 영혼이 그곳에 있었다. 쉴 새 없이 피가 흐르는 오른쪽 눈가를 짓눌러 지혈한 채, 독이 번진 것이 분명한 왼쪽 눈이라도 어떻게든 뜨려고 노력한다.

"괜찮다."

이제는 하나 남은, 어렵게 뜬 붉은 눈이 휘어졌다.

"울지 마, 아가."

이미 잃어버리고, 또 잃어버릴지도 모르는 자신의 눈보다, 한낱 내 눈에서 흐르는 눈물을 더 귀히 여겼다. 그리하여 내 사랑은 붉은색이었건만.

"아빠는 괜찮아."

"……."

"그러니 울지 마."

갓난아이 때 해 주지 못했던 말을 지금이라도 해 주겠다는 듯 달래 주는 다정한 목소리에.

"으윽……."

"……."

"으아아아아ㅡ!"

나는 완전히 이성을 놓았다.

마수들과의 전투가 한창인 전장.

쉬익!

"속력 올려! 더 빨리 날아!"

"이게 최고 속력이라고, 개자식아! 날개 한쪽으로 파닥거리는 게 어디 쉬운 일인 줄 알아!"

거센 바람 소리와 함께, 두 남녀의 날선 목소리가 우중충한 하늘에 울렸다.

"저는 얌전히 들려 있기만 하면 그만인 주제에! 너만 마음 급하냐고!"

아리아가 이를 악물고 날갯짓에 박차를 가했다. 벌새처럼 날쌔게 비행하는 그녀의 이마엔 식은땀이 송골송골 맺혀 있었다.

"젠장, 아버지가 적들에게 포위되었다잖아!"

그리고 그런 아리아에게 짐짝처럼 들린 채로 대롱대롱 흔들리는 칼.

"그 양반 죽기라도 하면 우리가 공작위 물려받아야 한다는 거 모르나!"

입으론 터무니없이 가벼운 투정을 뱉으면서도, 그의 얼굴은 창백하게 질려 있었다.

'아타라의 국왕과 2황자에게서 연락이 왔네. 크리시스 공작이 적들에게 포위되었다더군. 흑마법사를 빼돌린 것까지가 그를 사냥하기 위한 함정이었던 것으로 보이네.'

카슈미르와 카이사르를 도우러 가겠다고 발악하는 칼을 냉정하게 설득해 되돌려 보낸 디에고는, 10분이 채 지나기 전에 제 발로 칼을 찾았다.

'약속한 대로 구조대를 파견할 걸세. 그러니 염려 말게.'

그는 칼의 출동을 반려할 때와 마찬가지로 철혈의 이성으로 쌓은 낯을 하고 있었다. 살면서 인간은커녕 신조차 존경해 본 적 없는 칼도 디에고에게는 희미한 존경을 느낄 지경이었다.

'구조대를, 구조대가 가기까지는, 시간이 너무 오래 걸리지 않습니까?'

'……'

'늦을 겁니다. 늦어서……'

칼은 함정이라는 단어를 들은 순간부터 머리가 제대로 돌아가지 않았다. 이렇게까지 아득하게 무능해지는 건 처음이었다.

카이사르의 얼굴이 싸늘하게 식은 모습이 주마등처럼 스쳐 지나간다.

'어떻게 해야……'

그가 멍청하게 굳어 있을 때.

'……함정? 누가 함정에 빠져요?'

전방에서 치료사 역할을 자처하던 아리아가 날아오더니 잔뜩 흐트러진 머리칼을 쓸어 넘기며 칼의 옆에 착지했다.

'망할……, 그럼 이러고 있을 시간이 없는 거잖아요! 당장 구하러 가야지!'

'그래. 순간이동 좌표를 구하기엔 장소에 대한 정보값이 전혀 없는 상태인 만큼, 가장 빠르게 이동할 수 있는 건 요정족일 테니……'

'긴말 필요 없어요. 중상자가 있을 경우를 대비해 내가 먼저 출발합니다. 곧바로 구조대 보내세요!'

빠르게 상황을 지휘한 그녀는 두 눈을 희뜩하게 뜨며 칼을 돌아보았다.

'야! 칼 크리시스. 정신 안 차려?'

'……아.'

'넌 나랑 같이 가! 한 명 정도는 들고 갈 수 있으니까!'

맑은 아침 하늘을 닮은 새파란 눈이 칼을 똑바로 응시했다.

'우리 아버지는 우리 손으로 구해야 할 거 아니야!'

그 말에 칼은 정신이 번쩍 들었다.

그래. 아버지가 위험에 처해 있는데 아무것도 안 하고 있을 수는 없다. 이런 태도는 칼 자신답지 않았다.

'······고맙다. 정신이 번쩍 드는군.'

칼은 비릿한 맛이 올라오도록 입술을 짓씹고 고개를 쳐들었다.

정말 무언가 잘못되었을 때, 당황해서, 또 놀라서 아무것도 못 했노라 변명할 생각은 추호도 없다. 그는 크리시스 공작가의 첫째였으며, 붉은 눈은 그 어느 때에도 내리깔려선 안 됐다.

'그래. 이제야 좀 평소처럼 재수 없네.'

무서울 정도로 엄한 표정이던 아리아가 그제야 입꼬리를 올렸다.

그 얼굴 앞에서 칼은 문득 깨달았다.

'가자, 우리 아버지 구하러.'

아리아가 처음으로 보았을 때로부터 훌쩍 자랐다는 것을.

"어느 방향이야? 딴생각하지 말고 제때제때 말해!"

물론 저 가공할 만한 성깔은 카이사르의 멱살을 냅다 잡아 올리던 그때와 마찬가지였다.

"······좌측. 저 언덕만 넘으면 있다."

칼은 레오와 세레논의 통신 기구를 기준으로 위치를 추적하는 마도구를 내려다보다가, 다른 손의 또다른 마도구를 꽉 쥐었다.

'아, 출발하기 전에 그거 챙겨!'

'그거?'

'그래. 제라 스승님이랑 치고받으면서 만들겠다고 난리 치던 거 있잖아.'

칼은 생각난 듯 짧은 탄성을 뱉었다.

북부 진영의 흑마법 결계를 절단해 줄 커터, 모르레들을 다른 산맥으로 유인할 사이렌과 더불어 또 하나의 연구품.

'······미완성품이다. 제대로 발동될지 확신할 수 없다.'

연합 연구소의 모든 인원이 매달렸으나, 끝끝내 완성하지 못한 물건이었다.

망설이는 칼 앞에서 아리아는 담백한 얼굴로 말했다.

'발동되면 좋고 아니면 마는 거지, 뭐 그렇게 복잡해?'

'……'

'우린 할 수 있는 걸 다할 거야. 그뿐이야.'

칼은 아리아를 가만히 바라보았다.

칼에게 제대로 혈통이 이어졌다고 할 수 있는 사람은 카이사르뿐이다. 아무리 두 사람이 건조한 부자 사이였다 한들 피는 물보다 진했다. 더욱이 카이사르가 카슈미르를 통해 변하며, 칼과 그도 단순한 정을 넘어 깊은 감정의 교류를 시작하지 않았나. 그리하여 카이사르를 잃어버릴 수 있다는 사실은 칼 본인조차 당황스러울 만큼의 동요를 일으켰다.

한편 카슈미르는 칼에게 사랑이 무엇인지 가르쳐 준 사람이다. 칼은 카슈미르를 통해 살아 있다는 감각을 배웠다. 처음은 늘 특별하듯, 칼에게 카슈미르는 절대적인 존재였다. 그러나 아리아는 둘 중 어느 쪽과도 같지 않았다. 피가 이어지지도 않았고, 대단한 의미 같은 것도 없었다. 그저 어느 날 나타난 거슬리는 동류이자 카슈미르가 달고 온 짐덩이에 불과했다.

그러나, 언제부터였을까.

자신과 언니를 지키겠다며 칼의 가혹한 가르침 아래에서도 필사적으로 마법을 배우려 했을 때였나. 아니면 아타라전에 출전한 카슈미르가 돌아오기를 기다리며 서로에게 위안을 얻을 때였나. 그것도 아니면, 칼 자신도 전혀 모르는 사이에 스며든 것인가. 사랑한다는 말은 간지럽고, 가족이라는 말은 애매하다. 친우는 부족하고, 전우는 과했다.

'모든 것이 잘못되어도 같이 떠안으면 돼.'

'……'

'그럼 적어도 눌려 죽지는 않겠지.'

그래. 칼 크리시스와 아리아 크리시스는 운명 공동체다.

조금은 건조하지만, 함께 치고받으며 운명까지도 공유하는 관계.

"너와 함께라면……."

"뭐?"

갑작스러운 중얼거림에 반문하는 아리아 앞에서, 칼은 씨익 입꼬리를 끌어올렸다.

"너와 함께라면 죽어도 괜찮다고 생각했다."

"……."

"아리아, 크리시스."

마도구를 불안하게 만지작거리던 칼의 손길이 그제야 잦아들었다.

하늘빛 눈동자가 끔뻑거렸다.

"……뭐야."

그리고 오래 지나지 않아 그녀의 입가에 칼과 비슷한 미소가 걸렸다.

"뻔한 소리를 폼 잡으면서 하네."

"……."

"당연히 우리는 뒈져도 같이 뒈지지."

명백한 동류.

처음 눈을 마주친 순간부터 느꼈던 동족 혐오는 어느새 미운 정으로 바뀐 지 오래였다.

"저기다."

외날개의 죽을힘을 다한 날갯짓은 어느새 그들을 목적지로 데려다주었다.

"……정말 징하게도 해 먹으셨군."

칼은 카이사르를 향한 걱정도 잊고 혀를 내두르고 말았다.

그의 발밑은 시체의 산이었다. 그곳에만 검고 붉은 피로 웅덩이져, 설원 한가운데에 구멍이 뚫린 것 같았다.

그 광경을 만들어 낸 장본인이 누구인지는 안 봐도 뻔했다.

"군소리 말고 먼저 어딨는지 찾아. 언니랑 그 양반 보여?"

"좀 기다려 봐라. 거리가 멀어서 잘 안 보인다."

발각되지 않기 위해 높은 상공으로 비행한 탓에 맨눈으로는 지상이 아득했다.

칼은 제라에게 빌려 머리에 걸치고 있던 루페 안경을 똑바로 끼며 지상을 내려다보았다. 특수 제작된 제라의 루페는 먼 곳도 확대해 볼 수 있었다.

"9시 방향엔 2황자와 국왕이 적군들을……. 음? 왜 안 움직이지? 저렇게 굳어서는……."

"하. 저 전장 한복판에서 여유를 부릴 수가 있다고?"

"아니, 얼굴이 잘 안 보이는데……. 잠깐. 저건……."

"뭐야? 무슨 일인데?"

전장을 훑던 칼의 얼굴에 혼란이 번졌다.

그는 안경 앞에 날아다니는 날파리라도 쫓는 양 정신없이 시선을 이리저리 돌리다가, 이내 어지러운 듯 눈을 질끈 감았다 떴다.

"무슨, 검은 새 같은 마수가 사방을 돌아다니는데……. 아! 저기 아버지다!"

"어디, 어디야?"

시야를 어지럽히는 검은 것에서 벗어난 칼의 시선 끝에 익숙한 인영이 걸려들었다. 아리아가 반색하며 날개를 활짝 펴고 급하강을 준비했다.

"12시 방향인데……."

드륵.

루페를 돌려 도수를 높이던 칼의 표정이 갑자기 굳었다.

멀리서는 그저 검은 덩어리처럼 보였건만, 자세히 보니 짓눌려 곤죽이 된 고깃덩어리와 다를 바 없었다.

"망할……! 심각해 보인다! 당장 내려가! 작전대로 간다!"

칼이 다급하게 외쳤다. 카이사르는 멀리서 보아도 상태가 심각했다.

"젠장, 꽉 잡아!"

쉬이익!

아리아가 이를 악물고 수직에 가깝게 급히 하강했다. 불어오는 맞바람 때문에 눈을 뜰 수 없을 정도로 빨랐다.

"저기……!"

땅이 코앞에 다다랐을 때, 칼이 손끝으로 한 인영을 가리켰다.

"……아."

그리고 그대로 굳었다.

칼 크리시스에게 카이사르 크리시스는 불멸의 이름이었다.

그는 자신과 같은 집에 거주하는 아들에게조차 연약한 모습을 보인 적 없던 이다. 카이사르와 가장 오랫동안 함께해 온 집사 테일러조차도 그의 약한 모습 같은 건 본 적 없노라 단언했다.

내 아버지는 최강이다.

칼에게 이 말은 어린아이의 흔해 빠진 허세가 아니라 분명한 진실이었다. 그는 사리를 구별할 수 있을 즈음부터 대륙은 몰라도 제국의 최강은 너의 아버지가 분명하다고 아부하는 말들을 귀에 못이 박히도록 듣고 자랐다.

제국의 검. 불순분자들의 악몽. 재앙 토벌자. 온갖 거창한 별칭이 모두 카이사르의 것이었다. 칼은 그것을 당연히 여겼다. 그리하여 부러지지도, 죽지도 않을 것이라고 멋대로 확신했건만.

"아, 아버지……."

칼의 목소리가 형편없이 떨렸다.

주르륵.

그 부름에 응답하듯 짓무르고 베인 카이사르의 뺨을 타고 붉은 핏줄기가 흘러 내렸다.

스륵.

땅에 박은 검으로 비틀거리는 몸을 지탱하고 있는 게 전부인 카이사르가 고개를 들었다.

그리고 드러난 얼굴.

"안 돼…… 저건 못 고쳐……"

날아 내려가는 속도가 현저히 느려진 아리아가 울음기 섞인 목소리로 중얼거렸다. 오른쪽 눈이 있어야 할 곳이 완전히 텅 비어 버렸다. 이뿐이었다면 요정왕과 교황까지 달려들어 어떻게라도 회생할 수 있을지 모르나, 문제는 독이었다.

치이익…….

염산에 가까워 보이는 지독한 독이 카이사르의 오른쪽 눈 조직을 완전히 태우고 근처 피부를 괴사에 이르게 했다. 저 상태로는 신경이 하나도 남지 않았을 테니 의안도 무리였다.

얼굴 전체에 독이 번진 탓에 함께 중독되어 흰 막이 뜬 왼쪽 눈이라도 살리면 다행인 수준이었다.

"이거, 오늘 쪽을 많이 파는군."

참극이 벌어진 가운데, 카이사르는 상황과 어울리지 않는 유쾌한 얼굴이었다.

"보이지 않지만 괜찮다."

그는 새하얗게 질려 버린 두 사람을 위로하듯 나직하게 속삭였다.

"느낄 수 있거든, 너희는."

색이 바래어 분홍빛을 띤 왼쪽 눈은 따사로운 온기를 품고 있었다.

"……작전대로 간다. 움직여!"

칼은 이를 악물고 악을 썼다.

눈앞이 뿌예진 그는 숨을 가쁘게 들이쉬었다. 엉망이 된 카이사르를 보는 것만으로도 고통스러웠다. 저 상태로 버티고 있는 카이사르는 더더욱 고통스러울 터.

살기를 뿌려 주위의 적들을 저지하고는 있으나, 그 살기는 생명체를 그 자리에서 얼어붙게 만드는 위력만큼 마나의 소모가 컸다.

"뭐 해, 아리아!"

당장 도와야 했다.

칼은 더 가지 못하고 허공에 멈춰 있는 아리아를 재촉했다.

"……젠장. 젠장!"

아리아는 욕지거리를 짓씹으며 다시 한번 한쪽뿐인 날개를 쳐올렸다. 거센 날 갯짓엔 울분이 섞여 있었다.

쉬이익!

두 사람은 카이사르를 향해 돌진했다.

"아버지, 두 손 들어요!"

칼의 날카로운 외침에 카이사르가 한쪽뿐인 눈을 힘겹게 깜빡였다.

"왜……?"

아리아가 얼굴을 일그러뜨렸다. 그 얼굴이 마치 지옥에서 기어 올라온 야차 같았다.

"아오! 들라면 들어, 이 아저씨야! 나이 들어서 방 빼고 싶어?"

"……오."

"쓸데없이 속 썩이지 말고 말이나 잘 들어!"

번쩍.

카이사르는 더 말하지 않고 검도 놓은 채 두 팔을 들었다.

'……개똥도 약에 쓴다더니, 성격 더러운 것도 쓸 데가 있군.'

칼은 새삼스레 감탄했다. 역시 성격 나쁜 놈은 우리 편일 때가 가장 좋았다.

화악!

아리아가 마수들을 헤치며 저공으로 날았다.

"준비해!"

칼은 몸을 웅크렸다. 카이사르와 거리가 급속도로 가까워졌다.

"……지금!"

스르륵.

아리아는 신호와 함께, 칼을 들어 올린 손에서 힘을 뺐다.

후욱!

칼의 몸이 수직으로 떨어지며 머리칼과 옷자락이 위로 솟구쳐 휘날렸다.

파앗!

그런 가운데 아리아는 정면으로 돌진해 카이사르를 낚아채 날아올랐다.

매가 먹잇감을 낚아채듯 빠르고 정확한 움직임이었다.

"무, 슨……."

막내딸의 손에 대롱대롱 들어 올려진 카이사르가 상황 파악 못 한 얼굴로 눈을 끔뻑였다. 피와 흙먼지로 엉망진창이 된 그의 흑발이 아리아의 빠른 비행에 맞춰 뒤집어졌다.

"야, 칼 크리시스! 뒤를 부탁한다!"

카이사르의 몸에서 영혼이 빠져나가거나 말거나, 아리아는 고도를 높이며 뒤를 돌아보았다. 그녀의 걱정스러운 시선을 받은, 혼자 남은 칼이 씨익 웃었다.

"맡겨 둬라."

그들의 계획은 단순했다.

카이사르의 상태를 확인하고, 심각하면 아리아가 들고 튄다. 그리고 칼이 그 자리를 대신해 시간을 끈다.

"아니, 왜 나를 이렇게……. 칼은……."

"얌전히 못 있어요? 눈도 하나 빼 먹은 인간이 뭘 잘했다고!"

"……."

그것이 제국 최강의 소드 마스터가 종이인형처럼 팔랑거리며 허공을 가르게 된 사연이었다.

"하. 해 보자고……."

파앗!

아리아가 빛살처럼 사라질 때, 혼자 남은 칼이 두 손에 새빨간 마법진을 펼쳤다. 대규모 공격 마법진이었다.

'여차하면 이거라도 사용하면 되니까. 발동할지는 모르겠지만……'

그는 마도구를 쥔 손에 힘을 주었다. 완성되지 않은 상태로 발동했다가는 망가질 수 있는 만큼, 이것은 최후의 수단으로 사용할 예정이었다.

'그런데……'

날을 세우고 잔뜩 경계하던 칼은 주위를 둘러보았다. 상당수의 북부군과 마수들이 포위하고 있다고 했고, 실제 이곳이 그렇다. 그의 주변은 적들로 빼곡했다. 당장 그에게 몰려들어도 이상하지 않았다.

그런데.

'왜…… 덤비지를 않는 거지?'

적들 중 누구도 칼을 공격하려 들지 않았다.

'……뭔가 이상한데.'

그래. 애초에 카이사르를 구출하는 것부터가 너무 쉬웠다. 이들은 어째서 대놓고 카이사르를 낚아채 가는 아리아를 내버려 두었는가? 이들 입장에선 다 잡은 먹잇감을 놓아주는 것과 다름없을 텐데 말이다.

'소드 마스터를 잡는 천재일우의 기회를 이렇게 놓친다고?'

방심해서라기엔 그 시간이 터무니없이 길다. 아리아의 비행이 빠르다고 한들 시야에서 사라지기 전에 잡지 못할 정도는 아니건만, 그걸 화살 한 발 쏘지 않고 보내 준단 말인가?

쉽다. 쉬워도 너무 쉬웠다.

'또…… 함정인가?'

돌려보낸 라이너도 함정. 흑마법사를 찾기 위한 길목도 함정. 흑마법사 자체도 함정. 여기까지 오는 모든 길에 구덩이를 파 놓은 놈들이다. 땅 파는 솜씨가 도굴꾼을 넘어섰다. 지긋지긋함에 토악질이 나고 머리가 터질 지경이지만, 의심을 멈출 수는 없었다.

"아리아! 뭔가 이상하다. 아버지 몸을 확인……!"

통신용 귀걸이를 붙잡고 보고하던 칼은 문득 근처에 굳어 있는 한 병사를 발견했다.

-문제 있어? 뭔데?

-지금이라도 돌아가야…….

음성이 메아리처럼 울린다.

대답을 촉구하는 목소리가 계속되는 가운데, 그는 시간이 느리게 흘러가기라도 하는 양 멍하니 그 병사의 얼굴을 응시했다.

저것은 마법도, 어떠한 외부적 자극으로 인한 마비도 아니다.

벌어진 입술과 땀을 쏟아내는 모공, 그리고 확장된 동공.

"으…… 아……."

포식자를 본 피식자의 본능적인 얼굴이었다.

쉬익! 쉬이익!

허공을 가르는 파공음이 잇따라 울려 퍼진다.

저 멀리서 무언가가 눈으로도, 귀로도 따라갈 수 없는 속도로 다가오고 있었다.

'검은 새 같던 마수…….'

공중에서 이곳을 내려다볼 때 악귀인 양 날뛰어 시야를 방해하던 그것이다.

그 속도하며 이성 없는 움직임으로 보아 당연히 그가 모르는 마수 중 하나일 거라고 생각했다. 인간이 저렇게 움직일 수 있을 리는 없으니까.

인간이…….

콰콰콰쾅-

새까만 바람이 일대를 휩쓸었다.

분쇄기가 작동된 것처럼, 그 바람에 닿는 모든 것이 갈려 나왔다. 사람과 마수는 물론이고 강철로 된 무기들까지 한낱 파편으로 화했다.

"아욱……."

"흐으……."

주변에서 숨죽인 신음이 희미하게 들려왔다.

적들은 움직이지 않고 있던 게 아니다.

'움직이지 못하는 거다.'

칼은 목덜미를 타고 흐르는 식은땀을 닦지도 못한 채 침을 꿀꺽 삼켰다.

점점 더 가까워진다는 위압감이 그의 온몸을 억눌렀다. 인간이 감당할 수 없는 천재지변이다. 저항할 수 없이, 그저 지나가기를 바라는 수밖에 없는 재앙.

'검은 재앙……'

칼은 망연히 폭풍의 눈을 바라보았다.

쿠구구구궁-

카슈미르가 검은 폭풍 가운데에서 소리 없이 울부짖고 있었다.

턱.

누군가가 칼의 어깨에 손을 얹었다.

"……소드 마스터의 폭주입니다."

그녀의 폭주를 지켜볼 수밖에 없었던 세레논과 레오가 칼과 합류하기 위해 후방에서 적들을 헤치고 온 참이었다.

"소드…… 마스터가……."

"네. 폭주합니다. 워낙 드문 일이라 잘 알려지지 않았지만요."

"……."

"통상적으로, 저 순간은 외부에서 간섭할 수 없습니다. 스스로 이겨 내야 합니다."

그들을 돌아보지도 못한 채 더듬거리는 칼에게 세레논이 답했다.

"……소드 마스터의 폭주 조건은 사실 아주 간단합니다."

앞머리를 훅 쓸어 넘기는 세레논의 낯은 이루 말할 수 없을 만큼 착잡했다.

그의 희뿌연 빛을 띤 벽안이 새까만 폭풍을 담아냈다.

"소드 마스터가 되면서 찾아낸 정답. 그것을 다시 정면으로 마주할 때 소드 마스터는 폭주합니다."

"……."

"극치에 다다랐다고 여겨지는 소드 마스터도 폭주 후에는 기하급수적으로 성장하기 때문에, 아름다운 성장의 순간이 되기도 하는데……."

찾아낸 정답이 어두울수록 오러는 어두운 색을 띤다.

카슈미르의 오러는 완벽한 검은색.

"……스승님께는 고통스러운 시간인 것 같습니다."

최악의 순간, 그녀는 한 번 더 개화했다.

⚜

너는 결코 내게서 떠나지 않았기에, 나는 마침내 너를 존경하기에 이르렀다.

카라쇼의 목을 꿰뚫은 설원에서, 마수들이 판치는 사지에서 내 검에 서렸던 감정은.

내가 찾았던 정답은.

절망이었다.

절망은 나를 강하게 만들었다. 나는 늘 그 사실이 증오스러웠다.

'어쩌다가 이렇게 되었더라.'

기억이 나지 않는다. 무엇을 해야 하는지, 왜 이러고 있는지도 알 수 없었다.

그저 모든 것을 재로 만들겠다는 본능만이 남아 주변을 사르고 있었다.

키에에엑!

"아악, 크아아아악!"

내 오러에 휩쓸린 생명체들이 비명을 지르는 가운데, 내가 선 곳만은 숨막히도록 고요했다. 폭풍의 눈이 잠잠한 것처럼.

나는 그곳에서 멍하니 생각했다.

'지그문트는 어디 갔지?'

그에게 달려든 것까지는 확실히 기억이 나건만, 그 뒤로는 희미했다.

'거의 죽였는데 아슬아슬하게 도망쳤던가?'

피투성이가 되어 비릿하게 웃던 지그문트의 잔상이 머릿속에 일렁였다.

그가 사라지고, 나는 표적을 잃어서…….

'휩쓸고, 또 휩쓸고…….'

카이사르를 지키고자 하는 의도도, 적을 베려는 의도도 아니었다.

'그냥. 바람의 목적은 부는 것이니까.'

바람이 부는 데엔 이유가 필요치 않았다.

'내 존재도 그냥, 무언가를 파괴하기 위한 게 아닐까.'

이성이 더더욱 흐려진다.

그 어떤 것도 생각하고 싶지 않았다. 인간은 생각을 해서 불행해지는 것이니.

'한 자루의 검이 되어…….'

가책을 느끼지 않고, 이지 없이 휘둘러질 수 있다면 좋을 텐데.

나는…….

와락.

"……이제 그만해도 돼."

"……."

"다 끝났어."

큰 품이 내 등을 감싸고, 낮은 목소리가 내 귓가를 울렸다. 나는 멍하니 내 명치께를 감싼 손을 내려다보았다. 고귀한 신분과 걸맞지 않게 거친 검사의 손을 나는 알고 있었다.

"지원군이 왔어. 적들은 모두 도망갔어. 다들 안전해."

달래는 듯한 말과 함께 레몬 향이 코끝을 스치면서 서서히 정신이 맑아졌다.

"돌아가자."

폭풍을 뚫고 와 만신창이가 된 레오는 꼭 울 것 같은 얼굴을 한 채 웃었다.

"돌아가서 쉬자, 슈슈. 이제 더는 죽이지 않아도 돼."

스르륵.

그제야 온몸의 살갗을 뚫고 나가 제멋대로 날뛰던 마나들이 서서히 잠재워졌다.

폭주가 멈추기 시작했다.

"네 손에 피를 묻히게 하고 싶지 않았는데."

쪽.

그가 셀 수 없는 인간의 피에 절어 살색을 찾을 수 없는 내 손바닥에 입맞춤했다. 그의 큰 손이 희미하게 떨리고 있었다.

"괜찮아. 응? 괜찮아⋯⋯."

괜찮지 않았던 순간을 건너, 피를 손에 묻히는 걸 두려워하지 않게 된 소년이 속삭였다. 그것은 필사적인 위로인 동시에 경험담이었다.

"괜찮아질 거야⋯⋯. 너무 아파하지 마. 함께 있어 줄게."

"⋯⋯."

"네가 모든 걸 감당할 필요는 없어."

어느 날은 간교한 위로에 눈 감지 않고는 버틸 수 없었다.

영혼을 억누르는 이 피의 무게를 외면하고 싶었으니까.

"쉬어, 슈슈. 내일, 다음에, 이 모든 게 끝나고 생각하자."

스르륵.

나는 레오의 품속에서 눈을 감았다.

꿈 없는 단잠이었다.

눈이 아프다.

아니, 이제 눈구멍이라고 해야 하려나. 눈알이 없으니까.

스르륵.

쓸데없는 생각과 함께, 카이사르는 욱신거리는 왼쪽 눈꺼풀을 들어 올렸다.

"흐아암, ……어?"

그리고 하품하며 기지개를 켜던 아리아와 눈이 딱 마주쳤다.

끔뻑.

상황을 파악하려는 듯 눈을 깜빡이던 그녀는, 이어 시끄럽게 의자를 넘어뜨리며 벌떡 일어났다.

"어어어……!"

"조용히 좀 해라. 나 잠 못 잔 거 모르나?"

아리아가 어안이 벙벙한 얼굴로 카이사르를 향해 삿대질할 때, 막사 한편의 의자 위에서 몸을 구기고 자던 칼이 짜증을 냈다.

팡!

그러거나 말거나 아리아는 눈만 겨우 뜨고 있는 카이사르를 향해 돌진해 침대를 세게 짚었다.

"일어났다! 네 아빠, 우리 아빠 일어났다고!"

"……뭐?"

피로에 찌든 얼굴로 다시 한번 잠을 청하려던 칼이 눈을 번쩍 떴다.

와다다.

그는 용수철처럼 튀어 일어나 침대 쪽으로 달려왔다.

"젠장, 됐어!"

"……."

"이제 공작위 두고 제비뽑기 안 해도 된다!"

짝!

칼과 아리아의 손바닥이 맞부딪치는 소리가 경쾌하게 울려 퍼졌다. 죽을 뻔한 아비가 간신히 깨어난 가운데, 처음으로 한다는 소리가 저거였다.

'자식새끼들 키워 봐야 아무 소용 없다더니…….'

비관하던 카이사르는 흐릿한 왼쪽 눈에 초점이 잡힌 순간, 피식 웃고 말았다.

'불어터진 마카로니 같은 얼굴들이군.'

눈물을 참느라 일그러진 얼굴들도 사랑스러운 것을 보면, 그도 어쩔 수 없는 팔불출이었다.

"참 나……. 세상 오래 살고 볼 일이야. 신기하네."

꾹꾹.

알리샤가 감탄을 흘리며 카이사르의 복부를 눌렀다.

단단하고 굵은 근육들이 자리 잡은 탓에 손끝이 들어가지 않아서 누른다기보다는 건드리는 것에 가깝긴 했다.

"세상 모든 게 배신해도 직접 키운 근육과 힘은 배신하지 않는다더니 진짜인 모양이야."

일주일 만에 심각한 치명상들이 아물며 새살이 차오른 모습은 경이로울 정도였다.

"소드 마스터에 대한 찬사들이 다 낭설은 아니었나 보군."

팔짱을 끼고 두 사람을 지켜보던 페이샤가 고개를 저었다.

아리아가 숨만 간신히 붙어 있는 카이사르를 데려온 날.

'독이 회복을 방해하고 있어요. 이 상태로는 내 신성력을 다 쏟아부어도 안 돼요.'

충직한 검이 되려 했는데 5

성치 못한 몸으로 카이사르에게 신성력을 붓던 엘리오르는 탈진 직전에서야 선언했다.

요정들의 진단 또한 마찬가지였기에 해독이 무엇보다 시급한 상황이었다.

'물러나라! 치료는 우리가 주도한다!'

그때 문제를 해결한 것이 다름 아닌 은빛 늑대족이었다.

자연과 한 몸이 되어 살아가는 그들의 약초학은 인간의 수준을 훨씬 뛰어넘었다.

"뭐, 무엇보다 우리 늑대들의 뛰어난 해독 능력이 크게 한몫했지만."

페이샤가 오만하게 입꼬리를 비틀었다.

끄덕.

의식이 없던 사이 무슨 일이 일어났는지 전해 들은 카이사르가 순순히 고개를 끄덕였다.

"감사합니다, 어르신."

그리고 공손하게 내뱉었다.

헉.

그 순간 막사 안 모두가 믿기지 않는다는 얼굴로 카이사르를 바라보았다.

"……사람이 죽다 살아나면 성격이 바뀐다는데, 아버지가 그 짝인 모양이군요. 지옥 강에서 발장구 치다가 낚여 올라온 판국이니 그 정도 부작용은 별수 없겠죠."

경악 어린 침묵을 끊은 건 칼이었다. 그는 덤덤하게 말하면서도 돌아올 수 없는 곳을 건넌 이를 보는 눈을 하고 있었다.

"왜 그런 태도로 나오는 거지? 기분 나쁘다."

"……."

"정말 기분 나쁘군."

감사 인사를 받은 페이샤조차 못 볼 것을 본 듯한 얼굴이었다. 기분 나쁘다고 두 번이나 말했다. 그도 그럴 것이, 카이사르 크리시스가 어디 한풀 꺾고 들어갈 인물이던가? 깊은 통찰도 필요 없이 얼굴만 봐도 천상천하 유아독존이 일필휘지로 적혀 있었다. 감사 인사야 목숨의 은인이니 그렇다 쳐도, 저렇게 순한 얼굴로 존대까지 하는 카이사르는 모두에게 초면이었다.

그런 가운데 카이사르는 느릿하게 손끝을 매만졌다.

"그렇게들 반응하니 내가 못 할 말이라도 한 것 같다만, 진심이다."

"스읍. 저거 퇴마를 해야……."

"그때, 진심으로 살고 싶었으니까."

목소리는 여상스러웠으나, 그 속에 담긴 무게는 묵직했다. 장난스럽던 분위기가 금세 잦아들었다.

카이사르는 자주, 자신의 죽음에 대해 생각했다.

당연하다. 일검에 열댓 명의 목을 날리는 악독한 짓거리를 하면서 자신은 죽을 각오조차 되어 있지 않다는 건 안일함을 넘어 기만이었다. 피 냄새가 진동하고 누군가의 눈에서 빛이 스러질 때, 카이사르는 습관처럼 자신이 죽는 순간을 머릿속에 그려 보곤 했다. 상황은 늘 달랐지만, 죽음 앞에서 자신의 태도는 틀에 박힌 듯 동일했다.

여느 때와 같이 건조한 얼굴로 잠시 고르지 않게 호흡하다가, 한 마디 말도 남기지 않고 조용히 숨을 거두는 것. 아주 재미없는 죽음일 것이다. 그는 삶이 간절하지 않으니 살고 싶다고 애원하지 않을 테지. 떠오르는 얼굴도, 미련도 없을 터.

매일 밤과 다름없으나 좀 더 깊은 수마.

그것이 카이사르의 죽음으로 예정되어 있었다. 그러나, 전장에 너무 오랜만에 선 탓인가. 아니면 그사이 너무 많은 미련이 생겨 버린 탓인가.

'죽고 싶지 않다.'

카이사르는 죽어가던 그 순간, 자신을 둘러싼 적들에게 구차하게 애원이라도 하고 싶었다.

'……살고 싶어서.'

다시 봐야 하는 얼굴들이 있었으니까.

"그런 기분은 처음이었다. 신기했지."

난생처음 느껴 본 강렬한 열망.

어린 시절 장난감조차 사 달라고 졸라 본 적 없던 그가 처음으로 간절히 바란 게 삶이란 사실이 스스로 생각하기에도 참으로 우스웠다.

하지만, 우스워도 좋으니.

"살아서 다행이라고 생각한다."

"……."

꽉.

카이사르는 손을 쥐었다 폈다 하기를 반복했다. 의지대로 구부러지는 손가락 마디. 강하게 쥐면 손바닥에 퍼지는 찌르르한 느낌. 충만한 삶의 감각이었다.

"……기쁘군."

카이사르는 왼쪽 눈을 휘어 웃어 버렸다.

"……이것 참. 기대도 안 한 인사를 받았네."

알리샤가 머쓱한 듯 목덜미를 매만졌다. 보람을 느낀 그녀의 얼굴은 맑게 펴져 있었다.

"크흠. 네 상태를 알려 줄게. 자, 셔츠 여미고. 편하게 앉으렴."

그녀가 카이사르에게 부드럽게 권했다. 어쩐지 손자를 대하는 할머니 같은 태도였다.

카이사르는 묘한 기분을 느끼며 셔츠의 단추를 잠갔다.

"우선 예상했겠지만…… 오른쪽 눈은 가망이 없어."

"……."

"애초에 안구 자체가 떨어져 나갔고, 독 때문에 모든 신경이 완전히 죽었어. 이 정도면 눈과 이어진 다른 신경들까지 죽지 않은 것을 다행으로 여겨야 해."

"······."

"오른쪽 눈은······ 평생 없는 채로 살아야 할 거야."

아무리 소드 마스터의 감각이 뛰어나다 한들 눈 한쪽을 잃은 것은 타격이 아닐 수 없다.

특히나 오른손잡이인 카이사르가 오른쪽 눈을 잃은 것은 치명적이었다.

더듬.

그는 텅 빈 오른쪽 눈구멍을 매만져 보았다.

'이전 전력과 비교했을 때 최대 8할, 최악의 경우 7할도 못 내겠다.'

외눈 생활에 익숙해진다고 해도 결코 전과 같을 수 없을 터.

'······그런가.'

카이사르는 문득 자신이 조금 씁쓸해하고 있음을 깨달았다.

"왼쪽 눈은 아슬아슬하게 살렸어. 해독이 조금만 늦었어도 왼쪽까지 손쓸 수 없게 되었을 거야."

그래. 이 사실에 감사해야 한다. 아리아와 칼이 카이사르를 구하러 가지 않았다면, 그는 지금쯤 싸늘한 시체일 것이다. 그날 살아남은 것만으로도 기적이었다.

'다만······.'

그는 손을 옮겨 뜨고 있는 왼눈의 눈꺼풀을 쓸었다.

그가 무슨 생각을 하는지 안다는 듯 알리샤가 고개를 끄덕였다.

"그래. 왼쪽 눈도 예전 같지 않겠지. 얼마나 보이나?"

"······보는 데엔 지장 없다만, 전보다 흐리고 동체시력이 느려진 것 같군. 이 상태라면 전투할 때는 문제가 생길 거다."

그나마 남은 왼쪽 눈에 무언가 낀 것 같다. 소드 마스터가 된 뒤 탁 트인 세상에만 익숙했던 카이사르에게는 살짝 흐릿해진 시야가 너무 잘 느껴졌다.

'이것까지 포함하면 많이 잡아야 7할인가.'

그것만으로도 스스로가 한없이 연약해진 기분이건만, 알리샤는 한숨을 푹 쉬며 말을 이었다.

"가장 심각한 건 눈이지만 네 몸도 멀쩡한 건 아니야. 너, 마나를 너무 많이 사용했으니까."

"……."

"생명력까지 끌어 쓸 마음이었던 거지?"

카이사르는 침묵으로 긍정했다. 어차피 죽게 생긴 거, 적당히 할 여유 따위는 없었으니까.

"너도 느끼고 있겠지만, 마나회로가 완전히 맛이 갔어."

희게 바랜 알리샤의 눈동자가 무겁게 가라앉았다.

"마나 회로만이라도 전과 같이 회복하고 싶다면 이번 전쟁에 재출전할 생각은 하지 마. 최소 두 달은 더 쉬어야 해."

후.

카이사르는 얼굴에 그 어떤 것도 드러내지 않은 채로 숨을 내쉬었다.

"……그래. 우선은 알겠다."

하나같이 심각한 진단 결과였지만, 사실 그에게 정말 중요한 건 이런 이야기가 아니었다. 깨어난 이래 줄곧 카이사르의 관심사는 단 하나.

"그럼 이제 누가 내 딸의 안부를 알려 줬으면 좋겠는데."

그가 조용히 말을 꺼내자 막사 안에 침묵이 감돌았다.

슥.

칼과 아리아가 서로의 눈치를 살폈다.

만약 카슈미르가 크게 잘못되었다면 애초에 저 두 사람이 여기 있지 않을 것이다. 뭉그러진 빵 같은 얼굴들이긴 해도 살 만은 해 보인다는 점에서 카슈미르의 안전을 확신할 수 있었다.

"나는 완벽히 진정된 상태다. 들을 준비가 됐다."

깨어난 직후에는 카슈미르에 대해 물었을 때는 안정을 취해야 한다는 이유로 어영부영 넘어간 두 사람이었다. 이제는 변명할 거리가 없을 터.

"그러니 내가 흥분하기 전에 말해 줬으면 좋겠는데."

최대한 부드럽게 말했음에도 묘하게 협박처럼 들리는 투였다.

눈을 떴을 때 카슈미르가 없다는 것에서 시작된 불안감이 점점 커지고 있었다.

"카슈미르 크리시스, 어디 갔지?"

희게 뜨인 붉은 눈이 위험하게 번들거렸다.

사람 숨통이 막히게 하는 카이사르의 눈길에 아리아는 길게 한숨을 쉬었다.

"그럴 것 같아서 말 안 하고 있었다고요. 혹시라도 못 참을까 봐."

그녀는 심란한 얼굴로 느릿하게 말문을 열었다.

"그게……."

❧

"……그래서 너희도 일주일간 슈슈 얼굴 한번 못 봤다는 거냐?"

"네."

카이사르의 눈에 숨길 수 없는 심란함이 비쳤다.

진영에서 멀찍이 떨어진 설원.

우뚝.

그 한복판에 외따로 서 있는 막사는 이질적이다 못해 수상했다. 인간의 눈에는 보이지 않는 마녀의 작업실을 엿보는 기분이었다.

"저기에…… 슈슈가 있다고."

카이사르가 얼굴 거죽을 벗길 듯 거칠게 마른세수했다.

'……다 물러서십시오, 다! 국왕, 당신도 포함입니다! 아가씨 내려놓고 물러서요!'

알렉산드로가 폭주하다 지쳐 쓰러진 카슈미르를 안고 왔을 때, 발작하는 그녀를 진찰한 제라는 다급하게 모두를 물렸다. 본인까지도 물러서면서 말이다.

'뭐, 뭡니까! 스승님께 문제라도 생겼습니까?'

빠르게 뒷걸음친 세레논이 놀란 토끼눈으로 제라를 돌아보았다. 대답을 촉구하는 이들의 시선을 받은 제라가 이마를 짚었다.

'이거, 폭주하던 중에 누가 개입했죠?'

'……아. 상태가 심각해 보여서, 내, 내가 말렸는데. 설마 그것 때문에…….'

카슈미르를 내려놓고 물러선 알렉산드로가 어쩔 줄 몰라 할 때 제라가 고개를 가로저었다.

'아뇨. 잘했습니다. 제풀에 지쳐 쓰러질 때까지 폭주했다면 더 회복하기 어려웠을 테니까요.'

그가 심각한 낯으로 제 턱을 쓸었다.

'다만, 폭주는 속에 있는 것을 모두 쏟아 낸 뒤에 멈추는 것인데…… 자신의 의지로 멈춰 버린 경우는 처음입니다. 그건 자제력으로 가능한 범위를 넘어선 것이라서요. 이건 학계의…….'

'긴말하지 말고 본론만 말해요! 어떻게 해야 하는데요?'

아리아가 학자의 얼굴을 한 제라에게 날카롭게 재촉했다.

그 앞에서 제라가 머리를 긁적였다.

'뭐, 별수 없습니다. 그냥 내버려 두는 수밖에요.'

'…….'

금방이라도 물러서지 않으면 사람 죽을 것처럼 굴어 놓고 저게 뭔 소리인가?

그를 땅에 묻어 버릴 기세인 사람들 앞에서 제라는 황급히 덧붙였다.

'특별히 조치를 취할 필요는 없지만 고유의 기운이 있는 이들이 가까이 가는 것은 위험하단 말입니다!'

'……고유의 기운?'

'마나 사용자는 물론이고 저희 같은 요정들과 신관들도 안 됩니다.'

'왜……?'

'폭주가 채 마무리되지 않은 상태에서 멈춰 버렸기 때문에 기운이 극도로 불안정해요. 말하자면 다 금 가서 깨지기 직전의 유리병인 겁니다. 원래대로라면 다 깨져 버리고 처음부터 다시 만들어졌어야 했는데…… 아가씨는 위태위태한 상태에서 그릇이 커지고 있어요.'

'……'

'다시 깨어난 뒤엔 훨씬 더 강해져 있겠지만…… 이 상황에선 기운 있는 이의 접근만으로도 위험할 수 있습니다.'

흔들림 없는 어조로 설명한 제라가 한숨을 쉬었다.

'이러니 심각하게 들리지만, 다른 말로 하자면 깨어날 때까지 고유 기운이 있는 이만 멀리한다면 아무 문제 없다는 뜻이기도 합니다. 우선 일반 병사를 통해 안전한 곳으로 옮겨야 할 것 같은데……'

스르륵.

그 순간 다가온 누군가가 시체처럼 누워 있는 카슈미르를 안아 들었다.

'제가, 하겠습니다.'

고통을 참는 듯 억눌린 목소리.

흥건히 흘러내렸던 식은땀으로 인해 소금기에 절어 있는 창백한 얼굴이 고개를 들었다.

'……이제 상관없을 테니까.'

조금 전까지 사경을 헤맸던 라이너 아인하르트.

감히, 그곳에 서 있는 그의 기분을 헤아릴 수 있는 사람은 없었다.

"평범한 의원들이 주기적으로 가서 상태를 확인하고 있습니다. 특히…… 제2기사단장이 시간 날 때마다 경비를 서더군요."

칼이 먼 막사를 응시하며 말했다.

멀다고는 해도 가고자 하면 단숨에 닿을 터인데, 갈 수가 없어서인지 멀게만 느껴졌다.

"기다리는 수밖에…… 없는 거군."

카이사르가 이마를 짚었다.

카슈미르가 다름 아닌 자신 때문에 폭주해 버렸다. 지금 당장 카슈미르의 상태를 확인하고 싶건만. 모든 기운 있는 이를 배제해야 하는 시점에서 소드 마스터인 카이사르는 근처에 가서도 안 된다. 그 사실이 숨막히도록 답답하게 느껴졌다.

'하지만 깨어날 수만 있다면.'

살아남았다는 사실이 죄악이 되지 않을 수 있다면 얼마든지 기다릴 수 있다.

'빨리 깨어나라, 슈슈. 아비 속 썩이지 말고.'

카이사르는 숨을 죽여 이름 모를 신에게 기도했다.

"……궁금한 게 있다만."

그러다가 문득 떠오른 의문에 고개를 돌렸다.

"왜 깨어난 내게 바로 말해 주지 않고 숨긴 거냐? 나는 정말 큰일이라도 난 줄 알았다."

그 물음에 칼과 아리아가 서로를 돌아보았다.

벅벅.

아리아가 목덜미를 긁적였다.

"그, 뭐냐. 사실……."

"사실?"

"깨자마자 바로 알려 주면 잠결에 미쳐서 언니한테 달려갈지도 모른다는 생각이 들어서요."

"……."

"언니한테 큰일이라도 나면 안 되잖아요? 그래서 확실히 잠 깨고 제정신이다 싶을 때 말해 주기로 합의 봤어요."

'이 녀석들에게 나는 어떤 존재인 거지?'

카이사르는 지당한 의문을 품었다.

그들은 가끔 아비를 고삐 풀린 육식 망아지로 보고 있는 것 같았다.

"어처구니가 없군……."

그가 고개를 절레절레 저었다.

"나는 그렇게 몰상식한 인간이 아니다. 앞으로 이런 일은 재깍재깍 말해라."

짐짓 엄격한 목소리였다.

칼과 아리아는 한 번 더 시선을 교환했다.

허리춤의 검 손잡이를 연신 매만지는 손하며 카이사르답지 않게 제자리를 빙
빙 도는 발.

조금만 더 이성의 끈이 얇았어도 당장이라도 튀어나갈 기세다.

'역시 뒤늦게 말하길 잘했다.'

'응.'

그들은 후회하지 않았다.

스르륵.

막사 문을 걸고 나오며 디에고는 길게 숨을 뱉었다.

'약해 빠진 일반인이라는 사실에 감사할 때가 올 줄이야.'

디에고는 그 어떤 기운도 없는 사람으로서, 유일하게 카슈미르 병문안이 허락
되었다. 마법을 조금 쓸 수 있긴 하지만, 그래 봤자 묘기를 부리기에도 모자랄 정
도의 마나였으니 위험한 축에 들지 않았다.

조금 전 막사 안에서 카슈미르는 고요한 얼굴로 잠들어 있었다. 숨소리마저

들리지 않아 디에고는 그녀의 코 근처에 손가락을 뻗어 보기까지 했다. 그 외에는 그저 한참 동안 잠든 카슈미르의 얼굴을 내려다보기만 했다.

'더 강해질 거라고 했지.'

깨어나면 그녀는 한 단계 더 자라 있을 거라고 했다. 그 사실에 어쩌면 카슈미르가 최연소 대륙 최강의 자리를 노릴 수 있을 거라고 설레발을 치는 이들도 있었다.

'나는…… 잘 모르겠어, 슈슈.'

그렇게 강해진 것에 가치가 있는지. 제국의 황태자로선 막강한 초월자의 탄생에 기뻐해야 하겠지만, 디에고는 그저 심란했다.

'너는 강해진 만큼 더 많은 책임을 강요당할 텐데.'

큰 힘에는 큰 책임이 따른다. 디에고는 그 말을 신봉하고 책임지며 살아왔다.

그러나 카슈미르에게는 그 말이 족쇄가 된다는 걸 알아서.

'네가 차라리 나처럼 약했다면, 그랬다면……'

더 나았을지도 모르겠다는, 말도 안 되는 생각을 했다. 그답지 않았다.

"나오셨습니까?"

그때 누군가 디에고에게 허리를 굽혀 인사했다. 디에고는 최대한 자연스럽게 미소 지었다.

"기사단장. 수고가 많군."

라이너는 기사단장으로서 필수 스케줄 외에 모든 시간을 카슈미르를 호위하는 데 사용하고 있었다.

"휴식 시간이 부족하지는 않나? 피곤할 텐데."

"괜찮습니다."

곧게 선 그는 목소리에 흔들림이 없었다.

디에고는 침을 삼켰다.

라이너 아인하르트의 등을 덮은 흑마법진이 붉게 타오르고, 심장이 멈췄던 그날.

'……허억, 헉!'

'사, 살았……. 다시 심장이 뜁니다……!'

'기사단장님! 아, 알리샤 님을 불러와!'

라이너는 기적적으로 다시 살아났다.

그의 뇌가 죽기 직전, 아슬아슬하게 흑마법사를 죽인 덕분이었다. 0.5초만 늦었어도 라이너는 완전히 죽었을 것이라고 모두가 입을 모았다.

그러나 기적은 한 번뿐.

'……아마 평생 오러는 다시 못 꺼낸다고 봐야 할 거야.'

완벽한 해피엔딩은 없다.

라이너는 이 사건의 후유증으로 마나를 완전히 잃어버렸다.

라이너가 얼마나 검을 사랑하는지, 제국에서라면 모르는 이가 없었다. 그런 그가 마침내 소드 마스터가 된 지 몇 개월도 채 지나지 않았건만.

정점을 찍자마자 바닥으로 곤두박질쳐진 것과 다름없었다.

'고유 기운이 없는 이들 중…… 가장 믿을 수 있는 사람.'

강력한 기운을 가진 소드 마스터 라이너 아인하르트는 하루아침에 그렇게 분류되었다.

'대체 어떤 기분일지 상상도 안 가는데.'

지금도 라이너는 속을 읽을 수 없는 낯을 하고 있었다.

"실례로 느껴지지 않기를 바란다만……."

"……."

"정말 괜찮나? 필요하다면 업무를 일체 멈추고 쉴 수 있게 도와주겠네."

어쩌면 연적이라고 부를 수 있는 사이이지만, 전쟁터에선 질투나 견제조차 사치일 뿐이다. 무엇보다 이제는 전우애가 느껴질 지경이었으니, 도움을 주고자 하는 디에고의 마음은 진심이었다.

절레절레.

잠시 하늘을 바라보던 라이너가 천천히 고개를 가로저었다.

"사실, 아직 실감도 나지 않아서 말입니다."

"……."

"천천히 적응하는 중입니다. 적응하는 데 시간이 많이 걸릴 것 같습니다."

그가 자신의 손끝으로 시선을 내렸다.

손끝에 아무리 정신을 집중해도 마나의 기운이 전혀 느껴지지 않는다.

이 생소한 감각에 영원히 익숙해지지 않는다고 해도 이상하지 않을 것 같았다.

"그럼 조금이라도……."

"그래서 계속 할 일을 하고, 깨어 있어야 할 것 같습니다."

회유하는 디에고 앞에서 라이너는 단언했다.

"조금이라도 방심하면 현실과 영영 멀어질 것 같아서요."

현실감 없다는 말이 거짓은 아닌 듯 묘하게 붕 뜬 목소리였으나, 그 속에 담긴 의지는 분명했다.

라이너가 짧게 숨을 뱉었다.

"무엇보다……."

"……."

"그분이 깨어나셨을 때, 조금이라도 극복한 모습을 보여 드려야 하지 않겠습니까."

달빛의 광휘를 담은 금안이 어쩔 수 없다는 듯 가벼이 휘어졌다.

"……슬퍼하실 테니까요. 저보다 더."

내 아픔보다 내 아픔에 슬퍼할 상대를 더 생각하는 마음.

그 감정의 이름을 알고 있기에 디에고는 입맛이 씁쓸해졌다.

"좋은 사람이야, 그대는."

그는 생전 이렇게나 단단한 인간을 본 적이 없다. 평생 벼려 온 자신의 힘이 한 순간에 모래성처럼 무너져 내렸는데, 어찌 저렇게 침착할 수 있단 말인가?

부동심을 가진 그는 마치 인간이 아닌 것 같기까지 했다.

"진정으로 괜찮아지기를 바라네."

"······."

"모든 것이."

그러므로 이것은 사람 대 사람으로서 표하는, 존경에서 우러나온 호의. 라이너는 시샘이 날 정도로 멋지지만, 디에고는 고작 그런 감정에 자아를 의탁해 타인의 불행을 바랄 만큼 어리지 않았다.

입술을 꾹 깨물었다 놓은 라이너가 간신히 입꼬리를 올렸다.

"······감사합니다."

'아.'

달의 뒷면이다.

라이너의 떨리는 입매를 보며, 디에고는 그렇게 생각했다.

환기 한번 없이 벽난로에 계속 불을 땐 탓에 탁한 공기가 감도는 막사 안.

훅.

나는 바짝 말라 갈라지는 입술을 꾹 맞물며 상체를 일으켰다.

스르룽—

그리고 침대 옆에 기대어 둔 검집에서 검을 뽑았다.

뽑아 든 검날에 비친 내 얼굴은 이전과 다른 분위기를 풍겼다. 사람 얼굴이 하루아침에 달라질 리 없음에도 분명했다.

'강해졌다.'

이전보다 훨씬 더 정적인 인상.

필시 이곳에 존재하고 있음에도 나라는 존재를 누군가 떼어다 붙여 놓은 듯한 이질감이 지워지지 않는다. 인간 세상에 있어선 안 되는 것을 거죽 안에 억지로 욱여넣어 둔 느낌.

아무리 봐도 인간 같지는 않은 얼굴이었다.

그날의 폭주는 스스로 한계라고 생각해 왔던 실력의 둑을 무너뜨렸고, 나는 소드 마스터까지도 뛰어넘은 무언가가 되었다.

세상을 발아래 둔 듯한 충만한 힘이 손끝에 맴도는 가운데.

'내가…… 몇 명을 죽였더라.'

나는 손톱 밑에 끼어 빠지지 않은 핏물을 가만히 내려다보았다.

알 수 없다. 세지 않았으니까. 셀 틈이 없기도 했지만, 일부러 세지 않았다.

'사람의, 숨통을, 끊을 땐…… 절대 그의 눈을 피해선 안 된다. 네가 앗아가는 생명의 무게를 반드시 짊어져야 해……. 그게 상처받을지언정 괴물이 되지 않는 방법이다.'

죽음을 기억하는 것이 괴물이 되지 않는 방법이라면, 죽음을 잊는 것은 괴물이 되는 법일 터.

'해질녘의 마귀'라는 칭호는 여러모로 적절했고 기꺼웠다.

'그나저나, 거슬렸지.'

사라락.

나는 가슴을 덮고 기다랗게 내려오는 검은 머리칼을 한 움큼 붙잡았다. 긴 머리는 검사에게 있어 최악의 방해물. 그러나 내게는 자부심이었다. 머리카락이 시야를 가리고, 적에게 붙잡을 여지를 주며, 무겁게 내려앉아 걸리적거리는 순간에도 내 할 바를 다할 수 있다는 자신감의 표명. 마수 토벌은 고된 용병 일들 중에서도 가장 높은 보수를 자랑하는 노역이다. 마수들의 주거지는 좁다 못해 뼈가 얼어붙는 한대 지방이었다. 발은 눈밭에 푹푹 잠기고, 손은 동상으로 굳는 가운데, 날카로운 이빨과 위협적인 독을 가진 괴물들과 싸우는 일.

나는 평생 그 일을 하면서도 긴 머리를 고수해 왔다.

그래서 전쟁에서도 자부심을 지킬 수 있을 거라고 무의식적으로 여겨 온 모양 이건만.

'얼마나 안일했던 건지.'

스스로의 안일함에 구역질이 날 지경이었다.

전쟁은 차원이 달랐다.

이 세상에 존재하는 그 어떤 시련과 고난과도 비교를 거부하는, 가장 지옥에 가까운 행위였다. 짓이겨지는 육편과 높은 비명, 살겠다고 다른 이들을 밀치는 인간들. 사람과 사람이 어지럽게 뒤엉킨다. 주저앉은 이의 눈물과 도망치는 이의 땀방울, 사타구니 아래로 질질 흐르는 요, 그리고 바닥을 뒤덮은 피. 온갖 액체가 사방을 가득 채웠다. 누군가는 눈먼 화살에 맞아 즉사했고, 또 누군가는 과다출 혈로 서서히, 고통스럽게 죽었다. 이따금 밟혀 죽는 이들도 있었다. 몸이 위험하 기는 마수 토벌이나 전쟁이나 크게 다르지 않을지도 모른다. 나는 어떤 전장이든 목숨을 걸고 나갔으니까.

그러나 정신은 달랐다.

전쟁이 길어질수록, 정신은 벌레에게 갉아먹힌 듯 구멍투성이가 되어 갔다.

나는 더 이상 자부심을 남겨 둘 여유가 없었다.

'이것이 내 자부심이라면.'

스르릉.

나는 검을 짧게 잡아 검신을 세웠다. 나의 오만함을 회개하는 마음으로.

미련은 없다.

"……치, 치열한 전투였습니다. 다들, 수, 고, 많았습니다."

요르칸이 무거운 얼굴로 막사 안을 둘러보았다.

충직한 검이 되려 했는데 5

그의 말마따나 치열한 전투였다. 연합군의 피해가 결코 적지 않았다.

'전원 후퇴하라!'

그러나 하라바나를 해치운 연합군은 북부 진영 한가운데까지 밀고 들어갔고, 궁지에 몰린 북부군은 결국 진영을 버리고 후퇴했다. 그들은 순간이동 마법진을 사용하거나 마수를 타는 등 여러 방식을 사용해 도망갔지만, 전투에서는 먼저 등을 보이는 쪽이 불리한 법이었다.

연합군은 도망가는 그들을 끈질기게 뒤쫓아 사냥했고, 그 결과 북부군의 3할 이상을 제거하는데 성공했다. 연합군은 신관들과 요정들이 있는 데 비해 북부군은 이렇다할 치료 인원이 없으니 시간이 갈수록 격차가 커질 수 밖에 없었다.

볼 것도 없이 연합군의 대승이었다.

'공기가 무겁군.'

그러나 웃을 수만은 없었다.

'이번 전투처럼 폭발력 있는 작전은 다시 사용할 수 없겠지.'

요르칸은 생각에 빠진 채 다리를 꼬고 앉아 있는 장신의 남자를 힐끗 곁눈질했다.

카이사르 크리시스는 이번 전쟁에 다시 출전하지 못한다. 본인은 출전 의지가 있는 듯하지만 늑대족의 현자가 엄중히 경고했다. 제국도 소드 마스터를 더 잃을 생각은 없을 테니, 아마 정말로 긴급 상황이 아닌 이상 출전하지 않을 터였다.

'그리고 저 젊은이는……'

요르칸은 시린 잿빛이 도는 머리의 청년을 흘깃 보았다. 그를 눈에 담는 것만으로도 괜스레 마음이 묵직해졌다. 라이너 아인하르트는 출전에 문제가 없지만, 중요 병력이 아니다. 더는 소드 마스터가 아니니까. 그의 통솔 실력과 전투 감각은 여전히 연합군에게 도움이 되지만, 소드 마스터일 때와 비할 수는 없었다.

'그러므로 우리는 결국 소드 마스터 둘을 잃은 것과 다름없다.'

적군 병력의 3할과 소드 마스터 둘. 수치만 보면 비교하는 게 어처구니없을 만

큼 압도적인 승리다. 그러나 요르칸은 사실상 아슬아슬한 중박 정도의 성과라고
보았다.

'구상할 수 있는 작전의 폭이 현저히 줄어들 터.'

이번 전투도 넷이 뛰어들어 적진의 전열을 모두 무너뜨려 놓지 않았다면 상
당히 고전했을 것이다. 카슈미르 크리시스가 지금보다 강해진다 한들, 넷과 둘의
차이는 클 수밖에 없다. 이전에는 소드 마스터들을 앞세워 강제로 전장을 휘저어
놓는 게 가능했지만 이제는 어려울 터.

'어렵군.'

상황 변화에 생각이 많아지다 보니 머리가 슬슬 아파 왔다.

꾹.

요르칸은 관자놀이를 누르다가 문득 자신의 인사말로 수뇌부 회의가 시작된
지 몇 분이 지났는데, 아직 한마디도 나오지 않았다는 사실을 깨달았다.

'……한 사람 없다고 분위기가 이렇게까지 바닥을 칠 줄이야.'

그는 색소 옅은 눈을 굴려 제국군의 공석을 바라보았다.

여러 악재가 겹치긴 했으나, 분위기를 이렇게까지 최악으로 만든 것은 한 사람
의 부재라는 사실을 모를 수 없었다. 그는 빠른 눈치로 살아남은 사람이었으니까.

'카슈미르 크리시스, 빨리 깨어나야 할 텐데…….'

그녀가 없는 상황이라면 노아 아인하르트 혼자서 돌격부대의 빈자리를 채워
야 하건만. 노아는 분명 노련한 소드 마스터이지만, 그의 검술은 방어적인 면이
너무 강했다. 북부군이 언제 허튼짓을 할지 모르는 상황에서 카슈미르는 전략의
필수 요소였다.

'이성적으로 생각하면 그렇지만, 솔직히 지금은 그냥 와서 앉아 있기만이라도
해 주면 좋겠군…….'

제국군에서부터 새어 나온 음산한 기운에 질식할 지경이다. 그 분위기가 번진
건지 요정족 측은 산뜻한 벚꽃색 머리 일색이어도 우중충해 보였고, 늑대족도 딱

히 기분이 좋아 보이지 않았다.

"……."

특히 아타라 측은 아주 눈보라가 몰아닥쳤다.

이 전쟁을 치르는 사이 뼈가 굵어진 아타라의 국왕은 처음 만났을 당시 희미하게 비쳤던 애티가 완전히 사라진 상태였다. 거뭇한 눈가 때문에 발랄한 광기가 엿보이던 얼굴에 피폐함이 짙었다.

"……하하. 모두 아직 피로하겠지."

영원할 것 같았던 침묵을 깨뜨린 건 디에고였다.

'이렇게 침통해 있어서야 될 것도 안 된다.'

그는 애써 입꼬리를 곱게 말아 올렸다.

"하지만 이제 슬슬 작전을 논의해 봐야 하지 않겠나. 정탐꾼의 보고로는 도망친 북부군이 우측 산맥에 자리를 잡고 있다고 하네. 완전히 자리를 잡기 전에 공격해야 할 걸세."

모두가 슬픔에 잠겨 있을 때 누군가는 그만 울자는 말을 해야 한다. 사람들은 그 사람이 덜 슬픈 사람이라고 쉽게 단정지어 버리지만, 그건 섣부른 판단이다. 조절할 수 있다고 덜한 것은 아니며, 울지 않는다고 슬프지 않은 것이 아니다.

"분위기를 환기해 보자고. 무엇부터 논의해 볼까?"

디에고는 그저 강할 뿐이었다.

"……슬슬 저들도 마지막 한 수를 꺼낼 겁니다. 자신들이 위기라는 걸 알 테니까요."

그에 맞장구를 쳐 준 것은 라이너였다. 힘을 잃은 스스로를 비관해 자신의 막사에 틀어박혀 식음을 전폐해도 이상하지 않은데, 그는 그러지 않았다. 머리를 감고, 밥을 먹고, 제2기사단을 돌보며, 남은 시간은 카슈미르의 막사를 호위했다. 그리고 회의 시간보다 10분 이르게 이곳에 나왔다. 그 또한 강한 사람이었다. 더는 몸이 강하지 않을지라도, 여전히.

"그 마지막 한 수를 읽어 내는 것이 우리의 가장 큰 과제가 될 것입니다."

라이너의 목소리엔 흔들림이 없었다. 적어도, 가장 힘들 사람이 이렇게 나오는데도 입을 다물 만큼 염치없는 이는 이곳에 없다.

디에고와 라이너를 선두로 하나둘씩 입을 열려 할 때였다.

"실례합니다."

스르륵.

막사의 문이 열렸다.

저벅저벅.

순간, 모두 걸어 들어오는 그 사람을 알아보지 못했다.

"슈……슈?"

가장 먼저 그녀를 알아본 건 입이 떡 벌어진 엘리오르였다.

"네."

훅.

카슈미르가 앞머리를 쓸어 넘겼다.

원래대로라면 허리까지 내려오는 기다란 머리칼이 실크 커튼처럼 부드럽게 나풀거렸을 터인데. 그녀의 손끝은 그저 정수리 부근을 훑었고, 풍성한 긴 머리가 시선을 사로잡는 일도 없었다.

"머리를 감느라 좀 늦었습니다. 죄송합니다."

축축한 그녀의 머리칼은 고작 목덜미를 겨우 덮을 만큼 짧아져 있었다.

짧은 머리의 카슈미르는 완전히 다른 사람 같았다. 눈매는 순해도 전체적으로 강한 인상을 긴 머리가 어느 정도 누그러뜨렸건만, 이제는 뚜렷한 이목구비가 그대로 보였다. 거기에 혼자 자른 것을 티 내듯 머리끝이 정돈되지 않았기에 더더욱 날것 그대로 같았다.

아름답다기보단 강렬하다. 그것이 그녀에 대한 평가의 극치였다.

"어……."

충직한 검이 되려 했는데 5

카슈미르의 긴 머리칼의 의미를 알지 못하는 요르칸조차 예의상 한마디도 건네지 못했다. 그것은 비단 낯선·인상 때문만은 아니었다. 대체로 머리카락을 자르는 것은 강한 결의를 의미한다.

특히나 치장이나 스타일에 아무런 관심이 없는 카슈미르가 오랫동안 고수해온 긴 머리를 포기했다는 것은 의미하는 바가 명확했다.

뒤돌아보지 않고 싸우겠다는 것. 그녀는 무심하리만치 건조한 얼굴이었으나, 그 결의는 피부가 따가울 정도로 강하게 다가왔다.

"그, 으음…… 우선……."

"깨어난 걸 축하하네, 크리시스 경."

모두 말 한마디 건네지 못하고 있는 사이, 또다시 굳은 분위기를 깨뜨린 건 디에고였다.

그는 조금 발그레해진 눈가를 깊게 휘었다.

"잘 어울리는군."

카슈미르는 그 칭찬에 희미하게 입꼬리를 올리는 것으로 화답했다. 그리고 막사 중심에 섰다.

"회의, 시작하시지요."

그녀는 느릿하게 주위를 돌아보며 시리게 눈을 빛냈다.

"마지막 전투를 위해서."

끝이 다가오고 있었다.

회의가 끝나고, 카슈미르는 급하게 병사들의 진영으로 향했다.

이제는 단둘 남은 소드 마스터 중 하나로서, 그녀는 마지막 전투까지 누구보다 바쁠 예정이었다.

'크리시스 경!'

'네. 갑니다.'

급하게 발걸음을 옮기는 카슈미르의 시선이 두 곳에 오래 머물렀다는 걸 카이사르는 알 수 있었다.

그 어떤 감정도 겉으로 드러내지 않겠다는 의지를 강하게 보이고 있는 라이너 아인하르트.

그리고 자신이었다.

'다녀와서……'

'……'

'다녀와서 얘기합시다.'

카이사르는 자신에게 속삭이는 목소리가 미미하게 떨리고 있음을 느꼈다. 그녀의 시선이 자신의 텅 비어 버린 오른쪽 눈에서 떨어지지 못하고 있다는 것도.

'……그래.'

카이사르는 그저 웃어 주는 수밖에 없었다.

'다녀와라.'

아비가 되어 자식의 속을 썩이는 건 생각보다 훨씬 입맛이 썼다.

"어이, 젊은이!"

낮은 목소리가 칼, 아리아와 함께 걸음을 옮기던 카이사르를 붙잡았다. 고개를 돌린 그는 눈을 깜빡였다.

"야……샤?"

"용케도 이 늙은이의 이름을 기억하고 있군."

노년의 여성이 주름진 입매를 짓궂게 비틀었다.

〈검푸른 까마귀〉의 길드장, 야샤.

연합군 통신병들의 수장으로서, 단순히 각국과의 소통뿐만 아니라 북부군 측에 보내는 정탐꾼들의 통솔까지 맡고 있는 여자였다. 전쟁에서 전투만이 다가 아니라는 건 자명한 사실이다. 야샤는 카슈미르만큼 중요한 인물이었다.

"첫인사 후 오랜만에 보는군."

그녀는 카슈미르를 연결점으로 하여 이곳에서 처음 만난 후 이제야 다시 봤을 만큼 바빴다.

'나쁘지 않은 노인장.'

카이사르는 야샤를 그 정도로 인식했다. 그녀와 교육 지론에 대해 열띤 토론을 벌였던 일은 카이사르에게 꽤 흥미로운 기억으로 남아 있었다.

"무슨 일이지?"

카이사르는 전혀 감을 잡지 못한 채 고개를 기울였다. 분위기를 보아하니 우연히 만난 것도 아니고 자신을 일부러 찾아온 듯한데. 연합군 중 가장 바쁘다 해도 과언이 아닌 야샤가 고작 안부나 묻자고 그를 찾진 않았을 터였다. 그만큼 가까운 사이도 아니고.

의아함이 담긴 시선들 앞에서 야샤는 넉살 좋은 얼굴로 웃었다.

"무슨 일이긴. 공작 각하께서 애꾸가 됐다는 소식을 들어서 말이지. 이렇게 보니 진짜구면!"

헉.

칼과 아리아가 들숨을 크게 들이쉬었다.

그 누구도 감히 꺼내지 못하던 얘기이건만. 역린을 건드린 야샤는 참 해맑기도 했다. 그렇게 태연할 수 있는 건 세월의 연륜에 힘입은 것이겠지마는.

"같은 애꾸로서 인사 한번 해야 하지 않겠는가? 이제 너나 나나 오른눈 없는 애꾸군!"

무엇보다 그녀 또한 똑같은 흉터를 지녔기 때문이리라.

"동지가 된 기념으로 선물 하나 주러 왔다. 너무 경계하지 말라고."

야샤는 왼눈을 가늘게 지어 웃었다. 그 모습이 카이사르와 꽤 비슷했다.

"……선물?"

카이사르가 생소한 단어를 되풀이했다.

누군가에게 선물을 받아 본 기억이 까마득했다. 묘한 떫음이 묻어나는 반응 앞에서도 야샤는 태평하게 주머니를 뒤적였다.

"그래. 아마 딱 지금 필요한 물건일 거다. 나한테는 많아서 가져왔지. 얼마 전에 사서 한 번도 안 쓴 거니까 더럽다고 생각하진 말고."

스르륵.

"쓰고 다녀라."

그녀가 내민 것은 고급스러운 재질로 된 검은 안대였다.

"이걸 왜……."

"흉터가 보일 때마다 그 애는 속상해할 테니까."

"……."

전혀 예상치 못한 발언에, 카이사르는 말문이 턱 막혔다. 야샤가 말하는 '그 애'가 누구인지는 명확했다. 야샤의 새파란 눈동자가 깊어졌다.

"애 속 썩이지 마라."

"……."

"안 그래도 아픔이 많은 애지 않으냐."

카슈미르 크리시스를 고작 '아픔이 많은 애'로 표현하다니. 세상 사람들이 들으면 터무니없다 할 것이다. 그러나 카이사르는 그 표현이 틀리지 않았음을 알고 있었다.

"……그래. 그래야지."

그는 천천히 안대를 받아 들었다.

아무리 강하고 어른스러워도 카슈미르는 아직 애였다.

카이사르는 자신까지도 가끔 그 사실을 잊는 것 같아 두려웠다.

꾹.

카이사르는 오른쪽 눈 위에 안대를 덮어썼다. 잘 늘어나는 재질이라 남성인 그에게도 적당히 맞았다.

"고맙다."

"별말씀을."

"그런데 이…… 촌스러운 장미 자수는 뭐지? 그것도 붉은 장미?"

"뭐? 촌스러워? 젊은 놈이 감각 떨어지긴! 패션이다, 패션!"

"……."

'꽃이 얼마나 곱냐! 봐라, 네 눈 색이랑도 비슷하네!"

'촌스럽군.'

카이사르는 야샤가 열띠게 늘어놓는 패션 지론을 귓등으로 흘리며, 집에 돌아가면 아무것도 그려지지 않은 안대부터 사야겠다고 생각했다.

· · · · ❧ · · · ·

사방을 돌아다니며 다음 전투를 준비한 지도 어느덧 반나절.

"그럼 대형은 2안으로 결정하지. 내가 이 구역으로 중간에 합류하겠네."

"네."

벌써 해가 지고 있었다. 나는 마지막으로 동선 논의를 위해 나를 찾은 병사를 돌려보내며 깊이 한숨을 쉬었다.

'정신없네.'

몸이 훨씬 강해졌음에도 정신이 피로해서인지 축 처지는 기분이다. 나는 발바닥에 찐득한 무언가가 붙은 듯 늘어지는 발걸음을 시적시적 옮겼다.

'검이나 한번 휘둘러 보고 들어가야겠다.'

얼마나 더 강해졌는지 직접 체감해 봐야 했다. 전장에서 힘 조절에 실패해 우리 진영이라도 공격하게 된다면 그보다 더한 참사가 없을 테니까.

'하지만 사실…….'

나는 목울대를 울렁였다. 발걸음 속도가 점점 느려졌다.

사실 알고 있었다. 내가 지금 도망치고 있다는 걸. 지쳤는데도 굳이 사람 없는 공터로 향하는 것은 마주할 자신이 없는 몇몇 얼굴들을 잠시라도 외면하기 위함이었다. 그러나 도망친 곳에 낙원은 없다고 하던가.

'하필……'

나도 모르게 발걸음을 멈췄다.

"후…… 하……."

공터에는 이미 라이너가 자리를 잡고 있었다.

쉬익! 쉭!

그는 끊임없이 검을 휘둘렀다. 나 또한 여러 번 봐서 익히고 그에게 배우기까지 했던 기사의 검술. 그 정제된 몸짓을 몇 번이고 반복하고 있었다. 이음새는 매끄럽고, 동작은 깔끔하다. 그의 검술은 완성도가 높을뿐더러 수백수천 번을 걸었던 길을 되짚는 듯한 능숙함까지 가지고 있었다.

그러나 부족하다.

"하……."

우뚝.

라이너는 검술을 전개하다 말고 그 자리에 멈춰 섰다.

나는 느낄 수 있었다. 라이너가 지금 계속 오러를 꺼내려 시도하고 있다는 것을.

피슉…….

그러나 마나가 그를 거부하기라도 하는 양, 검 끝에 기운이 조금이나마 모이나 싶다가도 금세 사그라져 버린다. 그것조차 버거운지 그의 이마에선 구슬땀이 흐르고 있었다.

"……."

자신의 검끝을 내려다보는 그의 얼굴에서 숨길 수 없는 답답함이 비쳤다.

'라이너……'

충직한 검이 되려 했는데 5

심장께가 욱신거렸다. 수뇌부 회의에서 그 어떤 힘든 내색도 비치지 않던 라이너를 본 뒤라 더 마음이 아팠다.

'원래대로라면 내가 이곳에 온 순간 내 기운을 알아차렸을 텐데.'

기척을 숨기지 않고 있음에도 내 존재를 전혀 눈치채지 못한 기색이다.

그 모든 변화가 내게는 가시처럼 다가왔다.

'혼자 있을 시간을 주는 게 좋겠지.'

나는 또다시 스스로에게 변명하며 조용히 발걸음을 돌렸다.

콰작!

그리고 나뭇가지를 밟았다.

휙.

아무리 라이너의 감이 나빠졌어도 그 소리를 듣지 못할 정도는 아니었다.

"……카슈미르?"

그의 눈이 동그랗게 커졌다.

"그, 그게……."

주춤.

나는 더듬거리며 뒷걸음쳤다. 짝사랑하는 남자애를 훔쳐보다가 들킨 소녀라도 된 듯한 기분이었다.

멈칫.

그러다가 그 자리에서 얼어붙어 버렸다.

"라이너……."

"아."

"우, 울어요?"

라이너는 날 보고 놀란 얼굴 그대로 눈물을 줄줄 흘리고 있었다.

주르륵.

눈에 먼지가 들어갔다고는 할 수 없을 만큼의 물줄기였다. 먼지 때문에 저 정도로 울려면 대왕 먼지 정도는 들어가야 했다.

그럼 나 때문이라는 건데.

"아니, 왜 갑자기 울고 그러십니까……."

나는 후다닥 라이너에게 달려가 소매로 그의 눈을 벅벅 닦아 주었다.

"……."

라이너는 입술을 꾹 깨문 채 고개를 숙였다.

"울면 그, 근육 약해집니다. 영양실조 와요. 지, 진짜라니까요?"

뭔가 헛소리를 하는 것 같은데, 내 입에서 무슨 말이 나가고 있는지 자각할 틈도 없었다.

그는 철혈이라고 불리는 남자였다. 제2기사단 내에서는 라이너의 눈물이라면 그의 어머님도 보지 못했을 거라는 우스갯소리가 돌았다.

"아, 는데……."

"……."

"카슈미르가 저한테서 뒷걸음치니까, 그냥……."

"……."

"속상해서……."

그러나 그 모든 말이 무색하게, 라이너는 스스로도 주체하지 못할 만큼 울고 있었다.

'마나를 잃어버리면서 성격까지 변한 건가……?'

나는 충격에 굳으려는 손을 애써 움직였다.

라이너가 우는 나를 달래 준 적은 많지만 그 반대는 없었다. 그는 쉬이 자신의 감정을 드러내는 사람이 아니었고, 눈물을 터트리는 사람은 더더욱 아니었다.

라이너 아인하르트는 강하다. 그건 모두가 알고 있는 사실이다.

"저는, 괜찮습니다. 정말 괜찮아요……."

"……."

"그냥, 그냥 놀라서 그랬습니다. 그런 건데…….."

"……."

"왜…… 이러는 건지…….."

그러나 지금 내 앞에 서 있는 그는 스스로 우는 이유도 알지 못한 채 혼란스러워하고 있었다.

후.

라이너가 울음을 삭이며 간신히 호흡을 골랐다. 눈물이 번진 금빛 홍채 아래 아랫눈시울이 발그레했다.

"당신이 한 번 살려 준 목숨이지 않습니까? 그 바른 뜻을 실현해 내는 것이 제 삶의 이유라고 생각했습니다."

"……."

"그래서, 기어코 꺼낸 오러도, 누군가를 지키며 살아온 것도, 당신을 향한 고백이었으니까…….."

그가 일그러진 얼굴로 웃었다.

"괜찮습니다. 더는 오러를 사용하지 못해도."

"……."

"모두 과정에 불과했으니까요."

나는 움직이던 손을 우뚝 멈췄다.

자신의 삶이 나를 향한 고백이었고, 다른 모든 것은 의미가 없다는 절절한 말들.

모두의 심금을 울릴 만한 헌신적인 사랑이다.

그러나 나는 설레지도, 기쁘지도 않았다.

"……기사가 되어 그러면 안 될 텐데요."

"네?"

나는 고개를 들어 라이너와 똑바로 시선을 맞추었다.

"거짓말을 하고 있잖아요, 라이너."

"무슨 말씀을……."

"당신의 삶에서 정말 나를 향한 고백만이 의미가 있었습니까?"

그의 동공이 크게 흔들렸다.

그가 단단하다는 건 그 자신을 지탱해 주는 것이 많다는 의미이다. 뿌리 깊은 나무가 흔들리지 않는 것은 그 뿌리가 많은 갈래를 내어 흙을 붙잡고 있기 때문이지 않던가. 사람도 그 원리에서 벗어나지 않는다. 단단한 사람은 삶에 많은 가치와 의미를 부여하고 있었다.

그가 나를 아주 많이 사랑한다는 것을 이제 안다. 그 마음이 따스했고, 고마웠다. 언젠가는 반드시 그 마음에 대답할 것이다. 그러나 내가 라이너의 전부여서는 안 됐다. 사랑의 순기능은 한 사람을 향한 매몰이 아니라 세계의 확장이다. 사랑하는 그 사람이 좋아하는 것을 함께 좋아하게 되고, 그 사람의 관심사를 알아가게 되는 것. 나 하나뿐이던 세계가 더욱 넓고 다채로워지는 것. 나는 그것을 사랑이라고 불렀다.

내 가족들을 통해, 다른 친구들을 통해, 또 라이너를 통해 배운 사실이었다.

"단 한 사람을 향한 사랑이 사람의 모든 것이어서는 안 됩니다. 실제로, 당신의 삶은 그렇지 않았잖아요."

라이너는 내가 아는 그 누구보다 순수한 영혼을 가진 사람이다.

그는 건강한 사랑이 무엇인지 알고 있었다.

"설령 나 때문에 검을 잡기 시작했다고 해도, 검 휘두르는 게 재밌었죠?"

"……."

"나 때문에 정의를 고수했어도 어느 순간부터 그게 당신의 신념이 됐잖아요."

"……."

"금빛 오러는 그 과정 속에 발견한 하나의 도구에 불과했다지만, 당신은 오러를 뽑아낼 때 가장 진지했어요."

나는 안다. 라이너가 기쁠 때 어떤 표정을 짓는지.

그가 검을 잡을 때 보여 주던 얼굴은 숨길 수 없는 영혼의 희락을 담고 있었다.

그리하여 확신을 담아 말할 수 있었다.

"당신은 그 과정도 사랑했어요."

스르륵.

나는 라이너의 양뺨을 조심스럽게 잡았다.

꾹.

그리고 그의 얼굴을 당겨 이마를 맞댄 채 작게 속삭였다.

"괜찮지 않잖아요, 당신."

그의 가면이 완전히 무너져 내린다.

"아, 윽……."

그제야 완전히 드러난 달의 뒷면이었다.

나는 이 모든 것을 이겨 낼 수도, 복구할 수도 없을 거라고 생각했다.

'실제로 그렇지.'

그 짐작은 틀리지 않았다.

나는 전과 같을 수 없고, 이 전쟁을 잊을 수도 없을 것이다.

'하지만.'

완벽히 전과 같이 복구할 수는 없지만, 다른 모양으로 재건할 수는 있지 않을까.

"미안합니다. 다행이에요."

마음이 무너진 자리에는 두 선택지만 남는다. 무너진 곳을 필사적으로 외면하거나, 마주하고 재건하거나.

나는 전자를 선택하려 했다.

"저 정말 나쁜 새끼죠."

"……."

"당신이 괜찮지 않아서 다행이라고 생각하고 있어요."

그러나 정말 약았지. 하나도 괜찮지 않은 라이너가 고약하게도 위로로 다가와서.

"나도 괜찮지 않거든요."

"……."

"하나도."

나는 멋대로, 내 폐허를 마주 볼 용기를 얻고 말았다.

"미안해요. 정말로. 그런데…… 나는……."

당신이 나처럼 괜찮지 않아서 기뻐요.

와락.

치졸한 변명은 나를 강하게 끌어안은 라이너의 팔 아래 묻혔다.

언제부터였을까. 내 속 깊은 곳에서 울음이 터져 나와 내 어깨가 덜덜 떨리고 있었다.

"괜찮습니다."

"……."

"나도…… 마찬가지니까."

속삭이는 그 목소리에, 나는 울음기 섞인 웃음을 터트려 버렸다.

누군가가 괜찮지 않다는 사실에 위로를 받는 역겨운 인간들.

그러나 무너진 마음에는 아주 질척거리는 위로가 아교로 필요한 법이다.

우리는 그렇게 한참을 서로에게 기대어 있었다.

"저게……."

"네."

노아의 얼굴이 심각하게 굳어진 가운데, 나는 고개를 끄덕였다.

"악령인 것 같습니다."

충직한 검이 되려 했는데 5

짙은 보랏빛 연기와도 같은 형상이 불길하게 일렁인다.

악령.

죽은 이의 영혼을 불러일으키는 최악의 흑마법으로, 적의 영혼을 갉아먹는 끔찍한 공격을 한다. 공격성이 상당한데, 오직 주술사의 명령만을 들었다.

이 악령이 무서운 이유는 물리 공격이 통하지 않기 때문이다.

'오직 정결하게 벼려 낸 기운만이 악령을 벨 수 있다.'

그리하여 오러, 신성력, 그리고 치유력만이 악령을 상대할 수 있었다.

'원한을 품은 북부의 망자가…… 저렇게 많은 거겠지.'

나는 흰 눈이 덮인 산맥 너머 북부의 진영을 물끄러미 바라보았다.

보랏빛 연기가 안개처럼 그곳을 에워싸고 있었다. 흑마법에 어느 정도 익숙한 나조차도 숨이 막힐 만큼 지독한 기운이 느껴졌다.

'……이번 암브로시오전엔 나 또한 참전한다. 이번에도 패배한다면 그땐 악령을 사용할 것이다.'

나는 티나를 구출하기 위해 북부에 잠입했을 때, 운 좋게도 북부군의 회의를 엿들으며 알게 된 정보를 복기했다.

'그땐 암브로시오전에서 패배하고 나서야 악령을 꺼낼 거라고 했지만.'

궁지에 몰린 북부는 후일을 기약할 여유가 없을 것이다.

직전의 전투로 어마어마한 병력을 잃기도 했지만, 무엇보다 대재앙을 너무 많이 소모한 게 문제였다.

'대재앙은 막강한 만큼 그 수가 적다.'

하라바나 같은 놈들이 지천이었다면 인류는 진작에 멸망했을 거다.

그들이 이 전쟁을 위해 마수를 사육했다고 해도, 대재앙은 일반 마수들과 달리 교배가 불가능하니 일정 개체 수 이상 확보할 수는 없었을 터였다.

'앞선 전투에서 파천새, 하라바나, 모르레까지 꺼내 들었으니, 이제 남은 대재앙은 바실리스크와 암브로 정도겠지.'

이제 그들에게 남은 것은 결사 항전뿐이었다.

"크리시스 경."

"네."

"……카슈미르."

공식적인 자리에서 내 퍼스트 네임이 불리는 경우는 흔치 않았다. 무엇보다 이 남자의 입에선 더더욱이.

나는 느릿하게 고개를 돌렸다.

"이제 마지막이네."

차갑게 흩어지는 북풍 속에서 디에고가 그윽한 눈으로 나를 응시했다.

"네. 마지막입니다."

나는 바람에 나부끼는 머리칼을 쓸어 넘겼다. 더는 매만질 필요가 없는 짧은 머리였다.

"하지만 잊지 말게."

"……."

"전쟁이 끝나도 삶은 계속된다는 거."

한때는 그 사실이 나를 너무 괴롭게 했다.

그러나 기이하게도 이제는 위로가 되고 있었다.

"계속돼야죠. 끝나게 둘 생각 없습니다."

"……."

"그래도 이 삶이 좋으니까요."

내게는 전장에서 돌아올 곳이 있었다.

"……다행이군."

디에고가 웃었다. 나를 은근히 걱정하던 그는 이제야 조금 안심한 것 같았다.

"크, 크리시스 경. 준비는……."

"네. 마쳤습니다."

사악.

나는 허리춤에 맨 가죽 검집에서 검을 뽑아냈다. 평소 사용하는 장검과 달리 짧은 곡검은 검신이 흑요석처럼 검었다. 전체적인 모양새는 검이라고 부르기도 민망할 만큼 투박했다. 낫 모양으로 구부러진 검신 하단에 붕대를 감아 잡을 수 있게 만들어 한 것이 고작이니까.

꽉.

그러나 나는 구명줄을 붙잡는 마음으로 곡검을 쥐었다. 손을 얼릴 듯한 냉기가 몇 겹의 붕대를 뚫고 뿜어져 나왔다. 평소 사용하던 검과는 비교도 안 될 만큼 허접한 이 검이야말로 이번 전투의 핵심 열쇠였다.

"비행하기 딱 좋은 바람이 불고 있어."

아리아가 가벼운 발걸음으로 내게 다가왔다. 오른쪽 날갯죽지에서 솟은 새하얀 날개가 부드럽게 살랑거렸다.

"자, 얼른 내 품으로 와야지?"

실눈을 지은 아리아가 나를 향해 두 팔을 벌렸다.

나는 피식 웃으며 그녀 앞에서 뒤돌았다.

"부탁해."

쫘악.

가느다란 팔이 나를 강하게 끌어안았다. 부유감과 함께 몸이 붕 떠올랐다.

"……언제나 자네에게 너무 큰 짐을 지우는 것 같아 미안하군."

연합군의 선두를 지키고 선 노아가 혼잣말처럼 중얼거렸다.

"슈슈."

그리고 그의 옆에 선 카이사르가 나를 바라보았다.

'문제가 마나 회로라면 마나만 쓰지 않으면 되는 거 아닙니까?'

'……'

'이 내가 고작 마나 하나 안 쓴다고 눈먼 칼에 맞아 죽겠습니까?'

원래라면 연합군의 진영에서 정양해야 했겠지만, 카이사르의 의지는 너무 강고했다.

나는 그가 출전하지 않기를 바랐으나, 마나는커녕 기본 검술만 간신히 익힌 일반 병사들도 아무렇지 않게 출전하는 마당에 카이사르 같은 실력자를 배제하자는 건 설득력이 없었다.

결국 카이사르는 절대 오러를 꺼내지 않겠다는 조건으로 출전했다.

"네 뒤에 있으마."

"……."

"두려우면 물러서도 된다."

오직 저 말을 하기 위해서.

"……네."

대륙의 명운을 좌우할 마지막 전투의 선봉장에게 저런 말을 할 수 있는 사람이 또 있을까.

나는 고개를 돌려 전장을 똑바로 응시했다.

"지켜봐 주세요."

"……."

"……한쪽 눈만 뜨고 봐도 충분히 화려한 광경을 보여 드릴 테니까요."

카이사르의 오른쪽 눈 환부가 안대에 가려져 있어서 다행이다.

그렇지 않았다면 내가 그걸 보고 안쓰러워 조금 울었을 테니까.

"그럼……."

나는 높은 창공에서 선두에 선 수뇌부를 내려다보았다.

"시작하겠습니다."

요르칸이 내게 오케이 사인을 보내왔다.

쉬이이익-

-슈슈, 컨디션은 어떻지?

맞바람을 맞으며 아리아와 비행을 시작하자 귀걸이를 통해 칼의 목소리가 들렸다.

"저야……."

화악!

나는 검에 마나를 걸었다. 검은 오러가 짧은 검신을 휘감으며 폭발적으로 솟구쳐 올랐다.

"늘 최고죠."

기이이이잉-

곡검이 기이한 소리를 내며 울었다.

내 친구 카시아의 어머니 에녹.

'그 부분은 제가 조언을 해 드려도 되겠습니까?'

뛰어난 실력을 자랑하는 대장장이인 그녀는 북부가 악령을 준비했다는 게 밝혀진 시점에 한 가지 사실을 내게 알려 주었다.

'나이 지긋한 대장장이들 사이에서도 전설로 여겨지지만……, 대난쟁이라고 불렸던 최고 대장장이의 창고가 히랄산맥에 숨겨져 있다고 합니다.'

'아, 대난쟁이라면 저도 들어 봤습니다. 그런데 그의 창고는 왜…….'

'그곳엔 금은보화나 그가 생전에 만들었다고 알려진 여러 명검 대신 딱 하나의 검만 남아 있다고 하더군요. 그래서 지금껏 욕심 많은 검사들과 도굴꾼들의 관심을 피해 왔지만……, 이번 전투에선 도움이 될지도 모르겠습니다.'

에녹은 두 눈을 빛냈다.

'그 검의 이름이 '악령을 베는 검'이라고 하니까요.'

'……!'

'북부가 부린다는 그 악령과 정말 연관이 있는 건지, 아니면 명검들이 으레 그렇듯 우연히 붙여진 이름인지는 모르겠습니다만……, 저는 일리가 있다고 봅니다.'

'근거가 있습니까?'

'자신의 동생이 흑마법사손에 죽는 바람에, 대난쟁이는 평생 흑마법을 증오했다고 알려져 있거든요.'

'……'

'사람은 증오하는 것에 더 많은 관심을 쏟게 되는 법입니다. 어쩌면 흑마법의 정수라는, 그 악령이라는 것을 베기 위한 무기를…… 흑마법을 가장 증오했던 이가 남겨 뒀을지도 모릅니다.'

에녹이 알려 준 정보는 100퍼센트 확신할 수는 없었으나 분명 일리가 있었다.

그리고 우리는 악령이라는 미지의 적을 앞에 두고 고양이 발이라도 빌려야 하는 처지.

'후……. 히랄산맥이라……. 거긴 웬만한 모험가들도 가기 꺼려 하는 오지인데 말이죠.'

나는 이 정보를 알게 된 즉시 르웰린을 찾아갔다. 내가 아는 한 가장 빠르고 정확하게 물건을 찾을 수 있는 인물은 그녀였으니까.

'하긴 이 대륙에서 데카르도의 가주가 구할 수 없는 물건은 없으니까요.'

'아……'

그리고 내 기대대로 그녀는 곤란한 듯 입을 떼고서도 확신 어린 눈빛을 돌려주었다.

'내 친구가 필요하다는데, 찾아 드려야지요.'

그리하여 에녹의 지혜와 르웰린의 수완이 합쳐져 찾은 것이 바로 이 곡검.

꼭 전투에서 누군가의 목을 베는 것만이 전부는 아니라는 주장에 증거가 되어 주는 물건이었다.

스르륵.

내 오러를 머금자, 새까맣기만 하던 곡검의 검신에 새하얀 글씨가 나타났다.

[부정한 영혼을 정결케 하리라]

"산맥 너머 상공에서 적 발견! 빠른 속도로 다가오고 있습니다!"

"적군의 수는?"

"요정 한 명과 또다른 한 명으로…… 단둘입니다."

"뭐?"

높게 솟은 북부군의 망대에서 당혹스러움 섞인 대화가 오갔다. 나와 아리아는 그곳을 뒤로한 채 더욱 속도를 높여 적진 한복판의 상공에 다다랐다.

"역시, 보호막도 제대로 못 쳤네."

오합지졸의 꼴로 도망친 북부군에게 튼튼한 결계를 세울 여유가 있을 리 만무했다. 높은 곳에서 바라본 그들의 진영은 막사도 채 다 치지 못한 상태였다.

"폭탄 터트릴까?"

"아니."

스윽-

나는 검신을 세웠다.

"일검이면 충분해."

사아아악-

그리고 결계를 향해 힘껏 오러를 날렸다.

콰아앙!

굉음과 함께 거대한 검은 파도가 결계를 덮쳤다.

쿠구궁…….

일순, 산이 진동할 정도의 힘에 북부군 병사들은 혼비백산했다.

꿀꺽.

등 뒤에서 아리아의 침 삼키는 소리가 들렸다.

내 오러는 이전과 비할 수 없을 만큼 순수하고 강력해졌다.

손끝을 울리는 충만한 힘이 나조차도 적응되지 않는데, 다른 이들이 적응할 수 있을 리가.

"가자."

나는 크게 잘린 결계의 틈새를 가리키며 고갯짓했다.

-아아. 잘 들리나요, 슈슈?

그런 가운데, 나긋한 미성이 귓가에 울렸다.

"……엘."

나는 안도와 염려를 함께 담은 한숨을 내뱉었다.

"무리하면 안 됩니다."

-물론이죠.

"무리가 가면 당장 그만둬야 해요."

-모르는 것 같아서 알려 주자면, 나만큼 내 몸 챙기는 사람도 없답니다.

"……당신이 손 보낼 필요가 없다면 좋을 텐데."

-…….

이미 결정된 작전을 바꿀 수 없다는 걸 알면서도, 나는 기어코 걱정 섞인 푸념을 쏟았다.

-그렇지만요, 슈슈.

부드러운 목소리가 나를 달랬다. 그러면서 희미하게 웃음기가 섞여 있었으니, 속도 없이 뭐가 그렇게 좋냐고 타박하고 싶었다.

-이번 전투는 작전명에서부터 내가 빠질 수 없게 하는걸요?

우우웅-

기이한 파동이 일었다.

머리 위에 성수를 붓는 듯한 정결한 이 기운을 나는 알고 있었다.

-작전명 '정화 사업'.

크아아아아!

악령들이 비명을 지르며 찢어진 결계 틈새로 나왔다.

-그건 내 전문이죠.

드디어 마지막 작전의 막이 올랐다.

"아리아!"

"응!"

화악!

아리아가 크게 날갯짓해 가파른 곡선을 그리며 하강했다.

끄윽, 키에에엑!

보랏빛 연기가 허공으로 치솟았다. 그곳엔 절규하는 얼굴들이 짓눌려 담겨 있었다.

-슈슈, 뚫어 줘!

칼의 목소리가 귀걸이를 통해 울렸다.

까가가각!

나는 검에 오러를 퍼부었다. 검은 오러를 머금은 곡검이 비명을 질렀다.

'부정한 영혼을 정결케 한다고 했지.'

이 일격을 맞은 악령들이 정결하게 되는 걸까. 내 손에 바스러진 영혼들은 어디로 갈까. 정말 그들의 전설처럼 요르하로 갈까.

알 수 없다.

'그러나 적어도 형태도 의지도 없이 울부짖고 있는 지금보다는 좋은 곳으로 가겠지.'

"아리아, 나 꽉 잡아."

내 옆구리에 닿은 그녀의 손에 잔뜩 힘이 들어간다.

화악!

나는 몸을 잔뜩 젖혔다가 활시위를 놓은 것처럼 튕기며, 바로 앞까지 다가온 악령들을 향해 오러를 날렸다.

치이익!

악령들에 오러가 닿자 무언가 부서지는 소리가 아니라 타는 소리가 허공에 울렸다.

끄에에엑!

날카로운 비명과 함께 보랏빛 얼굴들이 녹아내렸다.

'어째서 악령을 베는 검이라고 했는지 알겠네.'

순간이었지만 보았다. 곡검의 궤적대로 날아간 검은 오러가 악령에게 닿는 순간, 하얗게 점멸하며 폭발을 일으키는 것을. 그에 힘입어 공격 범위가 두 배로 커졌다.

'하지만…… 역시 혼자 감당할 수 있는 규모는 아니야.'

거대한 일격이었음에도 남은 악령들은 셀 수도 없었다. 저들끼리 뒤엉켜 득시글거리는 꼴이 꼭 개미굴의 개미 같았다.

"엘."

-네에.

나긋하게 돌아오는 대답이 조금은 얄밉다. 나는 한숨을 푹 쉬었다.

"……부탁드리겠습니다."

-그럼요. 제가 아니면 누가 하겠어요.

이 장난스러운 오만까지도 밉지 않으니 큰일이었다.

-물러서세요.

스르륵.

곧장 진지해진 목소리와 함께 구름이 움직이기 시작했다. 하늘을 움직이는 일은 산을 가르는 소드 마스터도, 곧 죽을 자를 살리는 요정도 할 수 없다. 오직 하늘의 권능을 양도받은 신전의 이들만 할 수 있는 일. 나는 따라붙는 악령들을 피해 빠르게 물러나며 가까운 언덕 부근을 바라보았다.

살랑.

테세우스와 모습이 겹쳐진 엘은 꼭 자신의 날개로 하늘을 날고 있는 것 같았다. 이따금 떨어지는 새하얀 깃털은 원래부터 엘의 것이었던 것처럼 잘 어울렸다.

천사의 강림이라는 표현이 걸맞은 신성한 광경.

그러나 내 눈에는 선명히 보였다.

-머리카락, 탈 수 있으니까요.

뱀처럼 차가운 은색 눈동자와 악동처럼 짓궂은 미소가 말이다.

-라의 이름으로 선포하니, 이것은 성전이다.

지이잉-

북부 진영 일대에 거대한 은빛 원이 새겨졌다. 누군가가 분필로 선을 그어 영역을 분리해 놓은 듯한 모양새였다.

성전 선포.

이것은 오직 교황만이 사용할 수 있는 권능으로, 선포가 떨어진 순간부터 적군으로 분류되는 이들의 출입이 불가하며 아군에게는 활력을 불어넣는 가호가 내려진다.

전쟁에서 사용하기엔 이보다 더 좋을 수 없는 기술이지만.

-콜록······.

그만큼 시전자에게 무리가 가는 건 당연했다.

피가 섞인 게 분명한 기침 소리에 나는 가슴이 철렁했다.

-······이거 꼭 한번 해 보고 싶었는데, 좋네요.

"······."

-드디어 해 봐요.

그러나 엘에게 배당된 임무는 이것뿐만이 아니었다.

물리적 공격이 통하지 않는 악령들이 득실거리며 결계 앞을 막아서고 있는 상황에서, 일반 병사들이 뛰어들어 봤자 결과는 뻔하다.

'악령을 모두 없앤 뒤에야 군을 운용할 수 있다.'

그리하여 이번 전투에선 악령을 가장 파괴적으로 벨 수 있는 이들을 기준으로 선발대를 선출했다. 결계를 뚫고 악령들을 도마 위에 올려놓는 역할이 나였고, 그 악령들을 처리할 인물은 따로 있었다.

-삿된 것들을 심판하리라.

쿠르릉!

북부의 진영 위로 몰린 새하얀 구름에서 우레가 울렸다.

검지 않았으나, 그럼에도 저것은 분명 먹구름이었다.

"언니! 귀 막아!"

나는 날 걱정하는 아리아의 목소리에 별 효과가 없으리라는 걸 알면서도 검지로 귀를 틀어막았다. 그리고 생각했다.

'햇빛이 닿는 모든 곳이 공격 범위라는 거, 역시 너무 사기 아닌가?'

달도 햇빛을 반사하는 것이니 밤에도 피할 수 없을 텐데.

스륵.

엘의 새하얀 손끝이 은빛 원 안을 가리켰다.

그 순간 일대는 공기조차 멈춰진 듯했다.

-신벌.

번쩍.

새하얀 빛줄기가 세상을 갈랐다.

콰콰쾅!

하늘에서 신성한 번개가 비처럼 쏟아졌다.

끄에에엑!

하나에서 둘로, 둘에서 넷으로. 끊임없이 분열된 빛은 악령들을 찢고 대지를 뒤흔들었다. 빛을 뒤따라온 천둥소리에 귀청은 떨어질 듯하고, 눈을 감아도 눈이 부셨다.

'마지막 날 신의 심판이 이런 광경일까.'

빛이 대지를 잡아먹어 사방이 하얗기만 했다. 소드 마스터의 발달한 눈으로도 대상을 분간하기 어려웠다.

"……나는 역대 솔라티네 황제들이 왜 신권과 왕권을 무력으로 합치려 들지 않고 교황을 동등한 지배자로 인정해 줬는지 궁금했거든."

"……."

"그런데 이제 알겠다."

그냥 안 깝친 거구나…… 깝치면 뒈지니까…….

아리아의 허탈한 중얼거림에 나는 침묵으로 동의했다. 어쩌면 이 세상에서 가장 강력한 존재는 소드 마스터도, 대마법사도 아닌 교황일지도 몰랐다.

-컥, 쿨럭……!

그러나 대가를 가장 크게 치르는 것 또한 교황일 터.

"……엘."

-괜찮아요. 괜찮, 괜찮으니까…….

목소리부터가 개판인데 괜찮다니, 대체 무슨 소리를 하는 건지.

멀리서 피를 쏟아 내는 엘의 모습이 두 눈에 흉터처럼 남았다.

-뒤를 부탁해요.

"……."

-콜록, 가요.

엘의 임무는 여기까지.

나는 그가 내린 신벌이 휩쓸고 지나간 발밑을 바라보았다.

끄륵, 끄에엑…….

번개에 지져진 악령들은 그을음조차 남기지 않은 채 천천히 바스러졌다. 과연 다 해치울 수 있나 의심이 드는 규모였건만, 엘의 일격에 절반이 박멸되었다.

-눈 아파 뒈지는 줄 알았네. 좋아, 이제 내 차례지?

아주 잠시 지직거린 귀걸이를 통해 또 다른 목소리가 들려왔다.

-지금 출발해, 슈슈.

목소리는 수많은 역경을 헤쳐 나오고서도 여전히 낭랑한데, 그 낭랑함은 일종의 단단함일 것이라 생각했다.

-아래에서 뚫는다.

화아악!

압생트색 빛줄기가 난장판이 된 북부의 진영을 꿰뚫었다.

-나는 네가 보고 길을 찾을 북극성이나 너를 이끌어 줄 파도, 네 앞길을 뚫어 줄 빛은 되지 못하겠지만 말이야. 적어도 너랑 발맞출 실력은 되거든.

찬란한 빛무리 속에서, 레오는 나를 보고 웃었다.

-내려와. 가자고.

"……아리아."

"응!"

내 신호에 아리아가 고개를 굳게 끄덕였다.

"다녀와."

아리아의 인사는 그것으로 충분했다.

훅.

아리아의 손길이 사라지는 즉시, 중력이 내 몸을 낚아챘다.

화아악!

나는 거센 바람을 느끼며 빠르게 추락했다. 오래 지나지 않아 연합군의 선발대가 코앞에 다가왔다.

"스승님!"

레오와 함께 선두에 선 세레논이 반가운 얼굴로 내게 손을 흔들었다. 그 해맑은 얼굴과 달리 악령을 베는 은빛 오러는 자비가 없었다.

"슈슈! 이쪽으로!"

레오가 떨어지는 내게 고갯짓했다.

휘이익!

나는 마나를 내뿜어 온몸을 감싸며 추락하는 각도를 틀었다. 예전에는 이러한 방식의 마나 사용이 꽤 버거웠건만, 이제는 쉽기만 했다.

충직한 검이 되려 했는데 5

"준비됐지?"

레오의 흰 얼굴에 짓궂은 미소가 퍼져 나갔다. 그가 검신의 편평한 면을 수평으로 누인 것을 본 나는 씨익 웃어 버렸다.

"당연하지."

파앗!

나는 무릎을 꽉 굽힌 채 레오의 검 위로 떨어졌다.

완벽한 마나와 힘의 조절.

"가라!"

화아악!

레오는 가장 멀리 날아갈 수 있을 만큼 검을 젖혔다가 휘둘러 나를 날려 보냈다.

콰아앙!

나는 벌새처럼 날아가며 곡검을 휘둘렀다. 곡검의 힘을 머금고 폭발력을 갖추게 된 검은 오러가 악령들을 난자했다.

"이제 적군이 보입니다."

악령들을 다 베진 못했으나, 병사들이 들어갈 수 있는 수준의 길은 만들어졌다. 보랏빛 연기 너머로 우리를 막아서기 위해 전형을 갖춘 북부군이 보였다.

-선발대 뒤로 연합군을 투입하겠네.

"부탁드리겠습니다."

-……이제 뭘 해야 할지 알고 있지?

"물론입니다."

디에고의 목소리가 무거웠다. 아마도, 나와 그 새끼의 관계를 어느 정도 눈치챈 탓일 터다.

직접 말한 적은 없었으나 여러 사건으로 티를 내게 되었으니, 그의 걱정도 이해는 갔다.

"죽여 버리고 싶은데 생포해야 해서 아쉬울 따름인걸요."

—……

나는 담담히 중얼거렸다.

이제 고역은 그 새끼와의 옛정이 아니라, 보자마자 죽여 버리지 않는 것이다.

'지그문트 하이드, 그자의 말을 그저 허풍으로만 듣고 넘길 수는 없을 것 같습니다.'

그 자식이 입을 털었던 자폭 흑마법진이 몇몇 흑마법사의 등에서도 발견된 만큼, 전장에서 당장 죽이는 건 위험하다는 데에 모두가 동의했다.

그리하여 오늘 내 목표는 지그문트 하이드 생포.

'이제는 정말 망설임 없이 죽일 수 있을 것 같은데.'

나는 막아서는 병사들을 단칼에 휩쓸어 베며 주위를 둘러보았다.

당연하지만, 그 자식은 고기 방패처럼 선 병사들과 함께 있지 않았다. 그렇다고 안전한 곳에 혼자 짱박혀 있지도 않을 텐데.

집중해서 기운을 탐색해 봐도 근처에 있는 것 같지는 않았다.

'이 새끼가 대체 어딨지?'

어느새 북부 진영 중심에까지 다다라 피 묻은 검을 탁 터는 순간.

슈욱.

"까꿍."

낮은 소리가 바로 근처에서 들렸다.

펑!

그리고 이어지는 폭발에 허리를 굽힌 것은 순전히 본능이었다.

'……숙이지 않았다면 머리가 터졌다.'

조금 전 그 폭발 마법은 분명 내 머리를 터트리기 위한 공격이었다.

타닷!

나는 순간 섬찟했던 목덜미를 주무르며 빠르게 뒤로 물러섰다.

"……옆이 허전해 보이는군."

"그런 편이지. 너희 아버지 오른쪽 눈도 허전해 보이던데."

낮게 짓씹은 도발을 가벼운 목소리가 받아쳤다.

나는 고개를 들어 내 앞에 선 인물을 응시했다.

"안녕, 슈슈."

"……."

"머리 잘랐네. 잘 어울리는군."

"……."

"그러고 보니 나도 네 머리칼을 한 번 잘라 준 적이 있었는데 말이야. 네 여동생의 뇌를 거의 터트릴 뻔했던 그 설원에서."

지그문트 하이드는 여전했다. 짧게 나부끼는 검은 머리칼도, 새까맣게 죽은 보랏빛 눈동자도. 개새끼처럼 구는 데에 가장 뛰어난 것까지도 다를 바 없었다.

'이 자식에게 조나단은 별 의미가 없었던 걸까?'

나는 카이사르가 한쪽 눈을 잃은 뒤 너무 힘들었는데.

내가 아는 한 마지막 남은 유일한 가족인 조나단을 잃은 뒤인 지그문트는 지나치게 멀쩡해 보였다.

'아니면. 그게 아니면…….'

나는 문득, 'Hide & Ceek'에서 지그문트와의 만남을 회상했다.

'내 삶은 공동묘지였고, 이미 많은 이를 묻었다. 카라쇼도 이젠 수많은 무덤 중 하나의 이름일 뿐이고, 그녀를 향한 애정도, 미련도, 거의 다 털어 냈는데…… 너는 정말 끈질겨. 너만은 참 끈질기게 내 속에 살아남아 있어. 여전히.'

'…….'

'아직도 모르겠어? 너는 내가 이 빌어먹을 곳에 남긴 유일한 미련이야, 카슈미르.'

그는 내가 유일한 미련이라고 했다. 적군의 선봉장이자 기어코 그를 죽이고야 말 안티테제인 내가. 유일하다는 건 더는 없다는 것. 공동묘지인 그의 삶에서는 가족도 동포도 의미가 없었다.

'너는 이미 오래전에 죽어 있었구나.'

지그문트는 사명이라는 이름 아래 움직이는 인형일 뿐이다.

"무슨 생각을 그렇게……."

"불쌍해."

"……뭐?"

"동정한다고 네 짓거리가 합리화되는 일도, 내가 더 자비로워지는 일도 없겠지만."

나는 반만 뜬 눈으로 지그문트를 응시했다.

"인정할게. 나는 네가 불쌍해."

"……."

"너를 동정해, 개자식아."

그 순간에서야 나는 보았다.

깡그리 일그러지는 지그문트의 얼굴을.

그래. 저 자식은 내게만큼은 동정받고 싶지 않아 했다.

그러니 나는 그가 가장 싫어하는 것을 해 줄 것이다.

"그 불쌍한 인생을 끝내 주는 것이 친구로서 베푸는 내 마지막 자비일 거다."

"……."

"와라."

화악.

검은 오러가 곡검을 타고 불타올랐다. 다시 한번 검신의 글자가 빛났다.

그리고 나는 보았다.

[네 17번째 생일을 축하하며, 내 작은 승리와 수호에게.]

지그문트가 쥔 은빛 검 손잡이에서 흔들리는 태그를.

마지막 전투에 기어코 스승님의 선물을 들고 나온 지그문트 하이드.

그 공동묘지에서 헤어나지 못하고, 그저 죽음에 자신의 몸을 맡긴 자식.

"마지막 싸움을 시작하자."

이제 개짓거리는 그만하고 좀 쉬어라.

휘이잉-

바람이 불어온다. 길게 흩날릴 머리칼은 없었다.

우리 둘 사이에서는 어떠한 말도 더 오가지 않았다.

콰아앙!

지그문트와 나의 검이 맞부딪쳤다. 짧은 곡검, 그리고 단검과 장검의 중간쯤 되는 검. 둘 다 사정거리가 짧았기에 그와 나는 본의 아니게 가까이 붙을 수밖에 없었다.

검은색과 검은색, 그리고 진분홍색. 나와 그의 오러가 어지러이 뒤섞였다. 꼭 꽃잎들이 춤을 추는 것 같았다.

나는 나와 비슷한 길이로 나부끼는 지그문트의 짧은 흑발을 가만 바라보았다.

'한때 남매냐는 소리를 자주 들었지.'

흑단 같은 흑발과 서로의 반대쪽에 새겨진 눈물점. 얼굴 자체는 그다지 닮지 않았건만, 같은 스승을 두었다고 분위기가 닮아 버린 건지 시장에 나가면 남매가 보기 좋다는 소리도 종종 들었더랬다. 그때마다 지그문트나 나나 질색하며 완강히 부정했으나, 머리까지도 비슷하게 짧아진 지금 보니 정말 닮은 것 같다.

'특히나…… 저 눈깔이.'

늘 죽은 것 같다고 생각했던 그의 눈이 오늘 아침 거울 속의 나와 꽤 닮아 있다.

괴물과 싸우는 중엔 괴물이 되지 않게 주의해야 한다는데, 나는 충분히 주의하지 못했던 모양이다.

"가끔은 궁금했어. 너와 내가 본래 이렇게나 닮았고, 같은 스승까지 됐는데 너는 어쩌다가 비뚤어졌는지."

"……"

"그런데 이제 알겠다. 그냥 정신 붙잡고 살 여력이 없었던 거구나."

직접 전쟁을 치러 보며 느낀 바였다. 평생 전쟁을 준비했을 그는 삶 구석구석에 핏자국뿐이었으리라고.

살살 긁는 내 속삭임에 지그문트의 표정이 천천히 일그러진다. 아니, 서서히 웃는 것 같기도 했다. 이상한 뒷맛을 남기는 기이한 표정이었다.

"너."

콰직, 콰콰쾅!

검격과 함께 검은 낙뢰를 쏟아부은 지그문트가 나와 시선을 맞췄다.

"나를 모방하는군."

더럽게 예리한 새끼 같으니.

스삭!

나는 몸을 뒤틀어 낙뢰를 피하며 그의 목을 향해 곡검을 던졌다. 부메랑처럼 날아간 곡검이 지그문트의 목을 꽤 깊게 베고 돌아왔다.

"부정할 순 없네. 내 인생에서 최악은 너였으니까."

지그문트다운 것이 바로 최악이라고 학습한 것이다.

몰아치는 공격에 목을 채 지혈하지도 못한 지그문트가 헛웃음을 쳤다.

"나를 보고 배우다니, 딸이라도 둔 기분이군."

녀석이 뱀같이 싸늘한 미소를 걸쳤다.

"아버지라고 불러 보겠나?"

"……."

"네 진짜 아버지께서 애꾸가 되신 김에 내 쪽으로 족보를 갈아타 보는 것도 괜찮겠지."

이 자식은 나를 화나게 하는 방법을 아카데미에서 4년간 공부한 것이 분명했다.

"……후."

나는 분노로 흔들리려는 검 손잡이를 간신히 다잡았다. 끔찍한 폭주를 견뎌 낸 뒤에야, 감정에 흔들리지 않고 검을 펼칠 수 있었다.

좌악!

검은 오러가 공간을 찢듯 세로로 길게 펼쳐져 나갔다.

"지그문트 하이드."

나는 눈을 들어 그를 똑바로 바라보았다.

"기회 준다."

"……."

"항복해라. 그럼 더 험한 꼴은 안 볼 거다."

이대로 검을 휘두르다가는 정말 저 자식을 죽여 버릴 것 같았다.

그러나 예상대로.

"하하. 상냥하기는."

화악!

지그문트는 검을 한 번 크게 횡으로 휘두르며 오러를 끌어 올렸다.

"나는 요르하의 존재를 믿지 않는다."

"그것 참, 북부의 수장으로서 할 만한 말이군."

"그러니 이리 죽으나 저리 죽으나 개죽음이라는 건 다를 바 없다."

툭.

그가 검집을 설원 위로 떨어뜨렸다. 카라쇼의 흔적이 그렇게 한 겹 또 벗겨졌다.

"죽일 거라면, 여기서 죽여라."

"……."

"자폭해서 길동무라도 잔뜩 만들면 좋지."

내가 머리칼을 잘랐을 때 필사의 각오. 그것이 이제는 지그문트에게서 보였다.

"쓰레기 같은 자식."

"별말씀을 다."

"정신이 빠졌군. 그렇게 편한 죽음을 원하다니."

나는 짧게 심호흡했다.

지금 내 싸움은 복수혈전이 아니다. 이 끔찍한 전쟁에서 사적인 복수는 그 누구에게도 허락되지 않았다.

내 역할은 어디까지나 제압 후 연행하는 것.

"사형대에 올라."

"……"

"그곳에서 네가 망친 사람들과 마주해."

"……"

"모두가 보는 앞에서, 거기서 죽어."

혀끝에서 나가는 말이 모두 칼날처럼 느껴졌다. 그 말들 때문인지 입속이 아릿했다.

잠시 새하얀 구름으로 뒤덮인 하늘을 본 지그문트가 씨익 웃었다.

"그럼."

"……"

"잘린 내 머리는 네가 간직해 줄 건가?"

기민한 지그문트 하이드가 모를 리 없다. 이 전투에서 북부가 이길 확률이 채 1할도 되지 않는다는 것을.

질 줄 알고도 나온 것이다, 그는.

그러나 지그문트는 패배를 앞둔 이의 얼굴이 아니었다. 그곳에는 분노도, 증오도, 악바리도 없었다.

"북부에 묻히고 싶지 않아."

"……"

"그 지독한 공동묘지에 나까지 참여하고 싶지 않아."

나를 응시하는 그 보랏빛 눈은 아주 낯설 만큼 부드럽게 반짝여서.

"내 시신은 북부에서 수습하지 못하게 해 줘."

나는 깨달을 수밖에 없었다.

"그냥 네 손으로 불태워."

지그문트가 아주 후련해하고 있다는 것을.

'망할 놈들.'

내 검은 자꾸만 해방의 형태를 띤다. 그리하여 적을 베고도 기뻐할 수가 없었다.

그러나 나는 그게 조금은 다행이라고 생각했다.

'적어도 누군가의 죽음에 기뻐하는 괴물은 되지 않았으니까.'

나는 짧게 숨을 뱉었다.

"그런 마음가짐이라면 그냥 항복하지 그래?"

쉬운 길이 있건만 고집이다.

지그문트가 어깨를 으쓱였다.

"그럼 네가 실망할 거잖아?"

웃기는 새끼. 나는 고개를 저으며 누덕누덕한 손잡이를 다잡았다.

"이 검이 정말 부정한 영혼을 정결케 한다면……."

기이잉—

오러를 머금은 곡검이 울부짖었다.

"네 영혼도 거뜬히 벨 수 있겠지."

피슛—

나는 돌풍처럼 자리를 박차고 지그문트에게 뛰어들었다.

쾅! 쾅!

검과 검이 보이지 않는 속도로 부딪쳤다. 지금껏 지그문트는 북부의 사령관으로서 돌아갈 여지를 남긴 채 싸워 왔건만, 이번에는 일격 하나하나에 사력을 다하고 있는 것이 보였다.

툭.

그가 검은 망토까지 풀어헤쳤고, 북풍이 파도처럼 옷을 쓸어 갔다.

"솟아나라."

내 검을 아슬아슬하게 피하며 땅을 짚은 지그문트가 중얼거렸다.

촤아악—

새까만 줄기가 내 발 아래에서 솟구쳤다. 해양생물의 촉수처럼 제멋대로 꼬이고 뒤틀린 꼴이 징그럽기 짝이 없었다.

'역겹군.'

나는 나를 찢으려 드는 촉수들을 피해 빠르게 뛰어올랐다. 이 기운은 흑마법이 틀림없었다.

"왜? 검과 마법만으로 나를 상대하려니 안 될 것 같나?"

"지혜로울 필요가 있지. 더는 가릴 수단과 방법이 남아 있지도 않고."

지그문트는 요요한 기운이 흐르는 자안을 휘어 웃었다. 흑마법으로 인해 썩어 들어간 그의 영혼이 두 눈에 보이는 기분이었다.

까각!

'……내 오러로도 한 번에 안 베어진다.'

검은 줄기는 어이가 없을 만큼 단단했다. 지그문트가 피에 젖은 땀을 줄줄 흘리며 발동할 만한 가치가 있는 기술이었다.

쉬이익!

검은 줄기는 자의식을 가지고 있기라도 한 것처럼 끈질기게 나를 쫓았다. 나는 마나를 필사적으로 운용하며 허공으로 날아올랐다.

"그분께서 주신 검으로, 너를 통해 얻은 정답을 뽑아내어 너를 벤다면……."

"……."

"그보다 더 배덕한 일은 없겠군."

지그문트가 허공을 답보하는 나를 올려다보며 은빛 검의 검신을 세웠다.

피슉!

두 색이 복잡하게 뒤섞인 오러가 초승달 모양을 그리며 줄기로 인해 허공에 발이 묶인 나를 향해 날아왔다.

'젠장. 저건 완전히 못 피하겠는데.'

지그문트가 결사 항전을 각오한 이상 쉽게 잡지는 못할 것이라고 예상했다. 킹을 잡으러 가는 나이트에게 어찌 순탄한 길만 있겠는가.

'몸으로 비껴 낸다.'

내 복부를 꿰뚫을 기세로 날아드는 검은 줄기 위로 뛰며 방어 자세를 취할 때.

"어딜."

콰앙!

벌새처럼 날아온 붉은 오러가 그대로 지그문트의 오러를 들이받았다. 두 오러가 부딪치며 허공에서 거대한 폭발이 일어났다.

"네게 여한이 남지 않았으면 하는 마음에 온전히 맡기려 했지만, 역시 안 되겠군."

등 뒤에서 들려오는 웃음기 어린 목소리에 나는 눈을 질끈 감았다 떴다.

"……이러지 않기로 했잖아요."

"글쎄. 그랬던가?"

촤악!

커다란 품이 나를 끌어안다시피 당기며 줄기의 범위에서 빼냈다.

"기억이 잘 나지 않는군."

"……."

"이 아비가 나이를 먹어서 깜빡깜빡한단 말이지."

한쪽만 남은 적안이 짓궂은 웃음기를 품은 채 나를 내려다보았다.

한때 검귀라 불렸으나 지금은 아버지가 된 남자가 그곳에 있었다.

"야, 지금!"

머리 위에서 은구슬이 구르듯 낭랑한 목소리가 들려왔다. 새하얀 깃털이 살랑

떨어져 내렸다.

쉬이익!

날쌘 바람 소리와 함께, 내 사랑하는 소녀가 외날개로 하강했다.

그리고 그녀의 품에 안긴 한 사람.

"이걸 사용할 순간만 기다려 왔다."

사랑할 무언가를 찾아 먼 길을 돌았던 청년이 씨익 웃었다. 버튼처럼 생긴 마도구를 꾹 쥔 채 붉은 눈을 빛내는 모습이 퍽 악동 같았다.

"잘 봐 둬라, 더러운 흑마법사."

척.

그가 지그문트를 향해 가운뎃손가락을 치켜올리며 버튼 위에 엄지를 얹었다.

"이것이 마법의 위대함이다."

"……."

"뭐, 마법만 들어간 건 아니긴 한데. 하여간."

꾹.

버튼이 눌렸다.

"더럽게 위대하다는 게 중요한 거 아니겠어."

지이이잉-

그 순간 일대로 강력한 파장이 퍼져 나갔다. 고압적인 기류가 공간을 짓누르는 것만 같았다.

그 파장 아래로.

멈칫.

악령들을 뒤따라 연합군을 막아서던 온갖 종류의 마수들이 멈춰 섰다.

연합군 연구실의 마지막 발명품.

"흑마법이 만능인 줄 알았지?"

흑마법사들과 마수들의 연결을 끊어 주는 마도구였다.

"마, 마수들이 미쳐 날뛴다!"

"연결이 모두 끊겼습니다!"

"망할! 다시 연결…… 컥……!"

마수들이 말을 듣지 않자, 북부 측은 순식간에 아수라장이 되었다. 영구적 절단이 아니라 일시적 절단에 불과했지만 판단력을 잃은 마수들이 북부군을 향해 미쳐 날뛰었기에 어마어마한 타격이었다. 흑마법사들은 흑마법을 다시 연결하려 들기도 전에 마수들의 발에 짓밟혀 나갔다.

파앗-

두 인영이 아수라장을 가르고 튀어나왔다.

"길, 터 주셔서 감사합니다."

"딱히 댁을 위한 건 아니었지만 감사 인사는 챙겨 두지."

더는 하늘에 있지 않아도 여전히 빛나는 북극성이 달렸다. 독한 압생트와 설탕을 동시에 머금은 명랑한 소년이 어깨를 으쓱였다.

"어이, 슈슈!"

소년이 연둣빛 눈동자의 눈을 작게 휘었다.

"지원 왔다!"

촤아악!

그 두 눈의 청량한 빛깔을 그대로 담은 오러가 여전히 나를 얽매려 드는 검은 줄기를 공격했다.

"뭔……, 이거 줄기가 다이아몬드로 만들어진 겁니까?"

"좀 조용히 하게, 카시아 경. 경이 한마디 할 때마다 내 집중력이 바닥을 쳐."

파앗!

푸른 오러와 은빛 오러가 넘실거리며 그 뒤를 따랐다. 선입견이라는 이름의 껍질을 깨부순 여인이 횡으로 그으면, 자신의 자리를 아는 달이 종으로 그었다. 환상적인 호흡이었다.

"우와아악! 이거 너무 빠른 거 아니에요?"

또 다른 날갯짓과 함께, 이제는 조금 그리워질 뻔했던 방정맞은 목소리가 하늘에 울려 퍼졌다.

제라에게 끌어안긴 채, 자안의 구주는 아니지만 스스로를 구원할 수 있는 해맑음이 허공을 향해 손을 뻗었다.

"이번에는 잊지 않았어요, 주문!"

나와 눈이 마주친 그가 히죽 웃으며 구절을 외웠다.

"홀리 레인."

투두둑.

하늘에서 성수의 빗방울이 쏟아지기 시작했다.

"신벌."

콰앙!

그리고 무자비한 낙뢰가 꽂혔다. 비로 인해 젖은 땅에 전류가 흐르는 것은 치명적이었다.

파직!

은빛 낙뢰가 내 발을 붙잡은 검은 줄기 위에 꽂혔다. 그 신성한 일격에 줄기는 속절없이 허물어졌다.

"가요, 슈슈."

그 누구도 밝히지 못했던, 그럼에도 끈질기게 그곳에 있었던 빛이 부드러운 눈빛으로 내 등을 밀었다. 이제야 누군가를 밝히기 위해 빛을 발하기 시작한 그는 코피를 흘리며 전격을 쏟아 내는 와중에도 고아했다.

"전군."

척.

지휘자의 손끝이 전장의 한가운데를 꿰뚫었다. 새파란 눈이 무너져 버린 북부군의 방벽을, 그 너머의 나를 응시했다.

충직한 검이 되려 했는데 5

"돌격하라."

어떤 순간에도 무너지지 않는 황금빛 파도가 몰아쳤다.

와아아아-

우레와 같은 함성과 함께 연합군이 북부군의 중심인 이곳까지 밀려 들어오기 시작했다.

'……그렇게 멍청이처럼 살다가 위험해지면 스승님은 누가 구해 줍니까?'

문득, 언젠가 내 스승을 향해 아이처럼 내뱉었던 질문을 떠올렸다.

그녀의 선함을 사랑하면서도 미련하게 여기던 시절.

'내가 사랑하는 이들이 나를 구해 줄 거다. 참 멋진 삶이지 않으냐?'

나는 그녀의 대답을, 이제야 완벽하게 이해할 수 있었다. 내가 구했던 사람들이 나를 구하러 온다. 나는 그 광경을 물끄러미 응시하다가 고개를 돌렸다.

혼자 선 지그문트 하이드. 그가 낮게 웃었다.

"……외롭군."

그는 그제야 패배자의 얼굴을 하고 있었다.

Chaphter 6

원수를 사랑하라

북부는 여름도 추웠다.

그보다 훨씬 혹독한 북부의 겨울까지도 견뎌 내는 북부인들에겐 따사로울 뿐이지만, 외지인들은 여름에도 털옷을 껴입어야 했다.

지그문트 하이드는 그렇게 추운 여름에 태어났다.

"조, 족장님! 아이가……!"

"윽, 내 아이에게…… 무슨 이상이라도 있나?"

"아이가 보라색 눈을 가지고 있습니다!"

"……뭐라고?"

"구주, 구주입니다!"

그는 처음 눈을 뜬 순간부터 이 추위를 끝낼 이라고 불렸다.

"형님……!"

나무 뒤에서 어린 소년이 소리를 죽인 채 지그문트를 불렀다. 그는 고개를 돌리지 않고 두꺼운 책에 시선을 고정했다.

"가서 일해라."

북부에선 아이들도 모두 제 몫의 일을 해야 했다. 마른 나뭇가지를 줍거나, 과일을 따거나, 눈을 치우는 등의 강도가 낮은 노동 말이다.

아이는 그저 놀기만 하면 된다고 말할 수 있다면 좋겠으나, 얼어붙은 이 땅에서 일하지 않은 자에게 줄 수 있는 것은 없었다.

"그치만, 제 동생이 형님께 드리고 싶은 게 있다고…… 해서 말입니다……!"

그리고 오늘 업무를 빠지고 나온 것이 분명한 조나단, 성인 남성의 반토막만 한 작은 소년이 어깨를 잘게 떨면서도 쭈뼛쭈뼛 지그문트에게 다가왔다.

탁.

지그문트가 책을 닫았다.

〈제국의 법도와 정치〉. 이제 고작 12살을 넘긴 소년이 보기엔 어렵다 못해 과한 서적이었다. 가늘고 작은 손은 그 큰 책을 한 손에 쥐지도 못했다.

"내 사촌들이라고 너희를 특별대우할 수는 없다."

어린아이답지 않게 딱딱한 태도였다. 조나단이 그런 지그문트를 보고 겁먹은 듯 목울대를 울렁일 때, 조나단의 등 뒤에서 조막만 한 인영이 튀어나왔다.

"그치만 지그문트 형, 선물 가져왔는데!"

"야. 너 형님한테 그게 무슨 말버릇이야! 아버지한테 또 혼나고 싶어?"

조나단의 첫째 남동생, 아르지오가 등 뒤에 무언가를 숨긴 채 히죽 웃었다. 조나단이 기겁하며 제 동생을 끌었다.

지그문트 하이드는 현 북부의 수장, 헤르야 하이드의 외동아들이다. 모계 사회를 기반으로 하는 북부에서 아들이 후계자로 세워진 것은 흔치 않은 일이었으나, 이번만큼은 북부 내에서 그 어떤 반박도 없이 이루어졌다.

그 첫째 이유는 지그문트의 아버지이기도 한 헤르야의 배우자가 제국에 강제 징용된 뒤 지금까지도 생사가 불분명해 더 이상 후계자를 만들 수 없었기 때문이다.

가장 중요한 둘째 이유.

'아아. 드디어, 드디어 오셨군요. 드디어……!'

'이제 우리를 구원하소서. 구주시여, 부디…….'

지그문트 하이드가 선명한 보랏빛 눈동자를 가지고 태어났기 때문이다.

자수정의 빛깔 그대로인 그의 눈을 보라색이 아닌 다른 색이라고 말할 수 있는 이는 없었다. 지그문트는 젖을 떼기도 전 어머니 품에 안겨 북부를 순회했고, 그리하여 모든 북부인이 수장의 배에서 자안의 아이가 탄생했음을 알게 되었다.

헤르야는 지그문트가 처음 눈을 뜬 순간, 복수의 때가 왔음을 느꼈다고 했다. 그렇기에 그녀의 북부 순회는 지그문트의 존재를 북부 전체에 각인시키기 위한, 다분히 계획적이고 정치적인 행보였다.

'어머니.'

'무슨 일이지?'

'제 이름은, 자안의 구주, 입, 니까?'

'……'

그는 유년기 내내 이름 대신 '자안의 구주'로 불렸다.

구주의 이름을 대충 지을 수 없다는 명목 아래, 그의 이름이 작명되기까지 장장 5년이 걸렸다. 그동안 그를 부를 호칭이란 전설 속 그 이름뿐이었고, 그는 5살이 되기 전까지 자신의 이름이 '자안의 구주'인 줄 알았다.

'그렇게 알고 있어도 좋다. 어차피 평생 그렇게 불릴 테니까.'

그가 5살이 되고 나서야 그에게 주어진 이름은 '지그문트'. '승리와 수호'라는 뜻이었다. 고작 5살에 너무 많은 것을 알게 된 그는 그 이름이 무척 노골적인 의미를 내포하고 있음을 깨달았다.

"치. 그냥 사촌 형인데 이렇게 말할 수도 있지, 뭐 어떻다고!"

"바보야. 지그문트 형님은 그냥 사촌 형이 아니야. 구주시잖아. 예의를 갖춰야 한다고 했어."

조나단은 불퉁하게 볼을 부풀리는 자신의 동생 아르지오를 꾸짖고 식은땀을 뻘뻘 흘리며 지그문트의 눈치를 살폈다.

꾹.

지그문트는 오늘 읽어야 하는 양이 한참 남은 페이지를 내려다보다가 손가락으로 미간을 눌렀다. 10살도 안 된 아르지오조차 북부 공동체 속에서 일을 하지만, 지그문트는 일을 하지 않는다. 그러나 그 누구도 그 사실에 불만을 갖거나 이의를 제기하지 않았다.

"지그문트 형님은 바쁘신데도 네가 잠깐이면 된다고 해서 데려와 준 건데, 이렇게 말 안 들을 거야?"

고작 12살 먹은 지그문트 하이드가 이 마을 안에서 누구보다 바쁘기 때문이었다.

민족을 구원할 구주. 추위를 끝낼 분. 제국의 보복자.

소년의 어깨엔 무거운 이름들이 주렁주렁 달려 있었다. 그리하여 그는 아주 어려서부터 철저히 엘리트로, 지배자로 교육받아 왔다.

쿵.

헤르야는 이제 겨우 북부어를 뗀 지그문트 앞에 산더미 같은 전문 서적들을 내려놓으며 말했다.

'너는 북부의 차기 수장이며, 자안의 구주다.'

'……'

'그렇지 않다고 해도 그렇게 만들 것이다.'

그것이 지그문트가 자신의 어머니에게서 가장 많이 들어 온 말이다.

'네.'

그 매정한 선언 앞에서, 그는 늘 담담히 고개를 끄덕였다. 타고나기를 무던한 성격이었다고 생각한다. 적어도 울지는 않았고, 하기 싫다고 도망치지도 않았으니까.

그는 헤르야의 말에 그저 순종했다. 어쩌면 적성이었는지도 모른다.

아니, 어쩌면 거부하는 방법을 아예 배우지 못한 것인지도.

이제 와서는 알 수 없다. 자신이 어떤 사람이며 어떤 성향과 천성을 가졌는지 지그문트는 모른다. 그것들을 알아낼 기회조차 없이, 그는 여러 사람의 손을 거쳐 이상향으로 빚어졌다.

"알았어, 알았다고! 형님이라고 부르면 될 거 아니야!"

"존댓말도 해!"

"알겠다고요, 멍청이!"

꾸중을 잔뜩 들은 아르지오가 빽 소리를 질렀다. 조나단은 어른스럽게 굴려는 듯하면서도 결국 감정적이었으니, 두 사람 다 딱 그 나이대의 소년다웠다.

달칵.

지그문트는 유치하게 투닥거리는 자신의 사촌 동생들 앞에서 회중시계를 열어 시간을 확인했다.

'빠듯한데.'

글이 도통 읽히지 않아 눈 쌓인 언덕에 나와서 책을 읽고 있던 차였다. 북부의 가을은 추위가 매서운 만큼 졸음을 쫓는 셈치고 책을 읽다가 곧 들어갈 생각이었지만, 이 어린 동생들 때문에 시간을 잔뜩 빼앗기고 있었다.

"야."

소년의 미성임에도 음산하게만 느껴지는 음성.

움찔.

조나단과 아르지오가 흠칫 어깨를 움츠렸다. 그들은 그제야 저들끼리의 다툼을 멈추고 지그문트를 돌아보았다.

"할 말 있으면 빨리 해."

이런 말투를 사용하면 어머니께 크게 혼날 것이다. 지배자답지 못한 가벼운 말투라고.

그러나 고작 12살배기가 품위가 있으면 얼마나 있겠는가.

지그문트는 자신이 어떤 성격인지 스스로도 잘 몰랐으나, 그래도 하나쯤은 확신했다.

"쫑알거리는 거 듣기 싫어."

충직한 검이 되려 했는데 5

썩 좋은 성격은 아닐 거라는 것.

"······으."

창백하게 질린 조나단이 숨을 죽였다. 조금 전까지만 해도 기세등등하던 아르지오가 금방 겁을 먹고 신음을 흘렸다.

지그문트가 대부분의 순간은 이상향에 맞추어 다듬어진 모습을 보임에도 그의 또래 어린아이들은 늘 그를 무서워했다. 어린아이들의 눈은 투명해서, 그 너머의 본성을 꿰뚫어 보곤 하니까.

그나마 사촌들도 이 모양인데, 피가 이어지지 않은 다른 아이들은 어떻겠는가.

'지, 지, 지그문트 님······! 제······ 간식도 드실래요······?'

부모에게서 세뇌당하다시피 해 온 북부의 아이들은 지그문트를 경외했다. 아이들의 큰 눈망울에는 공포와 존경이 동시에 서려 있었다. 그들은 지그문트가 딱히 성질을 부릴 필요도 없이 알아서 기었다.

"혀, 형님한테······ 이거 드리려고 왔어요!"

불쑥.

그러나 아주 간혹 맹랑한 꼬맹이들은 일을 친다. 소심한 조나단과 다르게 사람에게 치대기를 좋아하는 이 둘째 사촌 동생 아르지오 같은 녀석이 말이다.

지그문트는 자그마한 손에 꼭 쥐어 있는 물건을 가만히 내려다 보았다.

"어머니가 그러는데, 저는 손재주가 좋대요. 그래서 공예를 배우고 있는데, 이거, 만들어서······."

"······."

"형님 드리고 싶었어요. 형님은 가진 장신구가 하나도 없잖아요. 헤헤······."

아르지오가 내민 것은 여러 색의 털실로 꼬아 만든 엉성한 팔찌였다.

"이걸······."

잠시 침묵하던 지그문트가 느리게 입을 열 때였다.

터벅.

"지그문트 하이드."

눈을 지르밟는 발걸음 소리와 함께 건조한 여성의 목소리가 그들이 선 산턱에 울렸다.

"……히익!"

툭.

아르지오가 기겁하며 팔찌를 떨어뜨렸다. 창백하던 얼굴이 새파래지기까지 한 조나단은 굳은 채로 움직이지도 못했다.

숲을 가르고 나타난 것은 지그문트의 어머니, 헤르야였다.

"조나단, 그리고 아르지오."

"……."

"내 부름에 대답하지 않아도 된다고, 내 동생이 그리 가르쳤던가?"

"아, 아뇨!"

"아닙니다!"

아르지오와 조나단이 퍼뜩 몸을 돌려 꾸벅 허리를 굽혔다.

그들은 지그문트의 사촌으로서, 지그문트의 수족이 될 운명을 안고 태어났다. 그리하여 지그문트만큼은 아니지만 다른 이에게는 뒤처지지 않을 만큼 엄하게 길러지고 있었다.

조카들을 통나무 보듯 내려다보던 헤르야가 지그문트에게 시선을 옮겼다.

"여기서 뭐 하고 있는 거지?"

"……."

"오늘 검술 훈련은 때려치우기로 마음먹었나?"

"아닙니다."

"그런데 왜 이 시간에 이러고 있는 거냐?"

새까만 눈동자가 그 어떤 감정의 관여 없이 차갑게 자신을 질책하면, 지그문트는 시선을 떨굴 수밖에 없었다. 새하얀 설원이 그의 시야를 가득 채웠다.

"누누이 지적했는데, 할 말이 없으면 침묵하는 습관은 아직도 못 고쳤군."

헤르야가 어쩔 줄 모르고 벌벌 떨고 있는 아르지오와 조나단을 다시금 돌아보았다.

"너희는 오늘 배당받은 업무가 있을 텐데."

"네……."

"그건 어쩌고 이곳에 있는 거지?"

"그, 그게……."

"공동체 생활이 우스운가? 아니면 일하지 않고 먹기를 바라나?"

"아닙, 아닙니다!"

"너희가 저 애를 붙잡고 있었던 건가?"

이미 소리 죽여 울고 있는 아르지오 대신, 곧 울 것 같은 얼굴로 빠릿빠릿하게 답하던 조나단이 마지막 질문엔 입을 꾹 다물었다.

단순히 일을 빼먹은 것은 조금 혼나는 것으로 끝날 일이지만, 지그문트의 시간을 빼앗았다는 건 심각한 잘못이었다. 지그문트는 완벽한 후계자가 되어야 하는 이였고, 온 북부 사람들이 그를 다듬는 데에 심혈을 기울이고 있었다.

그러므로 이는 '거사'를 망치는 죄를 짓는 것이나 다름없었다.

조금 머리를 쓸 줄 아는 나이의 조나단은 웬만해선 지그문트와 엮이지 않으려 했건만, 어떻게든 이 팔찌를 지그문트에게 줘야겠다며 떼쓰는 아르지오를 말리지 못한 죗값이 너무 컸다.

'사, 사흘은 외딴 오두막에서 근신당할지도 몰라.'

조나단은 결국 주르륵 눈물을 흘리고 말았다.

그리고 그러는 가운데.

"제가 일하러 가는 아이들을 붙잡았습니다."

텅 빈 눈동자로 잿빛 하늘을 올려다본 지그문트가 나직하게 내뱉었다.

"책 읽기가 지루했습니다."

"……."

"바로 내려가서 검술 훈련 시작하겠습니다. 명하시면 근신하겠습니다."

지나치게 흔들림이 없어서 거짓말일 거라고는 상상도 되지 않는 목소리.

지그문트의 스승을 자처하는 여러 북부의 어른들이 제자가 모든 분야에서 감각적이라며 칭찬을 아끼지 않았다. 그러나 그 제자는 알고 있었다.

자신이 가장 잘하는 것은 다른 무엇도 아닌 거짓말이라는 것을.

내내 잠잠하던 헤르야의 표정이 희미하게 꿈틀거렸다.

"……실망스럽군."

"……."

"네가 애처럼 굴어도 된다고 생각하는 건가."

"죄송합니다."

"바로 따라 내려와라."

획.

헤르야가 망토가 휘날릴 만큼 거세게 뒤돌아섰다.

"네 사명의 무게를 잊지 말도록."

사박사박.

그러고는 지그문트를 기다리지 않고 먼저 발걸음을 옮겼다.

스륵.

지그문트는 그런 어머니의 뒷모습을 물끄러미 바라보다가 허리를 굽혀 팔찌를 주웠다.

"야."

"네, 네……."

보랏빛 눈동자가 조나단과 아르지오를 스치듯 훑다가 이내 앞을 향했다.

"한 번만 더 시간 뺏으면 죽여 버린다."

사박사박.

그 낮은 경고의 말을 끝으로, 지그문트는 그들 사이를 뚫고 지나가 버렸다.

"……흑."

"……."

"으허엉……."

주르륵.

지그문트가 사라지기까지 제 입을 틀어막고 울음을 참던 아르지오는 기어이
눈물을 터트렸다. 아르지오의 바지가 요로 축축했다.

"……야, 울지 마."

"너, 너무해……. 나는, 그냥……."

"바보야, 울지 말라고."

세상이 떠나가라 우는 제 동생을 끌어안은 조나단은 설원에 찍힌 지그문트의
작은 발자국을 바라보았다.

'지그문트 형님…….'

팔찌, 주머니에 챙겼지.

제국에서는 가을 추수를 마치고 전국에서 추수 감사 축제를 벌이고 있을 기간
이건만, 북부 사람들에겐 최악의 시기였다.

"빨리 옮겨라! 사냥물이 얼어붙기 전에 손질해야 한다!"

혹독한 겨울이 오면 활동이 두 배는 더 어려워지기 때문에, 가을이 지나기 전
에 식량과 자원을 비축해야 했다. 쏟아지는 일거리들로 어린아이들조차 눈코 뜰
새 없이 바빴다.

"지그문트 님, 들어가 계십시오!"

"아닙니다. 돕고 싶습니다."

워낙 일이 많았기에, 지그문트는 겨울이 오기 전까지만 공부나 훈련 대신 공
동체의 일을 돕기로 했다. 헤르야는 실무를 보는 것도 좋은 경험이 될 거라고 생
각하는 것 같았다.

"이 마수는 어떻게 다뤄야 한다고 했지?"

"가장 먼저 간을 제거합니다. 그곳에 독이 있기 때문입니다. 그 후에도 마수의 몸에 독이 남아 있기 때문에 하루 동안은 실온에 방치해 둡니다. 그리고 나서 가죽을 벗기고 살코기를 취합니다."

"그렇다. 제대로 기억하고 있군."

지그문트는 헤르야와 함께 일사불란하게 움직이는 이들 사이를 누비며 지휘관 역할을 했다. 헤르야는 지그문트가 알고 있는 것들을 확인하는 동시에 새로운 것들을 가르쳐 주며 이 시간을 철저히 이용했다.

"……읏."

냉딸기가 가득 담긴 바구니를 들고 가던 아르지오가 지그문트와 눈이 마주치자 황급히 고개를 숙였다. 그나마 지그문트를 가장 편히 여기던 아르지오조차 저번 팔찌 사건 이후부터는 지그문트를 무서워했다.

도망치듯 걸음을 빨리하는 아르지오 뒤로, 갓난 여동생 조세핀을 안은 조나단이 슬쩍 지그문트의 눈치를 살피며 눈인사를 건넸다.

"이해받기를 바라지 마라."

헤르야는 지그문트가 아르지오의 뒷모습을 응시한 그 잠시를 눈치챘다.

"사랑받기는 더더욱 바라지 말고."

"……."

"네가 받아야 하는 것은 오직 경외뿐이다."

그리고 그것은 몰이해와 공포에서 나온다.

"네."

지그문트는 그 난폭한 가르침에 가만히 고개를 끄덕일 뿐이었다.

까아악!

그 순간, 하늘에 새 울음소리가 울려 퍼졌다. 작고 날쌘 그림자가 마을 안으로 들어왔다.

"어머니. 전서오입니다."

헤르야의 까마귀였다. 까마귀를 올려다본 헤르야의 미간이 슬쩍 찌푸려졌다.

휘이익—

엄지와 검지를 입에 문 그녀가 날카로운 휘파람 소리를 냈다. 그 소리에 반응한 까마귀가 빠르게 낙하해 헤르야의 팔 위에 앉았다.

스르륵.

헤르야는 까마귀의 발에 묶인 리본을 풀더니, 기다란 나무통에서 쪽지를 꺼내 읽어 내렸다. 이어, 그녀의 얼굴이 험악하게 일그러졌다.

"이, 개자식들이……."

콰직.

나무통과 쪽지가 헤르야의 손안에서 구겨졌다. 늘 뜨겁지도 차갑지도 않은 부동을 유지하는 그녀에게서는 쉽게 볼 수 없는 형형한 기세였다.

그녀를 이렇게까지 격동케 하는 것은 단 하나뿐이었다.

"브룬힐드!"

"네, 수장님!"

헤르야의 동생이자 부관이 빠르게 뛰어왔다. 지그문트의 이모이며, 조나단의 어머니이기도 했다.

"무슨 일이십니까?"

함께 달려온 브룬힐드의 남편이 물었다.

헤르야가 거칠게 머리를 쓸어넘겼다.

"제국군이……."

"……."

"놈들이 오고 있다. 오늘 안으로 도착한다는군."

쩽그랑.

누군가 들고 있던 도기를 떨어뜨렸다. 무거운 침묵이 일대를 휩쓸었다.

북부인들은 겨울보다 가을을 더 싫어한다. 살을 에는 칼바람과 추위보다 더 끔찍한 것이 있기 때문이다.

"부, 분명 이번에는 느지막이 오겠다고……."

"그 자식들이 뱉은 말을 지킨 적이 있던가?"

당혹스러워하는 브룬힐드 앞에서 헤르야가 날카로운 목소리로 말을 뱉었다. 숨길 수 없는 증오가 그녀의 얼굴에 묻어났다.

제국군은 가을마다 북부를 방문했다. 식민지에 대한 순찰과 관리라는 명목이었으나, 그것은 명백한 수탈이었다. 제국군의 순찰은 북부인들에게 저승사자의 방문과 다름없었다.

'거기 자네, 몸이 좋아 보이는데.'

'네, 네? 아, 아, 아닙니다! 제게는 오랜, 오랜 지병이 있으며…….'

'하하. 겸손하기는. 잡아라. 노예로 데려간다.'

'안 돼! 제발, 저는 가장입니다! 키워야 하는 아이들이, 아아악!'

쓸 만한 것을 모조리 약탈하는 것도 모자라, 사람들까지도 닥치는 대로 끌고 갔다. 이 사람은 아름다워서, 저 사람은 재능이 출중해서, 저 아이는 희귀한 신체적 특징이 있어서. 그렇게 끌고 가는 것도 모자라 마음에 들지 않으면 기강을 위한 본보기랍시고 무자비하게 그 사람을 죽였다.

그 횡포의 피해자 중 한 명인 지그문트의 아버지는 상당한 실력의 주술사였다. 그래서 제국군이 그를 탐했고, 그는 주술까지 사용하며 끌려가지 않기 위해 필사적으로 저항했으나 결국엔 붙잡혔다.

'……모르는 사람입니다. 저치는 더 이상 북부의 일원이 아닙니다.'

그때, 헤르야는 피투성이로 무릎 꿇고 있는 자신의 남편을 외면해야 했다. 만약 제국군이 이 사건을 반역죄로 끌고 간다면 마을이 몰살당할 수도 있었으니까.

이곳은 여러 부락으로 나뉜 북부 중에서도 수장인 헤르야가 거주하는, 말하자면 수도 지역. 이곳이 몰락하면 북부는 하나로 뭉칠 중심점을 잃게 된다.

'데려가십시오. 데려가서 노예로 쓰든 찢어 죽이든…… 마음대로 하십시오.'

그리하여 그녀는 만삭인 배를 누르며 자신의 남편을 팔았다.

북부인들은 그것을 숭고한 희생이라고 칭송했으나, 헤르야는 어느 날 밤 술에 취해 지그문트를 앞에 앉혀 둔 채 혼잣말처럼 중얼거렸다.

'그건, 그냥 꼬리 자르기였다. 배신이었어.'

'……'

'이 세계에 겨울이 존재하는 한, 늑대가 우는 법을 잊지 않는 한 함께하자고 했는데. 나는 그 사람을 버린 거다.'

그날, 지그문트는 헤르야의 가장 깊은 곳에 멍울진 한을 목도했다.

석상 같던 여인의 영혼엔 분노와 증오가 새겨져 있었다.

'……복수할 거다.'

'……'

'그들과 그들의 선대, 후대까지 뼛조각조차 남기지 않고 진멸할 것이다.'

미친 사람처럼 그 말을 반복하는 헤르야 앞에서 지그문트는 생각했다.

'진멸이 뭐지?'

그 단어도 모를 만큼 어린 나이였다. 그는 소리 없이 우는 자신의 어미를 한참이고 바라보다가 멋대로 결론 내렸다. 진멸은 슬픈 단어임이 분명하다고.

"귀중품들을 숨겨라! 비밀 창고를 열어!"

헤르야가 다급히 일대를 지휘했다. 사람들은 하나같이 공포에 질렸으나, 움직임만은 일사불란했다. 하루 이틀 일이 아니기 때문이었다.

"헤르야 님. 황제가 얼마 전부터 북부에 대한 처우를 개선하려 한다는 말이 나오지 않았습니까."

브룬힐드의 남편이 조심스럽게 말을 꺼냈다. 잔뜩 신경이 곤두서 있는 게 티가 나는 헤르야가 날카로운 눈으로 그를 돌아보았다.

"그래서? 그들에게 인간다운 면모라도 기대해 보자는 건가?"

"그, 그렇다기보다도, 그 얘기로 사람들을 조금 진정시켜도 되지 않을까 해서……."

"정말 한가한 소리나 하는군. 더 긴장해서 조심해도 모자랄 판에 진정시켜서 어쩌자는 건가?"

"……제가 생각이 짧았습니다."

그가 황급히 허리를 굽히며 꼬리를 말았다.

헤르야가 이를 악물었다.

"짐승이 인간이 될 수는 없다. 종은 변하지 않아."

"……."

"헬리오스 솔라티네? 그 역겨운 여우에게 기대를 걸라고? 나라면 차라리 하라바나를 애완견으로 길러 볼 것이다."

파악!

헤르야가 거칠게 망토를 날리며 걸어 나갔다. 브룬힐드의 남편이 입을 꾹 다물었다. 그는 마을 내에서도 가장 유순하고 평화주의적인 인물이었으므로 헬리오스의 선한 행보에 무언가 기대를 걸어 보고 싶은 듯했으나, 제국을 경멸하는 헤르야에게 통할 리가 없었다.

"지그문트 하이드!"

"네."

"아이들을 데리고 이쪽으로……."

"헤, 헤르야님!"

탁, 타닥!

헤르야의 명령이 떨어지려는 찰나, 마을 입구 쪽에서 한 여성이 미친듯이 뛰어왔다. 지금 시간대에 보초를 서는 인물이었다.

"지금, 제국군이 마을 앞까지 왔습니다……!"

그녀의 얼굴은 새파랗게 질려 있었다.

"어, 어떡해!"

"아직 아무것도 숨기지 못했는데……!"

사람들 사이에 혼란이 불처럼 번졌다. 다들 어떻게든 지시에 따라 침착하게 움직이려 했건만, 공포가 코앞까지 닥치니 혼비백산이었다.

"어머니. 어떻게 합니까?"

지그문트는 무섭게 얼굴이 굳은 헤르야에게 물었다.

지금껏 제국군이 왔을 땐 지그문트가 아이들을 이끌고 근처 동굴에 숨었다. 그러나 지금은 동굴까지 가기엔 시간이 촉박했다.

평소답지 않게 초조해하는 얼굴로 숨을 들이쉰 헤르야가 그를 돌아보았다.

"……창고. 창고로 들어가 숨어라! 네가 아이들을 이끌어야 한다!"

"네."

허리를 굽힌 지그문트는 근처에서 어쩔 줄 몰라 하고 있는 조나단에게 손을 까닥였다.

"조나단 하이드. 아이들을 모아라."

"네, 네!"

"아르지오 하이드."

높낮이 없는 부름에 아르지오가 움찔했다. 지그문트가 고갯짓했다.

"네 형이 아이들을 모으는 동안 네가 조세핀을 맡아라."

아르지오는 겁먹은 눈으로 지그문트를 올려다보았다. 조세핀을 안은 채로 튀어 나가려던 조나단이 멈칫하며 아르지오를 돌아보았다.

"조나단. 아르지오에게 조세핀을 넘겨."

"네, 네!"

스윽.

아르지오가 주춤거리며 조세핀을 안아 들었다. 10살도 안 된 애가 갓난애를 맡으니, 버거워 보일뿐더러 아이가 아이를 안고 있는 모양새였다.

아르지오 또한 보호받아 마땅한 어린애임이 분명하지만.

"하이드들에겐 유년기가 없다. 젖을 뗀 뒤엔 각자 자기의 것을 지켜야 한다."

"……."

"젖을 떼기 전인 네 동생은 네가 지켜라."

지그문트는 그 작은 어깨에 억지로 책임감을 얹었다.

"……네!"

강해져야만 이 흉포한 겨울에서 살아남을 수 있기 때문이었다.

"다들 들어가, 빨리!"

"소리 내지 마라. 함부로 대화 나누는 이들은 처벌받을 줄 알아라."

지그문트와 조나단은 합세해 마을 아이들을 모두 근처 창고로 데려갔다.

대부분의 아이들이 겁에 질려 울고 있었으나, 다들 일찍부터 숨죽이는 법을 배운 탓에 아이들이 떼로 몰려 있다고는 믿기지 않을 정도로 조용했다.

탁.

마지막으로 들어와 창고의 빗장을 걸어 잠근 지그문트는 서리 낀 창문을 통해 마을의 광장을 바라보았다.

광장으로부터 입구까지 난 큰길로…….

사박사박.

제국군이 말을 타고 오고 있었다.

"……제국에 불멸할 영광을."

백마를 타고 선두에 선 제국군의 사령관에게 헤르야가 깊이 허리를 숙였다.

탁.

말에서 내린 사령관이 부드럽게 웃었다.

"1년만이군. 다들 잘 지냈나?"

"……."

"대답들이 없는 걸 보니 그저 그런 모양이야. 안타깝게도."

침통하게 느껴지는 침묵이 일대를 감싼 가운데, 사령관은 홀로 여유로웠다. 그는 자신의 말을 부관에게 맡긴 채 가볍게 주변을 돌아보기까지 했다.

'20년째 바뀌지 않은 북부 전담 사령관. 나의 아버지를 데려간 그 남자.'

악독한 약탈자는 상냥한 얼굴을 하고 있었고, 북부를 짓밟은 구둣발은 단정했다.

탁.

산책을 마친 사령관이 북부인들 앞에 멈춰 섰다.

"우리의 존경하는 황제 폐하께서 북부에 대한 약탈을 단속하겠다고 하시더군."

"……."

"그러나 나는 의문이야."

남자의 가는 눈이 샐쭉하게 휘었다.

"우리가 약탈을 한 적이 있었나?"

"……."

"우리는 그저 확인차 이곳에 들른 것뿐이고, 그대들은 우리의 노고에 감사하며 우리에게 선물을 준 것뿐이지."

그가 헤르야를 돌아보았다.

"그렇지 않나, 헤르야 씨?"

한 민족의 지도자를 저렇게 부르다니. 무례하다 못해 몰상식했다. 지금 당장 역정을 내지른다 해도 의문을 표할 이가 없을 것이다.

"……그렇습니다."

그러나 헤르야는 부서져라 강하게 쥔 주먹을 등 뒤에 숨긴 채 담담히 수긍했다.

그녀가 한순간의 분노를 참지 못한다면 그들은 옳다구나 하고 반역이라는 죄목으로 이 마을을 뒤집기 시작할 것이다. 그럴 명분을 만들어 줘선 안 됐다.

고분고분한 대답에 만족스럽게 웃은 사령관이 마을을 훑어보았다.

"올해 식량 비축은 성공적으로 되어 가고 있나?"

"넉넉치는 않지만 살펴 주신 덕분에 어느 정도는 준비되었습니다."

"그렇다면 한번 확인해 봐야겠군."

그가 고개를 까닥였다.

"상등품부터 가져와 보게."

당연하다는 듯이 요구하는 꼴은 토악질이 나려 할 만큼 뻔뻔하건만.

"······불란의 꿀을 꺼내라."

창과 칼을 든 제국의 병사들이 그의 등 뒤에 있었으므로 순응하는 것밖에 방법이 없었다.

마을 사람들이 수고롭게 일해 모은 자원들이 줄줄이 나왔다.

이번엔 비밀 창고에 숨길 틈이 없었으므로 있는 것을 다 꺼내야 했다. 대놓고 숨겼다가는 저들이 무슨 짓을 저지를지 몰랐다.

"흐읍······."

"······훌쩍."

지그문트와 아이들이 숨은 곳은 다행히도 사냥 도구들을 넣어 두는 창고였기에 열릴 일은 없었으나, 모두가 겁에 질려 있었다.

작년 가을 눈밭에서 놀다가 늦게 돌아오며 함께 숨지 못했던 7살 로메오가 제국군의 눈에 띄어 버린 뒤 어떻게 되었는지는 다들 알고 있었다.

"흐음. 올해는 영 수확이 심심하군."

한껏 쌓인 자원들을 물끄러미 바라보던 지휘관이 턱을 쓸었다.

"······원하신다면 대장장이 터에서 강철이라도 조금 더 가져와 보겠습니다."

"아니, 그렇게 말하니 내가 못된 욕심쟁이라도 된 것 같지 않은가? 되었네, 됐어."

헤르야의 다급한 말에 지휘관이 껄껄 웃었다. 그러나 약탈할 것이 부족할 때 벌어졌던 참극을 똑똑히 기억하는 헤르야는 결코 웃을 수가 없었다.

"그보다는······."

지휘관의 눈길이 스르륵 내려가 헤르야의 목 언저리에 닿았다. 헤르야의 어깨가 희미하게 움찔했다.

"그 목걸이, 못 보던 거군."

그녀의 목에 걸린, 짙은 보라색 보석이 박힌 목걸이.

한눈에 보기에도 고가인 물건이었다.

꽉.

헤르야가 입술을 세게 짓씹었다. 고개를 푹 숙인 채 두 눈이 튀어나올 듯 부릅뜬 것이, 감정을 억지로 억누르는 모양새였다. 처음 볼 수밖에 없을 것이다. 그녀가 가장 아끼는 물건이니까. 귀히 여겨 함부로 손대지도 못하고 바라만 보다가 가끔 조심스럽게 꺼내 거는 목걸이.

"뭐, 내가 경우 없는 사람은 아니네만 정말 마음에 쏙 드는 세공은 처음 봐서 말이지."

"……."

"그대가 내게 선물해 준다고 하면 이번엔 그냥 넘어가 줄 수……."

"아, 안 됩니다!"

헤르야의 동생 브룬힐드 옆에서 숨을 죽이고 있던 그녀의 남편이 다급하게 소리쳤다. 그도 무심코 외친 듯 흠칫했으나, 그러고도 물러서지 않는 것이 간절해 보였다.

"그건, 그건 형님의 유품이란 말입니다!"

목걸이는 제국군에게 끌려간 헤르야 남편의 유품이었다.

"어딜 감히……!"

"호오."

창백해진 헤르야가 그를 크게 꾸짖으려 할 때, 눈을 빛낸 사령관이 손을 뻗어 그녀를 제지했다.

"그래. 이 목걸이가……."

콰득.

사령관이 헤르야의 목에서 목걸이를 무참히 뜯어냈다. 하도 어이가 없는 무례한 짓거리 앞에서 그 누구도 입을 열지 못했다.

쇠줄이 끊어지고 보석만을 손에 쥔 사령관이 그에게로 걸어갔다.

"누군가의 유품이란 말이지."

브룬힐드의 남편이 울 것 같은 표정을 지었다. 마음이 약한 그는 헤르야의 남편이 끌려갔을 때도 가장 많이 울었다.

"저, 저희 집에, 품질이 좋은 가죽이 많습니다."

"……."

"보석만큼 값비싸진 않겠지만 대신 그걸 가져가 주시면……."

"하하. 정말로 귀여운 사고방식이군."

"……윽!"

콱!

사령관이 사람 좋게 웃으며 그의 턱을 강하게 틀어쥐었다.

"내가 비루먹어 보이나? 정말이지 나를 그대들과 같은 거지 나부랭이로 생각하면 곤란하네."

"끅, 으윽……."

"나는 그저 그대의 태도가 마음에 들지 않을 뿐이야."

사령관이 가는 눈을 더욱 가늘게 떴다.

"산 자는 살아야지, 응?"

"……."

"죽은 자의 물건에 집착해서야 되나. 좋은 보석을 두고 고사 지내는 것 같은데, 그러느니 내가 조금 더 가치 있게 사용해 줄 수 있을 듯하네만."

산 자는 살아야 한다니. 그들의 패악질로 이 설원에선 붉은 피와 눈물이 마를 틈이 없는데, 어떻게 그럴 수 있겠는가. 차마 하나를 이겨 내기도 전에 또 다른 것들을 수탈해 가는 이들이다.

"형님을, 형님을 데려간 게 당신이면서!"

파앗!

순간 이성을 잃은 브룬힐드의 남편이 사령관의 손을 거칠게 떼어 냈다.

"……허어."

사령관이 붉게 달아오른 제 손등과 그를 번갈아 보다 헛웃음을 지었다. 모두가 경악한 가운데, 브룬힐드의 남편이 씩씩거리며 목소리를 높였다.

"계, 계속, 이런 수탈을 저지른다면 당신의 상부에 보고할 겁니다! 헬리오스 황제께서, 북부를 살피겠다고 한 것 다 들었습니다!"

"……"

"분명, 그분은 어진 분이니까, 우리 북부 편을……!"

"그래. 황제께 보고해 버리겠다고?"

사령관이 고개를 쳐들었다.

사령관은 그의 모든 악행을 잠시라도 잊게 만들 만큼 아름다운 사람이었다. 입가에 걸린 반듯한 미소까지, 곱기 짝이 없었다.

"황제께서 그대 같은 버러지를 만나 주실 리도 없지만……"

"……"

"그것도 뭐, 다리가 있어야 보고하러 가려는 시도라도 하지 않겠나?"

사령관이 우아하게 검지를 까닥이자, 병사들이 브룬힐드의 남편을 에워쌌다.

'아.'

그 모든 광경을 창틈으로 지켜보던 지그문트는 오랜만에 피가 차갑게 식는 기분이었다.

"궁금하군."

"……"

"다리가 없는데 어떻게 내 수탈을 보고하러 제국으로 먼 길을 떠날지."

까득.

사령관은 이 악물어 힘줄이 불거진 제 턱을 쓸며 눈꼬리를 휘었다.

"잘라라."

"……허억."

"죄목은 제국군 모욕죄다."

우리의 관리를 수탈이라고 부르다니, 처벌을 받아 마땅하지.

"으, 으아아……."

그 말이 떨어지자마자 병사들이 브룬힐드의 남편을 붙잡았다.

"아, 안 돼……."

얼이 반쯤 나간 아르지오의 중얼거림이 공포에 찬 창고 안의 침묵을 깨뜨렸다.

"안 돼, 아, 아빠……! 읍……!"

콱!

포대기에 싸인 제 동생 조세핀을 내던지고 튀어 나가려는 아르지오를 지그문 트가 낚아채 들어 올렸다. 그는 발버둥 치는 아르지오의 작은 몸을 억지로 얽어 매고 제압하는 순간에도 숨을 죽였다.

"으읍! 윽, 아읍……!"

아르지오보다는 크지만 여전히 작을 뿐인 지그문트의 창백한 손 아래에서 소 년의 울분 섞인 비명이 잦아들었다. 손끝이 눈물로 질척해지고, 손바닥이 있는 힘껏 깨물릴 때도 지그문트는 아르지오를 놓지 않았다.

"조나단 하이드."

"……."

"야, 이 새끼야."

"……흐윽."

퍽.

지그문트가 새파랗게 얼어붙은 조나단의 옆구리를 거세게 걷어찼다. 휘청거린 조나단이 새까맣게 죽은 눈으로 지그문트를 올려다보았다.

"네 여동생 안아 들어."

"……아, 응."

"정신 차려, 이 개자식아!"

으아아아아악!

지그문트는 조나단과 아르지오, 그리고 조세핀 아버지의 비명 소리가 광장에 울릴 때에 맞춰 언성을 높였다. 아르지오에게 내팽개쳐진 조세핀이 인상을 찡그리며 잠에서 깨려 하고 있었다.

"그 애가 울면 우린 다 끝이야! 다 같이 뒈지고 싶어?"

"으으으……."

"들어서 달래, 빨리!"

지그문트의 거친 재촉에 조나단이 덜덜 떨며 조세핀을 안아 들었다. 조세핀의 발그레한 뺨으로 조나단의 눈물이 쉴새없이 떨어졌다.

크아아악!

비명이 대지에 울렸다. 설원이 붉게 물들고, 산 사람의 신체 일부가 한낱 고깃덩어리로 전락하는데도 모두가 소리를 죽일 수밖에 없었다.

"아, 아빠……."

"……."

"허억, 흐으윽……."

그것이 북부인들의 인생이었다.

사령관은 자비라도 베풀겠다는 듯이 헤르야의 목걸이만을 손에 쥔 채 마을을 떠났다.

두 다리가 잘린 브룬힐드의 남편은 빠르게 응급처치를 받았으나 파상풍에 걸려 열흘을 채 버티지 못하고 죽었다.

"다 죽여 버릴 거야……."

"……."

"제국군도, 당신도, 다 죽여 버릴 거야……."

그날 지그문트에게서 벗어나기 위해 발버둥치다가 지그문트의 새끼손가락을 골절시켰으나, 끝내 제 아비에게는 가지 못했던 아르지오는 지그문트를 증오하게 되었다.

조나단은 그 뒤로 한참 실어증을 앓았다. 그날을 기점으로 소심했던 조나단의 성격이 바뀌었다.

그리고 그해 겨울이 되었을 땐,

다시 찾아온 제국군이 마을에 불을 질렀다.

황제가 정말로 북부를 위해 무언가 하고 있었다. 오랜 시간 북부를 수탈해 온 지방 관리인들이 아닌, 중앙의 파견단을 통해 북부의 상황을 면밀히 살피려 한 것이다. 아무래도 지방 관리인들의 보고가 믿을 만하지 않다고 판단한 것 같았다.

장장 몇백 년 만에 변화의 바람이 일어나려 하고 있었다. 어쩌면 브룬힐드의 남편이 소망했듯, 제국의 황제를 통해 북부의 봄이 올지도 몰랐다.

"마을을 봉쇄하라."

"네!"

"그리고 불을 붙여."

그러나 그 기대를 산산이 깨 버리려는 듯, 황제가 부른 바람은 마을을 통째로 살라 먹을 불길을 일으켰다.

"어째서, 어째서입니까! 달라는 대로 주고, 하라는 대로 하지 않았습니까!"

갑작스럽게 들이닥친 제국군에게 붙잡혀 무릎 꿇은 헤르야가 짐승처럼 울부짖었다.

손을 가지런히 깍지 껴 모은 사령관이 눈썹 끝을 내리며 웃었다.

"저런, 헤르야 씨. 그리 울어 버리면 내가 가슴이 아파."

"이⋯⋯!"

"나도 이렇게까지 하고 싶지는 않네. 하지만 어쩌겠나?"

그대들이 말실수할까 봐 걱정되는걸.

고작 그것 때문이었다. 고작 그것 때문에, 온 마을 사람들을 산 채로 불태우려 들었다.

화아아악-

제국군의 마법사들이 마을 위로 불을 내렸다. 나무로 지은 집들은 눈밭 위에서도 마른 장작처럼 잘 타올랐다. 헤르야가 모든 것을 바쳐 지켜 온 북부인들의 터전이 한순간에 잿더미로 변해 가고 있었다.

콰앙!

"크아악!"

그리고 그 순간, 헤르야는 등 뒤의 대검을 뽑아 자신을 붙잡고 있던 제국군 병사들을 날려 버렸다. 더는 물러설 곳이 없다. 그러므로 고개 숙일 필요도 없었다.

"⋯⋯싸워라. 죽을힘을 다해 싸워라!"

그녀가 비명을 지르듯 북부인들에게 명령했다.

그 말을 끝으로 산지옥이 펼쳐졌다. 마을의 입구는 제국군 마법사들이 친 방어막으로 봉쇄되고, 마을 전체가 불타는 가운데 마을 사람들이 제국군을 공격하기 시작했다.

"아악!"

"흐윽⋯⋯!"

모두가 호신용으로 단검쯤은 지니고 있었으나 완전 무장이 된 제국군을 이길 수 있을 리 만무했다. 새빨간 불 위로 새빨간 피가 덧그려졌다.

학살의 현장이었다.

"지그문트 하이드!"

헤르야가 자신에게 달려드는 제국 병사들을 베며 지그문트에게 달려갔다.

꽈악.

헤르야는 한쪽 무릎을 굽혀 지그문트와 시선을 맞추었다. 그리고 그의 어깨를 으스러져라 쥐었다.

"무기, 가지고 있나?"

"네."

"이걸 챙겨라."

헤르야가 지그문트의 손에 작은 뭉치를 쥐여 주었다.

"수장의 증표다. 이것으로 수장의 자격을 증명할 수 있고, 살아남은 북부인들이 이 증표를 추적해 너를 찾을 것이다."

"……."

"다른 것은 챙길 시간 없다. 따라와라!"

타다닷!

그녀가 지그문트의 손을 잡은 채 달리기 시작했다. 지그문트는 그녀의 큰 보폭에 맞춰 숨 가쁘게 따라가며, 문득 자신의 어머니와 손을 맞잡은 것이 이번이 처음인 사실을 깨달았다.

화악!

난장판을 헤치며 꼬리에 말들이 미친듯이 날뛰는 마구간에 도착한 헤르야는 구석을 덮고 있던 모포를 거칠게 걷어 냈다. 그곳엔 순간이동 마법진이 그려져 있었다.

"비상 탈출용이라 목적지가 지정되지 않은 것이니 어디에 다다를지 모른다. 그러나 어디에 다다르든 제국으로 가라."

"……."

"제국에 정착하고, 힘을 길러."

헤르야가 지그문트를 마법진 위에 세웠다.

"어머니는 가지 않으십니까?"

"마법진은 1인용이다. 그리고……."

그녀의 시선이 창밖을 향했다.

"나는 이곳에서 죽을 것이다."

"……"

"동귀어진으로, 함께 지옥에 가야 하는 놈이 있다."

피가 강을 이루는 가운데, 병사들의 보호 아래 홀로 고고하게 서 있는 사령관을 바라보는 헤르야의 두 눈이 증오로 들끓었다.

지그문트는 그녀를 따라 시선을 옮겨 잠시 창밖을 응시했다.

글쎄, 어떤 기분을 느껴야 할까? 붉게 타오르는 나의 고향과 친지들을 보며 울기라도 해야 할까? 분노해야 하나? 안타깝게도, 지그문트는 별다른 느낌이 없었다. 한 겹의 장막 너머로 세상을 보듯, 지금의 참상이 와닿지 않았다.

'그런데 자안의 구주라는 아이, 조금 이상하지 않나? 좀, 태어날 때부터 감정이 세탁되어 나온 세공품 같다고 해야 하나.'

그랬기에 어느 날 지나가듯 들었던, 자신에 대한 누군가의 뒷말이 떠올랐다.

대부분의 북부인들은 모든 행동거지에 과도하게 의미를 부여해 지그문트를 칭송했지만, 아주 간혹 그를 보며 수군거리는 이도 있었다. 아이답지 않고, 인형 같다고 했다. 징그럽다고 했다. 그러나 지그문트는 다른 평가들엔 유감이 없어도 자신이 태어났을 때부터 그랬다는 말엔 동의하지 않았다.

'좋아할 만한 틈도 주지 않았으면서.'

태어났을 때부터 그에게 인생은 업무였다. 해야만 하는 일들과 지켜야만 하는 사람들. 주입된 자신의 가치와 사명. 그의 세상은 오직 그것들로만 채워져 있었다.

그렇게 살며 이 마을과 사람들에게 애정을 느낄 틈이 어디 있단 말인가. 밤톨만 한 감정이라도 있어야 붕괴 앞에서 슬픔이나 분노를 느낄 텐데, 그에게는 쌓인 감정이 없었다.

비정상적인 건 지그문트 하이드가 아니라 그의 삶이었다.

이보다 더 어렸을 때는 이상하다는 것도 몰랐지만, 12살의 그는 주위의 다른 아이들을 통해 자신의 삶이 퍽 기형적이라는 사실을 인지하게 되었다. 다른 아이들은 배당받은 업무가 끝나면 놀 수 있는데, 그에게는 쉬는 시간이 없다.

다른 아이들은 방해되니까 저리 가 있으라는 말을 어른들에게 듣는데, 그에게는 모두가 무언가 해 주기를 기대하고 있다. 다른 아이들은 부모님의 손을 잡고 걸으며 사랑한다는 말을 듣는데, 그에게는 그것이 한 번도 허락된 적 없다.

그 사실이 서운하거나 통탄스러웠던 적은 없지마는.

"어떤 순간에도, 네 영혼에 새겨진 사명을 잊지 마라."

가끔은 궁금했다.

"너만은 반드시 살아남아라."

"……."

"죽게 되는 날엔 전장 위에서 찢겨 죽어야 한다."

어머니가 사명 대신 사랑을 말해 주었다면 자신은 어떤 사람이 되었을까 하고.

지그문트는 고개를 숙였다.

"……발동하는 방법은 알고 있겠지. 가라."

떨군 고개를 긍정으로 받아들인 건지, 헤르야는 몸을 일으키며 자리를 떠나려 했다.

"어머니."

지그문트가 나직한 목소리로 그녀를 붙잡았다.

"혹시……."

"……."

"사랑한다고 말해 주실 수 있습니까?"

그리고 이어진 말은 헤르야 스스로도 낯설 만큼 충동적이었다.

헤르야가 그를 돌아보았다.

그에게 날카로운 눈매와 기다란 속눈썹을 물려준 그녀의 눈은 지그문트와 똑

닮아 있었다. 빈말로도 맑고 투명하다고는 하지 못할 만큼 탁해 속에 든 감정을 읽기 어려운 홍채까지도.

짧은 침묵.

그 끝에야 헤르야는 느릿하게 입술을 열었다.

"보복해라."

"......."

"너는 자안의 구주다."

그녀는 끝까지 지그문트 하이드를 자신의 아들이라고 부르지 않았다.

탓!

헤르야는 지그문트의 대답을 듣지 않은 채 자리를 박차고 떠났다. 그것이 지그문트가 마지막으로 본 헤르야의 모습이었다.

피식.

마구간에 혼자 남은 지그문트는 아주 오랜만에 미소 지었다.

'그래.'

이것으로 되었다.

화악!

지그문트의 손이 닿은 마법진이 환한 빛을 터트렸다.

이윽고, 그곳엔 아무도 없었다.

그리고 사흘 뒤.

'사람이 이러다 얼어 죽는구나.'

눈 속에 파묻힌 지그문트는 생각했다.

목적지가 무작위라더니, 참으로 무정한 마법진은 그를 북부 설원 한복판에 내려놓았다. 한참을 걸어도 보이는 것은 사방에 쌓인 눈뿐이라 이곳이 어디인지 알수 없었다.

북부의 겨울은 나그네에게 잔인하다.

아무런 준비도 하지 못한 채 북부의 겨울을 맨몸으로 뚫게 된 지그문트는 수렵과 채집도 시도했으나, 너무 추운 곳이라 살아 있는 생물이 거의 보이질 않았다. 맹수라도 만나면 반가울 지경이었다. 쌓인 눈이 무릎까지 닿는 탓에 걷기조차 힘들어도 사방을 누비며 인가를 찾아봤지만, 그 어떤 성과도 없었다.

단 하나 풍족한 것은 물. 마법으로 불꽃을 피워 눈을 녹이면 물 하나는 문제없었다. 사람은 물만 마셔도 3개월은 살 수 있었다.

"……윽."

그러나 눈밭을 헤매다가 사지에 동상이 걸려 더는 옴짝달싹도 못하게 된 지그문트는 3개월은커녕 사흘 만에 얼어 죽게 생겼다. 온기 마법으로 어떻게든 손발을 녹여 보려 했지만, 슬슬 의식이 희미해지고 있었다. 새파랗게 질린 입술은 덜덜 떨리고, 눈앞은 점점 깜깜해졌다.

'자안의 구주도 얼어 죽기는 하나 보지.'

지그문트는 냉소했다. 그냥 이 상황이 너무 웃겼다. 헤르야가 마지막 희망이라도 되는 양 필사적으로 탈출시킨 자신도 한낱 인간일 뿐이며, 고작 추위를 못이겨 죽는다는 게. 하마터면 지그문트 스스로도 자신이 대단한 사람이라도 되는양 착각할 뻔했다. 그는 고작 12살 꼬맹이일 뿐인데.

'……춥다.'

사락사락.

자비 없는 폭설로 인해 눈이 지그문트의 몸 위를 다 덮을 지경이 되었다. 그건마치 죽은 이의 몸을 덮는 흰 모포 같았다.

성큼 다가온 죽음 앞에서 지그문트는 생각했다.

대체 왜? 살면서 좋은 꼴을 본 기억이 없는데. 고작 12년 인생, 정 붙인 곳도 없고 어머니의 죽음 앞에서조차 눈물이 나지 않았는데…….

'나는 왜 살고 싶은 거지?'

그래. 인정한다.

생존 본능인지, 아직 버리지 못한 치기인지는 몰라도 지그문트 하이드는 살고 싶었다.

'피곤해.'

……무언가 좋은 일이 일어났으면 했다.

화악!

"정말이지, 하마터면 발견하지 못할 뻔했구나!"

그리고 그 생각에 답하듯, 누군가 그의 몸을 번쩍 들어 올렸다.

"괜찮니, 애야? 눈 뜰 수 있겠어?"

"……아."

수더분한 목소리가 웅웅거리듯 울려 퍼진다.

지그문트는 눈이 떠지지 않아 상대의 얼굴을 볼 수 없었다. 새파란 입술 새로 힘없는 신음을 뱉는 것이 최선이었다.

"이런. 몸이 완전히 얼어붙었군."

꽈악.

커다란 품이 지그문트를 강하게 끌어안았다. 곰 가죽의 뻣뻣한 털이 그의 뺨을 간지럽혔다.

'……계피 냄새.'

지그문트가 난생처음 안겨 본 품에선 아주 따뜻하고 정겨운 향이 났다.

"괜찮아. 살 수 있다. 내가 살려 주마."

"……."

"많이 춥지? 이 근처에 온천이 있다. 그곳에서 몸을 녹일 수 있을 게다."

"……."

"괜찮단다, 애야."

토닥토닥.

사냥용 장갑을 낀 두터운 손이 지그문트의 등을 일정한 박자로 두드렸다. 기묘한 온기가 등에서부터 심장에까지 전해진다.

지그문트는 겨우 눈을 떴다가 까슬한 눈꺼풀을 스르륵 내렸다.

"이제 괜찮을 테니……."

그렇게 슬픈 표정은 짓지 마렴.

그 다정한 속삭임을 마지막으로 지그문트는 정신을 잃었다.

그것이 그의 영원한 스승, 카라쇼와의 첫 만남이었다.

"이것 참……."

여관방 안을 천천히 돌아본 카라쇼가 곤란해하는 표정으로 한숨을 뱉었다.

"웬…… 들개를 풀어놓은 모양새로구나."

방은 멀쩡한 것 하나 없이 총체적으로 개판이었다.

"당신."

그리고 그 방 한가운데에 선 지그문트 하이드.

"돈 좀 있나?"

그는 카라쇼를 향해 위협적으로 단검을 뻗었다.

팔짱을 낀 카라쇼가 눈썹을 까닥이며 지그문트를 내려다보았다.

"있다면?"

"내게 줬으면 하는데."

"허어."

카라쇼는 감탄했다.

기껏 온천으로 데려가 치료해 주고, 여관방까지 따로 잡아 재워 주고, 먹을 것까지 주려 했건만, 살려 줬으니 보따리도 내놓으라는 억지의 정수를 보여 준다.

어린놈이 이렇게나 싹수 노랄 수가 없었다.

“못 주겠다면 어쩔 셈이냐?”

여유로운 미소를 띤 채 맹랑하다는 듯 자신을 내려보는 카라쇼 앞에서, 지그문트는 단검을 다잡았다.

“뺏을 계획이다.”

“그거 정말 무섭군.”

키득거린 그녀가 두 눈을 빛냈다.

“그럼 어디 한번 뺏어 봐라.”

달랑.

카라쇼가 제 허리춤에서 제법 묵직한 주머니를 꺼내 흔들었다.

“뺏어 갈 수 있다면, 네게 주지.”

파앗!

그 말이 떨어진 즉시, 지그문트는 망설임 없이 카라쇼에게 뛰어들었다.

그리고 지그문트는 참패했다.

“이리 고분고분하니 얼마나 좋으냐? 잘 먹는군.”

이 여자는 미친 여자다.

지그문트는 침대에 묶인 채 묽은 귀리죽을 받아먹으며 생각했다. 사실 지그문트도 이 여자를 이길 수 있으리란 기대는 하지 않았다. 그저 틈 한 번이면 충분했다.

‘돈주머니를 훔쳐 도망친다.’

도망치는 것 하나는 꽤 자신 있었다. 그는 몸이 날렸으니까.

‘호오. 근거 없는 결투 신청은 아니었던 모양이군?’

‘……윽.’

'하지만 서툴러.'

단 하나 문제가 있다면, 자신을 카라쇼라고 소개한 이 여자가 생각보다 강하다는 것이었다.

지그문트의 몸이 완전히 회복되지 않은 상태이기도 했으나, 무엇보다도 두 사람 사이 실력 차이가 너무 컸다.

떠돌이 용병 같아 보였던 그녀가 소드 익스퍼트의 검사일 줄이야.

"자, 자. 더 먹어라. 아플 때는 많이 먹어 줘야 한다."

그리하여 지그문트는 카라쇼의 손에 주요 근맥들을 마비당한 채 침대에 누워 그녀가 떠 주는 죽을 얌전히 받아먹을 수밖에 없었다.

그의 몸에 흠집 하나 내지 않고 제압한 것을 보면 카라쇼는 제아무리 지그문트라도 인정할 수밖에 없는 실력자였다.

"부모님은 어디 가고 혼자 그 설원을 떠돌아다녔던 거냐?"

"둘 다 죽었다."

"오우."

지그문트는 카라쇼에게서 쏟아지는 질문에 단답, 혹은 침묵으로 답하며 그녀를 바라보았다. 두 눈을 부릅뜨고 봐도 카라쇼에게선 악의나 꿍꿍이가 보이지 않았다. 죽에는 아무것도 들지 않은 것 같았고, 그녀의 행색 또한 평범한 용병 같았다.

'그럼 나를 도와준 게 그냥 착해서라는 건가.'

이렇게 멍청할 수가 있나.

자신의 돈주머니를 갈취하려 든 애새끼를 죽도록 패서 내쫓는 게 아니라 눕혀 놓고 죽을 먹이는 사고방식은 지그문트로서 도저히 이해할 수가 없었다.

"앞으로 갈 곳은 있더냐?"

탁.

그릇을 내려놓은 카라쇼가 부드러운 목소리로 물었다. 지그문트는 창 쪽으로 고개를 돌렸다.

"제국으로 갈 거다."

"어떻게?"

"어떻게든."

그에게 남은 삶의 목표라곤 그것뿐이었으므로, 그 지표를 따라가는 것밖에 방법이 없었다.

"……놀라운 우연이군. 나도 제국으로 향하는 중이었는데."

그런 지그문트를 가만히 내려다보던 카라쇼가 그에게 손을 뻗었다.

"네게는 재능이 보인단 말이지. 어쩌면 나와 발맞출 좋은 동료가 되어 줄 것 같다는 생각이 든다."

"……"

"어때, 나와 같이 가 볼 테냐?"

크고 못생긴 손이었다.

사람이 자신의 본성을 숨기려면 한도 끝도 없는 법이다. 이 손은 순박하게만 보여도 어쩌면 그를 노예시장으로 이끌 악의 손아귀일지도 모른다.

그걸 잘 아는 지그문트는 이 여자를 믿지 않았다.

그러나 이미 세상 한가운데 덩그러니 버려진 그에게 다른 길 같은 게 있겠는가?

"……도둑놈을 동료로 들이는 미친놈도 있군."

지그문트는 카라쇼의 손을 잡지 않았다.

"하하! 미친놈은 내 오랜 별칭이었지!"

그러나 카라쇼는 지그문트의 머리를 쓰다듬어 주었다.

이후로는 아주 많은 일이 있었다.

두 사람은 제국 외곽에 자리를 잡았고, 그 뒤에도 서로 의문을 표하지 않은 채 자연스레 같이 지냈다.

지그문트는 카라쇼에게서 검술을, 또 그녀의 사상을 배우기 시작했다.

'나는 네가 언젠가, 네 손이 두 개인 이유가 다른 하나로 누군가를 돕기 위함이라는 것을 알았으면 좋겠구나.'

카라쇼는 지극한 이상주의자였다.

지그문트는 그녀를 이해할 수가 없었다. 가끔은 저 꽃밭 같은 머리로 어떻게 이 나이까지 살아 있는지 의문이 들기도 했다.

'남을 위해서가 아니라, 너를 위해서다.'

'……'

'외로워질 거야, 지그문트. 나는 언젠가 네가 아주 외로워지는 날에, 함께 차 한 잔 마실 수 있는 친구가 있었으면 좋겠구나.'

그러나 싫어할 수는 없었다. 그녀는 지그문트에게 영원한 수수께끼였으나, 동시에 처음으로 온기를 알려 준 이였기에.

두 사람은 늘 평행선을 달렸음에도 그렇게 계속 함께했다.

지그문트는 카라쇼와의 생활이 나쁘지 않다고 생각했다.

"응? 웬 까마귀가……."

"……아."

어머니의 전서오가 그의 머리 위를 맴돌기 전까지만 해도 그랬다.

[저희는 살아 있습니다.]

편지에 적힌 글씨는 분명 조나단의 필체였다.

[혜르야 님은 제국의 사령관을 죽이고 다른 병사들의 손에 돌아가셨습니다. 마을 사람들 중 어른 네 명과 어린아이들만 살아남았고, 제 어머니도 돌아가셨습니다.]

분명 삐뚤빼뚤한 어린아이의 필체인데, 그것에서 더없이 깊은 감정이 묻어났다. 자세한 보고는 그 뒤로도 이어졌다.

[저와 아르지오, 힐다가 리더가 되어 아이들을 이끌 겁니다. 저희는 지금 북쪽의 흑마법사들과 접선하러 가고 있습니다. 그곳에서 힘을 얻을 겁니다. 그리고 복수할 겁니다.]

지그문트가 기억하던 소심한 어린애는 더 이상 보이지 않았다. 조나단 또한 너무 빠르게 자라 버렸다.

[형님 또한 그곳에서 힘을 키우고 계실 줄로 믿습니다. 계속 소식 전해 주십시오. 다시 만나는 날을 고대하고 있겠습니다.]

잠시 투명해진 것만 같던 족쇄가 다시금 선명해졌다. 그것이 지그문트의 현실이었다.

그 뒤로 북부와의 연락이 이어졌다. 지그문트는 용병 활동과 흑마법 연구, 개인 단련을 모두 겸하며 제국에서 힘을 길렀다. 용병 활동으로 번 돈은 모두 북부로 보냈다.

"……."

카라쇼가 어디까지 눈치챘는지는 모른다. 그녀는 지그문트가 난색을 표한 뒤로 그의 과거나 정체를 묻지도, 언급하지도 않았으니까. 그녀는 곰 같은 외모, 성정과는 달리 예리한 감을 가지고 있었으므로, 아마 생각보다 많은 것을 눈치챘을 터이다.

"지그문트."

"네."

"후회할 짓은 하지 마라."

"……."

"하지 마."

지그문트는 그녀가 가끔 스치듯 흘리던 충고의 말들을 모르는 척하는 것밖에 달리 방법이 없었다.

그렇게 카라쇼와 용병 생활을 하며 편지로 북부와 연락한 것이 4년. 지그문트는 이상과 현실 사이에 발을 담근 채로 살았다.

카라쇼의 온기에 무언가를 깨달아 버릴 것만 같다가도 편지 한 통에 다시 모든 것이 무뎌진다. 그는 온탕과 냉탕을 오가듯이 살았다.

"녀석. 성정이 너무 과감해서 늘 걱정이구나. 어디 다친 곳은 없더냐?"

그럼에도 단 하나 인정할 수밖에 없는 건, 카라쇼가 그에게 소중하다는 것이다.

지그문트 하이드도 인간이었으니 별수 없었다. 머리를 벅벅 쓰다듬는 손길에 미간을 좁히면서도 사랑의 온도가 있다면 그녀의 체온과 같을 거라 생각해 버리는 것이다.

지그문트는 착실히 전쟁을, 또 사령관이 되기를 준비하면서도 그 주름진 얼굴에 미련을 남겼다. 그리고 그 유일한 미련이 '유이'하게 된 것은 퍽 갑작스러웠다.

"이 추위는 정말이지 아무리 북부를 누벼도 익숙해지지 않는구나."

카라쇼가 으슬으슬 몸을 떨곤 지그문트의 옷을 더 단단하게 여며 주었다.

두 사람은 마수 토벌 일을 자주 맡았다. 카라쇼는 원래도 그것이 주업이었고, 지그문트는 카라쇼와 함께 다니며 자연스럽게 그녀에게 손을 보탰다.

카라쇼는 마수 토벌이 어린 지그문트에게 너무 위험한 일이라고 걱정했으나, 평생을 북부에서 살아온 지그문트는 어떤 점에선 그녀를 능가했기에 결국 카라쇼도 지그문트를 인정했다.

그때는 제국 외곽 용병 길드를 다니다가 좀 더 양질의 의뢰를 찾기 위해 수도로 거처를 옮긴지 얼마 되지 않아서였다.

'새로 오신 용병분들이군요. 마수 토벌 의뢰를 찾으십니까?'

마수 토벌 의뢰지를 뒤적거리던 카라쇼와 지그문트에게 접수처의 하울이 말을 걸었다.

'예. 그렇습니다만.'

'그렇다면 이 의뢰는 어떠십니까?'

그가 슬쩍 의뢰지 하나를 건넸다. 카라쇼가 눈을 끔뻑였다.

'음? 굳이 추천해 주시는 이유가 있습니까?'

'그게 실은⋯⋯.'

하울이 뺨을 긁적였다.

'이곳 토벌에 어린 친구 혼자 갔거든요. 알아서 잘하는 똑부러지는 친구지만 자꾸 보다 보니 정이 가고 해서 좀 걱정됩니다. 그 친구는 이미 출발했지만, 누군가 뒤따라서라도 같이 가 주면 좋지 않을까 싶습니다만⋯⋯.'

'이곳을 어린애가 혼자 갔다고요?'

카라쇼가 눈을 휘둥그레지게 떴다.

의뢰지에 적힌 장소는 심각하게 위험하지는 않았으나, 거대 마수가 출몰할 수 있어 최소 세 명 이상이 짝지어 가는 곳이었다.

성인 혼자 가는 것도 위험할 텐데 어린애가 갔다니. 얼마나 위험할지는 논할 필요도 없었다.

'당장 가자, 지그문트!'

'하⋯⋯.'

이미 두 눈을 빛내기 시작한 자신의 스승 앞에서 지그문트는 한숨을 내쉬었다. 멍청하기 짝이 없는 결정이었으나, 그것 또한 그의 스승이 내렸으니 따를 수밖에 없었다.

"마을의 수장이 이 근방으로 갔다고 했는데⋯⋯ 네 눈엔 야영지 불빛이 보이더냐?"

"안 보입니다."

그리하여 두 사람은 무모한 애새끼 하나를 찾아 이 한밤중에 설원을 헤매고 있었다.

지그문트는 카라쇼 앞에서 불평을 늘어놓지 않았으나, 간간이 한숨을 내뱉었다.

'이쪽은 키피라의 서식지인데. 상당한 열간이인가 보군.'

날개에서 날리는 붉은 가루로 환각을 일으키는 마수. 그 주변에서 야영을 하다간 잠은커녕 밤새 환각에 시달릴 텐데, 기본도 안 된 놈이 분명했다.

멈칫.

속으로 욕을 내뱉던 지그문트는 문득 저 너머에서 일렁이는 불빛에 시선을 고정시켰다.

"……저기 같습니다만."

"오, 정말이구나!"

카라쇼가 반색하며 빠르게 발걸음을 옮기려 했다.

화악!

그러나 그 순간 섬찟하게 몸을 휩쓰는 살기에, 두 사람은 동시에 얼굴이 굳어졌다.

두 사람이 서로를 돌아보았다.

"……데베라다."

지옥에서 기어 오는 사냥개, 데베라가 불빛을 향해 다가가고 있었다.

'그냥 저 멍청이로 포식하라고 하고 우린 돌아가면 안 되나?'

지그문트는 그렇게 생각했다.

"지그문트, 빨리 와라!"

그러나 그의 바보 같은 스승은 그런 생각은 할 수도 없다는 듯 망설임 없이 불빛 쪽으로 달려가고 있었다.

타앗!

지그문트는 한숨을 삼키며 카라쇼를 뒤쫓았다.

화악!

데베라의 발길질에 엉성하던 천막이 무너지고, 그 속에 있던 작은 인영이 모습을 드러냈다. 겁에 질려 벌벌 떠느라 도망도 못 가고 있는 꼴이 우습기 짝이 없었다.

스르릉.

그러다가 눈을 질끈 감아 버릴 줄 알았는데, 의외로 아이는 울면서도 검을 뽑았다.

그리고 자신을 향해 떨어지려는 데베라의 발을 막아 보기라도 하려는 듯 머리 위로 검을 세웠다.

'될 리가 없는데.'

그 모습이 한없이 우스우면서도 과거의 어느 날 설원에서 살고 싶다고 생각하던 자신의 모습과 겹쳐져서.

"가드."

지그문트는 그 말을 주문 외듯 내뱉었다.

화악!

데베라의 발을 막고, 보랏빛 장막이 펼쳐진다.

놀란 아이가 눈을 떴다.

지그문트는 여태껏 본 적 없는 짙은 분홍빛 눈동자와 시선을 마주했다.

'처음 보는 색.'

지그문트는 문득 그 아이의 눈이 예쁘다고 생각했다.

그것이 지그문트와 카슈미르의 첫만남이었다.

"으아아악! 지그문트 하이드, 가만두지 않겠다!"

눈이 예쁘면 뭐 하나? 본질은 정신 나간 마귀인데. 지그문트는 땅에 처박힌 채 노발대발하는 꼬맹이를 보며 한숨을 쉬었다. 미르는 지그문트에게 벌써 셀 수 없이 패하고도 도통 지치는 법 없이 덤벼들었다.

설원에서 데베라에게 찢겨 죽을 뻔한 미르를 구출한 지 꽤 시간이 지났다.

지그문트의 불길한 예상대로였다. 카라쇼는 미르를 지그문트와 자신의 동료로 받아들였다. 미르는 아직 약한 자신을 동료로 받아들여 주는 호의를 조금 의심하는 듯했으나 곧 카라쇼의 상냥함에 속절없이 녹아들었다.

그래. 언젠가 지그문트가 그랬듯이.

'친하게들 지내거라. 응?'

카라쇼는 지그문트와 미르도 이상적인 사제 관계가 되기를 바랐던 모양이지만, 턱도 없었다.

지그문트는 갑작스레 튀어나와 자기 삶의 일부가 된 미르가 껄끄러웠다. 그의 세계는 늘 좁았고, 그곳에 카라쇼를 들이기까지 긴 시간과 오랜 상호작용이 필요했다.

그런 지그문트가 미르 같은 천둥벌거숭이를 쉬이 받아들일 수 있을 리가 없었다.

'너는 입에 쓰레기를 물고 다니는 건가? 응? 하루라도 배배 꼬인 말을 하지 않으면 혀가 썩기라도 하나 보지?'

미르는 자신을 꺼려 하는 지그문트에게 이판사판으로 가시를 드러냈다. 미르는 새롭게 카라쇼의 제자가 된 자신이 견제당한다고 생각하는 듯했는데, 지그문트는 그런 차원의 문제가 아니라는 걸 굳이 설명해 주진 않았다.

시간이 갈수록 서로가 익숙해지긴 했지만, 두 사람의 관계는 골이 깊었다. 그것도 나름대로 깊은 관계라 말할 수는 있겠지만 말이다.

"……후."

지그문트는 땅딸막한 키와 어울리지 않게 온갖 걸걸한 욕설을 내지르는 미르를 뒤로한 채 숙소로 돌아왔다. 카라쇼와 함께 세를 내어 살고 있는 작은 이층집이었다.

"오, 지그문트! 미르와 시간은 잘 보내고 왔느냐?"

문이 열리는 소리에 검을 손질하다 말고 빼꼼 고개를 내민 카라쇼가 환하게 웃었다. 역시, 심부름이란 명목으로 두 사람을 함께 보냈지만, 실제 의도는 둘이 친해지길 바랐던 것이 분명했다. 카라쇼는 자주 이런 일을 벌였다. 그 결과는 늘 오늘과 같이 두 사람의 개싸움으로 끝이 났지만.

"네."

지그문트는 앞머리를 휙 쓸어 넘기며 짤막하게 답했다. 대판 싸우고 온 것이 분명한 꼴이었지만 대답은 참 뻔뻔하게 잘했다.

"'네'는 무슨……. 옷에 묻은 흙먼지를 털어 내는 정도의 성의는 보이지 그러느냐?"

물론 카라쇼의 눈은 옹이구멍이 아니었다.

거실로 들어서는 지그문트의 꼴을 보고 눈을 가늘게 뜬 그녀가 헛웃음을 지었다. 지그문트는 적당히 못 들은 척하며 겉옷을 벗었다.

"너는 솔직하지 못해서 탈이고 미르는 너무 솔직해서 탈이니, 원."

"……."

"내가 일찍 죽으면 너희 둘이 의지하며 살아야 할 거 아니냐? 서로 빼고는 친구도 없는 놈들이……. 친하게 좀 지내려무나."

카라쇼는 요 근래에 들어 자신의 죽음을 자주 거론했다.

카라쇼는 나이 지긋한 중년이었고 지그문트와 미르는 이제 고작 10대였으니, 그 나이차로 인해 생길 일을 염려하는 듯 말을 꺼내긴 했다.

그러나 두 사람에 비해 나이가 들었을 뿐, 카라쇼도 아직 한참인데.

꽤 뜬금없이 죽음을 이야기하기 시작한 카라쇼는 지그문트로 하여금 기묘한 감상을 불러일으키게 했다.

"스승님이 돌아가시면 그 애와는 다시 만날 일 없을 겁니다."

괜한 대답이었다. 지그문트는 말을 내뱉고 나서야 그 사실을 깨달았다.

보통이었다면 침묵으로 답했을 것이다. 그의 스승은 이런 날선 대답에 속상해할 테니까. 그러나 지그문트로서는 어디까지나 사실 적시였을 뿐이다.

카라쇼가 죽는다면, 미르는 당연하다는 듯 지그문트와 연을 끊을 것이다. 지금도 불퉁한 낯이나 삐딱한 눈빛으로 스승님이 있어서 너와 얼굴 맞댈 뿐이라는 속마음을 내보이고 있지 않은가.

'너만 없으면 내가 스승님의 유일한 제자…….' 따위의 암살자 같은 대사를 중얼거리는 것도 그 애의 특기였다. 지그문트도 카라쇼라는 연결고리가 끊어진 뒤엔 그런 애와 상종할 생각이 없었다.

"하하하!"

그러나 지그문트의 예상과 달리 카라쇼는 속상해하긴커녕 호탕하게 웃어 젖혔다.

지그문트는 겉옷을 옷걸이에 걸다 말고 눈을 끔뻑이며 그녀를 돌아보았다.

"하…… . 지그문트, 너 말이다."

간신히 웃음을 멈춘 카라쇼가 어린아이처럼 두 눈을 반짝였다.

"정말로 유치하구나."

"……예?"

지그문트가 한 박자 늦게 답했다. 난생처음 듣는 표현이었다.

너무 어른스러워서 징그럽다는 소리까지 듣던 그다. 북부에서도, 용병이 되어서도 유치하다는 말이나 그 비슷한 말을 들어 본 적이 없었다.

'네 속은 너무 좁아서 개미도 배에 힘을 주고 들어가야겠다. 망할 밴댕이 소갈딱지 같으니!'

물론 미르는 예외다. 그놈은 화날 때마다 되는 대로 말을 쏟아 내는 것뿐이었으니까.

"너는 모르지? 네가 미르와 얽인 일에는 상당히 유치해진다는 걸."

"그게 무슨…… ."

말도 안 되는 소리였다. 여러 반박할 말이 하염없이 지그문트의 혀끝을 두드렸다. 그러나 지금 생각나는 말들을 쏟아 내며 반박하면 정말 유치해질 게 뻔했다.

"그래서 다행이라고 생각한다."

"…… ."

"내 앞에서도 투정을 부리지 않는 너였는데, 드디어 네 나이답게 대할 사람이 생겼으니까."

지그문트를 응시하는 검은 눈이 정말 안심이라는 기색을 품고 있었으니까.

그건 몸 구석구석이 간지러워질 만큼 부드러운 눈빛이었다.

"친구를 소중히 여겨야 한다, 지그문트."

"……."

"그것이 내가 네게 남길 유일한 유산인걸."

지그문트는 카라쇼가 이런 모습을 보일 때마다 만약에 대해 생각하곤 했다.

만약, 카라쇼가 자신의 어머니였다면 어땠을까?

그녀의 태에서 나와 평범하기 짝이 없는 흑안을 깜빡이고, 사명 아닌 정의를 기반으로 둔 채 자아를 쌓을 수 있었다면.

새하얀 설원도, 해묵은 원한도, 자기 대에서 이뤄야 할 복수도 아주 모르는 일이었다면. 그저 해맑은 얼굴로 그녀와 함께 세상을 누비며 살 수 있었다면…….

"……스승님께서 제게 주신 것은 지금까지도 많습니다. 그러니 그 애까진 필요 없습니다."

"녀석. 그래도……."

"하지만 그 애가 정 걱정되어 제게 짐덩이로 남겨 두신다면……."

지그문트는 짐을 챙겨 계단을 올랐다.

"스승님 사후에도 그 애가 굶어 죽진 않도록 살피겠습니다."

만약을 생각한다고 달라지는 것은 없다.

그러나 만약 다음 생이라는 것이 있고, 그 다음 생의 운명을 자신의 손으로 결정할 수 있다면…….

지그문트는 카라쇼의 아들이 되는 대신, 카라쇼의 스승이 되어 주고 싶었다. 지금껏 졌던 빚을 갚기 위해서.

"그것이 스승님의 유산이라면."

지지리도 맞지 않는 미르와 어떻게든 부대끼고 있는 것도 카라쇼 때문이었다.

"……마음이 여리다니까, 너는."

카라쇼의 낮은 웃음 소리가 등 뒤에서 났다.

'다음 생엔 당신과 전혀 관계없는 인물로서, 당신 앞에 머리카락 하나 비치지 않는 것이 당신을 위한 최선이겠지만 말입니다.'

2층에 올라온 지그문트는 창가에 서서 전서오가 달고 온 편지를 확인하며 생각했다.

[마수를 길들이는 흑마법 주술이 거의 다 완성되었습니다.]

지그문트는 그 애정의 배신자였다.

·····┈❧❦❧┈·····

아마 그 사건이 없었다면, 미르는 그저 카라쇼가 남긴 짐덩어리에 불과했을 거다. 적어도 지그문트는 그 이상의 자각 없이 그렇게 단정 지었을 터.

"망할 놈 같으니……."

쓰러진 미르의 병석 앞에서, 지그문트는 거칠게 마른세수했다.

그의 얼굴엔 평소답지 않은 초조함이 깃들어 있었다.

미르는 자신에게 온갖 지랄을 하면서도 늘 묘한 부채감을 느끼는 듯한 얼굴을 했다. 데베라와 함께한 첫 만남에서 지그문트가 자신을 살려 준 것을 상기하고 있음이 분명했다.

'저 자식이 저를 싫어하지 않습니까.'

이번 토벌에서도 지그문트와 신명 나게 싸운 미르는, 서로가 그렇게 싫냐는 카라쇼의 물음에 그런 퉁명스러운 대답을 내놓았다.

'나는…….'

그때 아마도, 지그문트는 조금 당황했던 것 같다. 분명 그가 미르를 꺼리고 있긴 했다. 하지만 자신을 싫어하고 있을 거라고 미르가 생각할 줄은 몰랐다. 우스

　　　　　　　　　　　　　충직한 검이 되려 했는데 5

운 얘기였다.

너는 유치하고 고약한 놈이지만 싫어지지는 않는다고, 그렇게 말하고 싶었는데.

'둘 다 검 들어라!'

그때 타이밍 좋게 강력한 마수 중 하나인 큐베라가 나타날 줄 누가 알았겠는가.

지그문트가 채 대답하기도 전에, 그들은 격전을 벌여야 했다.

큐베라는 강력하지만 소드 익스퍼트인 카라쇼와 상급 마법사에 가까운 지그문트, 그리고 이제 1인분은 하는 미르. 이 셋이 대항하지 못할 정도는 아니었다. 쉽게 처리할 수 있을 거라고 생각했다.

'……허억.'

다 죽였다고 생각해 방심한 순간, 지그문트에게 달려드는 큐베라를 막기 위해 달려든 미르가 그대로 독에 중독되어 버리는 것은 상상도 못 한 일이었다.

그 순간 미르의 표정은 아직도 지그문트의 뇌에 각인된 듯 선명했다.

같이 있으면 닮는다는데, 이제는 꽤 스승을 닮아 버린 호쾌한 미소하며 당당한 눈빛이 천진하고도 찬란하지 않았던가.

'빚은 갚았다, 개새끼야.'

툭.

작은 몸이 스러지던 순간, 부어오른 얼굴 때문에 팽팽했던 가면이 툭 벗겨지며 여태껏 미르가 감췄던 얼굴이 드러났다.

지그문트는 그 몸을 다급히 낚아채며 생각했다.

'그딴 어린 얼굴을 하고서 누굴 지키겠다는 거야, 망할 놈.'

분명 이 비좁은 세계로도 좋았는데, 왜 그의 세계는 그에게 의견을 묻지 않고 멋대로 확장되어 버리는 건지. 의미 있는 존재라곤 카라쇼 하나뿐이던 지그문트의 세상에 작은 인영이 불쑥 발을 들이밀었다. 무례한 침입이었다.

"으음……."

지그문트의 상념이 채 정리되지 않은 가운데, 미르가 부스스 눈을 떴다. 유독 화창한 날의 노을빛처럼 선명한 진분홍색 눈동자의 눈이 잠기운에 잠겨 깜빡였다.

그 눈이 더는 예쁘지 않다. 악연을 이어나간 지 오래이다 보니 아주 지긋지긋했다.

다만, 저 눈이 뜨이지 않는 날 기분이 아주, 아주 이상해질 것 같았다.

'망할.'

지그문트는 이마를 짚었다.

"……지그문트 하이드?"

침상에서 몸을 일으키던 미르가 지그문트를 발견하곤 흠칫했다. 지그문트는 팔짱을 긴 채로 그 애가 멍청하게 눈을 끔뻑이는 모습을 내려다보았다.

"스승님은 어디 가고 혼자 있냐?"

당황하던 것도 잠시, 독에 중독되어 쓰러진 주제에 퍽 발랄한 투다. 지그문트는 뻐근한 목뒤 감각을 애써 무시하며 한 박자 늦게 입을 열었다.

"……면역력 향상에 좋은 약초를 캐러 가셨다."

"엑. 나 때문에?"

'이왕 가면 벗겨지고 얼굴 깐 김에 훤히 드러나는 표정으로 날 빡치게 만들기로 결심이라도 한 건가?'

미르는 자신이 죽을 뻔했다는 걸 새까맣게 잊기라도 한 듯 태평한 낯이었다. 어젯밤 사경을 헤매던 놈을 숨 붙여둔 게 지그문트 자신인데 말이다. 지그문트는 열이 올라 그 얼굴 위로 가면을 던지듯 씌워놓았다.

"윽, 나 멀쩡……."

"너는!"

"……."

"생각이라는 게 있는 건가?"

지그문트는 이를 악물었다.

충직한 검이 되려 했는데 5

"그 상황에서 대체 왜 나선 거지? 네가 나보다 독 저항력이 높을 것 같았나? 나약한 네가?"

"……."

"네놈 도움 같은 건 필요 없었다! 하, 은혜를 갚아?"

그러면 내가 좋아할 줄 알았나?

그냥 화가 났다. 이 천둥벌거숭이 같은 놈에게 지켜졌다는 것도, 지켜줘야 할 만큼 약해 보였다는 사실도 마음에 들지 않았다. 가슴이 무언가에 꽉 막힌 듯 답답했다.

"오……."

처음으로 원색적인 감정을 쏟아내는 지그문트 앞에서, 미르는 낮게 탄식했다.

스윽.

그리고 침대 옆에 있는 의자를 집어 들었다.

"이제 막 병석에서 일어난 사람을 고혈압으로 다시 눕히고 싶어 하는 네 인성 잘 알았다."

"……."

"그래. 내가 아팠다 일어나니까 더 쉽게 이길 수 있을 것 같냐? 아니다, 이 악마야."

미르는 지그문트가 평소 그답지 않게 굴고 있다는 사실은 가볍게 넘긴 채 가시 돋친 말들에 화만 내고 있었다. 지그문트는 그 단순함에 어이가 없어 헛웃음을 치면서도, 마음이 뒤엉키고야 말았다.

"너는 나를 구하면 안 됐다."

그리하여 툭 내뱉는 것이 오랫동안 품고 있던 마음이었다.

"나는 살아남아선 안 됐던 사람이다."

"……."

"……거기서 죽어야 했다."

이런 말을 해봤자 공감 같은 건 얻을 수 없고, '오냐, 그래. 맞는 말이다. 그렇게 죽고 싶다고 하니 지금이라도 죽여주마.' 같은 소리나 돌아올 줄 알았다. 지지리 궁상에 불과한 말이었다.

하지만 지그문트 하이드도 인간이라 못내 억울했던 것이다.

그가 어디 애원했던가? 그날 설원에서 구해 달라고, 독이 뚝뚝 흐르던 흉포한 이빨 앞에서 지켜달라고 청했던가?

카라쇼에게도 미르에게도 그런 적 없다. 그라고 해서 생존욕이 거세된 건 아니었지만, 적어도 그 마음을 입 밖에 꺼낸 적은 없었다.

그러나 그들은 멋대로 지그문트를 붙잡아놓았다. 얼어붙은 땅과 이곳에 한 발씩 걸친 채로 아슬아슬하게 살아가는 그를 잡아당기고는, 이곳에 있으라고 말했다. 그 마음이 쌓이면 쌓일수록, 빚이 쌓이면 쌓일수록 배신해야 할 것이 많아지는 지그문트는 억울한 것이다.

"너는 분명 나를 살린 걸 후회……. 크윽!"

빠악!

그리고 미르는 그의 복잡한 상념을 주먹 한 방으로 날려버렸다.

아찔한 통증에 순간 머리가 핑 돌았다. 한 손으로 얼굴을 턱 가렸더니 손가락 사이로 뜨거운 것이 줄줄 흘렀다. 코피였다.

"야."

지그문트는 갑자기 얻어맞은 것 때문에 어이가 없어서 미르의 부름에 대답도 못했다. 단순하고 흉포한 이 어린 동료는 정말이지 골 때렸다.

"너, 스승님 앞에서도 그런 소리 하면 그땐 얼굴에 박히는 게 주먹이 아니라 검일 거다."

그러나 그녀는 가끔 평소의 모습을 잊을 만큼 예리하다. 그래, 이럴 때.

꼭, 지그문트가 입 밖에도 꺼낸 적 없는 생각들을 다 아는 것처럼 굴었다.

"……너는 아무것도 모른다."

충직한 검이 되려 했는데 5

"그래. 네가 아무것도 말해 주지 않으니까."

끼익.

미르가 깍지 낀 두 손으로 뒷머리를 받치며 몸을 깊이 뉘었다.

"하지만 하나는 알아. 넌 아직 살고 싶잖아."

"……무슨."

"죽을 날만 기다리는 놈은 그렇게 살지 않아."

지그문트는 코피가 묻어 엉망인 얼굴로 미르를 바라보았다.

"너는 지쳐 보이지만, 죽고 싶은 것 같진 않아."

미르는 지그문트를 향해 씨익 웃었다.

"인정하긴 싫지만, 나도 네가 살길 바랐어."

당신들 때문이잖아.

지그문트는 그렇게 생각했다.

자꾸 살고 싶어지는 것도, 곧 떠나야 하는 이곳을 돌아보게 되는 것도 다 그들 때문이다. 태어나기를 물이 거의 필요 없는 식물인데, 쏟아지는 물줄기에 몸을 맡기고 있으려니 종이 달라져버릴 것만 같았다.

자꾸 목이 말랐다.

"그러니까 감사 인사나 해, 지푸라기야."

자기가 말해놓고는 민망한지 미묘한 낯으로 입술을 삐죽인 미르가 어깨를 으쓱였다.

그러자 지그문트는 속마음을 충동적으로 내뱉고야 말았다.

"싫어한 적 없다."

"……뭐?"

"네 존재가 어색했다. 스승님이 신경 쓸 거리가 하나 더 늘었다는 게 껄끄럽기도 했다. 하지만 널 싫어한 적은 없다."

결국 지그문트는 제 왼쪽 자리도 비워두었다. 좁아도 괜찮으면 그곳에 머무르라고. 그 작은 여지를 남기는 것만으로도 그는 엄청난 지진을 느꼈다.

"잊지 않는다."

그 말을 끝으로, 지그문트는 자리에서 일어나 걸음을 옮겼다.

"야, 야! 잠깐만!"

그리고 그런 그를 미르가 붙잡았다.

스윽.

그녀는 지그문트가 던지듯 씌워둔 가면을 느릿하게 벗어내렸다. 망가졌다가 엉성하게 복원된 가면은 지그문트의 솜씨였다.

그가 허술한 손기술로 간신히 복원시킨 그 가면.

"내 이름, 카슈미르야."

"……."

"슈슈라고도 불려."

그녀는 기어코 지그문트의 왼쪽 자리에 자신의 이름표까지 꾹 붙여 두었다.

"……지그문트."

"……."

"지그문트 하이드다."

그때가 되어서야 비로소 뒤늦은 통성명이 이루어진 셈이었다.

지그문트는 병실을 나섰다.

그는 자신의 이름만으로도 충분히 무거워서 그녀의 애칭을 부를 일은 없을 줄 알았다. 모든 것이 엉망이 된 후에야 뻔뻔한 척하며 그 애칭을 불러볼 수 있게 될 줄은 몰랐다.

지그문트의 양옆이 채워진 지도 어언 1년이 지났다. 그 1년간 지그문트도 카

충직한 검이 되려 했는데 5

슈미르도 큰 폭으로 성장했다. 카슈미르는 벌써 소드 익스퍼트를 눈앞에 두고 있었다.

그리고 새롭게 알게 된 사실 하나.

'……홍채가 붉은빛을 띠면, 크리시스 가문의 후예라고?'

어쩌면 카슈미르는, 카슈미르 크리시스일지도 모른다. 지그문트는 정보원들을 끌어모아 제국의 심층부를 조사하다가 우연히 그 사실을 알게 되었다.

용병 미르가 크리시스 공작가의 사람이라니, 말도 안 되는 소리다.

그러나 그녀가 크리시스 공작가의 팔촌이라도 될 확률은 돌연변이로 붉은빛의 홍채를 타고나는 것보단 훨씬 높다고 했다. 지그문트가 잠시나마 시간을 빼앗겼던 그 신비로운 눈은 역시 흔한 것이 아니었다.

'말해야 하나?'

지그문트는 한동안 카슈미르에게 그 사실을 알려줘야 하는지 고민했다. 그러나 결국 말하지 않았다. 냉정하게 봐서, 용병 일 중에서도 가장 험한 일로 정평이 난 마수 토벌을 하는 용병 나부랭이가 크리시스가를 찾아간다고 해서 옳다구나 하고 받아들여주겠는가?

매를 맞지 않고 쫓겨나도 다행이었다. 게다가 현 공작은 암브로시오 분열 왕국 전쟁으로 온갖 악명을 떨치는 카이사르이다. 그러면 카슈미르를 죽이려 들지도 모른다. 도움이 되지도 않을 사실을 알려줘봐야 심란해지기만 할 게 분명했다.

그리고…….

'정말 만에 하나, 크리시스 가문이 카슈미르를 받아준다면…….'

그들의 일상은 그대로 모두 무너져 내릴 것 아닌가. 크리시스가의 핏줄이 용병 일을 할 리 없을 테니 말이다.

지그문트는 그저 그 애가 험한 꼴 당하지 않기를 바라며 말하지 않은 것이라고 스스로 되뇌었지만, 무의식중에 자각하고 있었다.

그는 그냥 이 일상이 깨지는 게 싫다는 걸.

그동안 카슈미르가 많이 성장했어도 멍청한 성정은 여전했다. 지그문트는 카라쇼와 카슈미르의 빌어먹을 정의감 때문에 여러 번 사건에 휘말렸고, 오늘 일도 그 연장선상에 있었다.

'도, 망, 가.'

카슈미르는 귀족에게 붙잡힌 아이를 도와주겠답시고 귀족의 마차를 향해 단도를 날렸다. 대단히 무모한 행동이었다.

'누구냐!'

그러고선 망설임 없이 나서려드는 것까지 지켜보던 지그문트는 한숨을 쉬곤 손을 들었다.

'접니다.'

그는 이 미련한 이들 때문에 자꾸 자신까지 멍청해지는 기분이었다.

혹여 귀족이 앙심을 품을까 봐 몇 대 맞아주고 끝내려 했건만, 카슈미르는 끝까지 미련했다. 대신 나서려는 지그문트를 막아서며 분노를 터트렸다. 지그문트는 한숨을 푹 쉬며 카슈미르를 안아 들고 순간이동을 사용했다.

"너, 왜 나 대신 나선 거지? 나한테 미련하다, 미련하다 하더니 옳은 건가?"

그러고도 한참 동안 화를 삭이지 못하던 카슈미르는 지그문트를 흘겨보았다.

지그문트가 자신을 대신해 나서려고 한 것이 마음에 들지 않았던 모양이었다.

"나도 모른다."

"뭐?"

"그냥 그래야 할 것 같았다. 생각보다 행동이 먼저였다."

너는 솔직하지 못해서 탈이다. 카라쇼가 그에게 자주 하던 말이었는데.

왜일까, 카슈미르의 앞에서는 진심을 재채기처럼 내뱉게 되었다. 원치 않는 상황이었다.

"하지만 내가 그렇게 행동했던 건 너처럼 미련한 이타심 때문이 아니었다."

그래도 분명히 하고 싶은 것은 있었다.

"너라서 나선 거다."

"……."

"그 자리에 있는 게 다른 사람이었다면 나서지 않았다."

지그문트는 오직 자신의 바운더리 안에 있는 것에게만 손을 내밀며, 그 순간 손을 치켜든 행동은 그가 착해서가 아니라 카슈미르가 자신의 바운더리 안에 있었기 때문이라는 것.

"너……."

카슈미르가 묘한 표정으로 입을 뗐다.

까아악.

그러나 말이 완성되기 전, 지그문트의 머리 위로 새까만 까마귀가 날아들었다. 지그문트의 전령새였다.

'북부에서 온 보고인가? 원래 보내기로 예정된 때가 아닌데.'

그는 미간을 좁힌 채로 날카로운 휘파람 소리를 냈다.

"잠시……."

카슈미르에게서 물러선 지그문트는 까마귀 다리에서 쪽지를 풀어 읽어 내렸다.

그리고 그대로 굳었다.

[완성했습니다.]

그러나 또다시 겨울이다.

[마수를 조종하는 주술 말입니다. 당장 북부로 와주십시오, 형님.]

단꿈을 추위로 깨워버리며, 겨울이 그를 부르고 있었다.

"……나, 가 봐야 할 것 같다."

화르륵.

손바닥에서 솟아난 화려한 화염이 쪽지를 살라먹었다. 처음 보는 얼굴로 크게 경직된 지그문트 앞에서, 카슈미르가 당황했다.

"지금 간다고? 야, 오늘 마수 토벌하러 가는데…….."

"스승님과 먼저 의뢰 장소에 가 있어라. 금방 뒤따라가지."

목소리, 떨렸겠지. 분명 떨렸을 거다. 지그문트는 목울대를 울렁였다.

마수 종속 주술이 완성되었다. 할아버지의 할아버지 때부터 연구를 이어온 북부의 오랜 유업이 드디어 빛을 발할 때가 된 것이다.

그러나 지그문트는…….

'기뻐해야…… 하는 건가.'

이상한 기분이었다. 적어도 기쁘진 않았다.

그가 고된 용병 일로 벌어들인 돈이 쓰이는 곳도, 매일 밤새워 공부하던 흑마법의 용도도 모두 이것인데. 마수 종속 주술이야말로 그가 내딛는 모든 발걸음의 핵심이었는데 말이다.

그러나 그의 기분이 어떻든, 지금 당장 가야 것은 분명하다. 조나단의 말이 진실인지 두 눈으로 확인해야 했다.

"……아, 그리고."

지그문트가 얼떨떨한 얼굴로 서 있는 카슈미르를 돌아보았다.

카슈미르는 한때 지그문트가 세상에서 제일 나쁜 사람인 줄 알았다고 고백했다. 몇 개월 전까지만 해도 눈만 마주치면 싸우다가 이제야 조금 차분해진 참이니 그럴 만도 했다. 그러나 사실은 그게 정답인데. 가끔은 지그문트조차 소름이 끼칠 만큼 날카로운 눈을 가진 이 소녀는 처음부터 지그문트가 아주 돼먹지 못한 인간임을 알아본 듯한데.

"지금의 너는 날 어떻게 생각하는지 아직 답을 듣지 못했다."

그를 세상에서 제일 나쁜 사람이라고 본 게 과거의 일이라면, 지금은 어떻게 착각하고 있는 걸까.

지그문트는 궁금해진다. 그 어떤 평가든 자신이 그녀를 실망시킬 수밖에 없다는 걸 알면서도.

충직한 검이 되려 했는데 5

"대답 들으러 오겠다."

그때는 순진하게도 다음이라는 게 있을 줄 알았다.

그것이 진정한 악의 없이 마주하는 마지막 순간이었다는 걸 알았다면 아마 조금 다른 작별 인사를 내뱉었을 텐데.

이건 정말이지 인간이 할 짓이 못된다.

한바탕 위액을 토해낸 지그문트가 작게 한숨을 쉬었다. 내뱉는 숨에 새하얀 입김이 따라붙었다. 순간이동을 하고, 마나 증진제를 마시고, 또 아티팩트를 쓰고, 다시 순간이동을 하는 짓거리를 열 번쯤 반복했다. 북부까지는 거리가 상당했기에 한 번에 가는 건 터무니없었다. 원래라면 며칠 간격을 두고 충분히 몸을 회복하며 갔겠지만, 지금은 시한이 시한이니만큼 스스로를 혹사해서라도 속도를 높여야 했다.

'아.'

기운이 조금 진정되자마자 다시 아티팩트를 쓰기 위해 주머니에 집어넣은 지그문트의 손에 무언가가 걸렸다. 상념에 빠져 있을 시간은 없다는 걸 알면서도, 그는 그 종이를 꺼내들었다.

[Hide & Ceek]

크고 시원스러운 글씨체로 휘갈겨 적힌 그 이름은 얼핏 숨바꼭질이란 뜻을 지닌 Hide & Seek의 틀린 철자 같았다. 우스운 이름이다.

그러나 지그문트가 이 종이를 버리지 못한 이유는 스승의 작품이기 때문이었다.

지그문트는 정보 길드에 대한 이야기를 다른 누구보다 카라쇼에게 먼저 알렸다. 전쟁 준비를 위해 정보를 습득하려 설립한다는 얘기는 숨긴 채였다.

카라쇼는 그 얘기를 듣고 무척 기뻐했다. 지그문트에게 천직이라며—이건 칭찬인지 욕인지 모르겠다. 그녀의 성정상 칭찬이었겠지만- 고개를 주억이기까지 했다.

'좋은 생각이다, 좋은 생각이야. 암, 마수 토벌보다는 훨씬 낫지!'

무엇보다 카라쇼는 지그문트가 더는 마수 토벌을 하지 않아도 된다는 사실에 기뻐했다. 그녀는 지그문트와 카슈미르 같은 청소년들이 이런 험한 일을 해야 하는 것에 자주 마음 아파했으니까. 정보 길드 일도 만만치 않게 위험하긴 했지만, 마수 토벌에 비할 바는 아니었다.

'내 제자가 길드를 차린다는데 이 스승이 이름 하나 지어줘야지! 자, 한번 봐라!'

카라쇼는 신나서 정보 길드 이름 후보를 와르르 쏟아냈다. 그녀는 흉측한 작명 실력의 소유자였으므로 수많은 후보 중 쓸 만한 건 찾기 힘들었으나, 아이처럼 들뜬 모습이 보기 나쁘지 않아 지그문트가 가만 지켜보았다. 어차피 이름 같은 건 아무래도 좋았다.

'……그런데 네가 정보 길드 일을 하게 된다면 나는 은퇴할 텐데.'

'지그문트의 정보 동산'이라는 끔찍한 이름을 휘갈기던 카라쇼가 문득 손을 멈췄다.

'슈슈는 어쩌면 좋으냐? 혼자 남게 되어버려서…….'

'아.'

그녀의 주름진 얼굴이 걱정으로 물들었다. 지그문트는 낮게 탄식했다.

그러고 보면, 그 녀석은 계속 용병 일을 해야 할 거다. 이 일 말고는 동생의 약값을 벌 견적이 나오지 않는다고 했으니까. 거친 성격으로 용병 생활을 하며 적을 꽤 만들었던 놈이라 평범한 검사로서 일하는 건 꿈도 못 꿀 터였다.

'지그문트. 혹시…….'

무거운 표정으로 깊이 고민하던 카라쇼가 퍼뜩 고개를 들었다.

'슈슈와 함께 정보 길드를 할 생각은 없느냐?'

'……그 애와 말입니까?'

충직한 검이 되려 했는데 5

지그문트는 조금 커진 눈을 깜빡였다. 카라쇼가 정답을 찾았다는 얼굴로 크게 고개를 끄덕였다.

'그래. 네 뒤를 맡길 만한 사람이 슈슈 말고 누가 있겠느냐.'

'……'

'내가 누누이 말하지만, 너희 둘은 특기가 달라. 지그문트 너는 숨는 것을 잘하지만, 슈슈는 찾는 것을 잘하지 않더냐. 분명 너희는 완벽한 서로의 보완이 될 거다.'

그래. 그래서 카라쇼는 지그문트와 카슈미르에게 훈련의 일환으로써 숨바꼭질을 자주 시켰다. 부족한 점을 발전시키기 위해 지그문트가 술래를 했고, 카슈미르가 숨었다. 이제는 숨는 것도 꽤 잘하지만, 본래 카슈미르의 특기는 추격이었다. 녀석이 천성적으로 타고난 육감은 지그문트조차 혀를 차며 인정했다. 정말 짐승 같은 놈이었다. 그러니 어쩌면, 무언가를 찾는다는 점에서 카슈미르가 지그문트보다 정보 길드에 맞을지도 모르는데.

'……그 녀석이 저와 동업하려 하겠습니까?'

지그문트는 복합적인 감정을 느끼며 망설였다.

카슈미르의 실력은 이제 인정할 수밖에 없었다. 동업한다면 분명 큰 도움이 될 터. 그러나 함께 정보 길드를 운영하게 되면 자연스럽게 모든 것이 밝혀지게 될 거다. 지그문트가 북부 수장으로서 자안의 구주라고 칭송받는다는 것도, 전쟁을 준비하고 있다는 것도 카슈미르에게 전부 말해야 했다.

과연 그 사실들을 녀석에게 밝혀도 되는 걸까? 카슈미르는 받아들일 수 있을까?

……그 모든 것을 듣고도 여전할까?

'하려 할 거다.'

'……'

'뭐, 조금 젠체하겠지만 분명 함께해줄 거다.'

그리고 지그문트의 상념을 알기라도 하는 듯, 카라쇼는 확신에 찬 목소리로 말했다.

'너희는 동료이고 친구이며 동반자 아니냐!'

'……누가 그 애와 그런 사이라는 겁니까?'

'하하. 그 반응이야말로 증거다, 녀석아.'

조금 발끈한 지그문트를 보며, 카라쇼가 활짝 웃었다.

'조만간 슈슈에게 말해보려무나.'

'……'

'솔직하게, 네가 필요하다고 말이야.'

그러자 갑자기 지그문트의 머릿속이 복잡해졌다. 나는 너만큼 세상을 증오하는 사람을 아직 본 적 없는데. 그 어떤 신념을 가지고서도 해소할 수 없는 애증으로 인간들을 바라보는 것을 모르지 않는데. 어쩌면 너는 이해해줄 수 있지 않을까?

우리는 서로의 유일한……

'……말은 한번 해보겠습니다.'

기어코 딱 부러지게 결정하지 못한 마음으로, 지그문트는 어렵사리 고개를 끄덕였다.

'잘 생각했다! 그럼 너희 둘이 함께할 길드의 이름을 지어줘야겠구나!'

지그문트가 아직 카슈미르에게 말도 꺼내지 않았건만, 카라쇼는 벌써부터 설레발치며 손 위로 펜을 빙빙 돌렸다. 그러더니 오래 지나지 않아 새 종이에 글씨를 휘갈겨 썼다.

[Hide & Ceek]

'자, 이거 어떠냐?'

'이게…… 뭡니까?'

지그문트는 미간을 좁혔다. 카라쇼가 글씨 아래에 밑줄을 쫙 그었다.

'네 성인 '하이드', 그리고 카슈미르의 앞 철자를 따와 '시크'다. 어때, 느낌 있지

않으냐?'

'구립니다.'

'……너는 정말로 사람 상처 주는 데에 재능이 있구나.'

지그문트는 헛웃음을 지으며 종이를 받아들었다. 정말 모든 걸 말하게 될 날이 올까. 막연한 기대로 가슴이 천천히 부풀어올랐다.

"……돌아가면 얘기는 한번 꺼내봐야겠군."

지그문트는 자기도 모르는 새에 희미한 미소를 흘린 채 종이를 주머니에 넣고, 아티팩트를 꺼내들었다.

'사이좋게 지내야 한다, 지그문트.'

카라쇼는 그날 그렇게 말하며 그의 어깨를 토닥여주었다.

그러나 지그문트는 그 한마디가, 그 손길이…….

카라쇼의 마지막 흔적이 될 줄은 몰랐다.

주술은 정말로 성공적이었다.

평범한 마수들을 종속시키는 것은 이전에 성공했으나 대재앙 종속은 불가능했는데, 한층 촘촘하게 짠 흑마법 도식으로 이제는 대재앙조차 조종할 수 있었다.

'지그문트 님. 그날이 오고 있습니다.'

'…….'

'이제 슬슬 제국에서의 생활은 정리하시지요.'

힐다 베스토가 환희에 찬 얼굴로 속삭였다. 약간 맛이 간 것이 분명한 그 두 눈앞에서, 지그문트는 침묵했다. 그들이 기쁨과 절정의 날이라고 부르는 그때가 다가오는데, 지그문트는 온전히 기뻐할 수 없었다.

최대한 빠르게 돌아가 카라쇼, 카슈미르와 합류하려 했으나, 북부에 간 김에 확인해야 할 것이 너무 많았다. 무엇보다 모두가 그의 얼굴 보기를 고대하고 있었으므로 인사를 위해 일대를 누벼야 했다.

'토벌은 다 끝났겠군.'

회중시계를 꺼내 시간을 확인한 지그문트는 한숨을 토했다. 최선을 다해 달려가고 있지만 늦어도 한참 늦었다. 중간 합류는 턱도 없었으므로, 그는 반쯤 가던 길에서 용병 길드로 목적지를 변경했다. 어차피 두 사람 다 실력자였으니, 그가 없어도 일을 잘 마치고 길드에 돌아가 있을 터였다.

"지그문트, 자네……. 자네는 괜찮은 건가!"

"……갑자기 무슨 말씀이십니까?"

그러나 지그문트의 예상과 달리, 그를 반긴 것은 길드 접수원 하울의 놀란 목소리였다.

"자네 모르나? 미르가 거의 죽을 지경이 되어 돌아왔는데!"

"네?"

"카라쇼도 없이 혼자 피범벅이 되어 와서는 아무 말도 못하길래 우선 병실로 보내놨네. 이번 임무에서 무슨 큰일이 있었겠거니 했는데, 자네도 카라쇼도 오질 않으……. 자, 자네. 어디 가나!"

거기까지 들은 지그문트는 뒤도 돌아보지 않고 달렸다. 머리 한구석을 성냥으로 지진 듯 생각에 검은 구멍이 뚫린다. 깊이 생각할 겨를도 없었다. 그 녀석을 확인해봐야 한다. 온통 그 생각에 사로잡혀 병실로 달려가 방문을 열어젖혔다.

벌컥!

"젠장, 미르!"

크게 불러도 카슈미르는 몸을 돌리지 않았다. 그저 하염없이 창밖만 바라보았다.

방에 들어서자마자 코를 찌르는 지독한 피냄새에 지그문트는 진정할 수가 없었다.

"너, 괜찮아? 길드에 갔더니 하울이 네가 반죽음 상태로 왔다고 해서 얼마나 놀랐는지 알아!"

"……."

"빌어먹을……, 무슨 일이 있었던 거냐? 스승님은 어디 계시지?"

그는 벅찬 숨을 고를 새도 없이 질문을 쏟아내며 카슈미르에게 성큼성큼 다가갔다.

그리고 마침내 그녀 앞에 섰을 때.

"왜 안 왔어?"

"……뭐?"

지그문트는…….

"왜 안 왔냐고, 개자식아!"

새까맣게 죽은 눈동자와 마주했다.

"그 무언가가 스승님보다 중요했어? 세 명이 처리할 일이었는데, 왜 둘만 가게 했냐고!"

"……."

"너 때문이야. 네 탓인데 왜 내가 고통받아야 해? 왜, 왜 나를……!"

카슈미르가 지그문트의 멱살을 잡고 발악했다. 지그문트는 그저 멍한 상태로 그녀가 흔드는 대로 흔들렸다. 카슈미르가 비명처럼 쏟아내는 말과 감정이 의미하는 바는 분명했다.

"왜 나를, 그 지옥에 혼자 뒀어……."

카라쇼가 죽었다.

그 사실을 자각한 순간 지그문트가 가장 먼저 느낀 감정은 슬픔이 아니었다. 충격 또한 아니었다.

'결국 이렇게 됐나.'

이렇게 될 줄 알고 있었다. 운명은 한 번도 그에게 자애로웠던 적 없으니까. 제국에서의 소꿉놀이 같은 생활은 어떻게든 청산되고, 그가 새하얀 설원에 이끌려 가게 되리라는 것은 명확했다.

그러나, 어쩌면…….

'조금만 더 길기를 바랐나?'

안일하고 평화로운 지금이 최대한 오래 지속되기를 바랐나 보다.

이 순간, 지그문트 하이드가 참을 수 없는 공허함을 느끼는 것을 보면 말이다.

스르륵.

숨을 고르는 것만으로도 버거워 보이던 카슈미르가 엉망이 된 얼굴을 들었다.

그 찰나 지그문트와 카슈미르의 눈이 마주치면서, 카슈미르의 눈빛이 뭉그러 졌다.

"……미안. 네게 이러려는 게 아니었는데…….."

카슈미르가 컥컥하게 잠긴 목소리로 주절거렸다.

"너무 아파서, 그냥 있으면 숨 막혀 죽을 것 같아서, 그래서 아무 말이나 지껄 인 거야. 진심 아니야."

지그문트는 대중없이 흘러나오는 사과의 말에서 카슈미르가 자신에게 동질 감을 느끼고 있음을 알 수 있었다. 나도 너처럼 크나큰 슬픔을 느끼고 있는 것처 럼 보이나? 나는 눈물 한 방울 흘리지 않고 있는데. 스승의 죽음 앞에서 통곡은커 녕 말 한마디 뱉지 못하고 그냥 서 있을 뿐인데…….

'아!'

거기까지 생각한 지그문트는 문득 자신이 슬픔을 모른다는 것을 자각했다.

새하얀 설원에선 공허뿐이었고, 그의 무미건조한 삶에선 슬픔을 학습할 기회 가 없었으니까. 지그문트 스스로는 공허함밖에 느끼지 않는다고 생각했다. 그러 나 카슈미르의 눈엔 지그문트가 슬퍼 보이는 모양이었다. 같은 슬픔을 공유하는 사람인 듯 바라보고 사과하는 것을 보면 말이다.

"내가 죽였어."

동공이 불안정하게 확장된 카슈미르는 실토하듯 속삭였다.

"스승님은 데베라의 독에 중독되셨는데, 내게 죽여 달라고 하셔서, 내 검으로 심장을 꿰뚫었어."

"……미르."

그녀를 부르는 지그문트의 목소리에 신음이 섞였다. 카슈미르는 멈추지 않고 스스로를 찌르는 말들을 내뱉었다.

"사실 다 내 잘못이야. 나만 아니었으면 스승님은 사셨을 거야."

"……."

"그런데 나는, 멋대로 네 탓을……."

"슈슈."

와락.

지그문트는 카슈미르를 강하게 끌어안았다. 처음으로 그 애의 애칭을 불러 본 뒤의 느낌이 씁쓸했다.

"미안하다."

"……."

"네 잘못이 아니다."

그가 나직하게 속삭였다.

"같이 있어 주지 못해 미안하다. 네 말이 맞아. 다 내 탓이다."

그가 이곳의 삶과 북부의 사명 사이에서 줄타기하다가 벌어진 비극이었다.

지그문트의 서툰 위로를 들으며 숨을 고르던 카슈미르가 고개를 들어 그를 바라보았다. 진분홍빛 눈동자에 의문이 섞였다.

"너, 는……."

"어째서 울지 않냐고?"

카슈미르의 질문을 정확히 예상해 반문한 지그문트가 짧게 한숨을 내뱉었다.

"눈물은 오래전에 말랐다."

"……."

"잃는 것에도 익숙하다."

거짓말이다.

익숙하지 않다. 슬픔으로 온몸이 욱신거린다.

그러나 그의 슬픔은 흐르는 형태가 아니었다. 그에겐 슬픔조차 얼음의 형태를 띠었다. 얼음 결정 같은 슬픔은 늘 차가운 지그문트 안에 오랫동안 남아 있을 터였다. 흐르지 않으니 흘려보낼 수 없다. 그리하라고 배웠다. 원한도 슬픔도 아주 오랫동안 삶아 먹으며 기어코 폭력으로써 해소하라고 배웠다. 그는 해묵은 복수를 실현하기 위해 태어난 사람이었기에 슬픔이나 원한을 가벼이 넘기는 것은 허락되지 않았다. 그리하여 그의 삶은 무거운 비석들이 쉼 없이 내려앉은 공동묘지였다.

그러나 카슈미르는, 아무것도 모르는 그 애는 그게 마음에 들지 않는 듯 얼굴을 일그러뜨렸다.

"이리 와."

작은 품이 그를 향해 활짝 열렸다.

"……."

지그문트는 그 의도를 알아차리고서도, 그녀의 품을 가만히 내려다보기만 했다.

누굴 안아주는 것도 처음이었는데, 이 애에게 안기기까지 하면 정말 이상해져 버릴 것 같아서.

미르라고도 하는 카슈미르는 어디까지나 카라쇼에게 딸린 덤일 뿐이라고 생각했건만, 자꾸만 새로운 의미가 부여된다. 카라쇼의 죽음으로 이 모든 소꿉장난은 막을 내려야 한다는 걸 아는데, 저 흔들림 없는 두 눈에 미련의 감정을 새기고 말 것 같았다.

이 이상은 안 된다. 지그문트의 이성이 말했다.

"멍청이."

와락.

그러나 스스로의 결심으로 미련을 끊어낼 수 있을 거라고 생각한 그를 놀리듯, 카슈미르는 자신이 직접 지그문트를 끌어안아버렸다.

지그문트는 숨을 멈췄다. 어깨가 살짝 튀었던 것 같기도 하다. 조금 불규칙하게 숨을 들이쉬기 시작하자, 푸르른 숲 내음과 덜 익은 무화과 냄새가 호흡기를 가득 채웠다. 카슈미르에게선 늘 그런 냄새가 났다.

"스승님이 네게 전해 달래."

"……."

"네게도 반드시 봄이 올 거라고."

지그문트는 헛웃음을 지었다.

아마 당신은 알고 계셨겠죠. 내가 겨울을 불러와야 하는 사람이라는 걸.

그런데도 이런 유언을 남기다니……. 카라쇼의 유언은 뻔한 덕담이나 위로의 말이 아니라 충고일 것이다. 부디 모든 사명을 내려놓고 그녀가 맛보기처럼 보여준 봄을 붙잡고 살라는 충고 말이다.

그 충고가 지그문트에게는 뱀의 달콤한 유혹처럼 느껴졌다.

"내일 스승님의 비석을 만들 거야."

"……."

"의뢰지로 와. 거기 설원 한복판에 세울 거야."

그리고 카슈미르가 꾹꾹 눌러 내뱉는 이 말들 또한 유혹의 연장선 위에 있다. 지그문트는 차라리 끌어안고 있어서 다행이라고 생각했다. 녹아내릴 듯 위태로운 자신의 얼굴을 보이지 않을 수 있으니.

스륵.

카슈미르가 지그문트의 어깨를 밀며 그와 시선을 마주했다. 지그문트는 황급히 표정을 정리했다.

"네가 있어서……."

"……."

"다행이다."

카슈미르의 축축한 얼굴에 힘없는 미소가 퍼졌다.

쿵.

지그문트는 자신의 심장이 떨어지는 소리가 너무 커서 눈을 질끈 감아버렸다.

이제야 확신이 섰다.

더는 네 얼굴을 봐서는 안 된다는 확신이.

이 박동이 진정되기 전에 한 번이라도 더 네 얼굴을 본다면, 돌이킬 수 없는 선택을 해버릴 것이다. 그리고 그래서는 안 됐다.

이곳은 따뜻하다. 네 곁은 안온하다. 모든 사명을 버리고 함께 도망치자고 말하고 싶다. 우리 서로에게서 우리가 사랑했던 스승의 발자취를 더듬어 보며 친구로서, 동료로서, 아니면 다른 무언가로서 함께 걸어보자고 말해버리고 싶다.

그러나 정말로 지그문트 하이드가 북부를 버리면…….

'나는 뭐가 되지? 그리고 북부는 어떡하지?'

지그문트 하이드는 북부 없인 그 어떤 의미도 없다. 그리고 북부 또한 지그문트 하이드 없이는 아무것도 하지 못한다.

자안의 구주가 아닌 지그문트 하이드는 무엇인가?

카라쇼는 지그문트에게 끊임없이 그걸 가르쳐주려 했으나, 시간이 부족했다. 어쩌면 1년, 아니, 6개월만 더 배웠다면 알게 되었을지도 모르는데, 그 전에 그의 스승은 떠나버렸다. 그리고 눈앞에 있는 이 애는 스승과는 다른 의미로 그에게 다가와서 두렵게 느껴졌다.

그리하여 내린 결론은, 사명이 없는 자신은 아무것도 아니라는 것.

지그문트 하이드는…….

사명을 버릴 수 없었다.

스르륵.

지그문트는 길게 드리운 카슈미르의 검은 머리칼을 쓰다듬었다. 창백하게 질린 손에서 배신의 향기가 났다.

'떠나야겠다.'

네가 미련보다도 무겁게 남기 전에.

태어난 의미가 어떠하고 억지로 이끌린 삶이 어떠했든, 지그문트는 결국 선택했다. 도망칠 기회가 코앞까지 온 이 순간, 새로운 삶을 걷어차고 빙판길 위에 발을 올렸다. 그는 자신의 의지로 죄악보다 더 나쁜 전쟁을 일으키려 했고, 그 해묵은 사명을 제 손으로 완성하려 했다. 스승의 유언을 무시하고, 사제의 마음을 배반하려 했다.

그는 그래야만 한다고 배웠으니까.

지그문트 하이드는 카슈미르의 말에 대답하지 않은 채, 그날 밤 울다 지쳐 잠든 카슈미르를 혼자 둔 채 제국을 떠났다.

그리고 6년 동안 단 한 번도 카슈미르 앞에 모습을 드러내지 않았다.

"……그것도 3년 전 일이군요. 평안하셨습니까, 스승님."

지그문트는 꽃을 내려놓았다.

툭.

새하얀 설원 위 유일하게 새까만 바위, 비석이라고 부르기도 민망한 초라한 흔적 위로 시스투스 한 송이가 떨어졌다. 그 옆에는 먼저 다녀간 이가 두고 간 국화꽃 한 다발이 새하얗게 얼어 있었다. 카라쇼의 기일에 이곳을 찾았던 카슈미르의 흔적일 것이다. 어쩌면 그녀는 기일마다 오지 않는 지그문트를 기다렸을지도 모른다.

그러나 지그문트는 매년 카라쇼의 기일 며칠 뒤에 이곳을 방문했다.

한 해의 마지막 날. 바로, 카슈미르의 생일에.

"정보 길드, 세웠습니다. 당신이 지어준 'Hide & Ceek'라는 이름으로."

"……."

"이제 규모가 커져 대륙의 모두가 그 이름을 압니다. 어쩌면 그 애도 들어 봤을 겁니다."

지그문트는 피식 웃었다.

"그 이름이 나와 자신의 이름을 딴 것이라곤 상상도 못하겠죠."

"……."

"멋대로 따버렸으니, 그 이름의 의미를 알려주면 욕이란 욕은 다 들을 것 같습니다. 아마 알려주기도 전에 눈만 마주쳐도 나를 죽이려 들겠지만."

하아. 씁쓸한 한숨을 따라 입에서 새하얀 입김이 뿜어져 나왔다.

그로부터 3년간 북부에 머물렀으니 봄의 삶은 잊힐 법도 한데, 카라쇼, 카슈미르와 함께했던 순간들이 아직도 눈앞에 생생했다. 카슈미르의 얼굴만 보지 않으면 괜찮을 줄 알았건만, 정의되지 못한 마음은 슬픔과 함께 얼어붙은 채로 여태 그의 속에 있었다.

화르륵.

지그문트의 손에서 일어난 불꽃이 비석 위의 시스투스를 살라먹었다.

시스투스, 자살하는 꽃.

주변에 다른 식물들이 자라나며 살기 어려워지면, 자연발화해 일대를 불태워 버린다. 그리고 그 불꽃에 몸을 맡겨 자신도 함께 죽는다.

'나는 내일 죽겠지'. 그런 끔찍한 꽃말을 가진 이 꽃은…….

"죄송합니다."

"……."

"이생을 스스로 선택할 수 있다면, 태어나지 않았을 텐데."

지그문트의 탄생화였다.

충직한 검이 되려 했는데 5

그 애의 생일에 스승의 비석 앞에서 자신의 탄생화를 헌화하고 불태운다.

이것은 지그문트의 축하이자 추모이며, 회개였다. 이 셋을 따로 할 수는 없었다. 그럴 자격이 없으니까. 시스투스를 태우고 남은, 북부의 매서운 바람에 곧 흩날려갈 이 재만이 지그문트가 유일하게 남길 수 있는 흔적이었다.

스르륵.

지그문트는 고개를 들어 창백한 하늘을 바라보았다.

"생일 축하해, 슈슈."

미안해.

최후의 보루인 악령까지 동원한 마지막 전투에서 북부군은 패배했다.

이미 이전의 전투들로 승세가 기울어 있었기에 당연한 결과였으나, 그들의 저항이 극심했기에 예상보다 많은 피를 흘려야 했다.

'자결하지 못하게 막아! 무조건 생포해야 한다!'

지그문트 하이드는 체포되었다. 그의 등에 새겨졌을지도 모르는 자폭 마법진 때문에 생포하는 것이 관건이었는데, 예상외로 그는 자살을 시도하지는 않았다.

그는 끈질기게 저항하다가 마지막의 마지막인 어느 순간, 맥이 탁 풀린 듯 피식 웃더니 저 스스로 검을 툭 놓아버렸다.

그 순간 마주한 보랏빛 눈동자에 어째서 옅은 안광이 돌았는지, 나는 알지 못한다. 그는 그대로 의식을 빼앗겼고, 준비된 수십 가지의 마비약이 그의 몸에 투여되었다. 북부군은 개미집을 지키는 병정개미 떼처럼 지그문트를 최우선으로 지켰지만, 지그문트가 체포된 순간 전의를 상실해버렸다.

'적을 잡으려면 우두머리부터 잡아야 한다'는 옛말이 틀린 거 하나 없었다. 그때부터는 일사천리였다.

하아.

숨을 내쉴 때마다 새하얀 입김이 나왔지만, 나는 문득 날씨가 조금은 따뜻해졌음을 느꼈다. 영원히 녹지 않을 것 같던 설원의 눈 두께가 어느새 얇아졌다. 검고 붉게 번진 피 때문에 녹기도 했겠지만, 그보다는 따사로워진 해가 원인일 터.

나는 구름이 걷히며 오랜만에 오렌지빛으로 선명히 반짝이는 해를 올려다보았다.

턱.

누군가 그러고 있는 내 어깨를 쥐었다.

"끝이다."

"……."

"이것으로 끝이야, 슈슈."

기운이 부드럽게 잦아든 적안이 나를 응시했다.

나는 카이사르를 돌아보며 문득 느끼는 게 있었다.

'내가 이 전쟁을 통해 지그문트 그 자식과 닮아버리게 되었다고 생각했는데……'

어쩌면 당신과 비슷해져 갔는지도 모른다. 짧고 검은 머리칼도, 살인을 아는 붉은빛의 눈동자도 눈앞의 이 남자를 거울로 비춰낸 듯 닮아 있었다.

"돌아가자."

"……."

"우리의 집으로."

그렇다면 앞으로 찾아올 수많은 불면의 밤도, 닮은 사람들끼리 부둥켜안은 채 이겨낼 수 있지 않을까.

스르륵.

나는 뒤를 돌아보았다.

내 등 뒤를 지키고 선 칼과 아리아, 전장 수습을 위해 바삐 움직이면서도 떠오른 해에 시선을 빼앗긴 디에고, 시시콜콜 싸우는 엘과 율리안, 잘 안 닦인다고 투덜거리면서도 열심히 검을 닦는 레오, 서로의 다친 곳을 확인하는 라이너와 노아, 병사들을 통솔하는 데 한창인 세레논과 카시아.

내가 싸운 이유가 그곳에 있었다. 내 몸을 불살라서라도 지키고 싶었던 광경이다. 내 모든 신념, 인간성과 맞바꾼 보물이 등 뒤에 건재했다.

"하……"

나는 안도의 한숨을 쉬듯 홀가분하게 웃었다.

전쟁에서 많은 것을 잃었다. 개중엔 영원히 되찾지 못할 것들도 있었다.

죽음보다 더 괴로운 순간들이었다. 이제부터 내 삶은 전쟁을 기점으로, 그 이전으로는 영영 되돌아가지 못할 것이다. 인간을 육편으로 만들기 이전의 해맑던 내 얼굴은 이제 더 이상 거울에서 볼 수 없다.

그래도…….

'이 정도면 괜찮지 않나?'

이만하면 됐다. 모든 고통에 의미가 있는 것은 아니지만, 그 보상은 충분히 받았으니까.

"네. 돌아가요, 아버지."

나는 카이사르가 내민 손을 잡았다.

"이제 좀 쉬어요."

전쟁이 끝났다.

그래, 드디어…….

이제 충직한 검이 아닌 인간으로 살아갈 때다.

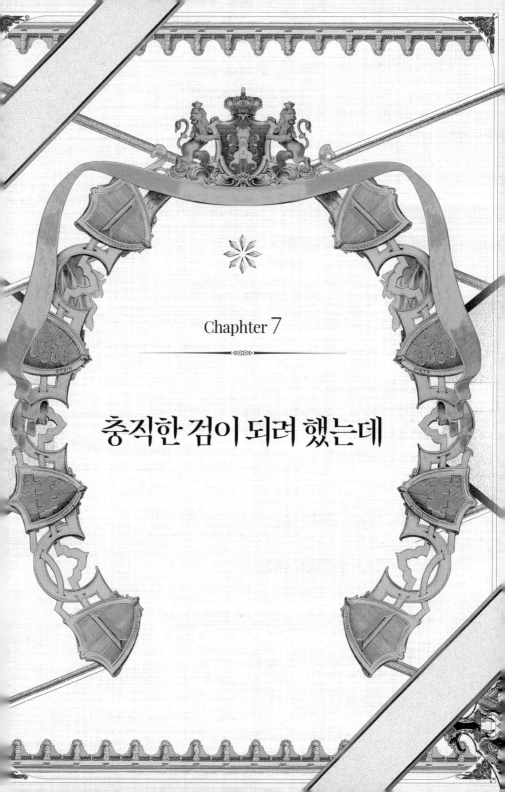

Chaphter 7

충직한 검이 되려 했는데

쉬자고 당당히 선포했던 것과 다르게, 이후로도 일상은 그렇게 만만치 않았다.

본래 전쟁은 치르는 것도 일이지만, 끝나고 난 뒤의 과정도 그에 못지않은 법이다.

설원의 눈 속에 묻힌 시신들을 수습하고, 남은 북부군을 진압하며, 연합군을 정식으로 해산하기 위한 수많은 업무를 처리하느라 모두가 눈코 뜰 새 없이 바빴다. 나 또한 예외는 아니었다.

"후……. 이제야 좀 살겠다!"

그러나 아무리 업무가 바빠도 어디 피 뒤집어쓰고 죽어라 검을 휘두르던 때와 비교가 되겠는가.

나는 아리아의 탄성을 들으며 뜨끈한 자연 노천탕에 몸을 뉘었다.

진영 근처에서 온천이 발견되어, 우리는 몇 달 만에 마음 놓고 노천탕에 몸을 담글 수 있었다. 이곳은 수뇌부의 여성들을 위해 준비된 탕이었다.

"카슈미르 경은 몸 괜찮으십니까? 전쟁이 끝난 후 긴장이 풀리며 뒤늦게 마나 과용으로 쓰러지는 병사가 많습니다."

내 옆에서 웬 중년 아저씨처럼 제 몸을 거칠게 닦던 카시아가 물었다.

나는 노곤해진 몸과 마음으로 느릿하게 고개를 끄덕였다.

"저는 멀쩡합니다."

"그래도 방심하지 마십시오. 전쟁에서 가장 치열하게 싸운 이가 카슈미르 경 아닙니까."

카시아가 내 안일함을 꾸짖듯 엄하게 얼굴을 굳혔다. 그러나 그러는 중에도 흰 살갗이 새빨개지도록 때를 벅벅 벗기고 있어서 표정에 감정 이입이 제대로 안 된 것처럼 보였다. 누가 군인 아니랄까봐, 냉한 미형의 얼굴과 어울리지 않게 마초적인 인물이었다.

"그래. 나도 열심히 싸운다고는 했지만, 카슈미르 네 공적에 비하면 부끄러울 뿐이지."

시원하게 어깨를 열어 탕 위에 두 팔을 걸친 야샤가 낄낄거렸다.

"네가 젊은이들의 영웅이라며? 크, 나도 젊은 시절엔 선망 좀 받았는데 말이다. 네 별명이 뭐더라? 되게 거창했는데. 검……황?"

"북부군에선 절 '해질녘의 마귀'라고 부르던데요."

"……"

갑자기 분위기가 싸늘해졌다. 몸에 뜨거운 물을 끼얹으며 별생각 없이 답했던 나는 세심하지 못한 내 주둥이를 한 대 쳤다.

"……검제. 내가 듣기로는 검제였다만."

잠깐의 침묵을 깨뜨리고, 탕 속에서 잠든 듯 고요히 눈감고 있던 페이샤가 툭 던지듯 말했다. 그녀가 눈을 뜨자 은빛 늑대족 특유의 세로로 쭉 찢어진 동공이 모습을 드러냈다.

"하늘에서 내린 교황. 땅을 다스리는 황제……."

"……"

"그 하늘 아래, 땅 위에는 검제. 널 그렇게 부르던데."

화악. 그 말을 듣자마자 얼굴이 달아올랐다. 그건 정말이지 거창하다 못해 민망한 별명이었다.

"……전쟁도 바빠 죽겠는데 그런 쓸데없는 말은 누가 만들어서 퍼트린답니까?"

"어? 부끄러워한다. 얼굴이 점점 빨개지는데?"

아리아가 옆에서 까르르 웃으며 나를 손가락질했다. 나는 한숨을 쉬며 얼굴에 뜨거운 물을 확확 끼얹었다.

"좋게 봐주는 건 고맙지만, 예나 지금이나 그런 별명은 달갑지 않습니다. 검은 재앙이라는 이명도 익숙해지고 애착이 생기기까지 얼마나 오래 걸렸는데……."

"그래도 말이야, 이제는 모두가 너를 보게 될 거야."

자애롭지만 엄정이 느껴지는 목소리에, 나는 고개를 들었다. 시력을 대부분 잃었음에도 여전히 총명하게 빛나는 알리샤의 잿빛 눈동자가 나를 응시하고 있었다.

"수많은 젊은이가 이번 전쟁을 통해 무언가를 잃고 상처받았어. 너희 세대는 전쟁 후유증에 시달리는 출전 용사들을 끌어안아야 할 거야. 그러나 카이사르 크리시스와 노아 아인하르트는 이제 구세대 우상이지."

"……."

"그들이 구닥다리라는 말이 아니라, 시대가 바뀌었다는 소리야."

알리샤의 주름진 손가락이 나를 가리켰다.

"다음 세대는 너를 우상으로 삼을 거야."

"……."

"네가 전쟁을 치러낸 젊은 세대의 대표야. 다들 너를 표본으로 삼겠지."

늘 그랬다.

거대한 흐름이 세상을 한차례 휩쓸고 나면, 사람들은 악당과 영웅을 동시에 필요로 했다.

그 악당이 진정으로 악하고 그 영웅이 진실로 선한지는 중요하지 않았다.

화살받이와 우상.

그저 화살받이와 우상이 필요한 것이다.

사람의 연한 속살은 화살촉처럼 날카로운 감정들을 오래 담고 있을 수 없었고, 물렁한 겉껍데기는 따라할 표본이 없으면 녹아버리고 말았으니까.

이 시대의 악당은 지그문트 하이드다. 이제 그가 모든 화살을 받게 될 것이다.

그리고 영웅은……

'나인 모양이지.'

"그러니 네가 괜찮아야 해, 아가."

"……"

"네 절망과 극복은 후유증을 겪는 다른 젊은이들에게 이정표가 될 테니까."

그 말은 칭찬인 듯하면서도 내 어깨에 무거운 부담을 주었다.

촤악.

무게감에 입술을 깨물려던 찰나, 몸을 숙여 온천물에 얼굴을 박고 있던 페이샤가 상체를 들어올렸다.

"모든 책임은 원래 의도치 않게 생겨난다. 책임을 원해서 지는 사람은 없어."

"……"

"수인 대학살 때 나도 그랬다. 그때 나는 어렸다. 그러나 어른들은 모두 죽임당하고 남은 늑대들을 이끌 사람은 그 당시 가장 강했던 나뿐이었으니까. 수장 자리는 내가 원해서 앉은 게 아니었다."

"얘는. 어려서부터 골목대장 노릇을 그렇게 좋아했으면서 싫었던 척한다."

"골목대장 좀 했다고 수장까지 맡으면 제국의 황제는 수십 명도 더 돼야 한다, 멍청아."

알리샤의 참견에 페이샤가 삐뚜름하게 눈을 흘기며 핀잔을 주었다. 이어 그녀는 다시 나를 바라보았다.

"그러나 원치 않는 책임이라고 해서 도망쳐서는 안 된다. 강자의 책임은 전투에만 있지 않으니까."

"……"

"역사적으로 보면 강한 놈이 수두룩해. 그러나 그 값을 했던 놈은 극소수지. 너희 제국은 그 값을 제대로 못해 수많은 비극이 일어난 거다."

수인 대학살, 요정족 수탈, 그리고 북부 핍박까지.

그 모든 것이 제국이 지은 죄다. 힘을 올바르게 쓰지 못했기에 그 죗값을 지금에서야 치르고 있는 것이었다.

"너는 도망치지 마라."

그 비극의 주인공이자 복수의 굴레를 가장 먼저 끊었던 은빛 늑대 수인족의 위대한 수장이 차갑게 벼린 눈으로 나를 응시했다.

"나는 계속 지켜볼 것이고, 질문할 것이다."

"……."

"나는 네 얼굴을 보고 이 전장에 출전해 찢어죽여도 시원찮은 원수들의 등을 지켜준 거다."

"……."

"나를 실망시키지 마라, 카슈미르 크리시스."

육중한 경고에도 불구하고 나는 웃어버렸다.

"제가요?"

찰랑. 따뜻한 물이 잔물결을 일으켰다.

"그 모든 것을 지고 가기 위해 이 이야기가 이렇게 길었던 겁니다."

"……."

"버리고 갈 거라면 훨씬 짧았을 이야기예요. 하지만 무게에 짓눌려 토하고 잠시 외면하는 한이 있더라도 끝까지 지고 가기 위해 여기까지 온 겁니다."

내 이야기는 책임을 외면하지 않는 데서 시작하지 않았던가.

나는 짧아진 머리칼을 쓸어넘겼다.

"많은 것이 달라졌어도 불변하는 게 있지 않습니까?"

"……."

"말씀하셨듯이 저는 카슈미르 크리시스입니다."

그러자 페이샤가 입꼬리를 시원스레 비틀며 말했다.

충직한 검이 되려 했는데 5

"하! 과연 안테이아의 딸답군."

"……."

"그래. 너다워."

이제는 안심하겠다는 듯, 안도의 한숨처럼 잔잔한 목소리가 온천 안에 울렸다.

끝나지 않을 것만 같았던 업무들도 서서히 끝이 보였다. 이제 연합군 진영 내 상황은 대부분 안정되었고, 귀국만을 기다리고 있는 병사들에게 좋은 소식을 전해줄 날도 멀지 않아보였다.

"이걸…… 어, 어찌해야 할지……."

그러나 오랜만에 열린 수뇌부 회의의 분위기는 무겁기만 했다. 암브로시오의 국왕 요르칸이 심각한 얼굴로 이마를 짚었다.

연합군은 이제 가장 중요한 안건을 남겨두고 있었다.

"다들 투항할 뜻을 보, 보이지 않아요. 이, 이대로라면 다 죽이는 수밖에 없는데……."

그것은 바로 저항을 계속하는 북부군을 어떻게 처리할 것인가 하는 문제였다.

"하……. 다 죽이는 건 오히려 그쪽이 원하는 일일 텐데. 죽여달라고 소리치고 목을 내놓고 있으니."

레오가 한숨을 쉬며 새하얀 머리를 손으로 벅벅 헝클어트렸다. 그의 얼굴은 피로로 찌들어 있었다.

"실제로 자살 시도하는 이들을 막다가 부상당한 우리 병사도 수십 명이 넘습니다."

노아가 곤란한 얼굴로 턱을 쓸었다. 단정하게 정돈된 수염이 그의 트레이드 마크였건만, 일이 얼마나 바쁜지 수염이 영 정돈되지 않은 상태였다.

"병사들 사이에선 차라리 수면가스를 살포해 다 기절시켜두자는 의견까지 나오는 모양인데……."

"그런 짓을 저지르면 돌이킬 수 없다는 건 알고 있겠지?"

페이샤가 낯선 말투로 노아의 말허리를 끊었다. 그녀도 만만치 않은 과격파이 건만, 북부와 관련된 안건에는 예민했다. 어쩌면 단순히 동질감에서 비롯된 것인 지 모르지만, 그녀는 제국이 북부를 어떻게 처리하는지 확인하고 늑대족과 제국 의 관계를 재설정할 게 분명했다.

"물론입니다. 저도 그런 비인도적인 행위를 자행할 생각은 조금도 없습니다 만, 무언가 결단을 내려야 할 때임은 분명하다는 겁니다."

노아의 단호한 말에 침묵이 내려앉았다.

"……전쟁을 주도한 현 지도부 사람들이 살아 있는 한, 북부인들은 희망을 놓 지 않을 겁니다."

"……."

"그렇다고 다 잡아다 죽이면…… 그건 북부와의 공생을 포기하는 것과 다름 없는데."

디에고가 제 미간을 손가락으로 꾹꾹 눌렀다. 단정한 얼굴에 근심이 가득했다.

가장 중요한 것은 과거의 비극을 반복하지 않는 것.

그러나 광신은 통제가 불가능하기에 광신이다. 광신에서 벗어나게 해 올바른 가치관을 심어줄 수 있다면 좋겠지만, 그러자면 엄청난 시간이 필요하다.

연합군의 병사들은 이미 지칠 대로 지쳤다. 이대로라면 어떤 돌발 행동을 할 지 모르는 상황. 또 다른 비극이 벌어지기 전에 우리는 당장 대책을 마련해야 했 다. 그 방법이 옳으냐 그르냐는 둘째 문제였다. 우선 사람이 살고 봐야 했다.

'당장 북부군을 통제할 방법이 없을까? 꼼수일지라도 그들의 마음을 살 만 한……'

골머리를 앓던 나는 문득 섬전처럼 떠오른 생각에 고개를 번쩍 들었다.

"있을, 있을지도 모릅니다."

"응?"

"북부군을 아주 효과적으로 통제해줄 수 있는 사람이요!"

내 외침에 모두가 나를 돌아보았다.

"오오, 역시 공녀님! 완전 우리의 꾀주머니라니까요. 그게 누군가요? 혹시 공
녀님 본인이 통제할 자신이 생기신 건가요?"

율리안이 시장통 장사꾼처럼 바람을 잡았다. 그는 얼핏 봐서 푼수 같지만, 유
심히 지켜보면 언변과 순발력이 꽤 뛰어났다.

나는 율리안을 가만히 바라보았다.

"자, 어서 말해주세요. 궁금해 죽겠다고요!"

"……"

"어, 어서……!"

"……"

"……어?"

눈치 빠른 그는 내 침묵과 시선만으로 의중을 알아차린 듯했다.

율리안이 얼빠진 얼굴로 자기 자신을 가리켰다.

"나……?"

그런 그를 엘이 '이런 멍청한 새끼를……?'이라고 말하는 듯한 눈으로 율리안
의 옆얼굴을 바라보았다.

"율리안."

나는 성큼성큼 율리안에게 다가가 그의 어깨를 단단히 잡았다. 그의 어깨가
파르르 떨렸다.

"이제부터……"

"……"

"당신이 자안의 구주입니다."

율리안의 입이 떡 벌어졌다.

"제국의 대신관이었던 내가…… 자안의 구주?"

영 미덥지 못한 구주였으나, 그 와중에도 연한 보랏빛 눈동자는 영롱히 반짝

이고 있었다.

· · ─━─ ·❦· ─━─ · ·

자안의 북부인이라면 우리에게도 있다. 그들이 정녕 광신에서 헤어날 수 없다면, 이쪽도 광신으로 승부한다.

율리안이 사실은 진짜 자안의 구주였다는 프로파간다와 함께, 그를 앞세워 북부인들과의 평화적 교류를 시도하는 것. 이것이 바로 내가 생각해낸 작전이었다.

'자안의 구주는 지그문트 님 단 한 분이시다! 간악한 제국 놈들이 감히 가짜를 앞세워 우릴 현혹하려 들다니……!'

물론 그 작전이 쉽게 통하지는 않았다. 그들은 광신도이지 멍청이는 아니었으니까. 처음 율리안을 북부인들앞에 내세웠을 땐 어마어마한 반발이 있었다. 그러나 시간이 지나면서 차츰 변화가 일어났다.

'아이참. 제가 진짜라니까요.'

'……북부어를 해?'

부정적이던 여론에 결정타를 가한 것은 바로 율리안의 유창한 북부어였다. 북부 태생임에 분명한 발음으로 북부인이 아니고서야 알 수 없는 그들의 풍습을 논하는 율리안 앞에서, 북부인들은 눈을 휘둥그레하게 떴다. 죽음만을 바란다는 과격파들은 여전히 잔재했으나, 자칭 자안의 구주가 하는 얘기를 한번 들어는 보자는 이들도 생기기 시작했으니, 그건 분명 큰 발전이었다.

'굼벵이도 약에 쓸 데가 있다더니……. 저 자식이 도움이 되는 날이 올 줄을 몰랐어요.'

'요즘 분위기 잡느라 안 그래도 피곤하니까 시비 걸지 마라…….'

엘은 '앉아' '일어서' 지시도 따르지 못하던 자기 집 똥개가 고난도 재주를 부리는 걸 목도한 주인의 얼굴로 율리안을 바라보았다. 원치 않게 연합군과 북부

사이의 대사가 되어버린 율리안은 그 누구보다 바쁜 나날을 보내고 있었다.

'율리안 대신관.'

'……'

'대화 나누고 싶은 안건이 있는데.'

그런 그가 암브로시오의 대표와 같은 카르마 공작과 만날 일이 잦아진 건 별수 없을 터다. 사소한 안건에도 공작 본인이 직접 찾아오는 것으로 보아 그저 우연은 아닌 듯했다.

'……들어오시든가요.'

어쩌면 그들에게도 변화가 있을 듯했다.

이제 정말 귀환의 날이 코앞으로 다가왔다. 특히 엘과 레오 같은 중역들은 더 이상 본인들의 자리를 비워둘 수 없었기에 먼저 급히 돌아갔다.

'슈슈.'

'그래.'

'아타라 왕궁에 네 궁 하나 비워뒀어.'

'……'

'제국에서의 일이 정리되는 대로 놀러와. 알았지? 안 그러면 역사에 길이 남을 폭군이 되기 위한 첫걸음으로 전쟁이 끝나자마자 궁을 신축할게. 그 궁에 네 이름을 붙일 거야. 우리 같이 역사에 남아보자.'

'갈게. 간다고, 미친놈아……'

자신의 왕국으로 떠나야 하는 레오는 유독 미련이 남는 얼굴로 살벌할 만큼 낭만적인 말들을 남기고 갔다. 그가 내 뺨에 남기고 간 키스는 꼭 화인 같았다.

귀환하기 전, 나는 해야 할 일이 있었다.

첫째는 엘과 관련한 문제를 알아보는 것. 여러 종족과 나라가 모인 김에 수뇌부를 통해 신전의 신성력이 소모될수록 교황이 받아야 하는 '기적의 대가'를 끊을 방도를 아는 이가 있는지 물었다.

"신성력 소모에 따른 교황의 부하를 막아낼 주술, 그 비슷한 것도…… 정말 없습니까?"

"우리가 신전과 교류할 일이 있었어야지. 바깥세계와 관계된 연구는 지금껏 늑대사회에서 금기시되었고, 그나마 레이샤의 연구 기록들은 조금 남아 있지만, 레이샤는 신전엔 관심이 없었던 것 같구나. 치유력에 대한 연구는 조금 남아 있는데 말이지."

"……"

"이것 참. 괜히 미안하네……. 돌아가면 남는 게 시간일 테니 신성력과 교황 사이의 연관점을 열심히 연구해보마."

"……감사합니다. 번거롭게 해드렸습니다."

"으응. 마침 재밌어 보이는걸."

그러나 마지막으로 물었던 알리샤조차 전혀 아는 것이 없는 얼굴이라 낙담할 수밖에 없었다.

'과연 방도가 있었다면 역대 교황들이 그렇게 죽었을까 싶고.'

죽어야 했던 인간이 신성력으로 구사일생하며 발생하는 업을 단 한 사람이 감당하는 말도 안 되는 체계.

그 기울어진 저울을 어떻게든 고치고 싶지만, 지금껏 솔라티네 제국의 교황이 몇 명이었던가. 당사자인 그들은 나보다 더 간절했을 텐데, 최고의 부와 권력을 누렸을 그들조차 답을 찾지 못했던 문제에 과연 답이 있을까 싶어졌다.

'전쟁은 끝났어도 신성력을 쓸 일이 많을 텐데. 그 모든 대가를 그저 감당하도록…… 그냥 내버려둬야 한다고?'

나는 알리샤가 떠난 뒤 혼자 자리에 남아 심란함에 이마를 짚었다.

"크리시스 경!"

"무슨 일이지?"

막사 밖에서 나를 부르는 목소리에 수그렸던 고개를 들었다.

충직한 검이 되려 했는데 5

"찾아오라고 하셨던 그 사람, 현재 찾아와 막사에 분리 감금해두었습니다."

"……."

"지금 보시겠습니까?"

"……그래. 바로 나가지."

하나의 문제를 해결할 새도 없이 다른 문제가 성큼 닥쳐왔다.

나는 병사가 안내하는 막사로 향했다.

반드시 찾아서 만나봐야 하는 사람이 있었다. 사람 찾는 게 쉬운 일은 아니니 귀환하기 전에 만나보지 못할지도 모르겠다는 생각을 했건만, 아슬아슬하게 이곳에서 만나볼 수 있어 다행이었다.

'……견뎌낼 수 있기를.'

심장이 미친 듯이 뛴다. 두려움이 엄습하다가도 이내 모든 것이 고요해졌다.

스르륵.

나는 막사의 문을 열었다.

피슉-

"어엇! 이, 이 자식이……!"

그 순간, 아주 작고 가는 독침이 정확히 내 목을 노리고 날아왔다.

"……환영 인사가 격하군."

고개를 틀어 그 침을 피한 나는 흐릿한 미소를 걸쳤다.

"만나서 반가워."

"……닥쳐."

"입에 독침 같은 걸 물고 있으면 위험할 텐데."

"죽어버려, 개새끼야!"

의자에 묶인 흑발의 여성이 악에 받쳐 귀청이 찢어질 듯한 소리를 내질렀다. 눈동자가 새까만 그녀의 눈은 분명 그를 빼닮았다. 하지만 아무런 감정이 비치지 않던 그의 눈과는 달리 분노와 증오로 들끓고 있었다.

나는 천천히 심호흡하며 그녀와 똑바로 눈을 맞췄다.

"앞으로 조세핀 양이라고 부르지."

조세핀 하이드.

북부 수장의 일족이자…….

'제 동생을 부탁, 합니다.'

'……'

'카슈미르.'

빌어먹을 조나단 하이드가 내게 남기고 간 나의 사명이었다.

"그 역겨운 입으로 내 이름 부르지 마."

조세핀이 거칠게 으르렁거렸다. 고작 10대 중반쯤 될 법한 소녀인데, 기세만큼은 전쟁을 위해 길러진 야수와 같았다.

"그래. 조세핀 양."

"부르지 말라고!"

나는 독침을 제대로 몰수하지 못해 면목이 없다고 머리를 조아리는 병사에게 괜찮다면서 자리를 피해 달라고 했다. 조세핀은 머리도 조나단과 같은 쇼트커트라 여자가 된 조나단이라는 생각이 들 만큼 그와 닮은 얼굴이다. 그러나 음침한 분위기를 숨기지 못하던 그와 달리 아직 어린 나이에 걸맞게 생생한 활기를 띠고 있었다.

드르륵.

나는 그녀의 앞에 의자를 두고 앉았다.

"듣자하니 조나단 하이드가 전장에서 계속 연락하던 이가 자네 같던데."

"……"

"나에 대해선 얼마나 알고 있지? 조나단 하이드가 나에 대해 뭐라고 했지?"

조세핀이 울컥한 얼굴로 고개를 쳐들었다.

"……당신 때문에 모든 게 망가졌어. 당신이 모든 걸 망쳤다고 했어!"

"오. 본인이 나를 배신한 얘기는 안 했고?"

"당신은 상상도 못할 만큼 오랫동안 준비되어온 대업인데! 왜 당신 같은 괴물이, 하필 이 시대에 태어나버려서!"

그녀의 눈망울에 눈물이 차올랐다.

아, 고작 어린애다.

"우리는 드디어 아르지오 오빠의 복수를 할 수 있었는데……!"

아르지오라면, 조나단이 몇 번 언급했던 그 첫째 동생일까. 제국에게 징병되어 다시는 돌아오지 못했다는 사람. 동생의 시체조차 돌려받지 못하고 죽었다는 소식만 전해 들었을 때, 조나단은 요르하의 이름을 걸고 복수를 맹세했노라 말했다.

나는 조세핀이 엉엉 우는 모습을 그저 지켜만 보았다. 그리고 그녀가 가까스로 호흡을 정리했을 때 입을 열었다.

"내가 어째서 너를 찾았는지는 짐작이 가나?"

조세핀이 날선 눈으로 나를 째려보았다. 손에 칼만 있다면 당장이라도 나를 찔러죽일 듯한 원망이 역력했으나, 자신이 호랑이 소굴에 들어왔다는 자각은 있는 모양이었다. 체념한 듯 탁한 얼굴이었다.

"……하이드의 씨족을 말리려는 거겠지. 조나단 오빠는 이미 죽었고, 너희는 지그문트 님도 가만두지 않을 테니까. 나만 죽으면 이 땅 위에 하이드는 더 이상 남지 않겠지."

"……."

"나까지 죽이고 나면 당신이 망친 하이드만 셋이 되겠네. 하이드 슬레이어라고 불러줄까? 이 지독한 마귀야."

나는 증오가 들끓는 욕설을 들으며 눈을 감았다.

이 소녀의 인생에서 나는 다시없을 악역일 것이다.

나는 그녀의 민족을 패하게 만들었고, 그녀의 친오빠를 죽였으며, 그녀의 사촌오빠이자 지도자를 죽일 것이다. 이것은 나의 씻지 못할 죄가 될 터였다.

사실 아직도 확신은 없다. 그녀를 불러들인 것이 잘한 일인지. 차라리 평생 그녀의 눈에 띄지 않는 게 그녀를 위한 것이지 않을까. 모든 설명은 변명이 되고 진심 어린 사과도 기만일 텐데. 한 번 본 나의 얼굴이 평생의 밤을 괴롭힐 악몽이 될 텐데. 결국 그녀를 돕겠다는 것은 스스로의 위안을 위한 폭력이 아닌지 깊이 고민할 수밖에 없었다.

그러나 나는 혼자가 아니었다. 조언을 구할 가장 적절한 어른이 바로 옆에 있었으니까.

'사람마다 다르겠지. 그러나 적어도 나는 그 여우 새끼 얼굴이 보고 싶었다.'

조언을 구하는 내 앞에서 곰방대에 불을 붙인 페이샤는 그렇게 말했다.

'감정조차 영원할 수 없어서 원망이 잦아든 뒤엔 의문만 남더군. 어째서 우리에게 그래야 했는지.'

'……'

'그 얼굴을 알아볼 수도 없게 짓이기고 싶기도 하고, 어깨를 붙잡고 흔들며 왜 그랬는지 따지고 싶기도 하다가도 결국엔 그냥 얼굴이 보고 싶었다. 내가 이곳에 존재한다는 걸 그놈 머릿속에 확실히 새겨주고 싶었어.'

새하얀 연기 너머로 드러난 주름진 얼굴은 이제 퍽 후련한 빛을 띠고 있었다.

'네가 정말로 네 죄악과 정면으로 마주하고자 한다면 그 아이를 만나라. 단, 네가 매일 밤 그 아이에게 악몽이 될 각오는 하거라.'

'……'

'행운을 비마.'

그날 다정하게 조언하던 페이샤의 목소리를 떠올리며, 나는 천천히 눈을 떴다.

"내가 네 오빠를 죽였다는 사실은 알고 있나?"

"아아악!"

조세핀이 상처가 파헤쳐진 사람처럼 비명을 질렀다. 미친 듯이 몸부림치는 그녀에게서 물방울이 흩어져 떨어졌다. 땀인지 눈물인지는 알 수 없었다.

"죽일 거야, 당신을 죽여버릴 거야!"

그녀의 악독한 눈빛을 보니 기이하게도 안심이 됐다.

'살아남겠네.'

죽음을 해방으로 생각하던 자신의 오빠와는 달리 잡초처럼 아득바득 살아남을 이의 영혼이 보였다. 나는 고개를 끄덕였다.

"그래."

"……뭐?"

"꼭 나를 죽여라."

'이래서였나요, 어머니?'

나는 문득 사랑이 가득 담겨 있던 잿빛 두 눈을 떠올렸다. 도망치려는 나를 붙잡던 가느다란 두 손을, 내 뺨 위에 떨어지던 뜨거운 눈물을.

'너는 원망과 절망을 거름 삼아 강하게 성장할 거야. 세상에서 가장 강한 사람이 되겠지.'

'읍, 으읍…….'

'그리하여 내 부재 같은 건 아무래도 상관없고, 네 동생도 지켜 낼 수 있는, 그런 철인이 되어서…… 행복해지렴, 카슈미르.'

사람은 온갖 끈적이고 질척이는 것들로 살아간다며 내 기억을 지웠던 내 어머니.

"조세핀 양."

눈을 부릅뜨는 드센 소녀 앞에서, 나는 단정하게 웃었다.

"나는 오늘부터 그대의 후견인이 될 거야."

조세핀의 표정이 처참하게 일그러졌다.

"무슨 개소리를……."

"그대에게 깨끗한 옷을 선물하고 배울 기회를 줄 거야. 그대가 원하는 만큼 먹을 수 있고, 원하는 만큼 잘 수 있고, 원하는 만큼 배울 수 있게 해줄 거야."

"……."

"그대의 친구들에게도, 그대의 동생들에게도 그럴 기회를 줄 거야."

조세핀이 거친 숨을 색색 몰아쉬었다.

그녀는 우롱당한 사람처럼 치욕스러운 얼굴을 하고 있었다.

"당신에겐…… 모든 게 참 쉽네."

"……."

"우리가 평생에 걸쳐 쟁취하려 했던 걸 손짓 한 번으로 이룰 수 있는 거야? 그렇게 우리를 사육하고, 배부른 돼지로 만들면 모든 게 끝날 것 같아? 내가 그런 제안을……."

"계속 들어, 조세핀 하이드."

나는 단호하게 그녀의 말을 잘랐다. 죄악감이 목구멍을 따갑게 긁어대고, 이것이 맞는지 확신할 수 없는 마음이 크게 휘청거려도, 나는 그녀와 똑바로 시선을 맞췄다. 적어도 이것이 내가 할 수 있는 최선이었기에.

"너희 오빠는 간교한 사람이었다. 나를 완전히 속였지."

"……."

조나단의 이야기가 나오자 조세핀은 숨을 멈췄다. 나는 느릿하게 말을 이었다.

"나는 그를 부관으로 신뢰하다가 독화살을 맞고 시딘강에 빠졌다. 그는 정말로 나를 죽일 뻔했지."

"……."

"그는 내게 신뢰를 얻기 위해 아주 철저히 행동했어. 온 힘을 다해 나를 위해 일했지. 나는 아직껏 그만큼 유능한 부관을 만난 적 없다."

내게 신뢰를 요구하던 묵묵한 부관의 얼굴을, 그다음은 텅 비어버린 검은 복수귀의 얼굴을, 마지막으로 피가 솟구치던 그의 목을 떠올리다가 눈빛을 가라앉혔다. 엉망이 된 얼굴의 조세핀이 나를 보고 있었으니까.

"복수를 이루기 위해선 네 오빠처럼 간교하고 신중해야 해. 표적의 가장 가까운 곳을 선점하고 있어야 한다는 건 너무 당연한 이치지."

"……."

"나는 그대가 내 제안을 거절하면 두 번 묻지 않을 거야. 하지만 그대는 나를 죽이겠다며? 북부로 돌아간 뒤엔 어떻게 죽일 거지? 크리시스 저택의 보안 체계는 알고 있나? 나의 약점은? 내가 몇 시에 자고, 몇 시부터 활동하는지 알고 있나?"

사람은 증오와 원망으로 살아간다. 그 말은 상당히 일리가 있었다. 적어도 사람은 사랑으로 살아간다는 탁상공론보단 훨씬 현실적이지 않던가.

무엇보다 내가 조세핀 하이드에게 복수의 굴레를 끊어내고 용서하라고 한다니, 말이나 되는가? 나도 칼을 죽인 이가 내 앞에 나타나 그런 소리를 지껄인다면 내 목숨을 걸고 찢어 죽이고 싶을 것이다.

"나를 따라와. 그리고 나에 대해 철저히 조사해."

"……."

"네 복수 대상이 어떤 인간이고, 어떻게 해야 죽일 수 있는지 알아내란 말이다."

그리하여 나는 내가 분노하고, 동시에 가여이 여겼던 내 어머니의 방식을 이용할 생각이었다. 하지만 똑같이 답습해서야 발전이 없지 않은가.

"그대가 그걸 알아내는 사이에, 나는 그대가 복수 대신 다른 삶의 의미를 갖게 할 기회를 계속 제공할 거야."

나는 조세핀 하이드에게 선택할 수 있는 기회를 줄 생각이었다.

"무엇이 올바르고 그른지 가르치고, 그대가 내게 정이 들도록 만들 거야. 그래. 그대를 배부른 돼지로 만들려 해. 배고픈 복수귀는 대체로 불행하니까."

"……."

"그러나 그 모든 것을 배운 뒤에도 나를 죽이고 싶다면……."

나는 희미하게 입꼬리를 올렸다.

"그때는 기꺼이 그대 손에 죽어주마."

"……."

"그대를 믿게 된 내 등에 칼을 박아서 최고의 복수를 완성하도록 해."

용서하지 않는 것도 그녀의 권리다. 나는 그 권리를 존중할 생각이었다.

"제국에 오는 것만큼은 싫다면 늑대족에게 보내주지. 그곳의 위대한 지도자가 그대에게 많은 것을 가르쳐줄 거야."

"……."

"그래도 한 달에 한 번쯤은 내 얼굴을 봐야 해. 그대의 보호자는 나니까. 복수심이라는 것도 유통기한이 있는 감정이라고 하니, 주기적으로 내 얼굴을 보며 복수심을 곱씹어야 하지 않겠나. 만날 때마다 크리시스 저택의 취약점과 내 약점을 하나씩 알려주지."

스윽.

나는 자리에서 일어나 조세핀에게 다가갔다. 그녀는 이를 악물지언정 더 이상 몸부림치지 않았다.

"우리는 북부에 제국의 만행들을 기록한 기억관을 세울 거야. 서로가 잊지 않도록. 그래서 반복하지 않도록."

"……."

"끊임없이 북부와 소통하며 원한의 고리를 끊을 방법을 찾을 거야."

나는 한쪽 무릎을 굽히고 앉아 닳고 닳은 그녀의 부츠 끈을 묶어주었다.

"그대는 할 수 있는 한 최선을 다해 나를 원망하도록 해. 나는 할 수 있는 만큼 그대를 사랑해볼 테니."

"……."

"어때? 해볼 텐가?"

조세핀은 형언할 수 없는 얼굴을 하고 있었다.

기만을 향한 경멸, 숨길 수 없는 격노, 아주 늦게 닿아버린 진심에 대한 슬픔.

나는 그 거대한 감정들 사이에서 아주 작은 희망을 발견할 수 있었다.

충직한 검이 되려 했는데 5

그녀는 기나긴 침묵 끝에 흐느낌 같은 목소리로 내뱉었다.

"……당신은 정말로 역겨운 이상주의자야."

"응. 처음부터."

"왜 우리 오빠가 왜 그렇게 당신을 싫어했는지 알 것 같아……."

"그래. 조나단 하이드는 나를 참 싫어했지."

"그리고 두 사람이 왜 그렇게 당신을 좋아했는지도……."

나는 잠시 말을 잃었다.

조세핀 하이드는 고개를 떨구었다.

"왜 오빠가 마지막 편지에서 모든 게 잘못됐을 때 당신을 찾아가라고 했는지도……."

"……."

"……알고 싶지 않았는데."

소녀가 작은 몸을 옹송그리다가 천천히 입을 열었다.

"당신을 따라 제국에 가지 않을 거야. 당신을 죽여버리겠다는 마음도 여전해."

새까만 눈동자의 눈이 나를 응시했다.

"하지만 제안은 받아들이겠어."

그렇다면 이제부터 승부의 시작이다.

천천히 숨을 고른 나는 앞머리를 쓸어넘기며 웃었다.

"힘내."

"……."

"마지막 하이드."

- - - ❧❦❧ - - -

지그문트 하이드의 사형일이 결정되었다.

둥, 둥, 둥.

처음에는 멀리서 공사라도 하나 했다. 그러나 수도에 점점 가까워질수록 소리의 정체는 분명해졌다.

저건 분명 북소리다. 요란한 북소리가 수도에서 울려 퍼지고 있었다.

"자네도 들리나 보군."

"아, 네."

노아가 말고삐를 살짝 당겨 내 옆으로 말을 몰았다. 수도까지는 거리가 꽤 되었지만 우리의 귀에는 들렸다. 내 오른편에서 말을 모는 카이사르는 벌써 시끄러운 듯 귀를 꾹꾹 누르고 있었다.

'……역시 안 들리나?'

소음을 전혀 인식하지 못하는 라이너를 바라보던 나는 퍼뜩 고개를 돌렸다.

이제 '우리'에 속할 수 없는 그에겐 혹시나 하는 시선조차 실례일 테니까.

"참…… 내 아들이라 더 그리 느껴지는 거겠지만, 기구한 놈일세."

내 시선의 방향을 알아차린 것일까. 라이너를 돌아본 노아가 한숨을 쉬었다.

"어미를 떠나보내며 병약하게 태어나서는 유년시절 내내 아카데미도 못 가고 요양하러 시골을 전전했지."

"……."

"뼈가 닳도록 단련하다가 이제야 성취를 이루었는데…… 모든 걸 빼앗겨버렸으니."

소드 마스터가 마나를 잃은 게 단순히 약해졌다는 표현으론 설명되지 않는다.

비유하자면, 인간이 개미가 된 것과 비슷한 감각일 터.

손끝으로 산을 가를 수 있는 힘을 한 번이라도 가져본 이는 그 전으로 돌아갈 수 없었다.

"……뭐라고 말씀을 드려야 할지 모르겠습니다."

나는 시선을 떨궈버렸다. 라이너에게도, 노아에게도 위로할 말이 없었다.

충직한 검이 되려 했는데 5

조금 장난스러운 미소를 지은 노아가 고개를 기울였다.

"다른 사람이면 몰라도 자네는 할 말이 많아도 되지 않나?"

"네?"

탁.

그가 자신의 백마 고삐를 당겨 내게 조금 더 다가왔다. 그러곤 나를 향해 허리 굽혀 속삭였다.

"이제야 제대로 말하게 되어 면목이 없네만, 고맙네."

"무슨……."

"라이너의 병을 고쳐준 것도, 라이너에게 꿈을 준 것도 자네이지 않나."

나는 새삼 라이너와의 첫 만남을 떠올렸다.

공기가 선선하던 가을밤이었다. 북부와 멀지 않은 탓에 자주는 아니지만 겨울이 다가올 때마다 마수들의 위협으로 골치를 앓던 시골 마을이었고, 나는 여느 때와 다를 것 없이 토벌을 위해 그 마을을 방문했다.

'미친……, 너 뭐야? 왜 여기서 어슬렁거려! 정신이 나갔나!'

그리고 그날 마수에게 위협을 받던 병약한 소년과 맞닥뜨린 것은 운명이었으리라.

'야. 괜찮…….'

'……아.'

소년의 어깨를 거칠게 돌려 바라본 나는 크게 흠칫했다.

분명 죽으려 했다.

소년은 명백히, 죽으려 했던 이의 얼굴을 하고 있었다.

'이…… 정신 나간 꼬맹이가…….'

'…….'

'……따라와.'

그 창백한 얼굴을 보다 못해 가는 손목을 억지로 끌어 토벌 내내 그를 끼고 다

넜던 건, 어디까지나 그 애를 동정했기 때문이었다.

"그냥 운이 좋았습니다. 라이너가 앓고 있던 희귀병이 마침 제가 아리아를 고치기 위해 집중적으로 연구하던 분야와 겹쳤으니까요."

라이너는 마나 회로가 막히는 병을 앓고 있었다. 천성적으로 마나 회로가 없는 사람은 있어도, 존재하나 막히는 이들은 소수였다. 그런 데다가 막히는 원인은 천차만별로 다양해서 치료법을 알아내기란 굉장히 어려웠다.

그리하여 마나 회로가 막혀 태어나는 것은 희귀 선천병으로 분류되었고, 이 병을 앓는 이들의 대부분은 마나를 순환시키지 못해 어린 나이에 죽었다.

'야.'

'네.'

'너…… 몸이 원래 이렇게 차냐?'

내가 라이너의 병을 알아보고 그 병을 고칠 약을 찾아낼 수 있었던 건 순전히 우연이었다. 아리아가 요정 혼혈일 거라곤 상상도 못했던 그 시절의 나는 그녀의 차가운 몸을 보며, 몸이 냉해지는 병에 듣는 약을 찾고 있었다. 그때 마침 라이너의 몸이 얼음장처럼 차가웠다.

'네 마나 회로 막혔다는 거, 얼어서 그런 거 아니야?'

솔직히 고백하면, 나는 그때 라이너를 실험쥐로 삼았다. 아리아의 병을 고치려고 연구하고 있던 약을 시험 삼아 라이너에게 먹여본 것이니 말이다.

고가의 약초와 약재를 구하기 어려웠던 나는 마수의 부산물로 약을 만들어보던 중이었는데, 우연히도 몸을 따뜻하게 만드는 약이 라이너에게 완벽하게 맞아떨어졌다. 이건 그냥 라이너가 살아남을 운명이었다고 봐야 했다.

"기적적으로 결과가 좋았을 뿐이지, 저는 그렇게 대단한 정신으로 라이너를 도왔던 것이 아닙니다."

어린 시절의 미성숙한 마음을 떠올리자니 얼굴이 홧홧해졌다. 내가 팔뚝으로 붉어진 뺨을 쓸 때 노아가 껄껄 웃었다.

"나도 자네 말을 믿어주고 싶네만, 그때 라이너가 자네를 통해 얻은 게 건강한 몸만이 아니라서 말이지."

"……"

"라이너는 자네에게서 미래를 얻어왔어. 그건 그대가 대단하진 않을지라도 어떤 정신을 보여줬다는 거겠지."

그런가.

생각해보면, 라이너를 만난 건 카라쇼가 죽은 지 얼마 안 되었을 때였다.

그때 나는 살라는 아리아의 말에 의해 빠듯한 하루하루를 살아내면서도 세상 만사에 지쳐 그저 사라지고만 싶었다. 내 스승을 내 손으로 죽인 뒤 미래를 꿈꾸는 건 과분했다.

'……당신 같은 사람이 되고 싶어요.'

굳었던 내 시간을 흐르게 했던 건 소년의 동경을 품은 눈동자였다.

잊고 있던 스승의 가르침을 경종처럼 깨우던 그 목소리. 라이너가 내게서 미래를 얻어갔다면, 나는 그에게서 스스로의 가능성을 보았다.

어쩌면 아직 아주 잘못된 건 아닐지도 모른다.

나는 회생할 수 있는 인간일지도 몰라.

나는 그런 생각에 웅크렸던 몸을 폈던 그때를 회상했다.

"늘 바빠서 그 아이에게는 시간을 많이 내지 못했지. 나는 그게 늘 죄스러웠어. 죽어서 그녀를 볼 면목도 없지."

노아가 고개를 들어 하늘을 바라보았다. 그의 깊은 눈에 회한이 묻어났다.

'몸이 약해서 맡은 임무를 다해내지 못하고 있어요. 아버지는 괜찮다고 하시지만 저는 괜찮지 않은 것 같아요.'

노아는 그때도 지금처럼 신실했던 것 같지만, 그 신실함이 라이너에게는 죄책감으로 다가왔던 모양이다. 어려서부터 자신의 책임에 철저했던 그는 자신이 무능한데도 한없이 주어지는 배려와 혜택이 버거웠던 것 같다. 끝을 생각해볼 정도로 말이다.

어깨에 한도 이상의 무게를 느끼면 버틸 수 없는 사람이 있는가 하면, 한도 이상의 무게가 주어져야 살 수 있는 사람도 있다. 라이너는 확실히 후자였다.

"나는 그 아이가 건강도, 휴식도 아닌 어깨를 떠미는 힘이 필요한 줄 몰랐어."

"……."

"부족한 나를 대신해 그 아이의 이상향이 되어줘서 고맙네."

라이너는 나를 이상향으로 삼고 자라, 내가 나침반으로 삼을 수 있는 인물이 되었다. 그때 그의 어깨를 떠민 건 나였는지 몰라도, 그 길을 걸은 건 순전히 그의 의지에 의해서였다.

"우습게도 나는 이 전쟁통에서야 처음으로 그 아이와 진지하게 대화해보았네. 아무리 그 애가 강직한 면이 있대도 마나를 잃은 일로 크게 상심했으리라 지레 걱정했는데, 늙은이의 노파심이었지."

노아는 나를 돌아보며 시원스레 웃었다. 라이너가 아주 가끔 보여주곤 하는 바로 그 티없는 웃음이었다.

"그 녀석이 그렇게 말하더군."

"……."

"자네로 인해 덤으로 얻은 마나고 힘이었으니……."

"당신과 함께 싸우다가 잃었음에 후회는 없다."

스륵.

또 다른 백마가 내 옆에 자리잡았다.

"아무리 제 청각이 떨어졌어도 저에 대한 말씀을 그리 열띠게 나누시면 알 수밖에 없습니다."

고개를 기우뚱한 라이너가 입꼬리를 올렸다. 그의 눈이 호기심으로 가득 차 반짝였다.

"후반만 살짝 들었는데, 그 전까지 무슨 대화를 나누고 계셨던 겁니까?"

충직한 검이 되려 했는데 5

"네 욕 좀 했다."

"정말입니까?"

"정말이겠느냐? 농이다."

"그렇군요. 농이군요."

"내 아들놈이지만 왜 이리 짱돌 같은 건지 알다가도 모르겠군."

노아가 고개를 절레절레 저었다. 뭐가 문제인지 모르겠다는 순한 얼굴로 눈을 깜빡인 라이너가 나를 돌아보았다.

"하지만 카슈미르 경은 이런 제 모습이 강직하다며 좋다고 하셨습니다."

"……콜록."

"아닙니까?"

순진한 라이너의 물음과 삽시에 떨떠름해진 노아의 눈빛에 나는 밭은기침을 내뱉고 말았다. 나는 시선을 좌우로 바삐 돌리다가 하늘을 바라보며 간신히 답했다.

"그랬……죠."

뭐랄까. 담벼락 아래에서 연인과 나누던 밀어를 부모님께 들켜버린 기분이었다. 노아가 처음 보는 떫은 표정을 짓는 가운데, 라이너가 방긋 웃었다.

"들으셨습니까? 저는 강직한 겁니다."

"……."

"그러니까 앞으로 저더러 눈치는 개밥으로 주려 해도 없는 놈, 순진하기가 시골 총각과 다를 바 없는 녀석, 유아식 대신 자기 눈치를 말아먹고 자란 푼수라는 표현 대신 강직하다고 해주십시오."

늘 점잖아 보이는 노아이건만, 라이너 앞에서는 꽤나 걸걸하고 통쾌하게 말하는 모양이었다.

"……크흠! 이 녀석이 아비 면을 다 팔아먹는구나."

노아가 헛기침을 뱉으며 귓불을 붉혔다. 그 모습이 정말로 사이좋은 부자 같았다.

"아들 키워봤자 결국 며느리 준다던 옛말 틀린 거 하나 없군. 너는 크리시스 경과 잘 먹고 잘 살든지 해라."

"네. 그럴 겁니다."

"쯧! 이랴!"

끝까지 눈치로 죽을 쑤는 라이너를 속 터진다는 듯 바라본 노아가 말고삐를 당겨 횡하니 우리를 앞서 나갔다. 그러면서 내게 손을 흔드는 것으로 보아 진짜 화가 난 건 아닌 모양이었다.

"라이너는 정말⋯⋯."

"네."

"대단하군요."

나는 멀어지는 노아의 뒷모습과 라이너를 번갈아 보다가 허탈하게 중얼거렸다. 라이너는 또다시 맑게 웃었다.

"감사합니다."

칭찬 아니라고.

＊＊＊

수도 전역에선 사흘 밤낮 동안 승전을 축하하는 음악 소리가 울려 퍼졌다. 황궁에서도 연회가 끊임없이 이어졌다. 가족 전원이 집에 돌아오자마자 눈코 뜰 새 없이 바빴으나, 그중 나는 열외였다.

승전 연회는 양해를 구해 마지막 날만 참석하는 것으로 했다. 여전히 사람들 사이에서 시간을 보내는 건 피곤했고, 내게 필요한 건 불특정 다수와의 만남이 아닌 소중한 이들과의 교류였다.

'소식은 잘 들었죠. 내가 찾아다준 악령을 베는 검으로 마지막 전쟁에서 최고의 활약을 보였다면서요?'

'제 입으로 말해주고 싶었는데. 르웰린의 속도는 못 당해내겠군요.'

'흐웅. 내가 누군데요.'

가장 먼저 만나본 건 르웰린이었다. 그녀는 우리가 귀가한 바로 그다음 날 불쑥 집앞에 나타났다. 연락도 없이 찾아오는 건 예의가 아니지만, 사교계 예의를 세상 그 누구보다 더 잘 아는 그녀가 그렇게 나타났다는 건 나를 정말 허물없는 친구로 여기고 있다는 것일 터.

'많이 컸네요, 슈슈.'

'…….'

'조금 느지막이 자라도 괜찮았을 텐데, 너무 빨리 커왔어요.'

근황을 주고받은 뒤 한참 말없이 나를 바라보던 르웰린은 흉터 없는 고운 손으로 내 뺨을 쓸었다. 짧아진 내 뒷머리를 매만지는 그녀의 손길에 안타까움이 깃든 것 같았다.

……글쎄, 그럴까. 그녀는 내가 고작 20살이라고 생각하니 그렇게 말하는 거겠지만, 나는 40년 가까운 전생의 기억을 가지고 있는 사람인데.

그것은 기억일 뿐 경험이 아니라서 온전한 내 것이 아니라는 전제가 있기는 하지만, 전생의 기억을 지녔음에도 이렇게 흔들리는 것이 정상일까 고뇌한 적 있다.

'누구라도 힘들었을 거예요.'

'…….'

'나를 믿어요. 누구라도 힘들었을 거예요. 그리고 당신의 고통엔 분명 의미가 있었어요.'

르웰린은 고단함에 드러난 내 눈 주위를 어루만지며 그렇게 속삭였다. 나는 장미향이 나는 그녀의 품에 오랫동안 안겨 있었다.

이래서 친구가 필요한 거구나. 나는 다시금 깨달았다.

'하……. 누가 보면 여기가 자기 집 안방인 줄 알겠군. 말 한마디 없이 불쑥 쳐들어오게.'

'어머. 칼 공자, 그거 나한테 하는 말인가요?'

'그래. 아주 잘 아는군. 들으라고 한 소리도 맞다.'

'뭐, 숨기려는 노력도 없네요?'

그 뒤 욕실을 나와 복도를 지나던 칼이 르웰린과 마주치며 떫은 감을 씹은 얼굴로 시비를 걸어 소란이 일긴 했으나, 그마저도 평화로운 일상의 단편이었다.

근 며칠은 누구와도 만나지 않았다. 내게 '검제' 같은 거창한 별칭이 붙어버린 탓에, 거리에 나가면 승리에 들뜬 사람들이 나를 알아보고 환호성을 질렀다. 그게 싫어서 집밖으로 나가지도 않았다. 또다른 전쟁 영웅으로 추앙된 세레논과 카시아는 눈코 뜰 새 없이 바쁘다던데, 내게 칩거 생활이 허락된 건 크나큰 특혜였다.

나는 전쟁터에서는 허락되지 않았던 양질의 수면을 한꺼번에 취하며 충분히 쉬었다. 매일하는 수련조차 거르고 이리저리 정원 산책만 하는 날도 있었다. 공작가의 충실한 수족인 테일러와 마리아는 내가 무기력증에 빠진 건 아닐까 우려하는 시선을 보냈지만, 그건 아니었다.

그 며칠은 휴식의 시간인 동시에 기다림의 시간이었다. 나는 무언가를 기다리고 있었다.

그리고 일주일째 되던 날.

"아가씨. 편지가 왔어요."

마리아가 내 방문을 조심스레 노크하고 들어왔다. 그녀의 손엔 은쟁반이 들려 있었다.

그 위에 얹어진, 황궁의 인장이 찍힌 편지 봉투.

"그래."

"……아가씨."

"가야겠네."

때가 됐다.

"정말 혼자 가도 괜찮겠어?"

내가 입궁을 준비하고 있을 때, 아리아가 급하게 방에 뛰어들어왔다. 오랫동안 손 놓고 있던 사업들을 다시 관리하기 위해 여러 업무와 행사로 바쁜 그녀였는데, 내 소식을 듣고 행사 중간에 달려온 것 같았다.

"원한다면 동행하마."

천장까지 쌓인 공작가 서류들을 처리하느라 식사 시간을 제외하고 자신의 집무실에 박혀 있던 카이사르도 나섰다. 그들의 걱정 어린 시선 앞에서, 나는 최대한 화려하지 않은 것으로 고른 동색 커프스 단추를 굳게 잠갔다.

"혼자 마주해야 할 과거라고 생각합니다."

스르륵.

나는 검은 장갑을 꼈다. 손등 중심에 박힌 자수정 장식이 깨져나간 볼품 없는 장갑이었다.

꽉.

단검이 든 가죽 검집을 허벅지에 묶었다. 검의 손잡이에는 투박한 보라색 술이 매달려 대롱대롱 흔들리고 있었다.

"대신……."

"……."

"돌아오면 위로해주십시오. 좀 우울해져 있을 것 같으니."

나는 그들을 향해 웃었다.

입궁은 예정되어 있던 터라 그 절차는 간소했다. 공작가 마차에서 내린 나는 또다른 전용 마차를 타고 본궁 너머 깊은 곳으로 이동했다.

"이곳입니다."

마부가 묵례하며 전방을 가리켰다.

황궁에서 가장 깊숙하고 어두운 곳. 절대 탈출할 수 없다고 여겨지는 미지의 공간. 반역 등의 지울 수 없는 범죄를 지은 정치적 범죄자들을 감금하는 황궁의 지하감옥이었다. 그런 흉악범들을 가두는 감옥을 황궁 바로 뒤에 건설하는 건 너무 위험하지 않으냐는 말은 매시대마다 있어왔지만, 적어도 지금껏 이곳에서 탈옥에 성공한 범죄자는 없었다. 이곳은 흉악범들을 등 뒤에 두고도 안전할 수 있다는, 황궁의 오만을 상징하는 장소였다.

"듣기로는 키프로스의 백작과 소백작도 여기에 갇혔다는데."

"아, 네. 그들은 좀 더 상층에 있습니다."

"하. 면회 한번 가고 싶군."

나는 횃불을 든 안내자와 함께 좁은 통로로 끝없이 이어진 계단을 내려갔다.

겉으로 보기엔 평범한 지하 공간인 듯하지만, 사실 보이지 않는 보호 마법진이 수백 개도 더 새겨져 있다. 그 기운을 느낄 수 있는 나는 압박감에 머리가 아팠다.

걷고 또 걸었다. 죄질이 나쁠수록 아래쪽 수감실을 차지하는 이 감옥에서 내 목적지는 최하층이었다.

"찾으시는 범죄자는…… 이쪽입니다."

공기가 탁하고 습한 최하층에 다다랐을 때, 안내자는 껄끄러운 낯으로 한 곳을 가리켰다. 나는 그가 오랫동안 빽빽한 봉인을 푸는 모습을 가만히 바라보았다.

"그럼, 음……."

"……."

"이 수감실에 면회를 오시는 분은 제가 업무를 맡은 이래 없었던지라 이게 적절한 인사법인지는 모르겠습니다만……."

끼이익.

안내자가 육중한 문을 열며 내게 고개 숙여 인사했다.

"즐거운 면회 시간 되시기를."

아, 정말 적절치 못한 인사다.

　　　　　　　　　　　　　　충직한 검이 되려 했는데 5

쿵.

문이 닫혔다.

탁, 면회실에 불이 켜지며 유리창 너머 수감실 속 인영이 희미하게 빛을 받았다.

두 손은 높이 들려 쇠사슬로 묶이고, 몸통은 두꺼운 마나 구속구로 강하게 조여진 사람. 두꺼운 벽이 사이에 있음에도 피범벅이 된 옷에서 풍기는 피비린내가 맡아지는 듯하다.

"안녕, 슈슈."

나를 본 그가 입을 먼저 열었다.

"기다리고 있었어."

전쟁 범죄자, 지그문트 하이드였다.

"……꼴이 말이 아니군."

나는 한참 말 없이 만신창이가 된 그의 모습을 바라보다가 면회실에 놓인 의자에 털썩 앉았다. 차라리 장갑을 껴서 다행이었다. 떨리는 손을 조금이라도 숨길 수 있을 테니.

"그래. 마나회로고 사지 근육이고 다 박살냈으면서 옷 갈아입을 기회조차 주지 않아서 말이지. 이 옷을 가장 갈아입고 싶은 건 나니까 양해해라."

그가 소매까지 피로 절여진 제 셔츠를 태평하게 곁눈질했다.

그 꼴을 하고서도 지그문트는 여전했다.

나는 장갑에 박힌 깨진 자수정을 틱틱 긁어대다가 싱겁게 입을 열었다.

"……밥은 잘 나오나? 내가 감옥에 갇혀본 적이 없어서 잘 모르는데."

"농담이 늘었군."

"그래. 농담이었다."

"더럽게 재미없었다."

"나야 늘 그랬지."

지그문트가 키득거렸다.

"그래. 너는 늘 재미가 없었어."

나는 조금 놀란 눈으로 그를 바라보았다.

새삼 다시 본 그의 얼굴은 애티가 흘렀다.

나는 간신히 살아남아 너무 많이 자라버렸건만, 그는 다가오는 죽음 앞에서 어려져버린 것만 같았다.

"걱정 마. 자폭 마법진은 성공적으로 제거됐다."

"……."

"평생 달고 살 생각으로 나조차 제거법을 알아내지 않았던 마법진인데 마탑의 미친 마법사들이 기어코 그걸 해내더군."

내가 일주일을 기다렸던 것이 바로 이 때문이었다. 그의 등에 새겨진, 그의 죽음과 동시에 거대한 폭발을 일으키는 자폭 마법진을 제거하기 전까진 면회가 불가능했다.

"나도 덩달아 인사가 늦어버렸군."

내 몸에 단 그 어떤 보라색보다 더 찬란한 보랏빛 눈동자가 나를 향해 휘어졌다.

"승리를 축하한다, 슈슈."

"……."

"축하해."

나는 여전히 지그문트 하이드라는 인간을 알 수가 없었다.

기다리는 동안 많은 생각을 했다. 어떻게 해야 좋은 이별이 될지.

그의 꼴을 실컷 비웃어주고 조롱하면 속이 시원해질까. 오랜 시간 억눌렀던 분노를 모두 다 터트려버릴까. 아니면 차라리 만나지 않는 게 가장 좋을까.

기껏 정해온 답도 저 얼굴을 보니 모두 무용해진다. 그를 동정해주는 것이 그의 감정을 가장 격동할 방법이라는 걸 아는데, 그의 얼굴은 지나치게 평안해보여서 동정할 마음이 추호도 들지 않았다.

"나는 이제 쉴 거야."

"……"

"아주 긴 시간, 숨도 쉬지 않고 쉴 거야……."

지휘관 때의 딱딱함과는 상반된 편한 말투가, 해방됐다는 듯한 목소리가 내 승리를 승리가 아니게 만든다.

처음부터 끝까지 정말 열받게 만드는 놈이었다.

"……조세핀 하이드를 만났다."

나는 복잡하게 뒤엉킨 감정을 뒤로한 채 천천히 말을 내뱉었다. 목소리가 조금 떨렸지만, 그래도 준비한 말들은 해야 했다.

"그녀의 후견인이 되기로 했어."

"……"

"그녀는 은빛 늑대족 사이에서 자라며 제국의 과오를 배우고, 제국이 그 과오를 수습하는 방법을 지켜볼 거다. 그 애는 원하는 걸 배우고, 하고 싶은 걸 하며 살겠지."

"……"

"그러고도 나를 죽이고 싶다면 죽어주겠다고 했어."

"……너도 참 녀군."

지그문트가 피식 웃으며 새까만 지하 감옥의 천장을 바라보았다.

"조세핀은 널 죽이지 못해."

"……"

"조나단을 닮았다면 할 수 있을 거야. 하지만 안 돼."

"……"

"그 애는 나를 닮았거든."

나는 내 등을 차가운 시딘강으로 떠밀던 조나단의 큰 손을 떠올렸다.

조나단은 해냈다. 이렇게 만나지 않았다면 좋았을 거라고 말하면서도 나를 죽이려 했다. 그날 나를 구하러 온 레오가 늦었다면 기어코 성공했을 것이다.

티나 황후를 구출하러 북부의 요새에 정통으로 쳐들어간 그날에도, 그는 지그문트를 대신해 나와 라이너를 사살할 것을 명했다. 그의 눈은 깊은 슬픔으로 잠겨들지언정 흔들리지 않았다.

하지만 지그문트는.

내 앞에 있는 이 자식은…….

"몇 년 전 내가 오러를 꺼낸 날, 검고 연붉은 그것을 처음으로 휘둘렀던 순간, 조나단이 나와 함께 있었지."

"……."

"그 애가 내게 묻더군. 너를 사랑하냐고."

지그문트의 목소리에 웃음이 번지면, 나는 정신이 아득해졌다. 어지러웠다.

지그문트가 반짝이는 자안으로 나를 응시했다.

"내가 뭐라고 대답했을 것 같아?"

"너는."

"……."

"너는……."

입만 물에 잠긴 듯 소리가 나오지 않는다. 그런 나를 설탕에 절인 제비꽃처럼 달콤하게 바라보던 지그문트는 천천히 입을 놀렸다.

"상상력이 아주 얄팍하다고 해줬어."

그가 고개를 기울였다.

"고작 사랑인가?"

사랑이란 단어로는 다 설명할 수 없는 감정.

사랑을 '고작'이라고 폄하하는 것이 더없는 오만처럼 느껴지다가도, 기어코 공감하고 만다. 눈을 마주치는 것만으로 현기증이 일 만큼 복잡한 감정도 세상에 있는 법이었으므로. 그리고 나는, 지금 어지러웠다.

"……내가 소중했어?"

나는 단검 손잡이 끝의 보라색 술 장식을 뜯어낼 듯 쥐어 당기며 속삭여 물었다.

지그문트가 탈골된 어깨를 으쓱였다.

"나도 몰라."

"……."

"하지만 없어서는 안 됐어. 그건 확실해."

기만자.

결국은 모두 허울 좋은 말일 뿐이다.

"그럼 그날 날 두고 가질 말았어야지."

"……."

"스승님을 내 손으로 묻을 때 곁에 있어줬어야지."

머리칼과 함께 잘라냈다고 생각했던 어린 감정이 불쑥 솟아올랐다.

"그래. 그랬어야 했나 봐."

그러나 지그문트의 수긍이 너무 담담한 나머지, 부푼 감정은 입구가 풀린 풍선처럼 곧바로 바람이 빠져나가고 말았다. 모든 걸 정리한 이의 낯을 마주하는 것만으로도 적개심이 사라졌다.

"내 인생에서 너 같은 존재는 처음이었어."

찰강.

지그문트의 두 손목을 묶은 사슬이 청량한 소리를 냈다.

"그래서 널 어떻게 대해야 하는지 몰랐어. 소중하게 대하는 방법 같은 건 난생배운 적 없었으니까. 내가 할 수 있는 건 도망치는 것뿐이었지."

"……."

"역시, 그날 남아 있을 걸 그랬나 보다. 같이 우리의 스승을 묻고, 나와 함께 북부로 가지 않겠냐고 물어볼 것을."

지그문트는 나직하게, 모든 것이 뒤틀렸던 그때를 거꾸로 되짚었다.

정말 그렇게 했다면 어땠을까.

사람을 꼬드기기에 가장 좋은 때는 그 사람이 약해져 있는 때라는데, 내가 가장 약해져 있었을 그때 지그문트가 내게 함께 떠나자고 했다면.

　나라고 지그문트와 크게 다른 인간은 아니었다. 내게는 그저 여러 행운이 겹쳐 주었을 뿐.

　그가 내 가장 약한 때를 파고들었다면, 나도 결국은······.

　"하지만 슈슈."

　내 상념을 끊어내듯 탄식 섞인 소리로 웃은 지그문트가 고개를 저었다.

　"그랬다고 해도 달라지는 건 없었을 거야."

　"······어떻게 확신하지?"

　"너는 그 선택을 할 사람이 아니니까."

　보라색 수면이 나를 담아냈다.

　"그게 너와 나의 근본적인 차이점이야. 나는 순응했지만, 너는 저항했을 거다. 네가 북부에서 태어났고 나와 같은 삶을 살았다 해도 달라지지 않아."

　"······."

　"설령 함께 북부에 가자는 말을 수락했대도, 너는 끝의 끝에서 돌아섰겠지."

　"······."

　"나는 할 수 없어, 지그문트. 학살과 광기의 장을 내 손으로 열 수 없어."

　나의 유구한 고뇌를 시작하게 만든 사람이 지그문트 하이드건만, 이 순간 그 고뇌에 마침표를 찍어주는 사람 또한 지그문트 하이드라는 것은 참 기묘한 일이다.

　"넌 사명이나 온정 같은 것으로 매몰시킬 수 없는 사람이야. 새장에 가둔다고 새가 새 아니게 될 수는 없으니까. 날개를 꺾는 것으로 떠나지 못하게는 만들 수 있었을지도 모르지. 하지만······."

　"······."

　"내가 좋아했던 건 새야. 날개가 있는 새."

　굳은 피딱지와 잔상처로 엉망인 지그문트의 손 끝이 사슬의 고리를 하릴없이 매만졌다.

"그래도 역시 같이 가자는 제안은 한번 해볼 걸 그랬나?"

"……."

"그럼 결말은 같아도 너와 조금 더 길게 함께할 수 있었을지도 모르니."

지그문트가 웃는 건지 한숨을 짓는 건지 모를 얼굴로 속삭였다.

그의 차분한 시선이 천천히 나를 훑었다.

"너는 기어코 내가 준 모든 것을 버리지 않았네."

그의 말대로다. 그가 직접 만들어 선물했던 보라색 술 장식도, 내 스무 번째 생일선물이랍시고 보낸 장갑도, 자기는 가지고 있을 수 없다며 또한 멋대로 보낸 카라쇼의 단검도 모두 내 몸에 두르고 왔다.

"……버리지 않았어. 과거 또한 내 일부니까."

"그래. 너는 내가 선물했던 저주들까지도 싣고 나아가는 물이고, 나는 과거가 무거워 한 걸음도 움직이지 못한 얼음이니……."

갈라진 목소리로 말을 내뱉은 지그문트가 심호흡과 함께 표정을 가라앉혔다.

"너는 나아가."

"……."

"나는 이곳에 남을게."

끝까지 체류를 선택하는 그의 얼굴을 보며…….

"……유언은 고작 그게 다인가?"

나는 화가 났다.

"그럼 이제 와서 눈물이라도 터트려볼까?"

"너는 전혀 성장하지 않는군. 그때로부터 지금까지."

"당연한 소리를……."

"너는 남는 게 아니야. 모르겠나?"

"뭐?"

콰앙!

나는 유리창 위를 단도의 손잡이 머리로 있는 힘껏 내리찍었다.

우우웅-

억겁의 마법진들이 불안정하게 진동했다. 나는 금이 가기 시작한 유리 너머 여러 조각으로 깨져 보이는 지그문트를 차갑게 응시했다.

"너는 또 도망치는 거야. 이번에는 죽음으로."

"……."

"그래. 너는 죽어 마땅해. 누군가는 반드시 죗값을 치러야 하고, 그건 네가 적격이지. 나는 단두대에서 목이 잘리는 너를 확실히 두 눈에 담을 거다."

"……."

"하지만 내가 오늘 너를 찾은 건 그따위 말들을 듣기 위해서가 아니었어."

쉬이익!

나는 단검의 검신에 새까만 오러를 씌웠다.

제국에서 황궁 다음으로 경비와 보안이 철저한 곳이라는 이곳, 지하감옥의 최하층.

콰아아앙-!

지겨울 정도로 섬세한 마법진이 수없이 겹쳐졌으나, 소드 마스터 그 너머에 닿은 내가 부수지 못할 바는 아니었다.

위이이잉!

전 건물을 뒤흔드는 날카로운 경보음이 울렸다. 곧 이곳으로 경비병들이 쏟아져 들어올 터.

휙.

나는 유리창을 뛰어넘어 수감실 안으로 성큼 들어갔다. 그런 나를 바라보는 지그문트의 초췌한 얼굴에 황당함이 가득했다.

"……여전히 성격 한번 끝내주는군."

충직한 검이 되려 했는데 5

"닥쳐, 새끼야."

탁.

나는 드디어 어떤 장벽도 없는 채로 지그문트와 마주보았다.

가까이 다가서니 피비린내는 더욱 지독했고, 그의 꼴도 도무지 눈 뜨고 봐줄 상태가 아니었다. 깨끗했던 내 신발까지도 지그문트의 피로 잔뜩 더럽혀졌다.

스윽.

높이 묶인 두 팔이 욱신거리는 듯 조금 움찔한 지그문트가 고개를 들어 나를 바라보았다.

"너한테 들어야 하는 말이 있어."

그의 기다란 속눈썹이 느릿하게 팔락였다.

"그리고 나도 네게 하고 싶은 말이 있어."

이 감정을 정리해야만 더는 뒤돌아보지 않고 나아갈 수 있을 것 같다. 나는 그를 노려보았다.

"말해 봐."

"……."

"정말 이거면 돼? 네게 죽음은 어디까지나 해방일 뿐이야?"

나는 단순히 심술이 난 건가? 아니면 그의 죗값에 비해 턱없이 가벼운 형벌이 마음에 들지 않나. 알 수 없다.

그러나 분명한 것은 하나.

"나에게 너는 어떤 존재였는지, 궁금하지 않아?"

나는 지그문트에게 죽음이 해방이기를 원치 않았다.

"너는 내게 여러 번 물었지. 우리가 친구냐고."

"……."

"이제야 솔직히 답하지만, 친구는 아니었어. 처음부터."

탁한 것인지 멍한 것인지 분간이 되지 않는 자안이 희미하게 흔들리며 나를 담아냈다.

그래. 이것은 내 입 밖에 처음 꺼내보는 고백.

꾹.

나는 지그문트 앞에 무릎을 굽히고 앉아 피가 말라붙은 그의 턱을 틀어쥐었다.

지그문트 하이드.

처음으로 만난 동료이자 내 등 뒤를 맡길 수 있겠다고 생각한 파트너. 하늘 아래 단 하나뿐인 사제. 잊을 수 없는 증오의 이름. 다시 없을 악우이며 나의 철천지 원수인 너는……

"너는 내 ……이었어."

혀가 입천장에 잠깐 붙었다가 날카로운 입바람과 함께 떨어지며 혀끝을 굴리는 발음.

지그문트의 눈이 떨어질 듯 크게 떠졌다.

쾅!

"경보가 울려서 왔습니다! 크리시스 경, 괜찮……!"

"멀쩡하네."

그 순간 타이밍 좋게 감옥 문이 열리며 경비병들이 들이닥쳤다. 나는 태평하게 몸을 일으켰다.

스윽.

마지막으로 만져보는 것일, 지그문트의 온기가 담긴 피부에서 부러 조금 천천히 손을 뗀 나는 넋을 놓은 지그문트를 향해 씨익 웃었다.

"어때."

"……"

"이 정도면 네 삶에 의문이든 미련이든 한 점 정도는 남길 만한 이야기인가? 죽음이 그리 좋지만은 않지?"

"하……!"

충직한 검이 되려 했는데 5

지그문트가 거친 기침이 섞인 헛웃음을 내뱉었다.

나를 노려보는 그의 보랏빛 눈이 원망인지, 분노인지, 혹은 열망인지 모를 빛으로 날카롭게 번뜩였다.

"이 못돼 처먹은 자식이……."

"하하하!"

그렇게는 못 봐주지. 너 혼자 모든 걸 놓고 아주 후련하게 도망쳐버리는 꼴은 말이야.

콰작.

나는 깨진 유리조각을 밟으며 상황 파악을 하지 못하고 어리바리하게 나와 지그문트를 번갈아보는 경비병들 쪽으로 향했다.

"속 시원하게 가지 마."

"……."

"나는 네가 조금 더 벌받았으면 좋겠다. 내 인생 최고의 개자식아."

나는 그것으로, 지그문트와의 마지막을 정리했다.

그리고 이틀이 지났다.

뎅-

큰 종소리가 수도에 울려 퍼졌다. 비는 올 기미가 보이지 않는데, 하늘은 잿빛으로 우중충했다. 어쩌면 검은 옷을 입은 사람들이 처형장에 가득 모여 그런지도 몰랐다. 본래라면 전범의 처형날 검은 옷 같은 애도의 상징은 어림도 없었을 것이다. 오히려 최대한 밝은 옷을 입고 축제의 분위기를 즐기는 것이 제국의 전통일 터.

그러나 북부와의 관계를 최대한 우호적으로 끌고 가려는 입장 중에 거행하는 북부 지도자의 처형식인 만큼, 오늘은 최대한 애도의 예를 갖추라는 명이 내려졌다. 이것은 처형되는 자를 향한 애도라기보다 북부인들을 향한 예의에 가까웠다.

"온 대륙에 전란을 일으키고 수많은 이들의 목숨을 희생시킨 죄인, 지그문트 하이드는 고개를 들라."

처형장을 둘러싼 사람들의 무거운 침묵 속에서, 사형 집행인의 목소리가 울려 퍼졌다.

스윽.

단두대 위의 지그문트 하이드가 고개를 들었다.

"……슈슈."

검은 장갑을 낀 카이사르의 손이 내 어깨를 부드럽게 쥐었다.

검은색 옷은 원래도 즐겨 입지만, 다른 색 액세서리로 포인트를 주던 평소와 달리 머리부터 발끝까지 검은색인 오늘의 카이사르는 위압적이면서도 암울해보였다. 그의 오른쪽 눈을 덮은 안대까지 어떤 장식도 없는 검은 실크였다.

'오늘은 어떻게 잘도 자제했군.'

나를 염려하는 것이 분명한 카이사르 앞에서, 나는 그런 생각이나 했다.

저택의 하인들은 귀가 첫날에 카이사르가 한쪽 눈을 잃은 것을 보고 한바탕 눈물바다를 만들더니―철혈 같던 총괄집사 테일러까지 눈물을 훔쳤다― 그 뒤로 이상한 집착을 보였다.

다른 것도 아닌 카이사르의 안대에 말이다.

'안대가 소모품도 아니고 하나 있으면 된 거지 무슨 이리 산더미같이……. 안대 장사라도 할 셈인가? 아니면 지금 내가 외눈이 됐다고 절찬리에 조롱 중인데 내가 못 알아듣는 건가?'

'주인님.'

'테일러. 매달 주어지는 내 의상 비용을 이렇게 황당히 운용할 정도라면 자네 허가가 있었을 텐데. 말해 봐. 지금 나 없는 동안 일 많았다고 시위하는 건가?'

'알면 얌전히 쓰시지요.'

'……'

'외눈이 왜 그리 말이 많습니까?'

카이사르는 야샤에게 받은 붉은 장미 자수 안대가 마음에 드는 듯했지만 하인들의 등쌀에 떠밀려 틈만 나면 안대를 바꿔 껴야 했다. 안타까운 일이다.

나는 속이 비어 있을 그의 오른쪽 눈을 가만히 응시하며 입을 열었다.

"기분이 어떠십니까?"

"……무슨 뜻이지?"

"당신께는 눈을 앗아간 원수의 처형식 아닙니까."

"……"

"속이 시원하십니까?"

아버지라도 그러시다면 좋을 텐데요.

내 중얼거림에 신음을 삼키던 카이사르는 고개를 들어 단두대를 바라보았다.

"……글쎄."

"……"

"눈을 잃은 뒤로 불편함은 있지만 미련은 없다. 그러나 이제 와 새삼 누군가의 죽음에 감흥을 느끼기엔 감수성을 잃은 지 오래이니, 씁쓸함 같은 대답은 빈말로라도 주기 어렵군."

사형 집행인이 고저 없는 목소리로 지그문트 하이드의 죄목을 낱낱이 선포했다. 주위엔 웃는 이가 없었으나 우는 이도 없었다.

"그저…… 끝이다."

"……"

"솔직히 말하면 그렇다. 드디어 모든 것이 끝난다는 생각에 공허한 느낌과…… 후련한 느낌이 함께 드는군."

그래. 외부환경에 감정적으로 휘둘리는 일이 극히 적은 카이사르조차 이렇게 느끼고 있다.

그래서 지그문트는 죽어야만 했다. 그의 죽음은 진정한 전쟁의 종결을 의미하니까. 그가 살아 있다면 북부인들은 전쟁을 통한 보복에 희망을 버리지 못할 터.

그가 죽어야만, 북부 또한 정말로 한 시대가 가버렸음을 체감하며 새롭게 시작할 수 있었다.

"슈슈, 너는 어떻지?"

"……."

"오랜 친구라고 하지 않았나?"

하아. 나는 짧은 한숨을 뱉었다. 날씨가 따뜻해져 이제 더는 하얀 입김이 나지 않았다.

"후련합니다. 악마는 저런 놈 데려가지 않고 뭐하나 싶었는데."

"……."

"그리고……."

나는 잠시 뜸을 들였다.

그날 지그문트 앞에서 끝까지 숨겨왔던 마지막 비밀을 고백하고서도, 다하지 못한 말이 있다. 그러나 카이사르 앞에선 숨길 게 뭐가 있겠는가.

휙.

나는 짧은 머리칼을 휘날리며 카이사르를 향해 고개를 돌려 씨익 웃어버렸다.

"역시, 쓸쓸합니다. 제 고통스럽고 찬란했던 순간을 함께한 사람이 가는 거니까요."

"……."

"이제 정말 그때를 기억하는 산 자는 저뿐이라, 분하고, 서럽고, 짜증나고……."

"……."

"외롭습니다."

죄인에게 이런 감정을 품는 것이 죄스러워 한때는 억눌렀으나, 어쩌겠는가. 이것이 나의 솔직한 감상이다. 이 감정에 휘둘려 일을 그르치진 않았으니 품는 것 정도야 허락되지 않겠는가.

스르륵.

카이사르는 말없이 나를 감싸안았다. 그의 큰 손이 내 눈가를 부드럽게 쓸었다.

카이사르도 아는 것이다. 어떤 위로도 무용하다는 것을.

나는 크리시스가 입적된 뒤로 부유하고 행복한 삶을 누렸다. 영혼에 새겨져 있는 것만 같던 가난한 시절의 습관들도 이제는 묵은 때를 벗듯 서서히 지워지고 있다. 이대로 10년만 지나면 정말 귀족가에서 태어나 품위 있는 삶의 방식만 배워온 귀족 영애처럼 보일지도 모르겠다.

그러나 지울 수 없는 과거도 있는 법이다.

묵은 때가 아니라 한 폭의 그림으로서 마음 한구석에 걸려 있는 순간들.

이제 와서 보면 참 투박하고 어디에 내놔도 가치를 인정받지 못할지언정, 내게만은 소중해서 영원히 그곳에 걸려 있을 그림이 누구에게나 존재한다.

나는 마음 한구석에 카라쇼와 지그문트를 동료로 삼아 설원을 누비던 때를 걸어놓았다. 이제는 나만이 기억할 순간이었다.

"······새로운 것들로 채울 수 있을 거다."

"죄인 지그문트 하이드를 처형대에 올려라!"

쩌렁쩌렁한 사형 집행인의 외침 사이로, 카이사르의 속삭임이 내 귓가를 울렸다.

"채워주마. 더 아름다운 순간들로."

손때 묻은 오래된 장난감 대신 새로운 장난감을 사주겠다는 말.

그것으로 달랠 수 있는 쓸쓸함이 아니었으나, 그것 말고 다른 방도가 있는 것도 아니었으므로.

"······네."

나는 얌전히 고개를 끄덕인 채 처형대를 올려다보았다.

창백한 피부, 흑단 같은 머리칼, 여전히 겨울처럼 차가운 낯과 그를 우상으로 만들었던 보랏빛 눈동자.

엊그제 보았던 지그문트 하이드와 똑같은 얼굴이다. 내 악몽의 가장 오랜 주연. 내 목이 달아나도 저 얼굴은 잊을 수 없을 것이다.

조금 어색한 느낌이 드는 것은 역시 그의 옷 때문일까. 만년 겨울을 자랑하는 북부의 수장으로서 늘 두꺼운 털옷을 입던 그가 얇고 투박한 죄인의 베옷을 입은 모습은 조금 이질적이었다.

이제 시체가 될 이의 옷이 무슨 큰 의미가 있겠느냐마는.

휘이잉─

바람이 불었다. 완연한 봄이 아닌 탓에 아직은 조금 차가운 바람. 나와 아리아의 머리칼이 휘날리고, 카이사르와 칼의 망토 자락도 나부꼈다.

그리고 바람이 지그문트의 상의를 흔들어 그의 복부가 드러나는 순간.

"……뭐?"

나는 온몸이 얼어붙은 듯 숨을 멈췄다.

없다.

"슈슈?"

"언니, 왜 그래? 괜찮아?"

칼과 아리아가 순식간에 창백해진 나를 걱정스럽게 바라보았다. 그러나 나는 찰나의 광경으로 인해 모든 생각이 뒤엉켜 대답할 여념이 없었다.

그러니까 저건…….

저건.

절대로 말이 안 된다.

"어, 언니!"

"슈슈! 어디 가는 건가?"

결론을 내린 즉시, 나는 붙잡는 가족들을 뒤로한 채 주변 사람들을 밀치며 미친듯이 달리기 시작했다.

타닥!

가장 중요한 순간 갑작스럽게 뛰기 시작한 나를 모두가 당혹스럽게 바라보았다. 놀라서 나를 쫓으려다 노아에게 저지당하는 라이너가 얼핏 보인 듯했다.

"사형을 집행한다!"

내 돌발행동에도 사형은 계속되었다. 지그문트의 목이 받침대에 걸리고, 날이 선 단두대의 칼이 차갑게 빛났다. 사형 집행인이 무거운 칼과 연결된 줄을 잡았다.

그러나 그곳의 사정은 이제 내 관심 밖이었다.

"크, 크리시스 경?"

"물러나십쇼! 이곳부터는 황제 폐하와 교황 성하……, 큭……!"

나는 모든 시선도, 붙잡는 경비병들의 손길도 모두 무시한 채 오직 가장 높은 곳으로 향했다. 무도하다 못해 반역으로까지 여겨질 수 있는 내 만행에 경악하는 반응들이 들끓었다.

"슈슈!"

"카슈미르, 무슨 일인가!"

최상석에 앉아 있던 엘과 디에고가 자리에서 벌떡 일어났다. 디에고 옆에 앉은 세레논과 티나도 자신들을 향해 갑작스럽게 달려드는 나를 보며 당혹스러움과 걱정이 겹친 낯빛이었다.

그러나 단 한 명, 이 난리통에도 유일하게 태연한 남자.

"아아, 앉아들 있으라고. 내게 볼일이 있는 것이니."

"폐, 폐하. 사형은……?"

"계속 집행하게. 크리시스 경은 붙잡지 말고."

"하지만……."

"걱정 말게."

새파란 눈동자가 나를 돌아본다.

"올 만해서 오는 거니까."

"……."

"그렇지?"

그가 악동처럼 웃었다.

역시.

이런 짓을 꾸밀 사람은 헬리오스뿐이었다, 서걱!

떨어지는 칼과 함께 남자의 목이 잘린다. 머리가 굴러떨어지고, 조금 전까지
살아 있던 사람이 한낱 고깃덩어리로 전락한다.

"준비된 차례대로 계속 진행하도록 하고, 으음……."

단두대는 돌아보지도 않은 채 여유롭게 지시한 헬리오스가 조금 고민했다. 그
러더니 호탕하게 웃으며 디에고의 어깨를 팡 친다.

"하핫! 어차피 전권도 다 넘어갔으니 너만으로 충분하지 않냐? 나는 이빨 빠
진 호랑이니까!"

"폐하, 이게 무슨……!"

"네가 나 대신해서 자리 좀 지켜라. 즐겁고 행복한 행사도 아닌데 왕관 쓴 놈이
둘이나 필요하진 않겠지."

이런 상황에서도 격식 없는 말투에 모두가 경악하는 가운데, 헬리오스는 멋대
로 자신의 왕관과 디에고의 왕관을 바꿔치기해버렸다. 얼떨결에 황제의 왕관을
쓰게 된 디에고는 벌어진 입을 다물지 못했다.

"자네는 나랑 좀 걸을까?"

지금껏 없었고 다시도 없을 파격적인 행동을 한 헬리오스가 엄지로 뒤쪽을 휘
휘 가리켰다. 나는 그 순간까지도 헬리오스만을 매섭게 노려보고 있었다.

목이 잘린 남자는 내 관심사가 아니다.

"내게 할 말이 많은 얼굴이니 말이야."

저건, 지그문트 하이드가 아니니까.

· — ⚜ — ·

헬리오스는 모든 이의 만류와 납득하지 못하는 반응을 뒤로하고 나와 단둘이 자리를 가질 것을 밀어붙였다.

그의 정신 나간 태도는 앞뒤 안 가리고 달려온 나까지 당황스럽게 만들었다. 그는 기어코 이 자리를 성사했다.

이제 디에고에게 모든 것을 물려주는 중이지만, 그럼에도 여전히 황제는 황제 였으니까. 황금 왕홀로 위엄을 과시하는 그의 의지는 그 누구도 막을 수 없었다.

"으핫. 황좌에서 내려오기 전에 꼭 한 번은 이런 짓을 해보고 싶었다니까. 공식 적인 행사에서 갑자기 뛰쳐나오기!"

무거운 붉은 망토까지 벗어 던져 몸이 퍽 가벼워 보이는 헬리오스가 껄껄 웃 었다. 얼굴 한쪽이 저주의 흉터로 가득 찼어도 그의 두 눈은 여전히 맑았다.

저 장난기와 가벼움이 비록 살아남기 위해 쓰기 시작한 가면일지라도, 오랫동 안 쓴 가면은 그 사람의 피부가 되는 법. 온갖 더러운 것을 목도했을 가장 높은 곳 에서 여전히 저렇게 웃을 수 있는 건 분명 헬리오스의 영혼이 곧기 때문일 터였다.

"덕분에 성취 목록에서 한 문장 지우겠군."

그는 이 대륙에 크리시스 경보다 강한 사람이 없을 텐데 무슨 호위가 필요하 냐는 말로 최소한의 호위조차 두지 않았다.

"어때, 자네도 이 일탈이 즐겁지 않나?"

인적 없는 골목에 정말 헬리오스와 단둘이 남게 된 지금, 나는 그의 물음을 한 차례 무시하고 말을 고르고 있었다. 이 황당한 상황에 대한 심문을 어떻게 시작 해야 할지 감이 오지 않았다.

"뭐라고 물을지 모르겠다면 나부터 물을까?"

그런 내 심정을 안다는 듯, 헬리오스가 먼저 입을 열었다.

"그자는 자네를 퍽 중히 여기던데, 이리 달려온 것을 보면 자네도 그리 다르진 않은 모양이야."

"……."

"그렇다면, 충분하려나?"

헬리오스가 눈을 찡긋거렸다.

"나의 티나를 구해준 보답으로 말이야."

"하."

나는 헛웃음을 지으며 차게 식은 눈으로 그를 바라보았다.

"저를 위해서 한 것으로 포장이라도 하고 싶으신 듯한데……."

"……."

"왜 많은 사람이 당신을 여우라 부르는지 이제야 똑똑히 알겠습니다."

그게 어떻게 나를 위한 일이란 말인가. 명백한 책임전가다.

"하하하!"

헬리오스는 경을 쳐도 모자란 불경한 말을 듣고도 아주 시원스레 웃어젖혔다.

"미안하군. 그러나 용서하게."

"……."

"해야만 하는 일이었으니 말이지."

헬리오스의 푸른 눈이 순식간에 식어들었다.

나는 긴 한숨으로 호흡을 가다듬고 헬리오스를 똑바로 마주했다.

"지그문트 하이드는 죽어야 합니다."

"……."

"북부인들에게 그는 단순히 지도자가 아닙니다. 가능성의 상징이고, 보복의 집행자예요. 그가 살아 있는 한 북부는 전쟁을 통한 보복을 포기하지 않을 겁니다. 우리 쪽에서 평화적 결속의 상징으로 율리안을 내세운 이상, 지그문트 하이드는 반드시······."

"사라져야 하지. 핏값을 지고 갈 어린양으로 가장 걸맞은 건 바로 그 청년이고."

헬리오스는 대수롭잖은 투로 뒷말을 이었다. 그의 두 눈이 차갑게 번들거렸다.

"내가 그걸 모를 것 같은가?"

그래. 헬리오스가 모를 리가 없다.

그는 솔라티네라는 거대한 제국을 몇십 년간 굳건히 이끌어온 사람. 내가 전생 덕에 많은 것을 안다지만 헬리오스의 수완을 뛰어넘기엔 백 년은 이르다.

그러나 그걸 전제하면 더 큰 의문이 남았다.

"아시는 분이 어째서 이런 일을 하신 겁니까?"

지그문트 하이드의 죽음이 어떤 의미인지 가장 잘 알 헬리오스가 어째서 처형대에 대역을 올렸는가.

"지그문트 하이드를 빼돌려서 어쩌시려는 거예요."

그 모든 합당함을 뒤로하고 지그문트를 살린 이유가 무엇인지, 나는 들어야만 했다.

스윽.

헬리오스는 우중충한 하늘을 잠시간 올려다보다가 단두대가 마련된 광장 방향으로 고개를 돌렸다.

조금 전 죽은 사람이 대역이라는 것도 모르고 엄숙한 분위기 속에 행사를 진행 중인 사람들을 바라보는 그의 두 눈에 오묘한 회한이 감돌았다.

"내 시대는 이제 끝물이네. 알고 있지?"

"······올해 안에 디에고 황태자께 황위를 넘길 계획이시라는 것은 들었습니다."

"그렇게 가기 전에 마지막으로 해야 했던 일일세. 저물어가는 시대의 폐해로 남아야 하는 일이지."

그가 황위에서 내려오기 전에 반드시 해야 했던 일이 지그문트를 빼돌리는 일이었다니. 무언가를 짐작한 내가 납득하지도 찡그리지도 못한 얼굴로 헬리오스를 바라보자, 그가 웃었다.

"북부를 박해했던 것은 나의 선황이야."

"……."

"그러므로 책임을 회피하고자 한다면 시도는 해볼 수 있겠으나…… 실은 나도 완전히 무결하진 못하거든. 선황의 화려한 만행들을 수습하느라 바쁘다는 이유로 북부에 대한 일들은 뒤로 미뤘으니까."

헬리오스는 몇십 년의 임기를 '청소'에 사용했다. 묵은 때처럼 남은 옛 시대의 잔재를 청소하느라 새 시대를 열 시간이 없었다.

"그래. 북부는 내게 우선순위가 아니었네. 솔직한 심정으로, 그들은 힘이 없으니 가장 마지막에 신경을 써도 탈이 없을 것이라고 생각했어."

그는 위대한 황제였으나 본질은 인간이었다. 그의 빛에는 그늘이 있었으므로.

"나는 그들의 곪은 상처를 방치해 결국 터트려버린 장본인이니…… 나 또한 져야 하는 책임이 있다는 걸세."

새파란 눈동자에 베일 듯한 예기가 감돌았다. 무력이라곤 교양으로 배운 기본 검술이 다일 사람인데, 마주하는 것만으로 묵직한 무게감이 어깨를 짓눌렀다.

나는 아주 오랜만에 헬리오스의 진면목과 마주했다.

"……그 책임이 이거라는 겁니까?"

내가 한숨 쉬듯 물음을 낮게 뱉었다.

헬리오스가 수긍하듯 여우처럼 올라간 눈꼬리를 휘었다.

"자네도 알지 않나. 지그문트 하이드는 너무 많은 것을 알고 있네."

그건 이미 대두된 바 있는 문제였다.

북부의 행정 형태는 한 마리의 우두머리를 중심으로 운영되는 짐승 무리와 닮았다. 그 결집력과 야생성으로 척박한 북부에서 살아남은 것일 테지만, 그런 방식은 정보의 편중을 낳을 수밖에 없었다.

'모른다. 그곳의 암호를 아는 건 지그문트 님뿐이다!'

아니나 다를까, 율리안의 등장으로 아주 약간은 날을 누그러뜨린 북부의 상층부를 심문하며 가장 많이 들었던 것이 바로 이 말이었다.

모든 요주의 정보는 북부의 수장만이 알고 있으며, 공유되지 않는다. 지그문트가 빡대가리는 아니니 자신이 잘못되었을 때를 대비해 최측근들과는 정보를 공유한 듯하지만, 그 최측근들은 이번 전쟁에서 모두 죽었다. 조나단과 힐다가 그 예였다. 그러므로 남은 것은 지그문트뿐인데.

'새로운 자안의 구주로 율리안 대신관을 내세운 이상, 이전 수장은 한시라도 빨리 처형해야 합니다. 조금이라도 늦어지면 북부 내에서 분파가 생기기 시작할 겁니다!'

지그문트를 살려두는 것은 리스크가 너무 컸다.

아무것도 얻어내지 못한 지금 그를 죽이면 우리는 정보 부족으로 많은 시행착오를 감수해야 하겠지만, 북부가 다시 전쟁을 꿈꾸게 되는 것보다 최악은 아니었다.

'그래. 그렇다면…… 죽여야겠지.'

그리하여 지그문트의 처형은 아주 빠르게 진행되었다. 분명 헬리오스의 동의와 지휘 아래 일어난 일이었다.

그러나 헬리오스는…….

"그가 필요하지만 그의 존재는 위험하다면, 사회적으로만 목매달면 되는 걸세. 지금껏 수없이 자행되어온 수법이지."

지독한 합리주의자. 결코 손해볼 일을 하지 않는다.

"나는 지그문트 하이드를 골수까지 이용하기 위해 살려두었네. 북부와 관련된 문제들을 매끄럽게 처리하기 위해선 반드시 그가 필요하니까."

"……."

"그는 이제부터 다른 얼굴과 이름으로 북부의 일이 정리되는 것을 도울 걸세."

제국 역사상 가장 위대한 황제라고 불리는 헬리오스 솔라티네는 뼈가 시릴 정도로 차가운 낯을 하고 있었다.

"원한다면, 나를 악인이라고 불러도 좋네. 붙여우도 괜찮고."

"……"

"그러나 분명히 말해두도록 할까. 이것이 내가 제국의 안전을 지켜온 방식이라고."

덤덤한 낯의 헬리오스 앞에서, 나는 침묵했다.

이 땅 위에 진정한 정의는 없다.

익히 알고 있는 사실이었다. 일가를 몰살해야 마땅한 세기의 죄인이라도 필요하다면 지금처럼 대역을 올리고 뒤로 살려두는 편법은 제국 역사상 몇 번이고 있었을 것이다. 군주는 부덕을 행할 줄도 알아야 한다. 주권자가 적절히 필요악을 행해야만 거대한 제국이 탈 없이 운행될 수 있었다.

헬리오스는 자신의 대에서 모든 과오를 책임지고 청산하려 한 것일 터. 그 덕에 다음 세대는 어떤 과오도 없는 상태로 새 시대를 열 수 있을 것이다.

어째서 이런 일이 일어났으며, 이것이 얼마나 합리적인 선택인지 머리로는 이해했다.

"그럼……."

"……"

"지그문트 하이드는 아무 책임도 지지 않게 되는군요."

그러나 이 합리적인 부덕 앞에서 씁쓸하고 허탈한 마음은 어찌할 도리가 없는 것이다.

내 복잡한 낯을 앞에 두고, 헬리오스가 피식 웃었다.

"글쎄. 더 무거운 책임을 지게 된 것 같던데."

"네?"

우중충한 먹구름 사이의 한줄기 햇빛이 그의 금발을 찬란히 빛냈다.

충직한 검이 되려 했는데 5

"지그문트 하이드의 존재가 문제되는 큰 이유들 중 하나가 보라색 눈이지 않나. 그것이 북부의 신앙을 만들었으니."

"……"

"앞으로 철저한 관리 아래 그를 이용할 테지만, 만에 하나 다른 문제를 일으키지 않게 하기 위해서 손쓸 필요가 있었네."

헬리오스의 목소리는 나긋했건만, 나는 어떤 예감에 섬찟함을 느꼈다.

두 눈이 문제라면, 그렇다면…….

나는 마른 입술을 달싹였다.

"설마……"

헬리오스의 미소가 비릿해졌다.

"그의 두 눈을 뽑았네."

"……아."

"눈 없는 이를 데리고 일을 하기란 볼썽사나우니 의안을 넣어주긴 했다만. 이제 그는 더 이상 자안이 아니지."

환상통처럼, 아무것도 없는 허공에서 냄새가 났다. 아주 지독한 피비린내가.

"이 정도면 공작의 오른 눈에 대한 복수는 되지 않았겠는가?"

그 신랄한 물음에 나는 아무 말도 할 수 없었다.

내 아버지가 눈을 잃었다고 해서 타인의 눈 잃은 고통에 기뻐하는 것이 가당키나 하던가?

그게 비록 내 아버지의 눈을 앗아간 장본인이라 해도 나는 기뻐할 수 없다.

인간이었던 것의 머리가 날아다니고, 육편이 비처럼 흩날리는 광경을 목도한 바가 있음에도 여전히 이러한 잔인함에는 적응이 되지 않았다.

'두 눈을 잃은 지그문트 하이드.'

그 단어가 주는 토악질 같은 충격에 잠시 입을 틀어막던 나는 이내 얼굴을 와락 찌푸렸다.

"……믿을 수가 없습니다."

지그문트가 여전히 살아 있다는 것도, 그가 두 눈을 잃었다는 것도 실감 나지 않았지만, 가장 납득되지 않는 점이 남아 있다.

"지그문트 하이드가, 그 자식이……."

"……."

"그걸 받아들이면서까지 살아남으려 했다고요?"

내가 지그문트를 잘 알고 있기에 의아하기 이를 데 없었다.

지그문트 하이드는 죽으면 죽었지 두 눈을 제물로 바치면서까지 목숨을 구걸할 놈이 아니다.

무엇보다 나는 마지막으로 본 그의 얼굴을 또렷이 기억하고 있었다.

'너는 나아가. 나는 이곳에 남을게.'

그건 분명 죽음을 고대하던 이의 얼굴이었다.

"사실 거기에 대해서 할 말이 있긴 하네."

격조 없이 더러운 골목 벽에 등을 기댄 헬리오스가 무언가를 가늠하듯 손가락을 까닥였다.

"나는 그가 지하 감옥에 수감되자마자 그를 찾아가 제안했네. 눈을 뽑고 제국이 조종할 수 있는 새로운 자폭 마법진을 단 채 노예처럼 일한다면 살려는 주겠다고."

"그런데……."

"그러나 그는 거절했어."

"……."

"거절했다 뿐이겠나. 자기 혼자 몇 분을 웃어 젖히더니 제국의 황제라면 거절할 수 없는 제안을 해야지 그따위 개소리를 하냐며 핀잔까지 주더군."

헛웃음이 새어나왔다.

그래. 이것이 내가 익히 아는 지그문트 하이드의 재수 없는 반응이다.

"어린놈이 말이야……."

헬리오스 또한 그때의 지그문트를 생각하니 꽤 열받았는지 표정이 살짝 비틀린 채였다.

"단칼에 거절당하고선 기대도 안 했네. 죽음을 해방으로 여기는 이에게 삶을 대가로 주겠다고 해봤자 웃기지도 않을 테니. 그러고는 그의 공백으로 인해 멈춰버릴 북부의 행정을 어찌해야 하나 골머리를 앓고 있었는데……."

"……."

"그대가 면회를 끝내고 돌아간 직후, 그가 나를 부르더군."

"아."

"이전의 제안을 수락하겠다고."

심장이 수면 아래로 가라앉았다.

나는 지금 어떤 기분이어야 하는가.

나의 옛 친구이자 일생일대의 원수이며, 인생 최고의 개자식인 동시에, 내 미성숙의 유일한 목격자인 그가…….

"삶이 자신을 부른다면서 말이야."

나로 인해 살고 싶어졌다고 한다면.

"그 때문에 어제 급하게 일을 처리하느라 얼마나 난리를 쳤는지 아나? 어휴. 오늘 이 자리에 나오기 전까지 한숨도 못 잤네. 그가 북부로 떠난 것도 바로 오늘 아침 일이지."

"……."

"자네, 대체 어떻게 그를 자극한 건가? 제국을 준다고 해도 들어먹지 않을 기세던……."

장난스레 너스레를 떨던 헬리오스는 내 표정을 보더니 말을 멈췄다.

그러고는 한참 뒤에야 머쓱한 듯 뺨을 긁적였다.

"……내가 자네를 그런 표정으로 만들었다는 걸 알면 디에고 그놈이 나를 나무에 매달아 놓으려 할 걸세."

"……."

"하여간…… 심부름은 완수해야겠지."

스윽.

품 안에 손을 넣었다 뺀 헬리오스가 고이 접힌 종이를 내밀었다.

"그가 자네에게 전해달라고 한 서신일세."

받지 않고 종이 끝만 노려보고 있으니, 그는 내 손을 직접 펴 종이를 쥐여주었다.

"마음 같아서는 내가 버려주고 싶지만, 그대에게 온 것이니 버리는 것도 그대의 손으로 해야 하지 않겠나."

"……."

"나는 먼저 가볼 테니 천천히 돌아오게. 공작에게는 잘 말해두지. 그 마귀한테서 살아남을 수 있을지는 모르겠다만."

툭툭.

내 어깨를 두드린 헬리오스가 먼저 발걸음을 옮겼다.

필시 자리를 비켜주는 것일 터.

나는 핏발 선 눈으로 편지를 내려다보았다.

정말 마지막이라고 생각했는데.

감옥에서의 그 고백은 죽은 자를 위한 장송곡이었는데…….

기어코 삶은 내 뜻과는 다르게 흘러가 예상치도 못한 국면을 마주하게 만든다.

꽉.

저절로 들어간 악력에 편지가 구겨졌다.

지그문트 하이드는 어째서 삶을 선택한 걸까.

펼쳐 보지도 않고 종이비행기로 꽉꽉 접어 하늘 끝까지 날려버리고 싶은 충동도 일었지만, 사실 알고 있었다. 나는 판도라의 상자를 열어야만 하는 사람이며, 이 편지를 확인하지 않고서는 끝낼 수 없다는 걸.

스르륵.

나는 희미하게 떨리는 손으로 종이를 펼쳤다. 내가 익히 아는 그 필체가 눈에 들어왔다.

[아주 쉬운 길을 택하고 싶었어. 가벼운 책임을 지고, 한없이 사라지려 했지.]

문득 헬리오스가 스치듯 흘렸던 말이 떠올랐다.

'글쎄. 더 무거운 책임을 지게 된 것 같던데.'

지그문트 하이드에게 자신의 두 눈은 큰 의미가 없을 것이다.

그 신비로운 보랏빛이 북부인들에겐 큰 의미가 있는지 모르나, 그 속엔 생기가 없지 않았다. 자신의 죽음에도 아무런 느낌이 없는 놈이 새삼 두 눈을 아까워했을 리 없다.

그러므로…….

[그러나 너는 기어코 내 어깨에 무거운 짐을 올리더군.]

그에게 무거운 책임이란 삶 그 자체일 것이다.

[네 말대로 죽음으로써 도망치려 했다. 죽음은 내게 죄의 대가가 될 수 없음을 알면서도.

그래. 네가 남기고 간 말은 확실히 나를 자극했다. 의문도 미련도 모두 잃어버렸다고 생각했는데 사실 내가 잊고 있었던 것뿐이었나, 거짓말처럼 피어오르더군.

그러나 내가 삶을 선택한 건 네 마지막 말 때문이야.]

'나는 네가 조금 더 벌받았으면 좋겠다. 내 인생 최고의 개자식아.'

억겁의 보호 마법을 새긴 지하 감옥의 유리를 깨고 마주한 그에게 남긴 마지막 말.

[죽어서 스승님의 얼굴을 뵙겠다는 팔자 좋은 생각은 한 번도 해본 적 없지만, 나의 마지막조차 도망이라면 변명거리조차 없으리라는 생각이 들었다. 스승님께도, 죽어버린 내 동료들에게도 말이다. 적어도 엉망이 되어버린 북부의 상황은 정리하고 가야지 싶었어. 내가 없다면 훨씬 긴 시간이 걸릴 테고, 그동안 북부인들 또한 고

통받아야 할 테니.

그러므로 해방의 기회를 내 손으로 놓았다.

이것이 내가 선택할 수 있는 최악이며, 내가 내게 주는 형벌이 될 거다.]

이제야 마음 깊은 곳에 남아 있던 응어리가 풀려나간다.

'제 동생을 부탁, 합니다. 카슈미르.'

전쟁이 끝난 후, 내 눈앞에 가장 자주 떠오른 것은 조나단 하이드가 죽는 광경이었다. 내게 자신의 동생을 멋대로 떠넘긴 채 해방되어버린 얼굴이 아직도 선명했다. 저주에 대한 업으로 고통스러워하는 그에게 참수로 해방을 선물한 건 나였음에도, 줄곧 그 얼굴이 마음에 걸렸다.

나는 지그문트 하이드의 처분을 결정하는 일에 말을 얹지 않았다. 혹여 사감이 섞일까 염려되어서였다. 그러나 오늘까지도 응어리는 남아 있었다.

그들에게 죽음이 해방이라면, 그들은 언제 대가를 치르는가.

[이 끝엔 용서도, 영광도 없겠지.

그러나 나는 조금 더 살아서 삶으로 대가를 치르려 한다. 삶이 다시 한번 나를 부르니까.

네가 나를 불렀으니까.]

지그문트는 그에 대한 대답을 이 편지에 적었다.

그는 도망치지 않았다.

[너는 내가 전혀 성장하지 않았다고 했지.

하지만 이번엔 도망치지도 않고, 이전처럼 일언반구 없이 떠나는 게 아니라 편지까지 남기고 있잖아.]

나는 인간의 갱생을 불신하진 않으나, 맹신하지도 않는다. 나아졌다가도 변질되는 것이 인간. 인간의 유동성은 늘 양날의 검이었다.

하지만 그 유동성 때문에, 충분한 시간과 계기만 있다면 누구라도 성장할 수 있다는 사실은······.

　[그러니 이것도 성장으로 쳐줄 텐가.]

　여전히 내 기분을 형용할 수 없게 만든다.

　[너도 알 테지. 나는 스스로 목숨을 끊을 수 있는 부류의 사람이 아니야. 그러므로 살아 있는 한 오늘의 선택을 두고두고 후회할 거다. 북부의 상황을 안정시키는 데 시간이 얼마나 걸릴지 몰라. 어쩌면 10년이 넘게 걸릴지도 모르지.

　그 시간에 나는 삶이라는 형벌을 치러야 할 테고······

　기다릴 거다. 너를.]

　활자로 찍어낸 듯 반듯하던 글씨가 그 문장 끝에선 살짝 흔들렸다.

　지그문트 하이드는 이 편지를 쓰며 무슨 생각을 했을까.

　전쟁에서 패배해 사명이라는 원동력이 사라진 후, 그는 자유의지라는 것을 얻었을 터다. 그 자유의지로 처음 선택해본 게 삶인 것이다.

　자신의 힘으로 살아가야 하는 두 번째 삶이 두려웠을까. 아니면······ 기대됐을까.

　[우리, 어려서 자주 숨바꼭질을 했지. 늘 내가 술래였고, 네가 숨었어.

　그러나 서로의 약점을 보완하기 위한 연습이었을 뿐, 우리의 진짜 장기는 반대였잖아.

　이제 너도 다 컸으니 본경기에 들어가보자고.]

　지그문트 하이드는 여전히 내게 지독하다.

　[기다릴게. 네가 나를 찾을 때까지.

　내 형벌이 충분하다고 생각되는 그날, 나를 찾아와.

　그리고 네 손으로 나를 해방시켜.]

　지금껏 내게 이렇게까지 못되게 군 이는 없었고, 앞으로도 있을 리가 없다.

　"······하."

　그래서, 나는 웃고 말았다.

　[이 편지를 쓰는 것이 내 진짜 눈으로 수행하는 마지막 일이 되겠지. 의안은 검은

눈으로 부탁했다. 훗날 나를 찾아왔을 때 조나단과 닮았다는 소리는 자중해주길 바란다. 그 애는 늘 나와 닮았다는 소리에 질색했으니.

그럼 편지는 이만 줄이지.]

나는 그 아래 적힌 마지막 문장을 한참이고 응시했다.

[안녕, 슈슈. 이제는 행복해져.]

기나긴 이야기의 마침표를 찍기 적격인 문장.

[네 첫사랑으로부터]

맨 밑 모서리에 적힌 발신인까지 확인한 나는 고개를 들었다.

어느새 우중충했던 하늘이 맑게 개어 머리 위로 오렌지빛 햇살이 쏟아졌다.

아, 그래.

어느덧 봄이었던가.

나는 손차양을 하고 햇살이 부서지는 거리를 돌아보다가 길게 숨을 쉬었다.

"……그래. 이걸로 됐다."

영원히 끝나지 않을 것 같던 나의 미성숙도 이것으로 마침표를 찍으면 되겠다.

살랑살랑.

남쪽에서 따뜻한 바람이 불어온다.

저벅저벅.

그늘진 골목을 빠져나와 나를 기다리는 이들이 있는 밝은 광장으로 나아가며, 나는 웃었다.

안녕, 나의 10대.

그리고 반가워. 새로운 나의 20대.

이후 따뜻했던 바람이 뜨거워지고, 뜨거워진 바람이 다시 차가워지며, 계절이

충직한 검이 되려 했는데 5

또 한 바퀴 순환한 뒤……

한 해의 마지막 날.

나의 스무 번째 생일이 돌아왔다.

"이렇게 조촐해서는 사람들이 공작가를 욕한다니까."

홀과 이어진 2층 계단 난간에 상체를 기댄 칼이 투덜거렸다.

내 스무 번째 생일 파티는 간소하게 진행되었다. 간소하게 할 것이라고 미리 사교계에 알린 뒤 최소한의 사람만 초대했고, 별다른 행사 없이 하루의 연회만으로 끝낼 예정이었다. 메인 홀 장식조차 내 취향이 반영되어 최대한 간소하게 했으니, 확실히 공작가 자제의 생일 파티답지는 않았다.

"제 눈에는 이것도 화려한데요, 뭘. 제 인생에서 이렇게까지 성대한 생일 파티는 처음입니다."

나는 잔을 빙글 돌렸다. 샴페인이 샹들리에의 빛을 받아 황금빛으로 반짝였다.

"내 눈에는 너무 조촐하다니까! 네가 크리시스에 온 이래 처음으로 연 생일 파티인데 고작 이게 뭐냐?"

칼이 버럭했다. 본인 생일엔 파티하지 말고 여행이나 가자고 고집부리다가 카이사르에게 뒤통수를 한 대 맞았으면서 적반하장이 따로 없었다.

'그래도 마음은 고맙네.'

작년에는 내 생일이 전쟁과 겹쳐버린 탓에 파티는커녕 선물도 제대로 받지 못했다. 그 때문에 칼이 더욱 신경 쓰고 있는 것일 터.

"파티의 규모가 뭐 그리 중요합니까. 좋은 사람들과 함께 있는 게 중요하죠. 저는 크리시스에 온 뒤로 매일이 선물 같은걸요."

나는 씨익 웃으며 그를 달랬다.

칼의 입꼬리가 희미하게 삐죽거렸다.

"뭐, 네가 좋다면 별수는 없다만……"

"하이고, 그 소리 듣고 또 좋단다. 이제 소공작 이름표까지 단 사람이 저렇게 주책이라서 어쩐담?"

익히 아는 낭랑한 목소리가 그와 내 사이를 비집고 들어왔다.

칼의 얼굴이 단번에 구겨지는 사이, 나는 목소리가 들려온 쪽으로 반갑게 고개를 돌렸다.

저벅저벅.

하얀 드레스형 제복을 깔끔하게 차려입은 아리아가 우리를 향해 걸어오고 있었다.

"아리아, 왔구나!"

"그냥 요정 세계에서 평생 살지 왜 또 기어들어온 건지 모르겠군."

크리시스 공작가에서 가장 바쁜 사람은 단연 아리아였다. 그녀는 여러 사업을 관리하는 동시에, 요정왕의 후계자로서 수업을 받고 업무까지 보고 있었다.

오늘 아침엔 절대 미룰 수 없는 일 때문에 피를 토하며 급히 나가더니, 내 생일 연회에 맞춰 복귀한 모양이었다.

"내 언니 생일에 내가 안 온다는 게 말이 돼? 첫 준비부터 못 도와준 것도 원통한데."

자연스럽게 내 옆에 선 아리아가 내 어깨에 머리를 기댔다.

"내가 요정왕이 되면 나랑 같이 요정 세계로 가자. 저 자식이 관리하는 공작가가 어떤 개판일지는 안 봐도 뻔하잖아."

"미친 소리 하지 마라. 그 정신 나간 시간선에 슈슈를 가두겠다고? 너도 거기 가서 살 생각 접어!"

"이 미친 양반이 소리는 왜 자꾸 질러? 노망들었냐?"

아리아가 어이없다는 눈으로 칼을 바라보면서 몇만 번째일지 모를 두 사람의 싸움이 또 시작되었다. 나는 쏟아지는 말들을 익숙하게 한 귀로 흘리며 샴페인을 홀짝거렸다.

칼은 3개월 전 정식으로 소공작이 되었다.

'말도 안 돼. 이런 건 말도 안 된다고!'

'말 된다. 집에서 놀고 있는 게 너밖에 없는데, 너 말고 누가 한단 말이냐.'

몇 번 언급했던 제비뽑기로 결정된 것은 아니다. 아리아는 요정왕이 될 테니 제외였고, 나 또한 맡은 일이 있었으므로 유일한 백수였던 칼이 억지로 감투를 쓰게 된 것이었다.

칼은 한참 동안 질색하며 그냥 아버지 대에서 크리시스의 대를 끊어버리라는 파격적인 패륜 발언을 지껄였으나, 결국엔 자신의 운명에 순응했다. 르웰린은 소공작 즉위식에서의 칼이 도살장에 끌려가는 어린 마귀 같았다고 진술했다.

"이런 날에도 싸우는군. 너희 아비 장례식에서도 싸울 기세야."

한숨을 쉬며 다가온 카이사르가 으르렁거리는 칼과 아리아를 떼어냈다. 오랜 시간 칼과 아리아에게 시달린 그는 어느새 숙련된 사육사로 거듭나 있었다.

카이사르는 여전했다. 여전히 크리시스의 공작이었고, 여전히 나의 다정한 아버지였다.

하나 특이점이라면, 칼에게 소공작 자리를 쥐여준 뒤로 묘하게 때깔이 고와보인다는 것. 귀족들 사이에선 카이사르가 공작위를 때려치운 뒤 이루어낼 버킷리스트를 작성하고 있다는 소문이 도는 중이다. 무거운 직위를 싫어하는 건 유전인 모양이었다.

"못 보던 브로치군."

내게 다가온 카이사르가 내 옷 칼라를 유심히 바라보았다. 새하얀 생일 연회 정복과는 어울리지 않는 붉은 보석 브로치가 그곳에 달려 있었다.

나는 머쓱하게 뒤통수를 긁적였다.

"이건 오늘 아침에 온 것이라서 말입니다. 기사단원들이 돈을 모아 산 선물이라고 보내왔습니다."

그 말에 모두가 나를 못마땅한 얼굴로 돌아보았다.

"허. 내가 보기엔 그놈의 기사단원들 업고 날아다닐 날도 머지않은 것 같군."

"언니 요즘 그쪽에만 너무 관심 많은 거 알아?"

"……오해가 좀 있는 것 같습니다."

"내가 지난달에 선물한 브로치 중 이 옷과 아주 잘 어울리는 것이 있었던 것 같은데, 그건 기억에도 없는 모양이군."

"오, 오해입니다. 저를 우롱하는 간악한 농간에 속아 넘어가신 것 같습니다."

세모나게 삐쭉거리는 눈들과 마주한 나는 식은땀을 줄줄 흘리며 손을 휘저었다.

나는 제1기사단장이 되었다. 전쟁을 끝으로 은퇴를 선언한 노아가 후계자로 나를 지목했기 때문이다.

'자네가 전쟁 이후로 검을 잡길 원치 않아 한다는 것은 아네. 하지만 그래서 제1기사단장을 제안하는 거야.'

'어째서……'

'제국의 귀족들이 소드 마스터를 가만히 둘 리 없으니까. 공녀라는 지위가 그대를 지켜주긴 할 테지만, 전쟁의 여운이 잠잠해지고 나면 그들은 분명 아무것도 하지 않는 소드 마스터라는 명목으로 그대를 도마 위로 끌어올릴 거야. 나야 늙었다고 핑계를 대면 그만이지만 자네는 너무 젊지 않나. 그대를 어떻게든 써먹으려 안달이 나겠지.'

'……'

'차라리 그 전에 제1기사단장이라는 감투라도 쓰고 있는 편이 훨씬 나을 걸세. 중책을 맡고 있는 사람에게 뭐라 하는 사람은 없을 테고, 제1기사단은 수도와 황궁 수비를 주로 맡으니 전장에 나갈 일도 적을 테지. 이건 자네를 위한 제안일세.'

중책이 부담스럽고 또다시 검을 잡는 것이 싫었지만, 노아의 제안을 받아들이는 것이 최선임은 명백했다.

그리하여, 나는 결국 기사단장 자리를 이어받게 되었다.

그 이후로 지금까지 기사단을 운영하는 것을 주업으로 삼고 있는데, 울며 겨자 먹기로 받아들인 것이 무색하게도 기사단장 일은 꽤 내 적성에 맞았다. 행정 처리는 좀 골치 아파도 병아리 같은 기사단원들을 키우는 재미가 쏠쏠했으니 말이다.

그리고 그걸 달갑지 않게 여기는 이들 중 하나인 칼은 영 삐딱한 눈으로 나를 흘겨보았다.

"이러다가 기사단원 전원과 결혼식을 올리겠다고 하는 건 아닌지 걱정이군."

"아, 제가 청첩장 만들고 있다고 말씀 안 드렸습니까?"

"……."

"……농담입니다."

"……."

"진짜 농담입니다."

분위기 좀 풀어보겠다고 던진 내 말에 공기는 더욱 싸늘해져만 갔다.

"……헉! 세레논! 카시아! 이쪽입니다!"

어떻게든 이 상황에서 벗어나고 싶어 눈을 굴리던 나는 이제 막 메인 홀에 들어선 친구들을 향해 미친듯이 손을 흔들었다. 나를 발견한 세레논이 신난 강아지처럼 2층으로 성큼성큼 올라왔다.

"스승님! 생신 축하드립니다!"

원래는 제국의 생일 예법에 따라 잡다한 절차를 밟으며 와야 했겠지만, 오늘은 정말 가깝게 지내는 최소한의 인물들만 초대한 자리가 아닌가. 세레논의 격식 없음을 지적할 이는 아무도 없었다.

"감사합니다. 아침에 보내주신 선물은 잘 받았습니다."

"겹치지 않는 걸 드리려고 얼마나 고민했는지 모릅니다. 마음에 드셨다면 다행입니다!"

안개가 낀 듯 신비로운 세레논의 푸른빛 눈동자가 곱게 휘었다.

세레논은 정말이지 요즘 들어 아주 편해보였다.

그를 황제로 올리려 발버둥치던 키프로스 백작가의 말종들이 숙청된 뒤 더 이상 황위 문제로 갈등을 겪을 일이 없어졌고, 어머니인 티나와의 관계도 완전히 회복된 것 같았다. 그는 원하던 대로 황자보다는 검사다운 행보를 이어나가고 있었는데, 그 모습이 자유로운 새 같았다.

"형님은 조금 늦을 것 같다고, 정말 미안하다고 전해달라 하셨습니다. 지금쯤이면 출발하셨겠군요."

회중시계를 확인한 세레논이 자기가 다 미안하다는 듯 눈매를 늘어뜨렸다. 나는 아무렇지 않은 얼굴로 고개를 끄덕였다.

"당연히 이해합니다. 황제 폐하 바쁘신 걸 누가 모르겠습니까."

이제는 황태자 저하가 아닌 황제 폐하.

디에고는 올해 여름에 황제로 즉위해 누구보다 바쁜 나날을 보내는 중이었다.

그의 즉위는 아주 순탄했다. 가장 큰 걸림돌이었던 키프로스 백작가가 숙청되며 2황자파들은 조용히 해체됐고, 백성들은 두려움 없이 전쟁의 선봉에 나섰던 용맹한 황태자를 황제로 추대했다.

축복 속에서 황제로 추앙받던 그에게 가장 큰 시련이라면 아마 즉위식이었을 것이다. 황제는 즉위식에서 반드시 교황에게 기름 부음을 받아야 하는데, 그 교황이 다른 누구도 아닌 엘이었으니까.

나는 몇 달 전의 즉위식을 떠올렸다.

엄숙한 분위기 속 느리게 울려 퍼지는 웅장한 축가.

'부을까 말까. 부을까 말까. 부을까 말까.'

'……계속 그런 식으로 해보시기 바랍니다.'

신성한 은빛 눈동자를 희뜩이며 디에고의 머리 위에서 기름이 담긴 숫양의 뿔을 기울일 듯 말 듯 까닥거리던 엘과 그의 앞에 무릎을 꿇은 채 이를 악문 디에고.

엘 옆에 선 율리안은 입을 틀어막은 채 거의 울고 있었고, 선황의 자격으로 디에고 옆에 선 헬리오스는 호흡곤란이 와서 선 채로 기절한 것 같았다.

거리가 상당해서 다른 이들은 그 광경을 보지 못했겠지만, 나는 소드 마스터의 시력과 청각으로 그 모든 것을 목도하고 눈물을 흘렸다.

너무 웃겨서.

"제2기사단장님도 조금 늦으신다고 합니다."

카시아가 휘적거리는 걸음으로 세레논을 따라 올라왔다.

카시아는 평민이라는 신분이 기억나지도 않을 만큼 승승장구 중이었다. 전쟁 이후 기사를 꿈꾸는 이가 많아지며 황궁에서 제3기사단 창설을 고려 중인데, 가장 유력한 기사단장 후보가 바로 카시아일 정도였다.

"카시아! 잘 왔습니다."

"저 같은 평민 나가리가 와도 되는 자리인지는 모르겠습니다만……."

시큰둥한 얼굴로 검은 단발머리를 긁적이던 카시아가 내 허리춤을 힐끗 곁눈질했다.

"……선물은 잘 받으신 모양입니다."

나는 방긋 웃으며 허리춤에 단도를 가볍게 흔들어보였다.

"카시아와 에녹의 합동 선물, 잘 받았습니다."

그녀의 어머니인 대장장이 에녹과 함께 준비한 선물이라는 건 듣지 않아도 알 수 있었다. 카시아의 귓불이 은근히 붉어졌다. 무심한듯 다정한 성격은 여전히 그녀의 매력이었다.

"오늘 지각자가 참 많군. 아타라의 국왕도 늦는답시고 제 떼거리만 먼저 보내놓더니."

칼이 불만스러운 시선으로 연회장 한편에 사신단 규모로 선물을 들고 온 아타라 측 사람들을 곁눈질했다. 레오 또한 먼 아타라 땅에서 내 생일을 축하하러 오기로 했는데, 그는 디에고와 더불어 요즘 가장 바쁜 사람이었다.

안 그래도 레오가 즉위한 지 얼마 되지 않았던 시기였는데 전쟁까지 치렀다. 외적을 상대하며 결속력은 생겼다지만, 아타라의 내부 행정 상황은 난장판이 따로 없었다. 레오는 기다렸다는 듯 터져나오는 내부 문제를 처리하느라 눈코 뜰 새 없이 바빴다. 그런 그가 제국에 올 수는 없었으니, 레오와의 만남은 대체로 내가 아타라에 찾아가는 것으로 이루어졌다. 툭하면 아타라 황궁으로 즉시 갈 수 있는-섬 하나 값의-아티팩트를 보내와서 안 갈 수도 없었다.

기사단장에 즉위해 바쁜 시간을 쪼개 찾아갈 때마다, 레오는 주인을 만난 개처럼 신나하며 나와 함께 시간을 보냈다.

'아, 슈슈가 아타라에서 살면 참 좋을 텐데……. 아……, 아타라 진짜 좋은데…….'

꽤 자주 찾아갔다고 생각하건만, 요즘은 그걸로도 모자란지 아타라에서 살 것을 은근히 요구하기 시작했다.

하여간 눈코 뜰 새 없이 바쁜 그는 이곳까지 오는 일정으로 상당한 리스크를 감수했을 터. 한 시간이 아니라 하루를 지각한데도 봐줘야 하는 감이 있었다.

"하지만 나는 늦지 않았죠?"

촤악.

얼굴 앞으로 부채를 펼친 여인이 우측 복도에서 우아하게 걸어나왔다. 손님이라면 1층에서부터 올라와야 마땅한데, 그녀는 손님이면서도 유일하게 2층에서 나오고 있었다.

칼은 아주 질렸다는 얼굴로 그녀를 돌아보았다.

"그야 그렇겠지. 후작은 어제부터 우리 저택에 눌러 앉았으니까."

그의 말대로, 어제 저녁 들이닥쳐 손님방에서 자고는 복장만 파티복으로 갈아입고 나온 르웰린이 여유롭게 웃었다. 데카르도 후작으로서의 입지를 확실히 굳힌 그녀는 현재 전성기를 보내는 중이었다.

그녀는 돈을 풀어 전쟁으로 곤두박질친 경제를 회복시킴으로 의로운 자본가라는 명성을 쌓는 동시에, 빈틈들을 공략해 어마어마한 수익도 거두어들이고 있었다. 말하자면 두 마리 토끼를 다 잡고 있는 셈이다.

사뿐사뿐 걸어온 르웰린은 내게 눈을 찡긋했다.

"슈슈의 가장 친한 친구인 내가 다른 이들보다 늦게 생일을 축하한다는 건 말도 안 되죠."

"가족보다는 늦게 축하해도 된다고 생각하는데, 나는."

르웰린과 유독 죽이 잘 맞는 칼이 짜증스럽게 쏘아붙였다.

르웰린과 칼은 카이사르, 아리아와 함께 내 생일을 가장 먼저 축하해주겠다며 자정까지 눈을 부릅뜨고 있던 이들이었다. 그러니 살짝 피곤해보이는 것도 아마 착각이 아닐 터.

"저기 지각대장 한 명 더 오는군요."

아리아에게 잔을 건네받던 세레논이 창밖을 보곤 피식 웃었다.

벌컥!

"뜨헉! 떠헉……! 저, 정각! 정각에 맞춰 왔죠!"

등장부터 야단법석에 깨방정인 인물. 뛰어온 듯 땀을 뻘뻘 흘린다.

"공녀니임! 헉, 제가 없으니까 파티가 심심하셨죠?"

홀에서 테일러가 주는 탄산수를 단숨에 들이켠 율리안이 쫑쫑거리며 2층으로 뛰어올라왔다.

"북부에서 대사관 일하며 철 좀 들었나 싶었더니 어림도 없나봅니다."

장난기 어린 얼굴의 세레논이 짐짓 귓속말을 하는 척 내게 속닥거렸다. 그걸 또 들었는지 율리안이 믿지 않게 눈을 흘겼다.

율리안은 전쟁 이후 처지가 가장 많이 바뀐 사람이었다.

'자안의…… 구주? 내가요?'

율리안은 자안을 지닌 북부인이자 제국의 대신관으로서, 존재 자체가 평화의 상징인 인물이었다. 진정한 자안의 구주라는 이름을 달고 북부와 제국 사이의 다리 역할을 하고 있는 그 또한 다른 이들 못지 않게 바빴다.

물론 북부의 모두가 자안이라는 이유만으로 율리안을 받아들이진 않았으므로, 그를 냅다 수장 자리에 앉힐 수는 없었다. 북부의 수장을 제국이 정하려드는 행위는 평화 협정에 어긋나기도 하고 말이다.

그리하여 율리안의 공식적인 신분은 대사. 북부의 대사이기도 하고 제국의 대사이기도 한, 신기한 입장이었다.

"아, 그리고 그놈은 조금 늦는답니다. 저보다 한가한 주제에 바쁜 척만 엄청 한다니까요."

아리아 옆에 서서 세레논과 조금 투덕거리던 율리안이 대수롭잖게 덧붙였다. 나는 율리안의 연보랏빛 눈동자에서 이제는 보라색이 아닐 누군가의 눈을 떠올리다가 말았다. 율리안이 말하는 '그놈'인 엘은 전쟁 이후 가장 변한 것이 없는 사람이었다. 그는 더 올라갈 곳도 없이 정점에 선 교황이었고, 전쟁이 끝난 뒤 교황의 업무란 전과 똑같았으니까.

그래도 특이사항 두 가지를 꼽자면, 첫 번째는 요정족과의 관계가 개선되며 같은 치유의 힘을 가진 신전 측에서 요정족과 활발한 소통을 꾀하고 있다는 것.

그에 따라 교황인 엘 또한 요정족과 접촉할 일이 많아졌는데.

'언니. 내가 봤을 땐 그 인간은 진짜 또라이야. 언니 앞에서 사근사근히 웃는다고 착한 게 아니라니까.'

아리아는 요정족 대표로 엘을 만나고 올 때마다 늘 진절머리가 난다는 듯 고개를 저었다. 내 솔직한 감상으로는 동족 혐오 같았다.

그리고 중요한 두 번째.

신성력 사용의 대가를 모조리 자신의 몸으로 받아내야 하는 엘을 도울 방법이 생겼다는 것.

'……당신. 신과 인간의 연결을 끊는 법을 찾는 중이라고 들었어.'

나는 늑대족의 현자인 알리샤와 요정족의 장로 제라에게 기대를 걸었건만, 해답은 예상치 못한 사람에게서 나왔다.

'응? 그건 어디서 들었…….'

'그거, 북부의 연구 자료 중에 실마리가 있을걸.'

'……뭐?'

다름 아닌, 나의 피후견인 조세핀 하이드에게서였다.

조세핀이 내 제안을 수락한 후, 나는 꾸준히 은빛 늑대족과 생활 중인 그녀를 찾아가 관계를 개선하려 노력했다.

당연히 처음에는 한마디 나누기도 힘들었다. 그녀의 오빠를 죽이고 동족의 오래된 희망을 짓밟은 게 바로 나였으니까.

'사실, 조나단을 죽인 건 그 녀석을 저주의 고통에서 해방시켜주기 위해서였거든.'

'……아.'

'조나단이 너를 부탁했어. 조나단은 끝까지 너를 걱정했나봐. 그 녀석은 나를 몇 번이나 죽이려 하긴 했지만, 그래도 나는 그 녀석을 인간적으로 인정하고 있었어. 그래서 나는…… 오, 이런.'

'…….'

'……미안. 울지 마. 변명하려던 건 아니었어. 미안해.'

'…….'

'내가 말이 너무 많았다. 오늘은 이만 갈게. 푹 쉬어.'

그녀와 지금의 관계가 되기까지는 충분한 시간과 대화가 필요했다.

나는 낮고 끈질긴 자세로 그녀에게 천천히 다가갔고, 1년이 지난 뒤에야 그녀가 내 말을 들어주기는 하는 지금의 관계에 다다를 수 있었다. 조세핀이 무척 똑똑하고 이성적인 아이라서 가능한 일이었다.

'너, 내가 그걸 찾고 있다는 건…….'

'알리샤가 중얼거리는 걸 엿들었어. 알리샤는 한번 생각에 빠지면 하늘이 무

너져도 모르니까.'

'그럼, 왜⋯⋯.'

'⋯⋯.'

'왜 나한테 그 사실을 알려준 거야?'

얼마 전 조세핀이 엘을 도울 실마리가 북부의 연구 결과물에 있음을 불쑥 알려준 것은 내게도 큰 충격이었다. 그녀는 바보 같은 얼굴을 한 나를 곁눈질하다가 휙 고개를 돌렸다.

'⋯⋯기브 앤 테이크야. 이걸로 나를 살려주고 후원해주는 것에 대한 빚은 갚은 거야.'

'⋯⋯.'

'언젠가 당신을 죽일 때 죄악감 없이 하고 싶어서 그래. 착각하지 마.'

나는 조세핀이 싫어할 걸 알면서도 환하게 웃어버렸다.

[태어난 날인 김에 죽던가.]

오늘도 조세핀은 내 생일에 맞춰 저주를 담은 카드 한 장을 보내왔다. 초대에 응해줬다면 더 좋았겠지만, 이것만으로도 감지덕지였다.

"그럼 이제 파티를 시작하는 게 어떤가 싶은데."

카이사르가 희미한 미소를 띤 채 나를 돌아보았다.

"그럴까요."

지각자들의 빈 자리에 시선이 가긴 했지만, 정각까지 모인 이들을 더 기다리게 할 수는 없는 법.

나는 시원스레 웃으며 잔을 들어올렸다.

"솔직히 이런 격식도 차리고 싶지 않지만, 이 자리에 와주신 분들께 감사의 인사는 꼭 드리고 싶었습니다."

"⋯⋯."

"여러분은 제 행복의 조각들이니까요. 이중 한 명이라도 없었다면 제 행복은 완성되지 않았을 겁니다."

나는 찬찬히 주위를 돌아보았다.

모두 내 발자취들이다.

계획적으로 만난 이들도 있었고, 우연히 만난 이들도 있었다.

전쟁의 종결이라는 하나의 목표를 위해 쉴 새 없이 달리던 나와 맺은 인연들.

만난 방식과 이유가 다 달랐지만, 모두 진심으로 나와 하나가 되었다.

이 자리에 없는 이들까지 포함해서, 목적을 위해 만났으나 내 목적이 되어버린 친구들이었다.

그리하여 결국 사랑으로 시작해 사랑으로 끝나는 이야기.

아리아를 사랑해서.

크리시스를 사랑해서.

친구들을 사랑하고, 제국을 사랑하다가⋯⋯

결국 세상까지 사랑해버려서.

"아무것도 없던 제게 무언가가 되어주셔서 감사합니다."

제각각의 표정을 한 이들 앞에서 나는 환하게 웃었다.

"제 생일은 여러분의 날입니다. 그러니 즐겨주셨으면 좋겠습니다."

지금껏 나를 지켜봐준 당신을 향해.

파티는 밤까지 계속되었다.

소수의 인원만 모인 만큼 파티답지 않게 조용했으나, 썰렁함 같은 건 느낄 틈 없이 정겨운 분위기였다. 보통의 사교계 파티처럼 신경전이나 기싸움 없이 모두가 즐거운 얼굴이었다.

나는 20년 동안 못 받은 축하를 오늘 다 받는 기분으로 여기저기 불려다니며 대화를 나누다가, 각자의 대화로 조금 어수선해진 틈을 타 슬쩍 홀을 벗어났다.

"……그래도 좀 너무하지 않나?"

조용히 정원을 거닐던 나는 뺨을 긁적였다.

사람이 참 간사하다. 원래 이런 파티와 축하는 꿈도 못 꾸는 일이었는데, 배가 불렀는지 늦는 이들에게 슬쩍 섭섭한 마음이 일었다.

그래. 네 사람은 밤이 다 되어도 모습을 드러내지 않은 상태였다.

'못 오면 못 온다고 말이라도 해주지.'

휙.

나는 괜스레 정원에 굴러다니는 돌 하나를 차듯이 밀어냈다.

툭.

그리고, 그 돌은 누군가의 구두에 닿았다.

'……어?'

폐부에 가장 기다리던 향기가 스며드는 순간, 나는 눈을 크게 떴다.

휙.

나는 급하게 고개를 들었다.

그곳에는 그가 서 있었다.

"……이게 뭐야."

완전 지각이잖아.

내 헛웃음 섞인 중얼거림에, 그는 웃었다. 꼭 마지막에 등장한 주인공처럼. 나는 빠른 걸음으로 그의 앞에 섰다.

오늘 하고 싶은 말이 있어 줄곧 기다렸으므로.

내가 표정을 읽었는지, 그는 듣겠다는 듯 허리를 굽혀주었다.

연회장에서의 노랫소리가 은은히 울려 퍼지는 정원.

현실과는 분리된 것 같은 부유감이 느껴지는 가운데, 나는 그의 귓가에 속삭였다.

충직한 검이 되려 했는데 5

"사실은……."

아직도 단 한 사람뿐인 사랑은 어렵고, 잘할 자신도 없는데,

그런 사랑의 이름을 붙여야만 한다면 당신일 것 같다고.

내가 당신을 아주 사랑하는 것 같다고.

"그러니까 괜찮다면."

나는 그에게로 손을 뻗으며, 그를 향해 환하게 웃었다.

"제 스무 살의 첫 춤을 가져가주시겠습니까?"

스르륵.

그가 내 손을 잡았다. 그의 한 팔이 내 허리를 휘감으면, 나는 그의 어깨를 다른 손으로 잡았다. 또다시 웃음이 새어나왔다.

희미하게 들려오는 음악 소리에 맞춰 발을 움직였다. 그리고 우리는 아주 오래도록 서로에게만 들릴 만한 목소리로 밀어를 속삭였다.

충직한 검이 되려 했던 나는 기어코 인간이 되었다.

인간이 되어 웃었고, 울었고, 아팠으며, 사랑했다.

그리고, 아주 행복했다.

〈완결〉